Les injures du malin

Maxime Picard

Les injures du malin
Roman

LE LYS BLEU
ÉDITIONS

© Lys Bleu Éditions – Maxime Picard

ISBN : 979-10-377-7894-9

Prologue

« *Alors... votre question est "Où commence-t-elle... Où commence mon histoire ?" Cela est quand même vexant, cliché, parce que toute personne se trouvant dans cette ville, ou dans ses alentours, la connaît un tant soit peu. C'est d'une banalité... Ceci en devient barbant.*

— *Tic, tac, le temps passe, mon cher, répond froidement l'interlocuteur.*

— *Bien sûr ! À quoi pensais-je ? Au fond, je m'y attendais. Vous ne pouvez m'accorder un peu de votre parole... Cela est bien trop compliqué.*

— *Nous tournons en rond avec votre petit jeu, Monstre. Nous manquons de temps et d'envie. Personne n'est là pour le plaisir. Je pense même que personne ne voudrait vous parler en ce bas monde.*

— *Vous blessez mon petit cœur avec vos propos... On n'en croirait pas à mon apparence, mais je suis un sentimental. Si vous voulez que je vous raconte mon histoire, il faudra être plus aimable et me dire "s'il vous plaît".*

— *JAMAIS je ne m'abaisserai à votre niveau, esclave.*

— *BIEN ! Qu'il en soit ainsi ! Je vais parler, dit le protagoniste d'un air lugubre.*

Préparez-vous à entendre une histoire palpitante... Enfin, de ce que les gens, les personnes, disent après l'avoir écoutée. Ce qui n'est pas le cas pour moi, parce que je pense que celle-ci est juste emplie d'hypocrisie, de jugement, de violence, tant bien psychologique que physique, et j'en passe... Cela fait si loin, sans oublier que je vais grandement m'appuyer sur les dires de mon entourage quant au début de mon enfance, alors je vais essayer de faire de mon mieux, pour qu'on puisse passer le maximum de temps à la suivre.

Mon histoire commence aussi simplement que la vôtre... Mon enfantement, fait par ma mère.

— Arrêtez de me prendre pour un CON ! Et veuillez passer immédiatement aux choses sérieuses.

— Je ne vous prends pas pour un "con". Attendez seulement quelques instants, au lieu de m'interrompre... »

... Parce que j'aurais largement préféré ne pas être passé par ce moment, de contempler, enfin d'apprendre que mon village, mon village natal qui pendant la nuit, cette nuit de pleine lune, était clairsemé, envahi par le feu rouge et ardent qui s'étalait, se ruait partout, dans toutes les ruelles, empli par la même occasion des cris de mes confrères et des odeurs des morts troués, carbonisés... C'était la terreur du génocide, si je puis dire ainsi. Une terreur méritée, ce jour-là, d'après certaines personnes... Pourtant, je ne vois toujours pas cela... Sauf si ceci s'expliquait par notre différence avec nos opposants... parce que nous étions des « semi-humains », non pas comme ceux qu'on connaît tous, ne vous détrompez pas. Si je peux vous faire un portrait, nous ressemblons plus à des bêtes, avec leurs traits... je veux dire par là, de la fourrure sur tout le corps, avec crocs, et griffes. C'est pour cette raison que par nos attributs de gardien, de différence, de force, de sagesse et de jeunesse mon espèce a été anéantie par vous, les humains, pendant cette soirée.

Bien sûr, j'ai appris tout cela bien après ces événements tragiques et par moi-même. Je suis loin d'être un Dieu comme certains aiment le dire, ne les croyez pas, je ne suis qu'un être, une bête emplie par la haine, par la vengeance... par la tristesse de mon passé.

Les seuls moments que j'aime bien particulièrement imaginer, sont les instants, le premier et dernier instant, avec mes yeux ouverts, où j'ai pu voir mon père qui, si je me le rappelle bien et correctement, avec une fourrure gris foncé, frisée et de magnifiques yeux bleu océan... emplit de larmes, me disait, de sa voix pleine de regrets :
« N'oublie jamais, mon fils, que nous t'aimons... du plus profond de nos cœurs, et où que tu sois, quoi que tu fasses nous serons avec toi...

N'oublie pas d'aller toujours de l'avant et de rester fier, sans te laisser influencer par les gens qui t'entourent ». *Même si cela semble stupide d'inventer cette scène et un père factice, cela me réconforte...*

Peu de temps après... avec la concordance des points de vue sur ma survie, on est arrivé à la conclusion qu'on m'a passé dans un portail. J'imagine donc qu'à ce moment j'ai entendu un son, plutôt un bruit assourdissant, qui me fit alors fermer les yeux, pour laisser le temps, l'occasion à mon père de disparaître au moment où mes yeux se rouvrirent, afin de faire place à une forêt immense, m'entourant, sombre et terrifiante, qui me fit, en la voyant, pleurer aussi fort que je le pouvais dans l'espoir que quelqu'un m'entende.

Ce n'est qu'après une nuit de torture qu'au lever du soleil, avec mes yeux tombant de fatigue, que je pus rencontrer une personne amaigrie, avec des habits déchiquetés et un visage émacié me prenant dans ses bras. Je tombai ensuite de fatigue.

Par la suite, pendant mon bref instant d'inconscience, je pus me faire échanger par quelques pièces à un cirque, comme attraction potentielle. Alors quand j'eus la force de rouvrir les yeux béants, j'étais entouré d'une petite cage en fer, en métal, et à nouveau dans le noir sans le drap qui m'enveloppait pour me tenir au chaud.

En trois fois, de trois manières différentes, j'eus la « chance » de changer brutalement de lieux, au moment où je fermais les yeux, me poussant donc dans une grande peur, terreur, expliquant ainsi les prochains événements ; soit une phobie m'empêchant de fermer mes paupières, ou plus simplement mes yeux, pendant plusieurs mois...

Cela fait une semaine... que je suis dans cette cage, j'en ai marre ! Je me demande encore combien de temps, je vais rester dans cet endroit lugubre... *J'aperçus cet homme...* Après, je ne dois pas oublier (« N'aie point peur, mon petit ») que ce vieil homme s'occupe bien de nous depuis tout ce temps...

D'ailleurs, il arrive vers moi pour me donner ma nourriture :

« Salut, mon petit, Oh ! ... tu es trop mignon !

— *Arrête de me caresser et repose-moi ! Tu sais de quoi il a envie, Ton petit, tout mignon. Il a envie de lâcher son liquide jaune sur toi, sale vieux !*

— Ahhh ! Que fais-tu ! Arrête de pisser sur moi !

— *Vengeance ! Tu t'en souviendras, mon petit, qu'il ne faut plus me faire cela !* »

C'est ainsi que mon histoire commence… avec cet homme aux iris brun foncé, avec de courts cheveux couleur noisette, affichant un grand sourire trompeur.

Partie I
Mensonges

Confiance

1

Note à moi-même. Après environ 1 an et 4 mois, j'ai réussi à dresser... Comment dit-on encore ? ... Jusqu'à ! ... jusqu'à un certain point cet humain. Il a toujours beaucoup de défauts, mais avec le temps, je pense fortement qu'il a un avenir, s'il continue. J'ai aussi remarqué par hasard que je peux dire les mêmes sons que cet homme. Je ne sais pas comment j'arrive à le faire, mais cela ne doit pas être très important... J'ai décidé qu'aujourd'hui je vais surprendre mon humain de compagnie !

« Toi, ici ! hurla-t-il, en me pointant du doigt. Pour ensuite continuer à dire avec énergie, Tu arrêtes les conneries et tu me laisses nettoyer ta cage et mettre la nourriture !

— *Argh ! Tu me fais chier... pourquoi viens-tu me crier aux oreilles en premier, et si tôt !*

— J'entends bien tous tes gémissements, mais tout est de ta faute, sache-le.

— *Comment ?*

— J'ai pris comme résolution, quand je suis venu ici, de commencer du plus chiant jusqu'à descendre progressivement jusqu'au plus calme.

— *Comment oses-tu me juger ainsi ? Tout est de ta faute ! Sale vieux... si tu ne me caressais pas et ne me portais pas non plus, on n'en serait pas là tous les deux. Au lieu de cela, plutôt que de m'énerver… admire ma manière de parler et sois subjugué par mon talent !* Mo… n… petit ! »…

À ce moment-là, sa réaction fut… totalement différente de celle que j'espérais. Il réagit, si je puis dire, assez violemment en m'agrippant, me secouant mon faible bras droit… me hurlant avec hargne par la même occasion…

« Tu peux répéter ?

— *Tu me fais mal, sale vieux qui pue ! Je ne comprends pas… pourquoi est-il comme cela ? Il me fait mal.*

— Répète !

— Mon pe… tit ! répondis-je avec timidité face à toute cette terreur que me procurait ce dernier, affichant un regard tendu, impérial.

— Ho… non. Non, non, non. Mon dieu… j'espère que ce n'en est pas un de cette espèce ! » cria-t-il désespérément, tout en reculant fébrilement et mettant ses mains sur le front…

Il marchait, avançait avec hâte, stress, d'un pas nerveux, de droite, à gauche, affichant un regard perdu, ne sachant plus où tourner ses yeux, où observer. Pour ensuite partir… sortir de la tente avec stress, m'abandonnant, me laissant seul à moi-même au sol.

Il ne revint que le soir, arborant encore et toujours le même visage perdu, démontrant sa grande indécision. Au bout d'un moment, il se décida d'avancer d'un pas hésitant vers l'endroit où résidait la pauvre chose que j'étais, gisant par terre, sur le sol rocheux. Et qui pourtant n'arrivait pas à attirer la pitié de cet homme, ayant rapidement remarqué… j'imagine… que mon ventre, mon minuscule estomac était rempli de toute la nourriture du sac troué, se trouvant non loin de ma position. Cela me fait encore bien rire… même maintenant, parce que je me souviens tellement bien, quand il s'est écroulé par terre à genoux, visant, jugeant du regard ma tête, la bouche béante et la langue pendante, pendouillant sur le côté… Pour qu'il puisse me dire d'un ton d'une telle fatigue :

« J'en ai marre ! … Pourquoi j'ai choisi de le garder en vie ? Je pense que je vais plutôt le tuer… Calme-toi…

— … (Rot de la bête)…

— … Calme-toi ! … C'est de ta faute, Théo. Si tu l'avais mis dans sa cage, il n'aurait rien fait. Bref… écoute-moi avec attention, me demanda-t-il en me poussant faiblement de sa main, je pense savoir ce que tu es… Alors, même si tu ne parles pas, je crois que tu peux me comprendre. Je vais donc être franc, en te donnant deux règles très importantes, si tu veux vivre un tant soit peu encore, parce que tu pourrais peut-être bien mourir. La première, et la plus essentielle, est que tu ne dois jamais parler à personne d'autre que moi. La seconde est que tu ne dois pas te faire remarquer, sinon tu pourrais bel et bien être le prochain… avant l'heure. Je le sais… très bien, trop bien, que cela sera très difficile de te faire plier… Sauf que j'ai juré de prendre soin de toi. »

Le lendemain de cet événement… Étrangement, Théo vint d'un air calme, impassible, arborant cette fois-ci, contrairement à la dernière fois, un comportement normal. Il me réveilla, comme à ses habitudes, en premier, pour nettoyer mon lieu de résidence et mettre la nourriture de la journée. Cela se passa ainsi, pendant encore plusieurs jours, ou semaines peut-être, ou même encore pendant plusieurs mois… veuillez m'excuser, je n'ai pas fait attention au temps. Je ne m'en souviens plus très bien.

Bref… Revenons à l'histoire. Ce n'est qu'après un moment incertain, que celui-ci se fit couper, sectionner brutalement, si vous préférez… quand un homme entra dans ce lieu, l'endroit où résidaient toutes les bêtes apeurées…

Qui est-ce ? Je ne l'ai jamais vu ? Pourquoi ai-je peur ? pourquoi ai-je cette bizarre sensation de terreur ? … (Aboiements… Miaulements… Grognements…) Pourtant il ne fait que… (Aboiements… Grognements…) se balader lentement parmi nous (Entrechoc…) Qu'est-ce que…

« Silence ! » haussa-t-il la voix avec froideur, arrêtant net tous les gémissements.

À cet instant précis, à ce moment, en cette journée, il portait avec assurance, un magnifique haut-de-forme noir, comme les nobles de nos jours. Accompagné d'une redingote tout aussi noire, obscure, qui

15

descendait pratiquement jusqu'à ses pieds. Il arborait, affichait donc, en rapport avec son costume, un visage émacié forgé par le temps, avec ses énormes yeux d'un brun foncé, semblant vides d'émotion. Il était froid, il me faisait frissonner, rien qu'en le regardant. Une marche longue... oui, il avait adopté une démarche lente, jetant un rapide regard à tous les animaux. Pourtant, ce n'était de loin pas le plus marquant... tout simplement parce que j'avais remarqué... que toutes ces bêtes en cage affichaient un air terrifié, rien qu'en voyant cet homme.

Au moment où il regardait un autre animal, celui-ci baissait ses yeux avec indignation et crainte. J'avais tout aussi peur, je ne vais pas vous mentir... et pourtant je ne savais point pourquoi et d'où venait cette terreur... peut-être qu'en voyant toute cette « peur » chez mes confrères, je ne pouvais que faire de même, être terrifié, apeuré.

J'ai donc été sauvé de justesse de son jugement, de son regard impérial, par un homme ayant couru, étant essoufflé. Cet homme qui venait chaque jour me voir, nous voir...

Je ne comprends plus rien... Pourquoi Théo est-il dans cet état ? Qui est cet homme ?

« ... Monsieur le Comte, pourquoi êtes-vous ici ? Vous savez très bien que je n'aime pas... qu'on ne me prévienne pas quand une personne vient ici sans supervision... De plus, tous les animaux ont peur de vous, votre présence les distrait. Cela pourrait les déstabiliser le moment venu.

— Non, je ne partage pas votre opinion. Mon cher Théo, c'est la peur qui nourrit la vie, c'est elle qui nous pousse à faire des choix. Ceci s'applique aussi à ces animaux stupides, s'ils veulent vivre ou mourir. Et vice versa... une meilleure combativité dans les affrontements... donnera alors une recette plus élevée que d'habitude, mais je ne suis point venu ici pour te dire ce que tu dois faire exactement. Je te connais assez bien pour cela... Ergota le Comte, continuant avec tout autant d'ardeur, et de calme... Non, non. Je viens faire une petite visite afin de voir si ma nouvelle acquisition est dans ses meilleurs jours. Tu tombes justement bien, tu pourras donc me la montrer.

— Elle se porte au mieux ! Vous n'avez rien à craindre… c'était une bonne affaire pour cinq pièces de cuivre, j'en suis sûr ! Venez plutôt choisir les futurs combattants, monsieur Baltius, recommanda-t-il avec hésitation, intimidé par son interlocuteur toujours aussi froid.

— Pouvez-vous d'abord… me permettre de vous poser une question avant d'aller le faire ? rétorqua Baltius ne fléchissant pas, restant encore énigmatique.

— Oui, bien sûr !

Ce fameux Comte, le Comte s'avança lentement, doucement, gracieusement vers Théo affichant un regard tendu, perdu. Il se colla à lui, torse contre torse, faisant faiblement reculer de quelques pas, l'homme qui était en face de lui, pour qu'ensuite il puisse lever son menton, un menton anguleux, lui donnant, lui offrant un regard impérial, froid, déterminé, curieux, laissant même ressortir une lueur, cette lueur de magie sortant de ses iris, d'un bleu profond, démontrant sa curiosité. Afin de finalement commencer sa phrase d'une voix haineuse, et stoïque.

— En fait, pour être honnête, j'ai un doute qui me chagrine depuis quelques jours. Et le doute que j'ai, ce doute se trouve ici même sous cette tente. Tout simplement parce que depuis ce moment étrange où j'ai pu acheter cette bestiole, cette bête par pitié pour ce pauvre… Tu agis curieusement avec hésitation, depuis quelques mois, alors que tu es d'habitude d'un calme inébranlable et d'une fierté intérieure… Donc, pourrais-tu m'expliquer ce changement radical de ta part ?

— Vous m'avez tiré au clair… *Il se frottait le derrière de son crâne, ébouriffant ses cheveux…* Ce n'est pas à cause de cette bête. Ce n'est point cela, c'est parce que j'ai appris récemment que ma femme est enceinte, et même si je ne semble pas heureux… c'est tout le contraire, je suis très excité de bientôt savoir si c'est un garçon ou une fille.

— Alors pourrais-tu me dire pourquoi tu ne m'en as jamais parlé ? … C'est quand même une nouvelle importante et incroyable, que même toi tu n'aurais pas pu garder ?

— Je l'ai dit aux autres employés du cirque... je voulais vous garder la nouvelle, afin de pouvoir vous faire une surprise entre amis, rien de tellement dramatique.

À ces mots, le Comte, ou plutôt M. Baltius, si vous préférez, inclina tout le haut de son corps imposant, tout en gardant ses jambes bien droites. Quant à son visage, celui-ci s'arrêta au niveau de celui de Théo qui n'osait même plus parler, et il lui fit un grand sourire avec ses énormes yeux ouverts, puis lui demanda :

— J'en suis ravi ! Alors cela ne vous dérangera donc point qu'on aille voir ma récente acquisition, n'est-ce pas ? C'est loin d'être contre vous, mais je suis assez soucieux et prudent avec ce que j'achète.

— Mais oui... bien sûr, il est par là-bas. »

Qu'est-ce qu'ils font là ? Non. Non, je n'ai pas envie. Ne venez pas par là. Pas par là ! Il faut que je parte d'ici... (Cognements)... (Paille qui bouge) Je ne peux pas sortir ! C'est la fin... C'est trop tard, ils sont déjà devant ma cage et accroupis ! ... (Grincements des gonds)... Ne me prenez pas, je tiens à ma vie ! ... (Gémissements)... Tu me fais mal, lâche-moi !

« Est-il chétif ?

— Non, monsieur, c'est sa particularité, sa race, ils sont tout simplement comme ceci... ils prennent plus de temps à grandir.

— C'est une perte d'argent et de temps.

— ... Non, c'est là que vous vous trompez. Cette espèce a justement une caractéristique. Ils sont très doués à la métamorphose, vous ne serez pas déçu, je vous le jure. Il me faudrait juste le lui apprendre, mais cela pourrait prendre du temps.

— Laisse-moi en être un peu sceptique... Cependant, je vais quand même te laisser le bénéfice du doute, parce que je te connais bien, et je sais que je peux te faire confiance. Alors tu auras un laps de temps, et si à la fin de celui-ci, il n'y arrive pas, je le tuerai de mes propres mains, c'est d'accord ?

— Oui, mais vous me donnez combien de temps pour lui apprendre ?

— Je ne sais pas encore, je vais y réfléchir... »

À ces dernières paroles, celui-ci me jeta dans ma cage comme une merde, une chose putride qu'on n'aime pas garder en main, et ferma violemment, brutalement la grille derrière moi, afin de partir en n'adressant qu'un bref au revoir à l'homme fatigué, à côté de lui.

Il vint alors vers moi, Théo s'approcha de moi en s'inclinant, me faisant un immense sourire soulagé, pour me dire d'une voix tendre, et réconfortante : « Je suis tellement fier de toi… (Gloussements de l'homme…) tu as respecté ma demande. Maintenant, on va être tranquilles pour un moment… tu vas voir, j'ai énormément de choses à t'apprendre. »

2

Ce n'est qu'après quelques jours... à peu près une semaine, si je ne me trompe pas, juste après ces événements passés, que les deux hommes se revirent, ces deux humains, l'un en face de l'autre. Le Comte était assis dans son siège, l'immense fauteuil en cuir noir, commençant à s'éroder faiblement sur ses côtés, derrière un bureau massif provenant d'un chêne noirci, et où il y avait un simple tapis, accompagné d'un énorme tas de papiers, de paperasse, comme il y en a toujours. Quant à Théo, il était sur une petite, ou encore minuscule chaise en bois clair, en face. Un instant après s'être contemplé l'un, l'autre, l'éleveur de bêtes commença à parler calmement, et sereinement :

« Alors, combien de temps avez-vous choisi ?

Baltius prit, s'accorda un laps de temps avant de rétorquer à l'homme, dans un calme absolu, dans une voix monocorde :

— Du calme, du calme... rien ne presse. Pouvons-nous bien discuter un tant soit peu ? Vous êtes la seule personne à qui j'arrive à faire confiance, et avec qui j'aime parler dans ce cirque empli d'incompétents, de fous et d'ignorants.

— Comme vous le voulez, Monsieur le Comte. Il n'y a rien qui puisse me faire plus plaisir que de discuter avec vous, ne vous inquiétez point.

— Bien, parfait alors ! Comment va votre femme ? ... Vous vous souvenez, vous m'aviez dit qu'elle était enceinte, c'est bien cela ? Je serai très triste, s'il lui arrivait quelque chose de malheureux.

— Oui, je n'en doute pas, mais elle va très bien. Tout se passe à merveille.

— Avez-vous déjà trouvé un prénom pour votre enfant ?

— Oui… nous voudrions l'appeler Jean, si celui-ci est un garçon. Ou bien si c'est une fille, nous voudrions l'appeler Zoé, quand il ou elle va naître sous peu.

À ce moment, à cet instant, le Comte détourna soudainement son regard pensif, sans bouger, laissant immobiles ceux-là, comme absorbé par ses réflexions. Il ne souriait plus, affichait un visage fermé, puis il demanda avec gentillesse :

— Allez-vous bien, Théo ?

— Oui, je vais bien…

À cette réponse, dans une rapide décision, M. Baltius regarda à nouveau vers son interlocuteur subjugué par les mouvements et réactions de son ami, arborant un regard vide, froid, ne montrant plus aucune autre émotion. Il lui ergota donc :

— Justement, quand on parle de prénom… en avez-vous aussi trouvé un à l'animal ?

— Non, pourquoi demandez-vous cela ?

— Parce que… j'ai appris récemment, qu'il n'y a que sept races avec des attributs physiques qui savent utiliser de la magie… et peuvent parler.

— Quel est le rapport ?

— Vous allez bientôt le voir… Il y a tout d'abord celle qu'on connaît tous, les semi-humains… Ne se différenciant pas de nous, avec juste des queues d'animaux, des oreilles, comme des chats, ou chiens, ou encore loups se rajoutant. Ensuite, la deuxième… les Dragsiums, des êtres mi-humanoïdes et mi-dragon, gardant seulement nos formes, laissant alors le reste à l'autre moitié… C'est-à-dire les ailes, les écailles, les cornes pour certains. Puis la troisième… les Holiums, ou plutôt les humains si tu préfères, et je pense que tu dois te faire une idée assez précise d'eux. La quatrième, les Egniums, semi-aigle et homme, ayant gardé aussi nos formes, mais s'appropriant de l'autre côté, les ailes, les plumes, sur absolument tout leur corps. Sans oublier… en cinquième, les Gardiens, des créatures très mystérieuses, dont on ne connaît pratiquement rien, à part leur taille, qui équivaut les montagnes, accompagnés des spectres et enfin la septième et dernière race beaucoup plus rare et jeune, de par sa découverte et sa disparition récente : les Septiums qui sont dans une optique plus bestiale… avec les griffes, les crocs, la musculature énorme, imposante, recouverte de poils, et qui, par leur intelligence et leur ingéniosité hors normes, valent au moins dix de chez nous… Alors, je vais vous poser une question simple, est-ce un Septium ?

— Je ne sais point d'où vous tenez ces informations, mais elles sont fausses, vous savez très bien que cette race… cette espèce a été exterminée par l'armée royale elle-même, il y a déjà presque deux ans… avez-vous oublié ?

— Non, non, point d'inquiétude. Je le sais très bien, mais voyez-vous, je pense sincèrement que vous avez oublié quelque chose d'important. C'est que je marque dans un carnet, toutes les dates où je reçois de nouvelles acquisitions, et justement nous l'avons reçue, nous avons obtenu cette bête, le lendemain matin du massacre… et quand il nous l'a donnée, il y avait encore ce drap autour de lui. Et ce n'est pas n'importe qui pouvait se le procurer, parce que c'était un drap en soie que seuls de hauts bourgeois, ou des nobles, ou encore les hauts fonctionnaires de la couronne, sans oublier le roi, pouvaient se payer. Alors pourquoi ? Pourquoi abandonner un animal qui vient de naître avec un tissu des hautes personnalités sur lui ? De plus dans la forêt, expliquez-moi ceci. *L'homme en face de lui n'eut pas la force de répondre et resta impassible face à cette question, pourtant d'une simplicité incroyable, forçant le Comte à continuer de parler…* Comme vous ne semblez pas trouver de réponse adéquate, je vais vous éclairer par ma lumière. Il n'y a qu'une seule explication plausible d'après ma personne, avec les informations que j'ai en ma possession. Dans une histoire hypothétique, ses parents étaient bel et bien des Septiums, et il est né lors de la fameuse nuit… forçant alors ses parents à l'abandonner pour le protéger, au même moment où l'armée les exterminait un par un, et tout cela grâce à un parchemin de téléportation qui lui a sans doute permis de se transporter jusque dans cette fameuse forêt. Ainsi de suite, on connaît le reste de l'histoire. Et pour en rajouter une couche, en expliquant ce que le drap en soie faisait sur lui… C'est tout simplement parce que sa race était plutôt aisée et gagnait bien leur vie, par leurs forces, aidant grandement à bâtir nos constructions les plus complexes. Alors, s'il vous plaît… arrêtez de me mentir, vous vous enfoncez au fur et à mesure.

— Je dois l'avouer… Cela est vrai, c'en est bien un, et je l'ai appris il y a déjà quelques mois, quand il m'avait dit "Mon petit" au moment où je nourrissais les autres animaux. Il a sans doute appris ces mots à l'heure de ses repas, parce que je les lui disais souvent… et maintenant que vous savez tout ceci, qu'allez-vous faire de lui ?

Un grand sourire vint à ses lèvres charnues, en posant son dos sur le dossier de son fauteuil, il rétorqua d'une voix sereine, calme :

— Je vais vous donner huit ans… pour tout ce que vous croyez important de lui apprendre.

— Comment ? Je ne comprends pas ? Ce peuple… est poursuivi par les autorités, pourquoi ne pas l'abandonner, ou bien le livrer à celles-ci ?

— Cela ne serait pas stupide… si on se disait que les ordres donnés par la royauté ont une certaine importance. Seulement, mon cœur est dicté par l'argent, et celui-ci pourrait bien plus nous apporter en le faisant combattre que si on le rendait, ne le croyez-vous pas ?

— C'est illégal de faire cela… Vous pourriez vous retrouver en prison… Nous pourrions tous en payer le prix !

— Tant que personne ne le sait, ce n'est point un problème pour nous. Je ferai en sorte que pendant sa grande apparition aucun problème ne vienne à nous nuire. Ne vous inquiétez pas de cela, tant qu'il nous montre une certaine utilité, cela vaudra le risque. Alors vous allez faire comme si de rien n'était… et lui apprendre ce que je vous ai demandé. Est-ce que vous avez bien compris ?

— Oui, monsieur, cela sera fait selon votre bon plaisir. »

3

Des semaines passèrent après cette conversation, avant que Théo vînt me voir à nouveau, affichant un énorme sourire d'hypocrite... de joie. Il montrait alors avec une certaine fierté une immense joie de vivre, pour m'annoncer en haussant la voix : « Tu es libre ! » Pourtant à ses paroles pleines d'espoir, je ne pouvais comprendre... Cette bête que j'étais ne pouvait comprendre ce que signifiaient ces mots, alors qu'elle n'avait toujours pas eu l'occasion de contempler l'extérieur.

Il ouvrit donc béatement la grille de ma porte, des barres en métal rouillées, grinçantes sous le mouvement. Je m'en souviens encore... que j'avais combattu pour ne pas sortir, par peur, par peur de ce qu'il s'était passé. Et malgré cela, Théo réussit difficilement à me jeter dehors, et à me prendre par la main pour m'amener m'entraîner jusqu'à la bâche. Puis il la souleva, et... je vécus l'un des plus merveilleux moments que je pus passer dans ma vie, et qui reste encore gravé dans ma mémoire. L'instant, où j'eus enfin la possibilité de voir cette lumière... la chaleur de cet astre étincelant, m'éblouissant par son intensité et sa magnificence, accompagnée par cette petite brise, cette brise légère, tiède. Et pourtant même avec tout cela, le rêve ne se terminait toujours pas... quand j'eus l'autorisation... de sortir entièrement de la tente, cela me laissa sans voix sur le moment. Sur ce moment où je pus sentir pour la première fois ce vent frais et doux me caresser, faire bouger tendrement mes poils crasseux, puant la merde, la pisse, et recouverts de morceaux de paille. Je m'en souviens, j'étais tellement heureux... que j'en ai même levé les yeux au ciel, et je pus alors contempler pour la première fois... ce merveilleux ciel bleu clair, avec ses taches blanches. Pour la première fois, je vis des bâtiments de toutes les couleurs, de toutes tailles, des personnes au loin, avec des adultes, des vieillards, des enfants, des chiens et chats, affichant une certaine joie de vivre, en jouant ensemble juste un peu plus loin *devant moi. Je n'étais... Je l'avoue, qu'un gamin plein d'énergie, ne voulant qu'une seule chose : s'amuser avec eux... J'en sautillais même. Pour la première fois après cela, j'eus la possibilité de sentir de vieilles dalles de pierres chaudes sous mes coussinets noirs. J'en pouvais tout simplement plus... toutes ces informations d'un coup ne me firent qu'une chose...* Qu'est-ce que j'ai ? Pourquoi suis-je tellement heureux ? ... Pourtant, ce n'est pas grand-chose, alors, pourquoi ? Je n'arrive plus à tenir debout, pourquoi je pleure ? Pourquoi ?

« Voyons, il ne faut pas te mettre dans un état pareil, viens par là.

— *Je t'ai déjà dit que je n'aime pas faire cela... Je n'aime pas les câlins. Arrête, s'il te plaît.*

— C'est vrai que j'y suis peut-être allé un peu trop brusquement avec toi... C'est la première fois que tu vois tout cela. J'en suis désolé, j'étais tellement pressé de tout te montrer que j'en ai oublié que pour toi tout est nouveau... que tu découvres le monde, n'est-ce pas ? Il est magnifique...

— ... (Gémissement)... *Oui ! Je le trouve magnifique ! Magnifique !* »

La première fois que je pus pleurer. Non pas des larmes de tristesse, mais de joie, parce qu'avant tout ceci, tout ce que je pus voir avec mes yeux, mes minuscules yeux d'enfant, c'étaient le noir, l'obscurité, le stress, la peur, et ressentir pour une fois autre chose que la paille, la merde, la pisse dans ma pauvre cage. Cela m'avait ouvert les yeux... Alors la seule et unique chose que je pus faire... c'était de rester à genoux pleurnichant, m'agrippant à la vieille chemise brune et unie de Théo, devant ce spectacle qui était pour ma personne, à ce moment précis, « INCROYABLE ».

Dans ses bras, je le regardais avec mes gros yeux, tout émoustillé, laissant apercevoir quelques gouttes de larmes qui restaient sur mes poils ébouriffés, et je ne m'arrêtais pas de renifler... À la fin, je m'endormis même contre lui, et je ne vais pas mentir, où il régnait une excellente odeur, avec ses vêtements que je trouvais particulièrement doux à ce moment. Il avait une prise réconfortante... douce, comparée au sol de ma cage qui m'empêchait de dormir par sa puanteur, par sa dureté qui m'était désagréable... Cependant, ce doux moment s'arrêta bien vite. Quand je pus pour je ne sais quelle raison, me réveiller...

— ... Comment ? Je ne comprends pas. Pouvez-vous m'expliquer ? demande l'interlocuteur ahuri et perdu par ce qu'il apprend.

Je ne sais pas ce qui a déclenché cet événement pour être honnête... mais cela a conduit à avoir mes premiers symptômes.

Et quand bien même on s'attarde sur la question, le mal a déjà été fait... Cela m'a permis d'avoir des visions floues, montrant peut-être... mon père... enfin, je ne suis pas sûr... entrain de sangloter, en larmes sur mon petit drap blanc et sur mon visage grimaçant, en m'ergotant des mots inaudibles autant les uns que les autres, à cause d'absolument tous les cris en fond... mais cela n'était qu'un cauchemar flou, sans fin, et sans intérêt, et encore aujourd'hui, où j'avais juste eu peur sans plus à ce moment, comme tous les enfants, pour finalement l'oublier sur l'instant...

Je criais malheureusement trop vite victoire, car à l'instant où j'eus à nouveau la force d'ouvrir mes yeux, la première chose que je vis était un visage perdu, pensif, arborant un regard apeuré. Voulant tout dire, et malgré cela, je ne compris toujours pas la gravité du moment, jusqu'à ce que je puisse remarquer avec rapidité mon bras, un bras incontrôlable, convulsé, bougeant de droite, à gauche, de haut, en bas, de manière aléatoire. Je hurlais même de douleur, de peur, face à la convulsion précaire à laquelle j'eus droit.

J'eus facilement la possibilité de reprendre mes esprits après tout ceci, sentant encore l'atroce douleur qui parcourait mon corps empli de crampes, de douleur qui parcourait mes veines... Elles prenaient une couleur bleu fluo, ou plutôt d'un bleu intense et profond. Cette heure, que nous pourrions qualifier de très douloureuse, s'arrêta progressivement. À la fin, j'eus alors le réflexe de vérifier, en me touchant timidement et fébrilement le visage, si j'étais bel et bien vivant. Et en retirant celle-ci, je constatais aisément sur les bouts de mes coussinets... du sang, un sang abondant, sortant de mes yeux, coulant le long de mes poils, tombant au sol par petites gouttes... J'étais horrifié par cette vue.

Avant même que je pusse réagir davantage, Théo me prit brutalement dans ses bras, se lançant dans une course effrénée entre les tentes du cirque, jusqu'à ce que l'on puisse apercevoir une cuve d'où sortait une fumée. Sans me laisser le temps de réfléchir et d'agir, il me jeta dans celle-ci. C'était aussi... la première fois que j'étais capable de sentir de l'eau s'infiltrer dans tout mon corps... sentir l'eau se glisser autour de ma peau, s'initiant dans les narines, la bouche béante... j'imagine que vous avez compris ? Je n'aime pas être dans l'eau, c'est beaucoup trop désagréable, et pourtant je trouve quand même quelque chose de sublime dans ce supplice... c'est sa couleur saphir...

Quand je réussis à éjecter le haut de mon corps... je pourrais dire... Enfin, pour ma part, j'eus une vision d'horreur, pire encore que le sang : un homme pratiquement nu, entrant lui aussi dans la cuve, avec un chiffon froissé dans sa main... Juste pour dire... c'était quand même choquant, même assez choquant de voir que vous n'aviez pas de poil, ou pratiquement rien. Bref... je le voyais se rapprocher, sauf qu'à cause... de ma découverte, je ne pouvais réagir face à cette monstruosité, les monstruosités que vous êtes, une créature sans poil pubien. Quand il m'agrippa... j'étais dégoûté, mais tout aussi heureux de me dire dans ma tête que j'avais bien fait de refuser ses câlins durant ces années. Pendant mon moment de faiblesse, Théo me frotta, il ne s'arrêtait pas, continuait à monter, descendre, encore et encore, ne lâchait rien, avec un vieux chiffon pour me dire : « S'il découvre cela... ». À la fin de cet intense instant, de ce lavage, il me laissa tranquille et se reposa contre le bord, épuisé par l'effort considérable qu'il avait fourni. Alors que pour ma part, j'étais juste entrain de m'apitoyer sur mon sort, en restant en position fœtale due à la douleur de mon visage.

Ce n'est qu'avec cette fumée, cette douceur, cette chaleur, que je pus me réconforter... même si je n'arrivais plus à bouger. À ce moment-là, je pris goût entre guillemets à cette méthode pour se nettoyer, même si je n'aime toujours pas l'eau, mais je trouve encore maintenant que c'est le moyen le plus rapide, parce qu'auparavant, pour être franc, je n'avais que ma langue pour me laver, c'était, et encore maintenant, un tout autre monde.

Pour la suite, je ne comprends pas, même encore maintenant, en tout cas, je pense certainement que je l'ai fait pour me venger de cette session de torture… Tu vas voir Théo ! Vas-y continue de te laver, sans faire attention ! *… Je fis un saut dans la petite cuve d'eau, créant au final un claquage plat, entraînant peu de temps après, une énorme vague se ruant sur l'homme en plein lavage de son corps putride. Malheureusement… il y eut une victime collatérale à ceci, lançant la colère de l'homme prostré… son éponge qui glissa de ses mains, et tomba à une certaine distance du bassin. Poussant alors Théo à me fixer d'un regard noir, obscur, vengeur, après avoir revu où était son chiffon… je compris à cet instant qu'il allait me tuer…* « Toi, là ! Viens par ici, qu'on parle un peu de ce que tu viens de faire à mon vieux chiffon !

— (Non, merci. Cela serait avec grand plaisir, mais j'ai à faire.)

Il essaya de me sauter dessus… il se rata lamentablement et se fendit le front contre le rebord. Cela créa beaucoup de bruits, de sons disgracieux, durant les heures suivantes, faits par notre course-poursuite interminable. Avec d'un côté, moi… grattant le bois avec mes griffes, et de l'autre un homme pittoresque se cognant pratiquement à chaque mouvement.

Cela dura à peu près deux heures… à la fin de lourdes blessures étaient apparues sur nos pauvres corps meurtris, causées par les trébuchements et les glissades. Il y avait moi prélassé en plein milieu de la cuve, flottant dans le peu d'eau qui restait dans la cuve, inerte, blessé de plusieurs bleus, avec un coulis de sang à ma pommette gauche. Et de l'autre côté mon poursuivant mort de fatigue, aussi avec plusieurs ecchymoses, qui regardait vers le ciel avec son corps se reposant contre le rebord. Puis comme dans les scènes mythiques, vous voyez ? Nos deux êtres se relevèrent et firent un dernier effort, des gémissements, des visages déterminés à vaincre, démontrant notre soif de combat...

"Tu vas voir la vraie terreur, maintenant, sale bête !

— (Ouais, ouais, cause toujours !)"

En même temps... après ces mots, nous nous sommes rués l'un sur l'autre avec un dernier entre chocs, m'entraînant en premier, à tomber. Ainsi Théo dans son infinie sagesse, leva ses deux bras en l'air, et poussa un cri de délivrance : "J'ai gagné !" *mais cela ne dura pas longtemps... parce qu'il me suivit en tombant sur mon cadavre, en gardant bêtement ses deux bras levés. Lui permettant d'éclater ses poignées contre le bord du bassin. Enfin avec le hurlement de celui-ci le combat se termina dans un bain pratiquement vide, éclairé par les rayons du soleil qui se couchait doucement, laissant peu à peu la place à la nuit, à l'astre d'argent.*

Quand je rouvris enfin mes yeux, ceux-là étaient dirigés vers un plafond en bois qui était éclairé par une petite lumière jaune orangé, mais moins que celle de la torche. Je me suis mis alors à tourner mon regard sur les côtés par curiosité, afin de constater qu'à gauche, il y avait une fenêtre montrant l'extérieur qui était noir, obscur, illuminé par seulement quelques lumières. Puis en tournant à droite, je pouvais voir Théo en train d'écrire avec une simple bougie à côté de lui.

Aussitôt, je me levai après avoir fait le tour des lieux, attirant l'attention de Théo, le faisant immédiatement venir énergiquement avec un grand sourire. Il garda sa bougie dans sa main gauche, et dans l'autre, des feuilles. Il se posa sur lit où j'étais, tout en continuant à me regarder, en commençant avec fierté à faire une tirade, un discours... pour m'expliquer ce qu'il avait écrit sur les fameuses feuilles. Malheureusement, tout cela ne m'intéressait pas. Quand je regardais les feuilles avec ces explications, ceci me donnait juste l'envie de dormir, même si quelques fois ceux-là étaient farfelus... mais, j'étais quand bien même étonné par Théo, parce qu'il avait l'air heureux de faire ceci, cela pouvait se voir dans ses yeux qu'il était émerveillé. Si vous voulez, je préférerais passer ce moment...

— *Non, non... Vous allez me le raconter, rétorque-t-il avec impatience, je dois avoir absolument tous les détails émouvants, énervants, ou encore sans intérêt, cela m'aide. Je pense que vous devez au moins avoir assez de jugeote pour le savoir.*

— *Oui, je comprends ne vous inquiétez point...* "Tu es encore petit, mais tu donnes déjà du fil à retordre, j'en suis prostré... sache-le quand même, que si tu me refais un coup pareil, tu vas souffrir ! ..."

— (La première fois, ce n'était que de la chance, la prochaine fois ne sera pas la même fin !)

— ... regarde cela, j'ai commencé à préparer les feuilles pour ton apprentissage. La première que tu vois ici, c'est pour l'alphabet, juste à côté, il y a celle avec les conjugaisons, puis il y a la troisième sur la grammaire, celle-ci est plus dur, mais dit toi que c'est possible et que tu pourras le surmonter... attends je vais trouver un exemple... Quand une femme accouche, même si c'est compliqué ! Au bout d'un moment, tout sort et c'est fini ! ...

— (Mais qu'est-ce qu'il raconte, qu'est-ce que veut dire accouchement ? ... Mais il est bizarre... Il est comme cela dans la vie de tous les jours ?)

— ... Au début, c'est toujours dur sauf que tout le monde surmonte cela ! Alors je ne vois pas pourquoi tu n'y arriveras pas, fais-moi confiance... mais bon, j'ai encore plein de feuilles à faire... Sinon... c'est sans importance pour l'instant, on va se débrouiller ce soir. Il est trop tard pour commencer, mais je suis beaucoup trop excité... je ne peux pas attendre, de plus tu es réveillé c'est un signe du Bon Dieu... »

... Même s'il affichait un énorme sourire rempli de joie dans sa façade, ses yeux semblaient tristes, comparé aux autres rencontres, je ne pouvais pas arrêter de remarquer cela durant cette soirée, où il ne me fixait même plus du regard. Alors, avec ma grande ingéniosité, à la fin du cours... je fis une chose humiliante afin d'attirer son intention... mais je vais passer ce moment pour mon bien...

— *... Cela est gênant... ? Ceci veut dire qu'il a dû se passer quelque chose durant la fin ! Et comme je vous l'ai ordonné, vous* *devez tout me raconter. Pour votre bien ! interrompt l'homme dans un ton froid et ferme.*

— ... *Et le vôtre... sachez-le, si vous venez à l'apprendre, mon histoire pourra continuer paisiblement, mais je ne pourrais vous garantir que la vôtre ne se terminera pas ici, cela est bien compris ? ... Je prends votre silence pour un oui.*

Ce n'est que quand le soleil vint à nouveau nous taper de ses rayons que nous nous sommes réveillés avec des petits yeux écarquillés, dû au manque de sommeil de cette nuit-là.

C'est qu'après une trentaine, vingtaine de minutes, que Théo partit dehors sans dire un mot à mon égard, m'ignorant royalement, juste au moment où il regarda à l'extérieur, me laissant donc encore me prélasser, sur ce lit, qui à cet instant, semblait si doux, comparé à ce que j'avais d'habitude. Tellement confortable même, que je n'arrêtais pas de gigoter comme un ver de terre, à la différence que je pouvais grogner de plaisir. Jusqu'à... « Comment ? cria Théo.

— (Qu'est-ce qu'il a encore, il veut me réveiller, *me demandais-je surpris, pour continuer à me dire,* Je vais regarder par la fenêtre.)

Ah, tiens... mon humain de compagnie a l'air en colère, cela se voit à son visage, plutôt crispé. Oh ! Cela me fait du bien quand je m'étire. Par contre, c'est qui l'autre homme moche et bossu ? (Bâillement)... Regardez-moi cela, ce sourire narquois... je ne l'aime pas celui-là, j'espère qu'il ne va pas venir me voir... Et voilà, Théo continue à hurler, mais cette fois-ci, je ne comprends pas bien. En fait, c'est l'autre qui le met dans cet état. J'avais raison, ce n'est qu'un vieux con l'autre.

Oh non ! Le bossu arrive. Non ! Théo, ne fais pas cela, ne te mets pas de côté pour le laisser passer ! Tu me déçois... Tu as encore des progrès à faire, c'est terrible, j'étais si bien tout seul dans ce merveilleux lit ! Allez dernier câlin, mon cher doux ami ! Ho, tu sais que je t'aime toi là ! »

Une fois entré, il ne me regarda que moi avec ses yeux emplis de malice, de joie, d'excitation, de colère, s'adressant à ma personne avec une grande joie et une grande sensualité : « Alors... *il s'avança vers ma position dans un pas lent et gracieux, puis c'était autorisé à se poser sur celui-ci, pour me prendre soudainement et violemment par la nuque...* voilà le grand Septium, race surpuissante... *Il prit un moment de silence pour regarder le plafond...* mais anéanti par nous, HUMAINS ! Je sais que tu ne me comprends pas, parce que tu n'as encore aucune connaissance à ce sujet...

— (Mais qu'est-ce qu'il dit, il me fait peur, il a besoin de voir quelqu'un de toute urgence.)

— ... et c'est tant mieux, comme ça je pourrai annoncer ma grande joie, de te dire que je suis heureux d'avoir pu parler avec un de ses représentants... *En resserrant fortement ma nuque d'un coup, il me rapprocha de son regard, prenant un teint magique rouge sang, suivi par un petit plissement des paupières, sans doute dû à son jouissement et son impatience...*

— (Tu me fais mal !)

— ... mais aussi de pouvoir te détruire de tous les recoins possibles et imaginables, même mentalement, sans oublier physiquement... j'espère que tu seras d'un grand divertissement... *Il me lâcha, commençant à partir avec grande hâte, pour qu'avant de sortir, il me dit ces derniers mots :* ne me déçois pas. »

Après ce discours fort en émotion, cette personne partit pour n'en plus revenir avant un long moment. Quant à Théo, il revint calmement dans la caravane, sans adresser un regard à la pauvre créature qui avait subi un lavage de cerveau par un présumé fou, pour finalement se rasseoir sur son tabouret et écrire. Ce n'est qu'à ce moment que l'on entendit une cloche sonner la nouvelle heure, qu'il vint me voir pour me dire calmement : « Je dois aller à la prière, alors reste ici sans rien dire, et ne fais pas de bêtise. » *Cela ne changea quand même rien à la situation, parce que je faisais à chaque fois le contraire de ce qu'il disait à cet instant-là de mon enfance... et surtout dire cela à un enfant, c'est peine perdue.*

Bien sûr, cela se réalisa... je n'avais même pas pu tenir 5 minutes, et point plus longtemps. En premier lieu, je fis tranquillement le tour des lieux tout en essayant de respecter sa demande, même si cela était dur pour moi de me séparer de ce si confortable lit. Pour qu'ensuite je puisse partir assez loin, en me donnant du mal pour pouvoir sortir de cette cage en bois, et revoir les chiens et chats qui jouaient... malheureusement, c'était bien trop d'imaginer cela, tout simplement car c'est impossible même encore maintenant, parce que je suis bien trop précieux pour eux. Bien sûr ! Je ne le savais pas encore, mais bref. Après, je me suis mis à aller un peu partout, sans but précis dû à mon ennui qui grandissait au fur et à mesure que le temps passait. Afin que finalement, je fasse qu'une petite connerie, une minuscule connerie, pas très grave... qui fit éclater la vitre de la fenêtre pour que je puisse sortir. Avec hésitation, et remords envers Théo, je pris un peu de temps à quitter la caravane. Cela pouvait aussi être compréhensible, parce que je pouvais être craintif, même si tous ceux-là, mes sentiments disparurent vite quand je pus à nouveau ressentir ce doux vent venir me caresser tendrement mes poils, cette fois-ci soyeux. Sans oublier que je pouvais maintenant repérer de nouvelles merveilleuses odeurs que je n'avais pas perçues la première fois. Attirant rapidement mon attention, se tournant par exemple à celle de la viande crue, ou bien celle cuite, ou encore celle du fromage, des épices, des sucreries, même celle du bois qui brûlait... oh ne me regardez pas ainsi, chacun à ses petits plaisirs, pour ma part, c'est le bois qui brûle.

Pendant un laps de temps immobile je contemplais ce qui m'entourait, pour finalement me diriger vers la fameuse essence, la fameuse odeur que la viande produisait, en espérant la voir, et de la goûter un tant soit peu.

Arrivé à l'odeur la plus forte, et plus proche, je pus voir pour la première fois une boucherie, mais je n'osais pas y aller par peur de la réaction des gens... Humm ! Je ne sais pas si c'est une bonne idée de me montrer aux gens. Depuis le début, toutes les personnes que j'ai rencontrées ont été bizarres avec moi, et m'ont fait des choses que je ne pourrais expliquer, comme pour le bossu, par exemple. Vas-y, cela sent tellement bon ! Non, non, non, regarde tous ses gens, ils sont beaucoup trop nombreux, je n'imagine même pas, si tous ceux-là sont du même calibre que ceux que j'ai déjà rencontrés. Imagine qu'ils te sautent tous dessus en même temps. Mauvaise idée ! Regarde cette belle nourriture, tu pourrais juste la goûter ! Argh, je n'arrive pas à me décider, c'est trop compliqué ! Vas-y ! Non ! Reste caché derrière la tente, sort juste la tête pour voir ! *... Je tentais de résister, mais cela devenait de plus en plus dur. Acquérir cette viande devenait mon but absolu même !* ... *M'entraînant à prendre un énorme élan, pour commencer à courir. Malheureusement, une main salvatrice me prit brusquement à la queue pour me tirer en arrière...* Non, pitié ! Je veux goûter, pitié ! Non ! Pourquoi, monde cruel ? *... Il me traîna, me frotta au sol, encore et encore, jusqu'à la caravane que j'avais quittée, puis me balança dedans avec force, comme une merde. J'avais pu alors... le voir, c'était monsieur Baltius en train de s'asseoir sur le tabouret de Théo, affichant un visage empli d'une très forte colère, d'impatience, caractérisée par la lueur bleue revenant même à ses yeux. Je ne pouvais tout simplement rien faire, je ne bougeais plus, à cause de cette sensation qui s'installa à nouveau en moi. Comme la dernière fois que je l'avais croisé, même si le temps avait passé... à ce moment-là, je ne comprenais toujours pas, le « pourquoi », tout ce que je savais à cet instant, c'est qu'il m'immobilisait sur place.*

Ce n'est qu'après un petit moment que Théo fit son entrée, pour être immédiatement surpris, prostré de voir le Comte assis sur son unique chaise, montrant une certaine colère. Tandis que monsieur Baltius voyant qu'il ne réagissait pas, il avait lancé la discussion dans un ton particulièrement calme comparé à son visage : « Alors, comment allez-vous, dites-moi ?

— Je vais très bien... J'aurais deux questions pour vous ?

— Vous pouvez me les poser, n'ayez pas peur, je ne vais pas vous manger.

— Pourquoi êtes-vous là ? Cela ne se correspond pas à votre stature d'être dans une si petite caravane, et pourquoi y a-t-il ma fenêtre qui est en morceaux ?

— Pour répondre à votre première question, c'est parce que j'ai ramené cette bête ici, car elle était sur le point de se montrer à la population pour aller manger de la viande. Et pour la seconde, je pense qu'il est sorti comme ça, de ce lieu, mais le seul problème… C'est que je ne sais pas pourquoi vous l'avez laissé seul et êtes parti ?

— J'étais parti à la prière qui se fait chaque jour vers midi, cela n'est point un péché d'aller la faire.

— Alors, vous avez préféré aller à cette prière stupide… *le ton du Comte commença à monter en continuant…* que de surveiller le Septium qui est largement plus important ! Cela aurait pu nous envoyer en prison, et juste pour ses choses futiles qui ne sont même pas sûres d'exister. Alors que lui ! *Tout en me désignant du doigt…* celui-ci est une certitude qu'il va nous être rentable par la suite, juste pour cette erreur je pourrais utiliser la manière de la maison habituelle pour l'éduquer, à cause de votre incompétence !

Théo, à ces paroles, se mit à genoux, en rétorquant avec force :

— Pitié ! Ne faites pas cela ! Vous le regretterez si vous décidez de le faire ! Je vous promets de ne plus faire d'erreur par la suite, je vous le jure.

— Comment pourrais-je vous croire ?

— Pour que vous me croyiez, je vais vous faire une promesse ! Jusqu'à la fin de son éducation, je ne prierai plus, je ne le quitterai plus, je resterai tout le temps avec lui… je trouverai une bonne excuse pour ma femme, mais par pitié ne faites pas l'autre manière, il est encore pur ! c'est un gosse !

— C'est un animal ! Enlevez-vous l'idée qu'il est égal à nous, *son ton commença à baisser au fur et à mesure*, mais si vous respectez cette promesse, je ne vois pas d'objection à ce que vous continuez son apprentissage. Sur ce, je dois vous laisser, j'ai déjà assez perdu de temps ici à vous réprimander.

En remontant la tête, de son visage soulagé, heureux, il répondit :

— Merci infiniment d'accepter mon offre, je vous promets de ne pas vous décevoir ! »…

À sa sortie très hâtée, Théo souffla avec un énorme soulagement, pour s'écrouler au sol en bois sur le ventre. Pour ma part… je me suis mis à me diriger doucement vers lui, m'arrêtant directement en me relevant pour aller à son petit plan de cuisine, et commencer à cuisiner. Pendant ce temps, je n'osais plus faire de mouvement, je ne bougeais plus, je le regardais faire, et rien d'autre. Je me sentais fautif de ce que j'avais dû lui faire endurer, alors qu'il m'avait bien traité depuis le début. C'était même assez gênant comme moment pour vous le dire, parce que je voulais une réaction de celui-ci, mais il n'y avait absolument rien qui se passait. Jusqu'à ce que nous puissions prendre notre dîner, où je laissai timidement Théo manger avant moi pour que je le suive.

Ce n'est qu'après avoir fini de manger qu'il débarrassa la petite table, pour y mettre à la place des feuilles emplies à nouveau de mots et de lettres, pour se lancer dans des heures d'explications de l'alphabet, la conjugaison... avec ses exemples malaisants...

Alors afin de me faire pardonner, je fis le bon samaritain, en me forçant à suivre. Lors de ce midi, je m'étais même mis à revoir tout cela, de A à Z.

Cela avait duré un peu plus de trois ans, si bien sûr, je ne me trompe pas... Où durant ce temps, j'avais appris votre langue, jusqu'à ce que je décide que je devais faire quelque chose pour qu'il me pardonne de l'autre fois. J'avais donc créé une phrase à la fin de ces trois années, pour dire : « Désolé de t'avoir mis dans le caca, Théo ! »... *c'était gênant...*

*Il avait même rigolé à ce moment-là... tout en me caressant la tête, tandis que je ne comprenais pas du tout pourquoi il riait ainsi, et je m'étais même mis en colère à cet instant en crian*t : « Ce n'est pas rigolo (qu'est-ce qu'il a, ce vieux !) ! » *parce que j'avais mis tout mon cœur dans celle-ci.*

Pour rétorquer finalement, en rigolant à moitié : « Je sais, mais ne t'inquiète pas, si t'avais peur que je te fasse la gueule, je t'avais pardonné, il y a déjà bien longtemps, parce que personne ne peut résister à cette bouille, mais je vais te demander de rester ici un moment, je dois aller voir quelqu'un, d'accord ?

— Qui ?

— Tu ne le connais pas encore. Alors, ne te soucie pas de lui, d'accord ?

— Oui, *en baissant la tête en même moment* (je vais me le faire, il n'arrête pas de me cacher des choses !). »

4

« Alors, qu'est-ce qui vous amène ici ? J'espère que votre bête ne va pas à nouveau s'enfuir », *commença-t-il avec un ton calme, étrangement calme, et serein face à Théo qui ne réagissait toujours pas, regardant froidement son supérieur. Pour finalement répondre, rétorquer :*

— Non, ne vous inquiétez point. Monsieur Baltius, je suis venu faire mon rapport et pour connaître la suite des événements pour Eilif... je lui ai trouvé un nom...

— Ah bon ? Ne vous n'ai-je pas recommandé de ne pas le traiter comme un être égal à nous ? Ce n'est rien d'autre qu'un animal. De plus, ne l'oubliez pas... quand il devra se battre pour nous, en tout cas pour survivre, je pense honnêtement qu'il n'aura plus qu'une idée en tête, c'est de nous tuer. C'est pour cela que je suis en train de créer une cage spécialement pour lui, pouvant contrôler sa future force, qu'on disait si extraordinaire pour ses pères.

— Je le sais très bien, mais pour l'instant... Je voudrais qu'il n'ait encore aucun doute sur qu'il va lui arriver, c'est pourquoi j'essaie de créer un lien de confiance entre nous jusqu'au jour J. Pour continuer... dans ce que vous avez demandé, il y a trois ans, celui-ci a enfin appris à faire des phrases, et à les comprendre. Alors je voudrais savoir qu'est qu'on va faire maintenant ? va-t-on lui dire ce qu'il va faire plus tard, va-t-on lui approfondir ses connaissances ?

— Justement, apprenez-lui les bonnes manières, et plus de vocabulaire... je voudrais aussi que vous ne lui appreniez pas le champ lexical du combat, si cela n'est toujours pas fait.

— Non, je ne lui ai pas encore appris. Je n'en vois pas l'utilité, je n'ai qu'appris les bases de la langue.

— Parfait ! Ne lui apprenez donc aucun de ces mots, il ne doit rien savoir de cela, ça nous apporterait que des soucis. Les Septiums comprennent, grandissent, et apprennent bien plus vite que nous, les humains... et la cage va, d'après l'artisan, prendre plusieurs années afin qu'il la finisse, et les problèmes viendront bien plus rapidement, si on lui apprend ce qu'on compte faire de lui. Alors il faudra gagner du temps.

— Je vois, et du coup, à quel âge voulez-vous qu'il commence à combattre exactement ?

— À ses dix ans, cela me convient... je pense honnêtement qu'il sera déjà assez grand. Et faites quand même bien attention qu'il ne s'énerve pas, cela pourrait devenir dangereux, même à cet âge.

— Pourquoi vous inquiétez donc, de mon sort ainsi ? Vous pourriez, et j'en suis sûr, me remplacer quand vous le voudriez ?

— Non, justement... vous êtes le seul qui a accepté de le faire, et je le dis, parce qu'après l'erreur, ou plutôt l'accident que vous avez laissé se commettre, ce jour-là. Je vous ai fait croire que j'allais vous pardonner, mais j'avais quand même bel et bien demandé à plusieurs hommes de confiance s'il voulait s'en occuper. Malheureusement, aucun n'a accepté quand j'ai énoncé ce fameux mot « Septium ». Alors il faut bien que vous surviviez, sinon comment pourrais-je m'en occuper ?

— Pourquoi ne demandez-vous pas à se sale bossu vicelard ? rétorqua-t-il en faisant un petit fou rire nié.

— Vous parlez de mon adjoint, monsieur Bisseau ?

— Oui, lui. J'en suis sûre qu'il accepterait sans hésiter.

— Oui, je le pense aussi... sauf que mon but, en tout cas mes espérances, c'est de ne pas détruire le Septium, avant l'heure fatidique. Et je le sais pertinemment... que mon adjoint l'anéantirait en moins d'une semaine. Alors vous êtes mon meilleur choix pour continuer son éducation.

— Alors, puis je vous laisser ici pour que je retrouve Eilif, monsieur ?

— Oui, vous le pouvez. J'ai dit tout ce que je devais vous annoncer.

5

Le soir, le moment où l'astre lumineux laisse place à sa sœur jumelle argentée, il revint donc à la caravane, où il y eut une surprise... peut-on dire cela comme ça ? Celle de voir ma personne, l'enfant que j'étais à bout de nerf, ne pouvant plus résister aux conneries que j'étais capable de réaliser... « J'en peux plus ! Je ne pourrais plus tenir sans faire de bêtises ! » *dis-je avec un visage désespérément crispé d'ennui, de colère, et de larmes.*

Et durant donc toute la soirée... Théo avait dû me calmer, vu mon état... voulant absolument tout détruire autour de moi.

Le lendemain, à l'instant où on pouvait apercevoir les premiers rayonnements du jour, celui-ci avait alors décidé de me laisser sortir, vu ma grande sagesse de l'autre soir... Bien sûr, j'étais toujours accompagné par lui, mais à part ceci, cela était déjà une libération. Je pouvais enfin dépenser toute mon énergie débordante, en courant à tout va dans la cour du cirque.

Après cette petite récréation, Théo vint vers mon corps raide mort, épuisé par tous les efforts donnés, pour me demander tendrement, en regardant droit dans mes yeux inertes : « Cela te dirait de voir le monde extérieur, sans que personne ne te remarque... comme un fantôme ?

À ce moment, tout mon être se remit à revivre, avec un visage... Emplis d'étincelles, d'émerveillement, afin de finalement répondre :

— Je peux vraiment faire cela ?

— Oui... *il sortit donc une grande veste noire, plutôt une tunique avec un capuchon.* Regarde ça ! c'est justement ceci qui va te permettre de le faire. N'est-ce pas fantastique ? *Je le lui pris même de force, afin de pouvoir le voir de plus près... puis de le mettre, permettant à Théo de jouer le jeu en répliquant :* Ah ! Mais où es-tu donc passé ?

— À ces mots, je me pris même à son jeu de rôle stupide et puéril, en retirant la veste pour essayer désespérément de lui faire peur, avec un cri, Booooh !

— Ahhh ! Mais où étais-tu passé ? Eilif, j'espère que tu n'as fait aucune connerie ?

— Ne t'inquiète pas ! J'ai compris qu'à mes dépens… je pouvais faire changer de personne de compagnie ! … Et je ne veux pas me séparer de toi…

Son visage se décomposa, même plus que ceci, il se fondit en moins qu'une seconde, après mes paroles entre guillemets étranges. Pour me prendre par mes deux épaules frêles, me secouant d'avant en arrière, encore et encore, en me demandant :

— Comment tu sais cela ? Qui t'a dit cela ? Ce n'est que des balivernes, ne le crois pas !

— Mais, personne n'a dit quoi que ce soit… j'ai juste réfléchi, enfin… le monsieur bossu, il y a un an, me l'a dit.

— Ne t'en fais plus. Il n'y a plus aucune chance qu'il y a une autre personne qui vienne me remplacer, m'avait-il dit avec un grand sourire réconfortant, et paisible, afin de continuer, Sinon on y va ? Tu n'as plus envie d'aller voir les gens, Eilif ?

— Si ! Je veux y aller ! »…

Je me souviens bien de cette sortie en ville, de cette longue et merveille escapade, j'en avais même mes poils qui en frissonnait déjà… tellement excité. Rien qu'au moment, où je pus enfin m'en aller de la cour du cirque, et de voir… de contempler même de plus près les bâtiments, ces bâtiments que j'ai tellement rêvé de voir. Cette incroyable agglomération de monde, de toute sorte, de toute culture, qui donnait la vie à cet amas de matière inerte autour de moi, se poussant d'un côté à l'autre, gentiment, ou bien violemment. Soit par leur manque de temps, les pressant, soit de par leurs émotions, telles que leurs colères, leurs joies, leurs pensées. Nous étions tellement serré, qu'on aurait pu dire qu'on était comme dans un pressoir, un pressoir vivant, amorphe, créant des rencontres, des échanges, des disputes, un brouhaha aussi incompréhensible, qu'imposant, *m'émerveillant par sa vie, sa joyeuse vie, où tous les sujets possibles et imaginables se confondent. Et ses bâtiments... qui ne tarissent toujours de mes éloges, par leurs énormités, leurs complexités, montrant le génie de nos espèces. Composée de vieilles, et épaisses briques taillées à la main, liées en un seul tout parce qu'on appelle mortier afin de tout colmater, et coller entre eux. Une charpente extraordinairement... je ne sais pas comment la décrire... Elle était, et est toujours immense, sombre, bien usée par le temps qui s'est passé, pouvant raconter une multitude d'histoires, par ce fameux temps qui s'est passé, et tenant encore. On pouvait encore très bien le voir, contempler que celle-ci soutenait, résistait encore le poids de ses édifices dont on ne voyait pas le bout de par leurs statures incroyables. Cela en rendait même toute la rue noire, obscure, qui était obligée d'être éclairée, illuminée par les lumières des lampadaires, des vieux lampadaires, se reflétant sur ses pavés de pierre émaciée, dont je me souviens encore très bien... avec au milieu un ruissellement d'une eau brune, assez faible, lente et que j'essayais désespérément d'oublier l'odeur atrocement forte qui en sortait, à cause de sa certaine beauté. Une beauté se créant encore aujourd'hui par les lumières, la faisant encore s'illuminer, durant les moments où personne passe devant. Et avec tout cela... ceci se faisait accompagner par l'énorme, imposant nombre de style vestimentaire, de goûts vestimentaires, permettant de construire tout un panel, avec certains portant des redingotes longues, ou bien courtes, d'autres avec juste des vestons noirs avec des broderies, des fois pas, encore d'autres avec des tabliers... c'étaient des bouchers, des artisans criant de tous venir, que leurs produits sont de la meilleure qualité, etc.*

Disons que cet instant était magique. Malheureusement... Bien sûr même ! Nous sommes rentrés à la caravane, qui me semblait cette fois-ci bien petite, même ridicule comparée aux bâtiments que j'avais pu contempler. Et d'où mes yeux n'en revenaient toujours pas, qui regardaient béatement vers un meuble qui se trouvait en face de mon emplacement. Je restais immobile, je ne bougeais plus, j'étais comme raide mort, debout en plein milieu de la petite pièce. Je repensais encore à ses images... C'est normalement là que j'eus la passion des grandes cités avec leurs complexités architecturales, leurs agencements, leurs vies, leurs dynamismes irréguliers.

Cela me passionne encore maintenant... de voir ces choses, même si ce n'est que des briques, et du mortier, je l'avoue... etc., etc.

Mais... malheureusement dans tout cela, dans toutes ses merveilles, il y a encore une chose qui pose problème. Je parle bien de la seule chose qui les enlaidit, qui les dégrade, les déprave. Ce sont ses petites vermines puantes, vicieuses, hypocrites, jalouses, traîtresses, sans honneurs, se proliférant encore maintenant en masse, et envahissant les villes de leurs ignominies. Ne croyez surtout pas que c'est les rongeurs... dont je parle en ce moment avec vous. Ne vous trompez pas. Ce sont les HOMMES, c'est VOUS, les PUTAINS de vermines ! Vous êtes ses choses immondes qui me répugnent au plus haut point à cause de votre égoïsme, de votre manque d'empathie entraînant, vous forçant à prendre, prendre, prendre et reprendre, encore et encore, sans vous arrêter, continuant, ayant soif de pouvoir, ne pouvant pas donner, cela est impossible ! Un beau jour, et cela est une certitude pour moi, quelqu'un... peut-être de votre race ou d'une autre se montrera et changera tout. Ou bien ce monde que nous connaissons et qui est si magnifique DISPARAÎTRA ! Tout simplement, juste à cause de VOUS ! Sale MONSTRE... CON à souhait. Vous n'êtes que vermines, je le répète.

Vous avez l'air incrédule ? Si vous le voulez, je peux facilement vous donner un exemple... comme celui-ci ! ... L'extermination de mon espèce, injustifiée, sans une once d'honneur, après avoir rompue, craché sur le traiter de paix visant la coexistence entre nous deux espèces, pendant cette nuit comme des SALOPES... Sans oublier la suite... Se déroulant juste un peu plus de deux, ou même trois jours après. Vous savez ce que VOUS avez fait, n'est-ce pas ? Je vais vous répondre à votre place. VOUS avez mis en ESCLAVAGE les semi-humains, et tous ceux d'une autre espèce qui était dans votre territoire. Et pour ceux qui ont résisté, ils ont été anéantis, affamés, réduits à néant comme ma race... Et maintenant, pour ceux qui ont survécu...

Ils se font violer… séquestrer… torturer, traiter comme des merdes, reclus de la société ! La plupart n'ont pas supporté cela… ce qui a causé tellement de suicides. Les faisant s'entretuer parfois… Comme l'affaire récente, d'une mère et d'un père ne voulant pas laisser leurs enfants dans ce monde, et qui l'ont tué. Ou bien encore… ils peuvent se pendre, se trancher la gorge, sauter dans le vide. Et cela c'est vous, VOUS qui avez fait cela sur nous, de pauvres victimes de votre égoïsme. Tout simplement parce que vous êtes avides, vous voulez être les plus forts, comme chez les poules… c'est le coq ayant les plus énormes boules qui gagne. Et pourtant on se dit « CIVILISÉS », au-dessus des autres espèces… mais la vérité est bien différente de ce que l'on pense. Vous vous pensez bon, vous ne l'êtes pas, c'est tout le contraire, vous n'êtes que « monstres » qui ne savent que prendre, et rien d'autre, ne sachant qu'être stupides et vous voiler la face.

— Je ne sais pas quoi répondre à ses propos assez farfelus que vous dites à notre sujet… pour l'esclavage, ce n'est qu'un cadeau que nous vous offrons humblement, afin que vous puissiez vivre un peu plus longtemps dans ce monde qui n'est pas le vôtre. Comment pourrait-on vous donner une égalité comparée à nous ? Cela n'est point concevable pour moi, ni tous les autres, et pour toute la communauté même, rétorque-t-il froidement, machinalement, continuant dans sa lancé, mais vous pouvez continuer votre histoire, nous n'avons pas beaucoup de temps devant nous.

— C'est vrai, vous n'avez pas tort sur ce point, votre racisme est au paroxysme de l'ironisme, vous ne pouvez rien voir d'autre que vos envies personnelles, que les cris, les hurlements des autres subissant votre jugement inégal… mais pour ne pas vous décevoir, rien ne s'est passé après cela. Ce n'est que deux ans plus tard environ, où un accident mineur est advenu après ma demande au moment où je me trouvais à nouveau dans la caravane avec Théo écrivant encore, afin de vous montrer votre hypocrisie, l'avidité de votre espèce dans cette situation… je lui ai demandé : « Théo, j'ai une question pour toi.

— Tu peux me la poser ? *répondit-il.*

— Depuis le début… je n'ai jamais vu, ou plutôt croisé des gens comme moi, ce que je veux dire, des personnes avec la même apparence. *Théo ne répliqua même pas, ce n'est qu'après avoir insisté un peu plus.* Pourquoi ! Dis-le-moi !

Ce n'était qu'avec une petite voix timide qu'il osa me rétorquer :

— En fait… c'est parce qu'ils habitent dans un autre pays. Où il fait bon vivre pour eux, alors… c'est pour ceci qu'ils ne viennent pas.

— Mais… alors pourquoi suis-je ici ? Je ne serais pas mieux avec eux ?

— Je ne sais pas… quand on t'avait trouvé pendant une nuit, tu étais seul dans la forêt, et si je me rappelle bien, tu pleurais du plus fort que tu pouvais dans un drap en soie qui était autour de toi, c'était tellement mignon…

— Je ne suis pas mignon ! Laisse-moi tranquille ! »

C'est à cet instant où il me mentit. Plus tard, cela causera des répercutions assez… comment dire, violente. Ne croyez pas que cette action soit la seule qui va entrer en compte par la suite… Cette erreur causera quand même pas mal de dégâts…

Pour continuer mon histoire… retrouvons-nous à l'endroit le plus intéressant de cette période que j'appelle « Confiance » et qui porte plutôt bien son nom d'après moi. C'était une semaine avant la fin de cette partie de ma vie. Si je ne me trompe pas, ma tête devait déjà arriver au niveau de l'épaule de Théo. J'avais aussi développé une musculature plutôt importante, grâce aux exercices physiques réguliers que mon cher ami me faisait faire depuis que j'avais atteint l'âge de sept ans. J'avais sans oublier, un grand niveau dans votre langage à ce moment, même encore maintenant, avec quelques connaissances sur les manières de se tenir, et sur la métamorphose…

— … J'ai une question avant que vous continuiez votre histoire. Est-ce que durant toutes ces années, vous n'avez jamais vraiment eu aucun soupçon pour la suite des événements qui seront sans doute assez violents pour vous ? Interrompt-il machinalement.

— Non, aucun... pour tout vous dire, je ne connaissais même pas encore le champ lexical du combat en ce temps. Il ne m'avait rien appris de tout cela, alors comment aurais-je pu savoir ? J'étais dans l'ignorance la plus totale. L'éducation est dans la plupart des cas, pas tout le temps, je veux signifier, et souvent retranscrite par la version, une version bien propre aux gens qui vous la donnent... ou bien celle-ci peut être prédite. Les écoles, où nous les écoutons bien sagement, nous sommes sans le savoir être manipulés dans certains cas par ces paroles qui peuvent changer la version originale, notre version, avec les possibles croyances religieuses, point de vue ou autres, des professeurs, des parents, etc. Ou encore, un exemple bête, qui peut être infantile à première vue, celle du harcèlement. On se dit que ce n'est pas la faute des enfants, ils sont « immatures »... QUELLE BLAGUE ! Ils ne l'ont pas fait pour ceci, c'est parce qu'ils ont vu quelqu'un le faire. Peut-être un ami, un frère, une sœur. Il RÉPÈTE, RECOPIE seulement. C'est pourquoi je n'aurais qu'un seul conseil, ayez vos réflexions, réfléchissez un minimum à ce qu'on vous dit, et dites-vous si cela vous semble pertinent, parce que pour être honnête, je n'ai pas envie d'en débattre... pour revenir où j'en étais, j'avais développé tout cela, et bien d'autres choses encore.

C'était un magnifique matin où ma semaine commença... j'avais volé le lit de Théo après avoir gagné un jeu contre lui, le soir d'avant. Je m'étais même réveillé à la ramasse ce jour-là... tellement j'étais confortablement couché sur ce merveilleux lit que je considérais comme un sanctuaire. Je fis un grand bâillement, sortant par la même occasion quelques larmes coulantes sur mes poils. J'ai vite remarqué à cet instant que celui-ci, l'homme qui s'occupait de moi, devenait beaucoup plus gentil, en me laissant tout d'un coup, plus de liberté.

C'est pour cette raison principale, que je voulais le retrouver pour en discuter, et j'eus rapidement la chance de le voir sur sa chaise, ou plutôt son tabouret en face de son bureau en train d'écrire encore et toujours une chose sans importance. Je voulais... vraiment lui demander « Pourquoi ? » il était dans cet état, comme en transe, mais je savais pertinemment... qu'il ne m'aurait pas répondu, ou aurait

*détourné la conversation. Alors, je le fis autrement, tout simplement
en étalant ma fierté, et ma joie d'avoir gagné contre lui* : « Bonjour,
alors bien dormi sur le canapé ?

— Étonnement, très bien, et toi comment as-tu dormi ? Tu as raté
ton entraînement du matin, tu sais ?

— Très bien, pour ma part ! *Tout en m'étirant les bras vers le haut,
je continuais ma lancée*, mais pour l'exercice t'aurais pu me réveiller !
Ce n'était pas très compliqué...

— C'est toi qui le dis ! De mon point de vue, c'est pratiquement
impossible, tu es une véritable marmotte.

— Tu es méchant avec moi... je ne suis pas une marmotte. Je suis
plutôt prêt à parier que la chose qui t'a empêché de me réveiller, c'est
à cause de mon rendez-vous, avec LE COMTE pour demain ! Du coup,
tu me laisses me reposer pour ce jour.

— Oui, c'est sans doute pour cela... je pense... bon laisse-moi
écrire tranquillement.

— Qu'est-ce que tu écris ? Pourquoi ne veux-tu pas me parler ?
C'est si important, que tu dois me cacher le sujet ?

— Quelles choses voudrais-tu que je te cache, me répondit-il, d'un
air surpris, me regardant soudainement, avec curiosité.

— Cela se voit à ta réaction qui est exagérée, que tu me caches des
dires... Tu peux me l'annoncer, je ne serai pas énervé.

— Ce n'est point dans mes capacités de le dire... je ne peux tout
simplement pas, je n'en ai pas l'autorisation pour.

— Comment cela se fait ? ... Tu as peur, de qui ? *Théo ne rétorqua
pas, continuant dans ses écrits, me laissant deviner par moi-même*, De
moi ? Non je ne pense pas... de l'adjoint peut être. D'une personne
extérieure ? Je trouverai tôt ou tard, tu sais. »

*Il ne m'adressa même plus la parole, jusqu'à ce que je doive
finalement partir voir monsieur Baltius dans ses appartements, pour
être plus précis, dans son fameux bureau où tout se passe.*

6

Ce moment pour tout vous dire, je l'attendais avec impatience depuis que je pus enfin parler votre langue. J'avais même préparé un discours, et prévu toutes les réponses qui m'étaient venues en tête, pour cet événement particulier, ressemblant un peu à un entretien, vu que ce n'est pas très différent... j'étais tellement excité, je ne tenais même plus en place.

Je me souviens encore très bien... j'étais assis à côté de la porte à réviser ce que j'avais prévu de dire, et je ne m'arrêtais pas de me le répéter dans la tête plusieurs fois, tout en marmonnant...

— ... Pourquoi, étiez-vous aussi content, disons cela comme ceci, de voir le Comte à ce moment précis ? Vous ne l'aviez pourtant pas déjà rencontré, par le passé ? Si je suis bien votre histoire depuis le début que vous la racontez. Demande béatement son interlocuteur curieux.

— J'allais en venir... c'est simple, c'est parce que depuis le tout début, où j'ai pu le rencontrer. Comme je vous l'ai déjà répété plusieurs fois... Il me donnait auparavant une sensation de peur, de terreur, rien qu'en le voyant. Alors pour moi... comment dire ? De le voir à cet instant et que je puisse débattre avec lui, c'était comme un combat, ou un moyen d'enlever cette terreur...

Malheureusement même avec l'âge gagné par le temps, dès que je le vis et que je pus m'asseoir, je ressentis cette même sensation d'autrefois.

De plus, croyant vainement que le dialogue allait commencer dès mon entrée... cela n'était qu'un rêve. Je m'étais complètement trompé, parce qu'il ne disait absolument rien, il lisait juste des feuilles sans doute plus importantes que moi à cet instant.

Bref, ce n'était qu'après un laps de temps, qu'il leva la tête affichant une certaine joie, et malice, arborant un énorme sourire, pour commencer à dire avec énergie : « N'aie point peur ! Je ne vais pas te manger tout cru, je devrais d'abord te cuire pour cela ! Je ne suis quand même pas un monstre.

— Cela ne me rassure pas ce que vous dites, ou comptez faire de moi, Rétorquai-je fébrilement.

— Mais je rigole ! Ne t'inquiète pas, c'était juste de la taquinerie.

— Je l'espère... sinon pourquoi m'avez-vous demandé ici et maintenant ?

— Quelle rapidité ! Pourquoi tant se presser ?

— J'ai toujours été comme cela. J'en suis désolé.

— Ne t'excuse pas ! Bref... Je t'ai convié pour ton baptême du feu ! ... comme on dit de nos jours, si je ne me trompe pas. Je veux constater de tes progrès durant ces années.

— Pour ma part, j'aurais encore quelques questions à vous poser avant que nous commencions de parler de ceci, s'il vous plaît.

— Bien sûr, pose-les-moi.

— Théo me cache beaucoup de choses en ce moment, et à chaque fois que j'essaie d'en parler, il s'arrête aussitôt, ou bien me dit que vous allez tout me révéler ! Pouvez-vous m'éclairer sur ce point qui me met dans une situation assez embêtante ?

— Ne t'inquiète pas... il a juste peur pour toi, c'est un papa poule, parce qu'honnêtement toi et moi, ce n'est rien de bien important. Et bien sûr, n'oublions pas qu'il a aussi une vie en dehors du cirque ! Il doit juste avoir quelques problèmes extérieurs.

— Je le pensais aussi... Du coup ! Pour revenir au plus important, le pourquoi de ma convocation, parce que dire le "baptême du feu", cela me paraît compliqué de comprendre, sans explication.

— Oui, c'est vrai ! J'allais en oublier les explications. C'est juste parce que... tu sais, cela fait déjà dix ans que tu es là, n'est-ce pas ?

— Honnêtement, je ne sais pas, mais je l'imagine, qu'est ce qui en résulte ?

— Au bout d'un moment, tu sais, la vie n'est plus gratuite. Il faut travailler au bout d'un temps…

— Vous voulez que je commence à m'y mettre, c'est bien cela ?

— Oui, exactement.

— Et si, je refusais votre offre, et que je décidais de m'en aller, me laisseriez-vous partir ?

— Mais, bien sûr, ne sois pas sot, mon pauvre enfant. Je n'aurai juste qu'une question pour toi à ce moment-là, pourquoi voudrais-tu partir ?

— C'est Théo qui m'en a donné l'envie, avec ses histoires qui m'encouragent à le faire.

— Quels genres d'histoires, pourrais-tu me les décrire ?

— Que mon peuple, ma race pour être plus précis, se trouve en dehors du territoire d'Hestia, et que quelque part là-bas, il y a ma famille… Et à cet instant, quand je la verrais, je pourrais leur demander, pourquoi m'avez-vous laissé ? »

Il ne me répondit pas, il se contenta de reposer son dos sur le dossier de son siège, de son visage, un visage impassible, froid, pensif comme taillé dans du marbre. N'osant pas répondre, un silence pompeux se mit en place, avec un « Monsieur Baltius » comme figé dans le temps, qui n'aurait pas pu être plus perturbé par quelque chose. Je savais que je pouvais avoir l'avantage sur cette discussion grâce à cette révélation, et cela… m'aurait permis, sans aucun doute de le convaincre de me laisser partir… Alors pourquoi ? Pourquoi n'ai-je pas agi à cet instant ? Cela semble si insignifiant à ma vie, POURQUOI ? Juste parce que j'y avais ressenti de la colère émaner en lui, une peur énorme en moi qui me paralysait jusqu'au plus profond de mon être ? JUSTE POUR…

« … Si vous vous emportez encore, l'histoire de votre vie ne pourra pas être racontée jusqu'au bout de nos temps impartis, alors veuillez-vous calmer, s'il vous plaît, coupe-t-il le Septium immense, imposant, se trouvant en face de lui.

— Je le sais... je le sais très bien. Même pour moi, cela est difficile de raconter ceci comme si de rien n'était, parce que cette "histoire" de ma vie comme vous le dites, m'a quand même changé pour tout le reste de ma vie qui me reste à passer sur cette terre... cette histoire n'a rien de merveilleux, de magique si on peut le dire, ce n'est pas un conte, ni un rêve, mais un cauchemar... un enfer, comme vous le dites. Vous vous ne l'avez jamais vécu, vous ne pourrez jamais me comprendre...

Et pourtant vous avez raison sur un point, il faut bien que je continue cette mascarade, pour le Comte, en vous racontant mon histoire jusqu'au bout.

Pour vous satisfaire, ce moment de silence s'arrêta après un instant, à cause de plusieurs agents du cirque qui étaient venus à la porte, ce qui avait permis de décrasser son mécanisme, pour qu'il dise :

— Non, je suis occupé ! Si c'est important, restez devant la porte, c'est bientôt fini ! Bon, excuse-moi... pour cette grande pause. Je pense honnêtement que je commence à être rouillé, et j'imagine que tu l'as remarqué. Alors pour revenir où on en était, je te propose un pacte, un contrat plutôt, et il est très simple ! Reste ici juste pendant une journée pour travailler, et si tu n'es pas satisfait, tu pourras partir sans problème ! cela ne te dérange pas de décaler ton grand départ à un malheureux jour ?

— Non, bien sûr que non, cela ne me dérange point, ceci commencera quand ?

— À la fin de la semaine ! C'est à ce moment que mon cirque ouvre ses portes pour ravir le monde de mes spectacles. »

C'est ainsi que notre conversation s'arrêta.

7

« Alors, comment était-ce, Eilif ? Ce rendez-vous avec le Comte durant l'après-midi ? *me demanda Théo avec curiosité, et impatience.*

— Bien ! J'ai réussi à le convaincre de me laisser partir, si j'essaie de travailler une journée ! Et si celle-ci ne me fait pas changer d'avis, je devrais sans doute te dire adieu...

— Ah bon ? *me rétorqua-t-il par un ton assez monotone, triste... cela se voyait qu'il n'était pas heureux... même si j'imagine maintenant que dans sa tête, il le savait déjà depuis le début, mais ne voulait pas voir la vérité en face. Bref, il continua après un instant de pause,* Tiens ! J'ai une idée qui pourrait impressionner tout le monde pendant ce fameux jour de travail, pour que personne ne t'oublie ici, cela te dit ?

— Pourquoi faire cela, je ne comprends pas ? Je ne vois pas trop l'utilité de me faire connaître ici, vu que je compte partir le même jour.

— Non, mais ne le prends pas du mauvais côté de la chose... dis-toi que quand tu reviendras là, tu seras accueilli comme un roi, tu seras une vedette !

— Pourquoi pas, je veux bien essayer, si ce n'est pas trop dur à faire.

— N'aie point peur, tu verras cela sera incroyable. »

À ces mots, il se hâta de sortir de la caravane. Ce n'est qu'à la fin de cette soirée, qu'il revint tout joyeux, arborant un grand sourire, et cela était assez surprenant justement au moment où il m'arrêta de lire mon livre sur le lit.

Puis sans que je puisse réagir, il se mit à ma gauche énergiquement, en me parlant rapidement, se perdant dans ses propos : « C'est bon ! Enfin pas tout à fait... Il faut encore. Bref ! J'ai absolument tout prévu pour notre plan surprise, mais ne crois pas que prévoir va suffire à le faire, tu auras besoin de t'entraîner un peu pour le réaliser.

Malheureusement, tu devras tout faire pendant la nuit... J'en suis désolé, je sais cela va être dur pour toi de rester éveillé aussi tardivement, vu que tu es un gros dormeur, mais sois fort, *m'annonça-t-il tout ceci, tout en me posant sa main sur mon épaule, afin de me révéler,* Pour les patrouilles de nuit ne t'inquiète pas, je l'ai aussi réglé... euh, bon je dois m'en aller. »

Je ne pus même pas lui dire un seul petit mot. Il partit aussitôt, je ne sais où. J'étais subjugué par ce qui s'était passé, et je me demandais à cet instant pourquoi était-il devenu comme ceci ? Et pourtant dans toute cette confusion, cela me rendait heureux de le voir souriant.

Par la suite, il continua à le faire, des allées et venues, encore, encore et encore, pendant les nuits, les après-midis, les soirs, les matins, jusqu'au moment où je devais m'entraîner pour cette fameuse surprise. Cela avait duré trois jours d'affilée... j'ai même dû apprendre à cuisiner, tellement j'avais eu faim à cette période, et j'ai remarqué que j'étais plutôt bon en la matière...

— C'est bien beau tout cela, mais le plan, en quoi il consistait ? Qu'est-ce que vous deviez faire exactement, durant ce fameux jour qui vous a tellement marqué ? Pour que vous puissiez le séparer pour une deuxième partie, demande-t-il à l'énorme créature se cachant dans l'ombre.

— Vous le verrez bien ! Je garde le suspense, voyons... il ne faut pas sauter des moments, mon cher investigateur, si je puis dire. Continuons, si vous le voulez bien, mais pour correctement faire tomber les rideaux de la trame, je voudrais que vous ne me coupiez plus, s'il vous plaît.

Après mes trois jours d'entraînement, les manigances se terminèrent autour de ma personne. Le dernier instant qui m'était agréable, c'était lors de la veille du grand jour. Pendant cette soirée, Théo m'invita à manger sur le toit d'une caravelle, il m'avait carrément mis un tissu sur les yeux pour me cacher le festin qu'il avait préparé. Ce n'est qu'après un petit moment qu'il me l'enleva, et je vis grâce à ceci, l'un de ses plus beaux cadeaux, cette énorme quantité de plat, cet amas de nutriments, qu'on aurait presque décrit comme un banquet. Et à côté de moi, il y avait Théo me regardant avec tendresse... pitié, pour que je puisse lui demander sans même poser la question, de pourquoi il avait fait cela : « C'est pour moi tout ça ? Je peux manger ?

— C'est pour nous... et bien sûr, tu peux ! Je me suis quand même fait chier à le faire, pour toi.

— Tout ça, c'est pour moi... mais qu'est-ce qui te prend ? *rétorquai-je en commençant à me servir avec hâte.*

— Qu'est-ce qui me prend, dis-tu ? Eh bien, je vais réellement devenir père bientôt, dans quatre mois pour être plus exact... Et j'ai réalisé au début de la semaine que je ne pouvais pas laisser faire ça, *dit-il cela en regardant vers le ciel, où des milliers d'étoiles brillaient comme des joyaux...* Parce que pour moi, même si ma femme ne te connaît pas, tu es comme un fils, mon premier fils... bien poilu, je l'avoue mais je ne veux pas te perdre. Alors c'est pour ceci que j'ai fait un repas pareil pour toi. C'est pour te faire mes adieux, à ma façon avant que tu partes, demain. *À la fin de ces paroles, il me regarda à nouveau me voyant essayer de mettre le plus de nourriture... le maximum de nourriture que je pouvais en prendre dans ma bouche, ne faisant pas attention à ce qu'il disait. Il haussa donc la voix, tout en me frappant derrière la tête,* PETIT CON !

Je lui avais rétorqué à ce moment... je me demande même, pourquoi j'ai dit cela :

— Ce n'est pas de ma faute que je n'écoute pas ce que tu dis, c'est la nourriture ! La nourriture me parle aussi ne croît pas, elle me dit de la manger, et comme c'est trop bon, alors je m'exécute. Je me concentre à la savourer.

— Ne dis pas de conneries, et mange, je vais goûter aussi, alors laisse-moi quand même quelque chose. »

Peu de temps après, nous nous sommes alors endormis ensemble, comme des sauvages.

— *Si vous pouviez revenir dans le passé pour tout changer avant que cela arrive, que feriez-vous pour tout résoudre ? demande le journaliste.*

— *Si je pouvais tout changer… je pense que je ne serai déjà pas ici à vous raconter mon histoire pour qu'ensuite vous en fassiez n'importe quoi. Tout simplement, en faisant une chose. Fuir, fuir aussi loin que possible avant que tout cela n'arrive et ne pas les écouter comme un con. Voilà ce que j'aurai fait.*

8

— Prépare-toi, vite, Eilif ! c'est bientôt le moment. Mets cette cape noire sur toi et couvre-toi bien la tête pour que personne ne puisse te reconnaître… tu vas voir quand je vais leur annoncer que c'était toi, ils vont être bouche bée.

— Théo, pourquoi tu chuchotes ? Et tu n'es pas aussi obligé de mettre tes mains sur mes épaules, tout va bien se passer, je pourrais enfin après cela… voir le monde extérieur !

— Je stresse juste un peu, j'espère que tu seras heureux, et que tu continueras à faire des sourires, à rigoler, comme tu me la fais à ce moment… tu sais que je t'aime, mon grand.

— Pas de câlin ! Je n'aime pas ! N'aie pas peur moi aussi, je t'aime, tu me manqueras !

— Je reviens quand tu devras entrer en scène, c'est d'accord ?

— Oui, je l'ai assez travaillé, ne t'inquiète pas !

— Cela fait déjà quinze minutes que je vous attends, mon cher Théo, cela va bientôt commencer, qu'est-ce que vous faisiez de si important en coulisse pendant tout ce temps ?

— Monsieur Baltius, je m'assurais que notre grand clou du spectacle soit prêt pour son numéro.

— Parfait ! Tout se passe comme prévu, je suis fière de vous, vous le savez !

— Pourquoi ? Je n'ai pourtant rien fait d'important.

— Même si c'est une bête, c'est quand même comme un animal de compagnie et, vous savez… même le plus dur des hommes peut céder et s'attendrir devant cela. Mais vous ! Vous avez réussi à lui mentir pendant presque huit ans depuis qu'il sait parler. Et sans même changer d'un poil, vous avez accompli votre devoir. MAINTENANT, mon cher, grâce à lui, nous allons devenir riches ! Allons-y cela va commencer.

— Je vous suis, Comte dans votre grande ascension dans ce monde !

— LUMIÈRE ! Voilà ! Bienvenue à tous, voici le spectacle que vous attendiez tous, depuis presque un mois, le combat du dernier Septium en vie, et qui va se passer ici même, dans cette soirée ! ... (Sifflements... Cris... Applaudissements) Je ne vous entends pas crier, mon cher public, plus fort ! Alors que celui-ci commence ! ... Tu entends, les cris de joie en ce moment, Théo ?

— Oui, je les entends, nous pouvons nous asseoir, vous le savez, monsieur ?

— Oui, je le sais, je contemple juste tout ce que j'ai accompli, et ce qui va suivre après cette soirée.

— Comment ? Que comptez-vous faire par la suite ?

— Ah oui, j'avais oublié de vous prévenir que la prison est prête pour lui. Donc après cette nuit, bien sûr, s'il survit à sa soirée, nous le mettrons en cage.

— Et vous comptez l'utiliser combien de temps, s'il survit ?

— Jusqu'à ce qu'il meure... il faut qu'il rapporte aussi gros qu'en ce moment, cela remboursera sa dette envers nous.

— Quelle dette voulez-vous dire, il n'en a aucune à ce que je sache ?

— Pour toutes ces années d'éducation, avec nourriture comprise et abri. Cela coûtera sa vie tout entière, et s'il n'est pas d'accord, il faudra tout simplement le dompter. On laissera faire mon bras droit.

— Hmm, d'accord. Il faudra juste que je parte avant le spectacle acrobatique pour voir si Eilif va bien et ne veut pas arrêter, d'un coup.

— Bien sûr, faites donc ! Cela serait bête de le perdre ou bien de le forcer, avant même qu'il commence, mais revenez vite, j'ai préparé un nouveau tour pendant cet instant.

— Bien, Eilif, c'est presque ton grand moment, tu te rappelles bien la suite du plan ?

— Oui, ne t'inquiète pas, je dois dès que tu pars monter sur la charpente qui soutient la tente, puis faire un trou dans le tissu, assez grand pour que je passe, sans oublier que je dois aussi compter les secondes jusqu'à trois cents. Ensuite, je fais mon entrée en scène en tombant sur la plateforme de l'acrobate, puis je saute à nouveau vers le sol où il y a une trappe qui a été creusée auparavant, et je fuis par le tunnel qui est en dessous. Tu es content, maintenant ?

— Oui, maintenant, je suis content. Je compte sur toi, et à la fin peut-être... on se recroisera.

— Allez, va, va, je n'aime pas les confusions d'émotions, tu le sais pourtant très bien.

— Très bien, vous êtes arrivé pile à temps pour le grand spectacle.

— Pourquoi, les parties du mur de l'arène sont déjà montées ? C'est pourtant après ce tour-ci !

— Ne faites pas ses yeux ébahis comme cela, c'est une façon pour économiser du temps par la suite... j'ai trouvé ce moyen, il y a deux jours, grâce à monsieur Bisseau, je crois. Ce n'est pas ingénieux, n'est-ce pas ?

— Oui... Je dois l'avouer... très intelligent de votre part... Monsieur le Comte.

— Deux cent quatre-vingts, Deux cent quatre-vingt et un (C'est bientôt le moment, mais maintenant que j'y pense, je n'ai même pas encore réfléchi, de ce que je vais faire après cela. D'abord, je vais voir les miens, ou sinon je pourrais, enfin goûter à la fameuse glace, dont tout le monde parle en ce moment... on verra bien, quand je serai dehors, j'aurai tout le temps.) Deux cent quatre-vingt-dix-neuf...

— (Il n'aurait pas pu prévoir ceci, c'est impossible ! C'est sans doute une coïncidence, mais ne rate pas ton saut, sinon je ne pourrais plus t'aider, tu seras seul.)

— Bien... votre animal devrait bientôt sauter, sauf qu'il aura une surprise. Quand il voudra entrer dans le tunnel, celle-ci ne s'ouvrira pas... mais n'ayez pas peur pour vous, je ne vais pas vous faire du mal pour m'avoir trahi, sauf si vous ne respectez pas ce que je vais vous dire. Au moment où il sera dans l'arène, vous n'allez rien faire, et à la fin de celui-ci, ce sera vous qui allez le punir, c'est compris ?

— ... Oui, monsieur, je respecterai votre demande jusqu'au bout, pour notre bien commun.

— Le voilà ! Qui arrive avec sa belle cape noire.

— (Bon, il y a plus qu'à sauter une dernière fois, et je partirai d'ici... Que s'est-il passé, j'ai mal partout... J'ai sauté et puis plus rien.)

— Bon, mes chers invités ! Voici, le clou du spectacle qui vient d'arriver dans ce merveilleux lieu !

— (Monsieur Baltius ? Pourquoi il y a des cris ? J'ai raté mon saut ?)

— Tu ouvres enfin tes yeux, Septium ! On peut continuer, alors ?

— (Pourquoi suis-je entouré de barreaux ? Et pourquoi m'appelle-t-il Septium ?)

— Je te recommande de vite te lever ! Sinon tu auras quelques ennuis avec notre autre invité !

— (Pourquoi tout le monde rigole, qui est-ce ? Qui est l'autre invité ? J'entends un grognement, un gémissement, qu'est-ce ? ... Un loup... que fait-il ici ? ... Théo m'avait pourtant appris qu'ils n'étaient qu'en forêt. Je ne comprends pas, que... Dois-je faire ? ... mais Théo est juste en haut, sauf qu'il ne bouge pas d'un poil, que veut-il de moi ? ... Ceci est... truqué... le loup, ce loup, rien qu'à son aura, ne veut même pas combattre, je peux le sentir. Quelque chose me tracasse... pourquoi a-t-il si peur ?)

— Ooooh ! Théo, tu m'avais dit que tu l'avais entraîné à combattre pourtant ! En lui apprenant la magie de métamorphose !

— Oui, normalement... il la connaît, mais je pense qu'il ne sait... pas qu'il doit l'utiliser.

— Du coup, regarde-moi cela. Le loup l'a assommé contre un barreau, en le poussant. Maintenant qu'il a perdu connaissance, le loup peut tranquillement lui déchiqueter, ou plutôt arracher l'estomac. Ooooh, il y a plein de sang... Pff, c'était une perte de temps !

— Vous ne comptez pas le sauver, c'est encore possible ?

— Non, il va devenir un gouffre financier, s'il ne sait même pas tuer un loup.

— ... (Grognements... Giclements... Gémissements...) (Quel est ce bruit ? Je sens quelque chose. Je sens une chose fouiller dans mon ventre... Attends. Attends ! Non, le loup ! Que s'est-il passé ? Argh ! Que faire ? Il dévore mon estomac, je peux... Ce... Argh... La douleur envahir mon corps maint... enant !) À l'aide ! À l'aide ! Je vous en prie ! Pitié ! Venez-moi en aide ! Si vous ne... m'ai... dez pas, si vous ne venez pas, je vais... mourir ! (Pourquoi, personne ne me vient en aide ? Pourquoi ? Même Théo ne bouge pas. Ils me regardent tous avec dégoût... maintenant des bougonnements ? Pourquoi...) [Verre qui se brise... Papier tombant (Cris)... me lance-t-il des déchets sur la figure ? POURQUOI ne font-ils rien ? POURQUOI RIGOLENT-ILS ? Je ne suis pas UNE merde, un DÉCHET ! Qu'on peut jeter comme cela ! Je ne peux pas, je... je ne veux... je ne VEUX pas mourir ! Pitié ! Pourquoi ? Qu'ai-je fait ? Je ne veux pas ! Je ne vais pas mourir...] (Respiration forte...) (Juste parce qu'ils ne veulent pas m'aider ! Juste parce qu'ils se moquent de moi ! JE REFUSE catégoriquement ! Je REFUSE de quitter ce monde qui est le mien ! Je refuse, refuse, refuse, refuse, refuse, refuse ! Je dois revoir ma famille ! Mon espèce... le MONDE extérieur !)

À ce moment, ses yeux, son regard perçant se transformèrent... ils se changèrent... complètement, se tournant totalement de couleur, effaçant même le blanc de ceux-là. Pour un bleu vif, intense, vivant au centre, jusqu'à en devenir noir au bord. Des pictogrammes, des lettres, plusieurs cercles se formèrent autour de son ventre, guérissant grâce à des filaments noirs des milliers de liens, ayant une petite lueur bleue profonde, pour finalement refermer sa plaie... Des cornes de taureau vinrent, immenses et imposantes, suivies de ses oreilles de même origine. Ses pieds devinrent des sabots, et ses doigts de longues serres presque aussi longs que ses cornes... On aurait pu dire que c'était une créature mythologique, dont même ce pauvre loup recule de terreur.

Debout, il ne lui faut pas plus que de deux secondes pour qu'il se jette sur la pauvre bête apeurée, afin de l'empaler avec une de ses cornes. Ne croyez pas... le sang ne coule pas à flots, non. Il se passe tout autre chose à cet instant. C'est la naissance d'un Ynferrial, nous le comprenons tous. Des êtres pouvant contrôler le sang comme bon leur semble, et c'est ce qu'il fait en le prenant... le gardant en lui, grâce aux petits trous qui se formèrent dans ses paumes peu de temps avant.

Tout le monde est stupéfait… ne bouge plus. Seul, le Comte fait apparition.

— Incroyable ! Comment puis-je être aussi chanceux ! Aaaah, mon cher Ynferrial, tu vas me rendre riche !

— Monsieur Baltius, il vous montre du doigt.

— VOUS ! Vous, je comprends mieux maintenant ! Je comprends tout ! TOUT ! Absolument tout ! Pourquoi j'avais peur… que toutes les bêtes étaient terrifiées par vous ! C'est parce que vous êtes juste… juste. Juste couvert de sang, VOUS puez cette odeur, vous l'empestez ! Comment ai-je pu ne pas remarquer cela ? Comment ai-je pu ne pas voir tout cela ? … Bien avant tout ceci ! Mais… mais quand j'y pense tout le monde… est pareil, et ne valent pas mieux que vous. Je le vois… même très bien, vous n'êtes que moutons… tortionnaires. Alors… Pour me libérer de vous, et de votre emprise, je vais… vous… TUER !

Après ses grandes paroles à cette assemblée de gens, Eilif accompagné d'un regard déterminé, enragé, haineux, fonce avec un saut surpuissant, le projetant droit vers le Comte. Et… arrivé aux barres de fer, il en coupe une, avec ses griffes, qui lui permet d'atteindre le visage de M. Baltius surpris, ahuri, ne pouvant réagir, pour lui ouvrir sa peau, d'un coup sec. Celui-ci recule donc aussitôt en hurlant le martyr.

— Argh ! Argh ! Mais qu'attendez-vous ! Bande d'incapables, attrapez-le ! Immédiatement !

Tout ce que je peux voir ensuite… sur mon siège, sur mon fauteuil à côté de l'homme souffrant, une scène, un spectacle encore plus déchirant et violent que celle du loup. Ses hurlements de souffrance de mon petit con… que j'avais élevé pendant dix ans, enfin presque, ayant conduit à des rires, des pleurs, des moments malaisants, des moments attendrissants, des moments dramatiquement drôles… face… aux électro-chocs de la magie de foudre… des gardiens enragés. Il résiste, ne lâche rien, pour ne pas s'évanouir de douleur… mes souvenirs affluent comme des coups de canon, comme des coups de poignard me traversant la poitrine et je n'en peux plus. C'est insupportable de les entendre…

Cruauté

1

— Je m'échauffe ma voix ! Attendez... Là, là, là ! ...

— ... Monsieur Bisseau, je comprends tout à fait que vous êtes fier d'annoncer ce que le Comte veut dire, mais cette mise en scène ne sert à absolument rien.

— Voyons, mon cher Théo... Je fais ce cirque uniquement pour que je puisse bien énoncer ce qu'il a écrit, vu qu'il ne peut plus parler pour plusieurs mois, à cause de sa blessure au visage, j'imagine que vous voyez de ce que je parle.

— Si vous voulez juste, bien le dire. Mettez-vous au moins comme vous êtes d'habitude, il n'y a pas besoin de vous mettre droit, avec le menton levé.

— Je fais cela... (Cognements d'un point sur le bureau) Oui, monsieur Baltius, j'arrête immédiatement, et je lis ce que vous avez écrit... Alors... monsieur Théo et monsieur Bisseau, à cause de ce sale monstre vicieux, je ne pourrais plus parler pendant plusieurs mois, mais pour autant, nous nous devons de continuer notre chemin. Pour cela, Théo, vous devez d'abord, vous rachetez de votre faute, et pour réaliser ceci, vous devez respecter une future demande de mon adjoint, qui sera en lien avec votre bête... J'ai hâte de voir votre tête quand vous l'apprendrez ! Je continue... Si nous apprenions que vous avez rompu cela, je devrais m'en prendre à votre famille, puis à vous. Ensuite, après avoir réalisé sa demande, cette créature pourra recommencer à combattre, tout en suivant sa nouvelle éducation... FIN !

— ... Quelle est votre demande ? Qu'on en finisse avec tout cela.

— Ah ! J'attendais tellement ce moment, où je pourrais enfin m'amuser avec lui !

— Dépêchez-vous !

— Pourquoi vous détournez les yeux, mon cher ami ? Allez, j'arrête… Ma demande est très simple. Vous devez prendre un fouet… et pas n'importe lequel, ce sera un fouet élémentaire de lave…

— Comment ? Vous voulez le tuer ? On dit que la douleur qu'elle procure est insupportable !

— Il a bien survécu à un loup qui lui a arraché les intestins, n'est-ce pas ? … Alors… pourquoi celui-ci est pire ? Elle fait juste des marques plus épaisses, plus profondes, que celle en cuir… et comme une chaleur intense sort de ce fouet ! Sa peau devrait fondre, et cautériser les plaies ! … et tu devras continuer à le faire, jusqu'à ce qu'il se taise !

— Mais… !

— Du calme, du calme, je n'ai même pas encore terminé ce que je veux que vous fassiez ! … parce que, lors de votre petite séance avec lui, vous ne devrez pas lui dire que vous vouliez le sauver ni qu'on vous menace pour faire tout cela ! Vous devrez porter cela… tout seul, jusqu'à nos morts ! n'est-ce pas terrible ?

— Même si cela est terrible, je dois proté… ger ma famille.

— Parfait ! Quelle famille magnifique ! Les préparatifs sont déjà faits, ne vous inquiétez pas pour ce point.

— Où est-il ?

— À côté de sa nouvelle cage, pendu avec des chaînes d'antimagie aux poignets. Vous ne pouvez pas le manquer !

— Très bien, puis-je disposer pour aller le faire ?

— Bien sûr que vous le pouvez !

2

— *Comment... un fouet élémentaire de lave ? Même pour mon pire ennemi, je ne pourrais pas lui infliger ceci. Je comprends la douleur... que vous avez vécu à ce moment, rétorque d'un ton de pitié le journaliste, regardant avec peine son interlocuteur froid.*

— *Si vous le dites...*

Pourquoi ? ... Pourquoi n'ont-ils rien fait ? Pourquoi Théo... n'a rien fait ? Qu'ai-je fait ? Je ne comprends pas. Pourquoi... NON ! Tout simplement pourquoi... pourquoi, pourquoi ? Est-ce drôle de me voir souffrir ? De me jeter des déchets comme une merde ? De me traiter comme une chose qu'on peut se débarrasser ? (claquements de pas sur la pierre... paille craquelante) Qui est-ce ? Je suis tellement fatigué... je n'en peux plus... *À ce moment, j'ai pu voir Théo s'approcher de mon emplacement, sur mes yeux froids, perdus, sans étincelles... sans espoir. Et ce qu'il fit ! Tout ce qu'il fit à l'instant, à cet instant où il avait vu mes poignets étant liés à un anneau en hauteur, m'obligeant à me pendre avec mes bras fébriles, tendus ne pouvant pratiquement plus tenir ! ... Que ma tête était compactée entre ceux-là, et le mur, me forçant à tourner ma tête à droite, la sortant du pressoir pour avoir moins mal, moins de douleur, moins de souffrance ! ... Celui-ci... détourna juste le regard...* « Pas besoin de détourner ton regard, Théo. Quand on sait pourquoi tu es venu avec ce fouet... Tu comptes l'utiliser sur moi ? Me torturer, n'est-ce pas ? ... (Bruit de la partie de fouet tombant sur le sol) J'espère que cela t'a quand même bien amusé, durant le combat... de m'avoir donné un mauvais espoir...

— Activation, dit-il ceci, pour sortir le fouet du manche.

— Je vois... C'est un fouet élémentaire. On peut quand même dire qu'il fournit une lumière réconfortante, comparé à celle de l'électricité que j'ai pu recevoir et voir...

— Je vais commencer…

— Peux-tu m'ex… (Claquage… Calcination…) pliquer, POURQUOI m'as-tu fait cela, EXPLIQUE-MOI ! Je ne comprends pas… je pensais que tu m'aimais réellement bien !

— (Tais-toi.) *Il détourna à nouveau seulement le regard.*

— Mais j'avoue que le plan que tu m'as fa… (Claquage… Calcination)… it croire, était bien trouvé. Comme cela, je pouvais entrer en scène… SANS me douter de TES réelles intentions !

— (Tais-toi ! j'en peux plus. Ce connard de bossu avait tout prévu… Ma trahison… Ses questions…)

— Vous êtes des monstres… des MONSTRES ! Vous riez de la souffrance d'autrui, pour votre bien être ! Pour… (Calcination… Claquage, claquage, claquage, entrechoc de métal…) quoi… Pourquoi, Théo ? J'ai beau réfléchir, je ne trouve pas la raison, qui vous pousse à faire cela. C'est à cause de ma différence, de mes poils, de mes griffes, de mes crocs…

— Tais-toi ! (Arrête, je t'en supplie ! Regarde ton corps ! Il tremble de douleur, et pourtant, tu n'arrêtes pas ! Tes yeux ne semblent même plus aspirer à la vie !)

— Pour… quoi pleures-tu ? Détournes-tu le regard ? Pourtant, c'est toi qui le fais, n'est-ce pas ? Tu pourrais arrêter, mais tu continues. *Il lâcha brusquement son fouet, comme effrayer par celui-ci.*

— (C'est vrai, je peux arrêter, et m'échapper avec lui !)

— Et j'imagine que tu n'auras jamais le courage d'avouer à ta famille, ce que tu me fais endurer, n'est-ce pas ?

— (J'avais oublié… ma famille, je ne peux pas. Jamais, je ne pourrais l'abandonner… Ma chère Emma, dis-moi ce que je dois faire. Je ne sais plus, "Mon chéri, comment veux-tu qu'on appelle notre fille ?". Non, je sais ce qui me reste à faire…) Non… Je suis désolé. *À cet instant, son regard, ses yeux changèrent brutalement d'émotions, montrant cette fois sa détermination, qui était quand bien même ternie par ses larmes qui coulaient encore.*

— Je vois. J'avais donc raison sur ce point. J'espère que tu seras heureux. » *Il reprit son fouet au sol humidifié, après cela, pour continuer, jusqu'à ce que je perde connaissance... Il n'arrêtait pas, il le faisait encore, et encore, jusqu'à ce que je succombe.*

— C'est affreux... Cela a dû être vraiment un moment déchirant, n'est-ce pas ?

— Non. Non, pas du tout. À ce moment, je pourrais dire que je l'avais raillé, afin que je puisse me venger sans aucun remords. Je n'avais que de la colère, de la haine, de la douleur, de la tristesse. Je voulais juste, même uniquement le lui rendre. Malheureusement, à cet instant je ne pouvais pas bouger, faire pratiquement aucun mouvement, même quand j'étais dans ma cage. J'étais paralysé de douleur, couché par terre à gémir, pleurant, me remémorant mes souvenirs... je n'avais même plus la force de manger cette nourriture immonde qu'ils nous servaient, ressemblant, puant comme le pâté immonde qu'on donne aux animaux de compagnie. Au final... l'homme chargé de me nourrir entra dans la cage afin de me faire ingurgiter de force cette chose... Quand j'y repense, ma condition de vie avait tellement évolué, depuis ce fameux jour. Avant tout cela, je pouvais encore dormir sur un lit confortable, je pouvais encore manger à ma faim, je pouvais encore lire, je pouvais encore vivre... Comparé à l'après, où je dormais à même le plancher humide, avec juste un peu de foin éparpillé partout, où je mangeais à peine, où je ne pouvais pas lire, où je ne pouvais pas vivre une vie entre guillemets « correcte ». J'étais juste une... merde, une merde puante et repoussante, dormant, vivant dans sa merde, sa pisse, sa haine, sa colère, sa tristesse... son désespoir.

Et pourtant cela, était loin d'être terminé... parce que ce fameux bossu revint enfin vers moi après un long moment d'attente...

« Oh là là ! Tu es en piteux état, dis voir.

— (Que me veut-il ? ...)

— Tu ne bouges même plus les yeux pour moi ? Tu me rends triste là ! ... Tu dois vraiment avoir un état mental pitoyable... Après, je ne suis pas venu ici pour te contempler. Je viens ici ! Pour te donner des petits trucs qui te feront sans doute plaisir !

— (Qu'est-ce qu'il a... ?)

— Ah ! Tu bouges enfin ton regard vers ma personne ! Incroyable ! Parfait ! Excellent ! Bref, voici la première chose ! Une couverture ! Je te l'offre, parce que j'ai appris que tu vivais mal le changement brutal de vie... Du coup, je te la donne pour améliorer ton niveau de vie ! Il me la jeta timidement, et énergiquement, sur mon corps crasseux, changé. Attention ! Argh ! Il y a une partie de ta couverture qui touche le blanc de ton œil... Cela ne te fait rien ?

— (Continue... Et laisse-moi tranquille.)

— Je n'ai pas l'impression que tu veux enlever cette couverture... après c'est toi qui décides ! ...

— (Pardon, c'est moi qui décide, ne te fous pas de moi.)

— ... Deuxième chose, c'est un livre. On m'a dit que tu adorais lire des bouquins... De plus, il pourra t'aider lors des combats !

— Pardon... je devra... is encore com... battre ?

— Oui, mais bien sûr ! Tu ne croyais tout de même pas, que toutes ces années que tu as pu vivre sous un toit, avec nourriture, boisson, et éducation serait gratuit... mais voyons, je vous croyais plus intelligent.

— Si, je comprends bien... j'ai dû faire tout cela... juste... juste... parce que je devais... PAYER une dette, c'est complètement IRONIQUE ! Toutes vos existences ne sont qu'ironie !

— Oui, OUI ! ... (Applaudissements... Rires...) Tu as tout compris, je suis fière de toi ! Et je suis encore plus fier de toi, parce que tu as enfin réagi convenablement ! C'est bien !

— (J'en ai marre... de tout... pourquoi je continue à vouloir vivre... ?)

— Non, Non, Non ! Ne te recouche pas ! Mince... je pensais pouvoir continuer à parler avec ta personnalité active... je suis finalement déçu de toi. Pourtant, je suis sûr que l'espoir reviendra en toi quand tu liras ce livre, car il parle de toi, des Ynferrials, et de leurs pouvoirs extraordinaires ! ... Peut-être qu'avec celui-ci, tu pourras revoir le monde extérieur, et revoir ta famille, pour poser tes questions.

— (Comment connaît-il la deuxième partie ?)

— C'est aussi à cause de tes pouvoirs qu'on a décidé de te mettre des menottes d'antimagie. Mais bon ! Comme je peux le voir, j'ai l'impression que tu as déjà abandonné tout espoir… Lis au moins le livre, s'il te plaît. Sinon… Meurs, si tu ne peux même pas faire cela. Je te retrouverai demain, pour voir si tu l'as au moins commencé ! »

Ah quoi me servirai de lire ce livre ? De toute façon, je vais mourir dans très peu de temps, lors d'un combat ou d'autre chose… Pourquoi je ne me suicide pas ? Cela facilitera absolument tout. « Argh ! » J'ai mal, j'ai tellement mal… *Je me recroquevillai de douleur, des répercussions de ma séance de torture…* À la tête ! Aux bras ! Au dos ! Aux poignets… Juste à cause de ces menottes qui m'ont pendu en l'air, ayant arraché la peau se trouvant à cet endroit… J'ai tellement mal au dos, mon pauvre dos, qui a subi cette torture… avec Théo…

Ce salop, ce connard, cet hypocrite, ce traître, ce monstre, pourquoi m'a-t-il fait cela ? Je ne comprends pas, je ne comprends rien. C'est à cause de mes origines, ma différence, ou est-ce qu'un jeu, qu'on voulait me faire tester … (Rire)…

Quelle bonne blague… un jeu… mais ils ne me feront pas avaler ses idioties. Comme si, je devais payer une dette complètement ridicule… Ce n'est pas un travail, non… c'est un enfer, un purgatoire, une torture, il n'a rien d'un boulot, non. C'est juste… des combats barbares entre espèces… Attends…

Je viens de comprendre quelque chose, les combats sont faits… qu'avec des êtres à poils, ou tout simplement différents. Quand j'y repense, je n'avais vu aucun humain en cage, aucun humain étant traité de la même manière… Non, non « Non ! … (Poing claquant sur le sol)… » J'avais raison… toutes ces bêtes qui sont enfermées en cage, comme moi… aucune n'est humaine… Il doit y avoir une raison, ça ne peut être possible, je ne peux pas y croire une seule seconde.

« Argh ! Ma tête, pourquoi ai-je tellement mal ? … (Foin qui craquelle)… » Qu'est-ce qu'il se passe « N'oublie jamais… (Calcination… Cris…) du plus profond de nos cœurs, et où que tu sois, quoi que tu fasses nous serons avec toi… Et n'oublie pas d'aller… (Cris)… Toujours de l'avant et de rester fier, sans te laisser influencer par les gens qui t'entourent »… *À ce moment, en me souvenant de cette partie émouvante, et révélatrice, je sautai sur le livre pour* comprendre, pour absolument tout comprendre sur cette vision floue, en tout cas de trouver des pistes, dû au fait que je l'avais déjà eu bien plus tôt. À la fin de cette lecture, la flamme, le brasier ardent, qui s'était auparavant éteint pendant un laps de temps, revint plus que jamais, revint plus fort que jamais... allumer par la haine et la soif de savoir.

— Pouvez-vous m'expliquer ? Je crains de ne pas comprendre, pourquoi vous étiez dans cet état ? demande par curiosité, l'homme en train de prendre des notes.

— J'étais dans cet état... Tout d'abord, parce que j'avais pu apprendre avec dégoût que les soi-disant Ynferrials peuvent naître que dans certaines conditions. La première est que l'individu concerné doit être né lors d'une pleine lune... tandis que pour la deuxième condition, celle-ci consiste que cette personne X doit aussi être venue en plein milieu d'un massacre, où le sang coule à flots. Ceci collait parfaitement avec les cris, les bruits de calcinations, et de la tristesse de cet individu qui' m'avait abandonné par la suite, me dis-je à ce moment... « ... (Rires)... C'était mon père... Je vois... en fait, ils m'ont sauvé, il m'a sauvé... (Gémissements)... Je pleure ? Après, cela se comprend, je viens quand même d'apprendre que mon père a de grandes chances d'être mort. Suis-je donc réellement un Septium ? Qu'est-ce qui s'est passé lors de cette nuit ? Qui a fait cela ? Pourquoi ont-ils fait cela ? Tant de questions, mais si peu de réponses ! J'ai hâte... de lui reparler... ». C'est pour tout cela, absolument toutes mes questions que j'attendis patiemment son retour, jour et nuit, pour avoir des réponses à ce que j'avais vu dans le livre, et mes souvenirs.

J'étais assis contre l'un des deux murs en bois de ma cage, me cachant dans l'ombre en partie, tendant mon bras en l'air, me reposant sur mon genou levé, avec le livre pendouillant au bout de mes doigts, et dont je jouais avec, quand monsieur Bisseau arriva...

« Ah bah, dis voir ! Je vois le livre dans une main, accompagné d'un regard flamboyant ! Je pense que cela a marché, n'est-ce pas ?

— J'ai plusieurs questions pour vous, et si vous répondez correctement... sans me mentir, je vous promets de combattre jusqu'à la mort, jusqu'à ma mort lors du futur combat.

— Comment pourrais-je refuser une offre aussi alléchante ? J'accepte immédiatement !

— Suis-je un Septium ?

— Oui, tout à fait ! Cela a quand même pris beaucoup de temps pour que tu comprennes !

— Mon... espèce, a-t-elle était exterminée ?

— Oui, c'est exact ! Bravo, je suis tellement fière de toi, mon petit !

— Par qui ?

— Par NOUS !

— Pardon... ? ... (Entrechocs)... *À sa réponse abrupte, je me jetai, je me ruai sur les énormes barreaux en métal de ma prison, pour les agripper fermement avec mes mains, et sortir lentement ma tête, affichant des yeux emplis de colère...* Pourquoi ... POURQUOI ? Réponds-moi, pourquoi avez-vous anéanti ma race !

— Ah ! Voilà, c'est ceci que je veux voir dans ton regard ! Cela m'excite tellement ! ...

— Il n'y a rien d'excitant, ni même de drôle !

— Du calme, du calme, tu prends toujours si au sérieux ce qu'on te dit.

— Ma réaction est tout à fait compréhensible ! Vous... les avez tous tuez !

— Si tu cherches le mot, c'est "génocide" ! ... mais pour répondre à ta question. Ton espèce était la dernière en liste, la dernière apparue, nouvelle pour tout le monde, et de plus était apparue sur notre territoire ! Elle était pacifique étrangement, comparée à son apparence qui était énorme, comme la tienne, pour ton jeune âge... afin de te donner un exemple plus concret, pour les plus petits, ils faisaient au moins deux mètres quinze environ. En plus de cela, celle-ci apprenait extrêmement vite, la langue, la science, la magie... Et je l'avoue, il y a de quoi avoir peur, même si elle nous aidait pour les constructions, pour défendre notre territoire, et j'en passe encore. Elle était dangereuse pour nous, si un beau, si d'un coup, elle voulait prendre le contrôle. Du coup, on a fait un génocide pour nous protéger.

— C'est... juste parce que vous aviez peur de cela, de mon espèce... (Rire)... Alors, que nous montrions aucun signe de rébellion. C'est cela ?

— Oui, tu as tout compris !

— Vous avez peur... Vous avez seulement peur, vous êtes même terrifiés de la différence en général. Vous voulez juste rester les chefs et rester aimés... Puis-je savoir, comment vous avez fait pour l'exterminer ?

— Ho là là, c'était simple. On a juste fait croire à un traité de paix, pour que vous baissiez votre garde, et pour qu'ensuite pendant la nuit notre armée puisse mieux vous baisez !

— Vous êtes... des monstres. Mon espèce, ne vous voulait aucun mal ! Cela se voit au traité qu'elle a fait avec vous... Et vous. Vous... avez juste voulu tous nous tuer, pourquoi ? Reprendre votre territoire, éradiquer votre peur ridicule, futile, inutile ! Je ne vous comprends pas, pourquoi tout ce sang versé pour rien ? *Je partis lentement, anéanti, vers le milieu de ma cage, vers son centre pour me coucher et tourner le dos à cet "homme".*

— J'imagine que tu n'as plus de questions pour moi ? En tout cas, sache-le, je suis très fière de toi ! Le combat sera après-demain, alors prépare-toi ! »

Une colère, une haine... un dégoût émergèrent en moi comme des d'éclairs, des coups de fouet, des boulets de canon ! Quand je pouvais voir, ou entendre, ou encore même sentir un homme, ou une femme, ou bien un enfant. Je voulais juste les tuer ! Juste tous les tuer... Me venger, nous venger, de ce que vous aviez fait, même encore maintenant.

3

L'astre doré se leva alors, pour à nouveau laisser la place à l'astre argenté, et revenir de plus beau, afin de sonner le glas, l'heure fatidique pour moi, de combattre à nouveau, de me déchirer à nouveau physiquement, et psychiquement... ma part de marché.

Ils me sortirent lentement de ma prison, en me prenant violemment par les avant-bras, pour me tirer. Je regardais de tristesse, de fatigue mes chaînes qui me liaient pieds et mains, m'empêchant de fuir. Elles faisaient un bruit insupportable, inaudible, ne s'arrêtant pas, avec les anneaux s'entrechoquant entre eux, faisant un bruit métallique, dont le sol s'y accompagnait. Nous avancions lentement dans l'obscurité de la tente, devant la terreur des créatures meurtries, pour finalement sortir de celle-ci.

À ce moment, je pus à nouveau. Enfin... revoir l'extérieur, afin de constater que l'astre argenté était revenu, avec ses mille étoiles brillant de mille feux, ressemblant à des joyaux, avec cette lune. Le vent qui me caressait à nouveau mes poils puants merdes et pisses... À cet instant, quand je pus voir et ressentir ces sensations, que je jugeais futiles par le passé, sans importance... cela me fit me poser des questions à moi-même. Pourquoi n'ai-je pas remarqué la beauté de ce monde ? Pourquoi n'ai-je pas remarqué cette liberté qu'on pouvait sentir et voir ? Pourquoi n'ai-je pas essayé de vivre, de découvrir, de voir ce qu'il pouvait m'apporter ? ... De par ses richesses gustatives, de par ses cultures qui ont émergé de toute part, de par les paysages magnifiques. Pourquoi n'avais-je pas pu voir... remarquer tout cela, avant que tout ceci m'arrive ? ... parce que ce monde, dans lequel nous vivons est magnifique, et nous donne tant de choses, pourtant celui-ci est entrain de dépérir par la stupidité, l'avidité de tous.

Malheureusement... je ne pus pas y réfléchir davantage pour la simple, et bonne raison, que je devais entrer dans l'arène, cette arène qui m'avait déjà marqué par le fer. J'avançais avec hésitation, timidité dans le minuscule couloir noir, pour atteindre la source de lumière qui en émergeait au bout... « Mon cher public... (Applaudissements)... nous revoilà ! Je le sais, je ne suis pas le Comte, mais ne vous inquiétez pas, parce qu'il est juste à côté de moi !

— (... Je ne vais pas mourir ici ! ... Je dois... je dois venger mon espèce, explorer ce monde, découvrir celui-ci. Alors, si pour cela, il doit y avoir des cadavres à mes pieds, qu'il en soit ainsi.)

— Aujourd'hui ! Oui, aujourd'hui, nous allons voir, le deuxième combat du dernier des Septiums en vie ! ... (Cris... Sifflements... Applaudissements...) Et quand on parle du loup ! Le voici ! ... (Cris) (Sifflements)...

— (Il y a trop de bruit. Ils ne peuvent la fermer ses vermines ?) *Je restais impassible, froid au public, affichant un regard stoïque, impérial, jugeur, en direction de monsieur Baltius qui avait par ma faute, un visage complètement recouvert de bandage, ce qui...*

— ... (Rires)... Alors, Monsieur le Comte, comment allez-vous ? J'ai l'impression que vous vous êtes heurté à un mur récemment ! Faites quand même attention, celui-ci pourrait bien s'écrouler sur vous, la prochaine fois, que vous vous cognerez dessus, ce qui causera votre mort ! Cela serait extrêmement bête !

— Regardez-moi cela ! Il est déjà plein de fougue ! Je pense qu'il est prêt pour combattre ! ...

— ... Ah oui ! Je ne savais pas... (Rire) mais vous ne pouvez même plus parler ! *Malheureusement, cette discussion se termina bien rapidement, quand le portail se rouvrit, derrière moi, pour laisser entrer, non pas mon adversaire, mais "mes" ennemis...*

— Voici, ses adversaires ! Les quatre frères gobelins ! Que vont-ils encore mijoter pour vaincre cet ennemi colossal ?

— (Ils sentent la peur...) »

À cet instant, je levai mes bras, pour regarder avec attention mes paumes s'ouvrant en leur milieu, rendant mes yeux à nouveau, à un bleu intense, profond. Finalement, je les rabaissais lentement, le long de mon corps, les tendant vers le bas, laissant en petite quantité du sang couler de par les deux trous qui s'étaient formés...

— *Si je ne me trompe pas, le sang que vous laissez couler, c'est celui de votre ancien adversaire ? demande humblement, froidement son interlocuteur.*

— *Oui, c'est bien cela. Et grâce à ceci, je pus créer une flaque, ou plutôt une marre parfaitement ronde autour de moi. On aurait même pu être capable de décrire cette scène de « maléfique », comme certaines personnes le diraient...* Ce combat est une farce.

— Mais que prépare-t-il ?

— Je suis désolé, mes chers quatre frères gobelins... *J'avançais lentement vers eux, avec le sang me suivant à mes pieds, affichant le regard déterminé à tuer, à vivre.*

C'était un affrontement déjà perdu d'avance pour ses créatures, dès que je pus sortir le sang. Le seul moyen qu'elles avaient, c'était de me déstabiliser mentalement si j'y repense maintenant, ce qui m'aurait fait lâcher mon emprise sur le liquide... mais cela ne se fit pas, c'était juste un massacre.

— *Comment les avez-vous tués ? Vous devez me comprendre, je dois tout savoir pour mon livre.*

— *... Ils envoyèrent simplement des flèches simultanément vers ma direction, quand j'étais en train de m'approcher... et avec un simple mouvement de main, je dirigeais gracieusement le sang noirci en face de moi, comme un mur, me protégeant des projectiles voulant m'ôter la vie. Ils en ressortirent à moitié du mur improvisé, giclant les parties défectueuses sur mon visage surpris, effrayé, froid. Pour que finalement, je les projette à nouveau à leurs envoyeurs d'un air stupéfait, prostré, ne pouvant réagir, les blessant alors de plein fouet... Je pouvais entendre leurs cris de douleur, et cela me déchirait le cœur... me brûlait tout le corps. Donc je décidais d'en finir par pitié, en transformant mon sang en forme de cône tournoyant, se ruant sur eux, l'instant d'après.*

C'était une véritable boucherie au contact de ses deux matières. Leurs sangs en vinrent même à atteindre ma tête ou plutôt mon visage dégoûté, empli de colère, aux bras immobiles de peur, aux jambes fébriles, au torse contracté de dégoût, me faisant sursauter au contact. Le dégoût m'envahit rapidement tout le corps... De par la vue de ce spectacle, le visage des victimes méconnaissables, ayant tout simplement explosé, à cause de mon attaque. On pouvait même constater distinctement la distance dont les morceaux de la tête étaient partis... On pouvait voir des yeux, avec le peu de leurs nerfs optiques restant accrochés, gisant dans une mare de sang, on pouvait voir... leurs oreilles, on pouvait voir leurs cheveux. J'avais envie de vomir. De sortir toutes mes entrailles, de par la puanteur de la scène... je fermai même mes paupières pour ne plus rien voir. Ma haine grandissait, encore et encore, sans s'arrêter, elle continua... parce que je savais qu'il n'y avait pas de question à se poser.

La réponse était d'une simplicité extrême... c'était VOUS ! Vous, qui êtes la source du problème... Vous pourriez d'une facilité incroyable... changer votre point de vue sur le monde, vous pourriez tous les sauver, pourtant vous continuez à vous méprendre, en ne faisant rien, ce qui ne changera rien. Ma colère, ma haine, ma vengeance, se tourne vers vous, parce que vous ne faites rien, encore pire que cela, vous empirez la situation par vos prises de choix complètement stupides.

Comme par exemple, lors... Je suis encore désolé pour vous, chers gobelins... parce que je dois prendre votre sang pour envisager de survivre : « Le gagnant est l'Ynferrial ! S'il vous plaît un éclair d'applaudissements pour lui ! ... (Applaudissements... Cris (Sifflements) »

— (Vous êtes des monstres d'applaudir cette scène !) *Je serais mes poings au maximum, me faisant même saigner, pouvant à peine retenir ma rage,* La ferme ! Je ne vous comprends pas, il n'y a rien dans ce spectacle qui est digne d'applaudissements, ni même de sifflements... N'avez-vous donc aucun sentiment ? ... (Marmonnements)... *Il n'y résonnait pratiquement plus un bruit, après mon petit reproche.*

— Oh ! Regardez-moi cela, notre vainqueur fait le sentimental ! N'est-ce pas mignon ? Alors que c'est lui les a tués ! ... (Rire du public) *J'ouvris béatement mes yeux en grand, tremblant même, désespéré de ce qu'ils voyaient autour de moi.*

— *En mettant fébrilement ma main droite devant mon museau... sur mon museau, comme quand vous mettez votre main sur la bouche. Je murmurai d'un ton ahuri, perdant pratiquement ma voix.* Vous pensez que c'est la faute à qui ? À moi ? Ne vous foutez pas de ma personne. *Pour finalement dire à haute voix, en m'écroulant brutalement sur les genoux... baissant la tête pour regarder le sol, ce sol meurtri,* Seront-ils au moins enterrés avec un minimum de respect ? ... (Rires du public)

— ... (Rire)... Tu vas nous faire verser une larme tellement tu es drôle, mon cher Septium ! *Je le regardai désespérément à cet instant.*

— Comment ?

— Il n'y a pas de respect pour les perdants, voyons ne soit pas aussi stupide ! Ceux qui ont perdu sont récupérés, puis jetés dans une poubelle, comme les déchets qu'ils sont. Ils peuvent également être donnés aux animaux comme nourriture, s'ils ont particulièrement faim cette journée. Ou nous les brûlons entièrement si nous n'avons pas le temps ni la place pour tout le reste !

— Vous... vous, vous êtes des monstres ! *dis-je en crispant mon visage désespéré, dégoûté par tant de cruauté, en reculant doucement avec mes genoux, m'éloignant de cet interlocuteur, touchant même les restes de mes victimes avec mes pieds, me faisant violemment me lever.*

— Allez ! Je pense que c'est l'heure de nous quitter, mon cher combattant ! Je te prierai d'aller au portail, pour sortir d'ici ! ... *La porte s'ouvrit pour me laisser la place de passer... et je sortis d'un air dépité, de ce que j'avais pu constater de vous. Je me demandais comment ils pouvaient être aussi bornés et aveugles face à la situation horrible qui s'était passée.*

Quand j'arrivai dans ma cage, la seule chose que je pouvais faire, avec mon état physique et mental, c'était de me coucher, de dormir du mieux que je pouvais.

Et cela se répéta, encore et encore, me laissant aucun instant de répit, ceci ne pouvait se terminer à ce moment, malheureusement. Après deux mois intenses, où j'avais enchaîné, enchaîné, et enchaîné des combats. Je récupérais à chaque fois le sang de mes victimes, de plus en plus, en contrepartie, eux me prirent peu à peu, par petits bouts mes ressentiments envers leurs personnes... Je perdais lors de mes affrontements, mes émotions face à la mort, et les tueries... Grâce à cela, je pouvais plus facilement effacer mes futurs remords, et mettre en place mon plan d'assassinat, puis de fuite contre le Comte.

— Il murmure, Mais cela est quand même horrible. Pour finalement dire à haute voix, C'est horrible, comment peuvent-ils faire cela. Juste pour leur profit, vous devez vivre dans la merde, puis combattre jusqu'à la mort, pour au final, être jeté dans une poubelle.

— Ce n'est pas vous qui disiez que nous le méritions tout cela, et qu'on doit être heureux de vivre par votre pitié ?

— C'est exact, mais ce n'est pas vivre, ce que vous avez vécu par le passé. Monsieur le Comte m'a engagé pour écrire votre histoire, parce que j'avais la même opinion que lui... mais je n'avais jamais été confronté face au problème. Maintenant que je l'entends... je trouve cela horrible. Je vous promets qu'avec l'histoire que je vais écrire, la population vous respectera plus !

— Respectera plus... dites-vous ? Pensez-vous que cette solution suffira pour nous sauver ? Ne pensez-vous pas qu'il faudrait plutôt nous libérer de l'esclavage ?

— Oui, je le crois fermement ! Quand ils sauront confronter au problème, ils changeront ! Malheureusement, je n'irais pas jusqu'à vous libérer de vos chaînes, et surtout vous. Je n'imagine même pas, si vous aviez l'idée de nous attaquer après cela.

— ... (Rire)... Vous me faites bien rire ! Rien ne changera avec votre idée, mais bon, essayez quand même. Je pourrais alors contempler votre chute en direct.

— Comment pourrai-je chuter ? Nous avons le droit d'expression dans le pays, si je ne me trompe pas.

— ... Êtes-vous influent ? Avez-vous des contacts ? Êtes-vous célèbre ? Non, je ne le pense pas. Premièrement, par votre accoutrement, qui est certes chic, mais sans plus. Deuxièmement, de par votre odeur, parce qu'un noble ou un haut bourgeois se douche chaque jour, avec le savon, alors que vous, je dirais que cela fait quatre jours que vous vous n'êtes pas lavé. Et de plus, sans savon si je ne me trompe pas, ce qui montre que votre situation financière n'est pas incroyable. Sans oublier le troisième point, qui vise principalement votre âge, parce que vous êtes plutôt jeune... Donc, j'imagine que vous n'avez pas tellement de contact, ou pratiquement aucun.

Alors, pour vous faire votre portrait. Vous êtes quelqu'un qui s'est battu toute sa vie, pour sortir de la pauvreté. Pour ensuite réussir, en devenant un écrivain, sauf que cela ne vous suffit pas, parce que vos livres ne se vendaient pas très bien, à cause de votre trop jeune carrière. Du coup, un homme vous a proposé un travail, qui pourrait vous rendre célèbre. C'est exact ?

— Il y a pratiquement tout ! Je suis stupéfait ! Comment faites-vous ? C'est incroyable ! Malheureusement, je ne vois pas le rapport, parce que si je deviens célèbre, le problème sera résolu.

— Vous n'avez toujours pas compris ? ... Le Septium murmure, Vous êtes bien la meilleure personne pour écrire mon histoire... (Rire du Septium)... Je vais continuer mon récit, si vous le voulez bien.

— Oui, bien sûr, mais pourriez-vous d'abord m'expliquer ce ricanement ?

— Oui, plus tard... à la fin de notre voyage, je vous le promets...

4

... « Cela fait quand même du bien ! D'enfin discuter dans la cour, mes chers camarades ! dit d'un ton enjoué monsieur Bisseau, à Théo et le Comte, qui étaient en train de marcher dans le domaine. »

— Que me voulez-vous encore ? Vous n'en avez pas fini avec mon cas... pourtant j'ai respecté vos demandes, rétorqua froidement Théo.

— Ne... t'inquiète pas, mon cher... ami, répondit péniblement monsieur Baltius.

— J'entends qu'avec ces deux mois, cela a suffi pour que vous parliez à nouveau. Certes, pas extrêmement bien.

— Oui... je laisse la parole à mon adjoint.

— Je vous remercie de me donner la parole... mais venons immédiatement sur le sujet qui nous a conduits vers vous, Théo !

— Expliquez-le-moi, je suis tout ouïe de vous entendre parler.

— Mon plan avec votre animal de compagnie a fonctionné à merveille ! Il a une haine féroce contre nous, et commence à ressentir moins d'empathie pour ses adversaires quand ils meurent ! Malheureusement, je pense fortement qu'il est en train de mettre en place un plan pour nous tuer ! N'est-ce pas super ? ...

— ... Comment ? Pourquoi ne l'arrêtez-vous pas ? Si cela est vrai, il faut l'en empêcher, sinon nous allons courir un grand danger ! dit l'éleveur de bêtes reculant d'un air stupéfait.

— Mais, n'ayez point peur, parce que moi-même j'ai un plan pour le contrer ! De plus, il est très simple, parce qu'il faut juste trois choses pour qu'il abandonne tout espoir de se rebeller, tout en continuant de combattre pour nous ! ... La première chose, c'est la colère qu'il lui faut, car une personne en rogne a du mal à réfléchir, et à remarquer certaines actions, ce qui nous aidera pour la suite ! Alors, vous ! Vous allez vous en occuper, mon cher Théo !

— Je ne comprends pas, ce que vous voulez dire dans « vous en occuper » ? demanda-t-il avec scepticisme.

— … C'est pourtant simple. Moi-même, je ne comprends pas, pourquoi vous vous ne comprenez pas cela… ? Vous devrez le nourrir, changer la paille, etc. … comme vous le faites pour tous les autres, vous voyez de quoi je parle ?

— Je vois… et comme c'est moi qui l'ai fouetté, et trahi. Je suis le meilleur pour ce rôle afin de l'énerver, c'est bien cela ?

— Oui, tout à fait, je suis fier de vous… (Applaudissement de monsieur Bisseau…) ! Mais passons, s'il vous plaît, parce que j'ai beaucoup de trucs à faire pour que le stratagème marche ! Le deuxième point qu'il faut, c'est d'un moyen de l'empêcher d'agir, et nous l'avons ! Rappelez-vous, Monsieur le Comte, un de vos amis a un esclave dragsium qu'il veut nous prêter pendant un moment, parce qu'il doit partir quelque part. Afin d'en rajouter encore une couche, celui-ci a à peine un an de moins que le nôtre ! Comment pourrait-il faire des atrocités devant cet enfant qui n'a encore jamais vu de sang ?

— Mais ce n'était pas vous qui disiez qu'il s'était habitué aux tueries ? se demanda Théo.

— Oui, cela est vrai… mais ce monstre n'a affronté que des adultes, et dans le contexte qu'il pouvait mourir, ce n'est que l'instinct de survie. Alors que là ! Ce n'est qu'un PAUVRE enfant, et en plus, il n'y a aucun contexte de mort, parce qu'il partagera seulement sa cage… Du coup, il va juste se dire « Je ne peux pas faire cela devant lui, il ne le mérite ! » À ce moment, il arrêtera son plan, pour préserver l'être de son invité… Alors là, nous riposterons ! Avec le troisième point, qui est de le détruire mentalement !

— Sommes-nous obligés de le détruire à ce point ? À la base, ce n'est qu'un enfant… répondit Théo désespérément.

— Enfant ou pas, celui-ci peut tous nous tuer, si nous ne faisons rien… il ne faut pas l'oublier. C'est pourquoi ce point sera tellement dur que pour lui, et un petit peu pour nous, parce que cela sera difficile de le réaliser. On doit trouver le lieu du massacre… de leur espèce, parce qu'on dit que les corps pourrissants sont laissés à l'abandon à cet endroit. Et je le sais pertinemment qu'il ne le supportera pas, surtout si on retrouve son père ou sa mère, pour ensuite les mettre en pièce.

— Mais comment allons-nous retrouver ses parents, nous ne savons pas à quoi, ils ressemblent, posa-t-il la question.

— Je pense qu'on les trouvera, justement parce que j'ai lu dans le livre descriptif des Ynferrials, que ceux-là se souviennent de tout, absolument tout, même jusqu'à leur naissance… Alors il faudra juste se fier à sa réaction faciale.

— Je vois… même très bien… sa réaction. Nous allons… exécuter ce plan, même si vous… ne l'aimez pas, monsieur Théo… Vous pouvez disposer, dit machinalement le Comte à ses conjoints.

— Très bien, cher Comte, j'en suis ravi !

— Très bien.

5

Après ces deux mois passés. Étrangement, je n'eus plus aucun combat à faire, je restais dans la prison sans rien faire, à proprement parler, parce que derrière cette mise en scène grotesque, je mettais en place mon plan. Il était très simple, parce qu'il n'avait que deux parties. La première, c'était de réussir à les tuer, Théo, Baltius, Bisseau, et tous ceux qui travaillaient pour eux. Pour cela, j'avais déjà tout prévu, parce que je devais agir au moment, où ils allaient m'enlever mes menottes, ce qui veut dire juste avant l'instant où je devais entrer dans l'arène. Seulement, pour pouvoir tous les tuer sans mourir, je devais durcir ma peau, et c'est ce que je fis, grâce à mon talent du sang, qui vint renforcer mes cellules en s'unissant définitivement.

... Pour le deuxième point, c'était beaucoup plus difficile à réaliser, parce que je devais trouver un moyen de fuir, sans que vous, les humains viennent me traquer pour ensuite me tuer, comme tous les autres de mon espèce. C'est pour cela, que la seule idée qui me vint, c'était de vous ressembler physiquement, afin que vous ne puissiez plus me retrouver, et justement j'avais par le passé, appris à me servir de la métamorphose, mais pas jusqu'à ce stade de transformation. C'est pourquoi à chaque fois le soir, après avoir mangé, je m'entraînais, encore et encore, pour y réussir... jusqu'au moment où... Qu'est-ce qu'il vient faire ici, celui-là ? Comment Théo ose-t-il revenir ici, après ce qu'il a fait ? ... Je demandai calmement, et d'un peu de malice à celui-ci, en restant adossé au mur de la cage dans l'ombre : « Pourquoi es-tu ici, mon cher Théo ?

— Cela me déplaît autant qu'à toi, n'aie pas peur.

Je haussai ma voix, de par la colère qui ne pouvait être arrêtée, et qui venait me submerger peu à peu :

— POURQUOI es-tu dans cet endroit ?

— La personne qui était chargée de s'occuper de toi est souffrante. Il a la grippe, et donc, comme aucun individu ne voulait pas se risquer face à toi, je devais revenir ici, pour te nourrir, pour nettoyer ta cage, etc.

— Sinon, votre enfant est né, il y a déjà un mois, si je ne me trompe pas, Il n'y a pas eu trop de problèmes ?

— Non, non, tout s'est passé à merveille… (Choc entre la gamelle de nourriture et le dîner)

— C'est un garçon ou une fille ? Je suis curieux.

— C'est une fille, une magnifique petite fille, qui a encore plein de choses à voir.

Je marmonnai, plein de choses à voir… si cela existe encore. Pour finalement rehausser le volume de ma voix :

— Quel est son nom ?

— Elle s'appelle Zoé, c'est un beau prénom, n'est-ce pas ?

— Oui, c'est… il est beau, parce qu'il est court et simple… j'aurai une autre question pour toi, est-ce que mon prénom Eilif est celui que mon véritable père m'a donné ?

— Non, malheureusement, le temps que l'on remarque que tu étais un Septium, le Comte avait déjà vendu le drap en soie, avec ton nom de famille et ton prénom qui était écrit dessus. Du coup, je ne pouvais pas retrouver ta véritable identité.

— … Je vois… Tu sais que je me suis promis quelque chose, quand tu n'étais pas là, dis-je cela d'une voix douce et malicieuse… Veux-tu savoir ce que c'est ?

— Je suis tout ouïe, même si je pense savoir à peu près ce que tu vas annoncer.

— J'ai juré de te tuer en premier, quel que soit le prix à payer… Tu mourras de ma main avant tout les autres, pour ta trahison, ta mise en scène.

— Je connais déjà le prix que je vais devoir tôt ou tard payer pour ce que j'ai fait, ne t'en fais pas. Quoi qu'il soit, je le respecterai humblement.

— … (Rires de la bête)… Tu me fais bien rire. Tous les Hommes sont orgueilleux, et pense qu'à eux. Je le dis, parce que si tu acceptes ce destin, comment vas-tu faire pour ta famille ? Comment veux-tu que ta fille ait une enfance épanouie, si elle ne connaît même pas son père ? Réfléchis un peu…

— Alors, renonce à ton désir de vengeance à mon égard… (Grincements… Claquages… Fermeture de la porte, avec un entre chocs)

— N'aie pas peur, j'ai trouvé un moyen pour régler ce problème de famille, mais je ne peux pas te le révéler…

Il me regarda à ce moment, d'un air curieux.

— Que comptes-tu faire à ma famille ? Sache-le, ma famille ne t'a rien fait, si tu veux faire quelque chose de mal sur eux…

— C'est une surprise, que tu ne verras jamais ! ne sois pas inquiet, mon cher Théo… Passe une bonne nuit… *Après mes mots, mon interlocuteur parti avec un regard agacé et un pas pressé.*

— *Qu'est-ce que vous comptiez faire de sa famille ?*

— *C'est un secret, je suis désolé mais je ne peux vous le dire ainsi !* … *Passons. Après qu'il fut parti de la zone, je décidai que je pus enfin m'entraîner à la métamorphose. Je m'étais mis au milieu de la cage, me croisa mes jambes, contempla avec concentration mon bras droit qui reposait sur un de mes genoux. Pour que finalement je puisse réussir à créer plusieurs rangées de pinta-grammes vert luisant, illuminant une grande partie de la cage, se formant au bout de mes doigts, et qui tournaient encore et encore autour de ceux-là en cercle. Un laps de temps d'attente après, les pinta-grammes commencèrent à monter le long de ma main, en s'ajustant aux largeurs de celle-ci, afin que quand elles passent, mes poils, mes griffes, la grandeur de ma patte, disparaissent, pour laisser au contraire juste de la peau, des ongles, et une taille de main comparable à celle de votre espèce. Cela continua jusqu'entre l'avant-bras et l'épaule, et…* Mon beau bras, mon magnifique bras, mon extraordinaire bras. Tu es l'épicentre de ma vengeance, de ma rébellion, même si pour l'instant, je ne peux que te faire correctement, et rapidement… mais bientôt, tu te répandras dans tout mon corps, et à ce moment-là... à ce moment-là... *Je levais lentement mon regard calme, froid, en serrant de toutes mes forces le poing de cette main transformée, pour dire...* "Je vous tuerai tous, jusqu'au dernier..." »

À la fin, je me couchais à l'endroit où j'étais assis.

Par la suite, pendant environ trois jours... absolument tout ce passa calmement, et comme prévu, même si la présence de mon cher ami, Théo me m'était généralement en colère à chaque fois que je le voyais. Et pourtant cela s'arrêta bien vite, quand ils amenèrent une nouvelle cage recouverte d'un drap opaque noir, pour la mettre devant la porte de la mienne.

Ils remontèrent une partie de cette couverture obscure au niveau de son portail, de sa porte, afin que d'une traite les quatre hommes la levèrent, pour la mettre contre ma porte. Ils ouvrirent alors les deux portes, pour hurler... Mais qu'est-ce qu'ils font, j'espère que je ne devrais pas partager ce lieu déjà bien assez petit pour moi :

« Allez, sors de là !

— Oui, je sors immédiatement, cher maître ! *rétorqua joyeusement la chose dans l'ombre.*

— (Il peut parler ? Ne me dites pas que c'est un Septium ?) *dis-je avec surprise et espoir, dans un coin de la prison, observant d'un regard impatient, impassible vers cette créature sortante. Malheureusement, c'en était pas un, mais un dragsium qui en sortit. C'était pour être honnête, la première fois, que je pus en voir un en vrai.*

Il avait des écailles plus ou moins petites ou grandes selon les endroits, d'un rouge extrêmement foncé presque noir sur absolument tout son corps qui avait étrangement une morphologie humaine. Et le plus bizarre, d'après moi, c'était qu'il n'avait pas d'oreilles, en tout cas visibles... elles ressemblaient juste à une bosse, avec un minuscule trou, comme des plaies au milieu de celle-ci, à chaque côté.

Ses yeux n'avaient non pas de blancs autour de ses iris d'un rouge écarlate éclatant, mais un noir profond, intense qui les remplaçaient. C'était dérangeant, sans plus. Il avait une tête plutôt humanoïde, avec un nez étant aplati, dont on y voyait juste une autre petite bosse, comme pour les oreilles, sauf que cette fois-ci, il y avait deux trous.

Il n'avait pas de cheveux, ni de poils, juste deux cornes, en tout cas ses racines étaient là, situées un peu plus au-dessus de là où devait être ses sourcils... Celles-ci étaient fascinantes à ce moment. Finalement, le dernier point qui a pu être très étrange, que j'ai remarqué, était son unique aile draconique qui était dans son dos... Je ne comprenais pas pourquoi, il n'avait qu'une aile, mais j'étais tellement émerveillé par cette créature magnifique, que je n'y réfléchissais même pas...

Et avec un air détendu, il s'était étiré...

— Je sors enfin de cette cage... (Porte qui se ferme)

— Ne fais pas de bêtise, c'est bien compris dragsium ? *ordonna fermement un des hommes.*

— (Il a l'air jeune, même plus jeune que moi. Et d'après ses gestes, et l'état de son corps, j'ai l'impression qu'il n'a toujours pas combattu dans l'arène. Je le tue ? Cela me serait profitable, car je pourrais continuer à m'entraîner tranquillement, sans souci de dénonciation.)

— *Les humains partirent de la tente. Quant à ce représentant des dragsiums, il me tendit la main, en se penchant en avant, avec un énorme sourire, empli de bonté, tellement de bonté... que sa bouche semblait être plus grande que la normale... Bref, reprenons, il me dit à ce moment,* Salut ! Tu es mon colocataire ?

— Non, parce que tu es un intrus qui doit partir d'ici rapidement, si tu ne veux pas mourir.

— Ce n'est pas très gentil de dire cela. Moi, je m'appelle Reimone, et toi ?

— Eilif, quel âge as-tu ? Il se remit droit pour réfléchir en regardant en l'air.

— Je dirais neuf ans, si je ne me trompe pas, bien sûr, et toi ?

— (Ils mettent même d'autres espèces sachant parler que la mienne en esclavage... ce sont des monstres.) J'ai dix ans et demi environ, as-tu déjà combattu, ou même vu du sang ?

— "Combattu" et "sang" signifie quoi ? Je n'ai jamais entendu ses mots auparavant. *Je grimaçais à ces paroles troublantes.*

— (Ils lui font exactement la même chose qu'à moi... Il est encore... pur. Je ne peux pas le tuer ni rien lui faire.) *Je demandai à voix basse, tout en baissant le regard gêné,* Pourquoi n'as-tu qu'une seule aile, parce que d'après ce que je sais de ta race, celle-ci a une paire d'ailes.

— On me l'a coupé dès ma naissance, d'après ce que disent mes maîtres.

— Sais-tu pourquoi ils t'ont fait cela ? dis-je, en haussant ma voix.

— Non, je ne sais pas, ils ne me l'ont jamais dit. Ils doivent avoir une bonne raison...

— "Une bonne raison", dis-tu ? As-tu au moins vu l'extérieur... ou même sorti de tes cages ?

— Je l'ai déjà vu de loin, mais je n'ai jamais pu y aller, parce qu'ils ne me laissent pas sortir. *Il afficha alors un petit sourire forcé, tout en fermant ses yeux attristés, pour annoncer,* J'espère qu'un jour, je pourrais y parvenir.

— (Lui... Il n'a même pas pu encore voir l'extérieur de sa vie... c'est affreux ! Ce... sont des... des êtres maléfiques ! *En demandant fébrilement, avec hésitation* : Est-ce... que tu veux le voir ? Peux-tu me dire jusqu'à où tu pourrais aller pour y parvenir, comme tu le dis.)

— Tu peux vraiment me ramener dehors ? C'est vrai ? ... Je suis prêt à tout pour pouvoir enfin voir la lumière ! *rétorqua-t-il avec des yeux émerveillés.*

— Même à trahir tes chers maîtres pour y parvenir ? Sache-le, il y a un danger.

— J'aimerais quand même ne pas les trahir, ils se sont toujours bien occupés de moi.

— Comment le sais-tu ? Toi, qui n'as que vécu dans la merde, la pisse, dans l'ombre, et avec une nourriture dégueulasse. Comment pourrais-tu te situer, pour proclamer qu'il te traite bien ? ... Je suis désolé de le dire, mais ton jugement est faussé...

— Peut-être bien, mais je dois me dire que c'est mieux que rien…
Alors je maintiens ce que je viens d'annoncer ! révéla-t-il cela d'un air
enjoué, en se mettant droit, et montrer un grand sourire.

— … (Soufflement d'exaspération d'Eilif…) Laisse-moi
tranquille, je n'aime pas les têtes de mule dans ton genre.

— Mais qu'est-ce que tu fais ? Ne te couche pas, je veux encore te
parler !

— Je suis fatigué, je voudrais bien dormir maintenant. »
*Bizarrement, il n'en demanda pas plus de ma part, et ma laissa dormir,
alors que je pensais que sa personnalité allait vouloir combattre, et
essayer de me réveiller.*

— *À votre avis, pourquoi était-il là, dans votre cage ? C'est quand
même étrange, parce que cette prison… si je ne me trompe pas, elle a
été faite pour vous, pas pour d'autre.*

— *À ce moment, mon hypothèse était que comme il pouvait lui
aussi utiliser la magie, et que seule ma cage était adaptée à ceci. Cela
força donc à le mettre avec moi. Malheureusement, ce n'était pas cela,
mais pour maintenir un lien logique avec ce moment, je ne peux vous
le dire maintenant, vous allez alors le découvrir en même temps que
ma personne lors de mon histoire.*

*Tôt le matin, même très tôt le matin, alors que les premières
aurores arrivèrent à peine, il vint me trouver, moi l'énorme dormeur
que je suis, juste pour me parler…* « Tu es réveillé ? …
(Ronflements)… Hmm ! Comment je vais faire pour te faire te
lever ? … J'ai trouvé un moyen ! Par contre, je pense qu'il voudra me
faire la peau, hmm ! Oh, tant pis… » *Ce qu'il fit par la suite créa la
fin de toute amitié possible entre nous. Il s'était mis à l'autre bout de
la cage, pour commencer à courir de plus en plus vite vers ma
direction, et sauter d'un coup… au beau milieu de sa course, afin de
se jeter sur moi, avec énergie, et surtout tout son poids. J'ai hurlé de
surprise, et de douleur, je continuais même à faire de petits
gémissements après cela. Alors que Reimone…* Tu es réveillé,
super ! … (Rire du dragsium)

— Attends voir ! Quand je serai pleinement rétabli, tu vas morfler, comme pas possible, connard ! Tu aurais très bien pu me le faire doucement, mais tu as décidé de le faire aussi violemment ! Alors, tu vas voir la terreur naître dans quelques instants dans ton corps...

— Ce n'est pas de ma faute, je t'ai appelé plusieurs fois... et tu ne m'avais toujours pas répondu ! Alors, je devais réagir drastiquement !

— Et qu'est-ce qui te fait dire que je voulais que tu me réveilles ? Ou même de parler avec toi !

— Bah, on n'avait pas terminé notre discussion la dernière fois, il fallait réagir !

— C'est toi qui as décidé que notre discussion n'était pas terminée, pas moi !

— Ouais, bah voilà ! C'est trop tard, tu es réveillé ! Maintenant, on peut discuter !

— Ouais, bah pour toi, *je bougeais lentement, doucement, mon corps meurtri,* Cela va être trop tard pour que tu sois sauvé ! Tu vas voir ce que c'est la violence !

— Du calme, du calme, *il fit un petit sourire inquiet, ou plutôt nié, afin de continuer à dire d'un ton non serein,* tu sais que je ne l'ai pas fait méchamment ? Qu'est-ce que tu comptes me faire ?

— Laisse-moi t'attraper, et tu verras ce que c'est, petit con !

— Attends, attends ! Du calme ! Je suis gentil, pas méchant ! *Il recula de quelques pas pour me fuir.*

— Où vas-tu ? Tu dois prendre tes responsabilités en main, mon petit... c'est trop tard pour t'enfuir ! *Je me levai brusquement à la suite de mes mots, pour le regarder, le fixer avec des yeux emplis de colère, de fatigue, et de haine, afin de lui témoigner ma rage envers lui. Je l'attrapai rapidement, et le fit subir le châtiment qu'il devait recevoir par mes soins. Pour ensuite, le laisser par terre, inerte, ne bougeant plus.*

Je me mis dans un coin de la prison, pour méditer, et reprendre correctement mes esprits étant troublés. Malheureusement, cela s'arrêta tout aussi vite, quand il revint à la charge dix minutes après ceci, en essayant encore désespérément de venir à nouveau me parler... Comment fait-il ? J'en ai marre, j'ai beau lui faire des choses horribles, et à montrer que je ne veux rien devenir ami à ses yeux niés. Pourtant il continue... J'en peux plus, il me fatigue beaucoup trop : « C'est bon, tu t'es calmé, Eilif ? »

— (Je vais le tuer !)

Je fis une grimace à ce moment-là, affichant mon agacement.

— Qu'est-ce que tu fais ? Pourquoi tu ne bouges plus ? Pourquoi tu fermes aussi tes yeux ? Pourquoi fais-tu de grandes inspirations ?

— ... (Grande inspiration...) C'est... de la méditation, alors arrête de me faire chier.

— De la méditation ? C'est quoi ? Cela sert à quoi ?

— (Ça va, calme-toi... réponds juste à ses questions et il partira.) Cela sert à me calmer, à me focaliser sur mon corps.

— Ho, je vois ! Cela a l'air incroyable, tu peux m'initier à la pratique ? J'aimerais bien essayer !

J'ouvris un seul œil, pour le juger des pieds jusqu'à la tête, afin de dire :

— Tu ne seras jamais capable de réussir à le faire...

— Et pourquoi cela ? Pourquoi dis-tu que je n'y arriverais pas ? Toi, dont je ne connais même pas l'espèce !

— ... Je suis un Septium, et je t'annonce que tu n'y arriveras pas, parce que tu es beaucoup trop immature, avec des pensées trop diverses, et nombreuses.

— « Un Septium », je n'ai jamais entendu parler de cette race, auparavant. Je n'en ai même jamais vu en esclavage, si je ne me trompe pas...

— ... (Rires)... C'est normal, ne t'inquiètes pas. Tu apprendras bientôt, ce qu'ils sont devenus, il y a quelques années. Sinon... m'as-tu dit que tu en as jamais vu en esclavage, cela veut-il qu'il y ait d'autres espèces que les nôtres qui en sont victimes ?

— Toi, qui fais l'être qui connaît tout... finalement, ce n'est pas vrai ! Tu es un menteur !

— S'il te plaît, réponds-moi, cette question est très importante, *répliquais-je, en lui donnant un peu de crédit en ouvrant enfin mes yeux pour le regarder.*

— Bah, il y a toutes les races, autres que celles des humains dans ce royaume qui sont mises en esclavage, sauf celles des golems, et des spectres, parce qu'elles sont trop dures à avoir.

— Tu veux dire que les dragsiums, les semi-humains, et les Egniums sont mis en esclavage... (Rires)... (Ce sont des monstres ! Non, en fait. Non, ils ont peur de la différence, de l'accepter, et de l'accueillir ! C'est pitoyable ! ... Ce ne sont que des rats, des insectes, qui veulent s'étendre, et s'imposer.)

— Je ne vois pas trop, ce qu'il y a de drôle dans cela, Eilif...

— Non, je ne pensais pas à cela, mais à autre chose qui me fait bien rire.

— Sinon... j'aurai une question pour toi.

— Je t'écoute, n'aie pas peur, je ne vais pas te manger.

— Est-ce que tu voudrais bien jouer une partie d'échecs avec moi ? Pour tout te dire, tu es la première personne que je ne dois pas considérer comme un maître, mais comme un ami, même si je pense que ce n'est pas réciproque... C'est aussi pour cela, que je force tellement entre nous, parce que j'aimerais avoir mon premier ami...

— Je comprends maintenant, pourquoi tu me faisais tellement chier... Allez... J'accepte de jouer pendant un bref instant avec toi. Par contre, je te préviens que je n'ai jamais joué aux échecs, il faudra que tu m'expliques.

Il partit donc avec hâte vers la boîte en bois qu'il avait ramenée avec lui... Il revint pratiquement instantanément avec elle pour annoncer :

— Voilà, c'est ça... *Il ouvre la mallette...* Ce sont mes maîtres qui me l'ont offerte, pour m'apprendre la stratégie disait-il... *Il m'expliqua alors absolument toutes les règles cette matinée, sans relâche, il continua, même si je n'arrêtais pas de le vaincre à son propre jeu.*

— *D'après, ce que vous racontez, j'aurais plutôt tendance à croire que vous êtes amis, alors que vous le niez, depuis le début, annonce le journaliste d'un ton observateur.*

— *Comme je vous l'ai dit, nous ne sommes pas amis... il l'a même annoncé dans ce que je vous ai déjà raconté. Ce n'est que lui qui ose dire qu'on est amis, alors que pour ma part, je le considère, que comme un petit con, fouineur, et un clown... même si tout le monde contredit mes propos.*

— *Cela est quand même triste, si j'y repense... sur ce qui vous arrive en ce moment même.*

— *Je m'étais préparé psychologiquement depuis très longtemps à ce genre de situation, ne vous inquiétez pas, cela ne me fait rien... Je savais pertinemment que cette scène viendrait tôt ou tard.*

Bref... reprenons. Après ceci, l'un des quatre hommes, qui était venu, pour ramener Reimone, vint à nouveau, nous voir. Bizarrement, il avait l'air détendu, comme habitué à le faire... « Dragsium, viens ici ! Je te laisse sortir, c'est l'heure de ton entraînement ! »

— Oh, désolé, Eilif ! Je dois te laisser, *il se leva rapidement, même brutalement, afin de se rapprocher de la porte.* Je sais que je dois encore t'apprendre plein de trucs en échec, mais il faudra attendre !

— (Mais qu'est-ce qu'il se passe ? Il n'a vraiment pas peur que je prenne la fuite en le tuant, quand il va ouvrir la porte ? … Et pourquoi, cet homme tient deux épées en bois dans sa main gauche ?)… (Grincement du portail)…

— Nous allons juste nous mettre de l'autre côté de ta cage, pour commencer ton entraînement habituel… Allez, dépêche-toi !

— Oui, oui, je vous suis, mon cher maître !

— *(Comment fait-il pour garder le sourire, même quand il le traite comme une merde ? Je n'arriverai jamais à faire pareil que lui sur ce point... Sinon je pense comprendre en quoi cela va se terminer après cet entraînement dans quelques mois, ou années.) Ils se mirent l'un, l'autre en face, se mettant en posture, se préparant à combattre.*

— Bien, commençons, mets-toi à la posture numéro une pour initier l'heure !

— J'ai une question pour vous, monsieur le Grand épéiste ! *annonçais-je dans un ton ironique, provocateur, doigt dans le nez, ma posture allongée au sol, prélassé dessus, tourné vers eux. Pour continuer,* Est-ce que ma posture est bien comme cela ?

… (Rire de Reimone)… *Il se frotta ses yeux en pleurant, tellement cela le faisait rire, en rétorquant* :

— S'il te plaît, Eilif, être couché ce n'est pas une posture…

— La ferme, vous deux, et surtout toi, le Septium ! Je n'ai pas le temps de supporter vos inepties très longtemps !

— À ce que je vois, monsieur, est en fait un grincheux de première ! Je ne le pensais pas pourtant… mais si vous voulez vraiment me faire taire, vous pouvez me retrouver dans la cage, ce sera votre défi de la journée… battre un Septium ! Et si vous me battez dans un combat de sabre en bois, je suis prêt à la fermer ! Par contre, si je gagne, vous devrez laisser Reimone voir l'extérieur pendant quelques minutes ! C'est plutôt un bon marché, n'est-ce pas ? dis-je empli de malice, avec mon doigt encore et toujours logé au même endroit.

— Eilif…

— Ouais, ouais, je te crois bien sûr ! Tu ne respecteras pas une seule de tes paroles, parce que tu vas juste en profiter pour t'enfuir !

— Si vous avez peur, je suis prêt à le faire même enchaîner ! Pour moi, ce n'est pas un problème de les mettre.

— Tu veux vraiment que cela soit un massacre ? Je vais t'éclater en deux secondes, sache-le.

— C'est vous qui le dites, pas moi ! Nous ne pouvons prévoir le futur ! (Mais le ramener vers nous, vers notre version, dans la séquence la plus proche qu'on a prévue, cela on peut…)

— Très bien ! J'accepte avec joie… comme ça, je pourrai te calmer, et me défouler sur toi, sale bête… (Ricanements de l'entraîneur)

— *En fait, vous êtes un cœur tendre ! Vous qui faites le dur à l'extérieur ! Finalement, vous pouvez être sympa ! Je ne vous croyais pas ainsi ! Je comprends mieux pourquoi Reimone dit qu'il est votre ami ! … Vous n'avez pas besoin de détourner votre regard ! Ce n'est pas un défaut que je vous ai cité juste avant !*

— *Bah, on se trompe souvent sur les gens ! ... Du coup, il me fit sortir de ma prison, pour qu'on se retrouve l'un en face de l'autre, avec un sabre en bois dans les mains ! ...* « Bien ! Maintenant, je vais pouvoir te pulvériser comme toute ton espèce, par le passé ! *annonça le professeur imbu de sa personne. Comparé à moi... qui tenait pour la première fois, une épée, et qui était en train de la secouer dans tous les sens pour voir ce qu'on pouvait faire avec.*

— Oui, je vois, je vois... je vois un peu prêt, comment on peut l'utiliser, *afin qu'ensuite je puisse le regarder, et lui dire,* Mais avant que le combat commence, je dois t'apprendre quelque chose de très important... *En le montrant de mon bras, et des yeux emplis de malice, j'ergotai,* Les gens qui sont sûrs de gagner, perdent toujours à la fin, comme vous en ce moment !

— Sale bête... Bref, je ne dois pas m'énerver maintenant, mais plutôt quand je te matraquerais de coups ! Dragsium ! Regarde bien, le maître à l'œuvre ! Première posture ! *Il se mit alors en position, avec ses deux mains sur la fusée au-dessus de sa tête.*

— (Bon, tout ce que je dois faire pour gagner, c'est de l'énerver... comme ça, il ne verra pas mon coup, qui consistera d'attraper son épée avec mes chaînes, et le lui arracher de ses mains, en mettant un coup de pied dans ses burnes... Ensuite, afin de l'achever, je saute en hauteur, afin de lui donner un double coup de pied à son visage... Alors, pour le faire...) Posture de l'enlacement ! Viens, je t'attends ! *dis-je ceci, avec un ton de malice, d'ironie, en avançant ma tête, avec mes bras s'ouvrant à lui... même si les chaînes qui liaient les deux m'empêchaient malheureusement de le faire correctement.*

— Sale Merde ! Arrête de bafouer la maîtrise du maniement de l'épée ! Tu vas me le payer ! ... *À cet instant, à mes paroles provocatrices, il fonça vers ma direction, avec des mouvements amples, non homogènes et remplient de colère. Alors que pour ma part, au moment où il arriva à la distance nécessaire pour me frapper, je lâchai promptement le sabre, attrapant l'instant d'après, la sienne avec mes chaînes. Après avoir fait cela, je lui mis un coup de pied dans ses noisettes, afin qu'il me laisse la prendre plus facilement, ce qui se passa comme prévu.*

— Finalement, afin de le mettre à terre, je sautai en hauteur, pour lui donner un double coup de pied simultané à son visage, le faisant tomber brutalement, et me fit reculer brièvement dans les airs, pour retomber tranquillement en faisant une roulade arrière Hop là ! »
C'est fait ! J'espère qu'il respectera sa parole… « Wouah ! Eilif, tu es trop fort ! Tu pourras m'apprendre à le faire ? demanda Reimone d'un ton enjoué devant mon spectacle, tout en s'approchant de moi avec des yeux émerveillés.

— Si tu arrêtes de me faire chier, en voulant tout le temps parler, je suis prêt à te l'apprendre !

— Putain, argh ! Mes couilles ! Tu n'as pas utilisé ton épée, alors que c'était un combat, basé sur cela ! dit l'homme, en p. l. s.

— Je n'ai jamais annoncé que j'allais utiliser un sabre en bois, lors du combat ! C'est vous qui n'avez pas compris mes paroles ! Maintenant, respectez notre marché, comme il était convenu, juste avant ! répliquais-je ceci, avec un sourire satisfait de moi-même.

— Ne t'inquiète pas, je suis un homme de parole… Putain, qu'est-ce que j'ai mal !

— Très bien ! Et pour être sûr que vous ne fassiez rien à Reimone, je vous accompagne dehors ! Simple mesure de précaution.

— Pardon ? Cela ne faisait pas partie du marché que je sache ?

— Non, pas du tout ! Malheureusement, au moment où vous m'avez laissé sortir de ma cage, vous étiez en faute. Il faudrait juste que j'aille voir quelques personnes du cirque, pour que vous puissiez être viré… De plus, vous ne pouvez pratiquement plus bouger, à cause de votre entrejambe, qui n'est plus dans sa meilleure forme. Pour tout dire, vous êtes obligé de me laisser sortir, avec ce petit con, annonçais-je cela, en affichant un regard impérial, et malicieux, en montrant fébrilement le dragsium ahuri.

— Je vois, tu es plutôt fourbe en fin de compte… on m'avez prévenu que votre espèce avait des facilités pour tromper les gens.

— Nous allons attendre que tu puisses au moins marcher, pour que tu sois capable de vérifier, si on ne s'enfuit pas... *À mes mots, je me mis assis, attendant son rétablissement. Quant à Reimone, celui-ci vint me faire un énorme câlin, sans doute dû à sa très grande joie de pouvoir enfin sortir et contempler pour la première fois l'extérieur.*

Nous attendîmes environ dix minutes, avant qu'il puisse à nouveau marcher... nous sortîmes de la tente. Et c'est là... que je pus voir une révélation, que je pus voir un enfant découvrir pour la première fois le dehors, de toute sa vie. Ses yeux, comme les miens lors de ma fois... ne savaient plus où regarder, ils étaient émerveillés par tout, par le vide immense, lumineux, sombre, frais qu'ils voyaient et ressentaient. Je l'avais vu carrément se mettre sur les pointes de ses pieds nus, le temps de pouvoir respirer tranquillement l'air ambiant avec son nez aplati. Il n'arrêtait pas de tâtonner le sol par excitation, par curiosité... le faisant pleurer à ce moment. Il s'écroula même, pour être assis à genoux... Cette scène m'attendrissait, à cause du fait que j'étais pareil que lui, au même moment de ma vie. Où je pus enfin sortir de l'ombre, et je savais, et même maintenant... quelles sont les causes qui nous font pleurer à ces instants...

Mais, il faut aussi se dire que nous n'aurions pas besoin de pleurer... si nous n'étions pas des esclaves, ne pouvant que contempler l'ombre, sentir les odeurs nauséabondes. Cela est quand même désolant d'y penser. Nous ne devrions même pas réfléchir à ceci... Tout le monde pourrait très bien faire un pas en avant, pour simplement changer les choses... Et pourtant vous vous dites libres, avec des droits, mais personnes les utilisent à son avantage. Vous vous taisez juste, attendant que les choses passent, et se tassent, alors qu'au fond de vous-même, vous savez que si vous ne faites rien, le monde ne changera pas.

— *Pourtant, ce n'est pas vous qui disiez que tout seuls nous ne pouvons rien faire ? Vous avez même ricané quand je vous ai dit que j'allais agir.*

— *C'est exact... mais je n'ai jamais dit que notre façon de penser n'est pas similaire... Si vous venez à penser davantage et que vous devez agir, cela veut dire que d'autres le veulent aussi... sauf qu'ils ne disent rien. Alors, si toutes ces personnes venaient à passer à l'action, cela créerait une foule assez importante, pour se faire entendre, ou en tout cas assez pour ne pas se faire écraser par les autres opinions.*

Bref... »

6

… Après ce temps de contemplation, nous sommes rapidement rentrés dans la tente, en respectant le pacte afin de rejoindre ma chère et tendre cage. Je me couchais instantanément en faisant exprès de dormir, pour qu'il me laisse tranquille, pour que cette chose me laisse tranquille. Malheureusement, cela ne se fit pas, en commençant à me secouer, encore, encore, et toujours plus violemment. Vers le bout de mes nerfs, il se lança même à prononcer mon nom… « Eilif … Eilif… Eilif !*

— Quoi ? Qu'est-ce que tu veux ? Laisse-moi dormir ! *hurlais-je ceci en tournant violemment ma tête vers son endroit.*

— Je voulais te remercier pour ce que tu as fait pour moi… parce que grâce à toi, j'ai enfin pu voir ce monde, qui a l'air magnifique ! *rétorqua-t-il avec un petit sourire nié, et un léger plissement des yeux.*

Je me recouchais alors, pour annoncer dans un air bien plus calme, et tranquille.

— Ne crois pas que l'on soit amis… J'ai fait cela, juste parce que j'avais décidé que c'était la meilleure chose à exécuter, pour qu'il n'y ait pas d'injustice.

— Oui, oui, bien sûr… je te crois ! »

Rien ne se passa jusqu'à la soirée, où…

« Mon cher monstre ! Je suis désolé… de t'avoir… comment dire ? LAISSÉ en plan pendant plusieurs jours ! annonça monsieur Bisseau avec grande joie, en tendant ses bras énergiques, accompagné de son toujours grand sourire malicieux.

— N'ayez point peur. Je sais que vous ne pouvez pas me laisser tranquille comme cela, sans rien faire… marmonnais-je cela, en entre ouvrant mes yeux.

— Tu peux te lever, tu as un combat ! Tu vas voir ! … Nous avons enfin pu trouver le gros lot pour toi, cette fois-ci !

Je me levais avec peine et m'avançais lentement vers la sortie, afin de rétorquer :

— Si vous le dites (Je pourrais tous les tuer, maintenant... Au moment où ils m'enlèveront les menottes... pour sauver Reimone de sa triste histoire. Même, si je n'arrive pas à me transformer totalement... On trouvera bien un moyen.) *Je marchais avec hésitation, comme perdu dans mes pensées. Ma tête dirigée au sol, affichant un regard empli d'incertitude...* (Le faire ? ... Si je le fais, je ne pourrais pas me venger, de tout ce qu'ils m'ont fait... De plus, il y a aussi mon espèce qui doit l'être... Dois-je le faire pour ce dragsium que je connais que depuis avant-hier... Je ne sais pas.)

— Nous t'enlevons les menottes. Ne fais pas de conneries, *me demanda-t-il fermement, pour ensuite me marmonner à l'oreille,* Si tu pouvais te laisser te blesser... Cela exciterait plus le public, ce qui signifierait plus de recettes... surtout que cela est un combat plutôt important.

— Pardon, demandais-je, cela, en relevant brutalement ma tête emplie de rage, droit vers l'entrée de l'arène (Comme, si j'allais faire cela ! Sale merde ! Tu me dégoûtes ! Je vais tous vous tuer ! ... Je suis désolé Reimone, mais... je dois impérativement me venger de ses ordures, ces rats, de ces cafards ! Nettoyer cette terre souillée !)

— Voilà, ce sont les yeux que je voulais voir... mais ne va pas croire que ce que je t'ai demandé de faire, c'était du flanc ! Cela serait parfait pour nous !

— Vous... allez bien voir ce que je vais faire ! » dis-je, cela, en bafouant, en me positionnant de manière énervée... J'avançais lentement, très longuement, me permettant de réfléchir un tant soit peu au même moment, au cas de Reimone afin de trouver une solution, mais ne voyant aucune me venir, je décidai quand même de l'aider. Malheureusement, pas comme vous l'imaginez, avec moi, qui sort triomphant de cette arène, après avoir tué tout le monde, pour aller le voir, et lui dire « Nous sommes libres... ». Non... non, loin de cela, j'ai plutôt préféré à cet instant, comment dire ? Faire les choses à moitié, parce que j'étais trop aveuglé par ma rage... « Après, une longue attente ! Le revoilà ! Notre champion

invaincu ! Le monstre ! ... (Le monstre, le monstre, le monstre ! ...
Applaudissements... Sifflements...)

— (C'est vous les monstres... Pas moi), *pensais-je, quand je pus
enfin sortir de l'ombre de la galerie et contempler cette assemblée de
cons, dans un certain calme.*

— Bien ! Nous allons commencer le combat !

— Attendez ! Je voudrais annoncer quelque chose... *À ces belles
paroles, j'ouvris à nouveau les deux trous, ou plutôt plaies de mes
paumes... Cette fois-ci, je rejoignis mes deux mains, pour faire en
sorte, que mon essence, le sang d'un noir obscur sortir abondamment,
recouvrant mes pattes de celui-ci, dans une texture de caoutchouc.
Cela permit à ce qui sortait, de rester collé sur mes doigts, et aux...*
(Murmures)... Je voudrais formuler un marché pour ce match !

— ... Pardon ? Nous avons peur de ne pas bien comprendre !
rétorqua le présentateur, affichant une tête inquiète, et anxieuse.

— N'ayez point peur ! Cette demande est très simple ! *À ce
moment, j'écartai mes mains recouvertes de cette substance, et tira
longuement le sang caoutchouteux, se transformant, en tout cas
ressemblant à une toile d'araignée, à cause de mes doigts formant les
trous, en sciant celui-ci. Et je n'arrêtais pas d'agrandir l'espace qui
séparait mes deux bras. À la fin, je stoppai avant que cela fasse toute
la largeur de mes bras, mais juste assez pour que je puisse facilement
avancer ma tête, avec un petit sourire malicieux et trompeur...*
J'accepte Bisseau ! À une seule condition ! Que tu acceptes de donner
les deux sabres à Reimone ! Si tu préfères, le dragsium, parce que je
sais pertinemment, qu'il va combattre, avec les entraînements que
vous le lui faites !

— Mais, il n'y a pas d'armes ? ... *Je commençais à mouvoir de
plus en plus vite, grandement mes bras et mains pour commencer à
modeler le sang que j'avais entre les pattes. Au final, ceux-là se
métamorphosèrent peu à peu en sabre. À l'instant où je finis, je pus
enfin lever mes yeux afin de voir, d'observer tout un monde ébahi, par
ce que je venais de faire... La création de deux sabres fait de sang,
avec des lames d'un bleu profond, et intense, ou quiconque pouvait se*

perdre dedans, s'ils les regardaient trop longtemps. *Tandis que la fusée était d'un noir opaque, et tout aussi profond...* Les voici ! Les deux sabres ! Je vous laisse vous concerter entre vous, mon cher Comte, et Bisseau ! *annonçais-je cela, avec un regard déterminé, et rempli d'incertitude.*

— Nous acceptons, mon cher monstre ! Je te prierai de nous les confier !

— Non, je refuse !

— Pardon, mais n'est-ce pas toi qui voulais le lui donner pour ses futurs combats ?

— Je souhaite que cela soit moi qui les confie à Reimone ! Bien sûr, pour que vous soyez sûr que je ne fasse rien avec celles-ci, j'accepte de les donner aux gardes qui m'accompagnent d'habitude pour me ramener ! Si vous voulez, vous pouvez même mettre plus de gardiens ! Vous devez me comprendre, on ne sait jamais... si quelqu'un va tenir sa parole !

— ... (Marmonnements)... Nous acceptons cela aussi ! ...

— *Je comprends mieux, pourquoi vous disiez que vous alliez faire les choses à moitié pour Reimone... Vous avez juste fait le nécessaire pour qu'il se défende, et pour que cela ne vous empathie pas. En rien... (Secousses) (Entrechocs... Grognements de l'écrivain) Argh ! Il devrait refaire la route du centre-ville, notre carrosse va encore faire un accident ! ergote-t-il dans un ton hargneux.*

— *À ce moment, c'était la rage, et la haine, qui me conduisait dans mon chemin... C'est pour cela, que je n'ai pas pu faire le bon choix, comme lors où je m'étais fait trahir, par toutes les personnes en qui je tenais. Bref ! Après le combat, je sortis de l'arène avec une morsure à mon bras droit, même si celui-ci était déjà pratiquement guéri à cause de mon pouvoir d'Ynferrial.*

Arrivé de l'autre côté... je pus alors constater avec mes énormes yeux ébahis une dizaine de gardes, prêts à me maîtriser à tout instant. Ne me laissant pas sans effet, parce que l'instant qui suivit, je n'eus que la force de faire un ricanement devant eux, car cela me prouvait parfaitement à quel point ils avaient peur de ma personne.

Je retrouvais donc un petit moment après, Reimone qui s'agrippait aux barres de la cage, montrant sa tête d'un nouveau jour. Il devait sans doute, se demander pourquoi il y a tant de monde qui m'accompagnait jusqu'à...

— Toi, à côté de moi, ouvre la cage ! *ordonna l'un des hommes stoïquement.*

— Oui ! ... (Grincement)... Toi, le dragsium sort de cette cage !

— Eilif, qu'est-ce qu'il se passe ? Je ne comprends rien...

— Ils ont peur de tes deux sabres entre mes mains. Ne fais pas attention.

— "Tes" sabres ? Ils ne sont pas à moi.

— C'est normal, je viens te les offrir... Maintenant, ce sont tes sabres !

— Vraiment ? »

Après les avoir donnés, les gardes prirent rapidement par précaution des menottes et accrochèrent les épées à la base de son unique aile, pour être sûrs que je ne puisse rien faire, à part si je venais à lui couper celle-ci.

La nuit passa, et lors de la matinée... le temps était enfin venu de nous dire au revoir avec Reimone, parce qu'il devait partir chez son maître... et disons que cela, avait été plutôt dur pour nous deux de nous séparer... Je dis surtout ceci, car il n'arrivait plus à me lâcher ma jambe, accompagné de pleurs incessants. Alors que pour ma part, je lui hurlais de me laisser tranquille, et d'arrêter de me faire chier. Ce moment était assez drôle...

— *Ah ! Je vous ai vu, vous avez fait un petit sourire, même s'il est réellement petit ! Je savais que vous l'aimiez bien ! hurle-t-il, surprenant son interlocuteur.*

— *Pour moi, j'entends qu'un jeune fou, qui me hurle pratiquement dans les oreilles... Bref, ceci s'arrêta bien vite... Et maintenant, nous arrivons presque à la fin de ma seconde partie s'appelant « Cruauté », avec l'acte qui va suivre. Alors, veuillez bien écouter, sans couper cette partie...*

7

Il est enfin parti... J'en avais marre ! Bref ! Je vais pouvoir enfin continuer mon entraînement, pour pouvoir accomplir ma vengeance, et celle de mon espèce... (Bruits de pas) Argh ! C'est quoi encore ? Quand vais-je être tranquille... « Eilif ... Nous devons t'emmener quelque part.

Je t'avais oublié, Théo... Où voulez-vous m'emmener ? Les combats ne commencent que tardivement, alors que là, nous sommes en plein début d'après-midi.

— Nous allons te ramener à un bassin d'eau, pour que tu puisses te laver, parce que tu dois te faire beau.

— Me faire beau ? Pour qui ? Je crains de ne pas comprendre ? Peux-tu expliquer ?

— Tu vas rencontrer des gens... et en grande quantité... Je ne peux t'en dire plus. Tu n'as pas besoin de tendre tes bras pour qu'on te mette les menottes, parce que tu les auras, après t'être lavé.

— Vous n'avez pas peur que je vous tue tous ? (C'est bizarre... Je dois faire attention.)

— Si tu nous tues, tu te feras tuer par la suite... Alors, tu n'oseras rien faire.

— D'accord, d'accord, j'arrive... (Dois-je agir ? J'attends de voir comment la situation évolue... Du calme). »

Wouah ! Cela fait tellement longtemps que je n'ai plus vu de bain. J'en avais même pratiquement oublié la douce chaleur... « Peux-tu m'ex... (Claquage... Calcination)... piquer, POURQUOI m'as-tu fait cela ? EXPLIQUE-moi ! Je ne comprends... (Claquage... Calcination) »... Oui, la chaleur, qui en sort... et qui me réconfortait, jadis. Maintenant, cette chaleur me terrorise, à cause... de ce moment... « Pourquoi as-tu un regard peiné, Eilif ?

— Disons que la chaleur que dégage cette cuve ne me rappelle pas de trop bons souvenirs…

— Ah, je vois… Si tu veux, nous pouvons changer l'eau chaude, pour de la tiède, ou froide pour que cela se passe mieux.

— Tu t'inquiètes pour moi, maintenant, Théo ? C'est un autre de tes plans ? C'est bon, je vais subir, tu n'as pas besoin de t'embêter pour la pauvre bête que je suis…

— … Très bien, je te laisse seul, afin que tu sois plus tranquille… (Éclaboussements)… (Entrechoc de l'eau avec le bois)… » Au moins, le contact de l'eau ne me fait rien de particulièrement méchant…

Je ne pourrais jamais oublier mes blessures, elles ne disparaîtront jamais… Je devrai vivre avec celles-ci, quoi qu'il arrive, je ne pourrai jamais… C'est pour cela que je vais tous les tuer jusqu'au dernier, pour ce qu'ils m'ont fait !

Je ne voulais pourtant que vivre paisiblement dans mon coin… sans que personne ne me fasse chier… mais même cela m'a été enlevé, comme mes parents, peut être mon frère, ou ma sœur… je ne saurais jamais à quoi ressemblait ma famille (Gémissements… Chocs entre l'eau et les larmes) Nous sommes juste différents.

Et de par cette différence, on a été chassé, tué, torturé, et pas que mon espèce, parce que je viens d'apprendre, que plusieurs autres races sont mises en esclavage… Je n'arrive même pas à imaginer ce que certaines familles, où personnes seules, doivent subir et souffrir… Certains doivent être violés, ou bien… battu à mort… mais cela doit être encore plus dur, de voir son père, ou sa mère, ou leurs enfants se faire frapper, encore, et encore… Et… après, les blessures restent… elles ne disparaissent pas, même si elles sont invisibles pour certaines d'entre elles. Elles nous hantent, et les gens par la suite, ne comprennent pas pourquoi on est timide, avec le regard dirigé vers le sol… c'est parce qu'ils ont peur… peur que cela RECOMMENCE ! Ils ont peur et sont même terrifiés pour certains !

Et en ce moment, je ne sais même pas ce qu'ils comptent me faire… « As-tu fini, Eilif ? Je viens t'apporter de nouveaux habits faits spécialement pour toi.

— Arrête de m'appeler par ce nom, sale humain que tu es, Théo...
J'en ai marre... tu peux poser mes habits juste devant toi.

— Pourquoi ce ton tellement haineux, d'un coup ? ... Dépêche-toi,
ils sont prêts à partir et ils n'aiment pas attendre trop longtemps.

— Alors, mes compagnons de route seront vous, Baltius et Bisseau,
avec deux gardes !

— Oui ! C'est exact, mon cher monstre, tu vas voir, nous allons
bien nous amuser !

— Vous avez de la chance que j'ai mes menottes d'anti-magie,
sinon je vous aurais déjà tous tuer, une fois sorti de la ville.

— Tenez, voici la laisse de l'Ynferrials pour que vous puissiez le
tirer, s'il ne veut pas avancer, monsieur Baltius.

— Merci, mon cher Théo... Nous allons nous débrouiller
maintenant, vous pouvez disposer, et toi, le monstre, monte dans le
carrosse.

— Tu regardes l'horizon ? Je dois avouer qu'il est magnifique,
Monstre...

— Il est magnifique mais tout aussi amer, parce qu'il va bientôt
être remplacé par des bâtiments... Où comptez-vous m'emmener,
Comte ? Et quand est-ce que vous allez réveiller Bisseau ? Il n'arrête
pas de ronfler.

— Dans un lieu où abrite la tristesse, et la fin... Quant à Bisseau,
il est bien comme il est.

— Être énigmatique, ne m'arrange pas, comme le laisser dormir.

— Veux-tu que je te raconte une histoire triste, Eilif ?

— Vous pouvez faire ce que vous voulez, parce que mon opinion
ne changera rien...

— Très bien, je vais commencer... Il était une fois un explorateur
qui voyageait dans le monde entier, et a vu, une multitude de paysages
sublimes dans les quatre coins de celui-ci. » Malheureusement... il
n'était pas humain, mais un semi-chat. Du coup, il a été discriminé
dans son pays natal, qui est Hestia, et il était extrêmement triste. De
plus, les violences grandissaient de plus en plus, au fil des années qui
passèrent... mais un jour, il trouva sur ce territoire, pourtant déjà

totalement découvert depuis longtemps, une nouvelle espèce dans une vallée remplie de verdure. Même, si leurs physiques immenses faisaient froid dans le dos, ils étaient pacifiques, comme des bébés qui voyaient ce monde pour la première fois. Il décida alors de les prendre en charge, et de leur apprendre la vie juste, d'après lui... Il remarqua par la suite, qu'il pouvait parler, qu'elle n'avait aussi toujours pas de nom et qu'il n'y avait que six espèces avant eux pouvant parler. Il les appela Septium, en référence à la septième race. Durant cinq ans, il resta avec eux, pour les instruire, et leur dire que chaque espèce doit être égale quoi qu'il arrive. Cependant après ce laps de temps, il tomba gravement malade, puis quelques jours plus tard, il laissa sa vie s'envoler. Avant cela, il avait écrit un mot, disant de protéger les faibles contre les forts, mais en respectant en même temps les forts, parce que toute espèce est égale...

— ... C'est l'histoire de ma défunte espèce ? Laissez-moi bien rire, pourquoi me la raconter, maintenant ?

— Tu dois justement savoir que toutes les espèces sur ce territoire sont mises en esclavage, à part celle de l'homme, bien sûr.

— Oui, je le sais, mais quel est le rapport avec cette histoire ?

— Laisse-moi terminer, et tu verras, tu comprendras tout seul. Ensuite, tu pourras la traduire comme tu le veux... Après avoir lu ceci, les Septiums se montrèrent au grand jour. Les humains stupéfaits arrêtèrent tout méfait par peur de cette nouvelle espèce terrifiante, qui avait annoncé dans la capitale qu'ils ne vont tolérer aucune violence entre les espèces, et qu'ils étaient les gardiens des semis humains sur ce territoire. N'est-ce pas merveilleux ? ... Mais comme tu l'as dit, une vision magnifique a aussi une vision amère, parce que cela ne peut durer. Après deux siècles de paix et d'entraide entre humains, Septium, et semi-humains... cela s'arrêta par le génocide de ton espèce, à cause des humains malicieux, peureux, et haineux de ne pas pouvoir mettre en esclavage les autres espèces. Juste à cause d'une explosion de rage, cela entraîna la tuerie des gardiens de la paix... des races. Par la suite, cela entraîna l'esclavagisme des autres espèces... ce qui déclencha pour certaines familles, ou personnes seules, ou encore en couple, de se suicider pour ne pas souffrir, ou en tout cas, ne pas continuer à subir, le lendemain... Alors, l'histoire ? À ce que je vois dans tes yeux, tu es rempli de rage, et de haine, mais envers qui ?

— Envers vous... ne soyez pas stupide, sale vermine répugnante, qui ne mérite même pas de vivre ! ...

— Je vois que tu commences à craquer, à ne plus garder les choses en toi.

— Cela est compréhensible, comment pouvez-vous ne pas avoir de remords, alors que vous êtes... le mal absolu sur cette terre ! Vous êtes dégueulasse, vous êtes que des rats, vous êtes que des mauvaises herbes, qu'on arrache à la racine, pour qu'elles ne reviennent plus jamais !

— Et cela n'est pas encore terminé, tu vas pouvoir le constater, quand on sera arrivé.

— Où est ce qu'on est ? ... Ces cadavres calcinés...

— Est-ce que tu la vois, mon cher Septium, en plein milieu de ta vue si tu montes juste le regard ?

— Oui, je la vois... elle est immense...

— Ceci est la grande tour du Congrès, en tout cas les restes, parce qu'on arrive bien à distinguer, que celle-ci est en ruine, rien de parce qu'elle penche à droite, et que dans le côté où il y a l'ombre, on distingue parfaitement les lianes verdoyantes, descendant jusqu'au sol. Il y a même de la mousse qui s'accroche aux parois... Je trouve cette vue magnifique, parce que c'est le mélange parfait entre verdure et civilisation... anéanti.

— Hé ! Qui t'a dit que tu pouvais t'agenouiller, sale monstre ! (Entrechocs des anneaux de la chaîne)

— C'est bon ! monsieur le Garde, laissez-le ! Il faut juste qu'il se familiarise avec sa ville natale...

— Très bien, monsieur Bisseau !

— ... Comment pouvez-vous être sûr que c'est ma ville natale... ?

— C'est très simple... les Septiums n'avaient qu'une seule ville... alors, c'est pour ainsi dire l'unique tombeau de cette espèce défunte... (Gémissements)...

— Oh, mon cher monstre ! Ne pleure point ! Parce que cela n'est pas encore fini ! On va faire un petit tour dans la ville, avant de repartir !

Cela est tellement jouissif ! De le voir désemparé comme ceci ! Il n'arrive même plus quoi regarder exactement, entre les maisons, arborant leurs murs effondrés, broyés, déchiquetés, la charpente calcinée de toute part montrant la violence des combats. La mousse qui s'y est installée sur leurs parois, sans oublier... le sang durci, coagulé qui y ait incrusté dans certains endroits, avec seulement quelques morceaux de chair pourrissant entre les fentes. Ou bien, de ses chers et tendres camarades ! Qui sont soit troués de toute part de flèches sur leurs corps meurtris, ou soit ayant rampé de plusieurs mètres, avant de mourir... et où l'on peut voir les pauvres restes de leurs sangs en traînés derrière eux ! ... Mais n'oublions pas ceux ! Qui ont été calcinés vifs, ou bien partiellement, ou encore de ceux qui ne se sont toujours pas écroulés sous les années et qui montrent de leur bras la direction de leur cher Congrès en ruine, essayant de trouver un tant soit peu de l'aide... Jusqu'à ce qu'on croise la route de ce Septium qui était...

— C'est bien lui... si mes souvenirs de cette vision...

— Qu'est-ce que tu murmures, mon cher Eilif ?

— Pourquoi tu t'arrêtes ? Monsieur Bisseau et monsieur Baltius ne t'ont pas donné le droit d'arrêter de marcher !

— C'est... !

— ... Ton père, qui est debout en plein milieu de notre ruelle ?

— Oui ! Enfin, je ne sais pas... Je ne suis pas sûr... Laissez-moi le voir ! Laissez-moi... le voir !

Il tire tellement fort sa chaîne ! Que ses griffes rentrent dans la terre, et les deux gardes ont même du mal à le retenir ! Cela est tellement jouissif ! Ses yeux... Oui, ses yeux ont tellement de rage, il y en a même un torrent de larme qui coule de ceux-là ! C'est tellement beau l'amour, mais tout aussi triste à la fois...

— Laissez-le, le voir, mais tenez toujours la chaîne...

— Oui, Monsieur le Comte !

108

Les retrouvailles sont souvent des événements très beaux et sentimentaux, quand je vois mon cher septium le regarder avec attention. Cela me fend le cœur quand je connais la suite des...

— Très bien, tu as pu refaire tes retrouvailles avec ton possible père... De plus, tu peux être fier de lui.

— Comment ça, Baltius ?

— D'après sa position debout, avec les bras tendus jusqu'au niveau des épaules, s'ouvrant à l'extérieur, et les flèches qui sont qu'à son dos. Il y a de fortes chances qu'à ce moment, il a dû protéger quelqu'un de la mort... Il devait être quelqu'un de formidable. Malheureusement, il est mort, et maintenant, Garde ! Tirez-le, à une distance suffisante, puis plantez le pique dans le sol, pour qu'il n'intervienne pas à ce qu'il va se passer !

— Comment... Comment ça ?

— Lancez-moi une de vos matraques et que celui qui garde la seconde s'approche des autres septiums de la rue !

— Arrêtez ! Ne faites pas cela !

— Pour ma part, mon cher Comte, je vais plutôt observer la scène, pour jouir de celle-ci du maximum possible !

— Très bien, Bisseau ! Admire, jusqu'à la dernière miette ! ... parce que cela est ma vengeance de la dernière fois !

— Ne le faites pas !

C'est tellement... ! Je n'en trouve même plus les mots pour exprimer ma joie ! Voir l'Ynferrial en face de ses défunts confrères, et tenter de toutes ses forces de se libérer... de le voir entrer ses griffes tellement profondément dans la terre, pour ensuite... ensuite, tirer, tirer, mais cela ne marche pas, parce que ses doigts reculent désespérément, pour former de parfaites traînées droites dans ce sol meurtri... Et ses yeux, ses yeux... Oui, ses yeux, il y en a même les traits rouge vif aux extrémités ! Exprimant parfaitement sa rage, accompagnée de... ses larmes qui n'arrêtent pas de couler sur ces joues, ces poils pardi !

— Bien, bien, bien, mon cher Eilif ! Je vois que cela te chagrine que je veuille rendre ses septiums plus vite à la terre, avec mon cher camarade ! ...

— LAISSEZ... les ! Je vais vous tuez, et tous les autres !

Toute cette haine, cette rage dans ses paroles stridentes, pourfendant nos cœurs ! C'est incroyable ! Je suis même prêt à parier qu'on pouvait l'entendre jusqu'au Congrès, étant encore à plus de deux cents mètres d'ici même !

— Voyons, ce n'est pas cela qu'on doit dire pour que quelqu'un abandonne toute vengeance ! ... Allez, je vais t'aider ! Par contre, tu dois répéter mot pour mot ce que je vais dire, afin que je l'épargne ! Je suis désolé pour tout ce que j'ai fait, pitié, pitié, épargnez-les ! Répète !

— ... (Gémissement)... Je... je suis... Je vais tous vous tuer, jusqu'au dernier !

— ... (Soufflement)... Je vois que tu es trop enragé...

À ce moment même, il éclate avec la matraque, le genou droit de la jambe du Septium, ce qui la coupe promptement en deux, créant un son sublime... et il commence à tomber ! Ho ! Le bruit que cela fait quand il touche le sol, juste à l'instant où ses bras se détachent... faisant un magnifique bruit de merde ! C'est tellement dérangeant, et mal approprié à ce moment particulier ! Alors que derrière, on a le garde ayant gardé la matraque, qui frappe encore et encore un pauvre, pauvre cadavre...

— ... NON ! ... non.

— Maintenant, répète, sinon on continue à les mettre en pièce !

Le monstre se met... Ho ! Avec un visage si crispé de dégoût, à genoux, afin de mettre ses mains l'une à côté de l'autre sur le sol, pour ensuite poser son front sur le sol...

— Pitié... Arrêtez.

— Je n'ai rien entendu, tu dois parler plus fort pour que je t'entende à cette distance !

— Pitié ! Pitié... J'arrête tout ! Je vous le promets !

— Argh ! Malheureusement, je t'avais demandé mot pour mot...
Eilif, ce n'est pas bien ! Tu dois être puni !

Il lève la tête... ! Et il voit, mon cher Comte, arborant enfin un
énorme sourire, tout en matraquant le corps de ce septium !

Et quand je regarde à nouveau, le monstre... je ne vois plus rien en
lui, juste un regard froid, c'est tellement ! ... Il ne bouge plus... il
observe d'un air désespéré, désemparé... Il fracasse... d'un coup son
front sur le sol, pour hurler...

— Je suis désolé pour tout ce que j'ai fait, pitié, pitié, épargnez-le !

— Voilà ! C'est bien, et maintenant ! Je suis une merde, qui ne
pourra jamais se rebeller contre vous, pitié, arrêtez !

— Je suis une merde, qui ne pourra jamais se rebeller contre vous,
pitié, arrêtez !

— Je vais combattre pour vous, jusqu'à ma mort !

— Je vais combattre pour vous, jusqu'à ma mort !

— Je le jure, sur ma propre vie, et sur mon espèce !

— Je le jure, sur ma propre vie, et sur mon espèce !

— Bien ! Tu peux arrêter de répéter mes mots... Par contre, ne
m'en veux pas de ce que je vais faire, maintenant ! C'est juste pour le
plaisir ! GARDES, détruisez tous les cadavres de cette rue !

Et cette fois, quand il regarde avec anéantissement, monsieur
Baltius et ses sbires, en train de mettre en miettes ses confrères. Il n'a
plus qu'un regard froid, plutôt éteint... plus aucune émotion ne se
laisse transparaître en lui. Il se remet alors son front sur le sol
lentement... afin que dans un coup brusque, il commence à s'éclater
celui-ci sur cette terre, pour qu'ensuite de manière répétée, il
continue... et sans arrêt, en marmonnant quelque chose. Du sang
commence à couler de son front, mais il n'arrête toujours pas, et ne
faiblit pas...

— Monsieur le Comte, vous devriez ordonner d'arrêter...

— Attendez, monsieur Bisseau, qu'est-ce qu'il marmonne ?

— ... Il marmonne, pitié, pitié, pitié, pitié, et sans arrêt !

— Je pense qu'il a compris, mon cher Bisseau. J'ai bien fait de
vous laisser faire pour réussir à le dompter. Nous partons, arrêtez-le !

Mais ils ne réussissent pas... ces deux gardes n'arrivent pas à arrêter le Septium de se cogner la tête contre le sol. Même quand on décide de juste le tirer, parce que la situation n'avance pas, il continue à se fracasser le crâne, et de ne pas changer de posture. Cela est terrifiant, mais tout aussi... excitant !

Colère

1

— Bien ! Faisons un compte rendu de la situation, par rapport à notre Ynferrial ! Mon cher Comte, et... Théo. Cela fait maintenant à peu près six mois que nous avons lancé notre plan... Théo, tu le nourris chaque jour, que peux-tu dire de son état mental, hors des combats ?

— Je ne sais pas ce que vous lui avez fait, mais j'en suis sûr... il ne veut plus se rebeller, monsieur Baltius.

— Qu'est-ce qui vous fait dire cela ?

— Il a le comportement, comment dire ? Comme celle d'une bête chétive... il ne parle plus, il ne fait que des gémissements, comme un monstre, comme un loup... De plus quand on veut l'approcher, ou juste à peine le toucher, il réagit violemment, même brutalement, comme s'il était terrifié par moi, et qu'il ne voulait plus avoir affaire à moi, ou à quoi que ce soit d'autre... Il fuit.

— Nous voyons, nous voyons ! Heureusement qu'il n'est pas comme cela, lors de ses combats !

— Comment, Bisseau ?

— Mon petit Théo, lors de ses combats, il n'a aucune pitié ! Il les tue tous jusqu'au dernier ! Sans oublier, que maintenant, on peut enchaîner plusieurs affrontements d'affilés avec celui-ci, et il ne remarque plus rien ! On pourrait même dire qu'il s'en fiche !

— Vraiment ?

— Oui… mais le problème qui me chagrine, c'est qu'à chaque fin de combats, il prend encore le sang de ses victimes… même s'il n'est plus une menace à cet instant, mais qui nous dit, que dans un an, deux ans, peut-être même demain ! Il ne reviendra pas à lui… et avec sa colère, sa haine habituelle.

— Monsieur le Comte, justement ! J'ai une idée merveilleuse, qui va sans doute vous ravir !

— Nous vous écoutons, adjoint…

— Excellent ! … Mon plan est de le confronter à la réalité… et pour cela, il y a son ami ! Non pas Théo, parce qu'il est moche, mais le dragsium, qui avait partagé sa demeure pendant un temps !

— Je ne comprends pas, c'est son ami, pourquoi lui ferait-il du mal ?

— Mon cher Théo… il va lui faire du mal indirectement, parce qu'il a récemment commencé les combats à mort, et d'après ce que j'ai entendu, il s'est déjà bien blessé ! … Alors que c'est son protégé, et cela, nous le savons grâce à sa demande qu'il avait faite pour les deux sabres ! … De plus, son maître veut nous le confier à nouveau, pendant un certain laps de temps !

— Intéressant… Je vais vous faire confiance sur ce point. Vu que vous ne m'avez toujours pas déçu dans ce domaine.

— Je vous remercie de votre confiance, mon Comte ! Je compte bien réussir comme d'habitude ! N'ayez point peur, mon échec ne peut être toléré… Je dispose, si vous le voulez bien.

— Oui, vous pouvez disposer. Quant à vous Théo, je vous ai convié à cette réunion pour vous annoncer, que vous pouvez arrêter de vous occuper de ce monstre, quand vous le voulez… il faudra juste me le dire, et je vous changerai de poste.

— Non, merci. J'aimerais continuer justement…

2

— *C'est horrible... Même si vous ne les aviez jamais connus, c'était quand même possiblement votre père et vos confrères... et les voir se faire profaner dans leurs morts... Malheureusement, j'ai quand même quelque chose qui me turlupine, pourquoi avoir réagi aussi violemment à cette scène ?*

— *À ce moment, j'avais tout abandonné, absolument tout comme espoir pour l'être vivant, et particulièrement pour vous... parce que je ne comprenais pas comment on pouvait être aussi ignoble dans la vie. Mon père, mes semblables. Même la brève vision que j'ai pu constater de ce massacre, je ne comprenais pas pourquoi vous aviez fait cela... Ils n'avaient rien fait. Mon espèce arbitrait juste une paix paisible, et juste... Pourtant, ils ont été sauvagement tués, et pourquoi ? Pour satisfaire vos envies, mais sachez-le... le monde n'est pas tout rose, loin de là... Vous ne pourrez pas toujours trouver des solutions pour le laisser à votre vision. Il faudra supporter la douleur, et ne pas la fuir, même si vous tombez un nombre incalculable de fois, vous vous relèverez que plus fort, et plus déterminé.*

J'insiste sur le mot déterminé, juste déterminé, non pas pour le plaisir de l'énoncer... Vous devez vous dire, vous hurlez même dans votre tête que si vous êtes réellement déterminé. Vous serez prêt à tout abandonner, même vos amis, votre copain, ou copine, et même votre famille... Vos plaisirs factices, qui vous prennent tout votre temps, ce temps qui est tellement précieux, qui ne peut pas se garder, qui ne peut pas s'acheter... Même s'il est gratuit, et qu'il est infini, notre corps ne l'est pas, et à un moment, certain ou incertain, la cloche de votre fin sonnera, et là votre jugement, votre jugement final fait par vous-même sur ce que vous avez fait, sur vos regrets, vos remords, vos peines, vos actions, vos joies, arrivera aussi. Même si vous vous perdez, il faudra avoir la détermination pour continuer, pour gagner, pour réaliser vos objectifs, en vous redressant de plus belle, et en avançant, avançant, sans vous arrêtez, pour atteindre vos rêves... rien est facile. Vous allez souffrir, et pas qu'un peu, mais à la fin, vous pourrez vous dire... que j'ai réussi, je peux être fière de moi, j'ai atteint mon but, ma mission.

Et parce que vous n'avez pas eu le courage, la détermination ! ... De supporter cette douleur, vous avez préféré faire un génocide, en détruisant des dizaines de milliers de rêves, de vies, et d'espoirs... Vous n'avez même pas essayé de comprendre notre vision des choses, parce que vous aviez peur de changer, d'avoir mal, alors vous êtes restés dans votre cocon... Et je ne comprenais pas cela, parce que nous sommes doués de conscience... Nous pouvons décider, absolument tout décider de notre vie, si on a la détermination pour. Votre complaisance, me faisait gerber de dégoût, parce que le prix n'était pourtant pas très cher... juste d'essayer de comprendre, et de supporter un peu cette douleur liée aux nouvelles choses, que vous pouvez trouver, vous pouvez vivre, dans la vie de tous les jours.

À la période de mon enfance, que je suis en train de vous raconter... J'avais abandonné tout espoir, que vous pouviez changer, et comprendre. Alors j'ai réagi violemment, parce que j'avais du mal, j'avais peur de me mettre dans un cocon comme vous... et arrêter de souffrir.

— C'est très profond, ce que vous dites, et je comprends mieux, pourquoi vous aviez décidé plusieurs fois de subir un peu de douleur pour mieux respecter votre chemin, vos idéaux... Au lieu de vous complaire, et de dévier.

— Cela me réchauffe le cœur, que vous me comprenez un peu...

Bref, continuons... Pendant six mois, rien ne se passa de différent, je m'étais mis comme vous dans un cocon, une armure pour fuir, et pour être sûr que personne ne s'approche de moi. Je ne déniais même plus parler aux autres qui venait me voir pour me nourrir, où changer la paille de ma cage... et quand il voulait me toucher afin de vérifier que j'étais toujours en vie, je repoussais violemment le bâton, la main, ou le balai, ou encore quoi que ce soit, pour ensuite me mettre rapidement dans un coin, en affichant un regard terrifié, horrifié, dégoûté... Et m'enrouler, pour me bercer.

Jusqu'à ce que Théo vienne...

« ... (Remuement de la paille) Salut, Eilif, je change juste un peu la paille de ta cage.

— (Laisse-moi tranquille... tu ne peux même pas faire cela.)

— ... Je ne sais pas ce qu'ils t'ont fait exactement, mais je sais que tu es un battant, et quoi qu'ils t'aient fait, je sais que tu te relèveras, comme toujours... et si tu trouves cela trop dur, tu sais que tu pourras te reposer sur nous, pour t'aider à te relever...

— (Oui, bien sûr, Théo... Je vais te demander ton aide.)

— Et j'imagine que comme tu me voues une haine immense, tu ne voudras pas, mais s'il te plaît... le Dragsium va revenir. Alors, ne le rejette pas... laisse-le t'aider.

— (Il va revenir... Je n'ai pas envie de le voir ! Je veux juste ne plus avoir affaire à qui que ce soit... je vais à nouveau avoir mal.)

3

— Très bien, posez la cage par terre, le temps que je puisse ouvrir le portail ! … (Grincement)… (Cliquetis)… Maintenant, levez-la !

— (Il est enfin là… Je vais faire pitié à voir.)

— Argh ! Je sors enfin de ma petite prison ! Cela fait tellement plaisir ! … Eilif, je suis tellement heureux de te revoir ! *À ce moment, il avait l'air si heureux, cela me fit plaisir… je pensais qu'il n'avait pas encore commencé les combats… malheureusement, je me trompais. Quand il vint en face de moi, pour se mettre accroupi, je pus voir… que ce n'était pas le cas, car on pouvait distinctement voir qu'il avait des bandages sur tout son corps, sauf à sa tête.*

Et le point qui m'a fait le déclic, c'était qu'à certains endroits, il saignait encore… On pouvait très bien constater qu'avec les formes que cela prenait, c'étaient des morsures d'animaux. Pourtant, je ne comprenais pas pourquoi il avait ce sourire, quand il se mit devant mon corps qui se tassait, sous les heures que je restais inerte… Pourquoi tu ne me réponds pas Eilif ? Est-ce que tu vas bien ? Pour ma part, je voulais te dire, merci… pour les armes que tu m'as données, elles m'ont sauvé plusieurs fois !

— (Ne t'approche pas… je ne mérite pas tes remerciements, parce que si j'avais voulu… si j'avais vu. J'aurais pu t'éviter tout cela, mais à cause de cette rage, qui me camouflait mes yeux, je n'ai rien pu voir… tu devrais plutôt me haïr.)

— Hé ! Tu commences à me faire peur, parce qu'avant tu réagissais au moins, alors que là, tu restes immobile, et tu fixes un endroit aléatoire, sans but précis… Allez, je ne dois pas dire cela, tu as toujours un plan ! Je suis prêt à parier que tu regardes vers cet endroit pour une bonne raison !

— (Malheureusement, je ne suis plus comme cela… tu devrais arrêter de me parler, et te mettre dans ton coin, tout en m'évitant… Je suis une merde, qui ne peut réfléchir. Je suis un monstre, ou plutôt une machine, qui doit juste tuer ce qu'ils demandent, rien de plus.)

— Ton silence me terrifie. *À ces mots, il rapprocha timidement sa main gauche, pour seulement me toucher, mais même cela, je ne pus l'accepter. Avant qu'il le puisse, je le surpris en le repoussant violemment, brusquement, en montant mon bras gauche vers le haut, afin de pousser brutalement sa main. Ensuite, je pris la fuite avec des gestes bâclés, amples, brouillons, avec détresse, à cause de la peur. Pour finalement, me mettre dans un coin de la prison, afin de placer ma tête entre mes genoux avec un regard complètement perdu, indécis, abandonné. Et je commençais à me balancer de derrière, en avant, comme un berceau...* (Je suis une merde... Pitié, pitié, laisse-moi... Je veux être tranquille... plus de douleur, de souffrance, d'anxiété, de stress... je veux rester dans le calme !)

— Qu'est-ce qui t'est arrivé, Eilif ? ... Je pensais qu'il était impossible de te faire chavirer... je pensais que toi, tu pouvais m'aider... mais je vois, que même toi, le dernier Septium est tombé. Bon ça va, j'en suis sûr, que tu vas redevenir comme avant, et pour y arriver, je vais t'aider. »

Il avait commencé à pleurer à cet instant, et il gémissait sans s'arrêter dans sa posture assise au milieu de la cage.

Rien ne se passa jusqu'à la soirée, où c'était justement l'heure de manger notre fameux pâté, qui puait toujours autant la merde et pourtant on s'en nourrissait pour survivre. Afin de finalement, se diriger encore et toujours vers la mort, en allant aux combats, aux affrontements. Et cela, se faisait chaque jour... chaque jour, on se demandait si on allait mourir lors de cette nuit, ou allaient-on pouvoir continuer... chaque jour, on avait le même sentiment d'oppression qui nous plombaient l'esprit.

De plus, pour ma part, je devais aussi supporter cet homme, qui se prénommait Théo...

« Salut, Eilif, comment vas-tu ? Pour moi, tout va très bien ! Je viens te donner ton dîner !

— Vous êtes Théo, si je ne me trompe pas ? C'était vous qui vous vous occupiez de nous deux, la dernière fois, que j'ai pu séjourner ici.

— Oui, c'est exact, et toi, tu es le dragsium, comment vas-tu ?

— Je vais bien... j'aimerais bien savoir, ce que vous avez fait à Eilif, si cela n'est pas trop présomptueux de ma part...

— Je ne sais pas... et je ne voudrais de tout de façon ne jamais le savoir. Ce que je veux pour l'instant, c'est qu'il redevienne comme avant, parce que... son mental, si je puis dire ainsi, n'est en ce moment pas au meilleur de sa forme. Et il ne pourra pas se sauver, s'il reste ainsi...

— Si vous voulez, le rendre comme avant, aidez-moi ! À nous deux, peut-être... qu'on réussira ! annonça-t-il cela, en se relevant avec hâte.

— Je suis désolé, mais je ne peux pas... J'ai déjà essayé tout en respectant les limites à ne pas franchir.

— Alors, passez-les ! Foncez, on ne peut pas savoir, sans avoir essayé, pitié, aidez-nous, parce que comme vous pouvez le constater sur mon corps, j'ai souffert... et je ne veux plus le revivre, demanda-t-il cela, en avançant d'un pas vers Théo, tout en tendant un des bras.

— J'en suis encore désolé... mais j'ai une famille, avec... ma femme, ma fille qui a presque un an, mon chien. Et si je venais à passer cette limite, je mettrais non pas que moi en danger, mais aussi ceux que j'aime depuis toujours... je ne peux pas, je n'en suis pas capable... J'espère que tu réussiras à le raisonner, rétorqua-t-il en essayant de garder son sang-froid.

— On ne peut pas savoir ! Si on n'a pas essayé ! Je ne comprends pas ! Dans la vie, il y a toujours une part de risque, rien n'est gratuit ! Arrêtez d'être égoïste, et de vouloir rester dans vos complaisances ! Quand on veut, on peut ! hurla-t-il ses mots, dû à la perte de son calme, le laissant faire des mouvements rapides et brusques, de ses bras, afin de montrer sa frustration, face à cet homme terrifié.

— Dors bien, dragsium... je pars.

Des larmes coulèrent sur le visage de Reimone, pour finalement répondre d'une voix désespérée :

— Je ne comprends pas, si vous ne prenez pas de risques, comment voulez-vous changer pour le meilleur, et le pire… Nous nous sommes prêts à tout risquer, chaque jour pour vous. Alors, pourquoi pas vous ! … (Entrechoc, entre les barres en acier et les mains du dragsium)… Vous êtes des lâches ! »

Après ceci, il s'écroula au sol de notre cage, en continuant à tenir fébrilement les barres, pour tourner son regard vers moi, qui avait finalement bougé, afin de pouvoir aller ingérer lentement, et longuement la nourriture.

Par la suite, les gardiens vinrent me chercher, pour que je puisse rejoindre à nouveau l'arène… en me laissant sans menottes, choquant Reimone n'en revenant plus, et qui restait prostré face à tout ce qu'il peut voir.

4

Tous les jours, je me pose une question, pourquoi suis-je triste ? Surtout le matin lors de mon réveil, pourquoi certains jours, je me réveille en sursaut, comme terrifié... Il y a même certains jours, où je pleure, quand j'ouvre mes yeux, mais je n'arrive jamais à savoir ce que c'est.

Pourtant chaque matin, je vois le visage paisible de ma merveilleuse femme entrain de dormir dans les draps de notre lit, certes pas haut de gamme, mais cela ne me faisait rien, tant que ma famille était là, autour de moi, afin de m'accompagner jusqu'au bout de mes idées et actions.

Sauf qu'aujourd'hui, je me suis remis à pleurer, sans aucune raison... peut-être à cause de ma discussion, que j'ai eue avec le dragsium, la soirée dernière... Je dois avouer que cela m'a brisé le cœur, de l'entendre crier d'une voix stridente pour me blâmer de ma lâcheté...

Malheureusement, qu'est-ce que je peux faire ? Lors, de la soirée, ou Eilif devait s'enfuir, Monsieur le Comte a menacé toute ma famille... et il continue de le faire, pour que je ne puisse rien lui dire... vous dire. Dois-je mettre Emma, Zoé, mon chien Claude, en danger... j'ai déjà répondu à cette question. De plus... je ne dois pas changer d'avis, je dois résister, et continuer à m'enfoncer devant ses gens, pour mon bien, et celle de ma famille... « Tu vas bien, chéri ? Pourquoi tu pleures, et surtout pourquoi, tu serres tellement fort notre couverture avec ta main, tu vas totalement la froisser, alors que je viens de la lisser, hier !

—Haha ! Ne t'inquiète pas pour la cause de mes larmes ruisselantes sur mon visage, je pensais juste à un petit truc... sinon, pour le drap, je suis désolé !

— Ouais, ouais, tu peux t'excuser, et me faire un beau sourire, mais le lissage coûte cher ! J'espère pour toi que je vais pouvoir réparer ta bêtise ! ... Sinon, le petit bisou de bonjour ?

— Oui, bien sûr, ne crois pas que je peux l'oublier. » Certes, notre vie n'est pas des plus aisée, parce que nous devons dormir sur un lit de paille recouvert d'un drap, avec une couverture de peau pour seul objet capable de nous réchauffer, à part nos corps. Cependant, avoir ma femme en face de moi me suffit...

Voir ma fille chaque matin, quand nous nous levons avec ma fiancée, pour constater sa marche bancale, pour venir vers nous, accompagnée de son énorme et magnifique sourire. Sans oublier ses beaux yeux verts qui pourraient faire fondre le cœur de n'importe qui...

Et mon chien, mon vieux chien Claude qui, chaque jour, garde la maison en restant tout le temps assis, devant notre vieille porte... qu'on devrait changer, quand j'y pense...

Pourquoi voudrais-je risquer tout ceci ? Je suis bien ici, rien de nouveau dans ma vie, et cela me va parfaitement bien. Je ne pourrais jamais rien faire de ma vie, alors pourquoi essayer ce qui est vain, pour moi... « Mais, qu'est-ce que tu as, aujourd'hui, mon cœur ? Regarde, Zoé te tire le pantalon, pour que tu la prennes dans tes bras !

— Mince ! J'étais perdu dans mes pensées pendant un instant ! ... Toi, viens là, Argh ! Tu n'es plus toute légère, dis voir !

— Qu'est-ce que tu veux manger pour ce matin, mon lapin ?

— Des tartines à la confiture de fraise, s'il te plaît, ma magnifique femme ! ... Argh ! Ne me tire pas les cheveux, Zoé ! Aïe, aïe, aïe...

— Haha ! Vous faites la paire vous deux ! J'en suis sûr qu'elle te ressemblera plus tard ! Elle adore embêter les gens comme toi.

— Je ne vois pas du tout, ce que tu veux dire... » Honnêtement la vie rêvée...

Puis après avoir mangé, je peux caresser mon chien, avant de partir au travail. Même si par la suite, je dois descendre ces escaliers si raides, dans le noir pratiquement complet, parce qu'il n'y a pas de lumière...

mais à la fin, je peux quand même passer devant notre magasin de fleurs, avant de rejoindre mon lieu de travail.

Une fois arrivé, je peux aller immédiatement voir mes animaux, pour les nourrir, changer leurs pailles, échanger avec eux, même si avec ceux-là... je ne peux pas les comprendre, vu qu'il ne parle pas... Mais, cela me réchauffe un peu mon petit cœur, parce que je peux leur raconter mes mauvaises, et bonnes mœurs, sans qu'ils puissent me juger, et je peux même trouver de bonnes idées en leur parlant !

Ensuite, je me lance dans ma petite cuisine, pour pouvoir faire, le pâté du midi, pour Eilif, et le Dragsium, même si je n'en ai jamais fait... mais chaque jour, je m'améliore ! Et pour se faire, je prends du poisson, du bœuf, du cochon, des patates, des carottes, des choux, et plein d'autres choses, que je pense être bon ! Pour finalement, arriver au moment...

Ou je dois aller les voir, pour les nourrir, avec mon merveilleux plat... Cette fois, je peux constater que le Dragsium est totalement au contraire du portail, adossé aux barres, avec une jambe tendue sur le sol, et l'autre repliée, afin qu'il puisse poser son bras sur son genou... et me regarder avec un regard ardant dans l'ombre. Tandis que Eilif reste couché, et ne bouge toujours pas, avec le dos tourné à nous deux. Je me décide de parler avec ma voix calme... « Salut, Eilif ! Comment vas-tu aujourd'hui ? Je viens t'apporter ton repas du midi ! ... Toujours pas, de réaction...

— Il bougera, quand vous partirez... Alors, hâtez-vous, si vous voulez, qu'il mange votre pâté dégueulasse...

— Ah, je vois ! Merci pour cette information !

— ... J'ai une question pour vous, si vous voulez bien me répondre. Bien sûr, je me suis calmé d'hier soir, n'ayez pas peur, je ne vais plus m'emporter.

— Oui, tu peux... mais toi aussi, n'est pas peur, je ne t'en veux pas pour hier soir, c'était légitime... !

— Quelle était votre relation, avant que tout cela lui arrive... pour que cela vous pousse chaque jour à lui demander la même chose ? Il faut me comprendre, je ne suis au courant de rien.

— Il ne vous avait rien dit avant qu'il soit dans cet état... ?

— Non, absolument rien... Je ne pouvais que constater vos scènes de ménage à chaque fois que vous arriviez, pour nous nourrir.

— Je vois... Je ne saurais pas me qualifier autrement, qu'une sorte de parent de Eilif, parce que depuis qu'il a deux ans, je me suis toujours occupé de lui, en l'éduquant, en riant, en pleurant avec lui... en passant de bons moments avec ce petit con...

— Vous étiez comme son père, qui n'était plus de ce monde... Vous avez passé plein de bons moments...

— Oui, c'est exact, il m'en a fait baver durant ces huit ans...

— ... Mais cela veut aussi dire, qu'il vous a connu que vous durant toute sa vie, enfin pratiquement... Et ce n'est pas vous, qui disiez que vous vouliez protéger les personnes qui sont chères à vos yeux... pour être plus précis, les personnes que vous avez connues, ou qui vous connaisse depuis longtemps, n'est-ce pas ?

— Oui, c'est exact, mais ce n'est pas la même chose avec Eilif... Je ne le connais pas aussi bien, et longtemps que ma famille...

— Pourtant, votre fille n'a presque qu'un an, n'est-ce pas ? Et votre chien, s'il est vieux, il doit avoir le même âge que Eilif... Et ce n'est pas vous qui venez de dire que vous étiez une sorte de parent pour lui ?

— Oui, je l'ai annoncé, mais je ne comprends pas, tu compares ma fille avec Eilif ?

— Oui, tout à fait, parce que si vous vous dites que Eilif, et presque comme un fils pour vous, en tout cas, un proche, ils sont totalement comparables... De plus, vous avez passé beaucoup plus de moments, bon ou mauvais, avec Eilif, qu'avec votre fille... Alors, ce serait plutôt le contraire, pourquoi vous comparez votre enfant de filiation, à votre enfant adoptif, qui est bien plus précieux, d'après tous les moments que vous avez passés ensemble... Bref, passons, pour revenir à ce que vous avez dit, sur votre vœu de protéger ceux que vous aimez... Je ne pourrais dire qu'une seule chose, c'est que vous êtes un hypocrite, en n'ayant pas tenu votre vœu jusqu'au bout, vous avez failli...

— Comment ça, j'ai failli à mon principe... ?

— Vous avez abandonné VOTRE enfant ! Votre enfant qui a vécu avec vous de bons moments, de tristes moments, des moments ridicules, des moments profondément chers, pendant dix ans ! Et ne dites pas que dix ans ne sont rien pour vous, parce que pour votre fille, cela ne fait même pas un an ! Vous vous rendez compte, maintenant, ou pas, de la douleur qu'il a pu subir quand l'homme, même son père l'a trahi lâchement ! ...

— ... Arrête ! Arrête (Pourquoi, j'ai si mal, à la poitrine... pourquoi je pleure ?) Non, je ne l'ai...

— C'est plutôt vous d'arrêter ! Vous n'arrêtez pas de vous voiler la face, d'un tissu crasseux pour vous cacher la vérité !

— Non ! Non... Je vous laisse... » Je me sens mal. Je me sens mal. Je me sens mal ! Qu'est-ce qui m'arrive ? J'ai pourtant dit que je faisais cela pour protéger ma famille ! Mais, alors pourquoi ? « Vous avez abandonné VOTRE enfant ! Votre enfant qui a vécu avec vous de bons moments, de tristes moments, des moments ridicules, des moments profondément chers ». Non ! Non ! Non ! Je ne l'ai pas « J'en peux plus, je ne pourrais plus tenir sans faire de bêtises ! » Qu'est-ce que je dois faire... Eilif, moi aussi je n'en peux plus, je ne pourrais plus tenir...

J'ai abandonné mon enfant... « Théo, je vous ai convié à cette réunion pour vous annoncer que vous pouvez arrêter de vous occuper de ce monstre, quand vous le voulez », c'est parce que je me sens coupable ? Que je m'accroche à Eilif...

Je vais annoncer à mes supérieurs que je ne me sens pas bien, et que je vais partir plus tôt, pour la prière à l'église... Ensuite, je rentrerai chez moi.

J'arrive à l'église, j'espère que mon père est là, et que je pourrai lui parler... Il n'y a toujours personne pour l'instant... le voilà... « Mon père ! Pourriez-vous m'accorder un bref instant de votre précieux temps pour un des disciples de notre dieu adoré ?

— Oui, bien sûr ! Venez, venez, près de moi ! Asseyez-vous avec moi sur ce banc, ne soyez pas aussi stressé... Qu'est-ce qu'il y a, mon enfant ?

— Je suis perdu, mon père, je ne sais plus quoi faire... J'ai brisé mon vœu de protéger toutes les personnes que j'aimais, encore pire que cela, j'ai l'idée de laisser cet individu comme il est... pour protéger ma famille, qui pourrait être en danger, si j'interviens. Que dois-je... faire ? Comment dois-je faire pour me repentir de ces fautes ?

— En recollant les morceaux du vase brisé... en réparant votre erreur, même si cela implique le pire, parce que si vous ne faites rien, vous serez damné, à cause de votre promesse non tenue.

— Et ma famille, comment je fais, si je ne réussis pas ?

— La voix de notre dieu est impénétrable... S'il a annoncé qu'il faut quoi qu'il arrive réparer nos erreurs, cela veut dire que vous ne pouvez être en tort, et que vous ne pouvez pas échouer, parce que la voie de la rédemption est unique, inviolable...

— Merci, mon père, d'avoir donné ces précieux conseils...

— Ne regardez pas un endroit avec des yeux aussi perdus... Vous le verrez par vous-même, que votre rédemption va arriver... J'espère que vous ne vous détournerez pas de la voie de la raison. »

Eilif...

La voie me sera montrée... a dit mon père, mais comment ? Je viens d'arriver devant chez moi... j'ouvre ma porte...

« ... (Aboiement)... Oh ! Oui, je sais, je sais, moi aussi, je t'aime !

— C'est toi, chéri ?

— Oui, c'est ton lapin, comme tu adores !

— Qu'est-ce que tu fais ici, aussitôt ? Je n'ai même pas encore terminé notre dîner pour ce soir.

— ... J'ai réussi à me dégager du temps pour que je puisse rester plus longtemps avec vous.

— Tu es merveilleux ! Tu pourras donc t'occuper de ta fille ! »

Je suis à table, avec ma famille... je suis tellement bien, pourquoi devrais-je risquer tout cela... surtout... « Mon lapin, tu manges ? Tu as l'air perdu dans tes pensées, il y a un problème ?

— (Si la voie de ma rédemption est réellement faite, cela veut dire que si je demande à Emma...) Mon cœur, j'ai une question pour toi, parce que j'ai fait une erreur, il y a longtemps, et j'ai besoin d'avoir ton avis.

— Oui, pose là moi ! Je veux que tu me livres tous tes secrets !

— J'ai abandonné quelqu'un qui m'était très cher, et maintenant j'ai envie de le sauver… mais pour cela, vous serez mis en danger, de par ma faute… Serais-tu prête à risquer ta vie, et celle de Zoé, sans oublier Claude, afin que je réussisse à le sortir de là ?

— Oui… Je savais dans quoi, je m'embarquais en me mariant avec toi… comme a dit le prêtre, jusqu'à la mort nous sépare, quant à Claude, on le nourrit chaque jour, il nous doit bien cela. Et pour Zoé, le temps que tu réussisses ton opération, je la confierai à quelqu'un de confiance, qui s'occupera d'elle, au cas où si nous venions à mourir… même si j'espère, que ce ne saura pas le cas !

— … (Ricanement de Théo)… (Alors, comme ça, cette rédemption est véritablement là !) Je dois te laisser, ma lapine, je dois annoncer à quelqu'un que je vais l'aider.

— Dépêche-toi, alors ! Sinon, ton repas va refroidir ! » Je cours dans cette rue tellement rapidement, désespérément, que je vais encore tomber, parce qu'il fait nuit, et que je risque de me prendre le pied avec une pierre qui ressort du sol… mais… je me sens si bien… j'ai l'impression de revivre avec toute cette adrénaline qui passe dans mon corps… Sans oublier que maintenant, je n'ai plus besoin de me voiler la face, comme a dit le Dragsium. Je fais mes choix.

Je prends une torche qui est à l'entrée de la tente où loge Eilif et, arrivé au portail de la cage, avec ma torche, je hurle… « Hey ! Le Dragsium ! Tu es réveillé ?

— Oui… pourquoi es-tu là ? Il fait nuit.

— J'agrippe avec ma main libre une barre, et j'avance ma tête, pour dire à haute voix, en affichant des yeux déterminés, J'accepte ! … J'accepte de t'aider pour remettre Eilif d'aplomb, et vous faire sortir ! »

5

Quand il annonça cela, qu'il allait nous aider, ou en tout cas m'aider à revenir à moi-même, je ne crus pas un seul de ses mots, après ce qu'il m'avait fait auparavant... Je me disais, comment allait-il faire surtout, pour tout régler ?

De plus à ce moment précis, je ne voulais pas de leur aide... Tout ce que je souhaitais, c'était de pouvoir dormir, et vivre tranquillement, sans que personne ne me fasse chier... Je voulais rester comme j'étais, parce que quitter son cocon, sa complaisance, son bonheur...

C'est loin d'être facile, parce qu'il y aura des lacunes, même beaucoup, et on peut facilement se dire... c'est bon, j'en ai marre, pourquoi je fais cela ? J'étais bien comme ceci... mais à cet instant, ce qui est le plus dur, c'est de se dire non, je ne vais pas lâcher, je vais me relever, pour continuer. Et pour réaliser ceci, il faut avoir une énorme détermination, comme je vous l'ai expliqué avant...

... mais lors de cet instant, j'avais quand même un peu de curiosité qui se mélangeait avec tous les autres sentiments, que j'avais eus alors.

Et ma curiosité s'assécha bien vite, parce que le lendemain midi, j'eus une drôle entrée de Théo, même un peu terrifiante, si je puis dire... « Salut, la compagnie ! J'ai entendu ta demande le Dragsium, hier midi !

— Quelle demande ? Et pourquoi, tu as ramené un chariot vêtu d'un drap blanc ? ... Je crains le pire... annonça-t-il, avec un air apeuré et surpris.

— Et pourtant tu ne le devrais pas, parce que ta demande était que je fasse un repas de meilleure qualité n'est-ce pas ? De plus, j'espère que cela pourra peut-être changer, mon cher Eilif. Et si ceci ne marche pas... J'ai deux autres idées ! haussa-t-il la voix, pour pouvoir mettre l'ambiance, au moment où il leva enfin, et brusquement le voile du secret.

— (Comme si un bon repas peut changer les choses, qu'est-ce qu'ils sont stupides… Ils devraient abandonner, comme je l'ai fait auparavant…)

— Wouah ! … Tout ce que tu as fait, je n'ai jamais… rien vu d'aussi beau ! J'ai tellement envie de commencer ! dit-t-il dans un ton enjoué.

— Ah, non, non… ! C'est d'abord au plus vieux de goûter, ce qui veut dire, Eilif ! Mon cher Dragsium, peux-tu le retourner pour qu'il puisse voir ces merveilles ? lui demanda-t-il avec un air de malice.

Il rétorqua avec un sursaut d'hésitation :

— Malheureusement, j'ai déjà essayé de le faire, et… cela ne s'est pas très bien passé, parce qu'il m'avait repoussé violemment.

— Fais-le, s'il te plaît… *Il reprit une voix sérieuse* : Et s'il réagit méchamment, je lancerai mon plan B, pour qu'il redevienne comme avant, même si son moral est au plus bas.

— Très bien… J'espère que vous savez ce que vous faites… *Dès qu'il me toucha mon avant-bras droit, afin de pouvoir me bouger. Je réagis à nouveau avec la même ardeur que la dernière fois, lorsqu'il essaya de voir comment j'allais… Une fois mettant mis dans un coin en position de boule, Reimone regarda Théo qui était en train de monter difficilement dans la cage avec un regard incroyablement énervé. Pour ensuite se diriger vers moi, d'un pas vif, pour me prendre les deux poignets, et me les secouer violemment… me faisant reculer la tête, avec des gémissements, et grognements de peur envers lui, pour essayer tant bien que mal de m'éloigner le plus possible de mon ancien ami, tout en essayant de me libérer, pour partir. Quant à lui…* Arrête ! Arrête, arrête de faire cela ! Ce n'est pas toi ! … Je vais te dire toute la vérité ! Je ne t'ai jamais trahi ! Lors de cette soirée, Le Comte avait tout découvert ! … Et il m'avait menacé de mort, et toute ma famille par la même occasion… ma femme avec qui je suis marié depuis quinze ans, une petite fille qui a presque un an… Il m'a laissé le choix, soit je continuais avec toi, et je mourrais avec ma famille qui n'a rien avoir avec cette histoire, soit je ne te disais rien de ce qui s'était passé, lors de cette soirée. De plus, je devais respectais une de leur demande… qui était de te…

— (Laisse-moi ! Je m'en fiche royalement...)

— Et tout cela, c'est de la faute du Comte, juste du Comte ! Celui qui t'a tellement fait souffrir par le passé... il a même brisé ton mental, lors de cette journée... ! *J'eus une réaction à ces paroles, quand elles vinrent à mes oreilles.*

— (Ce démon ! ... Ne m'intéresse pas... Ce n'est qu'un monstre qui ne mérite pas de vivre, mais je ne peux rien y faire ! ... Lâche-moi ! ... "Je suis désolé pour tout ce que j'ai fait, pitié, pitié, épargnez-le !" Pitié, pitié, pitié, pitié, pitié...)

— ... Mais, tu n'es pas une machine de combat, ou d'argent ! Personne ne peut t'utiliser, tu es libre ! ...

— (Tais-toi ! Je ne veux plus entendre tes paroles ! ... "Je le jure, sur ma propre vie, et sur mon espèce !" Je suis une merde, qui ne mérite pas... !) *Après ces pensées, je me libérais de l'emprise de Théo, afin de fuir de l'autre côté de la cage, et me mettre dans ce coin, en position fœtale... se rajoutant cette fois des tremblements de peur, prenant possession de tout mon corps... Alors que pour Théo, celui-ci vint cette fois-ci, avec un pas plus lent et sûr. Il se pencha à l'instant où il arriva en face de moi pour pouvoir fouiller dans une de ses poches arrière, et finalement en sortir un trousseau de clés, se mettant devant mes yeux, les fixant avec attention, sans chercher à les dévier... mon corps ne bougeait plus, il restait immobile... je n'avais plus la tremblote... tout ce que je faisais, c'était de rester admiratif devant...* Oui, c'est bien ce que tu penses, en ce moment, Eilif... Voici les clés de tout le domaine du cirque... Ce qui veut dire que tu pourras tuer tout le monde, si tu les prends...

— ("Je suis une merde, qui ne pourra jamais se rebeller contre vous, pitié, arrêtez" Non... non... Je ne peux pas... je n'y arriverai pas.)

— ... Je te les donne avec plaisir, mais en contrepartie, tu dois redevenir comme avant ! ... *À cet instant, la flamme revint dans mes yeux qui s'ouvrirent tellement grand devant ces clés qui me faisaient l'eau à la bouche... ma rage montait peu à peu, mais...* (Bisseau, Théo, ce cirque, ce monde... Je les HAIS, je vais tuer le Com... "tu dois répéter mots pour maux... Je suis une merde, qui ne pourra jamais se rebeller contre vous, pitié, arrêtez !")... *En avançant mes deux mains vers les clés, je me rétractais en les posant sur le sol, tout en faisant un gémissement, qui pouvait ressembler à un grognement. Finalement, je me mis à genoux, afin de commencer à éclater mon front sur celui-ci de manière répétée, comme la dernière fois... Sans oublier que je répétais aussi...* Pitié, pitié, pitié, pitié, pitié, pitié... *avec un regard perdu, ne sachant plus quoi faire...*

— Et c'est quoi le plan C, maintenant ?

— Le plan C, c'était justement de lui proposer les clés...

Il avait un air terrifié, qui se mélangeait à de l'inquiétude dans sa voix, quand il demanda à Théo :

— Qu'est-ce qu'ils lui ont fait, bon sang ! Réagir aussi violemment, c'est de la... folie.

— Je ne sais pas, mais il y a une chose que je sais, c'est que je ne vais plus abandonner face aux problèmes qui se mettront devant moi ! As-tu entendu, Eilif ?

— Tu as une autre idée ? Si tu es tellement déterminé.

— Oui... mais cela va mettre en rude épreuve Eilif, comme jamais il l'a été... Par contre, ceci va être très dur à l'exécuter. Je reviens à toi quand j'aurai mis tout en place... Je vous fais confiance pour ne pas laisser une miette du repas.

— Ne t'inquiète pas pour cela, ça va très vite partir en poussière... »

À ces mots, Théo ferma le portail, pour partir avec hâte vers la sortie, quant à moi, je continuais à faire la même chose, sans arrêter, en éclatant mon front qui en vint même à nouveau s'ouvrir sous les coups que je m'infligeais...

Une heure passa pour que je puisse me calmer entièrement et aller manger les restes que Reimone m'avait laissés, afin que je ne meure pas de faim, même s'il y avait un risque qu'un gardien passe et voie tout cela.

Alors que le Dragsium me regardait d'un air impérial vers la bête qui était avec ses deux mains entrain de plaquer un poulet rôti, pour pouvoir lui arracher sa chair avec ses crocs.

Pour me demander finalement avec une voix fatiguée. C'est bon ?
Tu t'es enfin calmé ? Tu devrais arrêter de faire tout ce cirque... Ce
n'est pas toi... j'espère que l'idée marchera.

— *Une fois que je levais la tête, au moment où j'avais fini de
manger, je le regardais pour lui dire d'une petite voix,* (Si je veux
rester comme je suis, je dois riposter, pour être tranquille...) Reimone,
je ne te comprends, pourquoi faire tout cela pour moi... ?

— Tu parles enfin, ajouta-t-il cela d'un ton enjoué, pour continuer...
Nous faisons cela, pour que redevienne comme auparavant... un
Septium fier, et fort, qui pourra mener notre vengeance !

D'une voix septique, j'annonçai :

— Un Septium fier et fort, dis-tu ? ... Mais est-ce que je le mérite
vraiment... est ce que je mérite de redevenir comme avant... ?

— Bah oui ! Quelle question ! Pourquoi tu penses que tu ne
mériterais pas la rédemption, de revivre la joie, le plaisir, et tout ce qui
s'en suit ? haussa-t-il le ton.

— Tu te rappelles cette soirée, où je t'ai donné les deux sabres... ?

— Oui, tout à fait... C'est grâce à eux que j'ai pu survivre la
dernière semaine... Pourquoi me demandes-tu cela, je ne comprends
pas... *Je détournai le regard, après avoir entendu ses paroles, pour
pouvoir observer avec dédain le sol de la cage, afin que je puisse lui
annoncer...* J'aurais pu te sauver cette soirée-là... à la place, de te
donner les épées, j'aurais pu m'enfuir avec toi...

— Comment ça ? Peux-tu m'expliquer... ! Tu aurais pu me sauver,
mais au lieu de cela, si je comprends bien, tu as préféré me donner ces
armes... Pourquoi ?

— À ce moment... J'étais rempli de rage envers tous les humains,
et si je t'avais sauvé, alors... que je ne pouvais toujours pas me
métamorphoser en homme, en tout cas complètement... Je me serais
fait tuer, peut-être même toi... Du coup, c'était comme choisir entre
la vie et la vengeance, ou mourir pour sauver... Et à cet instant, avec
toute ma haine, j'ai choisi la vengeance... sans réellement penser à toi.
Alors tu devrais plutôt me haïr, au lieu d'essayer de me sortir d'une
habitude, que je ne veux pas quitter... *Quand je le regardai à nouveau,*

je pus voir un air de dégoût dans son visage qui me suivait lorsque je m'étais mis à bouger en me dirigeant vers mon « lit ». Finalement, il me rétorqua doucement… Je te comprends… même si j'ai un peu de mal à avaler ma salive, après ce que tu viens m'apprendre. C'était totalement légitime… de plus, comme tu l'as dit, on serait sans doute mort, si tu l'avais fait… Tu ne dois pas t'en faire, je ne t'en veux pas !

— (Pourquoi ! Pourquoi ? Ils ont tous les deux un grain dans leur tête, pour faire une fixette sur moi ! Ils pourraient très bien partir sans ma personne ! Cela serait plus facile pour nous tous ! … Ils sont fous, je ne devrais même pas les laisser entrer dans ma tête.)

— Je vois, tu ne parles déjà plus… mais ne crois pas que tu pourras te la couler douce, tant que je serais ici avec Théo qui m'a rejoint en plus !

— (Qu'est qu'il y a de si dur à comprendre… tout ce que je veux à la base, c'est qu'on me laisse tranquille, et pour de bon. Au lieu de cela, j'ai deux démons qui me hantent chaque jour… et avant quand je voulais combattre pour vivre, ils voulaient seulement que j'abandonne, et maintenant c'est tout le contraire… je n'arrive plus à suivre.) *Plus rien ne se passa, à part ma journée habituelle, qui consistait à prendre mon dîner, pour ensuite aller combattre un nouveau pantin aux bottes du Comte.*

Quant à Reimone, je ne le comprenais toujours pas…

— *Pour ma part, je pense que cela se justifie, parce qu'il vous considère comme un ami, et quant à Théo, comme un fils et son père. Et ces liens sont forts… personne ne peut les briser, ergote-t-il d'une voix douce et réconfortante.*

— *À ce moment, je ne pouvais comprendre cette chose que vous venez de citer… parce que pour une bête qui a été trahie toute sa vie, et vivant dans la merde, la pisse, la peur, le stress, l'anxiété, la haine, l'hypocrisie… la jalousie. Ces sentiments ne pouvaient qu'être flous, et incompréhensibles.*

Et l'homme que vous avez annoncé comme mon père adoptif m'a torturé, en prenant un fouet d'élémentaire de lave, pour m'infliger des cicatrices qui resteront jusqu'à ma mort. Et rien, même une excuse ne pourra le changer... tous les jours, je devrais vivre avec...

Passons... mon emploi du temps ne changea pas pendant environ une semaine, sans que Théo intervienne, où que Reimone essaie de me parler. Je commençais même à croire qu'ils allaient me laisser tranquille au final, malheureusement ce n'était que de la poudre aux yeux que je me jetais pour espérer quelque chose de positif de leur part.

Cela se prouva justement, quand Théo vint nous voir tôt ce matin-là, alors qu'habituellement, il ne devait qu'arriver le midi pour nous nourrir... avec une certaine fougue, il ouvra le portail, pour entrer dans la cage, et nous réveiller.

Reimone réagit le premier, quant à moi, disons que ça a été plus difficile... même beaucoup plus dur, parce qu'ils avaient beau me secouer dans tous les sens, il était impossible de réveiller la marmotte que je suis...

— Alors, c'est vrai ce que Théo avait dit ! Vous êtes impossible à réveiller, j'aimerais quand même bien le voir, cela doit être une sacrée scène ! ... Après, il faut aussi se dire que cela est dangereux, parce que tout le monde peut vous tuer dans votre sommeil.

— Bravo... vous avez trouvé mon point faible, je vous félicite vraiment... mais même si je ne bouge pas, ce n'est pas une mince affaire de me tuer, parce qu'il faudrait déjà réussir à faire entrer la lame dans ma chair, qui avec les années est devenue aussi dure que de l'acier, avec tout le sang ou plutôt l'essence que j'y ai mis pour pouvoir être inviolable.

Du coup, ils pouvaient bien me frapper, cela ne me faisait presque rien, même à ce moment...

À la fin, ils attendirent patiemment que je me réveille, en tout cas, c'est ma déduction, car à l'instant où j'ouvris mes yeux, ils étaient assis de l'autre côté de la cage, attendant désespérément quelque chose, s'endormant presque jusqu'à ce qu'ils me remarquent, et sautent sur moi, pour me sortir de cette prison.

Il me tenait par la main quand on s'était mis à marcher dehors, afin d'être sûr que je ne prévienne personne, même si cela était futile, vu que je n'avais qu'à crier, pour que quelqu'un vienne nous voir, et alerter tout le monde...

— Je ne comprends pas une chose, vous ne disiez pas, que vous réagissiez plutôt violemment, si quelqu'un vous touche, par quelque manière que ce soit ? Pourquoi, maintenant, vous ne dites plus rien, quand Théo vous a attrapé par la main ? demande le journaliste d'un air abasourdi.

— ... Je ne sais pas... l'hypothèse la plus valable, en tout cas d'après moi, c'est... qu'au fond je voulais peut-être redevenir comme avant, mais je me voilais la face, pour pas le voir. Du coup, mon corps m'ordonnait de ne pas réagir, pour au moins regarder ce qu'ils veulent me montrer.

Après il y a l'autre hypothèse, qui est... que je me sentais peut-être bien, quand il me prit par la main, car cela me rappela l'image de l'enfant tenant la main de son père, et... ceci m'a peut-être fait du bien de ressembler un tant soit peu à quelqu'un d'heureux.

Même si Reimone et moi avions une cape chacun, afin de pouvoir nous cacher... Et que nous marchions vite, pour sortir de la zone du cirque, sans nous faire voir par les patrouilles régulières des gardiens...

— Ce n'est quand même pas trop exagéré, d'avoir des patrouilles régulières de gardiens ? Vous faites cela pour rajouter un peu de suspense, n'est-ce pas ?

— Pourquoi vous mentirais-je ? C'est la stricte et pure vérité, parce que réfléchissez. Nous sommes un cirque en plein milieu de la ville avec des dizaines de races « sauvages », prêtes à tout tuer quand ils sortiront. De plus, il y a moi, un Septium, doté du pouvoir des grands Ynferrials et qui a juré lors de son premier combat de tous vous tuer jusqu'au dernier pour pouvoir se venger et venger son espèce, n'est-ce pas suffisant ?

Je prends votre silence comme un oui... Continuons. Une fois sorti, nous commençâmes à marcher plus lentement, afin de pouvoir s'intégrer en silence à la foule déjà présente à cette heure, jusqu'à ce que mon cher Dragsium pose une question en nous chuchotant... Où est ce que tu nous amènes ? Pour ma part, j'aimerais bien faire quelques petites haltes pour voir ce que vendent ses magasins... Tu sais que pour moi, c'est la première fois, que je peux me balader librement.

— Je suis navré pour toi, mais on a déjà assez perdu de temps avec Eilif, qui n'a pas voulu se réveiller. Du coup, on doit se dépêcher d'arriver à l'endroit prévu.

— Eilif, je vais te tuer quand tu redeviendras toi-même, pour m'avoir fait cela... *Il me regarda avec des yeux haineux, taquineur, mais je n'en avais rien à faire, je ne m'en soucier pas parce que je pouvais enfin après plusieurs années, revoir la ville... Je ne savais plus où donner de la tête avec tous ces magasins de toutes sortes, et de tous genres, qui pour certains vendaient des vêtements, d'autres des fruits, d'autres des légumes, d'autres de la viande... dont il me faisait saliver... d'autres des fleurs, d'autres des instruments en bois ou en métal, afin de faire du travail manuel... Tant de variété. J'avais aussi curieusement oublié l'architecture des bâtiments, avec leurs immensités, avec leurs charpentes imposantes, avec leurs murs en pierre... J'avais oublié tout ceci, ce sentiment de bonheur de pouvoir découvrir... ces odeurs, ces reliefs, cette vie. Cela me rendait presque nostalgique de mon passé, où je pouvais encore sourire...*

Encore sourire, je me l'étais répété à ce moment, pour me demandait bêtement... (Pourquoi, je ne peux plus sourire ? Pourquoi ne puis-je plus ressentir de bonheur ?)... *Je me rappelais rapidement les raisons de tout ce malheur, de toute cette souffrance, c'était le Comte... avec toute son hypocrisie, son égoïsme démesuré.*

Ma colère réagit en entendant ce nom interdit, parce que je me demandais à nouveau pourquoi me faisait-il tout cela... mais j'abandonnai à réfléchir plus loin, car c'était justement parce que je ne comprenais pas ses personnes, et qu'ils ne changeront jamais, que j'avais décidé difficilement d'arrêter de combattre.

Jusqu'à ce que Théo s'arrête brusquement, me faisant me cogner béatement la tête sur lui, à cause de mon regard abaissé. Donc au moment où je levais timidement et lentement mes yeux vers lui, il commença à annoncer... Nous sommes arrivés. Eilif, maintenant, regarde devant toi, et sans détourner le regard !

— ... Mais qu'est-ce ? ... *se demanda Reimone... Sous cette vue horrible, étant bel et bien en train de se passer devant nous.*

Quand, j'ouvris mes yeux, que je détournais mes pauvres yeux froids, sans aucune émotion... vers l'emplacement visé... indiqué, je pus constater très rapidement. Un homme d'une quarantaine d'années, un homme simple, assez enveloppé, avec ce début de calvitie au niveau de ses cheveux bruns, entrain... en train ! De prendre avec détachement des corps à l'arrache sur ses épaules, pour finalement les jeter brutalement sur le sol... enfin sur ses camarades en plein milieu de la rue.

Je pouvais le sentir à leurs odeurs, cette odeur immonde de décomposition, qu'ils étaient morts... ou plutôt qu'elles étaient mortes. Elles n'avaient pour certaines que la dizaine, la vingtaine, portant qu'une sorte de sac de jute sur elles comme vêtement.

Et pourtant, ce n'était pas cela qui choqua le plus sur ce moment fort en découverte, me faisant réellement naître quelque chose en moi, quelque chose de sombre. C'étaient leurs états... certaines... avaient de par dizaines des traces, des coups ! ... de fouets sur leurs corps, recouvrant toutes leurs peaux, certaines avaient de la semence sur tous leurs vêtements, même sur le visage... certaines à leurs visages n'arboraient pas seulement que la semence blanche en quantité, mais aussi des marques d'étranglements au niveau de leurs cous. Certaines avaient des marques bleues sur tous leurs corps ! Et... et... et cela ne me donnait que plus de haine envers vous, plus de rage, de colère, de dégoût ! De plus quand je pouvais voir cet amoncellement de corps de semi-humaines. L'envie de dégoût, l'envie de vomir mes entrailles était insupportable, jusqu'à n'en plus pouvoir, juste pour enlever ces images ! ... Ces odeurs ! ... VOUS !

Je m'en écroulais même ! Théo se mit même à mon côté gauche, pour me chuchoter à l'oreille afin de… La loi dans la ville interdit de faire cela, l'après-midi, et le soir… Du coup, nous ne pouvons voir tout ceci, que le matin. Après, cela arrange ses boîtes, parce qu'elles offrent à ceux qu'ils le veulent, ceux que vous protégiez par le passé, se faire violer, se faire torturer, maltraiter, durant toute la nuit par des personnes en manque de violence… et ce que tu peux voir, ce sont les semi-humaines qui n'ont pas supporté cette nuit, qui ont succombé après plusieurs jours sans arrêt, chaque nuit. Et tu connais le sort de ceux qui meurent, ils sont pris par les bouchers, ou bien certaines familles, ou encore notre… cirque, pour être donnés en nourriture… en pâ-tés.

— Ne me dis… pas que j'ai mangé… une… *demandais-je d'une voix bizarre, désespérée, désemparée, remplie d'hésitation, affichant des yeux brisés, attristés, dégoûtés en train de le regarder.*

— Si… Tu en as mangé et pas qu'un peu avant que j'arrive, et que je change ceci…

À ces paroles, je chargeais, ruais violemment mes deux mains sur le sol… Et je me mis à regarder celui-ci, comme perdu, je recherchais à reprendre le contrôle de mes émotions et vomir ma salive, toute la salive, et tout mon être, et tout ce que je pouvais, vu l'ignominie que j'ai faite, vu l'IGNOMINIE qu'ils m'ont fait subir ! Manger ! Manger des êtres conscients ! … je pouvais que montrer le dégoût que je pouvais ressentir… Je sentais. Je sentais même très bien cette colère, mais pas qu'elle ! Ma haine, mon dégoût, ma rage revenir dans mon cœur autrefois éteint, en pensant à quel point, j'étais CON de croire que je pouvais rester ainsi. Je ne pensais qu'à une unique chose, une seule chose, c'était de venger ! De VENGER toutes ses pauvres victimes de la société, mais je ne pouvais pas bouger, je n'arrivais pas à me décider d'agir, de tuer la personne étant en face de moi, à peine à quelques mètres et qui était en train de jeter comme des merdes, des pourritures ! Des êtres vivants PUTAIN… il n'y avait plus que cela dans ma tête, le tuer ! C'est pourquoi dans mon dilemme, dans le dilemme de rester comme je suis, ou bien de me lever, d'avancer, de COMBATTRE ! Je ne quittais plus des yeux cette personne, avec mon regard empli de haine, de désespérance. Tandis que Théo continua d'en rajouter... Et tu vois ? Cela est la voie, cette voie que tu as choisie, parce que tu as décidé d'abandonner. Alors quand tu mourras... tout le monde t'oubliera, et tu seras donné à manger aux bêtes, et lors de ta vie, tu n'auras absolument rien fait !

— (Je n'ai... ! Je n'ai pas abandonné ! Je vais tous vous changer, tuer, détruire, reconstruire, je vais AGIR ! Je vais aider, je vais changer ce monde ! Le Comte, Bisseau, cet homme, tous ceux du cirque mourront ! Comment ont-ils pu me donner cette chair, me traiter ainsi ? Nous ne sommes pas des merdes ! Nous avons des sentiments, une conscience !)... La ferme...

— Quoi ? Je n'ai pas entendu ! Tu veux finir comme eux... ? Une merde sans but, croyant vainement que tout cela va redevenir comme avant... sans que tu aies besoin de faire... C'est la solution rêvée, comme tu peux le voir juste devant toi !

— La FERME ! ... Tu peux arrêter cette scène stupide ! Je vais tous détruire, tout jusqu'au dernier grain de poussière, jusqu'au DERNIER ! Changer ce monde étant pourri jusqu'à la moelle ! Offre-moi juste tes foutues clés, pour que je puisse faire le carnage... Ensuite, revenir ici, puis TORTURER cette personne, et libérer toutes ses femmes, et filles !

— Avec plaisir ! ... mais d'abord crée un plan, pour que nous ne risquions rien, quand on les tuera tous... et après cela, je te donnerais ces maudites clés... *Je me relevais lentement, longuement et une fois debout, une fois est pour toute, toujours debout ! J'annonçais fièrement, sûr de moi-même, arborant mon regard d'Ynferrial empli de rage que...* Un plan, dis-tu ? Je vais te le pondre avant même que tu puisses nous remettre dans notre prison. Tu me donneras alors les clés, afin que je le réalise, et que tout cela cesse ! Je vais venger toutes les injustices, qu'on a dû subir durant toutes ces années... mais pas qu'à elles, toute mon espèce réclame aussi vengeance ! C'est pourquoi, une fois libéré, je vais retrouver les survivants des races en esclavage, pour lancer notre... contre-attaque.

6

« De quoi vouliez-vous me parler, mon cher Théo ? Avez-vous changé d'avis, pour ma proposition de la dernière fois ?

— Celle où je peux arrêter de m'occuper de mon petit Eilif, vous voulez dire, monsieur Baltius ?

— Oui, celle-ci… par contre "petit Eilif ", c'est un peu trop pour ma part, je pense qu'il a quand même grandi un petit peu…

— Non… non, c'est parfait comme cela. Je suis venu pour autre chose…

— Pourquoi donc ? Cela doit être important si vous vouliez en parler en privé.

— Je ne suis pas sûr que cela soit tellement important… Pour être franc, j'aimerais prendre congé pour une période d'une semaine.

— Pourquoi voulez-vous prendre congé ?

— La mère, de ma chère et tendre femme, est morte récemment… Donc nous aimerions partir avec toute ma famille à Eléa… c'était le lieu de résidence de ma belle-mère, mais aussi son lieu d'enterrement. C'est pourquoi j'aimerais prendre un petit temps, pour pouvoir y aller.

— Ah… Je m'en vois navré, pour votre belle-mère… je ne sais pas, si elle était gentille lors de son vivant, mais c'est quand même malheureux. Je vous donne cette semaine, pour pouvoir aller à son enterrement. J'espère que le séjour vous plaira.

— Je vous remercie beaucoup… mais j'aurais une question pour vous… un peu plus personnel, si vous ne voyez pas de problème.

— … Mais, bien sûr, posez-la ! N'ayez pas peur.

— Je me suis toujours posé cette question. Cette unique question, pourquoi voulez-vous qu'on vous appelle le Comte, ou Monsieur le Comte, alors que vous gérez un… cirque ? Cela ne va pas trop ensemble, d'après moi…

— … C'est une histoire assez longue à raconter… très longue, mais pour vous ! Vu qu'on est des amis depuis déjà douze ans, je vais… faire un effort pour vous expliquer le pourquoi, que vous vous posez, en ce moment.

— J'écoute attentivement.

— Mon nom complet… est Marius von Baltius Spectoly…

— Ne me dis pas que vous êtes de cette famille…

— Si, tout à fait… Comment vous dire ? Pour tout vous dire, pour moi… depuis ma venue en ce monde bien cruel. Chaque jour était un calvaire… à cause de cet événement, de ces événements où mon père développait une haine grandissante au fur des années… et à un moment, quand je devais avoir treize ans, mon père… céda à la colère, et commença pendant les soirs, même toutes les nuits, à me torturer, à torturer ma mère. J'étais enchaîné, je contemplais seulement toutes les violences que ma mère subissait, pour qu'il vienne ensuite à moi, je n'ose même pas décrire ce qu'il me faisait… Et durant, tous ces temps de maltraitance. Je changeais peu à peu de mentalité, et je commençais à comprendre la situation de manière logique, à avoir de la rancune envers lui, par les ignobles choses qu'il faisait. Alors après cinq ans de souffrance… je pris mon courage à deux mains, et je tuais mon paternel lors de son sommeil, car j'en avais marre de subir tout cela. Ma mère partit par peur à mon égard. Du coup, je repris tout son héritage, sa maison, sa fortune, ses esclaves… Malheureusement, je n'avais pas encore toutes les notions de la finance, et je fis couler notre fortune, à cause des soi-disant riches, qui voulaient m'aider. Et donc durant dix ans de ma vie, j'ai dû vivre dans la merde, et la pisse, mangeant des rats crus ou cuits, des restes… et tout ce que je pouvais trouver, pour pouvoir survivre, grâce à une promesse, que je me suis juré de tenir… de toujours compter que sur moi-même, et que quoi qu'il arrive aux autres de par ma faute, je m'en ficherais, pour que je puisse avoir la chance de redevenir comme avant. Et un beau jour, je trouvai mon opportunité, afin de reconquérir le blason de ma famille, et ma fortune… c'est le cirque, si vous vous posez la question. Fin de l'histoire.

— Wouah… Je n'en… trouve plus les mots. Je comprends mieux pourquoi vous êtes prêts à détruire, pulvériser tout le monde, quand ils se mettent sur votre chemin.

— Bref, vous avez eu ce que vous vouliez, maintenant partez ! J'ai du travail à accomplir. »

7

— *Vous vous êtes finalement rendu compte... Vous avez enlevé votre rideau des yeux. Cela a dû être dur, même extrêmement dur de voir cette scène, rien qu'en écoutant, et la manière d'où vous me l'avez décrite... Et du coup, quel était votre plan, même si nous savons que vous avez échoué, parce que vous êtes toujours là, à combattre pour le compte de Monsieur Baltius.*

— *Veuillez respecter l'ordre de l'histoire, monsieur le journaliste...*

— *J'aurais une question pour vous, parce que j'ai remarqué que nous sommes bientôt arrivés à la destination voulue... Comment sentez-vous votre combat d'aujourd'hui dans le grand Colysée de la ville ? ... car si je ne me trompe pas, votre adversaire est... Reimone. Votre ami d'enfance, et de plus, depuis que j'entends votre récit, cela doit être très dur, parce que ça doit être un grand ami...*

— *Ce qui se produira se produira... Il n'y a pas de ressentiment possible. Il y aura un vainqueur et un perdant... quant à la personne défaite, elle mourra dignement quoi qu'il arrive.*

— *Cela ne vous fait réellement rien ? Je ne peux le croire... J'en suis sûr que vous me cachez vos sentiments pour rester fort, et impassible devant moi.*

— *Je ne dis que la vérité, je ne vois pas pourquoi je vous cacherais quelque chose. Quand on veut absolument obtenir une chose, on ne doit pas regarder... le processus, mais le résultat, si vous préférez la fin, la finalité du coup... Pour vous donner un exemple simple, nous deux, Reimone et moi-même, nous voulons la même chose... survivre, et nous ne regarderons pas vers le passé, mais vers le futur, et nous regarderons encore moins le combat.*

— *Vous insinuez, que même si nous faisons une chose de mal, comme tuer quelqu'un, cela n'aura aucune importance, parce que c'est que la fin qui importe ?*

144

— Est-ce que vous avez un rêve ? C'est ma seule et unique question. J'en suis certain que vous en avez un. L'avez-vous atteint ? L'avez-vous abandonné ? L'avez-vous mis en attente ? Pour ma part, ce n'est que la première question qui m'intéresse, sur les trois. Quand on veut quelque chose, quand on espère chaque jour que cela se concrétise, nous faisant jubiler de joie, d'espoir, d'idée pour y parvenir. Cela vaut tout l'or du monde. On doit être prêt à abandonner absolument tout, sauf une chose... notre personnalité, notre âme, celle qu'on a cherchée pendant des années, ou des mois, pour être heureux dans notre peau, pour profiter de la vie. Certains veulent aider tout le monde, même s'ils se blessent. Certains veulent être durs, mais en respectant les limites. À ce moment, quand vous aurez trouvé votre personnalité, plus rien ne vous sera impossible, parce que vous pourrez bien à un instant fatidique, perdre un bras, une jambe, même votre vie, ou votre famille, si cela respecte votre but, votre personnalité, votre âme. Vous continuerez dans la voie que vous avez choisie... mais ! Sachez une chose, vous ne devez pas vous dire ce que vous pouvez faire pour continuer votre chemin, non. Non, parce qu'il n'y aura tout simplement plus de limites dans les moments critiques... Vous devez vous dire ce que vous ne pouvez pas faire... donner votre limite, que vous ne franchirez jamais, parce que c'est vous, votre détermination, celle qui vous donne les buts, les rêves, les objectifs, le sourire... Malheureusement, comme je l'ai dit bien avant dans l'histoire, rien ne sera toujours facile. Des fois, vous serez devant votre ligne de limite, votre ligne rouge pour la franchir... peut être que vous la passerez, et à cet instant, au lieu de continuer de tomber encore plus bas... levez-vous, combattez, avancez, et n'abandonnez pas. C'est vous... Vous. Et personne d'autre peut vous changer.

J'espère que vous avez compris ce que vous vouliez savoir... Si vous voulez, vous pouvez même le redire à vos proches... mais cela sera vint.

— Oui, j'ai compris... mais pourquoi dites-vous maintenant, que tout cela sera vint ?

— Vous avez oublié... Je vous ai déjà annoncé plusieurs fois, que je vais vous exterminer, vous anéantir, vous mettre poussière, pour tout ce que vous m'avez fait, et à tous ceux qui ont souffert de par votre faute. Alors, pourquoi raconter tout ceci... Vu que vous allez tous mourir comme les merdes que vous êtes.

Ne faites pas ses yeux ébahis... maintenant, j'espère que je vais pouvoir continuer...

Reimone et moi-même restions calmement dans la cage sans parler, sans prononcer un seul mot... Pour ma part, je réfléchissais, je peaufinais de mon plan dans le moindre détail. À ce moment, je l'avais déjà trouvé... quant au Dragsium, il continua à broyer du noir, à être désemparé de par ce qu'il avait vu... cette scène qu'il avait aussi due subir.

Ce n'est que le matin où mon plan entra en action avec Théo, devant annoncer à monsieur Baltius qu'il allait à l'enterrement de sa belle-mère dans une ville assez éloignée, afin que sa famille ne craigne absolument rien, grâce à ce mobile parfait, certes une excuse triste... Ce qui me permit d'enfin recevoir ces clés qui allaient me permettre de tous les tuer.

J'étais dans la cage, dans mon coin entrain de m'entraîner à la métamorphose, tandis que Reimone m'admirait béatement avec des yeux émerveillés, ou plutôt stupéfaits. Au bout d'un moment, j'en ai eu marre, alors je demandai gentiment au Dragsium... « Pourquoi me fixes-tu ainsi ? Tu me déconcentres, alors que je dois l'être...

— Je ne te regarde pas toi, mais les cercles de pictogramme tournant dans des sens aléatoires, aux extrémités de tes membres déjà transformées... Je trouve cela magnifique...

— Cela doit surtout devenir pratique, parce que si je n'arrive pas à me métamorphoser complètement, tous mes efforts ne vont servir à rien, et le plan pourrait bien échouer.

— Le seul moment, où tu dois l'utiliser, c'est qu'après les avoir tous tués. Donc tu as le temps !

— Non, justement... J'en ai besoin bien plus tôt dans mon nouveau plan... Alors, si je n'arrive pas à totalement me transformer, il me faudra réfléchir à un nouveau. Et à cet instant, il y a un risque que tu doives repartir à ton maître.

— … Comment vas-tu l'utiliser pour tuer les hommes ?

— Non, cette métamorphose sera juste nécessaire pour une seule personne, et mon but ne sera même pas de la tuer.

— Que vas-tu faire ?

— Tu n'étais pas là. C'était avant que tu arrives dans ma prison, pour la première fois… Bisseau m'avait donné un livre explicatif sur les choses qu'ils savaient déjà sur les Ynferrials… Et maintenant, je remarque enfin une chose importante. Alors qu'avant je me disais seulement que c'était pour les lâches. Je parle de la manipulation mentale d'autrui, grâce au sang, et cela consiste juste à faire entrer celui-ci par une manière ou une autre dans un corps. Ensuite, il faudra juste changer les connexions neuronales, pour que la personne se modifie mentalement.

— Tu sais comment le faire ? Ne me dis pas que tu as déjà essayé sur moi pendant que je dormais comme un bébé.

— … (Ricanement d'Eilif) … N'aie pas peur, je n'ai pas encore testé… parce que je veux, je souhaite faire subir cette douleur supplémentaire à cet individu…

— Qui est-ce ?

— D'après Théo, c'est lui qui avait découvert mon évasion, durant cette fameuse soirée. Lui demandant par la même occasion de me torturer… et sans oublier que c'est lui qui a eu l'idée de m'emmener là-bas… C'est Bisseau.

— C'est lui… qui a tout planifié depuis le début…

— Donc, demain, après que le gardien sera parti, pour nous donner à manger… à manger… Je vais sortir, et me transformer, pour pouvoir aller au bureau de celui-ci. Et finalement expérimenter cette chose, que je viens de t'expliquer… Alors maintenant, laisse-moi tranquille. »

Après mes mots, il me laissa réellement tranquille.

— *Je vois… mais j'ai une question pour vous… maintenant, que vous saviez que la nourriture qu'ils vous donné était peut-être celle… de vos protégés. Qu'est-ce que vous faisiez ?*

— À ce moment-là, de ma vie, je ne mangeais même plus... le prix était trop cher payé pour mes convictions, les limites que j'avais imposées. Donc, même si j'avais souffert ce jour-là, je ne rentrai rien dans ma bouche, et j'aurais très bien pu continuer ainsi toute ma vie, parce que jamais, je ne dis bien jamais, je n'avalerai un nouvel être vivant, un être anciennement conscient, et qui a dû subir toutes ses atrocités.

... Mais, bref, le lendemain arriva... je m'étais entraîné toute la nuit, et je n'avais pas pu dormir, ni même me reposer un court instant. Seulement, je ne pouvais toujours pas m'arrêter là, je devais continuer même si mon envie de dormir était intense. J'attendais dans le silence que mon moment arrive...

Il est douze heures trente, quand le garde vint nous donner notre nourriture. Et une fois qu'il revint pour prendre notre pâté, je me suis mis immédiatement à l'action. J'ouvris la porte, sortis, puis je me concentrai à me transformer, cette fois-ci, complètement.

— Est-ce que quand vous vous métamorphosez, vous gardez vos caractéristiques physiques ? Ce que je veux dire par là, c'est... est-ce que vous gardez la couleur de vos iris bleu vif, et est-ce que vous avez toujours la même couleur brun foncé pour vos cheveux... poils ?

— Oui, je garde toutes ces caractéristiques, en tout cas quand je prends ma première forme humaine, après pour la seconde, et les suivantes, je peux les changer comme bon me semble, grâce à mon gain d'expérience.

... Après être sorti de la tente, je me faufilai discrètement entre les caravanes, entre les tentes, entre les patrouilles de garde, entre les visiteurs, pour enfin arriver devant la fameuse caravane qui n'avait à mon plus grand bien, pas de fenêtre, mais juste une porte en bois, me permettant d'entrer, en ouvrant doucement, et en la fermant tout aussi doucement. Alors que monsieur Bisseau me regardait au même moment avec un air stupéfait, surpris, juste derrière son bureau rempli de feuille.

À cela, je me retournais lentement, impérialement vers mon cher ami, avec un dos droit, et le menton levé montrant mon magnifique sourire, jusqu'à ce qu'il décide de m'adresser la parole… « Mon cher enfant, pourquoi es-tu là, alors que le cirque est interdit au mineur ?

— Je vois que même, si je m'étais fait prendre, ils n'auraient rien remarqué, comme vous…

— Que veux-tu dire par là ? Je crains de ne pas comprendre…

— Je vais vous donner un indice très simple, que même vous comprendrez rapidement… »

À cet instant, à mes paroles emplies de malice, mes yeux devinrent à nouveau totalement bleus, d'un bleu profond et vivant. Finalement en une fraction de seconde après, je recouvris la totalité des murs, du sol, et du plafond, de mon sang pour insonoriser la pièce. Tout était devenu noir, d'un noir obscur, autour de l'homme qui n'ayant plus de réagir davantage. Il n'y avait plus que sa lampe, une minuscule lampe à essence qui éclairait faiblement que le dessus de son bureau, et d'un peu de son visage prostré, désespéré. La seule chose, qu'il pouvait encore constater, c'étaient comme des impulsions cardiaques, comme du sang, un sang d'un bleu intense traversant rapidement, périodiquement l'ensemble du corps, du pouvoir déployé, parcourir par des petits coups secs toute la matière noire sur les parois. Il demanda après avoir fini de réfléchir, de contempler ma magnificence… C'est toi, Eilif, n'est-ce pas ?

— Cela a quand même pris un peu de temps pour que vous percutiez… Je pense que vous devriez prendre votre retraite…

— C'est merveilleux ! J'aimerais tellement savoir comment tu as fait pour sortir de ta cage, mais malheureusement, je ne pourrais pas m'en délecter, parce que j'imagine que ta petite visite a pour intention de me tuer ?

— Dans le plus malheureux des mondes, je ne suis pas venu ici pour vous tuer, mais pour vous changer.

— Comment ça ? Tu penses réellement qu'en me parlant, je vais changer ?

— Non, certainement pas comme cela… plutôt dans la manière des Ynferrials… en tout cas, pour ce que j'en sais. *Alors que je commence...* je dois vous remercier, de m'avoir donné ce livre sur leurs pouvoirs découverts, le pouvoir des Ynferrials !

— As-tu au moins déjà essayé cette pratique ? Mon petit corps n'aime pas trop souffrir...

— ... (Ricanement d'Eilif) ... Là, mon cher... tu vas la sentir cette putain douleur, parce que tu es un monstre... le monstre qui m'a tant fait souffrir. Alors, maintenant, tu vas goûter à une partie de celle que tu m'as fait manger, par le passé.

— Ha là, là... ! Bon bah, vas-y... *Après ses mots, je n'hésitais pas, je le pris aux paroles, il n'eut même pas le temps de continuer de bouger, de parler. Mon sang était déjà en train de rentrer en lui... par ses yeux, par ses oreilles, par sa bouche. Il poussait des hurlements de douleur, des cris étouffés, ne pouvant en faire plus, essayant désespérément, fébrilement de recracher le sang qui entrait dans sa bouche. Ses bras contractés de souffrance ne s'arrêtant pas de gesticuler, avec ses doigts se tordant dans tous les sens imaginables, essayant vainement de stopper l'avancée de celui qui entrait en grande quantité dans les yeux et les oreilles, mais tout cela en vain, parce qu'il ne pouvait pas l'arrêter... juste souffrir.*

Quand j'arrivais au cerveau, afin de commencer à le modifier, tout... son corps se prit d'une convulsion, le faisant peu à peu descendre de son siège, et tomber au sol, en continuant celle-ci, étant tout aussi violente, brutale...

Ceci continua pendant encore pratiquement une heure, avant que je puisse finir de le lobotomiser complètement, et qu'il fasse ce que je voulais qu'il fasse.

8

— Tu as enfin fini, Eilif ? J'avais peur. Cela faisait déjà pas mal de temps que tu étais parti...

— Ne t'inquiète pas, Reimone, c'était juste le temps de m'habituer, mais c'est fini maintenant, *annonçais-je d'un ton froid, détaché en ouvrant lentement la grille, et la refermer derrière moi.*

— Du coup ? Que lui as-tu demandé ? J'ai oublié de te le demander, hier soir...

— C'est très simple, je lui ai demandé de ne rien faire pour demain soir, lors de mon combat, et de tout simplement mourir sans avoir rien tenté pour m'arrêter... Et je lui ai demandé de changer les barres d'antimagie de l'arène, pour des barreaux sans aucun effet... J'ai hâte de voir le visage du Comte, quand il découvrira que son adjoint, ne sera plus qu'une coquille vide lors cette soirée seulement.

— ... Mais, il ne risque pas de tout dénoncer avant la soirée ?

— C'est bon ! ... J'y ai pensé ! Il ne se souvient de rien de cette petite entrevue...

— *Qu'est-ce que vous comptiez faire durant cette soirée ?*

— *J'allais justement y venir.*

Durant cette soirée, j'ai juste donné les clés à Reimone, avant que les gardes viennent me prendre, et m'emmener au dernier de mes combats, dont j'avais repensé des dizaines de fois, même des centaines de fois, afin d'avoir le scénario parfait, afin de détruire le Comte.

Je le remémorais même pendant le chemin de l'allée... Jusqu'à au moment où on arriva où ils allaient m'enlever mes menottes avant que je rentre... Me permettant l'instant d'après, de faire jaillir, de ruer plusieurs énormes piques, de mon dos s'écartelant, pour transpercer, absolument tous les hommes qui étaient mobilisés afin de m'arrêter.

Je regardais impérialement derrière moi, ou contempler, voir les êtres morts empalés sur mes pics, étant par la même occasion en train de se faire absorber leurs sangs. Au moment où je finis, je rentrai finalement mon pouvoir, ma matière noire en moi, et dans un silence macabre, pesant, je me lançais lentement dans l'arène grâce au petit chemin qui y menait, menant vers mon futur, mon but ultime.

J'avais un regard froid, vide, détaché, et inébranlable, en ayant des pensées occupées... à pouvoir me rappeler l'ancienne scène... l'ancienne soirée... la première soirée, le premier combat. À l'instant, où je sortis pour me montrer à cette pleine lumière, illuminant mes yeux, illuminant mon public, illuminant monsieur Baltius, Bisseau. Je mis ma main au-dessus de mes yeux étant ébloui, comme pendant la fameuse première soirée. Quand je rouvris ceux-là, après avoir recouvré mes esprits...

Ce laps de temps de remémoration passé, monsieur Baltius commença à parler au public avec joie... « Bienvenue, mes chers invités ! Nous voilà réunis, pour pouvoir assister au combat de notre champion ! ... Aujourd'hui, celui-ci va affronter, un ennemi redoutable... !

— Excusez-moi, mes chers invités ! ... J'aurais une requête pour vous, et aussi à mon cher ami le Comte !

— À ce que je vois, tu parles à nouveau ! Quelle est ta demande ?

— J'aimerais jouer une scène de théâtre pour vous, et le public ! N'ayez pas peur, elle ne durera, pas plus de dix minutes !

— Que veux-tu jouer devant nous ?

— Ma première soirée... ! Mon premier combat dans cette merveilleuse arène dont j'ai déjà tant partagé ! Le voulez-vous, mon cher public ? *hurlais-je, en levant impérialement, rapidement mon menton, et en ouvrant brusquement mes bras au monde. Pour finalement tourner autour de moi-même, afin de regarder l'entièreté du public, réagissant positivement à ma demande.*

— Très bien ! Je peux constater que ta demande est reçue par le public ! Fais donc toi plaisir !

— Oh... Je vous remercie... *marmonnais-je ses paroles emplies de malice, d'obscurité, en m'inclinant humblement, et revenir à ma posture droite, puis dire en souriant...* Pour jouer cette scène, je vais utiliser mon propre pouvoir, qui prendra la forme du loup, et de moi-même ! Quant à la version originale, qui est entrain de vous parler, je serais le narrateur de mes pensées à ce moment, afin que vous puissiez mieux vous ancrer à… celui-ci ! … *À ce moment, à la fin de mon mini résumé explicatif, les trous de mes paumes se rouvrirent promptement, pour pouvoir lentement faire sortir une imposante quantité de sang noir, de matière noire afin de former un ovale inerte sur le sol. Et qui commença peu à peu à bouger, par des petites bosses, venant de petits coups, pour finalement arriver à d'énormes formes sortantes. Formant au final un loup identique à cette soirée, tout comme moi…*

Après avoir admiré un bref instant mon magnifique moi passé, j'initiais la mise en scène… Je fis sauter mon sosie à une certaine hauteur, afin de reproduire le plus fidèlement possible le moment où je tombais au sol. Puis m'être en route le loup, marchant en longeant le mur, et qui me fixait, en arborant ses crocs jaunâtres, enfin noirs cette fois-ci… Je me donnais l'ordre de me frotter la tête, comme la première quand je me réveillais et je criais avec un peu de jeu d'acteur vocal, et gestuel… Aïe… Aïe ! Que s'est-il passé ? J'ai absolument mal partout… J'ai sauté et puis plus rien… monsieur Baltius ? Pourquoi il y a des cris ? J'ai raté mon saut ? … Pourquoi suis-je entouré de barreau ? Et pourquoi m'appellent-ils Septium ? … Pourquoi tout le monde rigole, c'est qui l'autre invité ? J'entends un grognement, c'est quoi ? … Un loup ! Qu'est-ce qu'il fait ici ? Monsieur X m'avait pourtant appris qu'ils n'étaient qu'en forêt. Je ne comprends pas, que… Dois-je faire ? Pourtant monsieur X est juste en haut, sauf qu'il ne bouge pas d'un poil, que veut-il de moi ? … Ceci est… truqué… le loup ne veut même pas combattre, je peux le sentir même d'ici. Quelque chose me tracasse, pourquoi a-t-il si peur ? …

Après cela, je me levais, afin de me faire pousser violemment par le loup, m'attrapant mon estomac, et me claquant sur les barreaux, m'assommant sur le violent coup… À ce moment, la bête apeurée commençait à me déchiqueter mes vêtements, puis de passer à ma chair. Et il m'arracha d'un coup sec de crocs, une grande partie de ma peau, pour ensuite la jeter plus loin… et se lancer à me dévorer.

Tout cela me rendait pratiquement nostalgique. Surtout, ce qui m'a interpellé, c'est de pouvoir avoir une vision extérieure à cette fameuse scène… Et de pouvoir constater que devant cette vue horrible, emplie de sang, de violence, personne ne réagissait en voyant cela… Ceci me réconforta dans mon choix, qui était de tous les tuer… jusqu'au dernier.

Jusqu'à ce que le moment arrive, ce moment où je devais me réveiller. Alors je recommençais mon petit numéro, en faisant un faux sourire… en faisant bouger mon personnage, et sans oublier les déchets qui se perdirent… Quel est ce bruit ? Je sens une chose à mon ventre… mais attends ! Que s'est-il passé, mais il dévore mon estomac, je peux… Se… Argh… tir la douleur, maint… enant ! À l'aide ! À l'aide ! Pitié ! Venez-moi en aide ! Si vous ne… M'a… idez pas, je vais… mourir ! Pourquoi, personne ne me vient en aide, même Théo ne bouge pas ? Il me regarde tous avec dégoût. Maintenant des bougonnements, pourquoi… me lance-t-il des déchets sur la figure ? POURQUOI RIGOLE-T-il ? Je ne suis pas UNE merde qu'on peut jeter comme cela ! Je ne peux pas… je ne VEUX pas mourir ! Je ne vais pas mourir… ICI, juste parce qu'ils ne veulent pas m'aider ! JE REFUSE, je refuse, refuse, refuse, refuse, refuse, refuse ! Je dois revoir ma famille, mon espèce… le MONDE extérieur ! …

Tout le monde rigolait ! … À mes dernières paroles… ceci… ceci m'avait déchiré ! … Derrière cet énorme sourire niais, pouvait que se cacher une rage insondable… une colère intense, un dégoût sans nom. Je ne pensais plus qu'à tous… les tuer, me libérer de leurs moqueries ! Même… encore maintenant, cela me met dans une colère incontrôlable… Je ne sais même pas, comment j'ai pu continuer à jouer le rôle… peut être l'avais-je trop repassé dans ma tête, et cela était devenu pratiquement une habitude.

Et au même moment, la scène continua à être jouée, malgré moi. Plus rien, plus personne ne pouvait arrêter ma colère… comme à l'instant on peut entendre une magnifique mélodie entraînante, sur un instrument musical. Celle étant en train d'être jouée dans cette scène, étant discordante, rapide, forte, violente, brutale, entraînant quand même le public et moi-même.

Enfin... L'instant final arriva... le moment où je me réveillai, et que j'empalai le pauvre loup, juste terrorisé par mon apparence, et de Baltius.

Une fois que mon clone se mit en milieu de l'arène, je rassemblais tout le sang que j'avais sorti, à mon sosie, qui allait commencer à parler... Bon, quand j'allais parler pour le discours, le grand discours... VOUS ! Vous. Je comprends mieux maintenant ! Absolument tout ! Pourquoi j'avais peur, pourquoi toutes les bêtes étaient terrifiées par vous TOUS ! C'est parce que vous êtes juste TOUS... couverts de sang, VOUS puez cette odeur ! Comment ai-je pu ne pas remarquer cela... bien avant tout ceci ! Mais... quand j'y repense, tout le monde... est pareil, et ne ils valent pas mieux l'un que l'autre. Je le vois... même très bien, vous n'êtes que moutons... tortionnaires, rats, INSECTES... *Je commençais gracieusement à bouger, en allant derrière mon clone, et en continuant à faire ma tirade avec convictions...* Vermines, démons, monstres. Alors... *La totalité de mon dos jusqu'aux talons, pour arriver au haut de mon cou, s'ouvrit à mes paroles pleines de convictions. Et en gardant la même apparence devant tous, je m'engouffrais tendrement, longuement en affichant un petit sourire malicieux, tout en continuant de parler...* Pour me libérer de vous TOUS, et de votre emprise, je vais... TOUS vous... TUER ! ... *Tout se refermait derrière moi à la fin de ce discours, tandis qu'au même moment, une chose apparut... une chose nouvelle, une chose différente, une chose joyeuse, une chose enjouée, une chose vengeresse sur le visage de mon clone. C'était un énorme sourire, un immense sourire de joie, qui se fit accompagner de plus belle de ces marmonnements...* Comme vous le dites si bien. Allez tous en enfer »... *Et même si le Comte comprit à cet instant... en se levant brusquement, brutalement afin d'essayer de hurler... cela n'arrêta pas la suite, mon explosion de colère se réalisa bel et bien, en projetant tous mes javelots sur le public ébahi.*

Les seules personnes que j'épargnais étaient ceux, dont j'avais la plus grande rancune, ceux qui d'après moi devaient le plus souffrir, ce qui veut dire Baltius, et Bisseau. Cela leur permit de contempler cette magnifique vue d'horreur, arborant avec fougue les corps allongés sur les gradins... avec leurs sangs dégoulinants sur toutes les parois, affichant leurs yeux grands ouverts, prostrés.

Le Comte avait un visage d'effroi... Il s'en était même enfui ! Après avoir fait un rapide tour des lieux avec ses yeux... Il n'avait même pas songé à regarder son adjoint, avant de partir avec lâcheté.

Quant à moi, avec mon énorme joie, je commençai avec énergie ma collecte de friandises, en récupérant tout le sang de mes victimes. Je tendis mes deux bras de droite, à gauche, montrant mes paumes, qui s'ouvraient à leurs milieux, et absorbant peu de temps après mon nouveau pouvoir, l'attirant comme un aimant.

Une fois terminé, je créais un escalier de toute pièce, grâce au sang, à la matière noire. J'ouvris une brèche dans l'arène, pour atteindre l'ancienne place de monsieur Baltius, avec Bisseau qui restait toujours inerte juste à côté. Arrivé en haut, je fis un bref regard vers la direction de monsieur Bisseau, avant de le décapiter d'un coup net et précis, quasiment instantanément, pour ensuite continuer ma route dans la poursuite de mon cher Comte.

J'avançais lentement... avec assurance entre les dizaines de tentes de caravanes, et malgré qu'il courait, je savais où il était exactement, à cause de son odeur pestilentielle, empestant tous les environs.

Jusqu'à ce que je m'arrête par curiosité devant une tente, où il y avait une odeur trouble, ou plutôt étrange, que je n'arrivais pas à distinguer, et au moment où je soulevais le drap. Je pus alors constater que c'était la pharmacie. Alors je m'initiai, pour pouvoir voir de plus près... pas que le Comte s'était caché dans cette zone trouble... mais avant que je puisse y entrer totalement, j'entendis un coup de feu, me faisant immédiatement former une barrière autour de moi. À l'instant où je l'enlevais, je vis donc qu'un projectile s'était encré dans ma protection.

Alors, je me mis alors à regarder vers l'endroit où se trouvait le tireur. Je pus voir qu'une silhouette d'un homme au loin dans le noir, m'empêchant malheureusement de distinctement voir l'apparence de celui-ci. Tandis que ma soif de colère s'agrandissait, me poussant à me jeter sur lui, sans prêter attention à la tente, que j'étais sur le point de visiter.

Cela avait permis à monsieur Baltius avec un pas silencieux, de sortir de celle-ci, et de me planter derrière moi, une seringue à mon cou, afin de m'y injecter un produit inconnu. Ceci a eu pour effet immédiat de me faire perdre le contrôle de mon pouvoir, s'arrêtant brusquement, tout en forçant à refermer mes brèches au niveau de mes paumes pour que finalement, je m'écroulasse au sol, en restant conscient, dû à ma détermination, ma rage, ma colère.

J'essayais pitoyablement de me relever, avec mes bras fébriles, tremblants, dans tout le sang que j'avais récolté, mais cela était évidemment vain, parce que je n'arrêtais pas de glisser dans ma propre merde... Je n'ose même pas imaginer le visage que je faisais à ce moment... tout ce que je sais, c'est qu'il était tellement crispé, tellement expressif, avec mes dents dont je serais de toutes mes forces... entre elles.

Quand d'un coup, Baltius s'approcha de moi en marchant tranquillement, impérialement pour me dire, en affichant son visage balafré... « Tu as failli m'avoir Eilif... plutôt devrais-je utiliser "Malin", à cause de ce que tu as fait. Sache-le, tu vas souffrir... je veux te prévenir que je vais t'envoyer dans un endroit merveilleux qui décidera, si tu dois vivre, ou mourir... parce que ne rêve plus, tu ne pourras plus jamais combattre ici.

— (NON ! Non ! ... non, non, non, je ne peux pas PERDRE contre lui ! Je suis beaucoup plus fort et malin que lui ! Comment a-t-il fait cela ? Je ne peux pas... je vais réussir ! J'étais si près du but, je ne peux pas ! J'ai fourni tellement d'effort, cela ne peut pas se terminer ainsi !)

— Si tu te demandes, comment tu as perdu... c'est parce que tu étais sûr de ta victoire... tu me sous-estimais, mais c'est à ce moment-là, que tu as baissé ta garde et que tu m'as laissé prendre le dessus. N'oublie jamais, même les vermines peuvent gagner...

— (La FERME ! ...) La ferme, sale merde ! ... (Tu ne devrais même pas avoir le droit de me parler, sale RAT ! ... Ma tête commençait à tourner... Non, non, non... Je ne dois pas lâcher !)

— Je vais calmer tes ardeurs... Garde ! Donnez-moi le fusil ! ... Bonne nuit, parce que quand tu te réveilleras, tu seras en enfer ! »

À ces mots, il utilisa le cross du fusil pour m'assommer brutalement et définitivement.

— Wow... Je ne sais pas quoi dire, pour cette partie... c'est tellement violent, en terme psychologique, et physique. Vous avez dû très mal le vivre, par la suite, n'est-ce pas ?

— Malheureusement, je n'en ai pas eu le temps parce que je dus affronter ce qui allait m'arriver. Cette chose que je devais faire face, arrêtera donc la partie « Colère » que je suis en train de vous raconter... Alors, je vous prierai de ne plus intervenir jusqu'à ce que je termine.

9

... Que s'est-il passé ? J'ai la tête qui tourne encore, et mon corps est tout chose « ... (Tremblement... Grincement... Entrechoc) ... » On me déplace ? Où m'emmène-t-on ? ... De plus, je ne peux pratiquement rien voir, à cause de ce fichu drap sur ma cage... même s'il est mal mis, et que je peux quand même voir une bribe de ce qu'il y a dehors. Il faut que je sorte d'ici... « Eilif ? Es-tu réveillé ?

— Théo ? C'est bien toi ? Pourquoi chuchotes-tu ? Tu es en train de nous faire sortir du cirque, Reimone, et moi ?

— Malheureusement... ce n'est pas le cas. Je suis en train d'accompagner monsieur Baltius vers ton prochain combat.

— Je vois... Ne prends plus de risque plus pour moi ; je vais me débrouiller seul maintenant... mais avant que tu partes, qu'en est-il de Reimone ?

— Il était en train de t'attendre, mais comme tu n'as jamais dénié venir, il a dû rester parce que seul, et avec son apparence, il se serait fait tuer...

— Depuis combien de temps étais-je inconscient ?

— Deux jours... Le Comte n'arrêtait pas de te droguer toutes les journées pour que tu ne bouges plus.

— Où m'emmène-t-on ?

— Je dois te laisser, j'avais juste dit au Comte, que je venais te voir pour vérifier, si tu étais bel et bien réveillé... Alors, si je prends trop de temps, il va se douter de quelque chose. »

Le chariot s'est arrêté... On doit être arrivé au fameux endroit, qui devra juger, si je dois vivre, ou mourir. J'ai hâte de voir, à quoi il ressemble ! ... Ils sont entrain de déposer ma prison, ou plutôt ma cage au sol. Ils ouvrent mon portail... je vais sortir d'un coup quand il y aura assez de place pour passer... pas que cela, était finalement qu'un piège.

Je me lance... « Je vois que tu es en pleine forme, mon cher monstre ! Je suis heureux de pouvoir constater que si tu perds, cela ne sera pas de ma faute, mais celle de ton incompétence !

— (D'après, ce que je peux voir, mon cher repas, qui est en train de me parler, est assis sur une simple chaise en bois, avec deux hommes à ses côtés... il y a Théo qui est vraiment proche de celui-ci, et l'autre, que je ne connais pas. De plus, il est beaucoup plus éloigné. Sans oublier que je ne peux pas foncer sur eux tête baissée, parce que je peux aisément voir qu'il y a des pictogrammes magiques au sol, créant un cercle autour de leurs personnes.)

— Tu te demandes sûrement qui est cet autre homme à côté de moi ? ... C'est le propriétaire d'un gladiateur, qui est juste devant toi, si tu tournes ton regard. Et il sera ton adversaire, ton problème à résoudre, mais sache-le, ceci est un combat clandestin ! Donc ta mort ou même celle de ton adversaire seront des informations perdues à jamais.

— (Alors, il y a bel et bien des esclaves humains... je pense qu'ils ont sincèrement un grain dans leurs têtes, pour faire cela. Bref, passons, je dois être dans le Colysée de la ville, et j'avoue qu'il a un sacré charme... mais, je dois plutôt analyser mon adversaire ! Armure légère, l'arme doit être un sakran, même s'il est très long, et mince... Il doit viser dans la rapidité, et la fluidité de ses mouvements.)

— Je suis très honoré d'affronter un Ynferrial... J'espère que notre combat sera magnifique !

— Pas besoin de t'incliner, je ne suis pas un être tellement particulier !

— Je vois que vous vous êtes salué ! Alors nous allons pouvoir commencer le combat, êtes-vous d'accord, mes chers de ce soir ?

— Oui, commençons.

— Commencez ! »

À mes paroles, ces deux démons se lancèrent dans l'affrontement... Du côté de cette bête, il mit du mieux qu'il pouvait une barrière, le plus rapidement possible autour lui... malheureusement, cela ne pouvait suffire, face au champion de cette arène qui se rua sur lui, à une vitesse telle, qu'on n'avait même pas remarqué son départ, et qu'il s'était volatilisé, comme une illusion.

Même mon cher monstre fit une tête de stupéfaction, en ne voyant plus son adversaire, alors qu'il ne le lâchait pas des yeux. Ce n'est qu'un très bref laps de temps après, qu'on eut la chance de revoir notre champion déjà au dos du monstre, n'ayant pas le temps de réagir.

Mon Septium était complètement déboussolé vu sa tête désemparée, au moment où il cracha du sang. Et qu'à l'instant où il baissa le regard, il pouvait facilement constater, une énorme blessure, une entaille qui c'était formé en diagonale, du début de sa hanche droite jusqu'à son épaule gauche… il pissait déjà le sang, alors que le combat avait à peine commencé. Moi, qui voulais lui annoncer quelque chose que j'ai découvert avec Théo, et qui aurait pu le détruire à nouveau…

De plus, j'ai l'impression que notre champion d'arène n'a pas fini de jouer avec lui, parce qu'il se repositionne du côté droit de mon Malin, afin de dire à haute voix « Tu es faible ! Moi qui pensais que je pouvais avoir un peu de challenge avec toi ! Je me suis trompé ! » Pour que finalement, l'Ynferrial le regarde brièvement, lui donner un puissant coup de pied, le projetant juste à côté de moi, et mon cher Théo sur le mur, s'éclatant en mille morceaux sous le choc.

On ne pouvait plus très bien voir à cause de la fumée qui sortait à l'endroit où Eilif s'était éclaté.

Vais-je mourir, ici… ? Pourtant… j'ai tellement combattu, j'ai tellement subi, j'ai tellement souffert… Avec ce que j'ai appris, sur mon espèce anéantie pour aucune raison, et de tous les semi-humains sur ce territoire qui sont mis en esclavage. J'avais promis à tous ceux-là que j'allais les sauver… mais regardez-moi ! Je n'arrive même plus à bouger. C'est la fin… « Eilif ! N'abandonne pas ! Tu n'en as pas le droit ! Et tu sais pourquoi ? »

— (Quoi… ?)

— Pendant que tu veillais paisiblement sous les drogues… Le Comte et moi-même avons découvert quelque chose ! … Nous avons trouvé un de tes semblables, et on l'a acheté au marché noir où il était ! Alors, tu dois survivre pour pouvoir le voir ! Il pourra peut-être t'apprendre quelque chose sur ta famille, et s'il y a d'autres survivants ! … Sans oublier que Reimone t'attend toujours !

— (… Pardon ? J'ai du mal à entendre… Ils ont trouvé un Septium ? Il y a des SURVIVANTS ? Je ne PEUX pas mourir ! Pas maintenant ! Peu importe le PRIX, que je dois le PAYER ! Je dois tenir mes promesses, je dois revoir Reimone ! Je dois rejoindre mon conjoint, même si je dois me perdre, et tout détruire !)… (Bien… que ton souhait soit exaucé, mon magnifique poussin, mon tendre bébé… réveille-toi donc et soulève-toi de la société…)

Après le petit discours de mon associé, un monstre se réveilla, un monstre imposant, effrayé, enragé… Eilif, comme possédé par un esprit maléfique, poussa un hurlement surpuissant d'une telle ampleur qu'au moins la moitié de la ville put l'entendre distinctement, faisant par la même occasion même disperser la fumée autour de lui. Même encore après, il continua à pousser un grognement transcendant, perçant, entouré d'une aura immense l'entourant, et qui déformait même son apparence… Ses yeux qui étaient dans un état sans pareil, s'illuminèrent, éclairèrent de par leurs puissances, une grande partie de son visage enragé. Ce n'était plus celui qu'on connaissait autrefois… là, ce n'était qu'une bête assoiffée de sang, de colère, de haine qui ne pouvait plus répondre à quiconque.

Il sortit à ce même instant la totalité de son sang… c'était une quantité astronomique qui avait été récoltée, grâce au massacre, et aux combats… mais au lieu de le lancer, de le ruer sur son adversaire, il commença à le transformer en une forme de lame, d'épée énorme… une espada. Et avant même qu'il finisse de la faire, il commence à se mettre en position d'attaque, étant complètement inventé. Alors que son adversaire demanda : « Tu veux m'affronter sur ce terrain ? Tu vas vite le regretter… »

Ils se jetèrent au même moment, l'un et l'autre, avec une vitesse déconcertante, pour que finalement ils se retrouvent dos à dos, avec des plaies ne s'ouvrant que quelques secondes après l'entrechoc.

Eilif n'avait qu'une nouvelle entaille à l'œil gauche, proche de son oreille, descendant jusqu'à l'arrière du cou. Quant à notre champion, il cracha du sang, laissant le haut de son corps tomber d'un côté, alors que la partie inférieure de l'autre.

Malheureusement pour nous, cela ne se termina toujours pas parce que ce monstre au milieu de l'arène poussa un nouveau hurlement tout aussi strident, afin... de commencer à faire léviter son épée non finie dans le vide, se changeant alors en une lumière intensément bleue, grâce à de petits filaments noirs, la rejoignant. Et de libérer en même temps les mains libres, laissant échapper le double du sang qu'il avait sorti auparavant.

Cela était gigantesque, nous ne pouvions plus contrôler la situation... rien qu'à voir l'immense anneau de sang qui l'entourait, et prenait toute la place de l'arène... Me faisait dire qu'on ne pouvait déjà plus l'atteindre, même avec un fusil... et son sabre qui n'arrêtait toujours pas de briller de plus en plus, d'un bleu cristal.

Je vais TOUS les TUER, jusqu'au DERNIER ! Oui, je vais... TOUS les tuer ! Oui, oui, oui, oui, oui... ! Plus personne ne pourra me faire du mal ! Je vais pouvoir être LIBRE ! Comme TOUT le monde ! ... Oui... tuer, tuer, TUER ! Je vais venger mon espèce, Reimone, mon père, les semi-humains, Théo, MOI ! ... Attends, mais pourquoi, voudrais je venger qui que ce soit ? Je pourrais tout simplement « TOUS les TUER... (Ricanement d'Eilif)... ! » Pourquoi j'avais cette idée déjà ? Mainte... « Bien ! Détache-toi de ce monde fictif n'étant pas le tien, ne t'atteignant pas ! Soulève-toi jusqu'à atteindre les cieux, ces fameux cieux de la tranquillité que tu as toujours voulue ! »

10

— *Vous ne vous souvenez vraiment de rien, après ses mots étranges ? Si je puis dire ainsi.*

— *Nous sommes arrivés, je vous prierai de descendre ! annonce le vieux chauffeur.*

— *Comme je vous l'ai dit, après ces mots étranges, je ne pus me souvenir de rien... Je me suis juste réveillé le lendemain matin avec un atroce mal de tête. Et justement avant que je parte pour mon combat avec Reimone, je vais honorer ma promesse envers vous, qui était de vous révéler, pourquoi vous ne pourrez pas résoudre le problème en devenant célèbre... enfin, si vous y arrivez.*

— *Ah oui ! Je me rappelle votre promesse... allez-y, racontez la raison !*

— *... Vous êtes ignorants... c'est la raison, pour laquelle vous allez mourir. Vous croyez aveuglément que le Comte ne pourra jamais vous faire du mal... mais regardez-vous. Vous n'êtes pas connu, vous ne comptez pour personne d'important, et de plus vous persistez à regarder monsieur Baltius, comme quelqu'un de... Même après mon histoire, vous voulez aller le revoir pour faire votre rapport. Croyez-moi... il vous jugera, il agira.*

— *Toujours sur cette manie... S'il m'a pris, c'est parce qu'il sait que je fais toujours les bons choix et que je dis toujours les choses franchement, car tout peut se régler avec une bonne discussion ! C'est ma devise... mais pourquoi partez-vous ? Attendez ! Ce n'est pas encore terminé !*

— *... (Ricanements d'Eilif)... Reposez en paix ! Je vous aimais bien ! Alors, allez au paradis, comme vous le dites dans votre religion, et non en enfer...*

Partie II
L'avènement du Dixième

Renaissance

1

J'ai quand même bien grandi depuis... ce moment, le moment... où depuis cette nuit, où depuis ce combat, où j'ai malencontreusement perdu le contrôle de mon corps meurtri, par les blessures tant bien, physiques que psychiques. Où j'ai créé mon espadon Espoir, mon énorme espada, fendant maintenant les airs par sa gracieuseté et sa férocité. Je fais le double de mon ancienne taille. Je suis imposant par ma masse, bien plus grand que ses sales vermines, ses rats, ses insectes... mes poils commencent peu à peu à changer de teinte, à avoir des taches noires, accompagnées du brun foncé. Je suis le champion de cette ville, je suis le champion de cette arène, je suis le gladiateur n'ayant subi aucune défaite à son actif.

Mon combat va être dur... je dois l'avouer, je ne suis pas sûr que j'en aurais le courage... Cependant, j'ai quand même décidé de vivre, j'ai décidé de continuer à rire, de pleurer, de m'énerver. Lors de cet affrontement fatidique, même si mon ami doit mourir de par ma main, même si cela est difficile, c'est le minimum pour que je puisse survivre. J'accepterai l'issue, et j'avancerai en regardant, contemplant droit devant moi.

... Je me demande toujours, comment le Comte a pu survivre, même espérer vivre durant ces dix ans... J'ai tué absolument tout le monde, toutes les personnes étant dans son entourage, et pourtant quand j'arrive devant cette ignominie, c'est-à-dire lui. Il a seulement besoin de prononcer ces mots : « Retourne à ta cage. », Pour que l'instant d'après ! ... Je sois comme possédé par ses paroles, me forçant au plus profond de mon être... à chaque fois, à lui obéir... J'en suis sûr. Il y a un rapport entre cette mystérieuse voix que j'ai entendue, lors de cette fameuse soirée, où je n'étais plus moi-même, où j'étais bel et bien devenu un monstre.

Bref... Au lieu de réfléchir à une question qui ne peut avoir de réponse, je devrais plutôt me concentrer sur mon combat.

2

C'est ainsi qu'au même moment, deux mystérieuses personnes s'installent dans les gradins du premier rang.

Ils ressemblent à deux voyageurs, à cause de leurs grandes tuniques brunes, cachant leurs corps, et aussi leurs visages. Ils restent droits et ne parlent pas. Il observe juste la scène se mettant en place.

Jusqu'à ce que, le plus grand d'entre les deux, prenne la parole d'un air dubitatif : « Es-tu sûre, Venëity ? Je ne crois pas en cet Ynferrial.

— Premièrement, je te rappelle de ne pas m'appeler comme cela, dans les lieux publics, mais "Alice". On croirait que tu le fais exprès à chaque fois. Sinon, pour le septium, fais-moi confiance, il est parfait, rétorque l'autre froidement, machinalement, comme sans vie.

— A-L-I-C-E ! T'es contente ? … Je suis au courant que ton identité doit rester secrète. Sinon, dis-moi en quoi il pourrait nous être utile, répond l'homme aussi froidement que son interlocuteur.

— Oui, je suis contente… Et n'oublie pas que mon identité doit aussi être secrète pour le Septium.

— Je ne suis pas stupide, non plus.

— … Sinon, pour son utilité, je te dirai en temps voulu.

— Très bien ! Commençons-nous nos jeux de rôle ?

— À ces mots, Alice change radicalement le ton de sa voix devenant bien plus vivante et naïve. Ainsi que ces expressions corporelles, devenant elles aussi bien plus joyeuse, pour ergoter, Oui ! Je suis prête ! J'ai hâte de voir ce FAMEUX champion invaincu ! »

3

Cet être nommé Eilif, ce Septium meurtri, blessé, durant toute son enfance, le Septium qui a survécu à toutes ces péripéties, marchant lentement, impérialement, avançant fièrement. Il étale, impose toute son immensité dans ce couloir. Un minuscule couloir sombre, obscur, où seulement ses yeux, uniquement son regard peut ressortir, des yeux d'un iris bleu cristal affichant tout son brasier ardent, mélangeant sa rage, son dégoût, sa colère, sa tristesse, sa malice.

Il commence peu à peu, pas par pas, à voir, à se rapprocher d'une faible lueur au bout du tunnel d'où il est. Des hurlements, des cris de joie, d'extase, venant du public s'attendant à voir leur champion, faisant trembler, vibrer le cœur de celui-ci, de tout son être, au moment où il attend distinctement son surnom... « Le Malin ! Le Malin ! Le Malin ! Le Malin... »

Il se rapproche, avance peu à peu vers le destin fatidique qu'il l'attend, qu'ils attendent, entendant de mieux en mieux ses cris, ses hurlements pourfendeurs, horribles pour sa personne emplie de dégoût. Il sort donc finalement de l'ombre, de cette ombre empêchant son public, ses spectateurs de le voir. Il entre dans la lumière de la scène avec toute sa splendeur, toute sa magnificence, toute sa fougue. Il ferme lentement les yeux, ses yeux jugeurs, lui permettant d'oublier, de prendre une grande respiration, lui permettant de sentir le vent, cette douce brise effleurée ses poils brun foncé, tachetés de noir, d'un noir obscur, lui permettant de prendre du courage face à tout ceci, toute cette mascarade.

Ce Septium entouré d'hypocrisie, entouré de toutes les personnes qu'il déteste. Il se met un sourire narquois, empli de malice, à son visage s'ouvrant à toute cette luminosité. Ses yeux meurtris s'ouvrant à cette lumière, montrant les dégâts qu'il a subis lors de son premier affrontement dans cette arène ensanglantée, au niveau de son œil gauche, allant jusqu'au haut de son dos, le bas de son large cou.

170

Il ouvre béatement, bêtement ses deux énormes bras au monde l'entourant. Ainsi celui-ci se lance en sautillant, en courant pratiquement, se tournant, se faisant tourner sur lui-même afin de saluer dans un certain enjouement le public, pour s'arrêter promptement, brutalement quand il voit son cher maître Baltius, avec un visage balafré, le visage qu'il a meurtri par ses quatre griffes, étant en train de tirer des yeux de dégoût, et de désespérance à Eilif à cause de son entrée pittoresque.

Le sourire, ce sourire que notre Septium affiche disparaît aussitôt, à l'instant où il peut voir, observer, contempler son adversaire qui n'est autre que son ami d'enfance, le faisant baisser lentement la tête en indignation.

Une fois les deux combattants face à face, se regardant mutuellement avec timidité et curiosité, les maîtres lancent le combat. Étrangement, aucune des deux parties ne bouge, elles restent immobiles, montrant leurs envies de ne pas combattre. Au lieu de cela, Reimone avec un petit sourire fébrile, gêné, dit faiblement à Eilif : « Et bah dites donc… Tu es encore plus immense… J'en suis pratiquement choqué. Peux-tu me rendre mon ami ? … (Ricanement de Eilif)… La dernière fois qu'on s'est vus… c'était il y a sept ans de cela, si je ne me trompe pas, où on avait absolument tout tenté de changer, de tout changer à nos pauvres vies, avec cet attentat… afin de pouvoir essayer d'être les prochains héros sauvant nos espèces de l'esclavage… C'est quand même assez drôle si on y repense… à nos rêves idylliques.

— … Oui. Oui, on peut le dire, après quand je te regarde, toi aussi, tu es véritablement devenu un fier et fort Dragsium ! … Je suis vraiment heureux de te revoir, même si c'est dans cette circonstance.

— Moi aussi. Après cette tentative de tuerie, on ne me laissa plus t'approcher… mais maintenant, je suis bien heureux de te voir, même si c'est pour s'entre-tuer.

— En tout cas, je suis content de voir aussi que tu es encore et toujours souriant… annonce timidement, fébrilement, notre Septium se frottant derrière la tête, avec sa main gauche, en détournant le regard.

— Oui, toi aussi ! Tu t'es ramolli avec le temps… tu te laisses plus facilement te faire arracher un petit sourire ! rétorque son interlocuteur enjoué, avec un brin de malice dans sa voix.

— … Je suis désolé… Sache-le, je n'ai rien contre toi.

— Je suis aussi désolé… si c'est moi qui dois te tuer.

— Commençons ? Le public commence à s'impatienter…

— Oui, que le meilleur gagne… et j'aurais une dernière, et toute petite demande…

— Quoi donc ?

— Je veux que tu me combattes sérieusement… »

Durant ce même moment d'adieu, ces deux personnes, les deux personnes se trouvant dans les gradins observant avec curiosité, se parlent : « Qu'est-ce qu'il se passe, Rell ? Pourquoi ne se combattent-ils pas ? Alors que le combat vient de commencer. Demande le plus petit d'entre eux d'un ton naïf et empli de vie.

— Mademoiselle, d'après ce que j'ai pu entendre avant que le match commence, ses deux individus sont des amis d'enfance. Malheureusement, ils ont été séparés, il y a déjà plusieurs années… Donc j'imagine qu'ils sont en train de renouer, même avec les circonstances de leur combat.

— C'est extrêmement triste ! Comment ont-ils pu faire cela ? De plus, ils doivent se combattre ! … Heureusement que ce n'est pas un affrontement à mort !

— Euh… Oui, heureusement, dit-il fébrilement, même avec hésitation.

— Qu'est-ce que tu me caches ? » demande avec force, et énergie son associé.

Alors qu'au milieu de l'arène, le combat se lance de plus belle, avec le Septium d'un côté, et le Dragsium de l'autre qui reculent d'un saut de plusieurs mètres, pour pouvoir sortir leurs armes peu ordinaires.

Du côté de l'Ynferrial, du champion d'arène, il sort de son fourreau avec fougue, son arme s'appelant Espoir, en référence à ses espérances pour la suite de son histoire, de son aventure. Et pour donner un message important, souhaitant dire que sa famille, lui-même et toutes les espèces qui ont souffert à cause des humains allaient réussir à se venger de leurs humiliations.

Sa lame est tout aussi longue, que son bras, celui d'un Septium adulte, d'une créature faisant près des deux mètres et demi de haut, arborant au niveau de sa lame un bleu profond, intense, et vivant, où toute personne peut se perdre, en y regardant trop longtemps. Accompagné du manche, cette fusée que notre Septium tient, avec un noir opaque, et fade.

Comparé au côté de Reimone, avec ses deux sabres, qui par le passé ont été offerts par Eilif. Même si celles-ci ne ressemblent en aucun point à celles données, à part la forme, ayant changé de couleur pour un rouge sombre, à cause des années d'insufflation de magie, qu'elles ont subies.

Avant de se lancer définitivement dans un affrontement acharné, le Dragsium hurle à son adversaire : « Je t'ai demandé de combattre sérieusement ! Alors, vas-y… Fais-le !

— En marmonnant, il répond en dirigeant ses yeux attristés vers le sol, Bien, comme tu le voudras… je voulais juste… »

Reimone, ce spectateur ébahi de par ce qu'il voit, reste immobile, laissant béatement sa bouche entre ouverte. La chose qui se trouve devant lui, cet être qui ne ressemble plus à un Septium, ni à un aucune espèce connue dans son monde, de par ses sabots, de par ses yeux d'un bleu indescriptible, jusqu'à en devenir noir sur les bords, de par son immensité grandissante, de par ses oreilles de fauves laissant place à absolument rien, disparaissant pour laisser ses cornes, brillantes tout autant que son regard d'un bleu vivant. Une aura calme et pesante, oppressant son opposant apeuré, ressemblant à celle de son premier combat dans cette arène, donnant l'effet à son apparence d'être brouillonne, que chacune de ses expirations ressemble à un cracha de fumée. Décrire celle-ci davantage est impossible, son apparence nouvelle est tout simplement ou pratiquement celle d'un minotaure imposant, effrayant, oppressant, alourdissant l'atmosphère de par sa présence.

Durant un laps de temps, ils se mettent bêtement à s'admirer, s'observer jusqu'au moment où cette associée mystérieuse en tunique crie, en apprenant la triste réalité, étant celle que c'est un affrontement à mort.

À ce signal, les deux amis, anciens amis se jettent donc l'un sur l'autre, d'une vitesse incroyable, indéfinissable, s'entrechoquant, faisant frissonner, créant par la même occasion une bourrasque de vent, et de minuscules fissures au sol terreux aux alentours, en plein milieu de cette zone de combat ensanglanté. Malheureusement, rapidement notre Septium prend lentement l'avantage, montrant sa force physique bien plus imposante que son adversaire en difficulté, ne pouvant que reculer. Le public le voit, essayant tant bien que mal, avec ses épées en diagonale de stopper l'énorme espada de l'Ynferrial, au-dessus de celles-ci, et de sa tête.

Il recule, encore et encore, peu à peu, laissant apercevoir une fin rapide face à son ami d'enfance restant froid, impérial, ne faisant rien voir sur son visage. Tandis qu'une des deux personnes mystérieuses, toujours choquées, se lève brusquement en mettant ses deux mains sur le rebord de la barrière, et commence énergiquement à monter sur celle-ci, avec l'autre homme vêtu d'une cape l'attrapant brutalement, afin de la remettre difficilement à sa place.

À ce moment précis, ceci déconcentre brièvement notre Dragsium, ayant une vue distincte sur cette scène pittoresque. Eilif en profite donc, en sectionnant brusquement, promptement un des deux bras, le bras gauche de son adversaire, stupéfait. Cette personne prostrée, dégoûtée, souffrant, ayant perdu son bras, recule d'un petit saut, lui permettant de longer les murs de l'arène en courant du mieux qu'il peut, espérant s'enfuir, et réfléchir à une nouvelle méthode, pour faire face à l'Ynferrial. Malheureusement, comparé au Septium, celui-ci se fait aisément rattraper, de par de grands enjambements, d'énormes mouvements, ressemblant à des sauts, traversant, pourfendant le vent, l'air caressant les poils de ce monstre, remuant dans tous les sens. Et avec sa main droite, son immense main de libre, il enfonce, et attrape avec ses griffes la hanche gauche de son adversaire, lui faisant pousser sur le moment, un hurlement de martyr. Alors que du côté du champion, cela lui permet d'installer un peu de son sang, de son pouvoir, de son essence sur son ennemi meurtri. Pour finalement le projeter en l'air, puis le faire retomber en plein milieu de l'arène, n'arrivant plus à se relever à cause de la matière noire s'étant collée au sol.

Notre Septium dans sa grande vivacité se lance gracieusement dans les airs, à une hauteur prodigieuse, tendant par la même occasion son bras gauche, qui détient son espadon, mis en arrière, mettant pratiquement le bout de celle-ci, au même niveau que le bout de son museau, pour dire en chuchotant d'un ton dramatique : « Je refuse. Je refuse catégoriquement que tu sois donné à manger aux bêtes. Je vais alors te faire le privilège, de découvrir le pouvoir de mon épée… Finalement, il hausse sa voix avec détermination, affichée par son regard, Réveille-toi… Espoir ! » À ces mots, la foule huma de joie, d'extase, de bonheur. Au même moment, la lame de son espada se fend en deux horizontalement, jusqu'à la garde, restant pratiquement intacte, s'écartant seulement, lançant donc une vague d'aurore boréale sortir du cul de celle-ci, se dirigeant vers la fusée, étant tenu par son bras gauche. Et de celle-ci, cette couleur bleue, cette puissante couleur bleue permet d'illuminer absolument toute l'arène, changeant l'ambiance.

Pendant ce même temps, pendant le temps de ce massacre pur et simple, les deux personnes masquées, recommencent à discuter de ce qu'elles voient, contemplent : « Qu'est-ce que qu'il fait ? Pourquoi son arme brille de plus en plus ?

— C'est la capacité de son arme… elle permet de tirer un concentré de magie sur une zone visée, afin de rendre poussière, tout ce qui est sur son chemin… Il détourne son regard attristé, pour dire, Je le comprends, il ne veut pas… Jusqu'à ce qu'il retourne sa tête, remarquant que son compagnon a disparu, pour hurler, Mais Mademoiselle… ! Où êtes-vous ? »

L'homme observe avec attention peu de temps après, afin de voir que sa coéquipière est partie en courant en plein milieu de l'arène.

Alors que du côté de Eilif, il prononce ses dernières paroles envers Reimone avec peine, chagrin, tristesse, versant par la même occasion une larme, une seule et unique larme face au sourire de son ami apaisé, fermant ses yeux : « Je suis désolé... Tu as été mon seul ami sur cette terre... et personne ne pourra te remplacer ! ... Adieu ! » Tandis qu'au même instant, il se fait déconcentrer par cette étrange personne accourant en plein milieu de l'arène, mais ne pouvant arrêter ce processus bien trop avancé, il ne peut que contempler cette folie.

Et une vague d'énergie sort de son arme, s'agglutinant brusquement, brutalement sur le sol sableux de la zone d'affrontement, mais se faisant dévier, même un tant soit peu par l'autre homme mystérieux, ayant accouru au secours de son protégé empêchant donc une partie du corps du combattant à terre, de se désagréger sous l'intensité du tir.

N'échappant pas au perçant regard du champion de le voir et d'entrer dans une rage sombre, incontrôlable pour retomber dans la zone emplie de fumée, à cause de sa précédente l'attaque. Il pousse alors un hurlement, poussant à la terreur tout le public : « Comment avez-vous pu ? ... Je vais vous tuer, sale MERDE ! À cause de vous, le corps de mon ami... va être parjuré ! Où êtes-vous ? Que je vous torture, que je vous annihile, que je vous inflige ma punition pour votre affront, VERMINES !

— Alors que la femme hurle de surprise, quand elle peut voir l'unique partie restante du corps du défunt, sa tête toujours aussi apaisée, et souriante. Pour demander fébrilement à son associé... Comment ? Le reste du corps va être parjuré... ?

— Vous êtes parti avant que je le dise... les perdants sont donnés aux bêtes comme nourriture, et je comprends totalement sa rage... à cause de votre cri, il a dû nous repérer ! Nous devons partir d'ici ! annonce l'homme au même moment où une immense ombre imposante sort de la fumée dense, pour dire avec un ton de malice, et un grand sourire. Vous êtes là, mes sales rats !

La dame rétorque rapidement en affichant des yeux terrifiés :
— Je ne savais pas... Je suis désolé ! »

Cela ne sert malheureusement à rien, parce qu'avec son bras purificateur, tenant son espadon, il fait tomber le jugement dernier sur la femme à terre, ne pouvant plus bouger devant la tête de Reimone.

L'autre homme s'interpose alors avec une rapidité éclair, et stoppe l'épée purgative de Eilif, en sortant seulement son sabre d'une extrême beauté, due aux joyaux équestrés en son sein, et de sa teinte dorée, pour qu'il ordonne avec autorité : « Va-t'en ! Je vais le retenir, le temps que tu partes !

— Je ne peux pas, je dois m'excuser !

— Il n'entend plus rien, crois-moi ! Il n'écoute plus que sa colère !

— Tu es plutôt costaud mon lapin, pour pouvoir arrêter mon coup ! Je vais donc t'accorder un peu de mon temps pour me divertir un tant soit peu. Ensuite, j'irai chasser comme une proie, ta protégée, avec ta tête dans ma main droite ! » hurle notre champion enjoué et malicieux.

Durant ce moment fort en émotion, au même instant, du côté de monsieur Baltius accompagné par Théo se trouvant à sa gauche, et un autre homme se trouvant un peu plus loin à droite, qui n'est autre que le propriétaire de Reimone, lui demande froidement : « Vous devriez peut-être l'arrêter ? Il va sans doute, faire beaucoup de dégâts, si vous n'intervenez pas...

— Attendez, mon cher ami... Je suis curieux de voir, comment la situation va évoluer, parce que je pense justement savoir qui sont les personnes qui ont pénétré dans la zone de combat, et j'imagine, que tu as aussi ta petite idée Théo, n'est-ce pas ?

— D'après l'épée, et leurs tenues, je pense que c'est la fille du seigneur de notre province qui avait disparu récemment du château de notre ville hégémonique, accompagnée du chef de la garde royale, qui a dû la retrouver, vu son arme... » Alors que la fumée commence à se dissiper, à cause des entrechocs violents, brutale, rapide entre le champion, et le soi-disant garde.

Ils voient bien, tout le public voit correctement que le fameux épéiste inconnu n'affronte pas réellement Eilif, il se contente d'esquiver le maximum possible, les énormes coups de l'espada que l'Ynferrial essaie d'asséner à celui-ci, en arborant à son habitude un sourire malicieux.

Et malgré, ce monde qui voit seulement qu'un combat basique, entre deux combattants. Cela est complètement différent dans leurs coulisses, parce que ces deux personnes essaient tant bien que mal de comprendre leurs styles de combats, afin de trouver une faille.

Malheureusement, dans tous les cas imaginables, nous trouvons un perdant au bout d'un moment, nous voyant à leurs postures défensives. Et dans ce cas précis, nous retrouvons ce fameux garde royal n'ayant qu'une stratégie de retraite, face à l'énormité du Septium, qui change continuellement son style.

Jusqu'à ce que notre champion d'arène trouve la bonne, celle qui va déstabiliser son adversaire, en commençant par faire une attaque horizontale d'un grand élan, laissant à la fin son arme s'abaisser et s'équestrer au sol. À cet instant, l'homme mystérieux croit alors voir une faille, mais le moment d'après, après qu'il se jette sur Eilif, celui-ci fait un saut, un salto en s'appuyant sur son espadon, lui permettant d'esquiver l'attaque directe de cette personne et se retrouver derrière son rival subjugué.

Finalement en prenant son épée avec sa main droite, sortant immédiatement la lame du sol, et la projetant rapidement vers la nuque à découvert de son adversaire, allant le décapiter, comme il l'avait annoncé, il s'arrête pourtant, quand le Comte prononce cette phrase simple et basique à quelques mètres de la future scène d'horreur : « Ne bouge plus, Monstre ! »

Comme par magie, cette bête imposante, oppressante, semblant pourtant inarrêtable, de par sa rage, sa colère, sa jalousie, son dégoût, envers monsieur Baltius et cet individu, s'immobilise à seulement un ou deux centimètres du cou, afin d'exécuter son ordre, le laissant alors extérioriser sa haine face à ce choix : « Comment ? Vous voulez que j'arrête !

— Range ton arme, et remets ton apparence originelle. Bizarrement, l'Ynferrial écoute à nouveau, et applique cela à la lettre.

— Putain ! ... (Grognement)... Tu vas voir, mon petit porcelet, tu ne vas pas t'en tirer comme cela ! Après avoir hurlé ceci dans toute sa malice, sa rage, il s'en va énergiquement, brutalement dans un pas pressé vers la sortie, sans même regarder la tête de son ami, maintenant mort.

— Je suis désolé pour son tempérament... J'ai essayé de le changer, de le rendre plus docile, il y a longtemps... mais disons qu'il a un caractère de tête de mule, monsieur Rell, dit monsieur Baltius d'un ton sûr, impérial et calme à son interlocuteur ne comprenant pas comment cet homme arrive à le contrôler.

— Alors, que son associé accoure vers lui, vérifiant l'instant d'après, s'il n'y a aucune blessure apparente sur son coéquipier, et demande au Comte, Comment faites-vous ?

— Pour faire quoi exactement ? rétorque-t-il avec stupéfaction.

— Pour le mettre sous votre contrôle, à le maintenir aussi docile, alors que c'est nous qui avons exterminé son espèce... et mis en esclavage les semi-humains.

— Oh, c'est une rencontre... entre moi et une personne assez importante qui m'a permis de faire cela, mais j'aimerais que vous ne disiez rien au Monstre.

— ... Je suis désolé, si je n'avais pas foncé dans le tas comme toujours, peut être que rien de tout cela, ne serait arrivé, Eker.

— Ne vous en faites pas pour moi comme vous pouvez le voir, je suis toujours en un seul morceau.

— ... Quant à vous, l'homme dont je ne connais pas le nom, je voudrais que la tête du Dragsium soit au moins incinérée, et tout au plus enterrée dignement, sans qu'il y ait parjure. Ordonne la femme mystérieuse à Baltius d'une voix impériale.

— D'après ce que je peux voir, les rumeurs sont fondées, vous voulez réellement que toutes les espèces soient égales, et qu'elles aient des droits dans notre royaume... Je vais respecter votre demande », rétorque-t-il en s'inclinant devant la femme couverte d'une tunique.

4

« … (Grognement)… Honnêtement, c'est la meilleure solution !
C'est vraiment une folle cette princesse… (Grognements…
Machouillement…) Comment peut-elle croire, qu'on allait respecter
sa parole, et perdre de l'argent pour rien, mon cher ami le Comte ?

— Oui, je suis tout à fait d'accord avec vous… Tout ce qu'elle va
gagner en continuant ainsi, c'est de se faire tuer dans une rue, et
disparaître à jamais… » annonce le Comte en regardant, contemplant
avec l'ancien propriétaire de Reimone, les quatre chiens errants en
train de se disputer leur nourriture, leur dîner et le déchiqueter pendant
que cet astre doré laisse peu à peu la place à l'argenté, laissant de plus
en plus cette ruelle étroite se livrer à l'obscurité.

5

Le soleil est tombé, pour laisser place à la lune, cet astre, permettant d'annoncer le rendez-vous, entre l'écrivain, Théo, et monsieur Baltius, dans le bureau de celui-ci.

Théo reste debout, s'adossant sur le mur en bois, d'un bois clair à la gauche du Comte, regardant vers le soi-disant écrivain gêné, comme le patron du cirque, ce patron observant avec attention celui-ci, vérifiant s'il n'a rien, avec cette chandelle éclairant tout le côté droit du visage balafré, donnant une idée à l'investigateur, pour commencer la conversation se faisant attendre depuis un moment : « ... Je sais maintenant, pourquoi vous avez un visage dans cet état, monsieur.

— J'y compte bien, parce que sinon à quoi me servirez-vous ? N'oubliez pas que je vous paye grassement pour que vous écriviez la biographie de notre champion. J'espère qu'il ne vous est rien arrivé... pendant cet entretien.

— Non, non... Il est resté très calme durant tout du long, n'ayez pas peur.

— En êtes-vous sûr ? Quand vous repensez à la rencontre, n'avez-vous pas un sifflement qui accompagne ceci, ou bien un mal de tête ?

— Non, absolument pas, pourquoi cette question ?

— Si vous aviez ses symptômes, cela aurait signifié que vous aviez été reprogrammé, soit pour effacer la mémoire, soit pour que vous écriviez une histoire en ma défaveur, soit pour que vous essayiez de me tuer.

— Non... non ! Comment pourrais-je faire cela ? ... mais justement, j'aurais une proposition pour vous...

— Quoi comme proposition ?

— Je voudrais refaire la biographie de l'Ynferrial, non pas contre lui, non pas contre vous, mais juste pour combattre toutes les violences que les semi-humains, et lui-même, subissent, parce que depuis que je l'ai écouté, je trouve tout ceci ignoble, et je pense que nous devrions tenter quelque chose pour changer la vision des gens, envers ce peuple.

— Il a été reprogrammé, putain... je vois. C'est un très beau... projet, si je puis dire. Théo, peux-tu demander à un garde à l'extérieur de ramener Eilif, ici ?

— Oui, bien sûr, je le fais tout de suite, annonce-t-il froidement, machinalement, en se dirigeant vers la porte, d'un pas lent.

— Pourquoi... voulez-vous ramener le Champion, ici ? se demande l'écrivain ahuri, inquiété, posant la question avec hésitation, Nous pouvons en discuter en privé.

— ... Mais si nous voulons changer sa biographie, nous devons avoir l'approbation de celui qui va faire la une, ne le croyez-vous pas ?

— Si, si. Quand on pense de cette manière, ce n'est pas faux. » Après cette remise en question, la discussion s'arrête aussitôt et promptement, et l'ambiance se plombe, entre le trio de personnes, attendant patiemment la venue du Septium.

6

Tandis que dans la rue voisine, Alice et Eker sont en train de se diriger vers le bureau de M. Baltius, discutant froidement l'un à l'autre : « Alors, pour quelle raison as-tu décidé de le compter dans nos rangs prochainement ? demande évasivement le garde.

— C'est vrai que je ne l'ai pas encore dit. C'est pour mettre pression.

— Mettre pression, dis-tu ? Je crains de ne pas saisir.

— Pourtant c'est simple à comprendre en réfléchissant à notre situation actuelle et à nos problèmes.

— Ah ! Tu veux l'utiliser pour mettre pression à la Dixième et la faire hésiter !

— Il n'y a pas qu'elle. C'est vrai que c'est une menace de par le fait qu'elle est aussi une Ynferrial, mais je souhaite aussi mettre pression au roi de notre pays. Nous avons déjà la supériorité économique, aucune autre seigneurie ne nous égale dans le pays. Maintenant, il faut nous renforcer militairement.

— D'une pierre, deux coups ! Comme on le dit si bien.

— Arrête de faire le con. Reprenons nos rôles, maintenant. Nous arrivons bientôt. »

7

Il remue la paille, il remue le foin, il se tord, bouge, dort dans sa cage, son énorme prison dans l'ombre. On peut seulement avoir un aperçu, une silhouette démontrant l'énormité du corps de l'Ynferrial.

Au moment où le garde va le chercher avec sa torche, la lumière permet alors de montrer pendant un bref instant les profondes cicatrices sur le dos meurtri de notre champion, et de celles du devant en diagonale, de la hanche droite, jusqu'à l'épaule gauche.

Le temps pour que notre Septium se réveille correctement de sa sieste, laissant ainsi l'occasion au gardien de demander humblement, et impérieusement, à l'instant où Eilif sort : « Pouvez-vous au moins mettre un pantalon ? Je sais que vous en avez un.

— Ce n'est pas de ma faute, j'ai pris l'habitude de dormir tout nu avec le temps !

— Dépêchez-vous ! dit-il en détournant brusquement le regard, après l'avoir baissé durant un très bref moment.

— Ouais, ouais... Je pense plutôt que tu es jaloux que les tiennes ne sont pas aussi grosses ! Avoue-le ! annonce-t-il d'un ton taquin en même temps qu'il met son pantalon.

— Vous êtes toujours très mauvais en blague, d'après ce que je peux entendre. Sinon votre plan se déroule toujours parfaitement ?

— C'est juste que tu n'as pas d'humour... Sinon, il n'y a pas d'accrocs d'après ce que je sache... Vous avez bien reçu votre paiement mensuel ?

— Oui, tout à fait, et je vous en remercie humblement pour ce que vous faites, car maintenant, grâce à vos pots-de-vin, je peux correctement subvenir aux besoins de ma famille.

— J'en suis ravi ! ... Eilif sort de la cage avec énergie et fougue, pour continuer à dire d'un air enjoué, Mais j'espère, que tout l'argent que je vous donne, ne sera pas en vain, n'est-ce pas ?

— Oui, en tant que garde rapprochée du Comte, je continuerai à vous donner les informations sur ses faits et gestes, comme convenu.

— Parfait ! Et bien sûr, en même temps, vous ne dites absolument rien à Baltius sur ce que je fais.

— Bien sûr !... Mais... j'aurais une question pour vous, si cela ne vous dérange pas. Comment faites-vous pour gagner autant d'argent ? Je vous le demande parce que déjà plus de la moitié des gardes du cirque sont à vos bottes, si je puis dire ainsi... et de plus, le Comte n'est au courant de rien. Si cela n'est pas trop osé, au lieu de vous enfuir de cet endroit dans dix jours, vous pourriez le tuer, sans aucun mal.

— Pour l'argent, c'est un secret... mais pour l'autre alternative, que vous m'avez donnée, je ne peux la réaliser... parce que juste avec quelques mots, il pourrait m'immobiliser, et même ! Je ne peux déjà rien faire contre lui, car il m'a ordonné de ne rien faire, qui pourrait porter atteinte à sa vie...

— Bah... arrêtez de l'écouter ? Ce ne sont que des paroles, n'est-ce pas ?

— Justement, ce n'est pas que des paroles pour moi... parce qu'elles ont comme un effet surpuissant sur mon esprit qui m'oblige à lui obéir, depuis ma perte de contrôle d'il y a dix ans. Et j'en suis sûr, qu'il y a un rapport, entre la voix que j'ai entendue, lors de cette soirée, et mon obéissance. Alors, afin de trouver un moyen pour briser ce sort, je vais m'enfuir sans demander mon reste, pour finalement revenir, et le tuer.

— Je vois... Sinon voulez-vous savoir pourquoi le Comte vous demande de venir à son bureau, à cette heure ?

— Bien sûr, j'allais vous le demander... » annonce-t-il, d'un ton serein et impérial.

Alors qu'au même instant où se passent les complots de notre champion avec ces espions, monsieur Baltius relance la discussion avec son invité sur les nerfs : « Honnêtement, mon cher Justin, j'avais de grands projets pour vous... C'est vraiment dommage, que je doive demander au Monstre de vous exécuter, quand il arrivera.

— Comment ? Je crains de ne pas comprendre... Je ne veux pas vous viser dans le nouveau livre que je souhaite écrire... Je veux juste aider les âmes perdues à se retrouver.

— Malheureusement, le monde ne peut pas changer... Tout le monde est pourri, ce qui va entraîner la fin de tout, même si certains saints chevaliers se lèvent d'après moi. Ce futur livre ne pourra qu'entraîner une guerre futile, pour une future paix amère. Vu que cela ne tiendra pas longtemps après la fin de cette guerre.

— Qu'est-ce qui vous fait dire que ce sera le cas ? ... L'écrivain détourne le regard vers un coin de la pièce, réfléchissant à sa réponse, Je comprends... maintenant, les paroles de Eilif, lors de mon entretien sur ce que les gens ne peuvent entendre, si leur quotidien paisible est remis en cause... parce qu'ils ont peur du changement, du nouveau !

— S'il vous plaît, ne m'arasez pas comme le Monstre... demande le Comte, d'un ton fatigué, ennuyé par ses propos.

— Et vous ? Monsieur Théo, vous êtes bien venu en aide envers Eilif, n'est-ce pas ? Alors, pourquoi ne faites-vous rien ?

— Je suis désolé, mais il ne peut vous entendre...

— Il hausse sa voix surprise par la remarque du Comte, pour poser cette question désespérément, Comment ? Pourquoi n'entend-il rien ?

— La nuit du premier combat clandestin de mon cher champion... et je pense que vous connaissez déjà une partie de cette histoire. Il y eut un invité surpris qui s'était invité sans notre accord... Après avoir calmé Eilif, il vint vers moi en m'expliquant avec un tel nombre de détails comme un devin. Ce que Théo avait fait et tout le reste, afin de me proposer un pacte, un contrat pour que cela n'arrive plus jamais... J'imagine, que vous devez commencer à comprendre, le contrat consistait à lobotomiser, mon cher ami pour qu'il devienne un mort-vivant, n'écoutant que mes ordres, et... rien d'autre.

— Attendez... est ce que c'est aussi la... » Justin, se fait couper brusquement la parole hésitante au moment où l'Ynferrial entre brutalement, en ouvrant rapidement, violemment la porte. Portant cette fois ci, une tout autre apparence, celle qui lui avait permis de modifier monsieur Bisseau par le passé.

Sa première enveloppe humaine qui arbore fièrement et impérialement les cheveux, les yeux de la même couleur que sa véritable forme, montrant par la même occasion toutes ses cicatrices bien visibles. Même si à cet instant, il a modifié quelque peu son apparence, en supprimant une partie de sa blessure à l'œil, ne descendant plus jusqu'au haut de son dos, mais s'arrête juste avant les premières racines de ses cheveux, créant donc une coupe uniforme.

Avec ce corps tors nu, n'ayant qu'un pantalon, il hurle sauvagement d'une voix lassée : « Qu'est-ce que vous me voulez à une heure pareille, bande de vermines ?

— Alors qu'à côté de lui, le complice de Eilif annonce avec hésitation, Désolé, je n'ai pas su le contrôler, il était bien trop énervé.

— Vraiment, c'est vil de faire cela, afin de me faire me réveiller ! me mettre de la nourriture sous le nez, afin que mon estomac me demande de me lever ! J'espère au moins que j'aurais ce plat !

Voyant que l'écrivain est figé dans le temps, le Comte en profite alors pour rétorquer dans un ton calme :

— Bien sûr, que tu l'auras, si tu fais ce que je te demande… mais dire que c'est "vil". C'est un peu trop, il faut me comprendre. Tu es une marmotte avec plusieurs couches d'armures en acier, à la place de la peau. C'est extrêmement dur, de te réveiller dans les cas normaux.

— Parfait ! Je commence à avoir faim, en plus ! Qu'est-ce que je dois faire ?

— Comme tu as manipulé l'esprit de mon cher écrivain, c'est à toi de t'en débarrasser en le tuant. Cela ne devrait pas être trop dur pour toi, vu que tu as éliminé déjà tant de personnes.

— Oh, c'est nickel, si c'est que ceci !

— Non, pitié ! Eilif, épargnez-moi ! J'ai compris vos mots lors de l'entretien ! Crie-t-il cela terrifié, en tournant violemment sa tête derrière lui, pour voir l'Ynferrial afficher un regard froid, glacial, sans émotion, posant déjà sa main sur ses cheveux, le remettant correctement droit, aligné avec le bas de son corps.

Le Septium met lentement, délicatement son autre main au niveau de son cou, la maintenant droite, parfaitement droite comme une lame, créant l'instant d'après des griffes à la place de ses ongles. Tout en continuant à le tenir fièrement, il demande dramatiquement au Comte :

— J'attends votre signal.

— Théo, peux-tu fermer la porte ? J'aimerais que personne d'autre ne voie ceci. »

Quand la porte se ferme totalement, le patron des lieux donne donc l'accord à Eilif, rentrant aussitôt ses griffes dans le cou de la victime en train de gémir de douleur, et affichant d'énormes yeux écarquillés vers le haut, avec quelques petites convulsions.

Alors que notre champion, est quant à lui en train de prendre petit à petit tout le sang, toute l'essence de son corps se logeant dans ce corps presque sans vie, jusqu'à ce qu'il n'en reste plus rien, et laisse la vie de l'individu s'envoler dans un autre monde.

Monsieur Baltius, cet être froid, se décide à demander de nouveau à l'autre personne dans la pièce : « Peux-tu aller chercher les deux gardiens, qui sont à l'extérieur, pour qu'ils puissent prendre le corps, et le jeter autre part… on ne sait jamais, pas qu'une personne inattendue arrive et découvre tout cela.

— À vos ordres !

— Quant à toi, Eilif… J'espère que le prochain écrivain, que je vais faire venir ne changera pas, parce que ceci me coûte de l'argent.

— Ce n'est pas de ma faute, si les trois précédents étaient aussi sentimentaux face à mon histoire. C'est à vous, de trouver le bon. Dit-il cela, d'un ton effronté envers le Comte en se curant délibérément l'oreille gauche, avec son petit doigt. Tandis qu'à côté de lui, les deux gardes sont entrain de déplacer le corps.

— Tu n'as pas tort sur ce point… sinon, comme je te l'ai promis ton repas va t'être servi dans ta cage au moment où tu y retourneras.

— Ah, enfin ! Je n'attendais que cela, pour tout vous dire ! annonce le Septium d'un air joyeux en se frottant les mains.

— Malheureusement pour toi, j'aimerais d'abord discuter un peu avant que tu ailles rejoindre ton doux désir à ta cage.

— Pardon ? Ah ! Pourquoi ? Faites vite !

— Je voulais te dire... » La voix de monsieur Baltius s'arrête promptement. Une personne toque violemment dessus, sur cette porte en bois se faisant violenter, pile au moment, où les gardes étaient partis, afin de déposer le corps autre part.

Les trois individus dans la pièce se regardent les trois êtres inquiets de ce qu'ils pouvaient trouver derrière cette porte, se fusillant du regard pour savoir ce qu'ils devaient faire. Baltius, et l'autre homme ne réagissant pas, Eilif prend l'initiative d'ouvrir la porte, ne craignant aucune arme ordinaire, afin de pouvoir constater qui sont les fous, venant à cette heure.

À l'instant, cet instant où il ouvre, les trois entités voient que ce sont seulement les individus mystérieux, s'étant fait remarquer lors du combat, entre l'Ynferrial et Reimone.

Un soulagement se fait sentir chez le Comte quand il apprend que c'est juste eux. Il reprend donc ses esprits, et demande calmement, avec une pointe d'hypocrisie : « Vous pouvez entrer, vous n'avez rien à craindre.

— Le chef de la garde royal pose alors, le moment d'après, cette question avec hésitation, Pourquoi cet homme nous regarde aussi méchamment ?

— C'est Eilif, plus communément appelé "le Malin" ou encore "le Monstre", c'est juste son pouvoir de métamorphose qui peut le faire changer d'apparence.

— Je vois... Nous nous permettons d'entrer dans la pièce humblement...

— Pourquoi êtes-vous venu, ici ? Ce bureau est loin d'être aussi bien que votre stature...

— C'est... parce que la princesse a insisté, pour demander le pardon à votre champion, dû à l'affront qu'elle a fait lors de l'affrontement.

— Cela veut dire qu'elle est prête à se faire tuer par mes soins ? dit le Septium brusquement en haussant doucement son ton devenant malicieux. Et en affichant un énorme sourire aux lèvres, montrant soudainement une grande attention aux nouveaux venants.

— Non… non, Eilif, s'il te plaît, personne ne va se laisser tuer, rétorque le Comte en se frottant les yeux en signe de fatigue, afin qu'après un laps de temps, il continue : Je vous en prie, chère princesse, faites vos excuses à mon champion pour qu'il puisse aller dormir dans sa loge. »

C'est à ces mots que la plus petite personne, la plus frêle, cachée par la capuche, l'enlève, afin de pouvoir laisser voir son visage, et ses longs cheveux châtains, arrivant jusqu'au bas de son dos.

Ses yeux sont étrangement de la même couleur, de la même intensité, de la même flamme que ceux de notre Ynferrial, étant sous le choc et réagissant promptement à cette vue en mettant sa main sur le menton, comme perplexe en ayant un regard jugeur. Il dit d'un air songeur : « … Magnifiques yeux… ! Vraiment, je suis fan… enfin quelqu'un qui a du goût en termes d'yeux !

— Je vous remercie humblement… En se baissant faiblement, et se remette droite, afin de regarder dans les yeux ardents de notre champion subjugué, afin de demander avec un ton ferme, Je vous demande pardon, pour l'immense affront que je vous ai fait ! Et je le pense réellement !

— Son interlocuteur baisse, détourne fébrilement les yeux, et ergote doucement, Quoi que vous disiez, cela ne changera rien… Il est mort, et quoi que je fasse, il le restera à jamais… En remontant sa voix, puis son regard vers la princesse, il continue, Mais vous savez que mon autre proposition tient toujours, si vous souhaitez quand même me faire plaisir !

— Un sourire de malice vint alors aux lèvres de cette femme, qui se tourne vers le Comte dormant à moitié, pour annoncer à celui-ci, Quand on parle de proposition, j'en aurais une pour vous !

— Comment ? Qu'est-ce que vous voulez, à un homme de ma trempe ?

— Je voudrais racheter Eilif ! Bien sûr, avec un prix que vous aurez fixé ! En se croisant les bras d'un air empli de fierté, et qui continue de garder son petit sourire.

— (Comment ? … [Ricanement de l'Ynferrial dans sa tête]… Ce sont tous des fous, ces humains ! Il faut quand même se dire qu'ils sont sacrément drôles ! On ne peut jamais s'attendre à ce qu'ils pensent ! … Pff, les deux solutions me conviennent, car soit que je parte avec eux, afin qu'après je les tue ou je m'enfuis, vu qu'ils ne me connaissent pas, et mes tours de passe-passe. Soit je pars dans dix jours… Je pense… que je vais les laisser régler ceci, et pendant ce moment, je vais retourner à ma cage pour manger mon plat calmement !) Aux paroles de la princesse, le champion souffle de fatigue, comme perdu face à la scène. Pour se tourner vers la sortie, et dire, Je ne vous comprendrais jamais, les humains ! Je vous laisse régler cela entre vous, afin que je puisse me délecter de mon merveilleux poulet, et sa sauce enivrante ! Et avec un signe de la main, il part.

— Non ! Mais… attendez ! Où partez-vous ! hurle-t-elle, en se dirigeant désespérément aussi vers la sortie.

— Monsieur Baltius l'empêche donc d'aller plus loin, en rétorquant à sa demande, Il ne vous écoutera pas ! Abandonnez… il n'est pas possible à convaincre. Même moi, sans le pouvoir qui m'a été accordé, pour le contrôler, il m'aurait déjà tué, il y a bien longtemps, et serait parti en croisade, afin de pouvoir venger son espèce. À ce microdiscours, la femme s'arrête lentement, et revient vers lui, alors que le garde royal lui pose cette question.

— Qui vous a donné ce pouvoir si extraordinaire ? C'est une chose qui me turlupine, depuis un moment déjà.

— Il y a dix ans, je lui ai fait faire son premier combat dans l'arène où vous l'avez vu… et il perdit le contrôle de ses émotions brutalement… sans oublier de son pouvoir. Il n'était plus contrôlable, et il nous aurait tous tuer, comme toute la ville… mais… Lucifer intervint à cet instant, qu'il nomme "Le réveil lunaire", bref passons cette partie…

L'homme claque violemment, brusquement, ses deux mains sur le bureau, comme perdu, ahuri de ce qu'il a entendu pour finalement prendre un ton impérieux, stoïque, et rétorque :

— Le "Lucifer", le "Lucifer" ? Vous en êtes sûr à cent pour cent ? Cet individu ? Tandis que la princesse reste toujours bouche bée face à la révélation.

— Oui… oui, c'était bien lui. Moi-même, je n'y croyais pas, donc il me fit une démonstration plutôt convaincante, quand j'y repense… Mais bon, après ceci, il me proposa plusieurs contrats, comme celui où je pouvais ordonner tout ce que je veux à Eilif. Malheureusement, au moment où je repris mes esprits après les avoir perdus étrangement, pour poser des tonnes de questions à celui-ci, il a disparu et n'est jamais revenu.

Eker Rell n'en revient pas, tellement qu'il recule de quelques pas, tournant furtivement son regard vers sa coéquipière, pour montrer toute l'importance du sujet. Cela ne décourage pourtant pas la princesse, qui repose sa question :

— Quel est votre prix ?

— Si vous y tenez tellement, je vais vous annoncer mon prix… Je pense, que vers les deux cents pièces d'or, et il n'y a pas de négociation possible, car c'est le montant moyen que mon cher Monstre me fait gagner chaque année. Cela serait possible… Comprenez-moi, je dois bien rembourser mon futur déficit, si vous venez à l'acheter.

— Le prix est assez conséquent, mais nous l'avons, et ceci nous convient parfaitement ! Eker, peux-tu me donner toutes tes économies ?

— Comment ? … Excusez-moi, j'étais dans mes réflexions, pouvez-vous me répéter ce que vous avez dit ?

— Bien sûr ! Peux-tu me donner toutes tes économies, afin d'acheter Eilif ?

— … Mais cela fait deux cents pièces d'or ! Vous êtes sûr ? Votre père recherche bien, un maître assassin, ou bien un chuchoteur pour sa cour… mais…

— Oui, je suis sûr ! De plus, il est parfait pour ce rôle, parce que comme tu as pu le voir, il peut se transformer en n'importe quelle personne.

— Parfait ! Je vous laisse lui avouer la nouvelle ! … Mais je dois vous dire une chose, "nous ", les anciens maîtres de Eilif, nous l'appelons différemment des autres. Si vous pouviez aussi l'appeler "Strentfort", nous en serions fort honorés ! annonce-t-il avec joie, quand le garde dépose un sac d'argent sur son bureau.

La princesse rétorque :

— J'espère que ce n'est pas une autre de vos magouilles ! Comme votre mensonge, quand vous m'avez clairement dit que vous alliez respecter les restes du corps du Dragsium, alors que plusieurs heures après, vous l'avez donné aux chiens.

— Comment le savez-vous ? Réagit-il rapidement, en se relevant, avec des yeux éberlués, stupéfaits.

— Honnêtement, si vous n'aviez pas accepté mon offre, mon homme de main vous aurait tué pour votre arrogance face à la seigneurie. Malheureusement, ce n'est pas encore fini. Si Eilif montre un signe négatif face à cet autre nom, mon garde reviendra pour vous exécuter, alors je vous conseille immédiatement, de me dire la signification de votre information soudaine... » réplique-t-elle froidement, machinalement, en arborant un regard terrifiant.

Nous nous retrouvons donc dans la tente contenant la cage de notre immensité, de notre énormité, de notre Ynferrial, entrain de finir calmement son repas, en se léchant les babines et les doigts, couché sur son dos, regardant vers le plafond.

Alors que deux lumières commencent à s'approcher lentement, même très lentement de son emplacement, pour finalement s'arrêter devant le portail de la prison, et attendre une réaction de notre Septium, ne faisant mine de ne rien voir.

Après un laps de temps, la femme prend les choses en main, et initie la conversation : « J'imagine que tu dois t'en douter, Strentfort, qu'on t'a acheté.

— C'est le Comte qui vous a donné mon nom de famille... ? Demande-t-il avec une voix étrangement calme, et douce.

— Oui, c'est exact, et maintenant tu vas nous suivre jusqu'à mon lieu de résidence !

— Non. Je n'ai pas envie, je suis fatigué, et mon corps est du même avis que moi. Alors je ne bougerais pas… et depuis quand je vous ai donné le droit de me tutoyer ?

— Je ne te comprends pas Eilif… Tu préfères dormir sur la paille, et un plancher dur, alors que tu pourrais venir avec nous, afin de dormir sur un doux lit !

— … Un doux lit… Cela fait longtemps, c'est vrai que ceci me fera plaisir… » À ces derniers mots, l'Ynferrial s'endort, pour ne plus se réveiller. Tandis que du côté d'Eker, et de la princesse, ils n'en reviennent pas du comportement de l'ancien champion de l'arène.

Et avec une détermination ardente de faire lever la marmotte pendant une grande partie de la nuit, ils s'acharnent sur lui, mais rien ne put le faire reprendre ses esprits. Ils optèrent donc pour une autre solution, celle de le tracter, de le traîner.

8

« Pourquoi est-ce encore moi qui dois le tirer ? J'ai oublié cette raison.

— (Il ne peut la fermer, j'aimerais dormir…)

— C'est à vous de le faire, parce que vous êtes le plus costaud. De plus, ceci ne va pas avec ma stature !

— (… Et elle, elle crie à chaque fois qu'elle parle… avec ses airs à la con.)

— Et pourquoi, il ne se réveille toujours pas, il est douze heures ! C'est un ours, ou quoi ?

— (Ça te pose un problème ? J'en suis fière. Ils commencent à me taper sur le système, j'ai le droit de dormir aussi longtemps que je veux dans ma cage.) Alors qu'au même moment un courant d'air se frotte délicatement sur une des oreilles de Eilif.

— Il se réveillera le moment venu ! Un point, c'est tout !

— (… Ce courant d'air… Ne me dites pas qu'ils ont osé faire cela. Ce n'est que des fous qui oseraient faire cela. Du calme, ce n'est rien… Continue de dormir.)

— Il y a un croisement… Quel est encore le bon, j'ai oublié.

— (Oh non, j'ai peur finalement… Je vais ouvrir un œil, afin de vérifier.) » Le Septium, notre énorme marmotte ouvre donc tendrement son œil gauche, mais dû à la lueur du soleil, il n'arrive pas à voir distinctement ce qui l'entoure durant un bref instant. Ce qui donne malheureusement le temps à celui-ci de se faire prendre par la princesse, remarquant cette feinte.

Après avoir subi un boucan intolérable par la jeune femme, afin que l'ancien champion daigne ouvrir un tant soit peu ses yeux, et s'en arrête là, en ne bougeant toujours pas le reste de son corps imposant. La femme, revêtue à nouveau de sa capuche, commence à hurler :

« Allez ! Tu te lèves, on dirait un enfant de cinq ans tout au plus, qui est en train de faire un de ses caprices !

— Et alors ? Je suis fière d'être une enfant de cinq ans, maintenant laisse-moi tranquille ! C'est plutôt vous qui faites un caprice, parce que vous venez quand même de me traîner depuis plusieurs heures !

— Et la faute à qui ? Allez, tu te lèves !

— Non !

— Si !

— Non !

— Si ! … » Cela va encore durer plusieurs autres longues heures avant que le Septium se décide de se lever et de céder, afin de ne plus entendre la voix stridente de son interlocutrice. Alors que monsieur Rell ne dit plus un mot, parce qu'il avait déjà abandonné, au début de leur jeu, toute possibilité de les raisonner.

Ils recommencent donc à marcher calmement, quand la scène de ménage se finit, pour qu'ensuite le garde donne à l'Ynferrial la couverture de son ancienne cage, ayant aidé à le tirer au sol, dû au fait que celui-ci est toujours torse nu, tout en ayant juste son pantalon, et son espadon à sa taille.

Au moment où il met celle-ci sur son dos comme une sorte cape, une cape pittoresque, se traînant au sol, la princesse s'empresse à nouveau de lui parler : « J'ai une question pour toi, Eilif. Comment as-tu reçu toutes ses cicatrices sur ton corps ?

— Une par la torture, deux autres par un combat, énumère-t-il brièvement cela avec un ton détaché, et froid, continuant à regarder droit devant lui.

— … Je vois, sinon, pourquoi tout le monde t'appelle le "Malin" ?

— On m'appelait déjà comme cela, un peu avant ce moment… C'est devenu officiel quand j'avais tué une assemblée de cent personnes.

— Comment tu arrives à être aussi insensible à ce que tu me racontes ?

— C'est le passé, et rien ne sert à remuer le couteau dans la plaie davantage. Il vaut mieux voir vers le futur, sans oublier le présent.

— Est-ce que "Eilif" est votre véritable prénom ?

— Non, et je ne connais pas le véritable. Tout ce que je sais, c'est que le nom que je porte me va parfaitement.

— Qui vous l'a donné ?

— Malheureusement, cette personne est morte, il y a depuis bien longtemps… »

En voyant le visage de l'Ynferrial s'assombrir de colère après cette réponse, en baissant le regard, la jeune femme arrête de poser des questions pour qu'il puisse se calmer.

Ce silence entre les trois individus se maintient tant bien que mal durant deux jours d'affilée, nuit et jour. Il s'arrête quand bien même à l'instant où le soleil matinal, cet astre orangé du troisième matin, se levant au niveau du chemin. Ils dorment paisiblement autour d'un feu n'ayant plus que quelques braises allumées, au bord du passage.

Ces individus, ces êtres, ces intrus qui sont venus pendant cet instant ont été la cause, juste pour piller, enfin pour tuer par la même occasion. Malheureusement, ils commencent par la mauvaise personne… : « On tue lequel en premier ?

— La bestiole ! Il n'y a pas à réfléchir ! Regarde, c'est bien lui ! Nous devons accomplir ce que nous sommes venus faire ! Pour notre déesse !

— Et pourtant avec toute la force, toute la hargne qu'il peut mettre, quand celui-ci abaisse son épée en plein milieu du dos de Eilif, celle-ci, se brise, se casse en son milieu comme du verre, et les quatre confrères surpris se regarde. Finalement l'ex-exécuteur de Strentfort, dit presque en marmonnant, Je ne comprends pas ! Comment ceci se fait ?

— Alors que le Septium commence très lentement à se gratter au niveau où le sabre, l'épée hors d'usage aurait dû rentrer, mais qui est pourtant par terre. L'ancien champion d'arène bâille donc, et rouvre les yeux, afin de constater, qu'il y a d'autres personnes, que celles qu'il connaît, le forçant à demander, Qui êtes-vous ? Je ne vous connais pas… et pourquoi avez-vous sorti vos lames ? » Ne sachant pas comment réagir, les trois hommes encore armés, se jettent, et crient bêtement sur l'Ynferrial à moitié réveillé, créant seulement quatre trous dans ses avant-bras, afin de tirer des javelots sur ces individus, qui tombent comme des mouches. C'est alors à ces bruits incessants que la princesse et le garde se réveillent en sursaut et constatent du sang stagnant dans les airs, et entrant dans les trous du héros du jour se rendormant.

Cela ne peut quand même pas se passer comme cela, dû à la femme, donnant à nouveau de sa présence en criant sur Eilif, voulant juste dormir tranquillement, et qui réponds à cette agression : « Qu'est-ce qu'il y a encore ?

— Pourquoi as-tu tué ces personnes ?

— Ils voulaient me tuer, c'est légitime !

— Princesse, c'était sans doute des pillards… Tout en vérifiant les corps maintenant sans vie.

— Tu as de la chance… mais celle-ci se fait couper par l'Ynferrial, qui se lève brusquement, afin d'aller voir le garde royal.

— Pour poser une question, avec une voix excitée, intéressée, C'est vraiment des bandits ?

— Monsieur Rell réagit par surprise reste immobile face au Septium, affichant son regard de chat, avec ses énormes pupilles dilatées. Pour demander timidement avec hésitation, Pourquoi êtes-vous comme cela ?

— C'est la première fois que j'en croise ! … Si j'avais été au courant, je les aurais laissés un peu plus longtemps en vie pour leur poser quelques questions…

— Tu en as jamais vu… ?

— Non… non, je ne pense pas, je crois que c'est ma première fois… Pour être honnête, je ne connais rien du monde extérieur à part ce que j'ai lu dans les livres.

— Vraiment ! crie la femme qui se penche à côté de Eilif, afin d'en savoir plus.

— Je n'ai pas besoin de ton aide, la folle, rétorque-t-il froidement.

— Tu sais, je pourrais t'aider pour découvrir le monde, parce que moi-même je suis curieuse de nature, donc... Mais avant même qu'elle termine sa phrase, l'Ynferrial l'arrête.

— ... Je m'en fiche de ta curiosité, et de ta demande.

— Et pourrais-je savoir, pourquoi es-tu aussi méchant ?

— J'ai toujours était comme cela envers vous, si tu n'as pas remarqué. Tout ce que vous faites me fait chier, parce que votre vie ne m'intéresse pas, vu que vous n'êtes que vermines à mes yeux. Retient bien cela, si je suis gentil avec l'un d'entre vous, c'est parce que j'aimerais avoir une information de votre part.

— Je comprends un peu ton dégoût envers notre espèce, mais tu dois savoir qu'on n'est pas tous comme ceux qui t'ont fait du mal... » Malheureusement, notre ancien champion dans son habitude têtu reste muet comme une tombe, ne voulant pas lancer un débat contre l'autre tête de mule.

9

Ce n'est qu'après une dizaine de fois, une dizaine de passages, d'échanges entre le tournesol et la toquade, qu'ils peuvent enfin après une longue marche exténuante et silencieuse entre le Septium, et les deux associés qu'es trois individus arrivent dans la cité hégémonique nommé Tholdir, où se loge la famille, cette famille noble de cette province. Où toute personne voulant entrer dans celle-ci peut déjà voir les immenses tours blanches, grises du château au loin.

Dès arrivé aux portes de la ville, aux majestueuses portes, Eilif constate déjà, contemple les pavés en pierre se trouvant déjà à l'entrée, pour former la route, cette route semblant infinie, accompagné de ses immenses immeubles. Et pourtant, même si notre ancien champion a pu voir, des kilomètres de champ de toute sorte s'arrêtant pile devant les bâtiments de la cité, elles ne sont pas comparables.

Notre ancien champion, cet enfant qui était pourtant perdu son cœur, revient, retrouve son chemin même pour un bref instant, en rouvrant ses yeux d'enfant, face à sa passion, cette passion se trouvant dans tout ce qui est dans la construction. Même s'il ne peut toujours pas voir, ce qu'il y a plus profondément dans cette géante, cette énormité qui abrite une quantité astronomique de personnes, avec leurs rêves, leurs monstres, leurs jalousies, leurs joies.

Il s'oblige cependant, s'obstine à ne regarder que la beauté de celle-ci, cette beauté qui l'émerveille, ignorant donc les mendiants, ces mendiants ne payant pas de mine, portant des chemises en piteux état, ne portant dans certains cas aucun vêtement, affichant alors leurs peaux sur les os, et leurs regards froids, vides, sans espoir les accompagnant.

Sa conclusion déjà faite depuis longtemps, c'est donc vérifié grâce à ce malheur, qui se répand même dans cette propre civilisation, pas seulement aux autres. Les grandes lignes de ses pensées pour comprendre le problème poussant à cette situation sont simplement. Les humains étant aveugles, à cause de la lumière, cette lumière de la complaisance, de la jalousie, les empêchant de voir autour d'eux, afin de constater, de contempler les dégâts.

Ils entrent finalement dans une zone plus dense, entre la population, les marchés, les chariots, les échanges, la diversité. Malheureusement, notre Septium malgré sa grande taille ne peut pas voir ce que présentent les marchands, alors que pour une fois, il a le temps. Pourtant au même moment, celui-ci arrive parfaitement à constater la seule chose choquante. C'est qu'absolument tous les regards se jettent sur lui, des yeux jugeurs, hypocrites, apeurés, malicieux, moqueurs. Même si vingt années sont passées, les gens peuvent encore reconnaître un représentant de cette espèce, l'espèce que Eilif arbore fièrement.

Jusqu'à ce qu'une personne inconnue ramène un sot rempli de sardine, rempli de toute sorte de poisson afin de jeter brusquement la totalité du contenu sur notre Ynferrial s'arrêtant promptement, tandis que cet individu hurle : « Vous n'avez pas le droit d'être ici, sale déchet ! Tu ne devrais même pas exister ! ... Quand les gardes viendront, ils te tueront !

— Avant même que notre ancien champion réponde, de son visage souillé par une sardine restant sur son museau. Il crispe celui-ci de dégoût, en levant lentement son bras droit, se trouvant du même côté que le jeune homme pour prendre avec seulement deux doigts, le poisson et le projeter avec impériosité sur celui-ci. Tandis que les deux autres individus du groupe s'arrêtent aussi, afin de pouvoir voir, ce que Eilif fait, Je pense, que tu te trompes de cible, mon jeune garçon.

— Pourtant vous êtes énorme, comment pourrais-je vous louper ?

— Non, tu ne m'as pas raté, vu que maintenant je vais empester la sardine pendant une semaine, à cause de ma fourrure qui est extrêmement difficile à totalement nettoyer... mais je voulais plutôt parler de la cible, pas de l'endroit où tu as jeté ses merdes.

— Ah oui ! ... Et quelle est la chose que je devais viser ?

— C'est pourtant simple… Je suis d'humeur taquin, aujourd'hui !
Annonce-t-il froidement, pensivement avec une très forte pointe
d'héréticité, en ouvrant brusquement ses bras au monde, et pencher
brusquement tout le haut de son corps un peu vers la gauche, en
affichant un regard farceur, malicieux en direction de l'agresseur, afin
de continuer sa demande, Pour te donner la réponse, tu devras trouver
une réponse… celle de mon énigme !

— Comment ? Et puis quoi encore ? Je vais mourir ?

— Oui, exactement ! Bravo. Un grand sourire s'affiche sur
Strentfort, pour qu'il puisse prendre un ton enjoué, pour annoncer à
l'homme en face de lui, Pour l'humiliation que tu m'as fait subir
auparavant, si tu ne trouves pas la réponse, je vais te tuer ! À ses
paroles, tout le haut de son corps, se penche maintenant brusquement,
violemment vers le côté droit, pour finir par dire, Et pour rajouter un
peu d'enjeux, si tu ne me donnes pas de réponse, avant que j'arrive à
apercevoir un garde, je t'exécute ! » Tout le public commence à
s'éloigner de la scène en lançant leurs murmures incessants, alors que
les deux compagnons de l'Ynferrial se regardent entre eux, mais avant
qu'ils puissent demander quoi que ce soit, le jeune homme ergote ceci :
« Comme si j'allais participer à votre jeu stupide ! … Vous êtes un cas
désespéré, comme toute votre espèce… Je m'en vais ! »
Malheureusement, il ne peut que rapidement constater à ses dépens
qu'il n'est plus capable de se mouvoir, à part sa bouche, et ses yeux,
pour hurler à son interlocuteur : « Je ne comprends pas ! Pourquoi je
n'arrive plus à bouger ?

Eilif répond :

— C'est à cause de moi, je dois l'avouer ! Vous devez me
comprendre, c'est pour certifier que vous allez participer vous aussi à
mon énigme !

— Vous aussi ? demande l'homme terrifié.

— Oui, j'allais en venir… Notre ancien champion se tourne alors
vers la position de la princesse et du garde royal, en se positionnant de
telle sorte que sa main droite se met à son menton, afin de le frotter, et
sa main gauche, en dessous du coude du bras inverse pour le soutenir.

Après un laps de temps à les contempler, notre Septium annonce, Parce que je voudrais rajouter encore plus d'enjeux, et c'est pour cela, que je vous demande à vous, ma chère folle, d'y participer ! Afin, que vous soyez d'accord, je vous le promets... que si c'est vous qui trouvez la réponse, je ferai tout ce que vous désirez pendant une journée ! ... Comme... Celle de me faire découvrir le monde ?

— Un petit sourire enjoué vint aussi aux lèvres de celle-ci, rétorquant avec énergie, Qu'en est-il pour moi, et pour cet homme ?

— Mademoiselle... ce n'est pas raisonnable... Ses paroles, les paroles d'Eker passent quand bien même dans le vent de la situation, et la discussion entre la femme, et le fameux farceur continue.

— Du côté de Strentfort, il lâche sa position, commence lentement à bouger, atteint une nouvelle consistance à se mettre derrière leurs dos. Il se met alors à se baisser, à baisser sa tête arrivant au niveau du visage de son interlocutrice, afin de pouvoir l'instant d'après avancer sa tête, et observer le regard de la princesse avec un seul œil, tout en posant ses mains sur ses épaules, puis dire en souriant, Vous ne craindrez rien, mais quant à lui, vous le sauverez si vous annoncez la bonne réponse ! En plus de la journée !

— Très bien, j'accepte ! Vous devriez être content jeune homme, il y aura une autre tête pour réfléchir à la solution ! Peux-tu me dire l'énigme ?

— L'immense corps, cette masse imposante de notre ancien champion, se retourne alors avec vivacité vers cet autre humain étant apeuré, étant prisonnier de son pouvoir, de sa matière noire. Il marche, se met à avancer vers lui d'un pas lent, détendu, provocateur, agressif jusqu'à ce que leurs deux visages soient pratiquement collés, pour poser cette question précise en murmurant, et en arborant encore et toujours le même sourire depuis le début de la discussion, Êtes-vous prêt, mon cher ?

— Quant à lui, il hurle de peur ces mots, Oui ! Oui ! Je... suis prêt !

— Bien, encore une règle mes chers ! crie l'Ynferrial s'illuminant au public subjugué comme un présentateur, en se remettant simplement droit, et continuant son petit discours : ce ne sont que les personnes, que j'ai invitées à rejoindre la partie qui peuvent donner la réponse ! Alors, si j'entends l'un d'entre vous donner la solution, je tue ce jeune humain ! Et faites attention... j'ai une excellente ouïe...

Après avoir vérifié d'un regard vif, rapide, farceur, contemplant toutes les personnes ici présentes étant prostrées. Il énonce :

— Très bien, commençons ! Vous pouvez m'enlever une lettre, deux lettres, trois lettres, même quatre lettres, je resterai le même ! Qui suis-je ? » À ces paroles, à ces quelques mots seulement, se lance alors un son d'une incroyable ampleur du côté des personnes pouvant parler entre eux. Alors que pour les deux seuls participants, c'est le silence plat, étant comme plongés dans leurs esprits.

Rien ne se passe, ils réfléchissent durant un bon instant jusqu'à ce que l'homme rétorque avec hésitation et désespérance : « Une personne ? Vu qu'ils ne changeront jamais, même si aucun de ses proches leur envoie une lettre.

— Malheureusement, non ! Votre chance est tombée dans les abysses de la mort, vous attendant patiemment ! Maintenant, votre seul espoir de survivre, c'est la possible réponse de ma deuxième candidate !

— Comment ? Je pensais que nous avions plusieurs essais !

— Oups, j'ai oublié de vous citer ce point, qui doit sans doute être important... Tout en se tournant brusquement en direction de la jeune femme pensive. Il s'accroupit donc, et regarde dans les yeux de sa participante, afin de demander béatement en baissant le ton, Alors... ? Quelle est votre solution ?

— ... Je pense que la réponse que tu attends est le facteur ! hurle-t-elle, en montrant du doigt Eilif, en mettant par la même occasion son autre main sur sa hanche.

— Intéressant, je n'aurais pas pensé que tu trouverais la bonne réponse... Alors, que l'emprise qui empêche de laisser bouger cet homme... parte ! Quand quelques autres gardes arrivent au cœur de l'action, forçant Strentfort à dire, Il s'en soit fallu de peu, n'est-ce pas ?

— Oui, tout à fait. Et maintenant, tu vas tenir ta promesse ! » Tandis qu'au même moment, un des soldats se croyant être un argonaute se met vaillamment devant la princesse reculant par surprise, et pointe son épée face à notre ancien champion restant impassible, malgré les autres gardes se mettant autour de lui avec toutes leurs armes à la main.

C'est donc à cet instant qu'Eker agit en posant délicatement une de ses mains sur l'épaule d'une des personnes armées, en enlevant par la même occasion sa capuche et en leur annonçant : « C'est bon, il est avec nous ! Arrêtez maintenant votre scène pittoresque. Celui-ci pourrait encore décider de tous vous tuer, et toute la ville. » Après de longues explications afin d'éclaircir la situation assez brouillonne, les trois compagnons peuvent enfin continuer leurs routes jusqu'au château, ne se trouvant plus qu'à une centaine de mètres.

10

Voici le grand moment, ce moment, cet instant où enfin nos voyageurs exténués entrent dans le palais, cet énorme palais de la cité dominante du royaume. Ils marchent, ils avancent en faisant une marche lente, laissant le temps à un enfant de s'émerveiller devant toute cette splendeur, cette magnificence, le forçant à être bouche bée.

Les murs, ses murs le faisant avoir à nouveau des étincelles dans ses yeux pourtant déjà éteints depuis longtemps, montant jusqu'à plus de quatre mètres. Chacun d'eux a des ornements d'une telle complexité, des moulures d'une telle qualité, des tableaux, pouvant être un portrait, un paysage, ou encore une action, pouvant être plein de choses.

Le parterre, ce sol illuminant tout aussi ses yeux de par sa beauté, constitué uniquement d'un tapis, un tapis sans fin, rouge, d'un rouge ardent. Alors qu'à côté ce parterre ressemble à du marbre, étant du marbre blanc ne se laissant pas désirer.

Alors que le plafond de celui-ci a un lustre tous les cinq ou dix mètres, constitué de cristaux transparents blancs, accompagné de la lumière en son centre, qui permet de se refléter dans les verres et illumine tout le couloir.

De plus, cet être, ce Septium réfléchi, ayant déjà vécu une bonne partie de sa vie, ayant déjà appris tant de choses, n'avait cependant toujours pas visité l'intérieur d'une maison. À part maintenant, étant donc la première fois que notre ancien champion peut enfin voir à quoi ressemble cette facette, qu'il n'avait encore jamais regardée auparavant, même si les dimensions de celle-ci sont un peu plus grandes que pour les maisons normales.

Cela s'arrête quand même bien à un moment, à ce moment où ils arrivent devant ces énormes portes blanches, en bois massif, s'ouvrant d'un coup, sans crier gare, comme par magie afin de laisser entrer nos trois compagnons dans la pièce qui n'est autre que la salle du trône. Et où au bout se trouve une sorte pyramide, une pyramide d'escaliers, pour que cela aboutisse à ce siège splendide étant totalement démesuré, et qu'au-dessus, il y ait une personne âgée sans doute de la cinquantaine, attendant patiemment la grande venue de ses invités.

À l'instant où ils arrivent au pied de l'escalier, monsieur Rell s'arrête promptement, brutalement, froidement, afin d'enlever sa capuche, comme pour la princesse, et s'agenouiller face au roi. Alors que du côté du Septium, il reste debout, reste perdu, reste au parfait opposé de ses deux coéquipiers, regardant seulement la scène de ceux-là bêtement. Pour que finalement, il dirige ses yeux vers le roi, pour crier effrontément : « Je suis désolé, parce que je ne dois pas comprendre tout votre scénario, mais cela ne serait pas plus simple, si vous étiez plus proche… et moins haut surtout ! Ceci me fait mal au cou, et aux yeux d'essayer de vous distinguer !

— Avec un murmure énervé, stressé, accompagné d'une petite pointe de désespérance, la femme étant entre ces deux compagnons tire aussi bien que mal un doigt de l'Ynferrial, afin de lui dire, Tu dois t'incliner ! Dépêche-toi ! Si tu ne veux pas mourir !

— Ah bah, il fallait me le dire plus tôt ! hurle-t-il cela avec surprise, alors qu'Eker regarde le sol avec honte et gêne.

— Une fois Strentfort ayant fait cette action, le roi parle enfin, On te retrouve enfin ! Ma chère fille ! J'aimerais maintenant savoir plusieurs choses qui m'interpellent… pourrais-tu me répondre avec honnêteté ?

— Bien sûr, mon cher et tendre père ! Tout ce que vous voulez !

— Pourquoi es-tu parti ?

— Si un jour, je dois diriger le royaume ! Je dois savoir à quoi il ressemble réellement, donc j'ai voyagé, afin de découvrir ces vices !

— Qu'as-tu découvert ?

— J'ai vu que tout cet empire est pourri ! On joue d'éloge sur notre égalité des droits envers tous mais regardez avec plus de détail, et vous verrez toutes les atrocités, qu'on fait subir aux autres races ! Sans oublier à la nôtre ! Et pourtant toute notre civilisation ne veut rien voir... !

— Eilif tourne alors sa tête surprise, affichant un regard plus tendre, et surpris, vers cette femme à ses paroles, en pensant (Elle est parfaite ! Si j'arrive à la manipuler correctement, ses idées pourraient bien changer... je pourrais retourner toute la situation actuelle à notre faveur ! Il faut absolument que je ne la quitte plus...)

Ses yeux se dirigent à nouveau vers le père de la princesse (... Mais le problème, c'est que je dois, d'abord le convaincre... et par tous les moyens, que je suis la bonne personne pour son travail.)

— Qu'en est-il de ce Septium ? Que fait-il avec vous ?

— Je ne suis pas assez bien qualifié pour vous décrire son cas ! Alors, si je vous prie, pouvez-vous laisser Eker Rell répondre à cette interrogation ?

— Comme vous le voulez. Chef de la garde royale, expliquez-vous ?

— Je vous le présente en tant que chuchoteur potentiel... même extrêmement prometteur !

— Comment ? Vous voulez qu'une de ses créatures vienne à notre cour ? Pourquoi dites-vous qu'il est prometteur ?

— Celui-ci a des aptitudes hors normes !

— Expliquez !

— Il a un don pour la métamorphose ! Il peut se transformer en n'importe quelles personne et race ! Il serait parfait en tant qu'informateur, en tant qu'assassin, en tant que chuchoteur !

— Ah bon ? ... Je vous crois sur parole, Garde Rell ! Mais qu'en est-il de sa loyauté ? Qu'a-t-il qu'il vous fait dire qu'il ne va pas se rebeller ? De plus, on ne pourra pas le retrouver, s'il peut réellement prendre toutes les apparences !

— Soumettez-lui un test ! Une épreuve prouvant qu'il ne pourra jamais se rebeller !

— Justement ! ... J'ai la mission parfaite pour lui ! Gardes royaux ! J'aimerais que vous me rameniez le dernier prisonnier que vous avez arrêté récemment ! Et demandez à tous les gardes présents dans le palais de venir ! » À sa demande les quelques soldats étant là, partent sur le champ afin de ramener le fameux et mystérieux prisonnier. Alors que du côté du roi, celui-ci se lève gracieusement pour descendre les marches de son escalier lentement, arborant un air digne, impérial.

Il monte son menton béatement, regardant de haut Strentfort, empêchant donc sa cible du jour de voir distinctement son interlocuteur, ou plutôt le visage de celui-ci, ayant déjà les cheveux blancs, avec quelques traces de ses anciens cheveux bruns, étant maintenant que les fébriles ruines de l'homme rustre qu'il était autrefois.

Son visage semble un peu plus jeune, un peu plus stoïque, même si quelques rides plus ou moins grandes sont présentes, venant à cause de sa vieillesse. Il a les joues un peu dodues, et des yeux verts étant étrangement froid, donnant un certain contraste entre les éléments qui le caractérise.

Ses vêtements somptueux étant tellement longs qu'on peut croire que c'est une immense robe qui est constituée d'un rouge écarlate, vif, attirant le regard, avec le blason de la seigneurie dessiné dessus, ne recouvrant que partiellement le reste, qui est d'un blanc neige.

Arrivé devant notre Ynferrial, il tend sa main salvatrice afin de la mettre gracieusement sous le bout du museau de sa victime, pour faire lentement monter le visage de celui-ci, arborant un regard flamboyant. C'est alors qu'il décide de parler à nouveau : « Ton épreuve, mon potentiel chuchoteur, qui va sans doute bientôt arriver, c'est de tuer l'individu qui te sera proposé… et si tu refuses nous te tuerons.

— Avec une petite voix réticente comme dégoûté, le Septium répond, Je ferais tout ce qu'il vous plaira…

— Nous allons bien le voir ! … Bien sûr le moment venu ! » Cette petite discussion finie, les deux intervenants se regardent dans leurs yeux, sans que rien d'autre ne se passe jusqu'à ce que la porte s'ouvre à nouveau, derrière notre ancien champion, derrière nos acteurs.

La première chose qu'ils peuvent entendre à cet instant, ce n'est rien d'autre qu'un immense bruit de chaîne s'entre choquant entre elles. Quand Eilif se retourne lentement, affichant un regard froid qui se transforme le moment d'après à une tête d'ahuri, en voyant une cinquantaine de soldats vêtus de leurs lourdes armures blanches, accompagné de sa cible, sa fameuse cible qui lui maintient l'esprit bouche bée.

Cette autre chose qui est au milieu de toutes ces personnes armées, ayant un poil, une fourrure d'un blanc d'une telle profondeur, d'une incroyable pureté, avec à certains endroits, quelques traces de merde, de paille, de saleté, dû à son emprisonnement. Et étant d'une telle grandeur, longueur lui donnant d'être majestueux, d'être un être céleste que Eilif contemple béatement, ne bougeant plus.

Ses yeux d'un violet étincelant, calme, inébranlable, emplis de réconfort, sans peur comme un canidé. Oui, celui-ci est bel et bien un autre, un autre représentant de la même espèce que Strentfort, et étant quand même bien plus âgé, que notre Ynferrial, vu sa carrure semblant plus faible, plus maigre, moins énergique, plus calme, plus sage.

Il marche d'un pas bancal, brouillon vers la position de nos trois compagnons subjugués. Alors que notre Septium est tout bonnement prostré en pensant : « (C'est... un Septium... comme celui, que j'avais rencontré, il y a maintenant dix ans. Il y en a toujours en vie ? ... Mais oui, il y en a un devant moi. Je suis tellement heureux ! J'avais peur qu'il ne restât plus que ma personne...) » Son visage se change. Il arbore au moment où son autre représentant s'arrête à pas plus de quatre mètres de lui, un regard, un visage réconforté, souriant, soulagé, étant cette fois-ci, sans malice, sans aucune émotion négative. Juste un sourire de joie s'affiche, tandis qu'au même instant, il essaie timidement de marcher vers l'aîné en tendant fébrilement son bras droit.

Alors que le vieillard commence à peine à le regarder, à observer bêtement à la position de son confrère, en plissant faiblement ses yeux n'ayant plus une bonne vue. Arrivé à un mètre de distance à peu près l'un de l'autre, le vieux Septium prend la parole, d'une voix enrouée, fatiguée, sage : « Mon esprit ne me joue pas un tour... ?

— Si, si, si... Je... suis bien un Septium ! Comme vous ! dit-il d'un ton bouleversé, désemparé.

— Cela, je l'avais remarqué bien avant... mais la chose qui me surprend le plus. Et qui me fait beaucoup plaisir... C'est que je peux enfin voir un de nos représentants de notre race... être aussi jeune. Je ne vais plus mourir avec ce regret au moins... cela m'apaise grandement de constater qu'il y a de jeune et fort combattants étant encore là.

— ... Moi aussi ! Vous devez le savoir, je suis extrêmement heureux de voir qu'il y a d'autres survivants ! ... Puis-je savoir... quel est votre nom ? Cela me tient à cœur !

— Pourquoi un nom d'un vieillard comme moi, pourrait te servir... après je ne peux pas absolument tout comprendre... mon nom est George Sylva... Mais sache-le, tu ne devrais pas être si heureux pour si peu, nous sommes bien plus.

— Comment... ? Toutes les expressions, ses expressions disparaissent sur son visage, le visage de notre jeune Septium, ne laissant que de grands yeux béatement ouverts et une bouche à mi ouvert, n'arrivant plus à articuler d'autres mots.

— Pour permettre au roi de lui adresser ses paroles, N'oublie pas ton test, mon cher chuchoteur.

— Un débat se lance dans la tête du candidat (Le tuer... Je dois le tuer ! Non, je ne peux pas, je ne peux pas faire cette chose ! C'est impossible. Pourtant...) Son corps se tourne lentement, comme perdu vers la princesse avec un visage dévasté, restant immobile, ne faisant rien (Si je ne le fais pas... Je ne pourrai pas changer la situation ici même ! Au cœur du problème ! ... ce qui permettrait d'amoindrir nos pertes... Je ne sais pas.)

Alors qu'au même moment, monsieur Sylva demande !

— J'ai l'impression que vous êtes perturbé, et malheureusement je pense savoir pourquoi... Puis-je savoir votre nom ?

— ... Pardon, pour l'attente de réponse, je m'appelle Eilif Strentfort.

— Strentfort, dis-tu ? ... Je connais une certaine Elaine Strentfort et elle me parlait souvent de son fils Éric qu'elle cherche partout, mais jamais d'un Eilif, même si vous devez pratiquement avoir le même âge. » À cette révélation spectaculaire, non attendue, des larmes, de simples larmes coulant sur les poils ébouriffés, des yeux perdus de notre Ynferrial. Une entité qui n'avait pas pleuré, qui n'avait plus versé de larme depuis bien longtemps, à l'instant où il put contempler le massacre de son père, la profanation de son père, le laissant comme une coquille vide. Il touche timidement cette mixture sortant de ses orbites et la retire, se demandant à nouveau ce que c'est, voulant voir, contempler ce que c'est sur sa griffe, et comprends, comprends ce que c'est.

Il recule fébrilement, il recule de pas irréguliers, il recule de pas non contrôler, emplie de faiblesse, emplie de tristesse, affichant aussi sur son visage désemparé, tanguant, ne sachant plus quoi faire, se cachant dans ses énormes mains, poussant des gémissements, de ses gémissements stridents, pourfendeur. Pour qu'il dise dans un élan de courage avec une voix pratiquement éteinte due à l'émotion, en s'arrêtant de reculer : « Éric… (Petit ricanement de Eilif)… Éric, c'est donc comme ceci que je m'appelle réellement ? … C'est bel et bien comme ceci ? … Je le sais enfin. Enfin… je l'ai tellement attendu.

— Alors que la jeune femme intervient en haussant une voix implorant la pitié envers son père, Pouvez-vous donner une autre épreuve ? Vous le voyez bien ! C'est impossible ! Même vous, devant une telle nouvelle, vous ne pourriez pas tenir davantage !

— Malheureusement, ce n'est pas moi, et je ne changerai pas d'avis, dit-il avec froideur.

À l'instant d'après notre ancien champion enlève lentement ses deux pattes remplies de larmes, et relève doucement sa tête attristée, afin de demander fébrilement avec un air désespéré vers son interlocuteur bouche bée, ne réagissant pas :

— Est-ce que ma mère est toujours vivante ?

— Oui, bien sûr ! … C'est même l'une de nos commandants de notre rébellion ! Je devais justement aller la voir mais on m'a arrêté !

— Le jeune Septium, cet être n'ayant jamais rien appris à propos de ses parents, pensant qu'ils étaient déjà tous morts, se jette brusquement sur son confrère pour l'enlacer de toutes ses forces, du mieux qu'il peut afin de lui dire avec une voix stridente, enroué d'émotions, Merci ! Merci infiniment ! ... Je ne sais pas quoi dire de plus !

— Allons, ce n'est rien... même si j'aurais aimé regarder vos retrouvailles...

— Vous avez compris... ?

— Oui... Tu dois m'exécuter pour vivre... C'est ton prix pour ta liberté... Alors, qu'il en soit ainsi ! Au moins, je ferai une dernière action qui rendra heureuse une famille.

— J'aurais tellement été heureux de pouvoir continuer à parler avec vous...

— Toute chose à une fin, voyons. Puis en chuchotant, il révèle, Alénès est ton rêve... Tout est mascarade ici, enfuis-toi.

— C'est bon... Je le sais, ce n'est qu'hypocrisie ici. Je n'ai plus besoin d'être enlacé. Hausse-t-il la voix, en se séparant de son câlin, et de reculer de quelques pas en arrière en s'essuyant ses larmes pour de bon, affichant un regard calme, reprenant ses esprits. Finalement, il demande avec regret à la vieille personne le regardant, Comment voulez-vous que je vous tue ? Rapidement, avec ma magie, avec ma lame ou avec mes propres mains.

— Autrefois, j'étais un soldat fier et vigoureux. Alors pour honorer cette période, j'aimerais que tu m'exécutes avec ton espada... Et je voudrais que tu me l'aies rentré dans le cœur.

— Vous devez le savoir... Cela va prendre plus de temps, pour que vous succombiez à votre blessure. Vous allez souffrir plus qu'autre chose.

— Tout comme toi, je l'imagine... J'ai des choses que je regrette du plus profond de mon âme. Alors je voudrais qu'au moins un peu, je puisse ressentir cette souffrance pour me pardonner plus facilement.

— Très bien... » Il prend un regard froid et impénétrable, mécanique, ne montrant plus aucune faille, montrant sa résolution, sortant à peine Espoir de son fourreau. Il détourne brièvement sa tête, ses yeux vifs vers la princesse, pour se motiver, se réconforter à continuer dans cette voie, qui pourrait bel et bien fonctionner.

Après, peu de temps après, il se retourne brusquement, lentement, à nouveau envers sa future victime, afin de commencer à s'élancer avec l'arme du crime pointé en avant grâce aux deux mains. Au final, celle-ci entre à l'endroit indiqué, entrant immédiatement, nettement, faisant alors le sang couler à flots, s'étalant sur le sol, créant peu à peu une marre, ne se faisant étrangement pas absorber par Eilif, la laissant tranquille, comme deux autres victimes, ses rares victimes.

Le vieux Septium pousse des gémissements, pousse des cris étouffés, se tenant fébrilement sur notre Septium, notre Ynferrial essayant tant bien que mal de le maintenir debout et digne, de le réconforter en l'enlaçant. Même si c'est celui-ci le meurtrier, le fautif, ayant fait un choix, maintenant son espada ensanglantée dans la poitrine de sa victime agonisante.

Le jeune Septium le maintien autant que possible avec désespérance, ne sachant quoi faire d'autre, le laissant glisser peu à peu, malgré lui, malgré sa volonté, à cause de tout ce sang, s'abaissant donc, pour au moins l'accompagner le maximum possible vers son chemin mortel, son chemin du repos éternel.

Pour que finalement, le corps s'éteigne, les pupilles, ses faibles pupilles se dilatent, de la perte de sa flamme, de la perte de ses espoirs, de ses envies, laissant au final les paupières se fermer à moitié. La posture finale de cette scène de théâtre, de cette fin de scène de théâtre où George Sylva se représente, se finissant quand les deux représentants se mettent à genoux, se tenant l'un l'autre avec leurs masses respectives durant un câlin empli de drame.

Personne ne bouge, reste contemplatif, n'essayant même pas de brusquer ce moment douloureux, un moment déchirant. Malheureusement tout instant à une fin, quant à celui-ci, l'intervention d'Eker Rell met fin en posant une question avec hésitation : « Pourquoi ne prends-tu pas le sang de ce corps ?

— … Je ne suis pas un monstre… rétorque notre Ynferrial avec un ton anéanti.

— Un laps de temps de silence passant, le roi parle enfin avec un sourire joyeux, satisfait, Tu as réussi ! Maintenant, tu es mon chuchoteur officiel ! Tu peux te féliciter ! »

11

Ce n'est qu'une heure plus tard, que nous retrouvons, dans la salle des conseils étant dans un noir pratiquement complet, la mystérieuse princesse, le garde royal Rell, sans oublier, le fameux seigneur de cette contrée.

Tandis que notre septium va alors prendre un bain pour se nettoyer de son meurtre.

C'est qu'après un silence de plomb, le roi demande timidement à la princesse : « Il a vraiment l'air d'un cas déjà perdu d'avance, votre trouvaille, Venëity…

— Il a juste besoin de temps pour s'adapter, ne t'inquiètes pas, rétorque-t-elle tout en restant pensive.

Alors que Eker en profite pour reprendre la parole :

— Sinon, pourrais-tu m'expliquer cette scène ? Je n'étais pas au courant. Es-tu sûre que c'était le meilleur moyen d'attirer sa confiance ?

— Tant qu'il ne saura pas que je suis la véritable dirigeante de cette seigneurie, et que notre seigneur est un faux, tout ce qu'on a fait, était nécessaire. C'est ainsi qu'à ces paroles, celle-ci reprend un peu de vie et se met debout afin de tourner autour de ses interlocuteurs, tout en y mettant le ton et les gestes théâtraux, pour continuer à dire, Imaginez, un roi cruel qui ordonne la mort d'un de ses confrères… qui plus est, une connaissance de sa mère, donnant alors une raison de vengeance. Mais d'un autre côté, une jeune et jolie princesse, se rattrape de son ancienne erreur avec le dragsium, en défendant ardemment les septiums, ce qui donne une lueur d'espoir à son cœur, qui commence seulement à imaginer que je pourrais l'aider à sauver des septiums et les autres espèces.

— Je vois ce que tu voulais faire Venëity, dit le garde, pour continuer par une question, mais je pense que cela n'est pas encore suffisant afin qu'il puisse réellement envisager cette solution, celle que tu sois le salut des autres espèces, n'est-ce pas ?

— Tout à fait. C'est pourquoi après le dîner avec le reste de la cour, je vais lui proposer de lui faire visiter la ville et de lui montrer ce que je prépare depuis un bon mois déjà. Après ceci, je pense qu'il envisagera sérieusement cette éventualité. Sinon, toi, mon cher pseudoseigneur, je compte sur toi, pour lui faire un rapport complet sur la situation durant la réunion de la cour.

— Ne vous inquiétez point, ma reine. Cela sera d'après votre bon plaisir.

— Alors, nous pouvons mettre fin à cette réunion...

— Attends, Venëity, coupe Eker. J'aimerais aussi te révéler quelque chose.

— Qu'est-ce qu'il y a ?

— C'est à propos des bandits qui nous ont attaqués durant notre retour. Je ne voulais pas le dire avec notre nouveau coéquipier dans les parages. Ce n'était pas des bandits ordinaires, ils étaient déguisés. En réalité, c'étaient des apôtres de la Dixième.

— Comment peux-tu en être sûr, Rell ? répond froidement Alice, tandis que le seigneur semble tout d'un coup terrorisé.

— Grâce à leurs marques aux fers rouges que j'ai pu rapidement voir, proche du cou.

— Dans un excès de peur, le pseudoseigneur met brusquement ses mains sur sa tête qui se recroqueville sur lui-même, pour dire d'un air terrifié, Elle connaît absolument tout, même notre carte maîtresse... On ne va pas s'en sortir cette fois-ci...

— Calme-toi. Ergote la princesse, qui continue de parler, Cela n'a pas forcément une grande incidence pour nous, parce que de tout de façon, elle l'aurait su, à cause de la scène d'Eilif en plein milieu dans la ville. Au lieu de cela, nous devrions plutôt connaître la raison pour laquelle, elle a fait ceci. Première hypothèse, pour nous dire que même avec un Ynferrial dans nos rangs, elle n'hésitera pas. Deuxième hypothèse est qu'elle voulait nous jauger. Et la troisième...

— Et la troisième est... ? continue Eker.

— J'aimerais d'abord poser une question à Strentfort, avant d'avancer cette hypothèse farfelue... Bien, arrêtons-nous là. »

12

Tandis qu'au même moment l'astre solaire en profite pour se coucher, se coucher partiellement, créant la fin d'un coucher de soleil, afin que nous puissions retrouver Éric dans le bassin d'eau du château, dans les bains afin de se laver de tout le sang étant sur ses mains, sur son corps, et vêtements, repensant à ce qu'il va se passer...

Voilà, je l'ai tué... j'ai tué un de mes confrères, pour sans doute en sauver des milliers d'autres, et mon plan doit encore fonctionner, pour que sa mort ne soit pas vaine. Je dois trouver un moyen... Je dois me rapprocher de cette stupide princesse, afin de pouvoir la manipuler, sans utiliser ma magie... Je ne veux plus jamais la réutiliser, pour quoi que ce soit, à cause de cet événement qui s'est passé, il y a sept ans... J'ai déjà un moyen, la journée que je lui ai donnée ! Après il faut qu'elle ait le courage de me le redemander, vu qu'elle a assisté à ce drame plutôt brutal. Je dois donc trouver un autre moyen, afin de la rassurer, et de pouvoir tranquillement souffrir. Je sais comment faire ! Je vais me faire remarquer, et faire le con... et mon excuse sera que c'est la première fois que j'entre à l'intérieur d'une demeure ! Cela couvrira mes arrières quand ceci partira loin.

Pour le moment, je ne vais rien faire. Je vais analyser les relations, déduire, trouver des failles dans les gardes, la folle, Eker, sans oublier ce fameux roi, et agir. J'ai du boulot pour pouvoir enfin me venger un jour de ces vermines que sont les humains, pour pouvoir être tranquille...

Le temps se passe, et arrive l'instant où il doit sortir du bain, de mettre un peignoir bien trop petit, lui donnant un air pittoresque, pour qu'il se dirige lentement vers une autre pièce. Dans laquelle, il rencontre le couturier personnel de cette demeure, afin qu'il puisse prendre ses mensurations, dû au fait qu'il est devenu l'assassin attitré de la famille royale, et qu'il lui faut des vêtements plutôt convenables.

Durant plusieurs heures, l'Ynferrial ne bouge pas, laissant donc le temps au professionnel de mettre les parties du puzzle de sa nouvelle tenu. Il n'y a pas un mot qui est partagé, la séance reste silencieuse, pesante, sombre entre ses deux individus mal à l'aise, l'un par le Septium étant une immensité de la nature, et l'autre parce qu'il doit se faire tripoter encore et encore, afin de finaliser ses vêtements, même ceux du bas.

Après toute une soirée éprouvante et longue, l'homme propose froidement, machinalement de montrer le résultat final à Eilif fermé devant un miroir étant disposé dans un coin. Arrivé en face de celui-ci, notre Septium constate, déduit que cet accoutrement est totalement uni par la même couleur, le noir absolu, sombre, profond sur sa redingote s'arrêtant au niveau des genoux. Tandis que son pantalon est tout à fait basique, à l'exception près que sa taille est beaucoup plus énorme, comme tout le reste.

Par la suite, l'homme mûr tend brusquement, silencieusement une épingle en or ressemblant à une rose, afin de dire : « Ceci est le symbole qui permet d'attester que vous faites partie de la cour, donc vous devrez toujours le porter sur vous. Acceptez-vous que je l'accroche sur le haut du torse ?

— Oui, faites-le, demande-t-il d'un air détaché en se mettant un peu plus droit, pour faciliter l'accrochement de celle-ci.

— Le roi m'a aussi convié à vous emmener au repas de ce soir avec tout le monde, même s'ils ont sans doute déjà commencé. »

Pour y répondre, il fait alors un petit regard approbateur à cet humain.

Devant la porte, le couturier laisse Strentfort. Donc ne sachant pas quoi faire, il décide bêtement d'ouvrir les portes en même temps, afin de voir, d'observer une table de bois massive bâtie en longueur se constituant des personnes proches de ce souverain au bout de celle-ci. En plein milieu de la largeur. Tandis que du côté du chef de la garde royale, il est juste à sa gauche, et la princesse à sa droite. Alors que juste à la droite de Rell, il y a une place de libre.

Éric se dirige alors à cette chaise suspectée d'être la sienne. Puis, arrivé derrière celle-ci, il l'agrippe, tout en demandant : « Désolé de vous déranger en pleine discussion, mon altesse, et princesse, mais est-ce que c'est bel et bien l'endroit où je dois manger ? dit-il étrangement poliment.

— Oui, bien sûr ! Tout le monde s'est déjà installé depuis longtemps ! annonce la jeune femme arborant un grand sourire envers notre chuchoteur.

— En attendant patiemment que le jeune Septium s'installe, le roi en profite pour parler, Ma fille était en train de raconter votre rencontre, et l'histoire de vos blessures que vous avez reçues.

— Ah bon… j'imagine que cela doit être palpitant ! Alors que ses yeux disent bien le contraire, regardant seulement son repas, laissant s'échapper une odeur douce et attirante.

L'homme continue en posant une autre question :

— Quelle est l'histoire la plus douloureuse pour vous ?

— … Mon histoire la plus douloureuse, dites-vous ? répond-il d'une voix froide, en s'arrêtant brusquement, pile au moment où le couteau entre dans la viande. Pour finir par dire, Vous ne devriez pas le demander à moi… la mienne est loin d'être la pire. Si vous voulez réellement de la tristesse, vous devriez voir ceux qui sont en esclavage.

— Oui, mais je pose cette question à vous.

Quand tout d'un coup Eker intervient :

— Avec tout mon respect, mon altesse, j'ai l'impression qu'il ne veut pas la raconter. Pourriez-vous comprendre ? Cela doit être douloureux.

— Non, c'est bon, le Garde… C'est celle de mon dos, est-ce suffisant ? rétorque machinalement Eilif en maintenant son regard vers son plat.

— Pourquoi ?

— C'est l'instant où… je me suis fait torturer.

— Que vous a-t-on fait, en plus des marques de cette torture ?

— ... Il faut se dire que le fouet qu'il a utilisé était un élémentaire de lave... donc il n'y avait pas que le coup qui me faisait mal, mais aussi... Et... le pire, c'est que l'homme qui en était responsable, qui devait m'infliger ceci, était l'homme qui m'avait élevé durant toute ma vie auparavant, avec les bons, les mauvais, les drôles, les sérieux moments. Et penser qu'il vous a trahi... L'homme, même un père, certes adoptif, que j'ai aimé. Sans oublier...

La fille du roi l'interrompt brusquement, en se mettant debout, et en faisant brutalement reculer sa chaise. Pour qu'elle puisse poser ses deux mains sur la table, et se pencher vers l'Ynferrial, en affichant un sourire forçant Eilif à diriger son attention sur celle-ci, en levant ses yeux, les yeux du triste enfant meurtri, ensanglanté par son passé, afin qu'elle annonce avec énergie et vie :

— Au lieu de parler de ceci, sache que j'ai trouvé notre rendez-vous que tu m'avais promis, et je l'ai déjà mis en place avec mon père !

— ... Pardon ? (Je n'avais pas prévu cela... Elle est réellement folle, pour pouvoir diverger de ma prévision.)

— Ce sera demain à l'aube, au moment où les marchants ouvrent leurs portes !

— (Au moins, ceci me fait gagner du temps. J'espère que je vais réussir à ne pas faire de conneries, demain... mais ce n'est toujours pas gagner.) »

À ces pensées, il commence enfin à manger son plat, en ignorant délibérément la nouvelle.

Alors que du côté de la princesse, celle-ci essaie désespérément de capter l'attention du nouveau venu à cette table, mais n'arrivant à rien, même si cela réussit à durer pendant pratiquement une heure entière, durant pratiquement tout le dîner.

Monsieur Rell après tout ceci, amène tranquillement notre ancien champion à sa chambre, à son immense chambre qu'il peut enfin découvrir, observer, contempler avec joie, pouvant à nouveau renouer avec un lit confortable, dû au fait qu'il n'a pas pu dormir sur un bon matelas pendant dix ans. Quand il voit donc ce fameux palais saint, il y va lentement, tendrement, prenant tout son temps afin de le savourer, afin de pouvoir se délecter de cet instant fort en émotion. Il commence par une main, puis deux, en les avançant délicatement en avant vers le milieu du lit, pour finalement poser ses bras tout entiers dessus, et se jeter en totalité. À la fin, ce n'est qu'un ver de terre gigotant comme sur de la terre.

Et finalement s'endormir au bout de cinq petites minutes dessus, en affichant une tête apaisée, et un corps relâché.

13

On se retrouve alors, le matin, ce fameux matin, où cette limace, cet être dort paisiblement, où Éric continue de se prélasser sur le confortable lit. Malheureusement, celui-ci obligé de respecter son serment, cela conduit à l'entrée fulgurante de la jeune femme énergique, emplie de joie de vie dans la pièce, afin de venir chercher son invité de la journée.

Et dans le hasard du monde, notre Septium est réveillé, faisant semblant de dormir, afin d'échapper à la furie de la dernière, sauf qu'après quinze minutes d'atroces tortures, la marmotte qu'il est décide d'abandonner au grand plaisir de la femme qui affiche un sourire radieux quand il ouvre les yeux.

Elle prend alors l'index de la main droite de l'Ynferrial, pour le tirer du mieux qu'elle peut de son lit, tout en disant : « Allez ! ... On a qu'une seule journée devant nous ! Même si ceci ne sert à rien, vu le poids de notre Septium.

— Oui, oui, j'arrive, sale folle… Laisse-moi le temps de reprendre mes esprits et je te rejoins.

— D'accord, mais le petit déjeuner est déjà prêt, alors dépêche-toi !

— Pardon ? Le petit déjeuner… J'arrive immédiatement ! » À ces mots, il prend la princesse, et la met sur son épaule droite, pour aller rapidement au lieu voulu. Ceux-ci malgré ses cris de désespérance, visant à ce que le Septium la lâche, mais ne marchant pas, et est entraîné de force dans cette position embarrassante.

Une fois qu'il réussit à trouver l'endroit escompté, Eilif constate rapidement qu'il y a seulement deux plats de prêt, et recouvert, pour les maintenir à la bonne température. Devant ceux-là, le chuchoteur demande : « Pourquoi sommes-nous seuls ?

— Il n'y a personne qui se lève à cette heure, voyons… mais c'est aussi l'heure parfaite, pour découvrir le marché, et ses merveilles !

— Eilif s'assoit, retire le socle, et brusquement, même brutalement, il repose celui-ci avec des haut-le-cœur. Pour poser une question, Donc même les cuisiniers sont entrain de dormir ?

— Oui ! C'est moi qui ai fait le magnifique dessert qui est devant tes yeux ! Et c'est justement le moment parfait pour tester la cuisine… parce que mon père ne veut pas que je le fasse ! Alors, ma première demande, c'est de goûter mon chef-d'œuvre !

Cependant, son interlocuteur n'est pas enthousiasmé, il est même répugné par ce plat ayant l'apparence d'un excrément, d'un étron qui vient d'être sorti, et de l'odeur empestant le sucre. Pour donc lui faire plaisir afin de réussir son plan improvisé, il annonce avec contrainte :

— Bon appétit ! … mais pourrais-tu me dire ce que tu as mis dedans ?

— … J'ai mis du chocolat au lait, du chocolat blanc, du chocolat noir, du sucre, des œufs, un peu de farine, et du lait, du sucre vanillé. » Avec un visage arborant seulement le désespoir, il prend timidement une part du dessert avec la cuillère, et la mettre dans sa bouche. Il pense par la suite : « (Trop de sucre… Beaucoup trop de sucre.) » Il continue pourtant de se forcer, afin de le finir.

Après la jeune femme reposant la tête sur ses deux mains jointes, regarde avec joie et intérêt son invité de la journée pour demander avec curiosité : « Alors ? Comment est-ce ?

— … Il y a des progrès à faire, mais je pense que tu y arriveras avec le temps.

— Vraiment ? dit-elle en levant sa tête, stupéfaite, et en baissant brusquement ses bras.

— Quant à Éric, celui-ci détourne son regard en se frottant avec sa griffe à la joue, afin de répondre, Mon dicton est que si on veut, on peut… Donc si tu le souhaites réellement, un jour peut-être seras-tu incroyable dans ce domaine.

— C'est très bien dit ! Je vais suivre ton conseil, et j'aimerais que chaque matin ce soit toi mon dégustateur ! annonce-t-elle ceci, en se penchant un peu plus vers Strentfort surpris.

— Alors pour ceci, j'aimerais d'abord y réfléchir un peu avant…

224

— Je le veux tout de suite ! Tu m'as promis de faire tout ce que je te demande !

— Je te le dirai à la fin du jour, es-tu d'accord avec ma proposition ?

— Oui, tant que c'est aujourd'hui, cela me va ! » Par la suite, les deux compagnons de journée se préparent pour sortir de l'énorme château, de ce palais subissant peu à peu la lumière de l'astre doré, et finissent d'en s'échapper à l'instant où les cloches sonnent huit heures du matin.

Ils marchent lentement dans la ruelle principale du marché, cette immense place entourée de bâtiments, se mettant doucement en vie, avec les dizaines, vingtaines de marchés, de magasins, laissant par la même occasion couler le ruisseau, se faisant illuminer, dû à son emplacement, se trouvant au milieu de cette place marchande. Ce ruissellement monopolisant toute l'attention de notre ancien champion, le rendant nostalgique de sa première sortie en ville.

Pour finalement être rattrapée par la dure réalité de la vie, lorsque la personne se trouvant à ses côtés pose cette question : « Qu'est-ce que tu veux faire en premier ?

— Je croyais que c'est toi qui allais décider pour aujourd'hui ?

— Au départ, je voulais faire cette sortie avec toi ! Pour te montrer, et t'apprendre le maximum sur le monde extérieur, alors j'aimerais d'abord commencer par ce que tu aimes !

— Ce que j'aime… ? Je n'ai jamais eu le temps d'y penser réellement… Après je sais une chose, j'adore manger.

— C'est la même chose pour pratiquement tout le monde ! … On pourrait aller au marchand de vieillerie ! Là-bas, on pourra trouver pratiquement tout ! hausse-t-elle la voix, en commençant à retirer l'immense main de Éric qui suit le pas rapide qu'elle prend.

— Une fois arrivé devant celui-ci, Eilif demande, C'est le magasin dont tu parlais auparavant ?

— Oui, c'est exact ! » La façade de celui-ci a un énorme écriteau, où il est écrit « Les merveilles de la découverte ». Pourtant il arrive très nettement à constater que celui-ci est vieux, corrodé par le temps, par ses pertes de couleur, par l'écaillement à certains endroits, par les quelques zones montrant de la moisissure. Notre jeune Septium se pose alors cette question : « (Pourquoi, veut-elle venir ici en particulier… J'en suis sûr, que dans cette cité hégémonique, il y a plein d'autres magasins dans le même genre, et en bien meilleurs états.) » Alors qu'en même temps, sa coéquipière essaie désespérément de le faire entrer dans le lieu, le poussant à la laisser faire. Et dans la surprise de notre Ynferrial, celui-ci peut constater, observer une multitude, plein de semi-humains, d'enfant d'autres races que celle des humains, en train de travailler dans le domaine, interloquant donc notre grand personnage demandant : « Que font-ils ? Je crains de ne pas comprendre… ?

— Le magasin prend que des êtres n'étant pas humains pour un travail rémunéré, et c'est moi qui en suis la cause ! J'ai réussi à convaincre le vieux gérant de le faire, sans oublier que maintenant qu'à grâce à cela, ils peuvent acheter un peu plus de nourriture pour eux, et pour leurs familles ! N'est-ce pas merveilleux ? rétorque-t-elle en se retournant vers le chuchoteur bouche bée, avec et toujours un énorme sourire.

— … Oui, c'est merveilleux… Tu es une vraie folle… répond-il avec des yeux émerveillés, éberlués, ne sachant plus où donner de la tête.

— Arrête de m'appeler la folle ! Tu sais, j'ai un prénom ! A-li-ce ! Est-ce que tu m'as entendu ? Alice ! crie-t-elle en s'énervant un petit peu pour qu'il puisse enfin l'appeler par son nom.

— Pour être honnête, je ne connaissais pas ton prénom… Alice.

— Ah bon, je ne te l'avais pas dit ? … Laisse-moi réfléchir…

— Alors qu'au même instant notre Septium en profite pour tourner ses yeux, afin de voir, contempler ce que propose le marchand. Pour prendre un petit moment après une boussole, et regarder attentivement. Et dire avec curiosité, demander pensivement, en se tournant vers la jeune femme, C'est bien une boussole ? Cette chose qui permet de montrer la direction qu'on prend ?

— Oui, c'est bien ceci !

— Il se met alors à tourner autour de lui-même, afin de voir, si cela marche vraiment. Une fois vérifié, il demande stupéfait, Cela doit coûter une fortune pour en avoir au moins une !

— Mais non, voyons… » Durant des heures entières, durant un long temps, ils parcourent ensemble la totalité du magasin, voyant plein d'autres objets différents, et intéressants, captivant toute l'attention de notre assassin, de notre enfant. Pour que finalement en cachette, il prenne une partie des choses découvertes, afin de les déposer sur le comptoir du vieux gérant, en disant que c'est la princesse qui paye. Cependant, il se fait vite prendre, quand elle revient.

Ils visitent donc le reste de la ville, en allant premièrement dans un restaurant acceptant les autres espèces, ce qui permet au poids de notre jeune Septium de donner raison à cette pauvre chaise, se cassant aussitôt, le faisant alors tomber par terre. Sa compagnonne en rigole, déclenchant la colère de notre Ynferrial râlant l'instant d'après.

Par la suite, une ou deux heures passent afin qu'ils aillent prendre une glace pour chacun, près de la magnifique fontaine à eau de la cité, et qu'ils s'assoient à son bord. Les deux individus jettent alors une pièce, et font un vœu.

Finalement, à la soirée, en portant une barbe à papa dans leurs mains, ils commencent une conversation. Alice demande : « Alors, cette journée ?

— … C'était fort en émotion, et très lucratif pour moi.

— Rien d'autre ? Vraiment ? … par exemple, que tu as aimé ma compagnie…

— Non… Je pense que c'est absolument tout.

— J'aurais une question pour toi…

— Vas-y.

— Est-ce que tu penses qu'un Ynferrial peut posséder un autre Ynferrial, en mettant une certaine quantité de sang dans son corps ?

— Je ne sais pas… Pourquoi cette question ?

— C'est juste qu'il y a pas mal d'histoires à propos de leurs combats contre le reste des espèces… dans ceux-là, ils montrent que certains d'entre eux, ce sont amusés à posséder une partie de l'armée et de faire un génocide entre eux... Donc, comme je n'avais jamais lu d'histoire racontant cette possibilité entre Ynferrials, je me posais la question, dit-elle, d'un ton soudainement bien plus calme et froid.

— Tu sais lire ?

— À cette question, celle-ci retrouve sa vie et plonge un de ses doigts dans sa barbe à papa, puis prend un bout, et demande, Peux-tu regarder vers moi ?

En tournant brusquement son museau, celle-ci lui met le morceau enlevé sur celui-ci, sur le bout de son nez. Il monte son bras, sa main afin de le prendre immédiatement, et de le lécher, pour rétorquer à ceci :

— Je crois entendre quelqu'un t'appeler derrière nous... Alors qu'au même moment, il balance sa queue, et atteint sa barbe à papa de manière à ce qu'elle ne puisse le voir. Pour qu'ensuite, au moment où elle se retourne, elle puisse voir d'un coup sec une catapulte emplie de barbe à papa envoyer ses projectiles, s'écrasant sur tout son visage ébahi.

— Celle-ci stupéfaite, arrête de bouger un instant pour se tourner à nouveau vers Eilif, qui continue à marcher sans lui prêter plus attention pour lui dire, avec la bouche béate, Je vais te tuer ! ... Cette expression faciale semblant vouloir la mort de son interlocuteur disparaît rapidement pourtant, pour laisser place à un sourire, quand elle voit Éric avoir finalement un petit rictus rapide.

— Qu'est-ce qu'il y a ? Pourquoi tu t'arrêtes ?

— En sautillant de joie, pour rattraper son accompagnateur. Elle lui dit, tout en s'agrippant à son bras gauche, J'ai enfin réussi à te faire sourire ! C'était dur, mais j'ai enfin réussi !

— Son interlocuteur détourne donc rapidement sa tête, en enlevant par la même occasion son sourire, afin de répondre à ceci, C'est vraiment stupide comme but ! ... Sale folle... enfin Alice...

— Tu m'appelles enfin par mon prénom ! Qu'est-ce qui t'arrive ?

— Au lieu de parler de cela... J'accepte finalement ta proposition, qui consiste à venir goûter tes créations gastronomiques.

— Si tu es toujours aussi gentil le soir, je ne viendrais discuter avec toi qu'à ce moment-là !

— Si tu n'es pas contente, je peux redevenir comme avant !

— Non, c'est bon ! Tu es parfait comme cela ! »

La nuit tombante, les deux aventuriers rentrent enfin dans le palais, toujours sans vie à leurs yeux, vu sa grandeur empêchant toute retrouvaille avec quiconque.

On trouve alors après quelques minutes, un Septium fatigué s'écrasant désespérément, se prélassant tendrement sur son merveilleux lit, qui l'accueille à bras ouvert. Il est pensif. Néanmoins, une chose change, comparé à la journée précédente, c'est un sourire…

Mon plan marche à merveille… Je remarque que c'est vraiment une enfant celle-là. Elle n'est pas possible, pourquoi être ainsi ? Ce n'est rien de voir mon sourire. En tout cas, je le pense… Après, je ne dois surtout pas oublier sa tête au moment où je lui avais envoyé de la barbe à papa ! … Elle était incroyable. La chose qui me surprend le plus dans cette journée… c'est qu'elle n'arrêtait pas d'afficher une énorme joie de vivre, même quand on l'énerve… Elle est terrible, je ne la comprends pas, et pourtant j'aimerais, afin que je puisse enfin passer à quelque chose d'autre… Oh non ! J'ai oublié que j'ai accepté de goûter ses plats, pourquoi ai-je fait cela ? Je vais souffrir demain matin…

Pour finalement s'endormir en position fœtale, en affichant malgré sa journée haute en couleur, un visage apaisé.

14

Une fois encore, la scène se produit comme pour hier, avec une princesse énergétique, sans limites, pénétrant rapidement, brutalement dans la chambre du pauvre Ynferrial étant la victime et n'étant toujours pas éveillé.

Au bout d'une longue heure, comparée au quinze de la dernière fois. Ceci est le temps qui permet à celle-ci, de pouvoir faire entre ouvrir les yeux de sa victime matinale, les refermant l'instant d'après, comme épuisé. Cela énerve alors la jeune femme, qui décide immédiatement de prendre de grandes mesures, en sortant de la pièce pour revenir ensuite avec un seau d'eau froide, afin de jeter tout le contenu sur sa cible, le faisant sursauter violemment, le faisant tomber au sol et reculer Alice.

Cela force péniblement Éric à se relever lentement en racontant : « Tu es un monstre ! C'est inhumain de faire ceci sur la bête que je suis…

— Arrête de faire ton rabat-joie ! Tu me l'as promis, hier ! Que tu voulais venir goûter mes chefs d'œuvres !

— Oui, oui, j'arrive, mais s'il te plaît, laisse-moi un instant tout seul, pour que je puisse reprendre mes esprits tranquillement.

— Je pense plutôt que tu en profiteras pour te recoucher ! Alors non ! J'attends patiemment ici que tu les reprennes ! » Durant ce temps, ils restent donc immobiles, attendant patiemment, jusqu'à ce qu'ils se dirigent enfin vers la salle à manger. Cependant, notre pauvre Septium, une fois entré, peut pratiquement instantanément sentir une odeur de cramé sortir des cuisines se trouvant juste à côté de cette énorme pièce. La princesse réagit alors, au quart de tour, en accourant là-bas, et voir ce qui se passe en poussant un cri de panique.

Quand elle revient en affichant un visage d'une grande tristesse, accompagné d'un immense plat, notre Ynferrial comprend rapidement, comprenant que c'est la mort qui l'attend, s'il mange ce dessert se cachant sous un couvercle. Une fois posé, un brin de fumée commence à sortir de celui-ci, tandis que la jeune femme révèle timidement : « Désolé, j'ai fait de mon mieux, pour le sauver, sauf que malheureusement... C'était peine perdue. Je comprendrais, si tu ne veux pas essayer... Tout en se mettant assis, et se couchant sur la table, afin de montrer son désespoir.

— Ne sois pas dans cet état, il y a toujours des erreurs quand on fait quelque chose depuis peu, même après... mais dis-toi fermement, que même si elle semble énorme à réparer. Tu dois te relever, et combattre pour ton but, et ce que tu chéris de tout ton cœur, dit sagement Eilif d'une voix réconfortante.

— Je suis d'accord avec toi, mais je ne sais pas par où commencer...

— Commence par acquérir des connaissances, en lisant quelques livres sur le sujet, ou en demandant à des professionnels ce que tu ne comprends pas... parce que le minimum pour se jeter quelque part, c'est de connaître ton but.

Elle se lève alors rapidement, afin de prendre une des deux mains de notre ancien champion, avec les siennes, en arborant un regard ardent, empli d'espoir pour annoncer :

— Merci ! Je vais de ce pas, me rendre à la bibliothèque royale !

Il retire tout aussi vite sa patte, en détournant ses yeux, afin de rétorquer d'un ton gêné :

— De rien, et maintenant part de cet endroit, afin de réaliser ton objectif !

— D'accord, Grand professeur grincheux ! Pour ensuite partir avec hâte, et énergie.

— Attends, Grand professeur... et quoi d'autre ? ... Elle est déjà partie. Bon, je pense que je vais enfin pouvoir prendre un bon bain bien mérité. »

Quand il finit de se prélasser dans l'eau, de se barboter, de se détendre longuement, il se sèche, puis commence à s'habiller, et se fait brusquement surprendre par un serviteur immobile en train de le regarder froidement tout nu, le forçant à pousser un hurlement de peur, tout en essayant tant bien que mal de se cacher, avec une serviette posée à côté, pour finalement demander : « Qu'est-ce que vous faites ici ? Cela ne va pas bien dans votre tête de m'observer tout nu silencieusement ? Pédophile de cinquante ans, va !

— Je viens de la part du roi, pour vous annoncer que le petit déjeuner va bientôt commencer, réplique-t-il étrangement froid, machinalement.

— Ouais, bah maintenant partez, putain !

— En s'inclinant, il répond, D'accord. Pour qu'après ceci, il parte lentement et gracieusement vers la sortie, puis refermer la porte derrière lui.

— Alors qu'au même instant dans les pensées d'Eilif (Ils me font finalement tous peur dans ce palais… Ils ont tous un grain dans leurs têtes. Je suis même prêt à parier que si la folle avait quelque chose d'important à dire, elle me ferait la même.) »

Arrivé à la salle à manger, où les mêmes personnes que l'autre soir sont entrain de partager leurs desserts, ayant cette fois-ci une odeur séduisante, comparée aux autres ratés. Le chuchoteur se dépêche donc de s'asseoir à sa chaise, à côté d'Eker qui lui révèle : « Aujourd'hui, il y a un conseil de la cour. C'est justement, après ce petit déjeuner, dans cette pièce. Pourtant en entendant aucune réponse de son interlocuteur, il le regarde bêtement, et constate, contemple que celui-ci est plus concentré à savourer une cuillère du morceau de la part de gâteau, que de l'écouter. Pour continuer, M'as-tu au moins écouté ?

Strentfort surpris, interpellé par sa demande, tourne soudainement son regard vers le chef de la garde royale, pour qu'ensuite il enlève la cuillère de sa bouche et demande.

— Peux-tu répéter ? Je crains que je n'aie pas pu faire attention à ce que tu m'as annoncé…

— … (Expiration de monsieur Rell)… Dis-toi que tu dois rester ici, jusqu'à ce que je parte, c'est d'accord ?

— Oui, reçu cinq sur cinq, Monsieur le Garde ! Alors qu'une nouvelle énorme et immense tournée entre dans sa bouche béante. Afin d'afficher une fois refermée, un sourire d'extase sur son visage.

— Tu es irrécupérable… »

La microdiscussion se termine alors aux mots désespérés d'Eker. Jusqu'à que tout le monde finisse son repas, et que la princesse absorbée par ses pensées, parte à nouveau avec hâte à la bibliothèque, afin de continuer sa lecture.

À la fin, il ne reste que les membres de la cour, se mettant dans une ambiance pesante, et sérieuse, fermant leurs visages à toute émotion, alors que notre nouveau membre s'endort déjà à moitié devant cette monotonie où tous sont plongés. Finalement, cela commence, avec la voix de notre cher souverain de cette province, ouvrant les hostilités immédiatement : « Nous avons constaté qu'il y a bien plus de fanatiques de la Dixième dans la ville, et ceci ne présage rien de bon… Qu'avez-vous à dire, face à cette situation ?

L'un des hommes présents prend la parole :

— Mais que pouvons-nous faire concrètement ? Si on en blesse n'en serait-ce qu'un seul, le dixième démon de notre monde va nous prendre pour cible !

Un autre rétorque avec force :

— Mais qu'est-ce qui vous dit qu'on n'est pas déjà une cible de celle-ci ?

Alors que Éric demande d'une voix détachée, même fatiguée, en jouant avec sa cuillère :

— C'est qui la Dixième ? Je suis désolé, on m'invite ici, alors que je ne connais en rien la situation.

Plusieurs membres du conseil hurlent en même temps :

— Vous ne savez pas ce que signifie "La Dixième", tandis que vous faites partie des leurs !

— Pour me défendre, toute ma vie, j'ai été enfermé dans une cage en ne sachant pratiquement rien de ce qu'il arrivait au monde.

Le roi interrompt le brouhaha de la réunion, en criant :

— Silence ! … Je vais vous expliquer, mon cher chuchoteur. On a appris récemment que les Ynferrials se classent, mais nous ne savons toujours pas comment cela est régi. Et en tout… ils sont dix encore en vie, en rajoutant maintenant toi. Ceci veut dire que vous êtes onze avec ce pouvoir. Donc, quand on dit "La Dixième", ceci signifie qu'on parle de l'avant-dernière du classement. Pourtant, elle est quand même capable de beaucoup de choses inimaginables pour nous. De plus, elle a un culte en son nom, qui la suit partout, afin de la protéger.

— ... Je vois, et ceci veut aussi dire que je suis dernier... Malheureusement, je suis très joueur, et je n'aime pas finir dans les derniers... je vais devoir changer ça...

— Voilà qui est fait... Justement comme je vous parle, je vais vous demander... plutôt je vous ordonne maintenant d'assassiner quelques fanatiques de cette organisation, afin de montrer qu'on ne les veut pas ici. On déduira par la suite de sa réponse.

— Cela ne me gêne pas, loin de là ! Donnez-moi leurs noms !

— Alors que du côté du reste de la cour, ils disent, hurlent même, Comment ? Pardon ? Nous ne pouvons pas faire ceci ! Vous êtes fou de vouloir faire cette action !

— Le chef de l'assemblée crie, Silence ! Sache le Chuchoteur, il faudra les tuer au plus vite ! Cela veut dire que vous devrez commencer aujourd'hui même ! ... Pour les détails, venez voir mon serviteur ! Quant à vous, mes chers membres, j'aurais une question pour vous... Avez-vous une meilleure solution que ceci ? » Un murmure macabre, pesant sur le sujet se lance dans le vif. Tandis que notre jeune Septium attend avec hâte la fin de cette réunion pittoresque, étant déjà terminé à ses yeux.

Finalement, le roi se lève promptement, en faisant reculer sa chaise, afin d'annoncer : « Comme je peux le constater, il n'y a rien d'autre ! Donc, je déclare cette réunion finie ! Vous pouvez partir, quand bon vous semblera ! »

Peu de temps après cela, avant que le garde royal Eker se lève aussi, le Septium le prend par le bras, avec son immense main, pour lui demander en murmurant :

— J'aurais quelque chose à te demander, est-ce que tu sais où est la fameuse bibliothèque de ce palais ?

15

Éric sort de la salle à manger, en affichant encore un immense sourire aux lèvres, et étrangement accompagné d'une bonne énergie et détendu. Alors que les rares personnes encore présentes sortent avec un visage désemparé, perdu, pensif.

Cependant avant qu'il parte définitivement, Eker Rell le rattrape afin de lui poser cette question emplie de curiosité : « Pourquoi voulais-tu le savoir ?

— C'est une bonne question ! Malheureusement, je manque de temps, pour te répondre, parce que je dois réaliser la demande de notre cher souverain ! » Pour qu'il puisse partir rapidement dans la direction du couloir permettant de sortir du château.

Nous retrouvons donc Eilif avec une certaine joie de vivre, affichant un visage joyeux, enjoué, bougeant tout son corps énergétique, marchant rapidement dans les grandes rues de la ville, en sautillant pratiquement un petit peu, pour pouvoir arriver à sa première cible, se trouvant la plus proche du palais. Quand tout d'un coup, il décide de changer violemment de trajectoire, pour s'en aller de la rue principale, afin de rejoindre une autre secondaire, et où il y règne l'obscurité, l'humidité, la puanteur à cause des hauts bâtiments, et du minuscule ruisseau.

Finalement, promptement il s'arrête à côté d'une auberge, en se tournant l'instant d'après vers elle, et baisse son regard, pour voir, regarder une petite feuille froissée, avec quelques écrits. Il saute alors extraordinairement haut, afin de pouvoir atteindre la fenêtre de l'étage, et s'y agripper après avoir lu un petit temps la note.

L'homme stupéfait dans la chambre au moment où il monte ses yeux pour voir, contempler ce qui obstruât la lumière au niveau des vitres, l'empêchant de lire correctement son livre, une sorte de parchemin entre ses mains calleuses. Il recule brusquement en tombant même au sol, au plancher, pour continuer à ramper en arrière, en arborant un visage apeuré, prostré.

Alors que notre tueur commence délicatement à introduire son pouvoir, sa matière noire dans les jointures, en laissant aucune trace. Quand ceci est terminé, il pousse donc vers l'intérieur de la pièce une des deux fenêtres, pour finalement rentrer, en affichant un sourire malicieux, joyeux, accompagné d'une démarche étrange, irrégulière, provocante, plutôt excité.

La personne essaie alors de s'échapper en se relevant rapidement, et laborieusement, mais cependant, il remarque immédiatement, en observant la clenche que celle-ci est déjà atteinte par le sang de son conjoint, ne la laissant plus bouger. Il regarde plusieurs fois derrière lui, pendant un bref instant, afin de se concentrer sur la porte. Alors que Éric se rapproche peu à peu, jusqu'à ce qu'il se murmure nerveusement : « Pourquoi elle ne veut pas s'ouvrir ?

— C'est normal qu'elle ne s'ouvre pas, c'est parce que je suis en train de la bloquer, rétorque son interlocuteur, en chuchotant tendrement à son oreille découverte, en maintenant un sourire joueur, malicieux.

— … (Hurlement)… Comment avez-vous fait… ? Il retombe de peur, en se mettant à marcher à quatre pattes vers la fenêtre aussi refermée, et scellée, afin de demander, Qui êtes-vous ? Et comment avez-vous pu faire toutes ces choses, qui dépassent l'entendement ?

— Bonjour, je me présente, En s'inclinant humblement, il commence à se redresser lentement, longuement au même instant où il révèle son nom, en arborant encore et toujours son sourire, Éric Eilif Strentfort, pour vous servir ! … Sinon, pour ces choses que vous décrivez, c'est facile pour moi, car je suis pareil que votre chef, la Dixième des Ynferrials ! En tendant ses bras, les maintenant grands ouverts, ouverts à son interlocuteur apeuré, subjugué.

— Vous… vous êtes un ennemi de notre déesse… Que me voulez-vous, ou plutôt que nous voulez-vous ? Elle n'a jamais fait de mal à d'autres Ynferrial !

— Pour ma part, je n'ai rien contre vous, et vous pouvez faire votre vie... mais malheureusement pas dans cette ville, parce que je ne peux le tolérer, je suis le chuchoteur du roi actuel, et il ne veut pas de vous dans sa cité ! Il est en face du fanatique quand il décide brièvement de s'accroupir.

— ... Le chuchoteur... Vous êtes son assassin personnel ? Cela veut dire que je vais être tué... ?

— Oui, afin de faire passer un message à votre reine... J'en suis désolé. Avant que je vous tue, j'aimerais que vous passiez un autre message à celle-ci de ma part.

— Je ne comprends pas ! Si vous m'exécutez, je ne pourrais pas le transmettre !

— Justement si ! Même si pour le moment, ce n'est qu'une hypothèse, et que je n'ai toujours pas mis en pratique... mais si celui-ci marche, ça peut être un moyen permettant de faire ressurgir les souvenirs d'un mort, en réussissant à le stimuler dans certaines zones du cerveau grâce à notre pouvoir. Donc une personne ayant notre pouvoir pourrait très bien voir mon message ! Intéressant, n'est-ce pas ? À ces mots, celui-ci fait pendre violemment l'homme, se tenant fébrilement avec ses deux mains aux deux fils noirs, fait de matière noire, jusqu'à ce que l'Ynferrial décide d'en mettre deux autres pour écarter ses bras de son cou, et de les tendre d'un bout à l'autre.

— ... (Respiration forte de l'homme)... Pitié... Pitié ! Je ne suis pas prêt à mourir ! Je peux transmettre le message à ma maîtresse, en restant vivant !

— Alors, révèle-moi, où elle se cache, en me prêtant allégeance ! ... Et là, je pourrais vous laisser partir ! Annonce-t-il cela en se relevant doucement, et le regarde dans les yeux en arborant un sourire provocateur.

— Non, jamais ! Mon amour sera et pour toujours envers elle ! Ma déesse, créatrice, maîtresse, ma sublime maîtresse, mon soleil, ma raison de vivre ! Révèle-t-il tout cela en accélérant le rythme, semblant un instant qu'il est pris de folie, devenant hérétique avec son tact discordieux, et d'amour envers cette femme mystérieuse.

En murmurant, cette fois-ci avec un visage pensif, en bouchant la bouche de son interlocuteur, il dit :

— Elle vous a réellement rendu maboule… Je pense que les autres doivent être pareils… je dois malheureusement oublier l'idée de vous manipuler. Il reprend d'une voix haute, Bien ! Je vais maintenant vous dire mon message ! Coucou…

… Avec un sourire encore plus malicieux arraché de la bouche de notre Septium, dû au fait qu'il tranche en ce moment même la gorge de sa pauvre victime apeurée. Pour dire en absorbant calmement le sang de celui-ci :

— Merci bien. »

À la fin, il décide rapidement de partir par le même chemin qu'il a emprunté auparavant, afin de continuer sa route seul. Jusqu'à ce que la soirée arrive à nouveau, avec le coucher de l'astre doré, pour l'astre argenté, sombre, apportant le malheur, et où cette obscure personne marche dans les rues sillonnâtes, afin de trouver les autres cibles. Cependant, il n'atteint pas les cinq fanatiques à la fin de la journée, mais seulement trois au total, en comptant le premier d'entre eux. Il ne peut donc pas dire à ceux encore vivants, le fameux message, le chagrinant et le ralentissant un peu dans son plan mystérieux, au moment où il rentre fièrement au palais.

Dans le château, de cet immense palais pouvant perdre plusieurs personnes, notre Septium au lieu d'aller immédiatement se doucher à nouveau, à cause de tout ceci, et de finir la journée pour se coucher. Il prend l'initiative en allant bizarrement à la bibliothèque, tout en passant en chemin dans les cuisines pour se faire un casse-croûte.

Dans le fameux lieu, cet incroyable lieu, il ne peut que contempler, observer l'immensité de la pièce qui à elle seule contient des dizaines de grands rangements de livre, avec même un deuxième étage, qui peut être atteint, que par les escaliers en colimaçon disséminés un peu partout pour rejoindre le balcon. Avec en plein milieu de la pièce, de la salle, quelques tables en bois accompagnées de leurs assises, pouvant accueillir un bon nombre de personnes.

Néanmoins, l'une d'elles contient Alice en train de lire un livre, avec des dizaines d'autres empilées à ses côtés, et notre ancien champion décide alors de prendre bien soin de l'esquiver, afin de pouvoir se concentrer pleinement à ce qu'il veut faire. Il se met donc à chercher les ouvrages liés à la topographie, et aux cartes du monde, afin de finalement tomber sur un dernier livre fort intéressant, celui de la lignée seigneuriale, sans oublier de son histoire. Pour qu'il puisse finir par s'asseoir à une table assez éloignée de l'autre personne dans le lieu.

Pendant environ trente minutes celui-ci arrive à regarder avec attention ses trouvailles, tout en mangeant lentement, savoureusement son plat improvisé. Pourtant son précieux et tendre calme se fait interrompre par le nouvel arrivant ayant fini par le remarquer.

La jeune femme se met alors devant Eilif, qui l'ignore délibérément, pour espérer qu'elle parte. C'est donc qu'après quelques minutes, que son interlocutrice lui pose une question : « Pourquoi tu regardes une carte de notre royaume ?

— … Pour rien, répond-il froidement.

— Pourquoi le fais-tu aussi tard ?

— Et toi, pourquoi tu ne dors toujours pas ?

— Je suis tes conseils !

— Alors, pars, et suis mes conseils en lisant d'autres livres, au lieu de me parler.

— Je comptais aller me coucher justement…

— Alors, va, va.

— Tu veux que je t'aide pour trouver ce que tu cherches ?

— Non, tu peux partir maintenant.

— Non ! … Si je venais à partir, et me coucher, je sais que tu veillerais pour accomplir ton objectif ! Alors, je reste, et je continuerais de t'embêter, jusqu'à ce que tu décides de te coucher. Ou que tu me dises ce que tu recherches pour que je puisse te venir en aide !

— … (Expiration de Strentfort)… Tu es une véritable tête de mule, quand tu veux… Éric pousse la carte, qu'il regarde vers la princesse, pour continuer à dire, Aide-moi à trouver Alénès sur cette carte.

« — D'accord ! » rétorque-t-elle ceci, en arborant encore un énorme sourire enjoué vers notre chuchoteur, pour finir, par s'endormir au bout d'une seule heure de recherche sur plusieurs cartes, alors que le jeune Septium ne lâche pas, jusqu'à sa quatrième heure, où il commence à être pensif, et fatigué…

Je ne trouve absolument rien ! C'est incroyable ! Qu'est-ce que cela signifie ? … Enfin, nous ne trouvons rien, parce qu'elle m'a quand même bien aidé, pour la première heure… mais bon. Elle est incorrigible, parce qu'elle était déjà fatiguée, et elle a quand même voulu m'aider. Demain, elle va encore me faire souffrir, comme d'habitude…

Il en profite donc pour sortir furtivement le livre sur la lignée seigneuriale qu'il avait caché sur lui, pour regarder avec curiosité. Et être finalement perplexe, hésitant, d'après ce qu'il découvre dans le livre, racontant qu'il y a à peine cinq ans, l'ancien seigneur de ces terres pauvres, est mort, assassiné, comme les trois suivants qui l'ont succédé, laissant finalement la place au dirigeant actuel, étant seulement une branche inférieure de la seigneurie, pratiquement inconnue. C'est alors que l'Ynferrial se rappelle rapidement les paroles de Georges Sylva, disant que dans cette cour, il n'y a que mensonge. Mettant ainsi place du doute dans l'esprit de notre protagoniste qui décide de finalement dormir sur la table après quelques instants.

Ce n'est que tardivement que la femme, encore à moitié endormie, remarque où elle est, et ce qu'il s'est passé auparavant. Pour qu'ensuite, une fois correctement réveillée, essaie de réveiller violemment l'autre lecteur encore dans son sommeil, mais qui n'arrive pas à le quitter.

16

Elle abandonne alors son compagnon de nuit, afin d'aller se doucher, et se préparer pour la journée, même si celle-ci est déjà gravement en retard, comparé à son emploi du temps. Tandis que côté de l'assassin, rien ne se produit jusqu'à ce que le même serviteur, celui qui est entré dans le bain du Septium, hier, vienne est lui met une odeur artificielle de nourriture grâce à la magie, sous le nez de notre Ynferrial, qui réagit au quart de tour, en demandant avec une douce voix : « Quelle est cette délicieuse chose que j'arrive à sentir ?

— Une odeur créée de toute pièce, rétorque-t-il froidement.

Strentfort ouvre alors les yeux, et se dirige vers ce serviteur, afin de poser une autre question avec rage.

— Pourquoi avoir fait cela ?

— J'ai remarqué au fil du temps que votre passion de la nourriture permet de vous faire lever plus facilement, alors je devais bien vous mettre une odeur attirante.

— … Sale créature perfide, dit le chuchoteur en marmonnant.

— Pardon, je n'ai pas entendu ce que vous venez de dire, pouvez-vous me répéter les mots que vous avez utilisés ?

— J'ai demandé, pourquoi tu es venu me réveiller ? En haussant le ton, et en se frottant ses yeux avec ses doigts, afin de montrer sa fatigue face à cette étrange personne.

— Le petit déjeuner a déjà commencé, et le roi m'a envoyé ici, pour venir vous chercher, et vous ramener à la salle à manger.

— Qu'est-ce qu'il est chiant celui-là…

— Pardon, je n'ai à nouveau rien entendu.

— Rien ! … » Après ceci, après cette scène de ménage, les deux personnes rejoignent la pièce, pour que finalement le serviteur mystérieux disparaisse, et que notre assassin s'assoie à sa place. Néanmoins, comparé à la dernière fois, il n'y a étrangement plus le cher garde royal à côté de lui, mais bizarrement une jeune femme s'appelant Alice, n'arrêtant pas de le fixer, alors que Eker est en face, et mange tranquillement.

Au bout de cinq minutes de fixation sur le jeune Septium, celui-ci décide d'abaisser ses couverts, et d'arrêter de manger, pour regarder dans la direction de monsieur Rell, afin de lui dire : « Tu es cruel de me faire cela ! Je pensais que nous nous comprenions sur ce problème !

— Ce n'est pas de ma faute, elle était déjà sur cette chaise, avant que j'entre dans la salle, et elle ne voulait pas la concéder. Donc je dus prendre l'autre place, qui était libre.

— Pardon ! Tu me considères comme un problème ?

— Non ! Ne te détrompe pas, je voulais parler d'autre chose, mais il m'a mal compris !

— Ah bon, tu voulais parler de quoi exactement ? demande d'une petite voix le chef de la garde.

— On en parlera plus tard ! rétorque avec gêne l'Ynferrial.

Après cette réponse abrupte, le roi intervient dans la discussion qui s'est lancée autour de lui :

— Sinon, Eilif, as-tu réussi à accomplir ce que je t'ai demandé ?

— Malheureusement, il m'en manque deux, mais je compte les attraper, dès aujourd'hui !

— Très bien ! Je compte sur toi…

— … Pardon de vous interrompre, mais quelle est la mission que tu dois faire ? demande Alice en regardant curieusement Eilif.

— Rien ! »

Durant tout le repas, le jeune Septium doit donc se débrouiller seul face à la grande curieuse, qui est à côté de lui. De plus, le souverain, et Eker ne font rien pendant ce laps de temps, observant seulement le spectacle bouche bée. Une fois terminé, notre ancien champion part rapidement de cette pièce, afin de rejoindre la ville dans les plus brefs délais, pour échapper à cette jeune femme.

Dans celle-ci, celui-ci ne reste qu'une partie de l'après-midi, dû au fait qu'il a vite trouvé les individus devant mourir par l'ordre du roi. De plus, le fameux message a pu alors être transmis, ce qui permet à notre Septium d'observer si cette Dixième se plie au plan que celui-ci est en train de mettre en place, peu à peu dans l'ombre.

Pour qu'ensuite il aille prévenir le roi du résultat, du travail achevé et aller finalement se doucher dans les bains, afin de se détendre de tout ce qui se passe autour de lui. Quand il sort après une bonne heure dedans, il décide d'aller immédiatement à nouveau dans la bibliothèque, comme la princesse, ce qui attise la joie de notre chuchoteur surpris.

Il ne faut qu'un bref instant, une fois qu'il est installé avec ses livres, pour qu'Alice le rejoigne avec et toujours un sourire envers son compagnon de lecture. Et étrangement, celui qui commence la conversation est Éric, en poussant en même temps une autre carte, que celle qu'il est en train de regarder : « Si tu veux m'aider, essaie de trouver Alénès sur cette carte.

— D'accord, c'est avec plaisir ! »

À nouveau, les deux seuls lecteurs de la grande bibliothèque travaillent encore ensemble, et bizarrement dans le silence.

Jusqu'à tard dans la soirée, ils continuent de chercher, avec notre princesse qui s'impatiente, et pose cette question, tout en se reposant sa tête sur ses mains : « Pourquoi veux-tu à tout prix trouver ce lieu ?

— Si tu le trouves avant moi, je te donne la raison qui m'intéresse grandement.

— … Oh, c'est un défi, je le relève avec joie ! »

Et à nouveau, après une heure de recherche celle-ci craque, et se couche sur la table, en jouant avec le papier où est retranscrite la carte. Puis elle regarde l'autre personne devant elle, et décide de se tenir droite, et se pencher vers le chuchoteur, et lui dire : « Je trouve cela particulièrement ennuyeux ! N'as-tu pas un jeu, dans lequel nous pourrions nous amuser un peu ?

— Il lève la tête, regardant ceux d'Alice, quand tout d'un coup, Eker Rell ouvre la porte doucement. Eilif en profite donc, et répond, J'ai bien un jeu… mais pour y jouer, nous devons au minimum être trois personnes à y participer.

— À cet instant, la princesse accourt au chevalier, pour lui prendre la main, et lui demander, Voudrais-tu jouer avec nous à un jeu ?

— Non, je suis désolé, je suis fatigué, et de plus... je voulais juste voir, pourquoi il y avait de la lumière dans cette pièce. »

Cependant, en seulement dix minutes, il change d'avis face à l'immense tête de mule qui ne peut être arrêtée.

Alors quand ils arrivent à la table, le maître du jeu annonce d'un ton enjoué qu'il leur faut une bouteille vide, et qu'ils doivent changer de lieu, afin de pouvoir y jouer. Une fois, la bouteille récupérée, les deux humains se mettent à suivre notre jeune Septium vers le lieu requis.

Celui-ci les emmène alors dans une des tours, étant aussi la plus grosse, et ayant un étage assez spécial. Cet étage est justement particulier parce qu'il n'a pas de mur, juste une vingtaine de piliers hauts de trois mètres aux extrémités, et non accompagnés de rambarde, afin de soutenir la partie supérieure, étant hauts d'encore plusieurs dizaines de mètres.

Le vent qui y passe étant agréablement froid, et léger, notre jeune Ynferrial se donne donc la peine d'inspirer un grand coup, et de tout expirer par la suite, pour se détendre, pour pouvoir contempler d'un air triste, pensif la lune, la pleine lune, visible de là où ils sont. Ils s'installent alors en cercle, en plein milieu de ce genre de balcon.

À l'instant où ils sont confortablement assis, Éric pose la bouteille au centre des trois individus, et commence à expliquer les règles : « Donc, pour vous expliquer les règles, il y aura une personne, qui va commencer à faire tourner la bouteille sur elle-même, pour que finalement celle-ci s'arrête sur une autre personne ! À ce moment, l'individu choisi devra répondre sincèrement à la question du tourneur de bouteille ! Après avoir répondu, la personne qui avait été désignée par celle d'avant devra la tourner à nouveau, et ce sera à lui de poser une question, à l'autre choisi ! C'est bien compris ? En regardant les deux participants, qui hochent de la tête pour dire qu'ils ont compris.

— La princesse prend alors la parole, C'est moi qui commence ! Et d'un coup sec, celle-ci tourne à toute vitesse la bouteille, pour ralentir, ralentir, et ralentir, jusqu'à tomber sur le garde Rell, ce qui au moment d'après, pousse Alice à poser cette question, Pourquoi étais-tu toujours éveillé aussi tard, aujourd'hui ?

— Je devais aider le roi à remplir certaines paperasses qui prenaient de temps à finir. Aller c'est à mon tour ! Il se penche et la fait tourner à nouveau, pour qu'elle s'arrête finalement sur Alice qui est surprise. L'homme demande alors, Es-tu amoureuse de quelqu'un ? J'aimerais savoir, et ton père aussi.

— ... Tu es méchant de me poser celle-ci... Pour répondre, je pense que oui, mais je ne suis pas sûre, vu qu'avant je n'étais jamais tombée amoureuse... Et ainsi de suite de la même manière, la bouteille va, cette fois-ci, vers notre chuchoteur, affichant un petit sourire. »

Après un laps de temps de réflexion, celle-ci pose cette question :

— Quelle est ta plus grande honte, depuis que tu es né ?

— Ma plus grande honte ? C'est une question assez dure que tu me donnes... mais je pense que c'est celle, où j'ai trahi, et tué un autre Septium à mes douze ans... annonce-t-il en enlevant son sourire narquois, et en baissant son regard, pour observer le sol de pierre.

— Peux-tu approfondir ? J'aimerais en savoir plus... demande humblement la jeune femme, qui ne peut tout de même pas cacher la flamme de curiosité qui est apparue lors de cette révélation.

— En es-tu sûre ? Cette histoire est plutôt longue à raconter...

— Oui, je suis totalement prête ! ... Et Eker aussi, sans oublier qu'il n'a pas son mot à dire !

— Très bien, mais sache-le, je ne vais pas te rater, si la bouteille tombe soudainement sur toi, après ma brève histoire !

17

Le Septium avait pour nom Florian Gaulian, et étant arrivé au cirque, peu de temps après ma perte de contrôle. À ce moment-là, il avait déjà dix-sept ans, et faisait pratiquement le double de ma taille à l'âge de dix, ou onze ans. Il avait les yeux liés à un magnifique vert, un vert éclatant, d'où sortaient facilement les émotions de ses rêves et de ses objectifs... même s'il était emprisonné avec moi, afin de travailler pour le Comte. Je ne pouvais tout aussi pas passer à côté de ses poils dorés, châtains pour les maniaques... en tout cas, quelque chose de ressemblant.

Il était d'une extrême gentillesse, bien trop gentil... Il ne voulait pas me montrer sa partie sombre, afin que je ne change davantage. Il me racontait pratiquement les trois quarts du temps, ses souvenirs de la fameuse capitale des Septiums, de ses joies, de ses émerveillements, de ses peines, de ses événements... Malheureusement, il n'avait que six ans à cet instant, et donc que des bribes.

Il y avait plusieurs choses, dont il se souvenait plus bien quand même, comme pour ma question, demandant s'il connaissait une certaine famille s'appelant Strentfort, ou à quoi ressemblaient les gardes, ou encore s'il était déjà entré dans le Congrès avant sa chute.

C'est aussi lui qui m'apprit une grande majorité des merveilles qu'il y a dans ce monde, qu'il avait pu voir. Et il n'arrêtait pas de me répéter qu'un jour il allait s'enfuir, et réaliser l'impossible en réussissant la rébellion. C'est là qu'on arrive à ce fameux moment, où il y avait encore Reimone, le Dragsium que j'ai tué auparavant.

Je devais alors supporter deux énergumènes, qui ne s'empêchaient plus de sourire, d'être joyeux et à jouer les créatures heureuses, m'énervant un petit temps. Jusqu'à ce qu'on arrive au moment où tous les trois... on décida de jouer au même jeu que nous sommes en train de faire avec une bouteille... « Comment as-tu fait pour recevoir une bouteille, toi déjà ? demandais-je cela comme énervé, chagriné, parce que de base… je ne voulais pas jouer avec eux.

— C'est grâce au soudoiement des gardes, qui m'a permis de recevoir celle-ci, et va m'aider à me faire évader de ce lieu putride ! rétorqua-t-il avec fierté, joie en relevant sa tête, ou plutôt son menton pour le démontrer clairement.

— Arrête de râler, Eilif ! J'en suis sûr que tu aimeras, c'est juste que tu n'as plus l'habitude de t'amuser ! dit Reimone tout aussi joyeux, avec et toujours son grand sourire.

— … Plus l'habitude de m'amuser, mais bien sûr… je peux tout à fait m'amuser quand je le veux… marmonnais-je ceci, pour reprendre à haute voix, en me penchant vers le Dragsium, afin de lui poser cette question, Mais attends ! Comment tu connais la sensation de l'amusement, toi ?

— Je vais découvrir ! Tout comme toi !

— Allez, arrêtez ! Je vais vous expliquer les règles étant d'une complexité extrême, donc écoutez-moi bien ! … Une personne va commencer, et fera tourner celle-ci, pour qu'elle s'arrête devant quelqu'un ! Alors celui-ci, devra répondre honnêtement à la question de la personne ayant fait tourner la bouteille, pour qu'après celui qui répond, tourne à nouveau celle-ci, pour poser une autre question, à l'individu qui sera désigné par la suite ! C'est compris ? »

Je lève alors le bras, pour demander effrontément :

— Comment on fait si la bouteille retombe sur nous, où qu'elle ne désigne aucun d'entre nous, en s'arrêtant entre deux personnes ?

— N'aie pas peur, rabat-joie ! Elle ne fera rien de tout cela, parce qu'elle est magique ! répondit Florian en gigotant pittoresquement ses mains au-dessus d'elle…

— Tu as souri ! Je l'ai bien vu ! Tu as bel et bien un cœur dans ce corps froid ! interrompt la princesse en criant de joie.

— Si tu me coupes encore une fois, alors que je suis en train de raconter, j'arrête immédiatement de te la raconter, et ceci compte aussi pour toi Eker ! C'est compris ?

Très bien, je continue...

— Ouais, ouais, je te crois, Florian... annonçais-je d'une voix fatiguée désemparée de par ses propos en frottant mes yeux avec mes doigts.

— Wouah ! C'est vrai ?

Alors que mon... cher premier ami était stupéfait, et émerveillé par ce mensonge, dont je n'avais pas eu le courage de casser, car je ne pouvais qu'être désespéré par le tempérament de celui-ci.

— Oui, tout à fait ! ... Mais passons, nous devons désormais commencer le jeu ! ...

— D'accord ! Alors c'est moi qui commence ton stupide jeu ! dis-je cela stoïquement pour qu'il me laisse... *Durant toute cette soirée, des secrets inavoués sortirent de nos bouches, et dont je ne révélerais aucune d'elles, parce que je pense qu'elles sont beaucoup trop humiliantes... pour moi, et mes deux amis défunts.*

Pour que finalement, nous nous endormions les uns sur les autres, en créant un bruit pas possible, un orchestre de ronflement et qui se réveille le lendemain, avec un atroce mal de crâne... à cause des choses que nous avions pu apprendre, lors de la précédente nuit mouvementée.

Par la suite, pendant les cinq jours suivants, j'ai pu constater, subir toutes les couleurs de la connerie que faisaient mes compagnons de cellule sur ma personne et sur elles-mêmes... Et tout était d'un pittoresque sans nom.

Malheureusement, Reimone dut partir peu après, pour me laisser avec Florian, qui continuait de préparer son plan. Quand je vins vers lui, afin de lui adresser la parole... « J'aurais une question pour toi... Quand tu partiras, qu'est-ce que tu vas faire en premier, avant de faire ta grande rébellion ?

— Hmmm... Laisse-moi réfléchir. Je pense que je vais venir te chercher, et te libérer de cet horrible endroit ! Comme la personne se trouvant dans les donjons, demandant de l'aide ! *annonçait-il, en me frottant la tête, avec son énorme main droite, et d'un énorme sourire.*

— Alors là, il y a un problème, parce que je suis un peu plus poilu, là !

— Oui, bon, je l'avoue ! Ton cas est un peu différent de ceux qu'on pouvait rencontrer...

— ... J'espère que tu réussiras ton coup, et que tu reviendras me chercher, pour tuer le Comte ! rétorquais-je avec joie.

— Oh, c'est la première fois, que je te vois prendre une voix joyeuse ! Tu peux finalement le faire, je n'en étais pas sûr !

— Pourquoi tout le monde me dit que je suis coincé ? Je suis comme je suis, alors laissez-moi tranquille ! répondis-je d'un ton hargneux, en lui tournant le dos, et en croisant mes bras.

— Et, je suis bien heureux que tu sois comme cela ! »

Ceci me mit du baume au cœur qu'enfin une personne me dise une chose gentille.

Cependant, cette pittoresque espérance s'arrête bien vite à l'instant, où Baltius m'ordonne d'aller le voir, en envoyant plusieurs gardes me chercher. Pour que je puisse me retrouver devant lui, et son bureau en bois massif.

Pour qu'après un moment de contemplation intense entre nous, le Comte commence la discussion... « Salut à toi, mon cher gagne-pain ! Je t'ai fait venir, pour que je puisse te poser une question, qui me trotte depuis un moment dans la tête.

— Pardon ? Pourquoi devrais-je vous répondre ?

— Parce que je te l'ordonne, comme tous les autres ordres que je t'ai donnés auparavant !

— Je vois... Vous voulez dire avec votre pouvoir, qui vous permet de me faire faire tout ce que vous voulez.

— Oui, tout à fait ! Je vois que tu as déjà remarqué que j'utilise un pouvoir pour te contrôler !

— Toute personne dotée de bon sens aurait remarqué tout comme moi ! Alors, arrêtez de faire le surpris !

— Bien ! Alors, commençons les questions, réponses, veux-tu ?

— Je ne veux pas. Malheureusement, je sais que cette question était ironique…

— … J'ai une sensation depuis un moment qui me tourne un peu. Je pense que quelque chose se trame autour de ma personne. Es-tu au courant de quoi que soit ?

À cet instant, je m'écroulais immédiatement au sol, en me mettant à quatre pattes… une force extraordinaire sortait de moi, voulant absolument dire, et dont j'essayais tant bien que mal de réfréner… mais vainement.

— Oui…

— Sais-tu ce qu'il va se passer ?

J'essayais donc avec désespérance, ma forme d'Ynferrial, pour mieux combattre cette tentation immonde, qui me m'étais à mal mentalement. Malheureusement, rien y a fait, et je répondis avec haine envers moi-même :

— Il y aura une évasion…

— Puis-je savoir de qui ?

Ce moment était tellement long… tellement atroce, je n'arrivais pas à résister… Je ne voulais pourtant pas trahir la personne que j'admirais. Cet interrogatoire était une torture répugnante, dont j'essayais encore désespérément de contrer, en me concentrant davantage.

— (Non ! Non, non, non, non ! Je ne peux pas le dire ! Je ne peux pas le trahir ! Je ne peux pas lui obéir ! Sinon… il se fera attraper, et sans doute tuer par ma faute. Non… pitié, tais-toi ! Je refuse, je refuse, je refuse !)

Alors, afin d'en finir avec moi, il me reformula la question, avec plus de fermeté, pour que je cède :

— Quel est le nom, de celui qui veut s'échapper de mon domaine ?

— … Floc… Flor… Florian Gaulian !

Je m'enroulais sur place par honte, parce que je voulais que plus personne ne me voie, après ce que j'ai fait…

… Une fois que j'ai été ramené de force à ma prison, je ne pus pas voir l'autre Septium, parce qu'il l'avait embarqué… et ce n'est que

trois heures plus tard, qu'ils le jetèrent, comme une merde avec une tonne de bandage sur le corps, mais qui n'arrivait pas à arrêter le sang qui réussissait à le teinter à certains endroits.

Mais... mais... Malheureusement, celui-ci attrape peu de temps après une maladie incurable et meurt par le fait que j'ai pu lui créer des plaies ayant permis de faire entrer cette affreuse maladie dans son corps.

Même si je n'avais pas de sang sur les mains, je savais pertinemment que c'était moi qui l'avais tué... parce que je n'ai pas eu le mental, afin de le sauver, et moi par ailleurs. Je n'ai pas su le protéger de moi-même, et cela est ma plus grande honte que j'ai... »

18

C'est alors que la jeune femme se jette sur lui de toutes ses forces en pleurs à l'instant où il termine son histoire. Pour qu'elle lui dise, en l'enlaçant tant bien que mal : « C'est trop triste ! Maintenant, je suis ici pour te réconforter tendrement ! Ne t'inquiète pas !

— Lâche-moi ! ... »

Tandis que notre cher Septium essaie désespérément de la retirer de son corps qui est tordu de gêne, à cause de l'action de son interlocutrice qu'il trouve répugnante. Cependant, celui-ci ne peut mettre toute sa force à cet ouvrage, parce qu'il ne peut pas la blesser.

En prenant des pincettes, celui-ci arrive à la faire partir qu'au bout d'une dizaine de minutes très longues pour lui. Après ceci, il remet donc correctement ses vêtements totalement tordus à cause de la lutte qui s'était passée auparavant.

Au bout d'un instant, afin de reprendre ses esprits, il tend son bras vers la bouteille, pour que la prochaine victime soit désignée par celle-ci. Finalement, le doigt accusateur en verre s'arrête sur le chevalier Rell étant à moitié endormi, et couché.

Cependant, celui-ci se fait violemment réveiller par la princesse, qui lui donne un énorme coup de pied à sa jambe, et le fait prendre la parole : « Qu'est-ce qu'il y a ?

— C'est à nouveau ton tour de répondre à une question ! répond-elle stoïquement.

— Bien, bien, qui doit me poser une question, alors ?

— Moi ! Et j'en ai une parfaite pour ta personne ! réplique immédiatement le chuchoteur.

— Je t'écoute !

— Pour quelle raison as-tu décidé de devenir Chef de la garde royale... parce que j'ai appris récemment, qu'avant tu étais qu'un simple fermier !

— C'est une excellente question, mais ma raison risque d'être assez longue à expliquer… dit-il ceci en baissant son regard comme attristé, pensif, afin d'éviter la confrontation des regards.

— On est ici pour justement écouter les histoires des autres, n'est-ce pas Alice ?

— Oui, je suis tout à fait d'accord !

— D'accord… »

19

... mais par où pourrais-je commencer exactement...

Autrefois, j'habitais dans un village fermier, un minuscule village ayant seulement en son sein que cinq ou six petites maisons, et chacune d'elle était plutôt proche de la lisière de la forêt dense s'appelant Aflier... au cas ou si vous décidiez d'aller la voir.

J'avais à ce moment-là seulement sept ans, si je ne me trompe pas. J'avais un père sévère, mais juste, et qui s'approchait de la cinquantaine au fur du temps. Il y avait aussi ma mère plus jeune de dix ans, et dont ses cheveux étaient étrangement beaux, teintés d'un brin noisette, et qui arrivait jusqu'au bas du dos... Sans oublier ma grande sœur qui était taquine qu'avec moi, alors qu'il y avait aussi mon autre frère encore plus jeune que moi à cet instant.

À ce temps-là, ma sœur avait aussi réussi à s'inscrire à l'école du coin, même si cela signifiait qu'on n'allait plus pouvoir la voir, vu que celle-ci était assez éloignée de notre lieu d'habitation. Donc, la soirée où on avait appris la bonne nouvelle, on décida de faire une sorte de fête pour elle, au moment où elle allait partir pour cette fameuse école.

Alors quand elle sortit de notre maison, celle-ci put constater, l'instant venu, des décorations sur les murs, pendues à des fils, avec un énorme feu de joie au milieu de la ruelle, et dont des personnes du village s'agglutinaient déjà autour, afin de se réchauffer.

Ma magnifique sœur commença alors à pleurer à chaudes larmes ne pouvant les retenir davantage, en tombant tout aussitôt avec ses jambes frêles. Elle lâcha même sa petite valise usée au sol, afin de s'essuyer le visage avec ses mains et bras.

Malheureusement... après qu'une heure ou deux passèrent, nous entendîmes tous un cri strident, résonnant même dans nos cœurs stupéfaits, ce hurlement tout droit sorti des abîmes du monde. Et quand nous nous tournâmes et regardâmes vers l'endroit d'où

provenait celui-ci, nous avions pu constater, observer un monstre, une
créature sauvage, barbare, avec une masse dans l'une de ses mains...
recouverte de sang, ne s'arrêtant pas de couler par gouttelette.

Pour qu'après je puisse voir timidement, bouche bée, plus bas, vers
le sol, ce sol meurtri afin de remarquer un cadavre... le premier
cadavre que j'avais pu voir de ma vie, et dont le crâne était éclaté,
laissant sortir une partie de la cervelle, et une quantité astronomique
de sang de cette pauvre victime, avec sa femme qui était tombée de
peur face à cette vue horrible.

Par la suite, plusieurs autres monstres apparurent tout autour de
nous, nous cernant et par la même occasion en bouchant les ruelles.
C'est alors que tout le monde bougea, enfin en courant de panique,
désespérément. Tandis que ma sœur me prit par la main, et me tira,
jusqu'à rejoindre notre habitation et la ferma à clé.

C'est donc après un instant d'inaction qu'elle décida de
m'adresser la parole : « Tu sais à quel point je t'aime, mon petit frère
adoré, n'est-ce pas ?

— Oui, bien sûr, que je sais, mais pourquoi as-tu fermé la porte ?
Papa, maman, et Jean ne pourront plus entrer !

— C'est trop tard pour eux ! ... (Respiration forte de la jeune
femme...) Je connais une cachette pour toi, seulement celle-ci est trop
étroite pour moi... Donc même si je ne peux pas te rejoindre,
j'aimerais que tu y ailles !

— Et toi, comment vas-tu faire ? Il y a plein de monstres dehors !

— Je te promets de trouver un autre lieu, mais en contrepartie, tu
dois impérativement garder le silence, même si tu vois des choses
horribles se produire ! C'est compris ?

— Oui ! ... »

Elle me cacha donc après mon approbation, dans un minuscule
grenier, qui était au-dessus du salon, et qui donnait à la porte pouvant
aller à l'extérieur à cause des fentes... dont je pouvais voir
distinctement ce qui se passait. La femme essayant tant bien que mal
de trouver une autre cachette dans notre minuscule maison.

Finalement, elle décida de se diriger vers la porte de sortie, afin de voir entre les planches, entre les planches qui l'ont constituée, si les monstres arrivaient et c'est à cet instant précis, que celle-ci s'ouvrit brusquement, fracassant alors la tête de ma chère sœur, qui tomba en arrière sous le choc avec quelques coulis de sang au niveau du front martyrisé.

Ensuite, trois démons entrèrent, alors que ma sœur essayait désespérément de bouger... mais au lieu de se libérer, elle poussait seulement des cris de douleur dus au précédent choc. Au même moment, les trois venants lâchèrent leurs armes, et s'approchèrent d'elle.

... Avec mes yeux d'enfant terrorisé, mes iris se rétrécirent de dégoût, de haine, de rage, mon regard s'assombrit quand l'un des trois la prit pour coucher tout le haut de son corps sur notre table à manger, tout en retirant violemment les chaises... et en arrachant sa robe... afin de commencer à la violer de tous les côtés, avec les autres qui le rejoignirent, et cela pendant plusieurs dizaines de minutes qui parurent être une éternité pour moi.

Une fois terminé, ils la tuèrent en tranchant promptement sa tête, pour partir tranquillement, comme si rien ne s'était passé... ce qui m'avait rendu encore plus en colère envers eux. Pour qu'après tout ceci, je reste dans ma cachette, jusqu'à ce que l'aube arrive, et fasse partir ces monstres.

Quand je sortis de celle-ci, je tenais à peine debout sur mes frêles jambes à cause de ce que j'avais vu, et ce que je pouvais voir, avec les mouches qui étaient déjà en train de commencer leur travail... tandis que je pouvais déjà sentir l'odeur nauséabonde de décomposition qui me piquait le nez.

Finalement, je trouvais la force de continuer de marcher, après une vingtaine de minutes d'attente, pour sortir de notre maison. Et mes yeux s'assombrirent encore de tristesse... Mes quelques larmes coulèrent de désespérance, d'effroi.

Je pouvais constater, une vingtaine de cadavres violentés de par les viols pour les femmes, et de la calcination, de la démenbrification des membres du corps des hommes. Il y avait des cendres volantes dans l'air, et qui acidifiaient l'air ambiant.

Une heure se passa, et c'est au bout de ce long instant que je décidais avec fermeté que plus jamais je ne subirais ceci. Et c'est à ce moment que j'ai pris la décision de devenir chevalier... même si maintenant, je suis le chef de la garde royale...

20

... Voilà, c'est mon histoire, certes douloureuse, mais c'est la mienne, et la raison de ma venue en ce lieu.

— C'est intéressant... intéressant votre histoire, maintenant je me sens bien plus proche qu'avant ! dit l'Ynferrial d'un air songeur, avec la posture qui va avec.

Alors que Alice est toujours en pleurs, face aux histoires qu'elle entend, pour rétorquer :

— Vos histoires sont trop tristes... Je ne sais pas comment vous faites pour rester debout !

— C'est normal, tu es pratiquement toujours resté ici dans ce château immense et luxueux, répond notre jeune Septium, d'un ton détaché.

— Oui bah, on ne choisit pas nos parents, ni on va vivre ! dit-elle hargneusement.

— Bon, je vais faire tourner à nouveau la bouteille, alors arrêtez de vous énerver l'un l'autre ! Alors qu'au même instant celle-ci commence déjà à tourner sur elle-même, jusqu'à ce qu'elle s'arrête sur la princesse stupéfaite.

— Non ! Je ne veux pas répondre à l'une de tes questions ! Je te connais, tu en as toujours des farfelues !

— C'est trop tard ! Tu dois répondre à ma question ! ... Quelle est ton histoire la plus douloureuse, et la plus triste à propos de toi ?

À ces mots, son interlocutrice change étrangement de regard, en s'appropriant des yeux bien plus froids, sans émotion, ne faisant plus couler aucune larme, aussi infime soit-elle.

21

— *Tu es vraiment chiant, Rell... Je n'ai pas envie de parler de ceci... annonce la princesse avec une voix faible, et bizarrement froide. Mais bon, quand on doit le faire, il le faut...*

Malheureusement, je ne pense pas que mon histoire sera aussi violente que les vôtres, qui ont mis la barre très haute. Mon histoire, c'est pour ainsi dire ma vie, parce que tous les jours, je subis mon fardeau, comme les vôtres, par vos souvenirs.

J'imagine que vous voulez connaître les détails... Pour tout vous dire, c'est ma naissance qui est mon fardeau... parce qu'au moment où je sortis du ventre de ma mère, celle-ci est morte peu de temps après mon premier cri. Donc, durant toute mon existence, jusqu'à ce jour, mon père n'arrête pas de me haïr, même si vous ne le voyez pas.

Quand on se retrouve seul... celui-ci me traite de tous les noms, parce qu'il aimait éperdument ma mère, et de par ma faute, il a été séparé d'elle. De plus, il n'a pas le courage de trouver une nouvelle femme. Alors, toute ma vie, même maintenant, j'essaie d'être aimée par celui-ci en essayant de devenir la future souveraine idéale, malheureusement rien ne change...

Et je pense que si je n'étais pas le ou la seul(e) héritier(ère) du trône, il m'aurait déjà tué, ou envoyé dans un lieu isolé, pour que tout le monde puisse m'oublier. Après des fois, j'aimerais disparaître pour que plus personne ne me voie...

— *... Mais du coup ? Qui me fera des pâtisseries le matin ? Qui viendra me réveiller ? Où sera ton rêve ? ... Peut-être que tu peux disparaître, peut-être pas, mais je sais une chose, c'est que tu es là, et que tu as fait un bout de chemin dans ta vie... Et abandonner maintenant t'empêchera de voir le bout de ton chemin, de ta voie. Alors, pourquoi ne pas essayer ? Pourquoi à cause d'une seule* *personne, tu devrais abandonner ? Chaque personne est unique, avec son histoire, comme tout le monde, et personne ne peut dire, d'après ses analyses, n'a le droit de dire qu'on n'est rien, ou qu'on n'a pas le droit d'exister... rétorque Éric en détournant le regard de la jeune femme l'observant avec attention.*

22

— Wow… Je ne pensais pas que tu pouvais dire une chose aussi gentille envers la princesse ! … (Ricanements du garde)… dit Eker, d'un ton plaisantin.

— À cette remarque, Eilif se lève brusquement, afin de répondre en commençant à partir, C'est bon, j'en ai marre de cette soirée, passez une bonne nuit !

C'est à ces paroles qu'il quitte le jeu, en descendant les escaliers un peu plus loin, afin de rejoindre la pièce inférieure, mais aussi pour arriver dans le couloir permettant de regagner sa chambre, dont il n'a plus eu le luxe d'y aller depuis bien longtemps, à cause des circonstances.

Une fois arrivé, celui-ci prend donc à nouveau son pied, en s'élançant sur son lit, afin de se prélasser dessus comme un ver de terre sur la surface. Pour qu'après cela, il s'endorme peu à peu jusqu'à ce qu'il perde complètement connaissance.

Et ceci continue de la même manière pendant six jours d'affilée, pendant six jours, il commence difficilement par les matinées mouvementées qu'il doit subir à sa plus grande peine pour être le cobaye d'Alice. De plus se rajoute pendant ce temps le servant ayant la mauvaise manie de venir pendant ses moments intimes dans les bains, le surprenant à chaque fois de plus belle.

L'après-midi, n'a pourtant rien à envier à cette matinée, à cause du rapprochement des deux individus, du Septium et de la princesse, la jeune femme n'arrêtant pas de venir à la bibliothèque, afin d'aider celui-ci à trouver Alénès, qui est le fameux endroit, où il peut trouver sa mère, ou bien un autre Septium, qui lui permettra de rejoindre par son billet sa tendre mère qu'il n'a jamais vue auparavant, qu'il n'a jamais vu de toute sa vie.

De même, il apprend avec grande joie que le roi a récupéré un précepteur, afin de lui faire réapprendre les règles de conduite, qu'il doit maintenir dans le palais, dû au fait qu'avec le temps dans la cage, celui-ci a oublié toutes les règles de politesse. Maintenant, même avec de la bonne volonté, venant du précepteur, cela devient explosif entre le professeur et Strentfort, qui fait sa tête de mule.

Jusqu'au moment où cette habitude journalière s'arrête, jusqu'à ce qu'il reçoive un rendez-vous plus que douteux, un événement imprévu pendant la nuit, juste avant que notre assassin puisse se coucher sur son lit, avec un individu mystérieux arrivant brusquement à sa fenêtre du troisième étage, pour rester immobile, rester accroupi.

C'est alors que bizarrement notre ancien champion, ouvre celle-ci lentement, sans avoir peur qu'il l'attaque, affichant un énorme sourire, une certaine joie, pour une raison inconnue.

Une fois entré, le nouveau, cette personne étrange venant, se met correctement droit, ne bougeant à nouveau plus quand il est en face de notre Ynferrial restant perplexe, afin de s'incliner humblement. Il a une apparence peu singulière, une apparence métallique, une apparence sombre, noire de par son corps recouvert d'une lourde armure, une armure recouvrant tout son corps, où on peut facilement constater, observer de minuscules miasmes violets visibles entre les parties qui constituent son armure noire, laquée noire.

Tandis que ses yeux, des yeux imperceptibles, qu'on ne peut voir, qu'on ne peut distinguer à cause de ses lentilles d'une couleur violette unie dégageant aucune lumière. Alors qu'au dos de celui-ci, on peut voir distinctement un long sabre, ressemblant aux katanas qu'on a dans notre monde.

Finalement, cette créature décide de lancer une discussion, d'une voix incroyablement calme, sombre, dramatique, alors qu'il s'est infiltré dans le palais du roi : « Bonjour… êtes-vous bien le Onzième ?

— Honnêtement, je ne sais pas, mais je suis bel et bien un Ynferrial.

— Si vous préférez, je peux reformuler… êtes-vous êtes Éric Eilif Strentfort ?

— Oui, exactement ! Comment le savez-vous ?

— Vous nous avez laissé un message, que ma maîtresse a écouté…
pour qu'elle puisse m'envoyer ici, afin de lui donner sa réponse.

— … (Ricanements du Chuchoteur…) J'en étais sûr qu'on pouvait
faire cela ! … Sinon poursuivez…

— Elle accepte votre rendez-vous à une chambre de l'auberge Côte
d'argent.

— Excellent ! hausse-t-il le ton, en s'approchant de son interlocuteur,
afin de lui faire un câlin, mais celui-ci recule, interpellant le jeune
Septium qui demande par curiosité, Pourquoi avez-vous reculé ?

— C'est une règle de sécurité, afin que vous ne puissiez pas me
parasiter avec votre pouvoir.

— Je vois, je vois… sinon j'aimerais qu'on se combatte.

— Pourquoi ferais-je ceci ?

— Parce que vous êtes entré dans le palais du roi, donc si quelqu'un
vous voit sortir comme si de rien était, alors qu'elle vous a vu y
entrer… cela va causer quelques problèmes, à part si on fait semblant
de s'affronter, pour que vous puissiez vous échappez à la fin, sans
risque d'être pris dans le sac.

— C'est compréhensible… j'accepte… »

Et avant même qu'il finisse sa phrase, Strentfort appelle
stoïquement son épée créée par son pouvoir, afin qu'elle arrive par
lévitation dans sa main gauche, pour qu'avec un énorme élan de son
bras purgatoire, il donne un puissant coup, se faisant immédiatement
arrêter par la sorte de katana.

À ce moment, notre Ynferrial constate donc rapidement, la même
nature qu'a Espoir et ce sabre étant comme le sien au niveau de sa
lame, d'une couleur violette, un puissant violet, profond et tout aussi
vivant que son arme d'un bleu sombre. Ils créent alors au choc des
deux armes, une forte lumière illuminant une grande partie de la
chambre par du bleu et du violet.

Cependant, malgré cette épée, notre Septium prend le dessus par sa
force brute en projetant son adversaire vers la porte qui s'éclate sous
le choc brutal qu'elle subit, et fait sortir l'individu de la pièce, afin
d'arriver dans le couloir du château. Et un bref instant de silence se

passe avant que notre ancien champion le rejoigne avec joie et malice dans son regard.

Par la suite, un combat d'escrime se lance avec ardeur, Un combat d'une telle rapidité d'exécution, de coups que chaque côté essaie d'asséner à l'autre. D'immenses marques au sol, de fissures grandissantes, aux murs se montrant peu à peu, et de plus en plus, marquées par la violence de l'affrontement, et de la dimension extraordinaire des deux armes, étant capables de fendre en même temps, les choses environnantes, sans qu'ils le remarquent.

Jusqu'à ce que notre chuchoteur décide de détruire brusquement le sol, grâce à son pouvoir, découpant celui-ci en un cercle parfait, faisant donc tomber les deux combattants dans l'étage inférieur, c'est à dire, les lieux de résidence de toute la famille seigneuriale, et de tous les gardes seigneuriaux.

Tous ceux-là se réveillent alors au même instant, au moment où ils peuvent distinctement entendre, s'effrayer d'un bruit assourdissant, faisant vibrer absolument tout le sol de pierre mis à rude épreuve, avec des entrechocs d'épées, d'armes et de tissus, de vases, de pierre, se faisant découper, se rajoutant à tout le boucan. Pour qu'après ceci, les gardes, et la famille sortent bouche bée de leurs chambres.

Afin de pouvoir voir, observer, contempler notre Ynferrial souriant, avec sa forme ressemblant à un minotaure, à une créature mythologique. Et pourtant, malgré ceci, contrairement aux espérances, celui-ci est en difficulté, et commence peu à peu à être sur la défensive, contre son opposant prenant de plus en plus de terrain.

Pour que finalement devant les yeux ébahis du personnel, de Alice, et du seigneur, le jeune Septium arrive à lui donner, asséner un coup surpuissant, un coup de pied au niveau de son ventre, le propulsant à une dizaine de mètres, le rapprochant donc d'une fenêtre donnant vers la sortie, la liberté.

Le chevalier se permet alors de prendre l'initiative de partir, en ouvrant celle-ci, et en sautant bêtement dans le vide, puis disparaître aussi mystérieusement que quand il est arrivé, comme un fantôme dans cette cité hégémonique. Alors que notre assassin reprend tranquillement sa forme originelle, et repart vers sa chambre, afin de continuer à dormir.

Cependant Eker en se précipitant, et en essayant d'enfiler son armure, se met devant notre Septium, qui baille de fatigue, pour demander : « Qui était-ce ? Et que faisait-il ici, dans le palais de notre seigneur ? Peux-tu expliquer tout ceci ?

— … Alors, moi, vouloir dormir, puis d'un coup, avoir ce fou à ma fenêtre, pour ensuite attaquer moi, avec méchanceté, alors que moi, vouloir juste dormir paisiblement… réplique-t-il d'un ton lassé et étrange.

Alors que le roi arrive et révèle :

— C'est un sbire de la Dixième…

— J'en suis sûr, parce qu'il était parsemé de miasme violet, d'une couleur violette lumineuse, qu'on peut encore très bien voir à certains endroits.

— Pourquoi serait-il venu attaquer notre chuchoteur pendant la nuit ? rétorque avec stupéfaction monsieur Rell.

— Sans doute, parce que c'est lui qui a tué ses fanatiques, et elle veut se venger de ce qu'il a fait… Enfin peut-être. »

Quant à la jeune femme, celle-ci apparaît brusquement derrière le dos de notre Ynferrial restant calme, afin de se mettre devant lui, en le regardant attentive, en lui prenant avec ses deux mains sa tête et l'abaissant à son niveau pour qu'elle puisse analyser l'état de son visage à moitié endormi. Finalement, elle décide donc de poser ces questions.

— Quelle connerie tu as encore faite ? Pourquoi il y a un individu suspect qui t'a attaqué ? Est-ce que tu es blessé ?

Alors que de l'autre côté, celui-ci répond froidement :

— Non. Je ne sais pas, et non… Tu peux me laisser tranquille maintenant ?

— Oui, je te laisse, mais j'espère que tu as dit la vérité, car sinon fait attention… réplique nerveusement la princesse inquiète.

— Désolé de couper votre scène de ménage, mais j'aimerais parler, annonce machinalement le seigneur, pour continuer, Je pense que cette nuit, notre chuchoteur va changer de chambre pour sa sécurité, et on va augmenter les patrouilles pendant cette nuit afin qu'il ne puisse plus entrer aussi facilement dans le château. Monsieur Rell, je vous demande d'administrer tout ceci, pour moi.

— À vos ordres, mon roi ! Tout cela sera fait, selon votre bon plaisir !

— Très bien ! Puis-je aller à ma nouvelle chambre, afin de dormir au moins un tant soit peu ?

— Oui, bien sûr ! répond le maître de ce lieu.

23

On se retrouve alors le matin, où le tournesol décide de refaire son apparition en prenant la place de la toquade pour sonner l'heure d'une nouvelle journée. Donc dans la même scène que les matinées précédentes avec Alice entrant en trombe, réveille Strentfort, enlaçant tendrement avec force son coussin, pouvant donner l'impression qu'il est amoureux de celui-ci.

Ce n'est qu'au bout d'une heure qu'elle réussit finalement à lui faire ouvrir un œil, pour ensuite le faire se lever avec lenteur. Après ceci, quand Éric est debout, celle-ci le pousse immédiatement de toutes ses fébriles forces, afin qu'il avance jusqu'à la salle à manger.

Une fois assis, la jeune femme accourt à la cuisine, afin de prendre le fameux dessert du jour que notre ancien champion doit surmonter péniblement. Devant celui-ci se trouve alors le plat de résistance préparé par Alice, inondant ses narines d'une odeur nauséabonde, avant même qu'il puisse le voir de ses yeux emplis d'hésitation.

Quelques instants après, décidant d'enlever le couvercle, celle-ci entraîne immédiatement, de la part de notre Septium, une réaction septique en mettant rapidement ses doigts sur ses narines pour qu'il demande avec hésitation : « Puis-je savoir, pourquoi il pue tellement ?

— J'ai décidé qu'aujourd'hui, j'allais faire un mixte entre salé, et sucré ! Alors, c'est normal que cela pue un petit peu…

— Non, en fait, ceci n'est pas normal que cela pue tellement… Je pense que tu as dû faire une erreur quelque part.

— Mais, tu vas quand même goûter, n'est-ce pas ? dit-elle ceci, en se penchant vers Eilif, avec des yeux tristes, tandis que ceux de notre Septium sont terrifiés.

— Bien sûr… Ne crois pas que je vais faire une exception aujourd'hui ! » Alors qu'il commence timidement à rentrer sa pauvre cuillère dans la mixture, pour qu'il puisse fébrilement la ramener vers sa bouche avec le morceau du soi-disant dessert.

Pour finir par mettre à nouveau ses deux doigts sur ses narines, en fermant avec force ses yeux, et en ouvrant sa bouche.

Et une fois que la bouge, cette bouche se ferme, puis fait ressortir la cuillère sans le contenu, ce mystérieux contenu. Il lâche brusquement celle-ci en l'air, pour qu'il aille en courant vers la sortie, avec une de ses mains essayant désespérément de retenir ce qu'il y a dans son palais.

Cinq minutes passées, le jeune Ynferrial, ce Septium à bout de force revient dans la pièce, où la princesse n'a pas bougé d'un pouce, et pense. Quand il s'assoit à nouveau sur sa chaise, en face de la femme, il demande : « Qu'est-ce qu'il y a ? N'aie pas peur, si c'est à cause de ton plat, je pense que tu dois juste faire quelques retouches, et ce sera parfait !

— … Non, ce n'est pas cela, rétorque-t-elle avec peine, en baissant son regard, afin de continuer, En fait, je m'inquiète.

— Tu t'inquiètes sur quel sujet exactement ? Je pourrais peut-être t'aider.

— … J'ai peur de te perdre… Si un jour, tu dois partir quelque part pour une mission de mon père, et que tu meurs.

— Pourquoi tu as peur que je meure ?

— Parce que j'ai vu, lors de la nuit dernière, que contre cet homme, tu étais en difficulté… et ceci m'a rappelé que tu n'étais pas invincible.

— … Si un jour, comme tu dis, je meurs, ne t'inquiète pas… Le monde ne changera pas, et tu continueras ta vie…

— Non, justement ! … Tu es important pour moi…

— Comment ça ? Je pense que tu te trompes de personne. Pour ma part, je n'ai été qu'un gladiateur toute ma vie. Je ne comprends qu'encore une partie infime de ce monde qui est pourtant le mien… J'ai juste pu vivre durant toute ma vie dans la merde… tout le contraire de la tienne.

— Non, je ne me trompe pas ! Et arrête de dire que tu n'es pas important ! C'est juste ce que tu te dis dans ta tête, mais c'est complètement différent ! Arrête de te fier à tes ressentis, et écoute ceux des autres !

Il a alors un visage attristé, et stupéfait apparaissant, dû à ce qu'elle a dit, pour répliquer dramatiquement en baissant aussi son regard :

— Mais… Je… je n'ai rien fait d'extraordinaire… En tout cas, je le pense.

— Si, et tu en as fait tellement… Chaque jour, tu m'encourages dans ce que je fais, chaque jour tu essaies de m'élever tant bien que mal. Soit en me donnant du courage, soit en m'aidant dans ce que je veux… Tu me fais rire, sourire, comme jamais auparavant, à cause de tes conneries, et réactions. Et si je venais à te perdre, il y aura une partie de moi qui partirai avec toi ! … Car, je n'aurais plus de raisons de me lever le matin, plus de raisons de sourire, comme je le fais avec toi, plus de raisons d'aller à la bibliothèque et rire comme jamais.

— Je vois… Alors si je compte tellement pour toi… je te fais une promesse que je tiendrais jusqu'au bout ! … Je ne mourrai pas, ni demain, ni maintenant, ni dans un mois, ni jamais ! annonce-t-il cela en prenant les deux mains de Alice dans les siennes, afin de la réconforter.

Elle lève à nouveau son regard attristé, afin de croiser celui de son interlocuteur, afin de rétorquer :

— Tu as intérêt à la respecter !

— N'aie pas peur, j'ai bien plus peur de toi, que de la mort. Donc cela n'arrivera jamais.

— C'est très sympa, ce qui tu dis là ! » répond la princesse d'un air vexé face à cette révélation.

Après ceci, notre jeune Septium se décide alors d'aller se laver, et où comme toujours, il y a le serviteur, qui apparaît à la fin de celle-ci, comme si de rien était, alors que c'est tout le contraire. Puis celui-ci emmène notre Ynferrial à la salle à manger avec et toujours les résidus de son odeur étrange, suspecte, que seul un Septium arrive à sentir.

Une fois assis, ils mangent tranquillement son dessert jusqu'à ce que le roi lui annonce qu'il doit rester après le petit déjeuner, afin qu'il puisse assister à la nouvelle réunion de la cour. Un instant passe, sans qu'il n'y ait rien d'important qui se passe aux yeux d'Eilif.

Une fois tout le monde en dehors du conseil, ils demandent de fermer la porte, et de les laisser eux seuls. Un silence de plomb s'installe alors, un silence dramatique, sombre, profondément pesant dans la pièce, soudain devenue plus obscure, jusqu'à ce que Eilif prenne la parole : « Bon, ce n'est pas que je ne vous aime pas, mais j'aimerais me dépêcher de régler cette réunion barbante !

— Je pense que ce n'est pas la chose la plus importante à se dire, mon cher ! dit l'un des membres de l'assemblée.

— Pour ma part, je pense que notre chuchoteur à raison... les mots ne changeront rien ! Nous devons passer à l'action !

— Alors que du côté du roi, celui-ci fait un signe de la main à Eker, afin qu'il se lève brusquement, et annonce, Silence ! Le roi veut parler !

— Bien, maintenant, reprenons notre calme ! L'intrus n'a absolument rien fait, à part remuer son épée dans le vide contre notre assassin ! Et de toute façon, cela ne changera en rien mes plans, qui consistent à partir dans une ville après-demain, afin de discuter et régler des différends s'étant créés là-bas.

— Mais vous savez bien que notre chuchoteur était... (C'est n'importe quoi ! Notre capitale est bien plus... Je ne vous comprends pas)... (Que faites-vous des personnes qui vont rester ici ? ... Même si cela a été prévu, depuis longtemps, vous devez quand même décaler !)...

— Silence ! hurle à nouveau le garde Rell.

— Nous rajouterons tout simplement bien plus de patrouilles, afin qu'ils ne puissent plus entrer dans le palais ! Et quant à mon voyage diplomatique, je le maintiendrais quoi qu'il arrive ! Fin de la réunion, vous pouvez disposer !

— Attendez, j'ai plusieurs questions pour vous ! réplique calmement le Septium.

— Qu'est-ce qu'il y a, mon cher Eilif ? répond le roi.

— Dois-je rester ici, ou bien partir avec vous ?

— Non, ce n'est qu'Eker Rell, qui m'accompagnera comme garde, avec plusieurs autres ambassadeurs.

— Quand est-ce que vous reviendrez ?

— Dans deux mois exactement.

— Et qu'en est-il de votre fille ? Vous n'allez tout de même pas l'abandonner ici ?

— Elle sera très bien gardée, n'ayez point peur ! De plus, il y aura vous !

— C'est tout, mon seigneur... (Parfait.)

— Enfin ! Vous m'appelez par "mon seigneur" ! Votre précepteur porte peu à peu ses fruits, même si cela est très dur ! »

Après cette brève réunion, tous les membres du conseil partent rapidement, comme énervés et gênés.

24

L'après-midi arrive, alors que notre Septium, cet immense être est entrain de marcher lentement, tranquillement, avec flegme dans un des couloirs du château. Celui-ci étant rayonnant à ce moment-là, à cause de la lumière, entrant paisiblement par les grandes fenêtres, les fenêtres plombant tout le mur droit.

Cependant, celui-ci se fait rapidement interpeller, par sa camarade de lecture, qui est extrêmement joyeuse. Demandant finalement : « On fait pareil que les autres fois ?

— De quoi parles-tu ?

— Arrête de faire l'ignorant à chaque fois ! J'en ai marre !

— Je ne vois réellement pas ce que tu veux signifier...

— Bah, pour aller à la bibliothèque, et d'enfin trouver Alénès ! Cet endroit que tu tiens tant !

— Ah ceci... Je suis désolé, mais je vais arrêter cela.

— Comment ça ? Tu abandonnes ? Alors que c'est toi qui me rabâches les oreilles, qu'il faut toujours aller jusqu'au bout de ces idées ! En se mettant devant notre jeune Septium qui s'arrête promptement, et détournant son regard.

— Il marmonne donc ceci, J'ai trouvé le lieu, ne t'inquiète pas...

— Quoi ? Je n'ai pas entendu, tu ne parles pas assez fort.

— J'ai trouvé le lieu ! Alors, on peut arrêter d'aller à la bibliothèque !

— Ah... Mais comment as-tu pu trouver ?

— J'étais en train de rechercher d'autres informations pour mon travail en tant que membre de la cour, et par accident, j'ai pu trouver les documents liés à ce lieu.

— Alors, comment cela se fait que tu arrives par-là ? Les archives, et tous les documents sont de mon côté...

— Oh, j'étais sorti en ville pendant un moment, pour régler quelques problèmes…

— C'étaient quels problèmes ?

— Cela ne te regarde pas ! Maintenant, je dois aller à ma chambre !

— Pour faire quoi ? Alors que notre ancien champion est entrain de partir.

Il répond alors en regardant devant lui, et sans tourner le dos :

— C'est pour écrire une lettre !

— Tu sais écrire au moins ?

Eilif s'arrête en détournant sa tête vers la direction, où se situe son interlocutrice, avec des yeux lassés pour rétorquer :

— Ne t'inquiète pas… »

Après cette petite discussion gênante pour notre chuchoteur, celui-ci va exactement à l'endroit dont il avait mentionné, afin d'écrire une lettre à quelqu'un, un mystérieux individu.

Il prend donc la totalité de la soirée pour le faire et, étonnement, celui-ci s'applique pendant ce moment, s'énervant souvent à cause de ses ratés, de ses ratures qu'il broie aussitôt avec violence. Et avec un miracle sans nom, il arrive finalement à pratiquement terminer une de celles-ci. Cependant, le vicieux serviteur le surprend, en arrivant derrière son dos, pour annoncer à haute voix : « Le dîner est prêt, chuchoteur !

Son interlocuteur réagit alors brusquement, faisant un sursaut, et raturant sur sa magnifique lettre, entraînant alors l'énervement extrême de notre Septium, qui se tourne promptement vers le fameux serviteur, afin de demander :

— Pourquoi tu me fais chier depuis que je loge en cet endroit ?

— Je crains de ne pas comprendre votre question…

— Pourquoi entres-tu dans les bains alors que je suis encore nu ? Pourquoi entres-tu dans ma chambre sans ma permission ?

— C'est ma mission de vous prévenir, monsieur ! Si j'ai blessé votre dignité, j'en suis entièrement désolé !

— Et pourquoi es-tu aussi froid ?

— … Je ne suis pas froid… Mes… amis me considèrent comme très souriant et… sociable…

— … (Qu'est-ce qu'il a ? Ne me dis quand même pas…) J'ai encore une question, est-ce que vous êtes attitré pour servir que ma personne ?

— Oui, ce sont les ordres que j'ai reçus…

— Parles-tu à d'autres serviteurs du château ?

— Non… Je… ne suis pas très sociable…

— (Bizarre…) Peux-tu me dire combien tu as de frères, de sœurs ?

— Pourquoi cette question ? Je ne sais pas… Pourquoi je ne m'en souviens pas ?

— Entends-tu des sifflements ?

— Oui… »

… Ce soir-là, Éric se retrouve seul, seul face à cette porte, l'immense porte imposante de la salle à manger, contrairement aux autres jours, où il était accompagné par le serviteur, cet étrange serviteur. Pour ensuite entrer, et prendre tranquillement son repas avec la famille royale, le chef de la garde royale Eker Rell, et les membres de la cour énervés et stressés présents ce jour-là, en ce dîner simpliste.

25

Le soleil est finalement tombé du ciel, cet astre pourtant imposant, semblant invincible, inébranlable, laissant la pleine lune, la toquade prendre sa place, peu à peu, en envoyant tant bien que mal une faible lumière claire, blanche sur toute la ville hégémonique, où se trouve la famille royale résidant dans le domaine seigneurial, allant bientôt se scinder en deux, avec le seigneur comptant partir de la fameuse cité. Quant à sa fille, celle-ci va rester pour la garder.

Dans les rues, ces rues et ruelles sombres, obscures, se cachent certaines personnes marchant encore avec lenteur, ou bien avec rapidité, ou encore regardant, observant sur place, pour contempler autour d'eux, ou essayant de mendier, ou fumant. Sans oublier ceux qui se font tabasser, ou tuer, par un ou plusieurs individus, à cause d'une raison, ou d'une autre, valable ou non.

Alors que notre jeune Éric Eilif Strentfort se prépare en s'habillant à nouveau, très lentement, dramatiquement, regardant vers l'obscurité, se résignant. Une fois terminé, il prend en chemin sa longue espada, et la place doucement sur son dos. Avant de partir, il pose silencieusement, tranquillement, gracieusement l'épingle en forme de rose sur sa table de nuit, pour sortir de sa chambre par la porte d'entrée, avec un certain calme et flegme.

Il sort donc, prend la porte de sortie, ne faisant aucun bruit et ne se faisant remarquer par personne. Il marche, il avance lentement, avec assurance ses jambes vers ce qu'il l'attend, en affichant un air d'un tel sérieux. Il montre seulement des yeux froids, inébranlables comme l'astre solaire s'étant déjà couché auparavant afin de laisser la place à ceux-là de briller par leurs brasiers intenses.

Elles sont toutes interloquées par sa taille, elles sont toutes prostrées par son apparence, toutes les personnes présentes sont attentives à ce qu'il fait, tous les humains ont peur par sa largeur, sa masse musculaire, par son immense arme. Tout le monde, ce monde l'entourant le respecte, n'ose pas le défier, reste immobile face à ce survivant, le survivant d'une espèce pratiquement éteinte.

Jusqu'à ce que notre Ynferrial s'arrête promptement, froidement à une ruelle étroite, bien plus sombre que les autres avec de grands bâtiments empêchant la faible lumière de la lune d'entrer. Il fait donc un quart de tour sur sa gauche, vers la ruelle mystérieuse, afin de la regarder, de la contempler davantage, et s'y engouffrer, et trouver une auberge ayant pour nom « Côte d'argent » sur sa pancarte.

Devant la porte, cette simple porte en bois éclairée par une petite lanterne pendue en l'air, il reste immobile en tendant fébrilement sa main vers la clenche, comme hésitant. Pour qu'il puisse dans un élan de courage se lancer en ouvrant la vieille porte en bois sombre, faisant d'horribles grincements. Alors qu'à l'intérieur, l'ambiance est plutôt lumineuse avec plusieurs bougies et torches sur les murs.

Il commence lentement, faiblement à avancer avec un certain flegme, en faisant craqueler le sol, le faisant grincer sous son énorme poids, pour finalement arriver timidement à côté du comptoir occupé par l'hôtelier de cet établissement, étant assis, ne bougeant pas d'un poil, regardant droit devant lui, ne réagissant pas, comme un mort-vivant.

Il attise donc la grande curiosité de notre ancien champion se penchant vers lui, afin de mieux voir, de contempler le regard de l'individu en question, étant des yeux vides et froids, les mêmes que ceux du serviteur du château, rassurant Eilif dans sa précédente intuition.

Pourtant pour celui-ci sa route, son chemin ne s'arrête pas là, il continue donc avec froideur à avancer vers le bout de ce long couloir, donnant sur une porte qu'il ouvre pour prendre calmement les escaliers s'y trouvant, afin de monter à l'étage. Et à nouveau, un autre couloir, un long couloir sans lumière, dans l'obscurité qui relie plusieurs chambres, avec celle au fond l'intéressant au plus haut point. C'est pourquoi il se dirige maintenant avec fermeté, détermination, silence, en affichant son regard sérieux, inquiet, vers son lieu de convoitise, vers ce lieu d'incertitude.

Au moment où il atteint celle-ci, il tend à nouveau son bras, restant à nouveau figé, pétrifié, ne pouvant plus avancer davantage. Il reste immobile, comme pensif, regardant la clenche d'un air dramatique, sombre. Jusqu'à ce qu'il prenne une grande inspiration, puis expiration, pour à nouveau avoir la témérité d'entrer dans cette chambre, semblant terrifiante aux yeux de notre puissant Septium, notre puissant Ynferrial.

La porte s'ouvre, ce portail sur un autre monde, un portail donnant sur une nouvelle ambiance, toute nouvelle ambiance pour Strentfort restant bouche bée, frissonnant à cet instant. Cette sensation, une sensation désagréable s'installe en lui, la mort, l'odeur de la mort s'installe en lui, l'envie de tuer, d'un tueur voulant se jeter sur lui s'installe.

Il reste à nouveau immobile, comme un réflexe naturel d'autodéfense, en respirant violemment, fortement, plus forte que d'habitude. Il lève son regard, il remonte fébrilement ses yeux n'arrivant plus à voir correctement, se faisant flouter par quelques instants, dû à la pression que son interlocutrice fournit dans son fauteuil, avec le soldat noir debout à côté d'elle.

Notre Ynferrial connaissant déjà l'apparence de son ancien adversaire, il décide donc d'observer attentivement la femme étant tranquillement assise, ne détournant seulement ses yeux que pour le voir, pour rencontrer le regard de Eilif enflammé. Tandis que le sien est d'un violet sans nom occupant toute la superficie de ses yeux, un violet digne d'un Ynferrial. C'est donc à cet instant précis que notre assassin remarque la différence de niveau entre eux, une différence écrasante, parce qu'il ne pourrait réussir à garder aussi calmement ses yeux d'Ynferrial comme elle, dû au fait que cela consomme beaucoup trop d'énergie.

Il peut constater, contempler que celle-ci arbore une apparence humaine, et non monstrueuse, étant contradictoire, avec la sensation qu'elle ne donne rien que par sa présence. Elle a des cheveux bruns, d'un brun sombre, étant attachés par un chignon derrière sa tête, avec un nez, une bouche, des oreilles, et ses yeux perçants. Son accoutrement est une longue robe noire descendant jusqu'aux talons, ressemblant étrangement aux robes que portent les nonnes.

Pour qu'ensuite, elle se décide humblement à afficher un petit sourire satisfait à son interlocuteur bouche bée, en lui faisant par la même occasion un geste délicat de la main, désignant le fauteuil qui est juste en face d'elle. Et dans la surprise de tous, celui-ci écoute silencieusement, n'objectant aucunement, malgré sa nature contradictoire.

Une fois assis à son tour, rien d'autre ne se passe d'autre, à part un silence, un long silence, un silence digne d'éloge funèbre. Tandis que la jeune femme d'apparence reste immobile, sans dire un mot, en continuant d'afficher son sourire satisfait à Strentfort qui attend tout aussi, en ne faisant rien.

Jusqu'à ce que le subalterne de la Dixième se penche à son l'oreille, en marmonnant des mots inaudibles, même pour un Septium, afin que finalement, une fois que le garde se remet droit, la soi-disant Dixième parle, avec une petite voix aiguë, gracieuse, calme, réconfortante : « D'après mon lieutenant, vous êtes bel et bien le Onzième, qui se prénomme Éric Eilif Strentfort… pouvez-vous appuyer ces dires ?

— Oui, c'est bel et bien moi… rétorque le jeune Septium sérieusement.

— N'ayez point peur, mon cher ! … (Petits ricanements distingués de la dame…) Je ne vais pas vous faire du mal, alors soyez un peu plus familier, et détendu avec ma personne.

— Merci, pour votre gentillesse…

— Puis-je savoir quel âge as-tu, mon enfant ?

Éric est alors surpris, par sa demande étrange, alors qu'elle semble tout aussi jeune, donc il répond :

"Mon enfant" ?

— Ah oui, j'oublie tout le temps de le préciser… J'ai actuellement cent cinq ans, grâce à notre pouvoir, n'est-ce pas pratique ? Je peux me rajeunir, ou bien ralentir mon temps de vieillissement. Je suis désolé, j'en oublie quelquefois !

— Je vois… Pour ma part, j'ai pratiquement vingt et un ans (Cent cinq ans ? Je n'imagine même pas combien de choses elle a vues, et apprises dans sa vie… c'est une vieille grincheuse.)

— Je suis étonné que tu aies atteint un niveau aussi développé de connaissance, et de pouvoir à cet âge ! C'est très prometteur… Bien sûr, si tu arrives à rester en vie, jusque-là… Tout en maintenant son sourire.

— Je vous remercie de votre opinion sur mon cas…

— Je voulais aussi te dire que je suis heureuse d'enfin te rencontrer !

— Pourquoi ?

— Parce que tu es le premier, et sans doute le dernier de ta race, qui a obtenu le pouvoir des Ynferrial dans son corps ! Je ne pensais honnêtement pas qu'un Ynferrial pouvait naître dans une espèce aussi jeune que la tienne !

— Mais à quel prix… marmonne ce représentant.

— Comme je le dis toujours, le passé est le passé, et nous ne pouvons pas le changer, mais nous pouvons toujours changer le présent, et le futur !

— Votre dicton est bien vrai malheureusement… Sinon, ne voulez-vous pas entrer dans le vif du sujet ?

— Sinon, je me demande quelque chose… quel est votre véritable prénom ?

— (Elle m'ignore… après elle le peut complètement.) Mon véritable prénom est Éric.

— … Je ne veux pas dire celui qui vous a été donné par votre mère, mais celui que vous avez choisi, celui-ci qui vous caractérise au mieux…

— Celle que j'ai choisie ?

— Celui que vous préférez, celui dont vous avez le plus d'affinités, celui où vous vous reconnaissez le plus, celui dont votre cœur a choisi, et non pas un autre.

— … Plutôt que de parler de ceci, j'aimerais que vous me parliez de votre espion lobotomisé que vous avez envoyé comme un serviteur dans le palais pour me garder à l'œil.

— Oh oui, je m'en souviens, malheureusement… il y a quelques heures, j'ai perdu son signal. C'est donc toi, qui l'a découvert !

— Pourquoi l'avez-vous fait aussi froid, et perdu dans son histoire ?

— C'était pour te donner une chance de le dévoiler.

— De le dévoiler ? Je ne suis pas stupide…

— Je ne te connaissais pas physiquement, ni psychiquement, alors je pouvais m'attendre à absolument tout… Sinon tu ne m'as toujours pas répondu.

— Pour être honnête avec vous, je ne sais pas… » rétorque notre chuchoteur, d'une voix attristée, calme, sombre en baissant le regard vers le sol, afin d'y réfléchir, même si rien ne lui vient.

Son interlocutrice prend donc les devants, en disant d'un air triste : « C'est quand même dommage, pour Théo, de savoir que vous n'arrivez pas à vous décider, alors qu'il a tellement sacrifié pour vous…

— Pardon ? (À sa remarque, le regard de notre Septium reste subjugué, ne comprenant pas de quelle manière, elle a pu avoir ses informations. Ses mains se mettent à se serrer durement en poing, en tremblant même pour continuer à dire, en maintenant son regard vers un coin du sol, en utilisant une voix sarcastique, Vous pensez réellement savoir ce qui s'est passé durant ma vie, et celle de ce cadavre, de ce mort ?) Ne me prenez surtout pas comme cela, je ne supporterais pas qu'une inconnue ose juger des faits, dont elle n'est pas au courant !

— Mais détrompe-toi, parce qu'au moment où tu es entré dans ma zone de jeu… j'ai pris les devants et j'ai recueilli le maximum d'information sur toi…

— Pourtant, vous ne l'avez pas vécu, mais juste entendu, ou compté. Alors, arrêtez de jouer au rôle où vous me comprenez… ! Cela est très désagréable…

— Je pense que tu as oublié un détail, mon cher Eilif… que nous sommes pareils, nous sommes des Ynferrials. Et tu le sais parfaitement, que nous pouvons seulement naître, dans certaines conditions telles qu'être né dans un drame, pour être considéré comme des merdes sans nom ! Alors, je te comprends extrêmement bien, et pour moi aussi cela est désagréable, que tu ne me considères pas comme digne.

— Alors, racontez-moi votre histoire, si vous voulez vraiment que je vous considère comme vous le souhaitez...

— Bien tenté... Malheureusement, je ne peux pas vous révéler mon histoire ! Vous pourriez très bien me cerner, et mon état d'esprit avec ceci... donc vous en servir contre ma personne. Je préfère garder mon avantage sur vous, parce que je vous ai déjà cerné assez facilement.

— Ah oui, et qui suis-je d'après vous ?

— Quelqu'un de philosophique, de pensif, de réfléchi, qui ne peut être perturbé par rien... enfin presque, d'après mon analyse.

— Quels sont ces "presque" ? dit-il, en levant à nouveau son regard, afin de le joindre à celle de cette femme mûre, et jeune à la fois.

— Même si vous avez construit une carapace qui vous protège de toute attaque, et surtout des humains, il y a quand même une faille... Votre espèce, et les semi-humains, en tout cas ceux qui se font persécutés. Et d'après votre histoire, je pense sincèrement que vous ne pouvez pas passer à côté de ces injustices... N'est-ce pas ?

— Je dois l'avouer que vous avez raison... Sinon puis-je au moins savoir pour quelles raisons, vous attaquez cette seigneurie en particulier ?

— C'est simple... Elle a annoncé publiquement qu'elle était contre ma religion, contre ma personne donc... Je me devais d'agir... De plus, elle a déjà tué plusieurs de mes prêtres.

— Je vois... J'imagine que vous avez une idée de ma venue ?

— J'ai une vague idée... mais l'important est de voir si vous avez tenu parole...

— Puis-je savoir de quoi vous parlez avec "parole" ?

— Lieutenant, peux-tu redire le message que notre interlocuteur nous a donné ?

— Oui, bien sûr ma déesse, il a dit "Coucou, je suis ravi de pouvoir enfin vous contacter, parce que j'aimerais conclure un marché entre nous, Ynferrials ! Et je pense que celui-ci conviendra pour les deux parties ! C'est pourquoi je vous demande humblement de m'écouter jusqu'au bout ! Je connais désormais, les principales raisons de votre venue ! Vous voulez puissance, connaissance, richesse et renommée, afin de monter dans le classement, et c'est pour cela que vous voulez anéantir le seigneur de cette province, qui contrôle la ville hégémonique ! Alors, afin de vous faciliter la tâche, j'aimerais vous transmettre des informations sur celle-ci. Malheureusement en contrepartie, j'aimerais que vous m'aidiez. Si vous acceptez de me rencontrer à l'auberge Côte d'argent !"

— … A-t-il appris mon discours ?

— Non, il l'a juste reçu dans sa tête, afin de s'en souvenir.

— Je vois… j'imagine que vous aimez la manipulation, n'est-ce pas ?

— Ceci est vrai, j'aime bien manipuler le cerveau… Sinon, quelle est votre demande ?

— J'aimerais savoir où se situe Alénès.

— Alénès ? Mais voyons… Alénès n'est pas un lieu sur une carte dessinée, mais un mot dans votre langue officielle…

— Et que signifie-t-il ?

— Si je ne me trompe pas, celui-ci veut dire "commencement"… Enfin, je ne suis plus sûre, parce que cela fait déjà vingt longues années que je n'ai plus pratiqué votre langue morte.

— "Commencement"… Je pense avoir compris !

— Et pourquoi vouliez-vous savoir cela, si ce n'est pas trop demandé ?

— Malheureusement, je ne peux pas vous répondre… mais comme vous avez tenu notre marché, je vais maintenant révéler les secrets, dont vous avez besoin, afin de réussir votre coup.

— Parfait ! J'espère que ce ne sera pas faux, et que tout cela n'était qu'une mascarade !

— Ne vous inquiétez point… Sinon, puis je savoir les informations exactes que vous voulez acquérir, pour que je puisse être des plus précis.

— Comment fonctionnent les patrouilles, et où ?

— Je m'en douter de cette demande, mais avant de vous donner ces informations, j'aimerais vous demandez autre chose...

— Quoi donc ?

— ... J'aimerais... que vous recherchiez quelques informations pour moi... depuis peu, j'ai quelques doutes sur cette seigneurie, à cause de ses mensonges.

— Oui, bien sûr. Si vous voulez déjà en savoir un peu plus, je peux déjà vous éclairer sur un point. J'ai la forte impression que c'est la princesse, si je me souviens bien, elle s'appelle Alice, qui tire les ficelles dans l'ombre, à cause de son énorme réseau. En tout cas, en grande partie.

— Perplexe, son interlocuteur se tait un instant, afin de continuer, J'aimerais aussi que vous épargniez Alice, lors de votre raid, parce que le seul et unique fautif est le seigneur de ces terres. On sera alors tous deux satisfaits.

— Je ne pensais réellement pas que vous pouviez penser à quelqu'un d'autre que vous, après toutes les trahisons que vous avez subies durant votre vie. Et encore jamais, je n'aurais pensé que vous tomberiez amoureux d'une humaine, de plus d'une humaine favorisée dès sa naissance... rétorque-t-elle d'un air ahuri.

— Non... non, je ne suis pas... amoureux, ne vous inquiétez point sur ce point.

— Comment ? ... Pouvez-vous m'expliquer votre relation ?

— Depuis le début... je me donne la peine de la manipuler par mes actions, mes réactions, mes choix, afin de me rapprocher d'elle, et changer son point de vue sur ce monde. Après l'avoir changé, elle devra normalement défendre fermement ma race, et les semi-humains... alors si elle meurt, cela m'empêchera d'accomplir mes projets, dit Éric d'un ton froid, malicieux, sombre, en affichant des yeux représentant les mêmes émotions.

— Oh, je vois... Je comprends mieux pourquoi vous voulez m'aider à tuer le roi actuel ! En le tuant, le dernier héritier, ou plutôt la dernière héritière de ces terres sera cette femme... cette femme qui devra monter sur le trône, et diriger. À ce moment précis, son bras droit sera un de ses grands amis, et il se nommera Eilif Éric Strentfort. Comme ça, j'aurais les connaissances, le pouvoir, la renommée, ma vengeance et vous, vous aurez sauvé votre peuple en partie, en leur permettant d'habiter sur ses terres !

— Un sourire malicieux apparaît donc aux paroles de son interlocutrice afin de répondre d'une voix extasiée, Vous êtes très perspicace, dites voir !

— Maintenant, j'en suis certaine ! ... Je pense savoir maintenant pourquoi vous vouliez savoir la signification de ce mot... Vous voulez rencontrer le groupe de Septium qui s'y trouve, et les inviter à venir avec vous. Tandis que de mon côté, je serais déjà en train de tuer le seigneur. À cet instant, à l'instant où vous reviendrez, tout sera déjà prêt ! Cela est très pensé !

— Je vous remercie... j'espère aussi que vous allez accepter mon offre tout d'abord... annonce-t-il ceci en maintenant son sourire.

— J'en oubliais presque le marché que nous sommes en train de passer ! ... J'accepte ! Alors, donnez-moi les informations que je vous ai tout d'abord demandées.

— Cela serait trop long à expliquer, donc j'ai fait une copie du palais, de ses couloirs, chambres, et patrouilles. Je pense que ceci va vous plaire ! réplique-t-il, en sortant lentement des papiers pliés de l'intérieur de sa redingote. Pour ensuite les tendres avec sa main porteuse d'information face à son interlocutrice tendant à son tour son bras gracieusement, afin de prendre les feuilles.

Une fois prises, celle-ci regarde avec attention toutes les fiches une par une, afin de vérifier les informations données. Pour que par la suite, quand elle termine, elle demande :

— Lieutenant, prenez les feuilles, elles nous seront utiles !

— Tant mieux ! Maintenant, tout est résolu pour nous deux !

— Oui, enfin si les informations que vous m'avez données sont justes !

— Pourquoi voudrais-je les truquer ?

— Il y a toujours des raisons... qui poussent certaines personnes à faire les mauvais choix, aux mauvais moments.

— Sinon, avant de partir, j'aimerais vous avertir que le roi va partir pour un intervalle de deux mois, et à l'issue de celui-là, il rentrera. Donc je vous conseille d'attendre qu'il revienne... Et bien sûr, j'espère que vous ne direz rien à Alice de ce qu'il vient de se passer.

— Merci pour cette information supplémentaire... Et n'ayez point peur, parce que tous les Ynferrials sont des personnes de confiance, et de parole.

— Et une dernière question, quel est votre prénom de cœur ?

— Mon nom est Heila, si cela vous intéresse vraiment.

— Heila... Alors nous nous quittons enfin, afin de nous revoir dans deux mois.

— Oui, ce sera avec joie de pouvoir vous parler à nouveau ! »

À cet instant, Strentfort se lève promptement de son fauteuil, pour se diriger vers la porte, et sortir de la chambre à moitié.

Il s'arrête alors étrangement, brusquement, pour tourner tranquillement sa tête vers la position de la Dixième, qui affiche toujours son sourire mesquin. C'est à ce moment, que celui-ci répond par un énorme sourire malicieux à elle.

Et de finalement se décider à prononcer ses mots forts en signification, avec un ton joyeux, excité, malicieux en changeant ses yeux de couleurs, de virer complètement au bleu profond : « Que le massacre commence... »

Vie

1

L'aube se lève enfin sur cette ville, sur ces complots se mettant en place et éclatant bientôt en pleine journée, après cette longue, même très longue pleine lune, sur la fameuse cité hégémonique, et tous ces pauvres habitants. La vie commence peu à peu, à s'animer avec les nombreux marchés, et les personnes partant à leur travail.

Alors que pour notre cher Eilif, notre cher complotiste, cette journée a déjà commencé depuis bien longtemps, et est loin d'être terminée. Il marche, avance d'un pas rapide, pressé dans l'énorme palais blanc, grouillant de soldats, d'innombrables couloirs, et pièces.

Pour finalement, nous retrouver dans la chambre de la princesse qui dort encore à poings fermés. Tandis que notre chuchoteur entre brutalement dans la pièce, en claquant violemment la porte contre le mur, réveillant sur le coup le doux sommeil tournant autour de Alice, qui sursaute à même son lit.

Celle-ci se met alors à regarder avec attention notre Septium s'asseyant rapidement sur le bord du lit, du côté où se trouve la jeune femme ébahie de voir que, pour une fois, ce n'est pas elle qui le réveille, mais le contraire. Alors qu'au même moment Éric prend la parole : « Bien ! À ce que je vois, tu es déjà réveillée ! C'est excellent !

— Oui, bah, c'est toi qui ma surprise en claquant la porte aussi violemment… rétorque-t-elle, en se frottant un œil et d'une voix lasse.

— Je suis désolé pour cela, mais je suis pressé… parce que le seigneur, et tous les ambassadeurs vont bientôt partir pour régler la révolte.

— Pourquoi me parles-tu de ceci ? C'était prévu depuis longtemps…

— Parce que je n'étais pas sûr de trouver à temps ce que je cherchais auparavant… mais maintenant, c'est bon, et j'ai besoin de ton aide.

— Pour faire quoi exactement ?

— Pour convaincre un ambassadeur de rester… mais pas n'importe lequel, car il doit vouloir la paix, et non la guerre entre nos deux espèces.

— Pourquoi moi ? Et pourquoi un ambassadeur de paix ?

— Car tu es la personne en qui j'ai le plus confiance ici… quant à ta seconde question, c'est parce que je compte aller voir mon espèce… en tout cas, ses restes. Et j'aimerais qu'un ambassadeur voulant la paix trouve un compromis entre nos deux races de manière pacifique, afin de convaincre le roi plus facilement… et je sais parfaitement que tu veux la même chose… la paix, sans effusion de sang ! annonce notre Ynferrial d'un ton ferme, empressé, en observant les yeux de son interlocutrice ahurie.

Pour qu'elle demande rapidement :

— Où sont-ils ? » s'ensuivent alors deux personnes pressées par le temps, cherchant désespérément les ambassadeurs, même si Alice est encore en pyjama, et que ses cheveux sont ébouriffés.

Pour que finalement, par tout hasard la femme à moitié éveillée s'arrête en tournant brusquement la tête vers un autre couloir, où il y a un ambassadeur marchant seul. En restant immobile pendant un instant pour regarder, observer attentivement cette personne, la princesse se jette dans ce couloir, afin de rejoindre celui-ci, et lui couper le chemin afin de dire ceci. Alors que notre ancien champion en profite pour se cacher derrière un mur, afin d'écouter avec attention : « Vous ne pouvez pas partir ! Vous devez accomplir une tâche beaucoup plus importante ! révèle Alice essoufflée.

— Pourquoi donc, Princesse ? Je suis pressé ! Vous devriez plutôt vous habiller au lieu de m'importuner ! rétorque-t-il avec surprise.

— Je sais… mais vous vous souvenez de notre discussion sur le cas des Septiums, et que vous trouvez ceci totalement inacceptable de leur faire endurer cela !

— Oui, je m'en souviens parfaitement, pourquoi cette question ?

— Eilif… Elle regarde à ces mots autour d'elle pour trouver son coéquipier introuvable, la forçant à continuer, tant bien que mal, Bon je ne sais pas où il est passé… mais il a trouvé les restes de son peuple encore vivant !

— Comment ? Combien sont-ils ? Où sont-ils ?

— Je ne sais rien de tout cela, mais vous pourrez poser ces questions au chuchoteur si vous restez au palais ! De plus, il veut aller les voir, et c'est pour cela qu'il a besoin de vous, afin de trouver un compromis !

— Mais, que devrais-je dire au seigneur ? C'est trop tard !

— Dites-leur que vous vous sentez mal… je ne sais pas ! Mais pitié, je vous en supplie même ! Restez ici ! … parce qu'en restant, vous pourriez bien résoudre ce problème horrible qui s'abat sur toutes les autres espèces ! Je vous en supplie… annonce-t-elle ceci en lui serrant les bras avec ses mains de toutes ses forces, en baissant son regard attristé et fatigué.

— Pour que finalement il réponde en soufflant de fatigue, D'accord, je vais les convaincre que je dois rester ici… parce que je pense que je pourrais être plus utile avec vous deux.

— Pour qu'à ses paroles, Alice lève soudainement, rapidement ses yeux, afin de le regarder avec un regard soulagé, pour ensuite dire en commençant à partir, Merci infiniment ! Je vais annoncer la bonne nouvelle à Eilif ! » Pour qu'une fois qu'elle arrive au bout du couloir, elle tourne simplement son regard vers la gauche, afin de remarquer que notre cher Ynferrial attend calmement en se cachant.

Elle demande alors : « Pourquoi es-tu là ?

— Pour être sûr qu'il ne refuse pas.

— Comment ça ?

— Disons que ma forme assez effrayante peu quelques fois faire peur à des gens, et les dissuader de m'aider... Donc ceci n'était qu'une garantie. Sinon, a-t-il accepté de nous aider ?

— Oui ! Il a accepté !

— Parfait ! Dès qu'il aura trouvé une excuse valable, nous pourrons discuter...

— ... Eh ! Pourquoi il n'y a pas de merci qui vient ?

— Tu m'as bien servi, je suis fier de toi ! dit-il cela en arborant un grand sourire narquois, en osant poser sa main sur la tête de son interlocutrice, afin de lui frotter les cheveux, et partir peu de temps après.

— Alors que la jeune femme le suit en hurlant, Je ne te lâcherais pas tant que tu ne me diras pas merci ! Dis-moi, merci ! Dépêche-toi ! ... »

Par la suite, Strentfort et la princesse vont voir l'ambassadeur en question pour avoir une petite discussion de ce qu'il va se passer.

Les trois individus se réunissent donc dans la fameuse salle à manger, où il y règne une étrange obscurité, avec chacun d'eux étant assis sur une chaise, pour pouvoir discuter tranquillement de l'état de la situation, et de la suite des événements

Finalement, la conversation commence avec notre ambassadeur s'impatientant : « Donc, pouvez-vous me donner plus d'informations sur ces restes de votre espèce ?

— De quelles informations précisément ? répond Éric d'une voix malicieuse, en pavanant son sourire joyeux.

— Où l'avez-vous eu ?

— Vous vous souvenez du vieux Septium que j'ai dû tuer auparavant ?

— Oui, même si je n'ai pas vu la scène en question...

— C'est lui qui m'a donné cette information !

— Mais pourquoi maintenant ? Si vous l'aviez depuis si longtemps, vous auriez pu y aller bien plus tôt.

— Disons que le lieu indiqué était assez dur à trouver. De plus, il y avait le roi qui se serait opposé à mon plan, sauf à cet instant précis... parce qu'il est parti...

— Je comprends… Où est-ce qu'ils sont ?

— Désolé, mais cette information est confidentielle jusqu'à ce qu'on arrive à celui-ci !

— Pourquoi ?

— Je ne suis pas sûr qu'on puisse vous faire confiance ! Alors, j'aimerais avoir une protection un tant soit peu invisible autour des restes de ma race encore existante. Donc, si vous acceptez cette condition, on pourra partir quand les préparatifs seront faits !

— C'est alors que notre invité s'arrête, et se met dans une posture pensive, afin de réfléchir davantage à la proposition de notre Septium. Afin qu'après un moment d'attente, il relève son regard pour dire, J'accepte ! Si cela peut arrêter toute cette mascarade entre nos espèces, je suis prêt à tout !

— En êtes-vous sûr, parce qu'il y a des chances que vous perdiez la vie, car je n'arriverais pas à vous protéger correctement et à tout moment !

— Je prends ce risque, même s'il est insensé ! »

2

C'est alors qu'après cette course de folie contre la montre, nous retrouvons Alice, le lendemain, marchant tranquillement dans une petite ruelle sombre, jusqu'à ce qu'une personne en tunique noire arrive derrière son dos et demande rapidement : « Venëity, pourquoi m'as-tu demandé par télépathie de revenir en urgence ?

— N'étant même pas surprise, celle-ci prend la parole d'un air curieusement joyeux, Je suis désolé de t'avoir brusqué, mais je devais t'appeler avant que tu arrives en dehors de la zone d'action de la télépathie. J'ai une grande nouvelle, qui va devoir changer nos plans.

— C'est-à-dire ? rétorque-t-il froidement.

— Mon cher Eilif ! Viens de m'apprendre une chose extraordinaire ! ... Il a découvert où se trouve le reste de son peuple ! Grâce aux infos, de mon Eilif, il n'y aura plus de problèmes à l'avenir, pour le côté militaire.

— "Mon Eilif" ? Même, je te trouve anormalement joyeuse, alors que tu es d'un naturel calme et froid, dit-il avec surprise.

— Ce n'est pas la question ! Écoute, les Septiums sont l'espèce la puissante de nos jours ! Avec eux, dans seulement dix ans, ou quinze, plus personne dans ce pays ne pourra nous rivaliser ! On pourra donc enfin prendre le trône et se venger de Lucifer, annonce la princesse, tout en se mouvant théâtralement, et en tournant autour de Eker.

— Attends... Tu envisages de les accueillir dans le territoire ?

— Oui ! Tout à fait ! C'est pourquoi je te demande de prolonger votre mission de deux mois, à deux mois et demi. Afin que Eilif soit sûr et certain d'arriver, avant vous, au château.

— Bien ! Je crains de ne pas tout comprendre, mais on en rediscutera à mon retour, d'accord ?

— Oui. »

3

C'est donc le jour après cette discussion que nous voyons Éric, bien occupé avec les préparatifs de la mission, qu'il a mis en place avec Alice et l'Ambassadeur, dormant encore en cette heure tardive, se rapprochant de l'aube.

Celui-ci est en train de mettre le nécessaire dans leur unique sac de voyage, et dont il va porter à lui seul. Cependant, même avec toute la bonne volonté du monde, celui-ci est déjà perdu avec toutes les affaires, et ne sait pas quoi mettre en premier, puis en second. Ce n'est qu'une heure après cet intense rangement, qu'il arrive à fermer le sac bien rempli par les affaires dont il a jugé utile, d'après sa personne.

Une fois terminé, il se morfond donc sur son sort, en se couchant sur le dos, tout en insultant le sac qui lui a donné autant de mal, afin qu'il s'endorme au bout sept minutes et trente-huit secondes dans sa chambre. Puis se réveiller que plusieurs heures après, quand la jeune femme vient l'aider dans cette tâche qui est de le mettre debout.

Quand ce combat contre le sommeil se finit, les deux commencent à marcher dans le couloir, afin que Alice lui adresse ces premiers mots en marmonnant :

— Ne fais de conneries…

— Ne t'inquiète pas ! rétorque-t-il tout en s'étirant les bras.

— La princesse d'un air surpris, regarde son interlocuteur, et demande, Comment as-tu entendu ? Je n'ai que marmonné !

— Tu n'oublies quand même pas que les Septiums ont une ouïe plutôt fine.

— Oui bah, il se peut que je l'aie oublié pendant un bref instant ! … Sinon, tu n'as pas intérêt de déclencher une guerre !

— … (Ricanement de l'Ynferrial) … Pourquoi voudrais-je faire ceci, mon espèce n'est pas en état. De plus, je ne pourrai jamais te faire de mal !

— Tu ne pourrais même pas me faire du mal, si ceci peut sauver définitivement ta race ?

— Cela dépendra du contexte…

— En gros, tu fais juste ça, pour m'attendrir, afin que je te laisse tranquille, n'est-ce pas ?

— Oh, elle a enfin compris ! Elle a donc évolué un tant soit peu !

— Et en le frappant en continu, alors qu'il commence à courir, tout comme elle dans le couloir, elle répond, Arrête de me prendre pour une fille stupide !

— Je n'ai jamais dit que tu étais stupide, c'est toi qui l'affirmes !

— J'ai très bien compris le sous-entendu, alors arrête !

Pour que finalement celle-ci se stoppe essoufflée, afin de poser cette question :

— Quand est-ce que tu comptes partir ?

— Tandis que Strentfort continue dans son élancé, afin de hurler au bout du couloir, Demain vers douze heures ! Et tu as intérêt d'être là !

Ensuite pour disparaître dans ce palais immense.

Une fois qu'une heure se passe sans problème majeur, que les individus concernés par le plan et les membres restants de la cour se retrouvent à la salle à manger pour le déjeuner. Et où il y règne une odeur pestilentielle de stress, avec les membres effrayés par la Dixième.

Alors que bizarrement, étrangement, les trois seuls individus devant être sur les nerfs, à cause de leurs manigances, rient aux éclats, et s'amusent, comme si de rien était, ce qui attire l'attention des autres membres du souper, qui sont interloqués.

Cela force même, une des personnes à commencer une conversation, avec le chuchoteur, l'ambassadeur, et la princesse, en demandant : « Pourquoi êtes-vous tellement heureux ?

— Pardon ? Désolé, je n'ai pas entendu ! rétorque notre assassin qui penche la chaise en arrière, en détournant sa tête vers son interlocuteur.

— Pourquoi êtes-vous si heureux ? Je ne comprends pas... la Dixième pourrait très bien nous attaquer à tout moment !

— Et alors ? annonce Alice en prenant la parole.

— Elle a tout à fait raison, parce qu'ils m'ont tout expliqué ! rajoute l'ambassadeur, tout en se mettant énergiquement un raisin dans la bouche.

— Comment ça ?

— C'est pourtant simple... répond le Septium, pour continuer... Rien ne changera, quoi que vous alliez faire. Vous pouvez très bien avoir peur, être stressé, ou être heureux, rien ne changera, parce qu'elle que soit la menace, elle viendra, que vous ne soyez pas prêt ou si. Alors, pourquoi se pourrir la vie, pour une chose qui ne peut pas changer ?

— Ce discours arrête aussitôt les membres de la cour, qui se mettent à nouveau manger, alors que la princesse prend les devants, en continuant à parler avec ses deux complices, Donc, vous partez bien demain vers douze heures ?

— Oui, c'est exact, madame ! rétorque l'ambassadeur avec joie, et empressement.

— Je ne te l'avais pas déjà annoncé ? demande l'Ynferrial avec une voix interloquée.

— Si, tu me l'avais déjà dit, mais c'était pour être sûre que tu ne me joues pas un coup fourré, en partant plutôt, afin de m'éviter !

— ... (Ricanements de Eilif) ... Comment pourrais-je vous faire cela, ma sainteté ?

— Ne m'appelle pas comme ceci ! C'est très énervant, et j'aurais préféré que tu ne connaisses jamais ce titre...

— Je suis encore désolé, princesse, pour ma méprise... réplique l'ambassadeur gêné.

— Pourquoi t'excuses-tu, mon cher ami, car grâce à toi, que je connais ce nom ! » rajoute Eilif.

Après ces mots, la conversation s'arrête étonnement vite, sans que Alice rétorque ou que l'Ambassadeur le fasse, permettant donc à tout le monde, d'enfin profiter de cette nourriture royale, qui ravit à chaque boucher les babines de notre cher assassin, qui va bientôt stopper ce régime avec l'ambassadeur.

Une fois que le repas se termine, chaque individu commence à partir, laissant le temps à notre chuchoteur d'interpeller l'ambassadeur, qui se lève avec la jeune femme, en faisant signe de l'attendre, et de laisser partir la reine provisoire de cette région, sans qu'elle le remarque.

Quand il n'y a plus personne, Éric se lève à son tour, afin de marcher vers la sortie, accompagné de l'homme d'une quarantaine d'années le suivant de l'autre côté de la table. Jusqu'au moment où ils arrivent devant la porte de sortie, et/ou Strentfort n'avance plus, et se met à côté de notre homme, pour lui poser le bras sur ses épaules, tout en lui murmurant : « Ce n'est pas la bonne heure de départ que j'ai donné, à notre chère souveraine.

— Son interlocuteur réagit rapidement, et brusquement, en tournant sa tête vers celle de notre Septium, d'un air surpris, afin de lui demander en chuchotant, Quelle est la bonne heure ? Et pourquoi n'avez-vous pas donné la bonne à la princesse ?

— Nous allons partir vers cinq heures du matin.

— Tellement tôt ?

— Oui, parce que c'est le minimum, pour que nous ayons le plus de chance de ne pas nous faire remarquer par quiconque…

— Et pour la princesse ?

— Ne lui dites rien…

— Sauf que ceci va l'attrister de ne pas nous voir !

— N'ayez crainte, j'ai déjà prévu quelque chose qui la calmera, en tout cas, un petit peu…

— Qu'est-ce donc ?

— Faites-moi confiance, je vous le demande humblement, et vous certifie que je vais raconter la raison de mon silence, si vous m'écoutez.

— … (Soufflements d'exténuation de l'ambassadeur)… D'accord… mais j'espère que la raison est valable… » C'est comme cela que les deux individus s'informèrent mutuellement de leur avis, et opinion sur le départ tant attendu.

Par la suite, plus rien ne se passe de très important, à part les quelques hurlements entre les comploteurs, qui sont en train de se préparer lentement, dû au fait de leurs quelques conneries que chacun a fait, et qui a produit une pagaille inimaginable dans le palais, pourtant si calme auparavant, quand le roi actuel est là.

Pour finalement, arriver à l'instant où ils se couchent pour dormir dans leurs lits respectifs, et de se réveiller en pleine forme, le lendemain. Jusqu'à ce qu'arrive l'heure de départ de nos deux voyageurs en herbe, qui font attention à ne pas faire trop de bruit dans les couloirs, pour se retrouver et discuter de ce qu'ils doivent faire dans l'immédiat.

Une fois qu'ils se trouvent, en vérifiant que c'est bien eux en plissant les yeux pour mieux voir à cause l'obscurité qui leur donnent du mal à voir. L'ambassadeur commence à parler en marmonnant à l'oreille de notre ancien champion d'arène :

— Bon, qu'est-ce qu'on fait ? D'après ce que je vois, on a déjà récupéré le sac, la carte, et on s'est déjà habillé pour notre voyage.

— Non, il manque encore quelque chose…

— Qu'est-ce que c'est ?

— Eilif froisse la feuille qu'il tient dans la main gauche, afin de la montrer au niveau du regard de son interlocuteur, et dire, Je dois d'abord déposer cette lettre à Alice, pour la prévenir de ne pas s'inquiéter !

— … Vous savez écrire ?

— En haussant la voix, en faisant des mouvements de colère, il répond, Mais tout le monde pense que je suis un illettré ?

— Chut ! rétorque-t-il, tout en mettant son doigt devant la bouche de notre Septium, afin de lui faire signe, qu'il fait trop de bruit. Pour ensuite dire, Je suis désolé ! Allez déposer votre lettre dans sa chambre, on se retrouve à la porte secondaire du château.

— … D'accord.

4

Arrivé devant la porte de Alice, étrangement notre jeune Septium s'arrête, comme d'hésitation, affichant un visage apeuré comme la dernière fois avec la Dixième, laissant à nouveau la clenche pendant une ou deux minutes pour qu'il se décide d'abaisser celle-ci silencieusement, en faisant attention de ne pas réveiller la princesse.

Une fois à l'intérieur, il referme délicatement la porte, afin d'être sûr qu'il n'y ait personne qui vienne voir ce qu'il se passe dedans. Il recommence donc à marcher sur les pointes des pieds, pratiquement sur ses griffes, pour rejoindre l'emplacement du lit étant éclairé par la lumière lunaire, et se reposant aussi sur le doux visage de notre jeune femme.

Après un moment d'immobilisation, il reprend son rythme de marche, afin de se mettre sur le côté, le côté où la princesse est la plus proche du bord, pour s'asseoir dessus, et commencer à réfléchir tout en regardant Alice entrain de dormir.

Et en détournant faiblement son regard, afin de regarder humblement, observer la lettre avec tristesse, inquiétude pour qu'il commence à chuchoter dramatiquement, le moins fort possible, afin que son interlocutrice endormie, ne se réveille pas entre temps : « … Honnêtement… Je ne sais même pas. Je suis complètement perdu. Je ne sais pas pourquoi je te parle. Pourquoi j'en ai envie ? Peut-être, suis-je nostalgique… de ne plus pouvoir te voir chaque matin, me réveiller de plus belle… de t'entendre rire… de t'entendre râler, pour je ne sais quelle raison. Ses yeux s'attristent. Je ne sais pas pourquoi… pourquoi j'ai un poids dans le cœur, mon cœur quand je me rappelle que je ne te verrai plus. À la base, tu sais… c'est toi qui dois faire ce mélodrame. Je joue un rôle pour que tu puisses te rapprocher de moi, mais au lieu de ceci, j'ai l'impression que c'est plutôt toi, toi qui as touché mon cœur de pierre avec toutes tes conneries, tous les bons moments… Tu n'es pas croyable… Je n'arrive pratiquement jamais à prévoir tes mouvements. Et maintenant, je n'arrive même plus à lire dans mes émotions… Je suis perdu quand il s'agit de ta personne… Je pense que tout cela se rapproche à de l'amour, si je ne me trompe pas… Je n'ai pu constater de ceci que dans les livres, et je ne suis jamais tombé amoureux auparavant. Le monde est quand même cruel, extrêmement cruel… J'ai quand même juré que je tuerais toute la race humaine, ta race, et maintenant il y a toi… Quand je te vois comme cela, entrain de dormir… ma conscience m'empêche, m'ordonne de ne plus penser à cette éventualité. C'est quand même troublant pour tout te dire, de ne pas pouvoir se contrôler à cause d'une seule personne, et qui par-dessus le marché fait partie d'une espèce que je déteste… Mais bon ! Ma lettre devrait mieux raconter ce que je ressens, tout en te consolant un petit peu… vraiment un tout petit peu, alors je te la laisse. Passe une bonne nuit… » annonce notre Septium tendrement, en mettant correctement les cheveux sur la figure de Alice, derrière son oreille, pour qu'après ceci, il puisse poser silencieusement la lettre sur la table de nuit, puis partir aussi silencieusement qu'il est venu.

Quelques heures plus tard, à l'heure où le soleil se lève, arrivant peu à peu aux fenêtres, laissant de plus en plus de ses rayons passer, se reposer sur le visage, sur le corps de la princesse dans le lit. Pour que celui-ci réveille celle-ci, faisant les petits yeux du matin, de s'étirer avant de remarquer la lettre, qui se trouve sur sa table de nuit.

Elle se met alors tranquillement assis sur son lit, afin de prendre plus facilement le papier qui est posé à côté d'elle, en voyant peu de temps après que dessus, il y a le prénom de Eilif inscrit, et se demande, en plissant des yeux de doute :

— Je n'espère quand même pas, qu'il soit parti sans me voir… Pourtant, j'ai un mauvais pressentiment, rien qu'en voyant cette lettre…

En ouvrant froidement la feuille, peu à peu, elle commence à avoir de plus en plus de doutes, Si ta lettre m'annonce que tu m'abandonnes définitivement, tu vas voir de quel bois, je me chauffe… Elle pose délicatement le haut de la lettre devant sa bouche, afin de la cacher, en baissant un regard attristé, en réfléchissant.

Elle abaisse celle-ci, lui permettant de la lire à haute voix, Allez, espérons... « Yo, enfin Salut, si tu préfères... Cela fait déjà très longtemps que je n'ai plus écrit quelque chose, alors soit indulgent avec moi.

J'imagine que tu dois déjà avoir ta petite idée d'où je suis, et ce que je fais, n'est-ce pas ? »

Oui, bien sûr, Gros bêta...

« Après, c'est une question bête, vu que je ne pourrais pas connaître ta réponse avant un bon moment, et je te rassure que je reviendrais quoi qu'il arrive, n'aie pas peur... parce que je t'ai fait la promesse de ne jamais te décevoir !

Je pense que tu dois être en colère, même avec mon cinquième essai d'écriture pour cette fichue lettre... (Ricanements de la princesse...) Je me doutais que tu l'avais refaite, parce qu'elle était bizarrement bien faite, en ayant aucune faute ni rature... mais je suis tout de même prêt à endurer ta colère, parce que je le mérite... Je t'ai tout de même mis en plan au château, sans te dire au revoir correctement, et en bon uniforme.

En tout cas, ne t'inquiète pas, parce que grâce à toi, j'ai pu constater, qu'il pouvait y avoir un espoir pour ton espèce, même si cela m'est dur à avaler, pourtant en te voyant chaque jour, je me suis quand même dit « peut-être » ce qui me fit me rappeler d'une chose, quand j'étais en train de discuter avec un écrivain au nom de Justin, et où je lui avais dit durant un moment « Un beau jour, quelqu'un se montrera et changera tout, ou bien ce monde que nous connaissons et qui est si magnifique DISPARAÎTRA... » Alors, je le répète, en te voyant, j'ai eu un espoir pour vous. Donc je me suis promis de me donner corps et âme à devenir la personne qui changera tout, afin que nous puissions tous avoir un avenir heureux ! Et que je puisse enfin être tranquille...

Tu n'as pas besoin d'avoir peur pour moi, ou pour ce qu'il va m'arriver car je reviendrais, et je ramènerais ma race, afin d'exploser nos destins, en sauvant tout le monde, même si dans le pire des cas, je devais mourir, je saurais que j'ai fait la bonne chose.

Tu dois te demander, pourquoi ai-je fait cela ? Pour être honnête, je ne sais même pas pourquoi je suis tellement tendre avec vous, tout d'un coup. Sans doute, parce que je veux croire à un futur, où on sauvera le monde de la destruction en devenant les déviants de notre époque.

Après, je dois aussi avouer la raison pour laquelle, j'ai décidé de ne pas te dire au revoir en face… Peut-être pour fuir la nostalgie devant ta personne, ou encore de l'éventualité que je ne supporte pas de te dire adieu… ou peut-être de te voir pleurer, si cela venait à arriver.

Et pourtant, ce n'est rien de tout cela. En tout cas, je le pense, même si je n'ai pu constater ce sentiment qu'en lisant des histoires dans des livres… Je n'ai même pas saisi toutes ses facettes, alors pour être honnête, j'avance à l'aveuglette, et peut-être que je me trompe, mais je veux quand même te l'annoncer dans cette lettre.

Ne m'en veux pas, si ce n'est pas les bons termes pour désigner ce sentiment étrange, parce que je m'inspire des livres que j'ai lus, et où toutes les personnes disent la même chose à la fin. Donc je me lance, avec une petite crainte, je l'avoue.

Je t'aime. Oui, je t'aime, même si on est deux différentes espèces, et que je ne sais pas pourquoi, mais je t'aime bel et bien… »

Un liquide, ce liquide transparent coule, des larmes coulent sur les joues, sur le visage de Alice affichant un grand sourire, un sourire gêné, en s'essuyant doucement ses yeux, et dire d'une voix triste et heureuse à la fois : « M… »

5

... Alors que du côté, à plusieurs kilomètres de cet endroit, deux individus, deux voyageurs commencent une discussion détendue en plein milieu d'un large chemin, un sentier de terre, presque sableuse, étant assez en hauteur pour voir la globalité de la cité, recevant de plus en plus de lueurs du soleil levant, du tournesol fleurissant, Alors, pouvez-vous m'annoncer maintenant ?

— De quoi parlez-vous ?

— La raison pour laquelle vous ne vouliez pas que la princesse soit là, lors de notre départ ? ...

— Parce que je ne voulais pas prendre le risque de la voir pleurer, rétorque-t-il d'une voix rauque et monocorde.

— Oh... avez-vous des sentiments pour elle ?

— Non... non, ne vous inquiétez pas pour cela. Concentrez plutôt sur notre voyage ! Pour ma part, je n'ai jamais voyagé, je ne connais donc pas très bien les manières qu'on doit adopter. De plus, je risque de me perdre, dû au fait que je suis extrêmement curieux.

— ... Argh ! Je me demandais bien, pourquoi on n'avait pas pris de chevaux, pour arriver plus vite à votre lieu !

— Vous pensez réellement qu'un cheval peut supporter mon poids ?

— Oui, mais pour vous, on aurait pris un loup géant ! Ils sont plus robustes, et peuvent supporter plus de poids !

— À ces mots, notre chuchoteur s'arrête promptement, reste immobile à ses propos afin de regarder vers le ciel, étant entre l'obscurité de la nuit, et la lumière de la journée, pour pouvoir penser, en mettant le bout de ses doigts devant son museau. Pour finalement dire, J'avoue que cela serait classe, si j'avais une de ses montures... On fait demi-tour, je dois prendre un loup géant !

— Notre Septium se met donc plein de bonne volonté en faisant demi-tour, pour marcher vers la cité, avec notre ambassadeur tentant désespérément de l'arrêter en prenant la queue de son interlocuteur, et la tirer. Cependant, celui-ci n'arrive pas à le stopper, ce qui le pousse à lui parler, Nous ne pouvons pas retourner à la ville ! Il y a trop de risques qu'il nous remarque !

Après un instant de lutte intense entre les deux individus, le jeune Septium décide de s'asseoir auprès du seul arbre à des centaines de mettre à la ronde, proche du chemin, dû aux champs. Une fois installé, il répond calmement :

— En fait... J'ai peur de rencontrer ma race... c'est pour cela.

— De quoi avez-vous peur ? demande l'homme essoufflé.

— J'ai peur de ne pas réussir à vous protéger devant eux... J'ai peur qu'il ne m'accepte pas, après tout ce que j'ai fait... J'ai peur que ma mère ne soit pas là, qu'elle ne me reconnaisse pas, qu'elle ne veuille pas me voir ni me considérer comme son fils... J'ai peur de ne pas me reconnaître à eux, comme un membre de mon espèce.

— Pour ma part, ceci me semble évident que vous devez aller les voir !

— Pourquoi ?

— Comme je le dis toujours, la peur est une boussole... Généralement, la peur permet de nous montrer ce qu'on doit faire, même si cela est dur à supporter !

— Une boussole... Je comprends, même très bien votre dicton.

— Vraiment ?

— Oui, parce qu'autrefois, j'avais peur de continuer de combattre Baltius, et Bisseau, après ce qu'ils m'ont fait subir... et c'est Théo, qui m'a sorti de cette crainte.

— C'est bizarre, je n'ai jamais entendu parler de Théo... Même dans les rapports que vous avez faits...

— Vous n'avez pas besoin d'investir votre temps à le retrouver, parce qu'il est mort, il y a déjà fort longtemps...

— Ah, d'accord... Avait-il une famille ?

— Oui... Malheureusement, dû au fait qu'il m'a aidé, et de ce fichu Baltius, ils ont été tués sauvagement dans leur habitation.

— C'est horrible... Vous voulez faire une pause ?

— C'est à peine le début de la journée, et vous me proposez déjà de faire une pause ! Vous êtes véritablement une feignasse de première ! … (Ricanement de notre Ynferrial…) rétorque-t-il, en se levant brusquement.

— … À cette provocation, l'Ambassadeur fait une grimace à Strentfort, afin de répondre, C'était à la base pour vous… cette pause !

— Ne vous inquiétez pas, je ne vais rien dire, afin que vous puissiez garder votre virilité !

— … J'espère que vous êtes prêt à marcher même la nuit, parce que pour ma part, je ne m'arrêterai pas !

— … (Ricanement de l'assassin) … Et comment allez-vous trouver le chemin pour rejoindre le lieu de résidence de ma race ?

— Je ne sais pas, mais je ne m'arrêterais pas !

— D'accord, je vous souhaite bon courage !

— Ouais, ouais, vous allez bien le voir ! » Finalement, cette conversation brève s'arrête ici avec les deux compagnons commençant enfin à marcher vers leurs objectifs.

Durant des heures et des heures, des minutes semblant des heures, des secondes semblant des minutes, les deux amis de fortune marchent côte à côte sur les chemins étant d'une grande variété avec des petits, des minuscules, recouvertes de verdures, ou pas, à cause de leur manque d'activités, ou de leurs grandes activités. Entouré d'arbres pouvant être petits et grands pouvant bloquer pratiquement toute la lumière du soleil, ou pas à certains endroits. Cela ne fait point peur, et ennuie encore moins notre Ynferrial étant simplement émerveillé par le bruit des arbres se heurtant, se faisant caresser avec le vent, les douces brises accompagnées des lumières bougeant, illuminant divergeant emplacement du sol terreux.

Les petits sentiers se trouvant en plein milieu des plaines, où chaque bourrasque de vent, chaque caresse de l'air, fait frémir les hautes herbes ensoleillées en groupe, laissant certaines d'entre elles se détacher et s'envoler près de notre jeune explorateur qui les suit bêtement du regard étant d'un immense noir, dû à sa curiosité. Entraînant, comme l'avait-il prédit, une perte de contrôle, commençant, se laissant vagabonder en sautillant peu à peu sur la voie, en essayant tant bien que mal de se retenir mais en vain. Il s'élance dans la plaine, poursuivant comme un animal les morceaux de verdures volant dans les airs. Alors que l'Ambassadeur ne le remarque pas, et continue tranquillement sa marche, en se concentrant, arrivant même dans un état de trans quand il voit, observe la carte, avec les indications de Eilif.

Jusqu'à ce que celui-ci voit, entrevoit, enfin la solution qu'il cherche. Cependant, à l'instant où il essaie de trouver son compagnon pour vanter ses mérites, il ne le trouve plus, le forçant à jouer un moment de cache-cache, où il finit par le retrouver aux plaines.

Malgré tout cela, ceci est loin d'être encore terminé avec notre enfant découvrant son nouvel environnement, avec les arbres géants étant d'une telle immensité, d'une telle magnificence, d'une telle vie. Ralentissant encore davantage leurs progressions déjà bien lentes avec Éric, se laissant distraire par absolument tout ce qu'il y a. Comme avec les feuilles au sol, se craquelant sous le poids des individus, se craquelant sous le poids de notre Septium, sous ses pieds nus et ressentant toutes les sensations étranges, le faisant sursauter à chaque fois, le faisant à chaque fois s'arrêter.

Ou encore de la sensation de marcher sur la mousse, se contractant sous la pression, donnant cette sensation d'humidité, de fraîcheur, et des quelques morceaux se coinçant entre ses orteils velus, le faisant à chaque fois faire de petits sauts, dû au fait qu'il n'est pas habitué à cette sensation bizarre, entraînant de même à tous les coups la surprise chez son compagnon, ne s'habituant pas.

Et où se rajoute la diversité du vivant avec tous ces champignons interloquant tout le temps notre Ynferrial qui s'arrête devant elles, se demandant de quelles sortes elles sont, accompagné des animaux, des animaux étranges et merveilleux. Tels que des lapins ayant tous une fourrure blanche comme neige même en été, des biches ayant des poils tellement longs qu'ils touchent pratiquement le sol verdâtre, des sangliers ayant des groins parcourus d'énormes boutons roses, les empêchant presque de ne plus voir devant eux, des oiseaux de toutes les couleurs possibles et imaginables, des élans sans cornes, mais ayant une longue barbe, des cerfs ayant des bois si grands, si hauts, si imposants, le faisant se stopper à chaque fois, pour pouvoir attentivement les observer avec des yeux d'enfant.

Alors que notre ambassadeur ne s'arrête pas, et remarque qu'après un instant, qu'il doit faire demi-tour encore et encore, afin d'aller chercher son coéquipier, en lui hurlant dessus quand il le retrouve, créant donc la peur aux bêtes s'enfuyant et lui permettant de le faire sortir de son état de trans.

Jusqu'à ce que tombe la nuit autour d'eux, en plein milieu d'un large chemin de terre, qu'ils ont pu rejoindre qu'avec de longs raccourcis que l'homme a conseillés. Celui-ci se décide donc à dire d'une voix sérieuse : « Nous devrions trouver une auberge…

— Une auberge ? Qu'est-ce donc ?

— C'est un bâtiment qui permet de nous nourrir, et de nous loger pour la nuit.

— Oh, je vois, je vois… Et où peut-on trouver un lieu pareil ?

— En regardant la carte, nous pourrons voir s'il y a un village aux alentours, annonce l'homme qui sort une carte qui se trouve en dessous de son vêtement supérieur, pour ensuite déplier celle-ci, et la regarder pendant un instant.

— Alors que l'ancien champion de l'arène continue de le regarder, en attendant une réponse, pour finalement perdre patience et demander, On est perdu, n'est-ce pas ?

— Non… non, je ne pense pas. Je dois juste nous trouver, mais cela ne va pas durer aussi longtemps…

— Sinon, on pourrait continuer à marcher dans l'un des deux sens de cette route, pour pouvoir arriver à une ville, où à une intersection qui nous permettrait de voir les panneaux indiquant les cités, ou villages qui s'y trouvent…

— Oui… attends un instant, je dois me concentrer.

— À ces mots, Eilif s'assoit, en attendant que son compagnon trouve un chemin. Cependant celui-ci, même après trente minutes ne

voit toujours pas de voie, et lâche prise en disant… Je n'y arrive pas…
Comment va-t-on faire pour trouver notre chemin ?

— Son interlocuteur répète donc, en restant assis, Sinon, on
pourrait continuer à marcher dans l'un des deux sens, afin de trouver
une intersection, ou un village…

— Mais oui, pourquoi n'ai-je pas pensé à ceci plutôt ! Vous êtes
un génie, mon cher ami ! rétorque-t-il en criant de joie, et en regardant
vers le Septium à moitié endormi.

— Oui, je le sais… Pouvons-nous donc continuer notre route, afin
de chercher votre fameuse auberge ?

— Bien évidemment, mon cher voyageur en herbe ! » Après cette
petite discussion entre les deux individus, ceux-là continuent dans le
même sens qu'ils ont pris auparavant, afin de pouvoir trouver une
existence de vie quelque part.

Ce n'est qu'une heure plus tard, en affichant des têtes en
décomposition, de fatigue, qu'ils arrivent dans un petit village, qui par
chance contient une auberge encore ouverte à cette heure si tardive.
En entrant dans celle-ci, ils trouvent alors un grand salon, avec
plusieurs tables, et un bar, où se tient le propriétaire en train de parler
avec un homme balafré rigolant soudainement.

Les deux personnes épuisées vont donc vers les deux autres
individus en train de discuter, pour s'introduire brusquement dans leur
conversation, en demandant : « Bonjour, mes messieurs ! Nous
sommes ici pour pouvoir savoir si vous aviez une chambre, avec deux
lits, afin que nous puissions dormir…

— Les deux amis sont cependant sur leurs gardes en voyant
l'énorme créature derrière l'ambassadeur parlant. Pour que finalement
l'homme balafré décide de prendre la parole, Ça alors ! Cela fait bien
longtemps que je n'ai plus vu un de ses monstres !

L'Ambassadeur répond :

— C'est mon esclave ! Alors, n'ayez pas peur ! Même si cela est
offensant, notre ancien champion ne dit rien, à cause de la fatigue.

Le Barman annonce :

— Si c'est la vérité, j'aurais bien une chambre pour vous !

— Parfait, quel est le prix de celle-ci ?

— Une pièce d'argent !

— D'accord, laissez-moi juste trouver mon portefeuille dans l'énorme sac que mon serviteur porte sur son dos !

À ces paroles, l'Ynferrial lâche donc le sac, qui s'écrase sur le plancher et faisant un vacarme énorme, pour ensuite dire :

— Je te laisse le plaisir de chercher tout seul ton portefeuille !

Après avoir cherché absolument partout dans le sac, le soi-disant maître du chuchoteur tombe en arrière, afin de se mettre assis par terre. Tandis que Eilif est assis sur un banc d'une des tables, pour que finalement il demande à son compagnon :

— Où est-ce que tu as mis l'argent ?

— Quel argent ?

— L'argent qui doit nous permettre de nous loger ici, pendant la nuit !

— Je n'étais pas au courant qu'on avait besoin d'argent ! répond-il avec surprise.

— Donc, tu n'as pas pris ceci…

— Il fallait me prévenir plutôt que nous avions besoin de cela ! Vous êtes fautif dans une certaine manière ! annonce notre assassin d'un ton accusateur.

— Pardon ? C'est vous qui deviez organiser ceci !

— L'homme à la balafre dit alors avec une voix subjuguée, "vous" Je pensais que c'était votre esclave… alors pourquoi le vouvoyer ?

Le coéquipier de notre jeune Septium reste plusieurs secondes interloqué par sa question, pour reprendre ses esprits et répondre :

— Je suis désolé de vous avoir ennuyé, nous allons partir !

— Comment ? Je n'ai plus envie de marcher, je suis trop crevé ! réplique Strentfort.

— Allez ! On s'en va !

— … (Soufflements de son interlocuteur)… D'accord…

— Une fois sortie et à bonne distance pour qu'il n'y ait plus personne qui puisse les entendre l'Ambassadeur annonce, Bon, j'imagine que nous devons camper dehors pour cette nuit. Même pour toutes les autres, vu qu'on n'a pas d'argent…

— Bon bah, au lieu de se plaindre, il faut se concentrer à trouver un lieu paisible pour dormir, et manger notre dîner !

— Oui, tu as bien raison… » Les deux voyageurs cherchent alors désespérément un endroit potable, pour finir par atterrir dans une clairière au beau milieu de nulle part dans une immense forêt lugubre.

Ceux-là allument peu de temps après le feu, en mettant des petits morceaux de bois trouvés par terre, ou qui ont était arraché à l'arbre lui-même, et d'un cercle de pierre autour du brasier. Les deux compagnons de fortune préparent donc la casserole en métal étant déjà remplie d'eau pour la faire bouillir.

Alors quand même temps, l'homme commence avec une étonnante habilité à éplucher, et à couper les aliments, comme les carottes, les herbes, accompagnées d'un peu de viande.

À la fin, le plat ressemble à un ragoût sentant étrangement bon, comme peut très bien le constater notre Ynferrial éberlué, par la facilité déconcertante de son compagnon à faire un plat qui a l'air délicieux à vue de nez et des yeux.

Alors avant de commencer à manger, notre Septium demande d'une voix surprise : « Où avez-vous appris à faire cela ?

— Oh, c'est mon père qui adorait cuisiner… c'était son passe-temps ! Donc entre temps, en le voyant faire, j'ai pris goût à cette pratique, et j'ai appris, même si au début c'était réellement compliqué… réplique-t-il d'une voix triste.

— Pourquoi avez-vous pris une voix tellement triste ?

— Malheureusement, mon père est mort, à cause d'une maladie mortelle, quand j'avais environ seize ans… révèle l'homme abaissant son regard.

— Paix à son âme… Et bon appétit.

— Je te remercie pour mon père, mais j'ai l'impression que c'était juste pour les manières que tu l'as dit… » prend-il un ton calme, en remontant ses yeux vers Eilif entrain de dévaliser à grandes louches le fameux ragoût, afin de le mettre dans son bol, avec un visage assoiffé de nutriment.

À cette attaque de gourmandise, Éric se fait vite disputer la louche, avec l'ambassadeur, qui combat avec ardeur, afin de récupérer le peu de ragoût subsistant au fond de la grande marmite. Après un affrontement acharné, celui-ci arrive à lui reprendre, pour finalement pouvoir manger.

Une fois le caprice de notre chuchoteur passé, il peut enfin contempler son plat, en sentant premièrement délicieuse odeur enveloppée d'une dense fumée sortant du plat, et montrant qu'il est beau et bien chaud. Puis deuxièmement son apparence tentante, avec sa sauce beige et bien épaisse, semblant bien appétissante, accompagnée de la viande cuite, dont la couleur est brunâtre foncé, les herbes qui font des taches verdâtres, et des légumes, comme les carottes, les patates, etc. …

Quand la fin de cette analyse en profondeur de ce plat arrive, avec son regard enfantin, il se décide à tremper sa cuillère et la ressortir avec la précieuse cargaison, entrant lentement dans l'entre saliveuse d'envie, de longs crocs, afin qu'il puisse finir par refermer sa bouche, en fermant doucement ses yeux, pour savourer ce doux plat.

Au moment, où il avale, il pousse un cri étouffé de plaisir, en laissant frissonner tous ses poils, afin d'annoncer : « Comme je m'y attendais… ce plat est succulent !

— Arrête… Cela fait déjà un bon instant que je n'ai plus cuisiné.

— Et pourtant, je continue d'affirmer que ton repas est délicieux ! … Puis-je connaître ton nom, mon cher maître cuisinier ? demande notre Septium avec une aire de malice, en faisant une humble inclinaison de respect envers son interlocuteur.

— Ah, oui, je peux le constater maintenant !

— De quoi ? rétorque-t-il la bouche pleine.

— Quand tu sais que je peux te remplir l'estomac avec de la bonne nourriture, tu t'intéresses enfin à ma personne !

— Non, pas du tout… C'est une accusation non fondée ! Tout en continuant à parler avec sa bouche pleine, en pointant sa cuillère à son coéquipier, se faisant asperger par la sauce, étant encore sur le signe pointeur, le faisant sursauter.

— En s'essuyant, il répond... Bref... Je m'appelle Jonathan... mais quand j'y repense, je suis vraiment triste de savoir qu'on épuise déjà notre stock de nourriture. Cela se voit bien que vous n'avez jamais voyagé...

— Rectification ! Je suis déjà sorti plusieurs fois !

— ... Mais elles étaient rares et courtes, n'est-ce pas ?

— Oui, malheureusement...

— Pour ma part, je trouve cela horrible, pour les enfants d'être aussi mal traités... Même pour les adultes... J'aurais une question pour vous.

— Oui, faites donc, n'ayez point peur, je ne mors pas !

— Comment faites-vous pour tenir le coup ? Vous ne découvrez le monde que maintenant, vous n'avez pratiquement vu que de la merde, et plusieurs atrocités que je n'ai pas envie d'énoncé, mais que j'ai entendu parler.

— Comment je tiens... ? dit le jeune Septium, en baissant un regard vide vers le feu brûlant ardemment.

— ... Honnêtement, pour ma part je n'aurais jamais pu tenir.

— ... C'est grâce à mon rêve... à mon objectif, que j'arrive encore à espérer, à vivre, à être joyeux, ou bien triste, mais après... je n'ai jamais dit que je ne me suis pas égaré entre temps ! annonce-t-il ceci, avec un sourire forcé, en regardant tristement vers Jonathan qui est à l'écoute.

— Ton rêve... Qu'est-ce donc ?

— ... Malheureusement, c'est un secret, et je ne le dirais à personne...

— Et une fois que tu l'auras réalisé ?

— ... Je ne sais pas, et je ne veux pas y penser tant que mon but n'est pas accompli ! » rétorque notre Ynferrial qui recommence à manger.

6

On se retrouve, lors du lendemain matin, très tôt dans la journée, et où nos deux voyageurs, nos deux coéquipiers dorment encore à poings fermés, avec le feu étant lui aussi entrain de rendre l'âme, aux bras éternels du sommeil, du haut de ses quelques braises qui résistent tant bien que mal.

Un calme presque absolu, le calme, ce calme de la forêt, ne laissant entendre que quelques feuilles bouger, ou certains insectes et animaux. Un air frais s'est installé, caressant tendrement, doucement les deux compagnons, frissonnant, et se mettant en position fœtale. Notre chuchoteur se réveille étrangement avec un petit sursaut, pour qu'il puisse tirer une grimace quand il essaie difficilement de se recoucher.

Une fois avoir fait un énorme grognement signant le commencement de ses étirements, il se décide lentement à se lever disgracieusement, mais sûrement, afin de se dire à soi-même, d'une voix fatiguée, lassée : « J'ai faim… » C'est alors qu'il se dirige comme un mort-vivant vers le sac contenant toute la nourriture, et les affaires pour le voyage.

Arrivé devant son énorme objectif matinal, il remarque avec désespérance que le sac convoité est déjà ouvert, et semble bien vide, d'après son expertise bancale. Quand il se baisse, afin de pouvoir le prendre, il peut constater qu'il est tout aussi léger et qu'en le secouant, rien ne se fait entendre.

Le doute commence peu à peu à s'incruster dans notre Ynferrial, commençant à faire un visage dégoûté, outré. Après avoir correctement ouvert le contenant, il voit de ses propres yeux, que toute la nourriture, et même certains équipements de voyages qui ont disparu.

Il déclenche alors comme une pause, une pause de contemplation, de remords devant cette erreur, en essayant par la même occasion de comprendre, ce qui s'est passé. Pour finalement décider de se diriger vers Jonathan encore dormant dans son côté.

Et pour le réveiller, il prend avec un immense détachement le sac en le mettant au-dessus de son coéquipier, pour qu'ensuite il le laisser tomber sur lui, en le faisant sursauter brutalement. Au moment où il reprend ses esprits, lui aussi remarque rapidement que le sac est anormalement léger, et peu rempli. C'est pourquoi il regarde à l'intérieur peu de temps après, alors que son ami reste immobile devant lui, en ne disant absolument rien.

Cela fait immédiatement choc, quand il comprend ce qu'il se passe, et pourquoi son compagnon à un visage si démoralisé. Il prend la parole, en bégayant : « Que... Que s'est-il... passé ?

— En prenant son temps, Eilif répond dans un ton dramatique, C'est vous qui aviez mangé toutes nos réserves ? Avouez-le ! ... Vous étiez rancunier, à cause de ce que j'ai fait durant le repas !

— Mais non, enfin ! Pas du tout ! C'est sans doute quelqu'un qui nous a tout volé, vu qu'il n'y a pas de déchirure au niveau de l'ouverture...

— Qui est ce bâtard ? demande-t-il en hurlant, en levant son regard vers le ciel, en tendant désespérément ses bras au monde, afin que finalement, il se laisse tomber à genoux. À ce moment, il laisse sortir, s'échapper de tout son corps une immense masse noire, en affichant un regard ardent, regardant vers le ciel, réfléchissant, espérant.

— La matière noire se pose alors au sol, sur la terre, sur l'herbe, sur les feuilles, afin de partir à toute vitesse, dans tous les sens. Alors qu'au même moment, l'ambassadeur pose cette question d'un air terrifié, Que faites-vous ?

— D'un ton impérial, son interlocuteur répond, je vais retrouver ce vil personnage, afin de le punir de la pire des façons !

— Cela est bien trop tard !

— Je m'en fiche royalement !

— Il doit déjà être loin de notre position !

— ... (Ricanements de l'Ynferrial) ... N'ayez crainte ! Il ne peut s'en sortir !

— Voyons, soyez raisonnable !

— … Pourquoi êtes-vous si retissant tout d'un coup ?

— Comment ? Pourquoi me demandez-vous cela ?

— Je trouve bizarre que vous ne vouliez rien faire, alors que toute notre nourriture vient de disparaître !

— Vous m'accusez ?

— Alors, pour quelle autre raison, voudriez-vous ne pas rechercher notre voleur ?

— … Je n'en connais pas !

— Alors, si vous n'avez aucun lien avec cette disparition, calmez-vous !

— … D'accord… »

Cependant, même avec toute la bonne volonté du monde, durant un immense moment d'attente, le Septium pourtant fier au début, cède à la désespérance avec son coéquipier, dû à son inutilité. C'est pourquoi, après cela, il se recouche et se démoralise de pensées et de murmurent péjoratifs à lui-même.

Cela reste comme ceci pendant encore un long instant, et où même l'ambassadeur qui est d'une habitude objective, reste inactif en contemplant le vide de la forêt et du sac, en affichant un visage de dégoût, face au drame qu'il vient de se passer.

À l'instant où la lamentation de leurs fautes se termine, Jonathan prend la parole d'une voix, froide, désemparée, vide de vie, en restant assis à regarder la forêt : « Il faudrait quand même penser à chercher de la nourriture…

— Un temps d'attente après, le chuchoteur répond, Je le pense aussi…

— Donc qu'est-ce qu'on fait ?

— On est dans une forêt, non ? … D'après mes livres, on peut y trouver de la viande, et certaines herbes comestibles…

— Alors, tu vas à nouveau utiliser ton pouvoir, afin de ratisser la zone, afin de trouver des animaux, et quant à moi, je vais chercher des herbes…

— Non, je ne vais pas user de mon pouvoir. Je pensais plutôt me promener, en même temps que de chasser, afin de m'aérer l'esprit.

— Fais comme tu veux, mais ne tarde pas trop à revenir…

— Toi aussi, ne te fais pas manger par une bête sauvage… » À ces mots, l'Ambassadeur se lève lentement avec un brin de difficulté, en prenant le sac en chemin, afin de s'enfoncer dans l'obscurité de l'énorme forêt qui les entoure.

Notre Ynferrial, quant à lui reste encore couché en boule pendant un moment, jusqu'à ce qu'il se décide péniblement, et durement de se lever à son tour, se dirigeant peu de temps après vers l'un des sens que le bois lui laisse prendre pour disparaître silencieusement.

On se retrouve alors à nouveau avec notre ancien champion d'arène, notre chuchoteur, notre Septium marchant lentement, avec flegme. Sans but précis, il s'enfonce dans cette forêt sombre, il cherche seulement des bêtes à chasser, afin qu'il puisse au moins manger quelque chose dans cette matinée mouvementée et grande en surprise.

Finalement, après une longue marche dans ce labyrinthe sans fin, ne lui laissant aucune chance de se repérer correctement, il croise, voit par inadvertance deux pauvres lapins courant au grès des vents caressant leurs fourrures de couleurs blanches bien communes dans ce monde, en partant immédiatement à gauche en le voyant. Pourtant l'attention de notre jeune Septium n'est pas tournée vers eux, même s'il les suit attentivement du regard. La chose l'interpellant et cette bête, une bête bien plus grosse passée dans son champ de vision, poursuivant les deux gibiers apeurés.

Avec un réflexe extraordinaire, il tend, contracte violemment son bras gauche, pointant directement le prédateur, afin que la seconde d'après, il ouvre un trou, une plaie en plein milieu de sa paume, et projette comme une lance vers celui-ci, se faisant immédiatement embrocher, empalé par le projectile, permettant aux lapins de s'échapper tranquillement, et de ne pas prendre de risque de se faire attraper.

Une fois que les proies partirent, pour n'être plus vues par notre assassin. Il décide de changer la forme de sa sorte de lance, afin qu'elle puisse ramener plus facilement la bête. Et en un simple signe de la main, tout le sang envoyé comme un projectile revient tel un aimant à la main de notre Ynferrial, refermant celle-ci aussi vite que la cargaison.

Par conséquent, notre Septium annonce à sa proie avec détachement, froideur, drame en arborant un regard noir et hautain : « Il n'y a pas de place pour les prédateurs en ce monde, mon cher loup... Tout être au droit de s'épanouir, et de vivre... » À ces paroles, il recommence à marcher dans la direction qu'il a choisie auparavant.

Il marche donc, ne s'arrête pas, et continuer pendant un moment indéterminable, un moment s'arrêtant au moment où celui-ci peut observer, contempler quelque chose d'intéressant et d'incroyablement beau dans une certaine mesure.

Cette chose, la chose a pour nom dans son monde une "cascade", ayant une immense quantité d'eau descendant rapidement, violemment le long d'un mur vertical, afin de se déverser brutalement dans une rivière plutôt calme dans ce cas précis.

Il reste immobile à nouveau à contempler la cascade, il reste subjugué depuis la lisière de la forêt. Pourtant il n'ose pas s'avancer vers elle. Ce n'est qu'après avoir repris paisiblement ses esprits qu'il se lance vers la chose qui l'intéresse, et le fascine.

Une fois qu'il arrive sur les galets grisâtres foncés, bordant la rivière d'eau claire, il lâche brusquement sa proie, afin de commencer à ouvrir ses bras au monde, à cette rivière, en hurlant de joie, en affichant un petit sourire à son visage : « Wôw ! ... (Ricanement de Eilif)... C'est magnifique ! C'est la première fois que j'en vois une en vrai ! ... Je dois absolument tester en me baignant dans cette eau sauvage ! ... Ce moment a été fait pour moi, j'en suis sûr ! »

Après ce spectacle grandeur nature, il commence avec énergie et fougue à se déshabiller, en déboutonnant sa redingote noire, puis en enlevant laborieusement son pantalon, tout en commençant à marcher vers l'eau temps voulu. Et une fois totalement nu, il tend à nouveau ses bras, en entrant dans l'eau froide, presque tiède, créant quelques remous, et ondulations, à la surface.

Finalement, quand il est totalement dans l'eau, il s'arrête et observe avec ses pupilles toutes dilatées, par l'excitation du moment. Il respire fort en prenant de plus en plus d'ampleur, dû au fait que tout son corps est compressé par la pression de l'eau.

Entendre les ruissellements de l'eau autour de lui, ne pouvant pratique rien voir, parce que sa tête sort de ce liquide bleu, cela le captive au plus haut point. Cette première découverte le captivait, cet individu qui n'a jamais pu vivre cette sensation, ni même se préoccuper, à cause de son enfermement continu depuis son enfance jusqu'à maintenant, peut enfin sentir l'eau d'une rivière ruisseler autour de lui.

Durant toute la matinée, celui-ci s'amuse donc à essayer de nager dans les eaux plus profondes, à se mettre sous la cascade, afin de sentir, profiter de l'eau se déposant sur ses poils, sur son visage, d'essayer de monter la falaise, afin qu'une fois réussi, il saute avec vigueur et joie dans la rivière se trouvant en bas de cette petite falaise.

Alors que du côté de notre ambassadeur, celui-ci cueille calmement quelques champignons comestibles, et herbes, en essayant de rester sérieux, et ne pas craquer, à cause de leurs pertes, contrairement à notre Septium. Il marche paisiblement et lentement, tout en contemplant la nature ambiante, avec ses arbres aux feuilles verdoyantes, avec la mousse, et l'herbe à ses pieds.

Finalement, quand l'énorme sac brun contient d'après lui une quantité assez suffisante pour qu'il puisse faire demi-tour, il commence paisiblement à rejoindre le camp improvisé de la nuit dernière, avant que le long matin soit terminé.

À l'instant où il arrive donc au camp, il remarque aussitôt que son coéquipier n'est toujours pas revenu, avec la nourriture qu'il a promise. Après un moment ennuyeux à attendre, il commence à avoir des doutes, se demandant ce qu'il se passe, et pourquoi son compagnon n'est pas encore là, tandis que la matinée est déjà finie, depuis bien longtemps.

Celui-ci cherche à le retrouver, et à savoir ce qu'il se trame pour que l'Ynferrial ne soit toujours pas présent. Il marche d'un pas hésitant, pensant en même temps aux pires situations possibles, en restant au maximum silencieux et ne pas attirer l'attention.

Il a le regard assez vif, en détournant encore et encore celui-ci, vers la gauche, vers la droite, vers le bas, même vers le haut dans certains cas, au moment où il attend quelques bruits. Il se tord le corps stressé et apeuré, en se mettant bossu, en se frottant par la même occasion ses mains, des mains jouant entre elles, montrant sa peur.

Ce n'est qu'après un instant de marche intense en émotion qu'il trouve alors la rivière en question, mais bien plus en amont que là où se trouve Éric s'amusant à jouer avec l'eau. Il regarde un peu plus en détail en remarquant qu'il y a quelques taches rouges passant dans le courant. C'est alors qu'il réagit au quart de tour, en pensant que c'est peut-être le sang de son coéquipier. À cet instant, celui-ci court du plus vite qu'il peut qu'en temps normal, afin qu'il arrive essouffler devant le cadavre du loup, et finalement voir que c'est juste le sang de celui-ci coulant dans la rivière.

Et brusquement après avoir arrêté de constater le loup mort, au moment où il regarde vers la rivière, en se frottant derrière sa tête, et en se demandant pourquoi cet animal est ici, que celui-ci se fait surprendre par notre jeune Septium sortant la totalité de son corps de l'eau en arborant un énorme sourire joyeux.

Puis lors de sa chute, Strentfort déclenche entre temps une immense vague s'agglutinant sur son compagnon qui finit tout trempé, en affichant un regard, un visage de déterré, et froid.

Il se tourne alors complètement vers la rivière pour hurler ses mots de colère et de soulagement : « Sors tout de suite de là !

— En entendant une sorte de brouhaha trempé inaudible, notre Septium curieux sort donc sa tête, afin de voir ce qu'il y a, pour finalement apercevoir que c'est son collègue. Entraînant sa réponse, Tu es enfin là ! Je t'attendais depuis plusieurs heures déjà !

— Alors… tu m'as attendu ici… pour faire quoi ?

— Pour que tu puisses aussi en profiter !

— Mais, tu aurais pu venir me voir, afin de me l'annoncer…

— Tu n'aurais pas accepté, vu que tu es tellement sérieux !

— Pardon ? Je suis tout à fait normal !

— Bah alors, rejoins-moi, c'est ce qui permettra de voir, si tu peux t'amuser !

— … Tu vas voir !

— … (Ricanements de l'Ynferrial) … J'ai hâte de voir ton côté décontracté ! » et grâce à sa persuasion, notre ancien champion d'arène arrive à attirer son coéquipier avec lui dans la même connerie.

Durant à peu près, la bonne moitié de l'après-midi, d'un après-midi ensoleillé, les deux individus jouent ensemble avec enthousiasme, et tranquillité comme des enfants découvrant pour la première la sensation avec l'eau.

Après ceci, les deux personnages bien épuisés partent, afin de rejoindre le campement délaissé, pour pouvoir commencer à préparer leur premier repas de la journée, en faisant un mélange entre les aliments trouvés par chacune des deux parties.

Une fois repus, les deux voyageurs éteignent le feu, en refaisant le sac avec le reste de nourriture, pour tenir un jour de plus. Pour ensuite partir de cet emplacement, afin de continuer leurs routes vers la destination voulue.

7

Cependant, malgré cet agréable moment, le chemin empli de problèmes continus, pour les deux compagnons de fortune, afin de pouvoir atteindre leur objectif en commun. Pour cela, une semaine se passe assez rapidement avec des découvertes positives, ou bien négatives, par de là des paysages magnifiques qui surplombe le royaume d'Hestia. Les falaises tout aussi hautes qu'une montagne, ou bien un peu plus grandes que des collines. Les lacs, les prairies immenses se faisant caresser par le vent, les déformant, et les villes et villages.

Avec un chuchoteur pouvant constater plein d'autres nouvelles espèces d'animaux volants, ou encore terrestres, ou bien de visiter des villes énormes, ou petites. Cependant, il ne peut détourner le regard face à certaines visions, montrant la pauvreté flagrante des habitants de ville et village, vivant aussi médiocrement que celui-ci, quand il était encore au service du Comte.

Cela ne touche pourtant pas que ceux-là, mais aussi les races sauvages, se faisant ramener comme trophée aux cités, avec un nombre incalculable de blessures, et qui se font de plus traîner sur le sol ou se font pendre en l'air par leurs pattes arrière, afin de les humilier, ou bien pour s'amuser, comme le disent les chasseurs. Et cela ne s'arrête même pas là, avec une cruauté tout aussi violente entre les espèces sauvages étant aussi féroces que les humains, malgré toutes les atrocités qu'elles peuvent voir.

Ceci continue avec les discriminations envers les pauvres personnes n'ayant plus la force de rétorquer face aux injures que le reste du peuple plutôt aisé dit, entraînant des vols, les violences, les viols, et d'autres situations brutales.

Jusqu'à ce que finalement, nos deux voyageurs arrivent proches d'une série de montagnes tellement hautes qu'ils attirent la neige à leurs sommets. Ce problème les bloque alors, c'est pourquoi ceux-là se retrouvent dans un petit village, le plus proche des montagnes, afin de trouver un plan.

En entrant dans ce village assez pauvre, et où les conditions sont assez dures, notre Ynferrial prend la parole d'une voix rauque : « Nous devrions trouver des informations dans ce village, vu comme il est proche, il doit sûrement connaître un chemin, afin de traverser cette chaîne de montagnes.

— Nous verrons bien, quant à la destination, je pense savoir où nous allons exactement, vu où nous sommes ! rétorque-t-il en se frottant les deux bras, signe désignant le froid l'habitant.

— Ah bon… Alors où est ce que je vous emmène ?

— Au commencement, plutôt au lieu de naissance de votre espèce affaiblie… parce que cette série de montagnes nous sépare d'une sorte d'île reliée au continent. Malheureusement, même si elle est pratiquement bordée par l'océan, celle-ci est entourée de montagne aussi grande que celles qu'on voit ! Maintenant, je comprends mieux pourquoi votre espèce est venue se réfugier ici ! Une armée aurait beaucoup de mal à traverser !

— Vous avez tout à fait raison !

— Du coup que fait-on ?

— Nous allons tout simplement demander à la population présente de nous renseigner à propos d'un soi-disant chemin permettant de traverser ses montagnes.

— Enfin, vous voulez dire moi ?

— Oui, mon apparence leur ferait peur !

— Mais vous pouvez bien vous transformer en humain, n'est-ce pas ?

— Je le peux, mais s'il y a bel et bien mon espèce, ici ! … Il y a de grandes chances qu'il y ait des éclaireurs, qui pourraient me voir me transformer et penser que je suis un imposteur, même si cela n'est point la vérité pure et simple.

— Ouais, ouais, bien sûr ! C'est encore une de vos excuses, pour ne pas être obligé de vous transformer, parce que vous en avez pas envie !

— ... (Ricanements d'Éric) ... Peut-être bien, ou peut-être pas... mais en tout cas bonne chance ! »

Tandis que Jonathan commence péniblement à demander à des gens ne montrant aucun intérêt à ce qu'il dit, et en le rejetant à la fin. Notre ancien champion d'arènes, quant à lui, continue sa route en plein milieu du chemin boueux, et vaseux, dans un pas lent, en arborant un magnifique sourire satisfait.

Une fois assez éloigné de son coéquipier humain dans une petite ruelle, avec peu de passants. Un homme l'interpelle. Il arrive par-derrière en lui adressant la parole, en faisant mine de rien : « Vous êtes un Septium voulant rejoindre la coalition ?

En continuant à marcher au même rythme et en ignorant du regard son interlocuteur, notre jeune Septium demande :

— La coalition ?

— C'est l'alliance de tous les Septiums restant et voulant se battre contre les humains.

— Mais vous êtes bel et bien un humain, n'est-ce pas ?

— Oui, je suis bien un humain, sauf que j'ai toujours été du côté de votre espèce, depuis pratiquement toute ma vie. C'est pourquoi je vous aide.

— Comment puis-je vous faire confiance ?

— Toute la rébellion est au Alénès...

— Vous connaissez ce mot... Qui vous l'a appris ?

— Un lieutenant de l'armée révolutionnaire, afin que je puisse entraîner les nouveaux venus dans la bonne voie à suivre.

— Donc, où est la voie qui permet de traverser ses montagnes ?

— L'homme sort de l'intérieur de sa veste, une carte jaunâtre et brunâtre, afin de la tendre à Eilif, tout en répondant, Ceci est les plans des galeries souterraines permettant de passer le mur en toute sécurité. Alors faites attention ne la perdez pas, parce que je n'ai pas pu faire d'autre exemplaire.

— Pourquoi n'y a-t-il pas plusieurs exemplaires ?

— C'est parce qu'il y a de plus en plus de Septium qui viennent, afin de combattre l'humanité...

— D'après vous quelle est la moyenne des venants par mois ?

— Je dirais environ quinze par mois, alors qu'il y a un an, c'était à peine deux ou trois.

— Intéressant... J'ai hâte de pouvoir rencontrer ma civilisation, annonce-t-il, en arborant un regard enflammé d'envie et d'espoir.

— J'espère que vous réussirez vite à vous adapter à votre nouveau groupe... » À ces mots, il part silencieusement dans l'une des ruelles qui rejoint cette rue, afin que finalement celui-ci disparaisse aussi vite qu'il est apparu.

Alors que notre jeune Septium commence étrangement à rire aux éclats, en s'arrêtant, afin de mettre une de ses mains sur son museau, et cacher en partie ses yeux, montrant donc qu'un énorme sourire, d'une malice sans pareille. À la fin de cette scène, il se dit intérieurement : « (Mon plan marche à merveille ! ... Je n'aurais jamais pensé cela ! Maintenant, je vais pouvoir me concentrer pleinement à...) »

Il cherche alors, notre assassin cherche tranquillement son compagnon de route, et lui annoncer la bonne nouvelle, puis de pouvoir enfin se diriger vers la suite du chemin, de son avenir. Ce n'est qu'une heure passée, d'intenses recherches qu'ils finissent par se recroiser béatement, déclenchant immédiatement la colère de l'ambassadeur, commençant à lui hurler dessus : « Je te retrouve enfin ! Où est-ce que tu étais passé ?

— ... J'ai trouvé le passage permettant de traverser les montagnes sans risques...

— Quoi ? Et tu m'as laissé continuer les recherches !

— Ce n'est pas cela ! J'ai juste pris du temps à te retrouver...

— Arrête cette excuse ! Depuis l'aventure de la falaise, je sais pertinemment que tu nous relies par un fil de matière noire, nous permettant de ne pas nous perdre !

— Notre aventure a déjà trop duré... Vous me connaissez trop bien maintenant... Cela en devient même effrayant.

— Et je n'ai pas encore fini d'en apprendre sur vous ! Faites attention !

— Ouais, ouais, dirigeons-nous plutôt vers le passage, afin de pouvoir le traverser avant que la nuit nous tombe dessus.

— Oui, je pense que c'est une bonne idée !

— Très bien, suis-moi alors... » Cette demande faite, les deux individus, les deux connaissances commençant à rejoindre les fameuses galeries, prennent une bonne partie de la journée à se débattre avec les pentes escarpées, les terrains boueux.

Une fois arrivé devant l'entrée temps voulu, se trouvant à une dizaine de kilomètres du village, leur permettant de se rapprocher davantage de leurs buts. Notre Septium regarde facilement, constate dans sa plus grande joie que le diamètre de celle-ci est beau et bien assez grand, assez grande pour l'accueillir, accueillir le Septium fier, et imposant, ce qui le réconforte sur ce qu'a dit son mystérieux informateur.

Alors que de son côté, cet homme, cet être stressé et apeuré regarde attentivement l'entrée, cette entrée donnant dans un tunnel sombre, où il n'y a aucune lumière qui n'y passe, et où quiconque peut se perdre facilement dedans. C'est pourquoi il demande pensivement la carte à son compagnon, afin de pouvoir connaître l'itinéraire à prendre.

Le choc frontal arrivant immédiatement au moment où Jonathan peut voir avec stupéfaction que le chemin fait partie d'un immense labyrinthe, un labyrinthe pouvant bien les mener à la mort ou à des culs de sacs. L'ambassadeur subjugué, montrant quelques signes de réticence, demande faiblement : « Êtes-vous sûr de vouloir passer par cette voie ?

— Pourquoi me demandez-vous cela ?

— Regardez la carte ! annonce-t-il cela, en tendant brusquement la feuille entre ses mains, afin que son interlocuteur puisse la voir.

— ... Après, vous avez deux choix, soit vous commencez à gravir les montagnes, alors qu'il y a des températures extrêmes, des tempêtes de neige, et des vents fort, ce qui veut dire une mort à coup sûr. Seriez-vous passé par ce chemin sans risque, et où vous devez juste avoir de la jugeote, afin de ne pas mourir, ce qui signifie qu'avec cette voie, nous ne pourrons que nous blâmer nous-mêmes, et que nos morts seront dues à notre faute. Honnêtement, je vous laisse choisir la marche à suivre pour la suite de votre périple, mais pour ma part, j'utiliserai celui-ci !

— … Oui… Bon, d'accord, vous avez raison, nous avons plus de chance de survivre en passant par les galeries…

— Bien ! N'ayez point de crainte, je vais envoyer en éclaireur, une partie de mon pouvoir, de ma matière noire qui nous guidera dans l'obscurité des tunnels, ce qui nous facilitera notre passage afin ! rétorque donc notre Ynferrial.

— Faites donc ! Cela me rassurera au moins un tant soit peu de savoir ce qu'il y a.

— Par contre, je vous préviens que cette action va prendre une vingtaine de minutes… » En apprenant la nouvelle, Jonathan, cet homme en profite pour s'asseoir un bref instant sur le sol rocheux, attendant patiemment le résultat des recherches de son coéquipier restant debout et se concentrant.

L'analyse finie, le jeune Septium prend la parole : « … Alors d'après de ce que je peux constater, il y a quelques endroits endommagés au niveau de la charpente, mais que mon sang a renforcés, afin qu'il y ait moins de risque. De plus, j'ai bloqué tous les chemins alternatifs, pour pouvoir arriver plus facilement au bout de notre traversée…

— Parfait ! Alors nous pouvons y aller ! dit notre ambassadeur en se levant brusquement et en affichant un sourire niais.

— Attendez ! … Je dois vous prévenir.

— Me prévenir de quoi ?

— Une fois traversé… nous serons dans le territoire occupé par mon espèce, mon espèce vengeresse, ce qui veut dire qu'il y aura de grandes chances qu'ils essaient de vous tuer sans mon approbation… Et je crains que même si je suis un Ynferrial, j'aie du mal à vous protéger… Donc, j'aimerais quand même maximiser nos chances de vous garder en vie en vous donnant un important conseil… restez toujours près de ma personne.

— N'ayez point peur, je connaissais déjà les risques que je courais en venant avec vous… et avec tout ce qu'on a vécu, j'ai une confiance entière en vous !

— Très bien, je vous remercie pour votre confiance, et j'espère qu'elle est avérée… Reprenons notre route, mon cher compagnon ! » rétorque Éric, en se mettant lentement en marche, et s'engouffrer doucement dans ce tunnel sombre, puis disparaître.

8

Nos deux voyageurs, ses deux êtres se livrant à nouveau au soleil, se livrant à ses terres, sortent paisiblement de l'ombre des galeries pour prendre tranquillement une immense inspiration de cet air frais, leur caressant les narines, leur permettant de savourer leurs objectifs communs atteints, sans qu'il n'y ait aucun problème trop conséquent.

Finalement, notre jeune Septium avec ses poils frissonnants au vent commence à arborer, afficher avec fierté un magnifique sourire empli de joie, de malice, en regardant, contemplant au loin de ses yeux contradictoires, montrant de la fatigue et de la tristesse.

Alors que pour notre homme, celui-ci se laisse tomber sur le cul, se reposant, contemplant lui aussi la magnifique vue qui lui est proposée de la forêt aux arbres géants qui bordant toute la vallée, en se laissant peu de temps après, se faire tomber, se coucher complètement, hurler un cri de joie et de soulagement...

Après tout ce que j'ai vécu, avec le Comte, avec Reimone, avec Florian, avec Théo, avec Bisseau, avec Alice, avec Eker, avec le roi, avec Jonathan... et sans oublier mon père. J'arrive enfin à entrevoir un avenir, une voie à suivre, même si elle a l'air compliqué. J'ai tellement souffert, que j'ai l'impression d'être un cadavre, ou plutôt un vieux, avec la longue sensation que je ressentais tout le temps, celle du doute, de l'incertitude... mais... maintenant ! J'arrive ! Je vais tout exploser de mes propres mains, s'il le faut, mais quoi qu'il arrive ! ... Je n'abandonnerais pas ! ...

Ils remarquent très vite après avoir montré leurs joies respectives face à cet accomplissement qu'étrangement, autour d'eux, il y a un chemin plutôt large, où il n'y a aucune verdure dessus, mais juste de la terre descendant la hauteur d'où ils sont, afin de rejoindre une chose au loin.

À cette appréciation, Jonathan prend la parole, lançant la conversation : « J'imagine que c'est ton espèce qui a dû faire cela ! … Nous sommes sur le bon chemin !

— Après, reste à voir comment ma population va réagir face à toi.

— Ceci est une autre chose ! On y réfléchira le moment venu !

— C'est justement cela qui me tracasse ! Nous ne connaissons rien d'eux, même si je fais partie de cette espèce ! … Foncer tête baissée, c'est presque du suicide…

— C'est juste le trac qui te fait parler !

— Je l'espère fortement… » réplique-t-il d'une manière pensive.

Une fois l'Ambassadeur levé, notre Ynferrial se remet à marcher d'un pas lent, en mettant une barrière de sang au niveau du sol, détectant et arrêtant tout projectile, pour qu'il puisse ne courir aucun risque, pour que son coéquipier ne coure aucun risque.

Cependant même avec la petite discussion avec son coéquipier, le Septium reste sceptique, sur ses gardes, pensif afin d'arrêter toute attaque potentielle. Jusqu'à ce que, justement, celui-ci entend plusieurs tirs de fusil de chasse.

Plusieurs balles se faisant arrêter brutalement par le sang, l'essence étant sorti du sol, forçant deux représentants de la même espèce que Eilif, d'apparaître avec sabre à la main, en essayant d'atteindre Jonathan, mais sont stoppées aussi net, avec le pouvoir de leur confrère.

C'est alors, que l'un deux prennent la parole, en hurlant de rage : « Laisse-nous bouger… sale humain crasseux !

— … (Soufflement de Strentfort) … En se frottant le dessus de son crâne, le chuchoteur répond, Ce n'est point lui qui peut faire tout cela… et honnêtement, vous pourriez facilement le tuer, si je n'étais pas là…

— Les deux êtres tournant leurs regards haineux vers l'ancien champion d'arènes, en continuant à parler, C'est donc toi ? Pourquoi le protèges-tu ?

— Oui, c'est bien ma personne qui est à l'origine de votre immobilisation ! … Par contre, vous vous trompez, ce n'est pas lui le chef des opérations, ici… c'est moi !

— Comment ? … demande l'autre Septium.

— Je me présente ! Je suis Eilif Éric Strentfort, et je suis par ailleurs le chuchoteur de la province hégémonique de Tholdir ! révèle-t-il, en se courbant humblement face à ses confrères.

— … Je vois, tu n'es qu'un sale rat qui lèche les bottes d'un souverain ! Barre-toi de là, on ne veut pas de voir dans les parages !

— Vous vous méprenez encore… Ce n'est pas le roi qui m'envoie dans cette contrée, j'ai décidé de mon propre chef de venir ici, afin de proposer mes services à mon peuple, sans que mon supérieur soit au courant de mes agissements…

— Alors, pourquoi amènes-tu un humain avec toi ?

— Car il veut la même chose que nous tous ! … La paix.

— Qu'est-ce qui te fait croire cela ?

— Je crois en ceci, et pour vous en rassurer, j'aimerais laisser l'Ambassadeur avec vous, afin qu'il puisse trouver un moyen à nos deux situations… Vous pouvez comprendre cela, comme une garantie à notre venue et notre parole commune.

— Comme si on allait vous conduire jusqu'à notre camp ! annonce l'autre Septium.

— … Ce n'est pas à vous d'en décider, mais plutôt à votre général, où un autre haut gradé. C'est pourquoi je vais laisser l'un de vous deux retourner au campement, afin d'alerter celui-ci. Comme ça, je pourrais être fixé sur les intentions de vos supérieurs, sur nous.

— Eilif ! Est-ce que tu es fou ? Ils vont vouloir nous tuer à coup sûr ! réplique rapidement son compagnon de route.

— Fais-moi confiance… » À ces mots, Éric libère le plus hargneux, lui permettant de disparaître aussitôt, et de pouvoir avertir ses confrères de la soi-disant menace.

Alors que Jonathan commence à avoir une peur froide, frissonnant d'effroi, réfléchissant de ce qu'ils vont lui faire, tournant sur lui-même énergiquement, en se frottant ses cheveux, afin de montrer son stress, face au choix que Strentfort a pris, sans se concerter avec sa personne.

Cet élan de peur s'arrête vite, quand le Septium, toujours captif, recommence à parler avec un petit sourire satisfait : « Votre humain a bien raison de s'inquiéter comme cela, parce que votre arrêt de mort vient d'être sonné, en le laissant partir...

... (Ricanement de l'Ynferrial) ... Et avec un énorme sourire de malice en affichant ses yeux d'extases, de malices, il tourne son regard vers l'autre représentant de son espèce, afin de rétorquer d'un ton enfantin, mesquin, en se penchant vers son interlocuteur :

— Il faut tester de nouvelles choses dans la vie pour en rajouter du piquant !

— Êtes-vous fou ? répond le Septium.

— Non... non, voyons. Je suis juste prêt !

— Prêt à quoi ?

— Telle est la question, mon cher !

— Arrête de jouer au plus malin avec moi... dit son confrère d'un air roque.

— Mais non ! Arrête de penser comme si j'étais ton ennemi... En se faufilant tendrement derrière le dos de son prisonnier, afin de lui murmurer cette phrase à son oreille, et en caressant tout le bras gauche de celui-ci avec ses griffes.

— Ne me touchez pas ! ... Sale fou !

— ... Du calme, voyons... »

À ce moment, l'ancien champion de l'arène sort une grande quantité de sang noir, d'un de ses bras, en l'installant peu de temps après sur la totalité du visage du Septium apeuré, déboussolé, en commençant silencieusement à l'asphyxier, en le rétractant, et s'en suivant donc des cris étouffés essayant désespérément de respirer, de hurler, désespérément de sortir, mais ne pouvant pas bouger.

Une fois sa conscience éteinte, une fois que celui-ci perd connaissance, notre jeune Septium retire doucement, délicatement son pouvoir au niveau de sa tête, le récupérant comme le reste du sang le paralysant, ce qui a pour effet de faire tendrement tomber l'éclaireur vers le devant sur le sol boueux et parsemé d'herbes se trouvant un peu partout.

C'est alors, au tour de son coéquipier de s'énerver contre le chuchoteur :

— J'espère au moins qu'il n'est pas mort !

— N'aie pas de crainte, il est juste inconscient...

— Et s'il revient avec du renfort et qu'il voit son corps gisant au sol ?

— ... On est pratiquement à l'entrée de la vallée... il y a pratiquement aucune probabilité que le camp soit aussi proche.

— Alors, qu'est-ce qu'on fait de lui ?

— Ne t'inquiète pas, j'ai un plan, afin de pouvoir entrer légalement et sans risque dans le camp. Celui-ci nous sera utile, si le campement nous est hostile... En gros, c'est notre plan B, pour pouvoir continuer à se rapprocher de notre objectif.

— Et tu penses que je vais te faire aveuglément confiance, sans que tu me donnes aucune information ?

— Oui... annonce-t-il ceci d'une voix roque et sombre, en commençant à tourner lentement son regard vers son interlocuteur étant interloqué de voir des yeux aussi froids, menaçants, obscurs de la part de son compagnon.

9

En marchant, avançant tranquillement jusqu'à leur destination, ce regard, le regard sombre de Éric disparaît entre temps après leur discussion. Pourtant une ambiance pesante bat encore son plein entre les deux compagnons. D'un côté avec Eilif marchant devant, fièrement, ne regardant nullement son coéquipier ni ce qui l'entoure, en portant sur son dos son confrère inconscient. De l'autre côté un homme stressé et apeuré de ce qu'il se va se passer, et de ce qu'il s'est passé auparavant avec son compagnon de fortune.

Ils continuent calmement à marcher sur le chemin de terre, le terrain boueux enfonçant leurs pas, des pas avançant vers le fameux campement qui devrait être au bout de celui-ci commençant peu à peu à rétrécir au fur et à mesure, que les trois individus entrent dans le cœur de cette immense forêt.

Cependant, ce silence pesant s'arrête brusquement, doucement par le deuxième Septium se faisant porter par le premier, en commençant peu à peu à se réveiller avec de petits yeux, pour lancer cette conversation d'une voix faible et embrumée : « Où est-ce que vous m'emmenez ?

— À ton campement, répond Strentfort d'un ton réconfortant.

— Pourquoi ne m'avez-vous pas tué ?

— Parce que tu es mon confrère...

— Mais je pourrais très bien raconter ce que vous m'avez fait quand mon ami est parti...

— Fais comme tu veux... Pour ma part, je n'ai fait cela que parce que tu étais trop instable, et que tu refusais d'écouter. Je l'ai aussi fait pour pouvoir bouger plus facilement et discrètement.

— ... Je vois.

— Maintenant que tu t'es calmé, j'aimerais te poser une question.

— Je ne dois donner aucune information aux ennemis… Ce sera compliqué de vous répondre.

— Est-ce que ma mère est là ? Dans votre camp…

— C'est vrai que quand vous avez annoncé que votre nom est Strentfort, j'étais surpris…

— Alors ?

— Ne vous inquiétez pas, je ne peux que vous disiez cela.

— Ceci me rassure de savoir qu'elle est encore là, et encore en vie… Je vous remercie.

— J'aurais une question en retour…

— Allez-y.

— Honnêtement, êtes-vous réellement venu amener la paix… ?

— Je vais l'amener, même si le prix est lourd, je continuerai d'avancer vers ce but.

— Et comment allez-vous faire ?

— Sour ce point, vous êtes obligés de me faire confiance…

— Dites-moi au moins si vous êtes prêt à me faire du mal, afin d'arriver à votre objectif tant voulu ? » demande le Septium encore à moitié endormi.

Cependant, sa demande pourtant simple se finit par un silence sans non, voulant déjà tout dire à son interlocuteur, refermant lentement ses yeux, afin de continuer à dormir. Tandis que le chemin se rétrécit de plus en plus, jusqu'à ce qu'il y en ait plus, laissant place à la forêt.

Ce n'est qu'après une dizaine de minutes, après avoir quitté la voie, que les trois individus se faisant arrêter par une troupe de dix Septiums, avec des armes à leurs mains resserrées de colère, en voyant leur compagnon inconscient, forçant donc les aventuriers de s'arrêter promptement.

C'est alors à l'instant suivant celui-ci que l'Ynferrial prend la parole : « Ne vous inquiétez pas ! Il est juste en train de dormir !

— Qu'est-ce qui nous dit que c'est la vérité ? annonce l'un des membres de ce groupe.

— À son accusation, notre jeune Septium se décide à lâcher doucement son poids, en le déposant lentement au sol, et rétorquant fermement, Vérifiez par vous-même ! En commençant à s'éloigner du Septium dormant à poings fermés.

À cette réponse, deux d'entre eux partent voir leur coéquipier, afin que l'un des deux hurle :

— Il est bel et bien vivant !

— … Maintenant que vous êtes rassurés, pouvez-vous nous informer de la réponse de vos hauts gradés, au sujet de nos cas ?

Avec regret et dégoût, l'un de l'escouade réplique ceci :

"Ils ont accepté de vous parler en public !"

— (En public ? … Ils vont sans doute essayer de me déstabiliser, de me briser devant tout le monde… Par ailleurs, si je dis quelque chose de mal, la situation sera très rapide…)

— Alors, vous acceptez de nous suivre ?

— Nous acceptons ! répond rapidement notre ancien champion d'arène.

— Laissez-nous donc au moins mettre des menottes sur les mains de votre compagnon humain ! Cela est juste une précaution, et la seule condition !

— À ce moment, Éric regarde vers son camarade, faisant un hochement positif, entraînant la réponse suivante, D'accord ! » Une fois la discussion terminée avec cet accord, un Septium s'approche immédiatement de Jonathan, afin de lui mettre comme promis, les menottes.

Quand ils finissent de se regarder d'une aire méfiante, ils commencent à marcher vers la position du camp, sous bonne garde restant quand même à bonne distance, et formant un cercle, afin de pouvoir garder un œil sur les deux individus suspects.

Étrangement, cette fois-ci un changement inverse se produit avec le sentier, s'écartant et s'éclairant de plus en plus, au fur et à mesure qu'il s'approche de leurs buts tant désirés. Des souches énormes, ou bien petites, coupées à ras ou un peu plus haut apparaissent avec un nombre augmentant, avec le temps qui avance avec leurs marches, laissant entrevoir en même temps quelques troncs coupés encore sur les lieux.

Jusqu'à ce que le groupe, la totalité du groupe revenant sortent assez calmement et rapidement de cette énorme forêt ayant semblé pourtant sans limites. Ce n'est que deux visages cependant qui s'ouvrent, deux visages s'ouvrant tels des enfants découvrant un nouveau monde, un monde inconnu, les émerveillant, comme la lumière les illuminant.

Jonathan, cet enfant, un enfant ne bougeant plus, ne contemplant seulement cette vue, ce paysage, son objectif enfin accompli, pour tendrement, brusquement se laisser à nouveau tomber sous l'émotion, sous son émerveillement, sa joie de voir toutes ses croyances non fondées.

Cette réaction, la réaction d'une telle intensité, due à cette incroyable diversité de couleur, de grandeur de ce fameux campement, un campement illuminé par le soleil se couchant, laissant entrevoir avec leurs émotions respectives une multitude d'immenses tentes soutenues par leurs grosses charpentes, une charpente venant des arbres géants coupés, servant aussi à créer cette merveille, la merveille les laissant sans voix, une grande muraille en construction.

Par la suite, une fois entrés dans celui-ci, une fois que les deux compagnons peuvent voir, regarder, contempler leur entourage, un entourage d'une grande animosité de par les marchands, vendant des légumes, des fruits et même de la viande, quelques habits même un peu abîmés.

Sans laisser au dépourvu, à l'écart, cette variété, la multitude de variétés venant des confrères de notre Septium, des mêmes représentants de l'espèce de notre jeune Septium, arborant fièrement pour certains un pelage totalement blond, ou noir, ou bien brun, ou encore blanc, gris, comme Strentfort, restant encore une fois sans voix, impassible. Leurs yeux étant étrangement fait de toutes les couleurs, et imaginables, avec du violet, du vert, du brun, du blanc, etc.

Cependant, malgré leurs excitations respectives, ils observent surtout une grande animosité envers eux, les soi-disant intrus, arrivant qu'avec leurs simples présences à stopper toutes les activités marchandes, ou non, et discussions, en lançant à nos deux enfants des regards noirs, sombres, obscurs se dirigeant vers eux, accompagnés de leurs murmures.

Même au niveau de l'imposant mur, émerveillant nos deux coéquipiers, s'arrêtent promptement en pleine construction, en plein milieu d'une opération délicate, afin de pouvoir voir, contempler les nouveaux venus. Tandis que les énormes portes en bois visant à être les portails de cette cité en construction sont surélevées dans le vide, par un système de cordage saugrenu, pouvant entraîner plusieurs dizaines de morts, si elle venait à tomber.

Cependant, notre ancien champion d'arène reste étrangement impassible face à cette magnificence, reste bizarrement calme, malgré la vue qui lui ai proposé ici, ne détournant même pas le regard, regardant seulement droit devant lui.

Pourtant cela s'arrête rapidement, quand ils arrivent à la place centrale du campement, où il y a un attroupement de personnes, avec une sorte d'estrade sur un côté, accompagné de cinq Septiums, étant extrêmement bien vêtu, et arborent des airs de supériorité.

Arrivant au milieu de la scène de théâtre, de la scène visant à leurs jugements, l'escorte part silencieusement, se mélangeant à la foule, laissant donc nos deux voyageurs livrés à eux-mêmes contre cette population anxieuse, et pensive. Tandis que ceux surélevés ne disent pas un seul mot, regardant seulement leurs invités mystérieux.

C'est alors que notre cher Éric fait un petit pas en avant sur cette terre boueuse, vers les personnages qui lui semblent les plus importants, pour ensuite prononcer cette phrase, en toute froideur et neutralité :

— Bien le bonjour, mes chers confrères ! Je peux enfin vous voir de mes propres yeux, ceux qui n'ont jamais pu constater de la grandeur de notre espèce, il fut un temps… Je me représente pour ceux qui ne sont pas au courant de mon identité ! Je me nomme Eilif Éric Strentfort, Chuchoteur de la cour du seigneur de la ville hégémonique Tholdir et de ses terres environnantes !

— Nous le savons ! rétorque froidement le Septium se trouvant au milieu de l'estrade, avec les quatre autres à ses côtés.

— Bien ! J'imagine que le général doit être vous, n'est-ce pas ?

— Nous aurions une question pour vous ! réplique-t-il sans se soucier de ce que dit notre Ynferrial, en arborant des yeux couleur émeraude vide d'émotion.

— J'aurais aussi une question pour vous, général !

— D'après nos contacts, un de nos confrères a disparu, depuis déjà un moment, quand il est arrivé dans le territoire d'où vous venez ! Avez-vous des informations ?

— Éric baisse fébrilement la tête, afin de regarder le sol, pour répondre... Ma question est simple... C'est... et en relevant brutalement ses yeux ardents d'espoir, il demande en hurlant avec vigueur, Est-ce que vous êtes à la HAUTEUR ?

— ... (Murmures de la foule) ... Pardon ? prend la parole l'un des cinq Septiums se trouvant sur l'estrade en bois.

... Il prend alors à nouveau sa position précédente, afin que cette fois-ci, en tendant vigoureusement son bras vers le public, en se donnant un ton attristé, et un regard gêné.

— Vous devez me comprendre... Le seul souvenir que j'ai de vous... c'est celle de mon père, quand il m'annonce ses adieux, en me sauvant la vie ! Il remonte à nouveau ses yeux vers les autres Septiums, en continuant de parler, Et la seule chose, les seules choses que je connais à propos de vous, de nous, c'est grâce à des ouï-dire, et de maigres quantités de livres, vous tarissant tous d'éloges ! Alors, je voudrais savoir, si vous êtes bien comme je vous imagine, comme ceux qui m'ont donné l'espoir, face à toute la cruauté que j'ai subie durant toute la vie, dans la merde, dans le sang, dans des espoirs brisés... Tout ce que je fais, tout ce que j'ai fait, c'était...

— Nous voyons bien par nos yeux que vous avez souffert durant toute votre enfance, et je ménage encore mes mots... Malheureusement, nous ne pouvons pas refaire confiance aux humains, et c'est parce que vous protégez cet homme que nous en arrivons là ! Alors, laissez-le, et rejoignez-nous ! réplique le même Septium, tout en tendant ses deux bras vers Strentfort, et en avançant d'un pas.

— Alors... Les humains vous ont bel et bien touché... répond tristement Eilif.

— Nous voulons bien vous comprendre, mais essayez de le faire pour notre situation !

— Sauf que je ne le peux pas ! Même avec toute la détermination nécessaire, je ne pourrais pas ! ... Même si j'ai vu des atrocités sans nom ! En continuant ardemment de réciter son chant discord eux de tristesse et de rage, en mettant une de ses mains sur sa poitrine, et de serrer de mieux qu'il puisse son vêtement se tordant de tout sens, pour dire, même si j'ai souhaité de tous les tuer un jour ! Même si j'ai une rage insondable ! Je ne peux pas passer à côté de ce que j'ai vu ! J'ai vu des Hommes bons ! Oui ! J'en ai vu... J'en ai vu un qui a véritablement sacrifié sa vie, et même sa famille, afin de me sauver ! révèle-t-il, en faisant un grand mouvement de l'autre bras parfaitement horizontal, et brusque, de son épaule inverse, jusqu'à ce qu'il soit tendu dans le vide vers la droite, une fois fini. Il rebaisse doucement son bras, en ajoutant, Et j'ai même pu réapprendre à aimer, et à faire confiance aux autres, grâce à une femme voulant aussi ardemment que nous, SEPTIUM ! La PAIX entre nos deux civilisations ! Et j'en suis PERSUADÉ ! Et c'est pourquoi, je ne viens pas pour la population humaine globale, mais pour trouver un moyen permettant de satisfaire les Hommes bons, et nous !

— Un silence de plomb s'installe alors, à la fin de ce discours fort en émotion, en mot, et/ou le soi-disant général se décide à parler à nouveau, C'est un objectif merveilleux ! ... Malheureusement, nous ne vous connaissons pas ! Alors, comment pourrions-nous vous croire ?

— George Sylva m'a conduit ici, grâce à son indice "Alénès", et je veux être persuadé qu'il l'a fait, parce qu'il pensait que j'avais raison ! répond rapidement le jeune Septium.

— Alors, vous saviez pertinemment de qui je parlais auparavant, pour ma première question ! Est-il encore en vie ou non ?

— Non, malheureusement il mort... (Murmures de la foule)

— ... Comment est-il mort ? demande-t-il d'un visage de dégoût, de haine.

— Je l'ai tué de mes propres mains, avec l'espada que j'ai derrière le dos !

— Comment ? ... (Que nenni ! ... Qu'on l'exécute pour ce crime !) ... annonce plusieurs Septiums, et membres se trouvant sur l'estrade. Alors que de l'autre côté, le général reste sans bouger, reste immobile sans rien dire, en regardant froidement son interlocuteur.

— Le général continue alors avec tact la discussion en haussant la voix, afin que ce brouhaha inaudible s'arrête, Pourquoi l'as-tu tué ?

— Il me l'a demandé !

— Il te l'a demandé ?

— Nous étions lors d'une audience... un jugement particulier qui devait choisir qui devait survivre ! Et ce que j'avais à faire pour pouvoir vivre, c'était de tuer votre ami ! C'est alors qu'il m'annonça avant que je dise que je refusais, qu'il a accepté la mort, SA mort tout en me révélant l'indice !

— Est-ce que votre compagnon peut affirmer votre version ?

— Malheureusement, les personnes présentes ce jour-là ne m'accompagnent pas !

— ... Je vois... Je comprends.

— J'accepterai toute sentence qui me sera donnée, afin que vous puissiez me faire confiance, et me pardonner de ce que j'ai fait !

— ... Ne t'inquiète pas... D'après tes dires, tu as juste fait cela pour pouvoir survivre !

— Vous me faites confiance à ce point-là ?

— C'est plutôt logique... Tu es un Septium. Nous nous faisons confiance mutuellement, en ce temps sombre. Tu aurais pu tout autant ne rien dire et nous laisser dans le déni, et pourtant tu risques ta vie en l'annonçant ! Sans oublier que seul un fou serait prêt à révéler cette information à une foule pouvant le tuer ! Pour toutes ces raisons, je te comprends, et je ne t'en veux pas...

— Je vous remercie infiniment ! crie notre Ynferrial s'agenouillant humblement dans la boue l'éclaboussant et témoignant son respect.

338

— ... Malheureusement, nous ne pouvons pas vous accepter dans notre camp, à part si vous décidez de nous livrer ou de laisser partir votre ami !

— J'en suis aussi navré, parce que je ne le peux pas ! ... Et comme je l'ai dit auparavant à mon ancien prisonnier. Je compte, après que je sois parti, laisser mon compagnon de route ici, afin que vous puissiez avoir un otage, une pression, pour que vous soyez plus tranquille !

— Vous n'avez pas peur qu'on le tue sauvagement ?

— Ce n'est pas ma personne qui a proposé cette solution ! ... C'est mon coéquipier de fortune qui me l'a demandé, afin qu'on puisse être plus amical, l'un envers l'autre, parce qu'il souhaite tout aussi fortement que nous, la paix !

— C'est lui ? ... Humain, peux-tu nous dire avec honnêteté, qu'il y a une possibilité de paix entre nos deux peuples, sans qu'il y ait de sang qui coule, toi qui es si croyant !

— Eilif lui adresse un rapide regard froid et espérant, alors que l'Ambassadeur stressé prend la parole, Je le pense ! Cela est tout à fait possible avec des négociations !

— À quoi pensez-vous pour que les négociations soient positives ?

— Avec le roi, j'imagine... qu'il voudra votre soumission face à son autorité, comme le reste du peuple qui l'a déjà fait ! Et bien sûr, il voudra qu'il y ait une faible garde qui vous surveille, afin qu'il soit sûr que vous ne faites rien de suspect !

— Tandis qu'au même moment, notre ancien champion d'arènes prend rapidement la suite de la conversation, avec un ton sérieux et inflexible, Après cela n'est que des bases fragiles, parce que ce sont des négociations ! De plus, le roi est parti pour deux mois, afin de régler quelques problèmes, ce qui me permet de rester un mois et demi, afin d'assister aux meilleures négociations, et même après cela vous pourrez continuer, car mon compagnon va rester !

— Et si les négociations échouent ?

— Nous accepterons que vous nous tuer, afin qu'on ne puisse pas vous faire de mal par la suite !

— Vous êtes prêts à mettre votre vie en jeu ?

— On l'a déjà mise en entrant dans ce campement, dans cette vallée, dans notre trahison envers le roi actuel ! Alors cela ne change en rien à notre situation !

— Pour ma part, je voudrais accepter votre offre, mais on est dans un régime démocratique, alors ce sera le nombre de mains levées des gens ici présents, qui déterminera de votre sort ! ... Alors, pour ceux qui souhaitent l'expulsion de nos intrus lève la main ! Un instant plus tard, le monde se trouvant autour d'eux, laisse échapper une trentaine de personnes voulant les exiler, alors qu'ils sont un peu plus de cent ici présents. Cela détermine donc la réponse du général, D'après ce que je peux voir, ceux voulant votre départ sont minoritaires, et il n'y a même aucun de mes commandants qui l'ont levé, ce qui signifie que vous êtes les bienvenues dans notre camp !

— Nous vous remercions énormément pour votre accueil ! rétorque notre chuchoteur se baissant à nouveau humblement, en faisant une minuscule sourire de soulagement.

— Et pour information, je déteste qu'on m'appelle « général », alors appelez-moi Arthur ! annonce le général affichant lui aussi un grand sourire satisfait, en ouvrant ses bras à ses invités.

10

« Je REFUSE, je refuse, je refuse, je refuse, je refuse, je refuse, je refuse ! Je ne pourrais jamais te pardonner ! Jamais, JAMAIS ! C'était une figure emblématique... mon IDOLE ! L'être que j'admirais le plus, et dont je voulais ressembler ! Alors, arrête de faire, plutôt de JOUER la comédie ! J'aurais largement préféré que ce soit toi qui meurs !

— ...

— Pourquoi ne dis-tu rien meurtrier ? Vas-y, je t'écoute ! Pourquoi ce n'est pas toi qui es mort ? Je ne comprends pas ! Je ne comprendrai jamais !

— ... Robert... Le monde est cruel... Voyons du calme, arrête de me frapper, cela ne servira absolument à rien...

— Excusez-le ! Robert ne pense pas ce qu'il dit !

— Arrête de me tirer le bras, Elaine !

— ... Allez, on s'en va ! Hurler ainsi en plein public n'apportera que des problèmes !

...

— Elaine, mon père n'était pas un... criminel... C'était un Septium bien qui m'a juste sauvé la vie. Alors pourquoi est-il mort...

— Voyons, arrête de pleurer tes yeux vont être totalement rouge... Tiens un mouchoir.

— Je n'en veux pas ! Laisse-moi tranquille, si tu n'arrives pas à me comprendre !

— Ne t'inquiète pas... Je te comprends parfaitement, mais il faut d'abord que tu te calmes...

...

— Tout ce que j'aime chez toi, c'est ton sens de l'humour, ton caractère réfléchi, les quelques poils gris se trouvent déjà sur toi, te donnant un petit style, et sans oublier tes magnifiques yeux bleus... !

— Je ne sais pas quoi répondre… Est-ce que je peux réellement te mériter après tout ce que je t'ai fait endurer durant toutes ces années, Elaine ?

— Bien sûr que tu me mérites, gros bêta, parce que sinon je ne serais jamais venu te voir pour t'annoncer que je t'aime…

— Je vais être un père digne, un père qui sera là pour son fils ou sa fille !

— Tu as intérêt, car sinon je reviendrais et te ramènerai de force !

— … (Ricanements de Robert) … N'aie pas peur ! Je resterai toujours à ses côtés, afin d'écouter ses histoires tristes, joyeuses, même drôles ! Et on en rira un bon coup ensemble ! Alors prend tout ton temps, afin de grandir, je t'attendrai…

— Comment va-t-on l'appeler ?

— J'y ai déjà réfléchi depuis un moment, et je pense que, si c'est un garçon, il s'appellera Éric… Éric Strentfort.

— Excusez-moi… Excusez-moi, Commandante Elaine ! hurle un soldat, afin de reprendre l'attention de son plus haut gradé.

— Oui, qu'y a-t-il ? demande-t-elle cela tout en restant rêveuse.

— Pratiquement tout le monde est déjà parti de la place, et il reste que vous sur l'estrade… Je voulais juste savoir, si vous alliez bien…

— Qu'en est-il de nos invités ?

— Ils sont aussi partis… Voulez-vous que je les-vous ramène ?

— Non… Non, ça ira, j'ai beaucoup de choses à faire pour aujourd'hui, je n'aurai pas le temps de discuter avec eux…

— Êtes-vous sûre, parce que d'après ce que dit le Septium balafré, il serait de la même famille que vous… Vous ne voulez pas éclaircir les choses ?

— Non, je n'en ai pas envie… »

Nos deux voyageurs, nos deux enfants soulagés marchent calmement dans une rue marchande, avec cette fois-ci, un jeune Septium bien plus réceptif, bien plus émerveillé par ce qu'il l'entoure, ne se laissant plus distraire par la pression, laissant entrevoir un visage d'enfant surexcité, entrain de marcher en plein milieu d'un nouveau monde.

Il montre à absolument tout un intérêt, en prenant à chaque fois un temps infiniment long et lent à regarder attentivement avec sérieux les objets proposés sur le marché, en discutant de tout et n'importe quoi avec les vendeurs étant tout le temps interloqué, de voir un enfant pareil, se trouver dans celui qui a réussi à convaincre le général, et la population présente, de rester.

Alors que Jonathan, cet homme qui a pourtant l'habitude d'être d'un tempérament sérieux et impassible, cède aussi et commence à parler dans un ton enfantin, curieux avec tous les Septiums présents dans cette ruelle, afin de mieux les connaître, et en apprendre plus sur cette espèce, qu'il n'a plus vu depuis plus de vingt ans.

Jusqu'à ce que la soirée arrive rapidement pour les deux explorateurs en herbe et tombe sur cette immense ville, campements constitués que de tentes, et où se trouvent les deux compagnons de route marchant l'un à côté de l'autre, afin que finalement avec hésitation, l'Ambassadeur prend la parole : « Du coup, je suis maintenant condamné à rester ici…

— … Eilif prend une voix attristée et réconfortante, afin de répondre, Je suis désolé, je ne t'avais pas mis au courant… Même si on savait déjà les risques qu'on courait en venant ici…

— Oui… J'ai juste dit cela à haute voix, pour pouvoir déjà m'être habitué…

— Au moins, cela a servi à nous faire entrer là, et nous rapprocher encore plus de notre objectif.

— C'est exact… Maintenant que tu as accompli ton rôle à la perfection, c'est à mon tour d'assurer, afin que les négociations soient des plus avantageuses !

— Malheureusement, mon rôle n'est pas encore terminé… annonce-t-il en marmonnant, et en baissant faiblement son regard vers le sol, montrant ses regrets.

— Pardon ? Je n'ai pas entendu ce que tu as dit…

— Ne t'inquiète pas, je marmonnais juste une pensée futile ! réplique Strentfort relevant ses yeux, et de regarder Jonathan tendrement en affichant un petit sourire gêné.

Jusqu'à ce qu'il tourne à nouveau son regard en avant, en face où se Elaine, d'où il peut constater qu'à une dizaine de mètres, la Commandante Elaine, le regarde aussi bouche bée, en tenant des fiches entre ses mains, avec un jeune soldat à ses côtés, figeant brusquement les deux personnages sur leurs places respectives.

C'est alors que notre Ambassadeur s'arrête entre les deux, en commençant à regarder les deux parties, afin que finalement il demande :

— Vous vous connaissez ?

Un silence plane, même avec cette question. Ce n'est que quelques instants après que notre jeune Septium, crispe son visage, prenant un air triste, et pose cette question avec une grande hésitation, les larmes venant à ses yeux :

— Vous êtes bien Elaine Strentfort ?

— … Oui, et vous, vous devez être Éric Strentfort… ? rétorque-t-elle, en crispant elle aussi son visage, et en avançant de quelques pas avec hésitation, comme l'Ynferrial.

— Je voulais vous dire que j'attendais ce moment depuis plus de sept ans…

— Pour ma part, je l'attendais depuis déjà environ vingt ans… » À leurs révélations, les deux commencent à courir désespérément, laborieusement les derniers mètres qui les séparent, afin de s'enlacer tendrement, et avec une joie certaine, arrivant même à les faire pleurer à chaudes de larmes.

Pour qu'après une ou deux minutes, les deux parties se retirent doucement, en gardant leurs bras tendus, se tenant, et s'admirer l'un l'autre. C'est pourquoi, une fois terminé, la Commandante prend la suite de la conversation, en arborant son sourire, et en disant : « Tu ressembles tellement à ton père… ! Tu es un homme maintenant !

— … (Ricanements de joie de Eilif… [Respirations fortes de celui-ci]) … Pour ma part, j'ai tellement rêvé de ce moment… tellement longtemps… répond-il cela, en commençant bêtement à pleurer à nouveau, en baissant sa tête.

— Entraînant sa soi-disant mère, à l'enlacer à nouveau, en pleurant elle aussi, afin de lui dire, Viens dans ma tente, pour qu'on puisse discuter calmement... D'accord ?

— ... Oui, avec plaisir ! » annonce-t-il, en froissant la tunique de Elaine, avec ses poings serrés.

C'est donc à cette fin de discussion que les quatre individus partent en direction de la tente de la mère d'Eilif, afin que notre ancien champion d'arène et Elaine puissent converser tranquillement autour d'un verre, dans un lieu moins ouvert.

Entre-temps, durant la marche, les membres de la famille se calment et arrêtent de montrer leurs émotions trop visibles aux yeux de tous. Finalement, ceux-là arrivent devant une immense tente se trouvant pratiquement en plein milieu du camp.

C'est alors que la Commandante lève le drap d'un bras et monte sur l'estrade en bois, ayant pour fonction de plancher dans sa suite, afin d'entrer, et de dire : « J'aimerais que ce soit que mon fils qui entre avec moi... Vous deux restez ici ! » Ce qui entraîne l'approbation des deux spectateurs, faisant un simple signe de la tête. Alors que du côté du jeune Éric, celui-ci fait juste un petit regard en arrière vers les deux individus immobiles, pour entrer à son tour.

Une fois entré, celui-ci peut constater l'agencement de cette immense tente. Celle-ci en son sein a pour tout et pour tout, quatre piliers portant le drap, étant disposés de manière à ce qu'ils fassent un carré, avec en leur milieu l'énorme lit. Alors qu'à l'extérieur de cette zone, il y a tout d'abord à la gauche de notre Ynferrial, une souche d'arbre faisant sans doute office de table, vu les trois chaises qui l'entourent, avec les tapis mis un peu partout. À la droite de notre chuchoteur, il peut déduire facilement qu'avec la baignoire, cela signifie que c'est à cet endroit que la Commandante se lave.

Alors qu'au même instant, sa mère commence à l'appeler près de la souche, afin qu'il la rejoigne, et s'assoit avec elle, pour pouvoir discuter, et rattraper tous leurs temps perdus. Quand il arrive à cette table, son interlocutrice l'invite à s'asseoir.

Au moment où les deux sont enfin bien installés, la mère de notre Septium continue leur discussion interrompue : « Je suis vraiment heureuse de te revoir... !

— Moi aussi...

— Mais, je suis quand même désolée pour absolument tout...

— Comment ? Tu n'as rien fait qui n'a pu me contrarier.

— Si... Cela se voit déjà sur ton visage, qui va être maintenant à toujours défigurer de par mon incompétence à te retrouver... De plus, c'est toi qui es venu à moi, et non pas le contraire, ce qui montre encore plus ma méprise.

— Si c'est juste pour cela, ne t'inquiète pas... Même si on pouvait changer les choses, j'aimerais rester comme ceci...

— Mais, tu as dû voir d'horribles choses... Tu dois avoir des regrets, des remords pour certaines de tes actions passées... Alors pourquoi ?

— Tout simplement, parce que c'est cette histoire qui m'a construit, même si elle était difficile et atroce, c'est mon histoire, celle qui m'a forgé, et je ne voudrais pour rien au monde, devenir quelqu'un d'autre, avec une autre histoire qui n'est pas la mienne.

— Tu ressembles tellement à ton père, quand tu parles comme cela, parce qu'il était un grand philosophe, et membre du gouvernement... Bref, passons, raconte-moi ton histoire qui t'ai tellement importante, afin que tu puisses me dire ceci.

— Si tu veux réellement connaître mon histoire, je t'impose une seule règle, et celle-ci consiste à ce que j'entende en premier ton histoire, pour qu'une fois terminée, je raconte la mienne !

— ... (Ricanements d'Elaine) ... Tu as déjà les négociations dans le sang ! ... Même si cela ne me ravit pas tellement, j'accepte si c'est le prix, pour pouvoir entendre la tienne.

— Bien ! Je suis tout ouïe !"

11

— *La première fois que je rencontrais ton père... Robert. C'était lors d'une énorme tragédie, pendant une magnifique journée ensoleillée, quand nous étions encore des enfants. Cette tragédie dont je parle, et celle d'une exécution, mais pas de n'importe qui, ceux de tes grands-parents, pour être plus précis la mère et le père de Robert.*

Malheureusement, je n'avais pas eu le temps d'arriver durant leurs mises à mort, mais peu de temps après leurs morts. D'où je pouvais distinctement voir ton père essayait de réveiller ses parents qui gisaient au milieu de la place avec une immense marre de sang, et dont Robert pataugé dedans, avec d'énormes sanglots, des larmes... une grande tristesse montrée par son visage.

Il n'arrêtait pas de pleurer, de hurler de toute ses forces, alors que tout le public faisait un cercle autour du spectacle, tout en regardant juste, et rien d'autre, absolument rien d'autre, à part quelques murmures de la part des plus courageux.

Tandis que pour ma part, je regardais avec tristesse, et l'envie d'aller l'aider... à le consoler, pourtant malgré toute cette envie, mon corps m'empêchait de bouger vers sa position, à cause de ma peur sans nom des opinions des autres, surtout à cause de mon appartenance à une bonne famille, et que mes parents m'auraient puni ce jour-là, si j'avais osé faire quelque chose.

Ce n'est qu'une semaine après, au moment où je marchais dans une grande rue marchande de la ville, qu'à un instant, je pus voir qu'en tournant mon regard, je pouvais voir Robert gisant à l'entrée d'une petite ruelle et qui montrait une pauvre mine, avec un corps commençant à s'amoindrir, accompagné d'un regard vide, froid, pouvant briser toute détermination rien qu'en les voyant.

Cependant, je me décidai quand même fermement à ce moment à le voir, avec ma pomme dans ma main, afin de lui adresser la parole

d'un ton qui devait être détaché, mais que ton père qualifiait de raté :
« Salut, tu as l'air assez mal en point ! Comme aujourd'hui, c'est ma journée de bonté, je t'offre ma pomme, afin que tu manges au moins quelque chose.

— Laisse-moi tranquille…

— Allez… Cela ne se passera pas aussi bien pour toi qu'aujourd'hui !

— Je n'ai pas besoin de ta pitié… Alors, dégage…

— Comme tu ne veux pas la prendre devant mes yeux… et je te comprends, vu ce qu'il t'est arrivé, je te la pose devant toi ! » *Je ne sais pas encore pourquoi, mais à ce moment, je me sentis bien, j'étais légère, et je ne pensais à rien d'autre que ma bonne action. Même quand le soir arriva, je continuai à penser à cet instant.*

C'est pourquoi que je décidai avec détermination et excitation de continuer ainsi chaque jour, même si je devais le chercher, pour que je puisse lui donner son repas. Alors le matin, je sortis à nouveau, en créant une médiocre excuse, afin que j'aille tranquillement rejoindre ton père, avec un autre fruit…

Cette fois-ci, je dus quand même bien le chercher, parce qu'il était dans l'extrémité de la ville, celui du bidonville, ou j'aurais très bien pu être attaqué par une personne de ce quartier malfamé… sauf qu'heureusement ce jour-là, je le trouvai plus tôt, afin que je puisse à nouveau me mettre devant lui, pour lui dire : « Tiens ! Je te l'offre !

— *Ton père était stupéfait de me revoir à un endroit comme cela, pour que finalement après un moment d'attente, il réponde,* qu'est-ce que tu fais ici ? Tu pourrais te faire agresser, même pire que cela !

— Personne ne me fait peur ! Ne t'inquiète pas pour mon sort, mais plutôt pour le tien qui est bien plus important !

— Je t'ai déjà dit que ta pitié peut dégager, parce que je n'en veux pas…

— Non…

— … Ou plutôt d'une personne qui fait cela, juste pour sa satisfaction personnelle, et qui n'aide absolument personne, à part enjoliver son ego…

— Non, ce n'est pas ceci.

— Pourtant, pour quelle autre raison serais-tu là, à me les péter ?

— Je ne sais pas.

— Est-ce que tu me connais ?

— Non...

— Est-ce que tu connais mon prénom ?

— Non...

— Est-ce que tu connais les raisons pour lesquelles mes parents ont été exécutés ?

— Non, je ne la connais pas...

— Alors, pourquoi es-tu ici ? Nous n'avons aucune raison de nous connaître, pour le meilleur ou pour le pire... Donc, arrête ! Arrête de me faire chier pour rien !

— Je le fais... je le fais, seulement parce que je veux... réparer mon erreur lors de l'exécution... quand je pouvais venir te voir, mais que j'ai préféré ne rien faire...

— C'est bon, je te pardonne, tu peux partir maintenant...

— Avec ce ton, bien sûr que je vais te croire !

— Tes impressions, je me les balance royalement...

— Pour ma part, ils ont de l'importance !

— ... Alors pour que tu puisses arrêter de hurler, comment dois-je le dire ?

— En acceptant de manger tous les repas que je vais te ramener durant toute cette semaine !

— ... Je répète, comment dois-je dire ?

— Je viens de te le dire !

— ... (Soufflements de Robert) ... J'accepte si tu pars immédiatement sans revenir dans la journée...

— Alors, d'accord ! On se reverra demain ! »

C'est donc à cet instant que notre incroyable histoire commence, avec des vertes et des pas mûres !

Donc, chaque matin, je partais assez tôt, au cas où si je ne le trouvais pas, je devais avoir plus de temps, mais bref. Chaque matin, je partais le voir, avec un repas différent. Entre-temps, j'avais appris son prénom, certains de ses penchants de colère, de gourmandises, etc.

Jusqu'à ce qu'arrive l'avant-dernier jour avant la fin de notre marché, où je me fis finalement interpeller par une personne louche dans les quartiers pauvres, afin qu'il puisse commencer à me parler d'une voix assez malicieuse : « Bonjour, mon enfant ! Que fais-tu ici ?

— Je vais voir un ami !

— Mais voyons, ce n'est pas très fair-play de se promener dans des quartiers aussi malfamés, tu pourrais très bien tomber sur des personnes dangereuses !

— Pour l'instant, je n'en ai toujours pas rencontré !

— Un jour, cela pourra arriver, veux-tu que je t'accompagne... juste au cas où ?

— Je suis désolé, mais je dois refuser votre proposition ! Mes parents m'ont toujours dit qu'il ne faut pas faire confiance aux inconnus !

À mes mots, mon interlocuteur s'était rapproché, en posant une main sur mon épaule, et en m'annonçant :

— Mais voyons, ce n'est pas très intelligent de votre part...

Quant à moi, qui était surprise de ce rapprochement si soudain, je n'eus pratiquement pas le temps de réagir, au moment où Robert s'interposa devant moi, afin de bloquer mon prétendu agresseur, et lui répondre :

— Pourquoi vous embêtez, mon ami ?

— Pour rien, pour rien... rétorque-t-il froidement tout en reculant, afin de continuer avant de s'en aller. Je trouvais juste que marcher seul dans une ruelle comme celle-ci s'était dangereux !

Une fois qu'il était parti, ton père décida de m'adresser la parole :

— Tu n'es pas croyable... Si je n'étais pas venu, tu te serais fait embarquer par ce type... Je te conseille d'arrêter maintenant de venir me voir...

— Non ! Je refuse ! Un marché est un marché !

— Et si demain, il venait à t'arriver quelque chose de par ma faute ? Que feras-tu ?

— Alors, apprends-moi !

— Apprendre quoi ?

— À me débrouiller dans cet endroit !

— Et pourquoi voudrais je faire cela ?

— Pour que tu n'aies pas sur ta conscience que je vais peut-être mourir par ta faute, car tu ne m'auras pas appris le fonctionnement ici !

— Et si je m'en fous de ton sort ?

— Alors, je suis dans la merde… Je pense.

— … (Soufflement du père d'Eilif) … J'imagine que je n'ai pas tellement le choix…

— Tout à fait ! Alors que va-t-on faire ?

— Suis-moi…

— Par contre, je dois te prévenir, je ne peux rester ici, que pour une heure ! »

Robert ne répondit même pas à cette révélation, et commença sa route, avec moi à ses côtés.

Durant ce temps, il m'avait montré une partie des cachettes, moyen de s'enfuir de telle à telle rue, avant que je sois obligé de rentrer dans mon habitation, afin de rejoindre mes parents qui avaient déjà préparé notre petit déjeuner.

Étonnement, le lendemain, même l'après demain, alors que notre marché durait que jusqu'à la fin de cette semaine, cela ne le gênait pas et continuait à m'apprendre les techniques qu'il avait afin de survivre dans ces quartiers pauvres.

Ceci continua même pendant tout le reste de la semaine, afin qu'à la fin de celui-ci, cela se transformât plus à un jeu du chat à la souris, avec ses soi-disant entraînements, qui devait me préparer une fois qu'il aura fini de m'éduquer. Alors qu'à chaque fois, on riait juste aux éclats quand un de nous deux faisait une bourde.

Jusqu'à ce que je me décide toujours et avec fermeté de lui demander, durant un instant, où on marchait tranquillement dans un quartier : « Sinon, je me demandais, si tu comptais aller au festival d'été au centre-ville dans un mois…

— Cela fait quand même loin dans le temps, afin de savoir si je le veux ou non…

— Pour ma part, j'ai déjà pris ma décision !

« — Toi, ce n'est pas moi…

— Oui bah, au lieu de tourner autour du pot, je voulais savoir si tu accepterais de m'accompagner… annonçais-je ceci avec timidité.

— Ah… Honnêtement, je ne sais pas trop… Il y aura tes parents ?

— Ils seront dans la foule, mais pas avec moi !

— … Par contre, il n'y a pas un gros problème ? Il te laisse déjà sortir comme ça, sans prendre en compte le risque que tu pourrais courir, et de plus ils te laisseraient seule dans cette foire…

— Oh, ils sont juste tout le temps dans leurs plans, leurs manigances, alors ils n'ont pas beaucoup de temps à me consacrer, et même ! Je ne leur ai jamais rien montré qui pouvait les inquiéter de quoi que ce soit…

— Il ne trouve pas dangereux que tu marches avec moi dans les rues malfamées ?

— Pour cela, je ne leur ai encore rien dit, parce qu'ils ne m'auraient pas laissé venir…

— Tu n'es pas croyable… Et j'imagine que tu ne leur diras aussi rien au sujet du festival ?

— Bien sûr que je ne vais rien leur dire !

— Alors, j'accepte, afin d'au moins te défendre au cas où…

— Je t'en remercie humblement !

— Arrête d'exagérer aussi… » répliqua-t-il ainsi à mon exagération.

Quand j'y repense encore maintenant, je sais, et je savais même auparavant que c'était une idée désastreuse… parce que la suite, allait être sanglante d'émotion et rien, je ne dis bien rien ne pouvait la changer à cause du caractère bien trempé de ton père.

— Je ne comprends pas… pourtant d'après tous les ouï-dire, ou bien des livres, tout sembler parfaitement bien marcher pour notre espèce… Alors pourquoi y a-t-il autant de cruauté, de discrimination dans notre société ? De plus, je n'aurais jamais pensé que mon père avait tellement souffert… demande le jeune Septium.

— … Le monde entier, même la partie la plus infime de lumière, a toujours de l'ombre en elle… Personne ne peut échapper à cette

règle... personne, parce qu'il y aura toujours un problème quelque part, avec une importance plus ou moins grande.

Cependant, il ne faut pas se dire que le problème est impossible, et se concentrer dessus, mais il faut plutôt réfléchir à la solution, qui permettra de résoudre celui-ci... Même si les gens d'aujourd'hui ont de plus en plus de mal à le voir.

... Bref, puis je continuer mon histoire avec celle de ton père ? Si tu n'as bien sûr aucune autre question à me demander.

— Non, tu peux continuer, je n'en ai plus, en tout cas pour le moment.

— Donc entre temps, tout se passa comme d'habitude, avec Robert et moi-même qui continuions à vadrouiller dans les rues, jusqu'à ce qu'on arrive enfin au jour avant le festival, qui était tant attendu par la population, ayant déjà mis des décorations.

Celles-ci étaient assez diversifiées avec pour lumière lors de la nuit, des lanternes de toutes les couleurs, accompagnées d'une incroyable diversité de magasins amovibles, venant de partout, afin de pouvoir vendre leurs produits. Sans oublier quelques scènes de théâtre dans certains quartiers favorisés, ou encore des guirlandes qui parsemaient toutes les rues...

Alors que de mon côté, au lieu d'admirer tout cela, je décidais d'aller plutôt rendre visite à Robert dans les quartiers délaissés, afin de pouvoir lui parler de l'emploi du temps que j'avais concocté durant la vieille, pour qu'on puisse bien s'amuser le lendemain.

Donc une fois que je le retrouve en le croisant dans une ruelle, pour que je puisse lui hurler de joie ceci : « Salut ! J'ai préparé notre journée !

— Du calme... du calme, c'est le matin, je ne suis pas encore réveillé...

— Je suis désolé ! je suis beaucoup trop excité pour demain...

— Pour ma part, je pense que c'est mieux d'improviser sur le moment, au lieu de prévoir.

— Je m'en fiche royalement, c'est trop tard.

— Ah bah super... Je sens que je vais m'éclater, demain...

— Arrête d'être défaitiste !

— C'est toi qui me mets dans un état pareil !

— Ah oui ?

À sa réponse, je pris la décision de partir sur le champ, avec un air impérial, afin de montrer ma colère à son égard.

Le poussant à commencer à me suivre, afin d'essayer de me dire des excuses.

— Je suis désolé ! Je ne pensais pas ce que je disais !

— Ouais, ouais, bien sûr...

— Je te l'assure ! Je suis même prêt à faire ce que tu veux !

Je m'arrêtais à ces mots, pour le regarder d'un air malicieux, afin de finalement lui répliquer :

— Tu as bien dit que tu serais prêt à tous ?

— Oui... Dans la limite du raisonnable...

— Alors, je voudrais que demain, tu ne bronches en aucune manière que ce soit, et qu'à la fin de cette soirée, tu m'annonces tes réelles impressions de la journée, afin que je puisse te démontrer que c'est bien mieux de planifier !

— D'accord, si ce n'est que cela, j'accepte.

— Donc on se voit demain !

— Attends, tu pars déjà ?

— Je dois me préparer pour toi ! Je ne vais quand même pas venir comme ceci à un jour aussi important ! » répondis-je en arborant un énorme sourire.

Après ceci, plus rien de bien important se passa durant cette journée ensoleillée s'abattant sur notre ville, maintenant en ruine... Donc pour rentrer dans les détails, pendant ce jour, je m'étais concentré à trouver une belle tenue...

Jusqu'à ce que mon réveil sonne, afin de faire me lever de mon lit, avec une étrange énergie, pour aller immédiatement ma laver, me faire belle, me nourrir, et finalement attendre que mes parents aient fini, afin que je puisse avoir leurs accords pour partir avant eux.

Je trottinais dans les rues avec en tête l'instant où j'allais croiser mon compagnon de la journée à notre lieu de rendez-vous, qui se trouve à l'entrée du festival à la route principale, permettant d'aller immédiatement au centre des festivités.

Une fois arrivé, au lieu qui convoitait mon esprit, je pus pratiquement voir le moment d'après, ton père qui attendait en se reposant son dos contre un mur, avec et toujours ses mêmes habits ce qui me poussa à aller vers lui, avec une certaine joie.

Quand je le surprends en surgissant de nulle part, je commençai à lui parler, avec une excitation flagrante au visage : « Salut ! Tu es donc prêt pour cette fabuleuse journée ?

— Oui, je suis totalement prêt à cette longue journée !

— … Fais attention, tu m'as promis de ne faire aucune plainte, jusqu'à ce soir quand on aura fini de faire le tour du festival ensemble !

— Oui… oui, j'en ai oublié presque cette promesse…

— Du coup, on y va ?

— Je te suis… » rétorqua-t-il, d'un ton assez fatigué, lors de ce matin.

Même avec sa mauvaise humeur, je ne m'étais pas découragé, et je continuais à arborer une énorme joie de vivre, en l'entraînant à des endroits de plus en plus illuminés par le nombre de personnes présentes, d'attraction, d'espèces réunies en un seul endroit…

On était allé, en premier lieu voir la nouvelle friandise qui a été créée il y a peu, je ne sais pas si tu connais, c'est la barbe à papa… bref, par la suite, en mangeant tous les deux nos sucreries, je l'emmenai à un jeu de lancer d'anneau, afin de finalement gagner une peluche, grâce à Robert, qui était plutôt habile à ce jeu en particulier.

Pour finir, avant d'aller voir la fameuse parade, lors de la soirée, nous prîmes le temps d'aller regarder une scène de théâtre qui d'après les rumeurs était excellente, et ceux-là étaient avérés, si tu veux tout savoir, parce que nous passâmes un bon moment ensemble.

Finalement arrive l'événement phare de ce festival, le grand défilé où les dirigeants de notre petit état se montraient, avec des chars en bois, des orchestres, des danseurs, et j'en passe encore, tellement il y avait de choses à voir.

On marchait assez rapidement en longeant la foule s'agglutinant en ligne, afin d'assister au commencement de l'immense parade, alors que nous deux cherchions une bonne place, pour pouvoir mieux contempler le spectacle.

Nous trouvâmes donc rapidement celle-ci, pile au moment où les participants de la parade arrivèrent, et à cet instant même les yeux de ton père s'illuminèrent face à cette vue, qui me mettait tout autant d'étoiles dans le regard.

Malheureusement...

Ceci s'arrêta bien vite, et violemment, quand le conseiller Viennes du secteur scientifique arriva entrain de marcher sans aucune personne à ses côtés à notre champ de vision. Le moment d'après, quasiment instantanément, mon compagnon, ou si tu préfères ton père montre un nouveau regard, empli de rage, de colère peut être, afin de pouvoir prononcer ces mots : « C'est bien lui... C'est lui, le connard, qui a fait exécuter mes parents ! *Pour ensuite commencer à courir vers le Conseiller, et se mettre devant en le regardant dans les yeux.*

Celui s'arrêta à cette venue emplie de rage dans ses mouvements et son visage, pour lui demander calmement.

— Que veux-tu, mon enfant ?

Il répondit :

— Arrêtez de jouer le rôle de l'ignorant, je sais très bien que vous vous souvenez de moi !

— Et qu'est-ce que cela changera ?

— Rien... rien, parce que quoi que vous fassiez, mes parents ne reviendront jamais, à cause de vous !

— Ils étaient coupables, je n'ai rien à voir avec ce qu'il leur est arrivé...

— Ceci est aussi un mensonge, et vous le savez, parce que ce n'était pas eux, mais moi !

— Je ne vois pas de quoi tu veux parler...

En lui adressant un coup de poing dont il a donné à sa jambe, avec toute sa force et colère, il rétorqua :

— Je REFUSE, je refuse, je refuse, je refuse, je refuse, je refuse, je refuse ! Je ne pourrais jamais te pardonner ! Jamais, JAMAIS ! C'était une figure emblématique... mon IDOLE ! L'être que j'admirais le plus, et dont je voulais ressembler ! Alors, arrête de faire, plutôt de JOUER la comédie ! J'aurais largement préféré que ce soit toi qui meurs ! *hurle-t-il de tout son air, tout en maintenant son poing sur la jambe de son interlocuteur bouche bée.*

— ...

— Pourquoi ne dis-tu rien meurtrier ? Vas-y, je t'écoute ! Pourquoi ce n'est pas toi qui es mort ? Je ne comprends pas ! Je ne comprendrai jamais ! *annonça Robert en commençant à le frapper plusieurs fois, désespérément.*

— ... Robert... Le monde est cruel... Voyons du calme, arrête de me frapper, cela ne servira absolument à rien...

— *À ce moment, même si j'avais remarqué que mes parents étaient en train de regarder au loin, je décidai quand même de le rejoindre et le calmer*, Excusez-le ! Robert ne pense pas ce qu'il dit !

— Arrête de me tirer le bras, Elaine !

— ... Allez, on s'en va ! Hurler ainsi en plein public n'apportera que des problèmes ! » *Après l'avoir un peu forcé la main, en lui tirant le bras, afin de partir, il commença à nouveau à courir, pour pouvoir s'enfuir en pleurant, tout en fendant la foule stupéfaite, alors que moi, je peinais à le suivre, et à ne pas le perdre de vue.*

Après avoir fait une longue débandade dans plusieurs ruelles, et quartiers, je pus enfin le voir s'arrêter dans une rue étroite du quartier délaissé, afin de se laisser tomber sur le cul, et se mettre le dos sur le mur, pour se mettre en boule, tout en pleurant à chaudes de larmes.

Alors, une fois arrivée, je me mis à courir moins vite jusqu'à marcher, afin de me poser tranquillement à côté de Robert, pour lui demander timidement : « Je sais que je ne peux pas te comprendre, vu que je n'ai pas encore perdu d'être cher... mais, ce que tu as fait aurait pu te coûter la vie, et encore on ne sait pas, s'il ne compte pas venir te chercher pour ceci...

— … Elaine, mon père n'était pas un… criminel… C'était un Septium bien qui m'a juste sauvé la vie. Alors pourquoi est-il mort ?

— Voyons, arrête de pleurer tes yeux vont être totalement rouge… Tiens un mouchoir, *dis-je en lui donnant ce mouchoir.*

— *Malheureusement, il refusa en donnant un coup de bras,* Je n'en veux pas ! Laisse-moi tranquille, si tu n'arrives pas à me comprendre !

— Ne t'inquiète pas… Je te comprends parfaitement, mais il faut d'abord que tu te calmes…

— Me calmer… me calmer, comment pourrais-je ? Cette sortie est un fiasco total…

— Rien, ne peut être parfait… absolument rien, on est juste unique, de par notre histoire, notre physique, notre caractère, nos pensées… C'est pourquoi, grâce à tout ceci, on peut trouver des solutions afin de régler les ou le problèmes. Par exemple, pour ma part, quand je devrais rentrer à ma maison, ils ne me laisseront plus sortir, en tout cas pas avant plusieurs mois, ou même années… Donc je dois trouver un moyen, afin de continuer de te voir !

— Régler le problème… Une solution… *Et en relevant rapidement sa tête, afin de regarder en face de lui, avec des yeux surpris. Il continue brusquement à parler,* Mais oui ! Je sais comment on peut régler ton problème et le mien, afin que je ne sois plus obligé de vivre dans ce foutu passé ! *Pour finalement regarder vers ma position.*

— Laquelle ?

— C'est pourtant simple ! *Il se lève promptement,* Nous allons partir de cette putain de ville de merde ! Mon idée est géniale, n'est-ce pas ?

— Comment ?

— On part sans rien, et on verra bien ce que va donner notre voyage ! Alors, à grâce à ceci, tu pourras continuer à me voir, quant à moi, je pourrais enfin tourner la page ! *répliqua-t-il cette solution en se mettant en face de moi.*

— Sauf que j'ai une famille…

— Et ? Ils continueront très bien à vivre sans toi !

— Mais…

— Tu ne veux pas… c'est ça ?

— Non ! Ce n'est pas ceci, je trouve juste cela trop spontané… J'ai besoin de réfléchir…

— Je suis désolé, mais comme tu as dit auparavant, ils sont peut-être à ma recherche, alors pour que je puisse encourir le moins de risque, nous devons, ou je dois partir immédiatement… Alors, donne-moi ta réponse maintenant…

— J'en suis navrée, mais je ne peux pas me décider…

— Alors, adieu… » *annonça ton père, en commençant à partir en courant, pour finalement disparaître, alors que pour ma part, je restais immobile.*

Après cette discussion, je rentrai lentement chez moi, pour pouvoir m'expliquer avec mes parents, lors de la soirée qui suivit. Malheureusement, comme je l'avais prévu, je ne pus plus sortir de ma maison de jeunesse pendant plusieurs mois.

Entre-temps, je n'entendis plus parler de Robert, même quand je pus ressortir, il n'y avait plus aucune trace de lui. Il avait comme disparu de la ville, ce qui me démontra qu'il était bel et bien parti, afin de pouvoir commencer une nouvelle vie.

— Est-ce qu'il vous a raconté ce qu'il a fait durant ce laps de temps ? À part, si c'est toi qui l'as rejoint, afin de le faire revenir ? demande Éric.

— Non, aucune des deux… Il n'a jamais voulu me raconter ce qu'il avait fait en dehors de la cité, et je n'eus jamais le courage à ce temps-là, de m'aventurer dehors comme il a eu le courage… Disons qu'il n'a jamais été très bavard de ce qu'il faisait en général.

— Et du coup, ce que tu as dit auparavant, en annonçant qu'il pouvait avoir une battue, était-ce vraiment le cas, et vous vous faisiez de fausses idées ?

— Non… Finalement, il n'y avait rien eu, et on n'avait pas besoin de s'inquiéter de ce côté-là…

— … Sinon, d'après ce que j'entends depuis le début en rapport avec mon père… c'est qu'il était mystérieux, mais aussi colérique, et

très réceptif aux fortes émotions... C'était donc qu'une personne de très forte de caractère ?

— Non, pas du tout... Tu comprendras quand je te raconterai, le moment où il était revenu, et tu connaîtras qui il était...

C'était à l'instant où j'avais eu mes vingt ans, où j'avais terminé mes études, où j'avais déjà pu rejoindre les conseillers, même si je n'étais encore qu'une suivante de l'un d'eux, et où je prenais les notes, et faisais la sale besogne.

Jusqu'au moment où j'étais au marché en train de prendre les aliments pour pouvoir préparer le dîner de ce soir-là, quand tout d'un coup, ton père arriva derrière mon dos et me fit peur, pour je ne sais quelle raison, afin qu'après la surprise, je demandasse avec stupéfaction de revoir Robert : « C'est bien toi ? ... Robert... Cela fait si longtemps...

— Oui, c'est bel et bien moi ! ... Robert !

— Tu as bien changé...

— Et bah, toi aussi !

— Tu as l'air débordant d'énergie positive...

— Disons tout simplement que je suis un nouveau Septium, avec de nouveaux idéaux, caractères. En gros, une tout autre personne !

— Cela reste encore à voir... mais pourquoi es-tu revenu ?

— Je ne vais tout de même pas renier ma patrie toute ma vie !

— Tu ne penses pas que cela va te rappeler de mauvais souvenirs ?

— ... Le passé est le passé, et quoi qu'on fasse, rien ne pourra changer ce qui s'est déjà produit !

— Je vois que tu es devenu plus mature...

— Ah oui, je vois, cela veut dire qu'auparavant tu me trouvais immature ?

— Non, pas du tout, c'est sorti tout seul de ma bouche...

— ... (Soufflements de Robert) ... Sinon, qu'est-ce que tu fais de beau dans la vie, maintenant ?

— ... Je suis assistante d'un conseiller... et toi ?

— Oh, pour ma part, je suis surtout un voyageur, sauf que j'aimerais arrêter cela, et m'implanter ici !

— Pourquoi ici ?

— Afin de devenir conseiller !

— Comment ? Et tu le penses vraiment, avec ton parcours ?

— Tout est possible dans la vie, quand on a l'envie pour !

— Ne me dis pas que tu es venu me voir pour te demander de t'aider ?

— Non, bien sûr que non, en arrivant il y a à peine quelques instants, je t'ai vu en train d'acheter des fruits, alors je me suis dit que je pouvais venir te dire salut !

— Bon bah, salut maintenant, tu peux partir... Je suis pressé, et je n'ai pas de temps à t'accorder.

— Je vois... Alors j'arrête de t'embêter encore plus...

— Je te souhaite de réussir...

— Merci ! » *annonça-t-il, avec un énorme sourire, et en me faisant un grand signe de la main, afin de me dire au revoir, alors que j'étais déjà en train de partir avec mon sac dans la main, contenant les aliments pour le soir, sans lui prêter attention.*

Tout se passa parfaitement bien, pendant la soirée, on avait passé un excellent moment, on avait ri, on a débattu, on s'est énervé... comme d'habitude. Jusqu'à ce qu'arrive le moment où je devais aller travailler le lendemain, et où un pépin... enfin on ne peut pas le dire comme cela... qu'un accident surprise arrive au Conseil populaire.

À cet instant, où les conseillers devaient commencer à débattre à propos des problèmes actuels, avant même que nous puissions entamer ceci... ton père entra en fanfare en claquant la double porte en haut des gradins, faisant un bruit assourdissant, et prenant l'attention de tous les conseillers interloqués, alors que Robert descendait déjà les marches d'escalier avec rapidité, presque en courant, accompagné d'un regard de malice, afin de finalement s'arrêter au milieu de tous les sièges.

Il contempla alors l'assemblée en tournant sur lui-même, encore et toujours accompagné de son sourire farceur, pour qu'une fois avoir fait le tour, il commença à adresser ses mots à nous spectateurs :
« Bien le bonjour, mes chers conseillers !

— Que faites-vous ici ? demanda un conseiller.

— C'est une excellente question, mon cher ! Laissez-moi parler tranquillement, et je vous répondrai, et réglerai les choses, afin qu'il n'y ait plus de zones d'ombres ! Alors pourquoi suis-je ici ? Comment ai-je fait, pour pouvoir venir ici ? Qui suis-je pour les quelques Septiums qui ne m'ont toujours pas reconnu ? Est-ce bien cela ?

— ... Pour la grande majorité des cas présents ! *rétorqua un autre Septium.*

— Bien ! Alors, je me présente, je suis le conseiller du secteur sociologique, et politique, Robert Strentfort, et je viens ici, pour vous saluer en bon uniforme !

— (Pardon, il est conseiller ? Il est à peine revenu, hier soir... Il doit mentir, ce n'est pas possible... À part...), me posai-je ceci comme question et réponse.

— Alors, vous vous dites... mais je ne l'ai jamais vu auparavant, ou bien comment un fils de damné peut devenir conseiller... C'est très simple, j'ai appliqué l'article cinq cent treize, stipulant que si un Septium a fait un mandat de chef de ville ou village, en dehors de notre territoire, peut avec son expérience, rejoindre le Conseil populaire, en montrant, bien sûr, les papiers officiels démontrant qu'il l'a bien fait ! »

À cette révélation, toute l'assemblée lança un brouhaha inimaginable, parce que ton père a été le premier cas à utiliser cette loi, et le denier, car pour information... une semaine plus tard, la loi a été supprimée, puisque celle-ci n'avait pas pour but d'être réalisable.

Donc, même s'il y avait des réticences, et des éberlués face à cette situation, ton père put à ce moment-là, juste le lendemain de sa venue, intégrer le Conseil populaire, alors que pour ma part cela faisait déjà un bon temps que je travaillais pour eux comme assistante...

Et une fois que la réunion fut terminée, Robert vint me voir presque l'instant d'après, afin de pouvoir venir me parler : « Salut !

— Salut...

— Comment est-ce que tu vas, aujourd'hui ?

— Un peu fatigué, à cause des événements qui se sont passés...

— Je te l'aurais bien annoncé, mais tu étais partie, pratiquement en courant...

— Si tu le dis.

— Puis je t'accompagner jusqu'à chez toi, pour pouvoir un peu discuter ?

— Fais comme tu le sens, parce que quoi que je dise, tu viendras encore me faire chier...

— Alors, qu'as-tu fait de beau, après que je sois parti ?

— Une vie banale...

— Ce qui veut dire ? C'est assez vague...

— J'ai fait des études et je suis arrivé ici, tandis que pour toi, juste une journée t'a suffi pour devenir conseiller...

— Même si j'ai pu réaliser ceci, j'ai dû payer une lourde tribu...

— Comment ça ?

— C'est une longue histoire que je ne veux pas raconter...

— Pourtant, ce n'est pas toi qui voulais justement parler avec moi ?

— ... (Ricanements du père de Eilif) ... Oui, c'est bien vrai, mais je voulais surtout plus en connaître sur ton sujet...

— Voilà, c'est fait... Tu peux me laisser, maintenant ?

— Si tu me réponds honnêtement à une de mes questions...

— Je t'écoute...

— Pourquoi es-tu aussi distante avec moi, et sur la défensive ?

— ... Parce que tu m'as abandonné sans aucun mot d'adieu, afin de finalement revenir avec la gueule béante de bonne humeur, après plusieurs années de disparition... Alors, je suis désolée, si cela est trop dur à comprendre pour toi.

— D'accord... » *C'était à cette réplication qu'il s'arrêta net, et me laissa continuer ma route toute seule, sans doute, afin de réfléchir à ce que j'avais révélé.*

Et je le pense surtout, parce que le lendemain, il vînt à nouveau me voir, après la réunion pour pouvoir lancer une nouvelle discussion, sans tourner du pot, car il me demanda immédiatement en s'inclinant :
« Que dois-je faire pour que tu me pardonnes de mon erreur passée ?

— Arrêter de me parler, et ne plus jamais me regarder...

— … Sauf toutes les choses qui pourraient mettre fin à notre amitié d'enfance !

— Alors, dis-moi, pourquoi veux-tu tellement qu'on redevienne ami ?

— Parce que c'est de ma faute, si on se trouve dans cette situation saugrenue !

— Et avant que tu le saches, pourquoi voulais-tu tellement me parler ?

— Parce qu'auparavant, il n'y avait que toi avec qui je parlais… Je comprends tes ressentis… je comprends ta colère, ta rage envers moi ! Donc j'accepterais toutes tes demandes !

— … Si tu insistes réellement… j'aimerais que tu me fasses monter au rang de conseillère ! Sinon, je ne pourrais pas te pardonner !

— Dis-moi juste le nom de ton supérieur, et je t'arrangerai ceci !

— Alors, annonce-moi ton plan !

— Je vais te mettre sous mon aile, pour qu'ensuite te laisser travailler encore plusieurs mois. Par la suite, je dirais que tu es apte à nous rejoindre ! À ce moment, tu passeras sûrement un test, qui le déterminera, mais de ce côté-là, ce sera à toi de gérer.

— Tu penses vraiment que ceci marchera ?

— Sans aucun doute !

— … Son nom est Alberto souler.

— Très bien ! Je te remercie ! »

Et sans même me laisser prononcer un mot à son égard, il disparut dans les couloirs interminables.

Plus rien ne se passa, pendant un long moment, j'avais même cru au bout d'un instant qu'il n'avait pas réussi, et qu'il ne revenait pas, parce qu'il avait honte de ne pas avoir accompli sa promesse, mais je me fourvoyais totalement, car après deux ou trois semaines, on m'avait annoncé que j'avais changé de conseiller à servir.

Justement, celui que je devais rendre maintenant compte, c'était avec Robert, en allant le voir éberlué, et surexcité, afin de lui témoigner toute ma surprise. Après cela, je recommençai peu à peu à m'habituer à nouveau à lui.

Par la suite, comme l'avait-il promis, il me fit monter au rang de conseillère, en me faisant passer un test, tel l'avait-il deviné, pour que finalement j'arrive à mon but... Et c'est à ce moment-là que j'eus des sentiments nouveaux pour ton père.

Et avec un peu plus d'un mois, nous avons fini ensemble, après de longues, très longues discussions de peine, de joie, de tristesse, de colère... Par contre, ce n'est pas encore à ce moment-là, où on t'avait confectionné, je te rassure, parce que tu aurais été bien plus vieux...

C'était deux ans après s'être mis en couple qu'on décida de faire un enfant...

— Pardon de te couper en plein récit... mais tes parents étaient-ils contre votre union, parce que si je suis bien, ils étaient réticents déjà auparavant...

— Bien évidemment, ils étaient contre, mais au bout d'un moment, en découvrant eux aussi le Septium que j'aimais, ils changèrent d'avis, et devinrent favorables... Et pour information, ton père, une fois après avoir connu le mien, ne le lâchait plus, comme le mien... ils étaient inséparables...

Malheureusement, toute chose devait avoir une fin, comme notre bonheur, lors de l'attaque de l'espèce humaine qui vint tout... détruire... tout... nos espoirs futurs... notre futur... mon mari, mes parents... et toi...

— Même si cela est dur, j'aimerais entendre en détail ce qu'il s'était passé lors de cette nuit, de ton point de vue. Demande Strentfort.

— ... Si je le fais, ce n'est réellement que pour toi... car je te le dois, j'ai le devoir de te raconter ce qu'il s'est passé lors de cette nuit, de cette affreuse et longue nuit...

Tout commença, bien évidemment, au moment où je devais t'enfanter sous peu, mais on ne savait pas exactement quand, faute d'équipement pour ceci. Alors cela, arriva avec surprise une ou deux heures après s'être couché dans notre lit, ton père et moi-même, quand tout d'un coup, je perdis les eaux, et j'eus des contractions abdominales...

Ton père, Robert, qui était pourtant d'un calme inflexible durant ses journées, paniqua quand même à cet instant, en essayant de me réconforter, et en essayant tant bien que mal de donner des conseils complètement stupides, quand on y repense...

Finalement, nous entendîmes un hurlement, autre que le mien, venant de l'extérieur, bien plus fort que ceux que je poussais... Après un moment, nous entendîmes un autre cri strident disant : « Les humains nous attaquent, fuyez tous ! » accompagné de plusieurs autres plaintes et cris...

Jusqu'à ce qu'arriva un cadavre d'un Septium s'écrasant contre une fenêtre de notre chambre, faisant gicler une tonne de sang dessus, avec une traînée, montrant son corps tombant... Me donnant une peur bleue, et je pus plus rapidement te sortir...

Une fois cela fait, ton père alla chercher un parchemin de téléportation, afin de pouvoir t'envoyer loin d'ici, parce que tu étais bien plus en sécurité en dehors de la ville, et de nous... même si ceci était assez dur pour moi de te laisser comme ça... Surtout entendre tes cris stridents, se faisant peu à peu atténuer par le vortex absorbant tous... alors que ton père était en train de te dire adieu...

Pour finir, après le portail refermé Robert vînt rapidement vers moi, en ayant encore des larmes au niveau de mon visage, pour m'annoncer : « Nous devons y aller ! »

— ... Non, laisse-moi, je peux à peine marcher...

— Je te porterais alors !

— Je ne vais qu'être un poids pour toi...

— Tu doutes de mon physique ?

— ... (Légers ricanements d'Elaine)... Arrête, tu comprends très bien...

— C'est toi qui ne comprends pas ! *m'annonça-t-il, en commençant à me porter en me prenant un bras, pour pouvoir le mettre sur ses épaules, et que nous puissions partir.*

— E*n avançant lentement, on traversa le salon, le couloir, pour finalement arriver à l'entrée, et ouvrir la porte, qui laissa entrer par la même occasion une immense quantité de fumée, me faisant fermer les yeux et tousser... pour qu'ensuite, je puisse découvrir le massacre quand je rouvris mes yeux emplis de tristesse face à cette scène. Cette scène montrant des amas de corps de nos confrères avec des mares de sang les entourant. Sans oublier l'odeur putride de la carbonisation de la chair Septium, à cause des flèches enflammées... accompagné des cris de douleur d'une personne perdant un membre, ou bien des brûlants vifs... ou encore de ceux qui essaient vainement d'aider un de leur famille en gémissant de tristesse...*

Cette vue, cette horrible vue, me fit pleurer pratiquement instantanément, afin d'annoncer :

— C'est... horrible, comment peut-on faire cela...

— ... Nous ne devons pas nous concentrer sur ceci... Continuons, sinon on deviendra comme eux... *rétorqua Robert... et quand j'y pense, il devait quand même être aussi choqué que moi... Bref... nous avions déjà commencé à marcher en plein milieu de cette rue, afin d'éviter les obstacles... quand d'un coup soudain, un de notre quartier hurle :* « Une nouvelle vague de flèche en approche ! » *Ce qui... ce qui entraîna ton père à me jeter devant lui... afin de se mettre devant moi, debout avec les bras tendus, et me SAUVER par la même occasion... Et même si des dizaines de flèches entraient dans son corps, et qu'il crachait tout le sang qu'il pouvait de sa bouche... avec ses yeux fatigués, ses yeux à bout me regardant, il commença à me parler, avec une petite voix, alors que je n'arrivais déjà pratiquement plus à bouger, en me faisant venir des larmes... :* « Je suis désolé... Je n'aurais pas su tenir la promesse que je t'avais faite... celle d'être un bon père, même meilleur que le mien...

— Ne dis pas cela ! Tu vas t'en sortir ! *répliquais-je de rage face à cette situation, en essayant de me lever, afin d'aller voir Robert.*

— J'aurais quand même voulu connaître ce que mon fils allait devenir... le voir grandir... mais bon... finalement, je te délègue cette tâche ardue, ma chère et tendre épouse...

— S'il te plaît… ne me quitte pas ! Je ne sais pas où aller sans toi ! … Tu es celui qui ENSOLEILLE mes journées ! Je ne pourrais jamais vivre sans toi !

— *Malheureusement, avant qu'il puisse me répondre, il se laissa partir… avec ses yeux qui se dilatèrent, son souffle qui s'arrêta, accompagné du sang, continuant de couler au niveau de sa bouche… Pour que finalement ma mère apparaisse en courant comme par magie, afin de venir vers moi, en m'annonçant, tout en me tirant,* Il est mort ! Il faut s'enfuir… on n'a pas le temps pour lui !

— NON, NON, je ne veux pas le laisser ! LAISSE-moi ! … » *Etc. … etc. … Rien de bien nouveau se passa après cela, à part d'autres atrocités fendant mon cœur…*

— *Je comprends maintenant… pourquoi il avait protégé quelqu'un au péril de sa vie… Est-ce que tous les Septiums se trouvant ici ont vécu la même chose que toi ? demande humblement notre Ynferrial.*

— *Dans les commandants, et le général, il n'y a que moi qui ai dû supporter cela… et une partie de la population étant ici a aussi vécu cela…*

— *D'accord… Sais-tu qui sont les plus extrémistes ne voulant pas de la paix ?*

— *Je comprends… Tu veux connaître tes opposants directs, alors je vais te mettre au jus, la personne dirigeant les plus extrémistes, comme tu le dis… c'est moi… »*

12

Quand le soleil, cet astre imposant et que la lune, cette toquade se lève montrant peu à peu que la soirée est pratiquement finie, avec des ruelles obscures, sombres, incertaines accompagnées de quelques veilleurs regardant, veillant dans les rues avec leurs torches. Tandis que notre jeune Septium sort tranquillement de la tente en affichant un air contrarié, énervé, perdu sur le visage.

En commençant machinalement à partir, d'un pas pressé, froid, sans prêter attention à son coéquipier en train de discuter avec le soldat, afin que celui-ci le rejoigne assez vite, en demandant ce qu'il s'était passé : « Alors, comment étaient-ce ses retrouvailles avec ta mère ?

— Un goût amer…

— Un goût amer ? Pourquoi dis-tu cela ?

— Parce que c'est elle qui dirige le parti extrémiste, voulant juste la guerre… et d'après ce que j'ai compris, elle accepterait aucun compromis, sauf si votre race devait mourir…

— Comment ? Vous avez au moins essayé de la convaincre ?

— C'est vain…

— Vous avez bien tout essayé ? Vous n'avez pas pourtant annoncé que vous étiez prêt à tout faire, afin de réaliser notre but ?

— La colère à cet instant, cette colère incontrôlable prend le contrôle d'Eilif, le mettant hors de lui après plusieurs années, attrapant brusquement brutalement, violemment le cou de son interlocuteur apeuré, pour le soulever dans les airs, pour l'éclater contre une poutre en bois se trouvant juste à côté de notre chuchoteur rapprochant doucement sa tête de celle de Jonathan en le regardant avec des yeux emplis de rage, pour annoncer ceci, d'un ton menaçant, C'est ma mère ! Comment pourrais-je la manipuler ? … Elle a autant souffert que moi ! Et je la comprends parfaitement, parce que j'étais pareil auparavant ! Alors, dites-moi… Seriez-vous capable de détruire la santé mentale de votre mère, pour votre objectif ? … Ne voyant aucune réponse de l'homme apeuré, il répète, en le cognant à nouveau contre le pilier, Répondez-moi !

En bégayant de peur, Jonathan réplique alors en plissant faiblement ses yeux :

— Non… non, non… Je ne… Je ne pourrais jamais lui faire ceci !

À ces mots, Éric le relâche lentement, laissant tomber avec détachement dans la boue, en le visant d'un regard impérial, et en rétorquant froidement :

— S'ils montrent trop de réticence, j'interviendrais de la manière qu'il faut, ne vous inquiétez point… » Pour finalement partir, d'un pas calme.

Alors que l'ambassadeur, en arborant un regard complètement perdu, déboussolé, ne comprenant pas, restant pratiquement immobile, en se frottant fébrilement, timidement son cou meurtri de la marque de main de son interlocuteur, en réalisant bel et bien ce qu'il s'est passé entre lui et son soi-disant coéquipier.

Une fois la nuit passée, une nuit forte en révélations et en émotions dans une tente qu'ils ont trouvé après plusieurs heures de recherche. Jonathan se lève en premier, en rejoignant promptement la réunion des hauts gradés, afin de démarrer les négociations tandis que notre jeune Septium continue inlassablement de dormir sur son doux lit.

Ce n'est qu'après une ou deux heures que notre ancien champion d'arènes, notre Ynferrial, avec une mère ayant une forte, féroce rivalité avec lui, se lève, se réveille assez difficilement, en se dirigeant lentement vers la minuscule cuisine se trouvant dans sa tente, afin de se préparer un petit déjeuner.

Quand il finit, au moment où il peut finir de manger, celui-ci va donc se doucher tranquillement en se vidant l'esprit, puis se dirige vers la sortie, lui permettant de commencer à se promener dans le campement et de découvrir un peu plus son espèce, qu'il avait perdue depuis sa naissance.

Il marche paisiblement dans une rue, lui étant totalement inconnue avec à son côté droit, quatre petits enfants jouant ensemble avec un ballon en cuir. Un peu plus loin quelques groupes d'adultes en train de discuter entre eux. Tandis qu'à l'autre côté, le gauche, il voit une personne sortant de sa tente, et quelques autres groupes, ou individus entrain de marcher tout comme notre jeune Septium.

Pourtant, même si Eilif est entrain de découvrir presque pour la première fois son espèce, redevenant pendant un instant un enfant. Celui-ci a quand même une mine fatiguée, avec des yeux regardant le sol, regardant tristement, en restant mi-clos, accompagné d'une démarche encore plus lente que d'habitude...

Je suis perdu... que dois-je faire ? Je sais pertinemment qu'elle va faire ce qu'elle m'a annoncé, hier soir... Pourtant, j'ai bien trop souffert par le passé... Je n'ai... je n'ai pas envie de perdre une autre personne qui m'est chère, en la transformant pour toujours... Je suis fatigué. Je ne tiendrais plus longtemps comme ceci... J'ai juste envie d'être tranquille... C'est mon tout premier but et étant toujours mon seul et unique réel but, depuis le début... Alors, pourquoi ? Pourquoi personne ne veut me laisser faire, afin de tout rétablir : « ... (Soupirs d'Éric) ... » Je vais juste faire comme j'ai dit à Jonathan, comme ça, je ne serais pas obligé de me torturer l'esprit... Je suis fatigué.

C'est alors qu'en arrivant devant une embouchure, il peut croiser le regard de son coéquipier, rentrant des négociations, avec un air épuisé et démoralisé, entraînant notre Ynferrial à aller le voir, afin de pouvoir converser avec lui.

Son interlocuteur est rapidement choqué dans son regard affichant un soupçon de crainte, quand Strentfort se met juste à côté de lui, afin de commencer à parler : « Donc ? Ses négociations, comment se sont-elles passées ?

— ... Très mal.

— C'est beau et bien ma mère qui a principalement refusé ?

— Oui...

— Est-ce que les autres ont accepté ?

371

— Pour les négociations, il y en avait toujours un autre, qui appuyait les décisions de votre mère... Sinon les autres étaient déjà prêts à accepter, après avoir négocié un petit peu.

— Puis je connaître le nom de cet allié inconnu ?

— Si je ne me trompe, il s'appelle Rogue Vermy...

— Bien, je vous remercie... réplique-t-il froidement, en prenant une marche bien plus rapide, afin de s'éloigner de son compagnon éberlué.

— Qu'allez-vous faire ? » demande-t-il cela, en ayant aucune réponse sortant de la bouche de notre Septium, disparaissant dans la foule.

13

Une semaine se passe, une longue semaine pour les deux parties, après cette brève discussion, mettant en action notre Ynferrial commençant déjà à jouer, en rencontrant le commandant Vermy, ayant fixé un rendez-vous avec Éric ce jour-là, sous sa tente.

Cette journée étant parsemée de tristesse, étant parsemée de drame, étant parsemée de manipulation, étant parsemée d'une pluie battante, avec une terre boueuse, presque marécageuse. Notre jeune Septium rejoint cette fameuse tente, afin de pouvoir s'asseoir en face de son nouvel interlocuteur buvant un verre, et regardant par la suite le regard d'Eilif.

Finalement après un instant de contemplation, le commandant prend l'initiative de parler : « Alors, voilà ! Le grand fils de Elaine Strentfort !

— Et vous, le commandant Vermy...

— D'après ce que j'entends, je n'ai pas besoin de me présenter ! Donc, annonce-moi la raison pour laquelle, j'ai l'immense honneur de te recevoir !

— ... Vous connaissez bien ma mère ?

— Oui... parce que juste peu après l'attaque des humains, nous nous sommes rencontrées... Pourquoi cette question ?

— Êtes-vous proches ?

— Disons que nous nous entendons bien... Je ne comprends pas où vous voulez aller...

— Est-ce que vous l'aimez ?

— Pardon ? ... (Ricanement de Rogue) ... Vous êtes très entreprenants ! J'aime les personnes comme vous ! J'imagine que vous êtes venu ici, pour protéger l'ancien amour d'Elaine !

— Donc ?

— Pour être honnête, je le pense... Et j'en suis désolé...

— Et qu'est-ce qu'il arrivera si vous veniez à être ensemble ? ...
Et ne vous inquiétez point, sa situation amoureuse, pour être franc,
m'importe peu...

— D'après nos nouvelles lois exceptionnelles à cause de la guerre,
nous devrions céder nos fonctions, car notre amour pourrait conduire
à des fautes immorales, pourquoi vouliez-vous connaître tout ceci ?

— Afin de savoir dans quoi, je m'engageais...

— Que comptez-vous faire ?

— N'est-ce pas vous qui appuyez le point de vue de ma mère ?

— Oui... C'est exact, et vous devriez faire de même...

— ... Votre jugement est obstrué par votre amour, vous devriez y
réfléchir.

— Comment ? Je suis en totale possession de mes moyens !

— ... Alors, vous devez savoir que faire une confiance aveugle aux
gens qu'on aime, conduit à la perte.

— Cela est faux !

— Pourtant c'est vrai, parce que personne, même vos parents, ne
peut avoir toujours raison, c'est pourquoi la base est de toujours avoir
son point de vue.

— Et quant à vous ? N'êtes-vous pas influencée par vos émotions ?

— Non, car je ne mélange jamais mes objectifs, et mes émotions,
cela serait bien trop instable...

— Donc, dites-moi, des raisons prouvant que vous avez juste !

— Notre nombre... Nous sommes loin, même très loin, d'arriver à
égaler le nombre des soldats humains. Sans oublier que tous ceux qui
ont survécus ont vers la cinquantaine, parce qu'ils n'ont pas eu le loisir
de le faire... et de plus, nous ne pouvons pas obtenir assez d'armes
pour tout le monde.

— ... Cela est vrai, notre espèce est affaiblie, mais nous ne
pouvons pas pardonner à la race des Hommes, juste pour ceci.

— Pour ceci ? Je crains de ne pas comprendre votre façon de
penser, parce que je suis venu ici, afin de nous donner une chance de
survivre et après de se venger...

— Nous ne pouvons pas attendre, nous avons beaucoup trop souffert, nous ne pourrons pas faire de compromis avec eux.

— Elle vous a réellement lobotomisé avec ses paroles…

— Non, pas du tout, je l'ai déduit par moi-même.

— Alors, pour ma part, j'en ai déduit que je dois arriver à cette extrémité… Même si cela est à contrecœur, sachez-le…

— Comment ça ? Quelle est votre extrémité ?

— … Dans ce camp, personne ne me connaît réellement… ne connaît ma véritable nature.

— Je ne comprends pas, vous êtes un Septium, n'est-ce pas ?

— Oui, oui, bien sûr, mais j'ai quelque chose en plus, qu'aucun de vous n'a remarqué.

— Et qu'est-ce ?

— Un pouvoir.

— Un pouvoir ?

— Celui des Ynferrials… révèle-t-il froidement, impérialement, ne laissant pas le temps à son interlocuteur subjugué en projetant rapidement, comme plusieurs lancent d'une matière obscure et malléable, entrant peu de temps après par les narines, les yeux, la bouche, et les oreilles, empêchant le commandant de crier à l'aide aux gardes qui se trouvent à l'entrée. Alors que Strentfort continue de parler, en regardant attentivement le bout de ses griffes… (Soupirs d'Éric) … Cela me fait du bien de l'avoir enfin dit à quelqu'un, mais bon… même si les conditions ne sont pas extraordinaires… En tout cas, sachez-le, je ne compte rien changer de bien important chez vous… juste la partie, qui vous ordonne de vous mettre contre mon idée, parce que j'ai plutôt besoin d'une personne aidant ma mère à changer d'avis… Rien d'autre, je pense… Bien sûr ! Je vais vous effacer une partie de votre mémoire, afin que par la suite, vous ne puissiez rien dire sur ma nature cachée ! … Finalement, quand j'y repense… »

14

La discussion, cette conversation prenant la totalité de la nuit entre le commandant et notre jeune Ynferrial, laisse tranquillement sortir notre Ynferrial vers minuit, en arborant un regard, un visage refait, apaisé, et inspirant la bonne nouvelle.

Finalement, le soleil, le tournesol poussant peu à peu, se levant de plus en plus dans les cieux, en imposant sa position face à la lune, permet à Rogue Vermy de sortir de sa tente en s'étirant et en affichant un énorme sourire face à cette nouvelle journée naissante.

Et se diriger immédiatement en prenant une marche plutôt rapide vers une autre tente, ayant aussi plusieurs gardes à son entrée, afin qu'une fois arrivé devant eux, il demande : « Puis je avoir une discussion avec notre général ?

— Nous devons d'abord vérifier qu'il soit prêt à recevoir, alors veuillez attendre un instant ! annonce l'un des deux gardes, tandis que l'autre lève le drap, en constatant si leur supérieur est réveillé.

— Entraînant la réponse de l'autre soldat, Oui, vous pouvez entrer.

— Je vous remercie ! » réplique Vermy d'un ton enjoué.

C'est alors qu'une fois entré dans celle-ci, Rogue d'un regard observateur, voit le général en train de se mettre son haut de vêtement, en marchant lentement vers sa petite cuisine, afin de pouvoir préparer son petit déjeuner.

Au moment où le plus haut gradé arrive au niveau de sa cuisine, celui-ci commence la conversation par cette question : « Donc ! Qu'est-ce qui vous amène ici de si bon matin, mon cher Rogue ? Tout en cuisinant son repas.

— J'aimerais présenter mes sentiments à Elaine ! Malheureusement... je ne sais pas comment mis prendre, alors j'aimerais un de vos conseils dans ce domaine...

— … Attendez… Vous pouvez répéter ? rétorque son interlocuteur choqué, laissant même glisser de ses mains, le pain et le fromage.

— J'aimerais demander en mariage Elaine…

— Vous savez pertinemment ce qu'il va en coûter de ceci…

— Oui, je le sais, mais depuis un moment, je me sens fatigué de tout cela.

— Pourtant hier, vous aviez l'air bien plus combattant et plein d'énergie…

— J'étais comme ceci, juste pour défendre les idées d'Elaine, et rien d'autre.

— Wow, je n'étais vraiment pas préparé à cela… Je ne sais plus quoi dire, répond le général en se baissant, puis ramassant les aliments tombés.

— D'après ce que j'entends, vous êtes dans la même situation que la mienne…

— Mais pourquoi maintenant ?

— … Hier soir, j'ai pu discuter avec le fils d'Elaine… et il m'a fait réfléchir à notre situation, c'est pourquoi j'ai décidé d'agir maintenant !

— Que vous a-t-il dit pour que vous changiez d'avis aussi radicalement ?

— Disons qu'il m'a juste ouvert les yeux, et mes oreilles… Et je vous conseille fortement de lui parler en personne !

— … En tout cas, j'espère que vous arriverez à convaincre Elaine d'opter ce choix.

— N'avez-vous aucun conseil ?

— Tout ce que je peux vous dire, c'est que chaque personne est différente, et qu'il faut s'y prendre d'une manière à chaque fois différente. Alors, le conseil que je peux vous donner, c'est de vous faire confiance et d'y aller.

— J'ai l'impression que cela ne me sera pas vraiment d'une grande aide… annonce-t-il, en commençant à se diriger vers la sortie.

— Avant que vous partiez, est ce que vous pouvez demander à Eilif, si vous le croisez de venir me voir, j'aimerais discuter avec lui.

— Oui, bien sûr… mais méfiez-vous…

— Comment ? » demande avec stupéfaction, surprise son interlocuteur, n'ayant cependant aucune réponse de retour du commandant étant déjà parti, sans même prendre la peine de lui adresser un petit regard d'au revoir.

Une fois sorti, celui-ci se dirige donc comme à son habitude, comme chaque matin à une sorte d'orphelinat, lui permettant de saluer les enfants, ayant perdu leurs parents durant le massacre, et en jouant un minimum avec eux, pour les divertir.

Puis il va se rendre à la forêt, en prêtant du mieux qu'il peut prêter mains fortes, aux ouvriers travaillant ardemment à fendre, et faire tomber les arbres, faisant office de pilier permettant la mise en place des murailles du futur mur, et des tentes.

Afin que pour finir, celui-ci rentre dans le campement, pour pouvoir discuter avec la population, acheter des babioles au marché, ou encore d'observer certaines scènes de ménage entre plusieurs personnes, afin d'en rire, et de régler le problème.

Une heure plus tard, après avoir rempli toutes les fiches et tous les papiers administratifs, Vermy prend son courage à deux mains, afin de se diriger vers la tente de sa bien-aimée, pour lui déclarer sa flamme, lui permettant par la même occasion de croiser avec hasard, notre jeune Septium.

Après s'être arrêté, afin de pouvoir se regarder un bref instant, Rogue commence à parler : « Je vous salue, mon cher Éric !

— Je vous salue aussi…

— Justement, vu que je vous ai croisé, je dois vous informer que le général aimerait converser avec vous, sous sa tente.

— Je vous remercie de cette information.

— Que faites-vous ?

— Je suis en train de me promener comme chaque matin… Et vous que faites-vous ici ?

— Je viens réaliser votre conseil, je vais demander la main de votre mère !

— Alors vous serez peut-être mon beau-père !

— Oui, enfin peut-être…

378

— Je vous souhaite bonne chance.

— Je vous remercie ! Bon, j'arrête de vous embêter, alors passez une bonne journée !

— Merci, à vous aussi. »

À ces mots d'au revoir, notre Ynferrial continue tranquillement, calmement sa route. Alors que son interlocuteur part droit vers sa destination, en arrivant peu de temps après devant celle-ci, avec ses deux gardes d'entrée, le laissant passer sans même demander la raison de sa venue.

Une fois entrée, celui-ci peut rapidement constater qu'Elaine se trouve au niveau de son bureau, entrain de signer de la paperasse, et réagissant tout aussi vite en relevant sa tête quand elle le remarque afin de pouvoir se lever de respect envers son égal, ce qui entraîne Vermy à commencer la discussion : « Salut !

— Salut !

— Comment est-ce que tu vas ?

— Plutôt bien, puis-je connaître la raison de ta venue ?

— Je suis venu pour parler d'une chose sérieuse… Alors, il faudrait que tu te mettes assis, bien sûr, si cela ne te dérange pas…

— Oui, bien sûr ! Installe-toi.

— Je te remercie… rétorque-t-il, tout en allant vers la table de la cuisine.

— Tandis qu'entre temps, la commandante le rejoint en répliquant, Alors, de quoi voulais-tu parler ?

— Alors, c'est quelque chose d'important que je dois te révéler, après c'est plutôt important pour moi…

— Je t'écoute…

— Je prends en compte ce qui l'en coûte de faire cela…

— Je crains de ne pas comprendre, pourrais-tu être moins vague ?

— … Je t'aime Elaine…

— Comment ? Je pense avoir mal entendu…

— C'est bien ce que j'ai dit, je t'aime Elaine.

— Je ne sais pas quoi dire…

— Je sais… Je te prends au dépourvu.

— Mais pourquoi me le révéler que maintenant ?

— Disons que j'ai ouvert les yeux récemment…

— … Est-ce qu'une autre personne est au courant ?

— Il y a le général, et votre fils qui sont au courant de mes sentiments envers vous…

— Comment cela se fait ?

— C'est une longue histoire pour les ceux cas ! … Et donc, j'aimerais connaître vos sentiments à mon égard, même si ceux-là peuvent être négatifs…

— … Malheureusement, je suis navrée, mais il n'y a pas de réciprocité à votre amour… De plus, je suis commandante, une haut gradé, et la population a besoin de moi…

— Je comprends…

— En tout cas, je suis encore désolée, parce que maintenant… vu que le général est au courant, tu vas sans doute te faire expulser de l'armée…

— N'ayez point peur, et de remords, j'étais au courant des risques et j'étais prêt à les recevoir…

— Sache-le, je te garde en grande estime, et te perdre maintenant m'attriste grandement.

— Ne t'inquiète pas, je suis sûr que tu réussiras à garder le sens du bon chemin, annonce Vermy, en affichant un regard d'une certaine tristesse envers son interlocutrice.

— Je te remercie…

— Bon, je vais te laisser maintenant, parce que j'ai l'impression que tu étais assez occupé !

— Oui, c'est vrai… n'hésite surtout pas à revenir me voir ! » répond-elle, en même temps que l'ex-commandant partant de la tente.

Tandis qu'entre temps, dans un tout autre lieu, un lieu où se trouve notre jeune Septium, notre Ynferrial entrain de marcher calmement à son habitude, en s'arrêtant brusquement quelques fois et observer ce que les marchands offrent, les jeunes font, pour se diriger peu à peu et de plus en plus de son lieu de rendez-vous avec le général.

Après un instant, Eilif arrive donc devant la fameuse tente du chef militaire de son espèce, pour ensuite commencer à avancer vers celle-ci, et étant vite coupé dans son élan par les deux gardes le stoppant, en demandant à Éric assez fermement : « Que faites-vous ici ? Que voulez-vous ?

— Je suis ici, parce que votre général m'a demandé de venir le voir.

— Attendez un moment, pour qu'on puisse prouver la véracité de votre raison ! dit l'un des deux gardes, alors que l'autre entre dans la tente.

Afin que par la suite, il ressorte, en annonçant aux deux présents :

— Il dit vrai, vous pouvez passer !

— Je vous remercie humblement… réplique notre jeune Septium en entrant dans le salon.

— Entraînant immédiatement un appel du général, lui disant, Viens me rejoindre à mon bureau, il y a déjà une chaise devant celui-ci !

— Strentfort se décide donc d'aller rejoindre son nouvel interlocuteur, en s'asseyant sur la chaise, et de commencer à regarder le général, le regardant aussi, pour que notre Ynferrial continue la discussion, Comment allez-vous ?

— Très bien et toi ? Est-ce que je peux te tutoyer ?

— Oui, bien sûr, vous le pouvez… et quant à moi ?

— N'aie crainte, tu le peux aussi !

— Que fais-tu ?

— Oh, je suis juste en train de lire quelques rapports… et toi, que faisais-tu avant de venir ici ?

— J'étais en train de me promener, comme d'habitude…

— J'espère que tu te sens bien au sein de notre campement !

— Oui, bien sûr, cela me fait du bien, mais c'est toujours aussi étrange…

— … Quand on y pense… tu n'as jamais un tel regroupement de Septiums dans ta vie…

— … Sinon, pourquoi m'as-tu demandé de venir ?

— C'est parce que le Commandant… plutôt l'ex-commandant Vermy m'a conseillé de vous parler

— Ah bon ? Qu'a-t-il dit ?

— Pas grand-chose, mais ce qui m'a interpellé, c'est qu'il m'a dit de me méfier de vous...

— Pourquoi a-t-il dit cela, je ne fais que me promener depuis plus d'une semaine...

— Cela est vrai, mais il y a une chose qui m'occupe l'esprit depuis, pourquoi vouliez-vous parler avec l'ex-commandant Vermy ?

— ... J'ai tout simplement remarqué l'étrange proximité entre lui et ma mère, donc pour être sûr de ce que j'avançais, j'ai décidé d'aller le voir, et de lui poser la question.

— Et comment as-tu fait pour le convaincre d'avouer ses sentiments ?

— Je n'ai rien fait de spécial d'après ce que je sais, à part que je lui ai dit que pour savoir quelque chose, il faut s'en assurer en demandant, ou en allant voir, sinon il ne pourra jamais connaître la réponse... Je ne sais pas, si ceci a eu de l'effet...

— ... Je vois... peut-être l'a-t-il vu comme une révélation à accomplir. Il faudra que je lui demande en personne.

— ... Et donc, as-tu une autre question pour moi ?

— Est-ce que tu crois réellement que nos espèces peuvent coexister à nouveau ?

— Comme je l'ai dit dans mon interrogatoire, je le crois fermement...

— Et qu'est-ce qui nous garantit qu'ils ne te mentent pas, afin de pouvoir nous prendre dans un piège, et en finir avec nous ?

— Ne t'inquiète pas sur ce point-là, j'ai déjà mis en place quelque chose qui vous garantira une réponse positive aux négociations...

— En quoi consiste ce plan ?

— Comment puis-je te faire confiance ?

— Pourquoi cette question ?

— Ce plan est d'une importance capitale, et avoir une fuite pourrait m'être fatal... Alors, je réitère ma question, comment puis-je te faire confiance ?

— ... Sais-tu comment j'ai pu arriver ici, au grade de général ?

— Non, je ne le sais pas, je suis tout ouïe.

— À cette réponse, celui-ci baisse son regard, afin de regarder ses mains, d'un air attristé, En tout... j'ai cinq vies sur mes mains... mais pas d'humains... non, non... Des membres de notre espèce... j'ai tué des membres de notre espèce... afin de monter jusque-là, afin de satisfaire mes ambitions. Maintenant... je peux entendre ton plan ?

— Tu sais que ce que tu viens de me révéler pourrait te causer ta mort...

— C'est pourtant nécessaire, si je veux obtenir la confiance d'un Septium ayant souffert toute sa vie en voyant des atrocités, en subissant des atrocités...

— ... (Soupirs d'Eilif)... Vous n'êtes pas croyable, comment pourrais-je refuser de raconter mon plan, maintenant... Le seigneur actuel que je sers va bientôt mourir d'une attaque surprise d'une Ynferrial peu avant que je rentre. Et sa seule descendante va rester en vie, et devra succéder au roi... Et comme par hasard, celle-ci sera extrêmement proche d'un Septium, et défendra ardemment les droits de tous.

— Je vois, tu vas faire un coup d'État dans l'ombre, sans que personne ne le remarque... pour finalement prendre le pouvoir, avec une jeune princesse naïve.

— ... Elle est loin d'être naïve, sache-le, et il faut même se méfier d'elle. J'ai appris par des informateurs, avant de partir, qu'elle a fondé toute une organisation dans l'ombre de son père... même si dans la lumière, celle-ci est tout le temps souriante et naïve.

— Ah bon... Je n'étais pas au courant de ceci... Donc, avec ce plan, on sera certain de pouvoir vivre à nouveau dans la paix...

— Oui... le seul problème qui se montrera devant nous, ce sera les autres provinces, d'autres seigneurs, et le roi actuel du royaume... mais vu que c'est la province la plus puissante en termes d'économie et de militaire, ils n'oseront rien faire.

— ... (Ricanements du général) ... J'ai vraiment hâte de pouvoir voir cet avenir, nous montrant un nouvel espoir, bien plus joyeux qu'en ce moment !

— Alors maintenant, tu dois savoir pourquoi les négociations doivent à tout prix aboutir… Bien sûr, sans dire quoi que ce soit aux autres de mon plan, même avec l'ambassadeur humain.

— Pourquoi, il y a aussi l'ambassadeur ? Il n'est pas au courant ?

— Non, bien sûr que non, il fait partie de la cour rapprochée du roi, même s'il est ici… Je pense sincèrement qu'on ne peut pas lui faire confiance…

— … D'accord, j'essaierai du mieux que je peux pour faire avancer les négociations, mais je ne promets rien, quant à sa réussite.

— Tu me fais confiance ?

— Il faut bien essayer pour savoir si cela marche, ou bien pour constater que c'était juste un piège.

— Je suis du même avis que toi, mais bref… Je dois te laisser ici, parce que j'aimerais terminer ma promenade !

— Oui, bien sûr, tu peux t'en aller !

— Passe une bonne journée !

— Toi aussi ! »

15

Donc, nous nous retrouvons au moment fatidique, un moment depuis longtemps attendu et finalement arrivé. Le soleil, cet astre illuminant la vallée, cette vallée ayant vécu pas mal de choses bouleversantes, après le mois et une semaine passée, avec entre-temps l'expulsion de l'ex-commandant Vermy, se faisant rapidement remplacer par un autre individu. Alors que du côté des négociations, ceux-là amorcent leurs fins, une fin abrupte étant dans la faveur de Jonathan et d'Éric.

Nos deux compagnons de route sous cette nouvelle positive, sous leurs tentes, à leur table à manger, ils prennent sans réfléchir deux chopes d'alcool en trinquant à leur victoire assurée de leur expédition, pour trouver une solution à long terme.

Les deux coéquipiers arborent enfin des sourires aux lèvres, et rient ensemble, comme si absolument rien ne s'est passé auparavant entre l'Ambassadeur et notre jeune Septium. Finalement, ces deux-là se retrouvent à dormir à même la table en affichant des visages apaisés.

Tandis que le général seul dans sa demeure, buvant en solitaire un verre d'alcool, en arborant un regard pensif, envers son verre se faisant touiller délicatement par la main de celui-ci, entraînant des reflets divers et variés de la lumière venant d'une seule torche éclairante à peine toute la tente étant pratiquement dans le noir.

Et d'Elaine ayant une mine battue, dégoûtée, déboussolée de par sa défaite flagrante envers les négociations et le renvoi de son grand ami de l'armée, étant en train de boire elle aussi, un verre d'alcool afin d'étancher sa tristesse, et ses regrets.

Le lendemain matin arrive donc rapidement au niveau du campement, faisant se réveiller peu à peu Eilif et Jonathan, tombant pratiquement en même temps de leurs chaises, et se levant en sursaut, pour se regarder l'un l'autre avec des yeux éberlués par l'alcool.

Entraînant l'ambassadeur à commencer une conversation entre eux deux : « Quelle heure est-il ?

— … (Soupirs de Strentfort) … Laisse-moi tranquille !

— Oh, un peu de respect envers son aîné !

— Je m'en fiche… J'ai beaucoup trop mal à la tête…

— Alors, comme ça, le grand chuchoteur de la cour du seigneur supporte mal l'alcool !

— Je n'ai jamais dit cela ! … C'est juste que je n'ai jamais bu d'alcool de ma vie… je dois juste m'habituer à la sensation…

— Tu n'as jamais bu ? … Oh, je ne peux pas laisser cela comme ceci ! Tiens prends une autre chope, demande-t-il cela, en tendant un autre verre d'alcool vers son interlocuteur.

— Non ! Non, je n'en ai pas envie, je suis déjà assez mal !

— Mais justement, pour enlever la douleur, le meilleur moyen, c'est de guérir le mal par le mal !

— Non ! Je te l'ai déjà dit ! Je n'ai pas envie ! réplique Éric en essayant de se relever laborieusement, en tombant plusieurs fois, avant de réussir et avancer avec une marche bancale vers la cuisine.

— Alors que Jonathan essaie désespérément de le suivre en essayant de se mettre debout en prenant appui sur la table à manger, afin de crier, Tu n'es pas drôle ! Sale grincheux manipulateur !

— Ouais ouais, si ça te fait plaisir de m'insulter… rétorque-t-il en cherchant quelque chose au niveau des placards. En hurlant finalement sur son compagnon de tente, Où est l'eau ?

— Bah, normalement, c'est là où tu cherches…

— Je ne trouve pas ! Ne me dis pas qu'il y en a plus !

— … Hmm, peut-être qu'hier après-midi j'ai bu le reste d'eau, sans aller en rechercher parce que je n'avais pas envie de bouger…

— Pardon ? Un jour, je vais te tuer ! Putain ! … (Grognements de Eilif) … Je dois sortir spécialement pour acheter de l'eau ! Cela me fait chier !

— Sois fort, mon cher camarade !

— Toi, encore un mot et je te coupe la tête !

— D'accord… » Eilif s'entraîne donc à sortir groggy de la tente, afin de lui permettre d'aller au marché sous un temps assez brumeux, et pesant, tandis que Jonathan prend le temps de nettoyer un tant soit peu leur demeure.

Une fois que notre Ynferrial arrive au niveau du marché, il constate rapidement que tous ceux-là sont fermés, car il est bien trop tôt pour qu'il y ait un marchand ayant déjà ouvert son magasin. Donc avec une mine abattue, le chuchoteur se dirige à nouveau vers sa tente.

Entre-temps, celui-ci croise par hasard sa mère ayant elle aussi, cette mine de mort-vivant, les faisant s'arrêter, et laissant le temps à notre assassin de lancer la discussion en faisant un sourire forcé, tout en demandant : « Salut ! Est-ce que tu vas bien ?

— Honnêtement ? Je suis fatiguée…

— Pourquoi cela ?

— Je n'ai pas réussi à dormir de la nuit…

— Est-ce qu'il y a une raison à ceci ?

— … (Ricanements de la commandante) … Tu connais très bien la raison qui me met dans un état pareil…

— … C'est parce que les négociations ont abouti positivement ?

— C'est exact… mais je n'arrive pas à avaler cette nouvelle… je n'arrive pas à faire confiance aux humains… ils m'ont tellement fait de mal.

— Pourtant, cela va se passer quoi qu'il arrive, même si tu n'arrives pas à les tenir en estime…

— Je le sais pertinemment que mon avis ne changera rien…

— J'en suis désolé… mais je dois essayer… je dois essayer de nous réconcilier… parce que j'en suis sûr, qu'il y a un espoir.

— Je vois… j'espère sincèrement que tu as raison… (Éclaboussements)…

— Sinon j'aurais une question. Quand est-ce que les marchands ouvrent aujourd'hui… parce que d'habitude, certains devraient déjà être ouverts…

— Tu veux bien m'accompagner dans ma marche ?

— Oui, bien sûr, je peux te suivre un instant… À ces mots, Éric se met sur la marche de sa mère avançant lentement, et d'un air étrangement impérial.

— … (Éclaboussements)… Quand est-ce que tu comptes partir ?

— Normalement, je devrais partir demain, si je veux arriver en même temps que le seigneur, et ne pas risquer de me faire prendre. Pourquoi cette question ?

— Je voulais juste savoir, comme ça je pourrais venir quand tu partiras…

— N'aie pas peur, je serais venu te voir avant de partir… quand même.

— … Est-ce que je pourrais te demander quelque chose ? (Éclaboussements)…

— Oui, bien sûr, ne te gêne pas.

— … Est-ce que tu peux rester ici ? demande-t-elle avec un ton dramatique, et en affichant un regard froid, désespéré, déterminé, regardant bizarrement droit dans le vide.

— Malheureusement… je ne peux pas, même si je le veux vraiment.

— Est-ce que j'ai une chance de te convaincre de rester ?

— Non, je ne le pense pas… (Éclaboussements)…

— Tout s'arrête à cet instant, absolument tout dans ce chemin vide de vie s'arrête, la mère de Éric s'arrête promptement, ne bougeant plus, n'affichant plus aucun espoir, affichant seulement sa détermination, sa froideur en dirigeant brusquement, lentement ses yeux dans ceux du jeune Septium comprenant de mieux en mieux la situation. Sa mère, Elaine, dans un ton d'une extrême froideur, donnant une image d'elle dramatique, sombre, parle machinalement, fermement, désespérément, tout en levant lentement, gracieusement son bras droit, Ne m'en veux pas… mais je ne peux pas te laisser partir… et encore moins laisser en vie l'ambassadeur humain. Alors, tâche de ne pas trop résister, parce que je ne veux pas que tu meures… Dans un grand élan, le bras de la commandante se baisse brusquement, d'une traite et rapidement, tandis qu'elle hurle, À l'attaque !

— À ces mots ("Vous avez au moins essayé de la convaincre ?"), Eilif sort immédiatement son espada ("Vous ne m'avez pas pourtant

annoncé que vous étiez prêt à tout faire afin de réaliser notre but ?"),
pour pouvoir fendre tous les projectiles sortants des tentes, et qu'à
cette offense, il crie en arborant un regard désespéré, désemparé
("C'est ma mère ! Comment pourrais-je la manipuler ?») ...
(Respirations fortes d'Éric) ... Je n'aurais jamais cru que tu en
arriverais là ! ... À attaquer ton propre fils ! ... Je remarque
maintenant que j'ai pris la mauvaise décision... » Alors qu'une
vingtaine de soldats ayant armures, et armes s'approchent en sortant
des tentes...

Bon, je me vengerai plus tard, parce que je dois d'abord retrouver
Jonathan. Ma mère ne l'a sans doute pas mentionné pour rien... Je
n'aurais jamais cru... Je pensais... je pensais que les parents étaient là
pour nous soutenir... En tout cas, c'est ce que j'avais lu dans un
livre... Et pourtant, ma mère vient tout juste de me trahir...

C'est pourquoi le chuchoteur recommence à parler d'une voix
déterminée : « Alors, c'est comme ça maintenant ?
Sa mère rétorque froidement, dramatiquement :
— J'en suis désolée, mais je dois accomplir mon objectif...
— Et est-ce que tu penses au mien ? J'en ai aussi un ! On aurait
très bien pu en discuter autour d'un verre afin de trouver une solution !
— Malheureusement, je ne peux pas faire de compromis... j'en ai
assez fait...
— Et est-ce que tu connais les choses que j'ai dû faire, parce que
d'après ce que je sais je ne t'ai encore rien dit !
— Tout le monde a souffert, Éric... Il n'y a pas que toi !
— Je peux te répéter la même chose, ma chère mère !
— Abandonne ! Je sais déjà que tu souhaites rejoindre ton
compagnon mais mes soldats doivent déjà lui régler son compte ! »
À ces mots, notre Septium relève quand même sa garde en
montrant un regard ardent, et en se mettant sur la défensive en position
de combat.

Tandis que du côté de notre ambassadeur, celui-ci étant toujours sous les effets de l'alcool, essaie tant bien que mal de ranger la tente étant encore totalement en désordre, à cause de la grosse soirée entre lui et son coéquipier. Jusqu'à ce qu'il s'arrête brutalement, regardant un bref moment dans le vide quand il entend des personnes en train de courir autour de sa demeure.

Il ne voit rien, ne bouge pas, continue finalement à regarder, observer les verres étant devant lui, laissant entrevoir le profil des individus se trouvant à l'entrée et continuant à entrer. Il peut les compter, trois entités sont dans sa demeure, n'avançant plus, permettant à l'hôte, celui-ci de se retourner fébrilement, et d'observer, de contempler l'apparence de ses invités surprises portant des armures lourdes et angulaires, étant pratiquement totalement blanche, sauf aux bordures étant bleu. Jonathan, cet homme sous un élan de courage commence timidement à arborer un magnifique sourire, empli de tristesse, pour dire d'une voix quasiment éteinte : « J'imagine que c'est ici que je m'arrête... C'est un peu bête, j'aurais aimé voir ce que la nouvelle coexistence entre nos deux espèces allait donner... Je passe donc... le flambeau tout entier à mon compagnon ! ... Soyez quand... » Un coup de matraque, un simple coup de matraque d'un des Septiums coupe brutalement les dernières paroles de l'ambassadeur tombant violemment au sol, ne bougeant déjà pratiquement plus, montrant son dos à nu.

Profitant de ce cadre, un autre Septium avance, marche timidement vers sa position, en laissant un lest de son fouet, du fouet se laissant glisser en partie sur le plancher, puis le quittant peu de temps après, afin que le garde, ce Septium dans un grand élan, frappe brutalement le dos de Jonathan poussant un hurlement étouffé, pour le refaire, le refaire encore, et le refaire, encore et encore, le marquant d'une marque rouge se multipliant. Malgré le fait qu'il essaie désespérément, comme désemparé d'attraper quelque chose avec sa main tremblante, tendue vers la table où il a bu des chopes d'alcool avec l'Ynferrial, mais la laissant tomber au moment où les deux autres Septiums rejoignent le tortionnaire pour en finir.

Quelques instants après cela, nous retrouvons notre jeune Ynferrial essoufflé, à bout de force, couvert d'un peu de sang de ses victimes durant la fuite. Il avance lentement, impérieusement vers leur tente pour pouvoir voir si son coéquipier est toujours là, dans leur habitation.

À l'entrée, il lève le drap, soulève énergiquement le drap, mais ne pouvant rien voir, absolument rien voir, dû à l'obscurité étrange de leur demeure. Il rentre, le poussant à avancer, à marcher d'un pas inquiété, sur ses gardes, tout en prenant avec hésitation une torche éteinte accrochée à l'un des piliers. Au même moment où il sent à son grand dégoût à son pied, une mixture liquide, visqueuse, assez lourde, le faisant grimacer de peur, d'inquiétude.

Il essaie froidement de vérifier sa crainte, la crainte qu'il ne veut pas, la crainte dont il veut avoir tort, en allumant lentement la torche étant dans sa main gauche grâce à un sort mineur, lui permettant de mieux voir, de mieux contempler cette chose, ce liquide sombre, opaque, rouge étant sous le pied de celui-ci, le pied reculant de celui-ci.

L'Ynferrial du haut de son énorme taille, regardant de haut, impérialement, la mare de sang, la traînée de sang se laissant doucement couler par les fentes entre le plancher, rendant peu à peu son dû à la terre, rend de plus en plus Eilif contemplatif devant cette scène, devant cette masse noire se trouvant au milieu de la pièce, au niveau de la table à manger.

Il voit, observe maintenant cette masse noire étant éclairée par la faible lumière, étant à peine reconnaissable, ressemblant à peine à son compagnon. Laissant entrevoir de là où est Éric horrifié, un dos en lambeau, martyrisé, par sa couleur rouge, par le sang surgissant encore. Laissant rien à envier à ses bras, ses jambes emplies de bleus, de fractures arrivant même à ressortir les os de sa peau pendouillant, déchiquetée, tordant absolument la totalité de ses membres. Alors qu'au niveau de son visage meurtri, de cette chose devant ressembler à un visage, notre Septium, voulant vomir, voit malgré la faible lumière qu'une grande partie de la peau du visage de son coéquipier est arrachée, broyée et pend à certains endroits, pouvant laisser entrevoir sa dentition.

Le regard, à ce moment-là, de notre jeune Septium est comme troublé, ne sachant pas quoi montrer comme sentiment, entre le dégoût, la tristesse, ou la haine, la colère envers tout, absolument tout ce qu'il l'entoure, mais se faisant rapidement rattrapé par la réalité bien cruelle à l'instant où il peut entendre un gémissement venant de l'ambassadeur, s'accrochant encore à la vie tant bien que mal. Poussant alors notre Ynferrial dans un élan de courage, d'avancer vers la position de son compagnon, en ignorant la sensation de ses pas marchant sur le sang, pour abaisser lentement et gracieusement le haut de son corps, pour lui dire ces mots, tout en ressortant son espada de son fourreau : « Je suis désolé… Je n'ai pas su te protéger correctement, comme je te l'avais promis… mais avant que j'abrège tes souffrances, je voulais te dire merci, merci pour tout. Sans toi, je n'aurais jamais pu arriver jusque-là, sans meurtre… Alors, maintenant, je vais reprendre la partie de ton poids, afin de continuer notre route, vers la paix entre nos deux espèces. Tandis qu'au même moment, celui-ci relève doucement son dos, et son espadon pour pointer le bout de celui-ci vers le cou de Jonathan, en lui murmurant, Repose en paix. » Pour finalement le décapiter d'un coup net et rapide.

Alors qu'au même moment, le général est tranquillement en train de se réveiller dans son lit, quand d'un coup, celui-ci se lève brusquement à l'instant où il entend ses gardes hurler, pour lui dire : « On nous attaque ! » Le forçant à aller prendre rapidement son sabre, et de riposter face à cette mutinerie.

Quand plusieurs soldats avec le même type d'armure entrent dans sa demeure, accompagnés d'épée et de bouclier, lui permettant de demander : « Qu'est-ce que vous voulez ?

— Nous sommes y pour vous démettre de vos fonctions ! annonce l'un des gardes.

— Vous savez ce qu'il en coûte de faire cela ?

— Nous le savons, mais ce n'est plus vous le général, c'est maintenant Elaine Strentfort !

— Je vois, c'est donc la faiseuse de cette trahison !

— Je vous prierais de nous suivre gentiment, pour qu'on puisse vous conduire à la place d'exécution.

— Comme si j'allais accepter !

— Nous ne voulons pas vous faire encore plus de mal...

— J'en suis désolé, mais je ne renoncerai jamais à la vie ! » C'est alors que celui-ci décide de prendre les devants en s'élançant sur ses agresseurs, en essayant tant bien que mal, vainement de s'en sortir mais se faisant rapidement appréhender au prix d'une vie de leur côté.

L'ancien général se fait donc traîner, glisser dans la boue jusqu'à la place centrale du campement, à l'endroit même où notre jeune Septium s'est fait juger à sa venue. Arrivé, il se fait jeter brusquement, violemment, rejoignant, meurtrissant la terre boueuse s'agglutinant sur plus de la moitié de son corps gelé devant la nouvelle générale Strentfort se trouvant sur l'estrade, en arborant un regard impérial, froid, dramatique envers son confrère.

Celle-ci commence donc à parler d'un air supérieur à son ancien chef, et à tous les soldats présents sur cette place vide de population :

— Cela fait déjà longtemps que j'attendais ce moment !

— L'ancien général se relève fébrilement, retombant pratiquement au sol en affichant un visage à moitié empli de boue, afin de pouvoir répondre avec acharnement, Tu prévoyais alors ceci depuis déjà un instant, si je comprends bien ?

— Oui, je le préparais depuis longtemps, mais je n'avais pas prévu de faire cela à ce moment précis et quand mon fils est venu... Après ceci m'arrange aussi !

— Comment ?

— C'est pourtant simple... Ce matin, juste après les négociations terminées, l'homme, le soi-disant ambassadeur a perdu la raison et vient te tuer en te poignardant plusieurs fois à la poitrine ! Donc comme punition mon fils est juste arrêté, quant à l'humain celui-ci est tabassé à mort pour son crime odieux ! N'est-ce pas parfait ?

— Je vois l'avouer, c'est parfait, mais où est donc votre fils ?

— Ne t'inquiète point pour mon fils, il est en lieu sûr ! … Sinon as-tu un mot d'adieu que j'essaierai de garder dans ma tête, jusqu'à la fin de mes jours ?

— J'imagine que votre fils a réussi à s'enfuir… tant mieux. Pour mes derniers mots, j'aimerais dire que vous tous ! Vous allez nous conduire à notre perte ! À tous ! Nous ne pouvons pas résister avec l'état de notre population ! C'est pour ceci que votre fils ! Va vous arrêter, ma chère Elaine.

— Avez-vous fini ?

— Malheureusement, oui.

— Vous pouvez lui asséner les coups de couteau !

— À ce moment, à cet instant, où le soldat, le froid soldat, le tueur de l'ancien général est entrain de courir dague à la main vers sa victime, celui-ci se fait brutalement, promptement arrêter net par Espoir, venant, apparaissant comme par magie, empalant pratiquement instantanément l'assassin. Tandis que Eilif apparaît juste à côté du général en tombant du ciel, afin de hurler, Tu as bien raison, mon général, je vais vous sauver et sauver mon objectif !

Les faisant tous réagir immédiatement, absolument tous les gardes se mettant sous l'apparition de notre jeune Septium en position de combat. Alors que la mère d'Éric fait un simple signe de main pour les faire s'arrêter et rétorque :

— J'en suis désolée, mon cher enfant, mais tu ne pourras pas stopper tous les soldats ! Alors, abandonne et rejoins-moi !

L'Ynferrial avance lentement gracieusement, se met devant le général, en le cachant de sa mère, pour finalement rester immobile et restant droit comme piquet, afin de dire :

— Pour ma part, je le suis aussi ! Je ne pourrais pas ! À part, si tu peux m'offrir quelque chose d'équivalent à ce que je vais perdre en te suivant !

— C'est pourtant évident ! On n'aura pas besoin de se soumettre aux humains pour vivre !

— L'Ynferrial reste immobile pour répondre, Tu es tellement borné que tu n'arrives même pas à voir que cela est loin d'être important !

— C'est toi ! … Pense à tout ce que tu as vécu ! Toutes les épreuves que tu as dû subir ! Comment pourrais-tu refaire confiance aux humains ?

L'Ynferrial reste immobile pour répliquer :

— Pourtant, je leur fais confiance ! En tout cas, deux personnes ont pu me montrer que l'espèce humaine peut être bonne ! Et c'est pour ces deux-là que je n'abandonnerai pas !

— Je n'ai pas envie de te tuer !

L'Ynferrial reste immobile pour rétorquer :

— Moi aussi ! … Je n'ai pas envie de tous vous tuer !

L'Ynferrial reste immobile pour répondre :

— Est-ce que vous croyez bien me connaître ?

— Que veux-tu dire par là ? Tu es un Septium ayant vécu la même chose que nous ?

L'Ynferrial reste immobile pour répliquer :

— Je veux plutôt savoir, si vous pensez que je vous cache quelque chose.

— Je crains de ne pas comprendre… Peux-tu expliquer le fond de ta pensée ?

— Vous savez comment j'ai survécu durant mes combats d'arènes, surtout à mon tout premier, vu que j'allais mourir pitoyablement.

— Nous ne le savons pas… Comment ?

L'Ynferrial reste immobile pour rétorquer :

— Je me suis découvert une nouvelle nature ! … J'ai découvert… annonce-t-il en commençant à rapidement afficher, arborer fièrement un énorme sourire d'une malice telle, et ses yeux farceurs, pour finalement montrer son regard d'Ynferrial, d'un bleu profond pour pouvoir révéler… que je suis un Ynferrial !

— Comment ? Vite, arrêtez-le, avant qu'il n'utilise son pouvoir… hurle la mère de Eilif en essayant vainement de bouger son bras pour montrer le chemin, mais n'arrive pas à le faire se déplacer. C'est alors qu'elle demande : "Qu'as-tu fait ? Pourquoi je ne peux plus bouger ? Pourquoi mes soldats ne peuvent plus bouger ?"

— Disons que pendant que nous discutions, j'ai pu envoyer mon pouvoir dans le sol... puis j'ai pu tout aussi facilement l'insérer dans vos corps, afin que vous ne puissiez plus bouger...

— Libère-nous ! crie Elaine avec un visage empli de colère.

— J'en suis navrée, ma chère mère, car je ne peux point faire cela ! ... N'ayez crainte quand même ! Je ne vais pas vous tuer, juste vous lobotomiser, afin que vous n'ayez plus jamais d'idée de mutinerie ! ... Et la première qui en aura droit, c'est toi, ma chère mère ! ... Alors je te prierais de venir devant moi...

— Alors que celle-ci est forcée à avancer, elle essaie de résonner son fils, Arrête ça ! Tu n'oserais quand même pas faire cela à ta propre mère ?

— Mais je n'ai pas dit tout ce que je voulais te faire... J'ai encore plusieurs questions pour toi !

— Je ne te dirai rien !

— Tandis que celle-ci arrive juste devant notre Ynferrial, celui-ci prononce ses mots, On le verra bien...

— Pourquoi veux-tu tellement me faire du mal ?

— Parce que je dois te faire payer pour ce que tu as fait à mon compagnon... C'est pourquoi je vais te nettoyer de toutes tes idées noires, te refaire à mon image, afin que tu ne puisses plus jamais faire des choses aussi horribles, répond-il froidement, malicieusement, dramatiquement à sa mère, en caressant doucement un instant le visage d'Elaine pour continuer à parler, Donc... commençons notre interrogatoire. Est-ce que tous ceux qui veulent se rebeller sont ici ?

— ... Je ne dirai... rien... Plusieurs... Plusieurs autres veulent se rebeller... mais ce ne sont que des Septiums ayant peur de passer à l'action... Ceux qui sont ici présents sont ceux qui sont prêts à passer à l'action...

— Parfait... Donc, je n'aurais alors besoin que de vous lobotomiser... Cela m'arrange, parce que ceci m'aurait pris plus de temps de trouver les autres. Du coup, deuxième question, Est-ce que d'autres commandants sont avec toi ?

— Non… je suis toute seule…

— Alors, comment comptais-tu prendre le pouvoir ?

— En annonçant au public que le général est mort, par la main de ton compagnon humain, montant alors que j'avais raison, et qu'il ne fallait pas faire confiance aux humains. C'est pourquoi j'aurais continué en révélant que je serais la nouvelle générale, afin d'être sûre qu'il n'y ait plus d'incident comme celui-là.

— Je comprends… honnêtement, ce plan aurait marché si je n'avais pas été là… Dommage pour toi, mais ne t'inquiète pas, parce que tu vas bientôt me rejoindre ma chère mère… Tu vas bientôt me comprendre, et on pourra vivre paisiblement. Alors qu'au même moment son interlocutrice commence peu à peu à s'endormir, même si ses membres continuent à être crispés, accompagnée de tous les soldats suivant son exemple.

— Finalement, après que tous ceux-là soient endormis, le général ébahi se décide donc à parler avec surprise, pourquoi nous avoir caché ta véritable nature ?

— Tu n'as pas besoin de le savoir…

— Pourquoi ?

— … Parce que tu ne seras pas épargné par mon lavage de cerveau…

— Comment ? Qu'ai-je fait pour tu le fasses aussi sur moi ?

— Rien… Juste, car vous connaissez ma nature…

— … Pitié ! Ne me faites rien ! Je vous promets de ne jamais rien révéler, si vous ne me faites rien ! Pitié !–demande-t-il d'un air désespéré, en s'accrochant vainement, fébrilement à la redingote de Eilif regardant celui-ci d'un regard impérial, jugeur.

— Je suis désolé…

16

Le lendemain, ce lendemain, le lendemain sonnant la fin de cette expédition, le matin sonnant les au revoir à la sortie se trouvant au plus proche des galeries permettant de partir de la vallée, et où notre jeune Septium avec un lourd sac à son dos, accompagné de plusieurs autres confrères qui sont venus arborant des sourires aux lèvres.

D'un côté, sa mère ayant l'un des plus beaux sourires, et de l'autre le général et l'ex-commandant Vermy se tenant à côté remplacent le vide, ce vide généré par son compagnon Jonathan disparu, afin qu'après un instant de contemplation mutuelle, Elaine prenne la parole en s'avançant vers son fils : « J'ai hâte qu'on nous rapporte ta réussite ! ... Mais ne fais bien évidemment pas de connerie durant ton chemin retour... parce que sans l'ambassadeur pour te cadrer, tu risques encore de t'égarer... Quand on y repense, c'est quand même horrible la façon dont il est mort... de cette fichue maladie.

— Rogue Vermy s'approche aussi, afin de pouvoir lui annoncer, Je suis sûr que tu réussiras ! On se reverra là-bas, quand on pourra être accueillir dans le territoire.

— Ne rate pas ton coup... demande au loin le général, en commençant à partir.

— Ne vous inquiétez pas... Je vais réussir quoi qu'il arrive... » rétorque Eilif avec un énorme sourire d'une extrême joie, en essayant de regarder ses trois confrères.

C'est alors qu'il décide de se retourner vers la voie à suivre, vers l'accomplissement de son objectif final, qui doit maintenant être géré par la Dixième devant tuer le seigneur actuel, et donnant la possibilité à notre Ynferrial de prendre le pouvoir avec Alice.

Il refait donc le même chemin qu'il a fait auparavant, en empruntant les galeries, pour ensuite commencer son nouveau chemin, se trouvant au niveau du village, et dont notre jeune Septium, l'ambassadeur avait traversé en arrivant ici, afin qu'il puisse déjà passer la nuit là-bas, avant de repartir tôt le lendemain matin, accompagné d'un air glacial.

Après cela, celui-ci se retrouve donc à reprendre les mêmes routes et petits sentiers qu'ils avaient pris auparavant. Avec cette fois-ci, beaucoup moins de joie et de vie, tandis que le silence, et la mélancolie des souvenirs sont de plus en plus présents.

Éric marche lentement en regardant froidement droit devant lui, tout en repensant aux bons moments qu'il a passés avec son compagnon de fortune, afin de se rappeler le goût amer de son absence, qui est non pas temporaire, mais définitive.

Comme pour celle de Justin, de Florian, de George Sylva, de Théo, de Reimone, puis son père, Robert, dont il n'a jamais connu, à cause des événements du passé, qui ont conduit à toute la vie de notre Septium, ayant pu avoir une vie tranquille, normale, ou plutôt basique.

Pour que finalement, celui-ci pense...

Ah ! ... Quand j'y pense... Je suis allé trop loin dans ma lettre pour Alice... Beaucoup trop loin. Surtout quand je lui ai avoué mes sentiments... Jamais, elle n'aimera une créature aussi l'aide à cause de nos différences... Après je suis fixé. J'espère aussi qu'elle n'aura rien lors de l'attaque et que le seigneur soit bien là, car il y a de fortes probabilités que la Dixième s'en prend à la princesse pour se venger d'avoir eu de mauvaises informations.

Durant ses réflexions, le temps se passe bel et bien, faisant rapidement arriver la date butoir de la fin de la semaine après que celui-ci est pu traverser toutes les voies en pierre, en terre, et les sentiers qu'il avait déjà pris.

Strentfort se lève donc assez tôt pendant la dernière journée de son voyage, pour pouvoir arriver vers le soir à la cité hégémonique, et de faire semblant d'aider le seigneur actuel, pour avoir la couverture parfaite, quand tout le monde se posera des questions sur qui est l'espion.

Le soleil se couche, et notre chuchoteur commence alors à voir la ville, alors qu'il y a deux mois, celui-ci était parti tôt le matin, afin de pouvoir regarder la cité dans le même angle. Jusqu'à ce qu'il s'arrête brusquement, quand il voit en cavalier, fuyant du plus vite qu'il peut, affichant un visage apeuré, s'arrêtant brusquement en voyant Strentfort pour lancer une conversation : « Vous êtes le chuchoteur de la cour ?

— Oui, c'est bel et bien moi.

— Je suis un messager ! … Je dois aller rejoindre le seigneur que son palais se fait envahir !

— … Le visage de notre Ynferrial se défigure, devient sombre alors à cette nouvelle choquante, pour immédiatement répondre, Attendez… Le roi n'est toujours pas là ?

— Non, il a pris du retard dans ses négociations…

Celui-ci commence donc à regarder désespérément à nouveau vers la ville afin de rétorquer :

— Afin de parler à lui-même… Ce n'est pas possible… Alice ! Je dois vite aller voir si elle est en sécurité !

Alors que notre assassin se dirige en courant à toute allure comme perdu dans ses pensées vers le palais, le messager hurle :

— C'est beaucoup trop dangereux ! N'y allez pas ! »

Ne laissant cependant aucune réponse, absolument rien de la part de notre Septium continuant sa route sans prêter attention à ce qu'il entoure en réfléchissant au pire et meilleur scénario possible à son habitude.

17

L'Ynferrial, cet être imposant, affichant un air inquiet, fendant malgré sa grande taille l'air environnant, avançant du mieux qu'il peut, avançant de telle manière qu'il arrive le plus vite possible au niveau du palais. C'est pourquoi une fois dans la ville, cette ville immense et tordue dans tous les sens, notre Septium en broyant des tuyaux sous sa force, monte sur les toits, lui permettant d'éviter tout obstacle superflu, courant maintenant avec une certaine habilité, rendant en morceau les tuiles se trouvant sous ses pieds, tout en arborant un visage inquiet, sérieux, pensif regardant qu'à un seul endroit, le palais étant en train de brûler à quelques endroits.

Il arrive tant bien que mal au niveau de l'entrée principale du château, essoufflé, épuisé, le forçant à faire une pause, le forçant de constater que les gardes postés spécialement à la protection de la porte, de ce portail ensanglanté, ont été tués, égorgés, dépouillés de leurs sangs. Alors qu'une foule d'individus, de personnes bouche bée, ignares, curieuses commence à s'amasser devant eux, en face de lui, dans la rue, essayant de voir ce qu'il y a derrière l'immense portail ouvert. Sous un accès de colère, et d'envie de protéger autrui, notre Septium apparaissant brusquement en tombant du ciel, entraînant un sursaut général de la population, hurle d'une voix sombre, obscure et emplie de rage, allant parfaitement avec son air, et ses yeux rouge sang de colère : « Dégagez ! Il n'y a rien à voir ! Je vais régler le problème ! Alors, veuillez vous éloigner du palais pendant un instant, et prévenir les autres de partir afin qu'il n'y ait aucun blessé ! Cependant, celle-ci ne réagit pas, et reste immobile, obligeant le chuchoteur de crier à nouveau en faisant des mouvements amples avec ses bras envers ses spectateurs, ALLEZ ! »

À cette plainte, à cette demande, à ses paroles, le public se donne assez de force pour faire un tant soit peu confiance à notre jeune

Septium, en se lançant dans une course enragée, effrénée afin de fuir les alentours du château envahi par la Dixième, permettant alors à notre Ynferrial d'entrer à l'intérieur du bâtiment, avec inquiétude, en fermant, scellant violemment les portes, avec son pouvoir, afin que personne ne puisse intervenir et mourir vainement.

Dans ces couloirs, les couloirs autrefois d'une splendeur sans nom, d'une telle luminosité, d'une telle magnificence sont maintenant meurtris, ensanglantés, obscurs, sombres, ne laissant plus de lumière s'allumer, ne laissant plus la lumière de l'astre doré entrer à nouveau. Laissant les amas, ses masses inertes, ses choses noires, se faisant mal discerner par le manque de luminosité, permettant seulement à ceux-là de montrer leurs corps amoindris, leurs corps ayant la peau sur les os, comme siphonés de toute essence, de sang. Il marche lentement en vérifiant avec attention qu'il ne trouve pas la princesse dans tous ses cadavres ayant absolument tous des expressions apeurées, troublées, dérangées et quelques mouches commençant à venir pour amorcer la décomposition de leurs corps.

Vérifiant aussi désespérément les chambres, les salles à manger, le garde-manger, la bibliothèque, jusqu'à ce qu'il arrive à distinguer des silhouettes au loin, proche de la porte du grand hall, contenant le trône du seigneur, l'entraînant donc à réutiliser son pouvoir s'étant cette fois-ci transformé en tentacules, et se jetant sur les quatre individus ayant tous une robe de moine.

Une fois capturé, notre ancien champion d'arène demande gentiment aux quatre étrangers : « Êtes-vous des apôtres de la Dixième ?

— Oui ! rétorque brusquement l'un des croyants, en affichant un énorme sourire d'hérétique, mais se faisant aussitôt décapiter par le sang de notre Ynferrial.

— Entraînant la question suivante de Strentfort parlant froidement et calmement, Du coup, est-ce que votre déesse est encore là ?

— Laissant cette fois-ci, les trois personnages subjugués, prostrés, terrifiés, n'osant plus répondre, forçant rapidement notre chuchoteur à décapiter un autre moine permettant de déceler une bouche, disant avec hésitation, Oui ! Elle est en train de discuter avec la princesse sur une sorte de balcon prenant tout un étage, et soutenant le reste d'une tour grâce à des piliers !

— … Hmm, je pense savoir où elles sont… Je vous remercie pour votre coopération ! » réplique-t-il avec un petit sourire de façade, pour ensuite les relâcher et partir en direction du lieu indiqué.

Malgré leurs espérances en courant désespérément dans le sens opposé de notre Ynferrial, pensant être épargnés, mais se faisant rapidement rattraper par la réalité, les décapitant instantanément, après avoir fait seulement un pas.

Tandis que du côté de notre Septium, celui-ci se remet alors à nouveau courir, en évitant d'écraser les cadavres, et de pouvoir arriver bien plus vite à la place où tout se passe, pour arrêter tout incident pouvant mettre fin à la vie de Alice.

Entre temps durant le trajet de notre chuchoteur sur l'étage aérien où se trouve Alice montrant un visage froid, impérial, inébranlable et la Dixième affichant contrairement un énorme sourire, en ayant en main un énorme katana, étant d'une couleur violet intense, et aussi grand que l'Ynferrial, sont en train de se converser cordialement : « Comment as-tu su qui j'étais réellement ? demande humblement la princesse.

— Sous cette apparence, j'ai quand même de l'âge, mais aussi beaucoup d'espion et d'informateur, venant de tout monde… Mais je te félicite ! Je l'ai quand même appris que très récemment.

— Pourtant, je lui avais demandé de tout supprimer, afin que personne ne puisse comprendre…

— Mais tu dois quand même être fier ! … Pour ton jeune âge, tu as dupé énormément de monde, même le Onzième, sans oublier que tu as fait de cette région pauvre, la région la plus puissante ! Et maintenant, grâce à tes manipulations, tu vas devenir la reine officielle !

— Je n'aime pas que vous l'appeliez comme cela, il vaut bien plus qu'être un Ynferrial, il a un cœur bon, même si c'est difficile de le voir immédiatement.

— Oh… Tu essaies de défendre ton petit toutou ? Celui qui te permettra de monter au trône en tant que régente ! Permettant alors de modifier la constitution comptant que des règles masculines et de te faire monter reine, monter comme l'une des premières reines de l'histoire.

— Il est bien plus que ceci pour moi. Et tu ne pourras jamais le comprendre.

— Peut-être que je ne comprendrais jamais… C'est peut-être vrai, mais je sais une chose, c'est que tu vas mourir ici et maintenant !

— Alors, pourquoi ne pas me tuer immédiatement ?

— Parce que je veux discuter avec toi, car je trouve qu'on a toujours eu pas mal de points en commun ! … Et justement, j'aimerais connaître ton véritable nom ! … C'est une des informations que je n'ai pas pu avoir, et cela m'embête.

— Alors, dites-moi d'abord qu'elle est le vôtre, Dixième.

— Heila.

— Votre nom complet si possible… afin que je sache qu'elle est votre histoire.

— Heila Okabu…

— Vous faites partie de l'espèce des delfiums ?

— Comment connaissez-vous mon espèce ? Elle ne figure dans aucun registre à cause de Lucifer…

— J'ai trouvé un moyen de récupérer les informations… Afin que je puisse un jour le combattre, vu qu'il fait partie de la même espèce que toi.

— L'as-tu sur toi ?

— De quoi ? Le moyen de vous tuer ? Non, je ne l'ai pas encore trouvé… Alors, tu n'as rien à craindre de ma part. Cependant… mon ami Eilif, c'est une autre chose. Tu devrais t'en méfier parce que son arme peut quand même t'anéantir, même si elle ne ferait toujours rien à Lucifer.

— Tu me dis de me méfier de ce Septium, alors que j'ai bien plus d'expérience que lui ! … Sans oublier que je suis bien mieux préparé à un combat que lui !

— Pour ma part, je n'ai aucun doute… Il te tuera… Je ne sais pas de quelle manière, et pourquoi, mais il le fera, sois-en certaine.

— … (Soupirs de Heila) … J'aurais vraiment aimé ne pas te tuer… mais bon, le seigneur n'est pas là, alors je dois bien exécuter quelqu'un d'important !

— Ne t'inquiète pas… Je n'ai aucune rancune envers toi. Tu peux me tuer sans hésitation.

— As-tu de dernières paroles ?

— J'ai de dernières paroles pour Eilif… Alors, j'aimerais que tu les transmettes, même si j'imagine que cela va être compliqué, parce qu'il voudra te tuer.

— … Je trouverais le moyen pour lui dire, n'aie point peur.

— Dis-lui que moi aussi, je les ai…

— C'est tout ?

— … Non, dis-lui aussi qu'il doit compter que sur Eker Rell, une fois qu'il aura prononcé ce mot à celui-ci, Alpha.

— Alpha ? Je crains de ne pas comprendre…

— Tu n'as pas besoin de comprendre pour transmettre.

— Très bien, je lui dirai tout ceci, mot pour mot.

— Alors, je quitte ce monde sans regret et sans peines.

— Es-tu prête ?

— Oui » annonce-t-elle ceci avec une certaine froideur, en restant immobile face au danger qui la menace dans l'immédiat.

Tandis que la Dixième se met en posture d'attaque, et dans un grand élan commence à courir de plus en plus vite vers sa proie, pour que la lame s'abattant sur la princesse se fasse arrêter par notre Ynferrial arrivant de justesse pour pouvoir parer le coup avec son espada.

À cette découverte, la Dixième, Heila affiche un sourire tel qu'on pourrait croire qu'elle devient hérétique, contrairement à Éric arborant un visage plutôt contrarié. Alors qu'au même instant, l'expression faciale d'Alice s'illumine à la vue de son coéquipier venant la sauver.

Cependant même avec cette aide inespérée, celle-ci, la Dixième continue d'avancer en marchant, avançant lentement, tandis que notre

Septium faisant pourtant le double de son poids, recule, glissant sur la pierre, fendant doucement le sol par ses énormes griffes de ses immenses pieds, avec une poigne tremblotante, face à celle de la Dixième, restant toujours aussi ferme.

Poussant notre jeune Ynferrial à faire un saut en arrière, en prenant avec lui la princesse, et lui permettant de commencer à parler : « Recule Alice ! Cache-toi au moins derrière un pilier !

— Eilif ! Tu n'aurais jamais dû venir... Elle est encore beaucoup trop dangereuse pour toi ! Tu n'es pas croyable ! rétorque la princesse d'un ton inquiet.

— Ne t'inquiète pas... Je vais au moins la faire s'enfuir, cela ne devrait pas être trop dur... Quant à toi, va te cacher.

— ... Tu vois la faire fuir ? Et comment ?

— Ne t'inquiète pas pour moi... annonce-t-il en restant figé, en regardant la Dixième avec une extrême sérosité.

— Non ! Tu dois t'enfuir ! Tu es largement assez rapide pour fuir ! Et oublie-moi ! Je ne serai qu'un fardeau pour toi !

— Non ! Je ne t'abandonnerais jamais ! Alors, va immédiatement te cacher !

— Alice, à ces mots emplis de colère, la pousse tant bien que mal à rejoindre lentement le pilier le plus proche, pour pouvoir se mettre à l'abri, tandis que Heila recommence à parler, en arborant un petit sourire satisfait aux lèvres, Alors comment on se retrouve ! ... Mon cher Onzième.

— Oui... Cela faisait un bail... mais maintenant, j'aimerais que tu t'arrêtes là. Tu as eu ce que tu voulais, à part tuer le seigneur...

— Ha, mais je peux le tuer, il est à porter de ma lame même !

— Arrête de divaguer, pars !

— Je suis désolé, mais je suis venue pour tuer ta princesse ! Donc, tu devras me tuer pour la sauver !

— Alors, ce sera ainsi... réplique-t-il d'une voix sombre, en affichant un visage enragé, et se mettant en position de combat.

— Alors que son adversaire continue de parler d'un air blagueur, Comme tu es débutant dans les Ynferrials ! J'accepte de te donner un avantage ! … Je ne bougerais pas d'un centimètre ! Le seul membre que je me permettrais de bouger est le bras tenant mon katana !

— C'est un peu du foutage de gueule…

— … Tu comprendras mieux, une fois que tu m'attaqueras !

— Très bien… »

Cependant, cela est avéré, même malgré son avantage, Eilif n'arrive pas, que ce soit à droite, à gauche, devant, derrière, la vivacité, et la rapidité de la Dixième est incomparable, ne laissant aucune chance à notre Ynferrial, ne la faisant même pas bouger d'un seul et pauvre pouce, à part son bras porteur de l'arme, faisant simplement quelques mouvements amples, et bloquant toutes les attaques.

De plus se rajoute le visage de Heila ne montrant rien, restant imperceptible, ne bougeant pas, à part les yeux suivant les mouvements de notre jeune Septium désespéré, restant calme, parfaitement calme, démontrant qu'aucune difficulté n'est perçue en elle. Strentfort s'arrête donc brusquement, en s'éloignant de son adversaire, afin de pouvoir réfléchir à la situation…

Comment ? Comment fait-elle ceci ? Je n'arrive à rien lui faire ! Il y a même des fois, des moments où elle risque de me blesser ! … Après… Je pourrais utiliser l'éveil d'Espoir… mais si je le fais, mon pouvoir va grandement diminuer, et rien ne prouve que cela va marcher contre ce monstre… Que dois-je faire ? Je ne peux pas laisser Alice… Je ne pourrais jamais faire ceci ! … Donc, si je dois arriver jusqu'à là ! …

Laissant le temps à la Dixième de relancer la discussion, avec une voix emplie de fierté :

— Alors, qu'arrives-tu ? Pourquoi ne plus attaquer ? … As-tu compris, maintenant ?

— Cependant, même avec cette provocation bête, notre Ynferrial ne se laisse étrangement pas distraire, en changeant brusquement, lentement de posture, en mettant la pointe de son espada de telle manière qu'elle vise son adversaire souriante, et positionner sa lame, sa gouttière au niveau de sa tête éclairée, illuminée à moitié d'un bleu profond, vivant, intense, en laissant l'autre côté livré à l'obscurité. Tandis qu'au même moment, Éric chuchote sérieusement, dramatiquement, calmement, réveille-toi... Espoir... Changeant la garde promptement étant d'habitude resserrée vers la fusée et le pommeau, s'écarte immédiatement, comme les ailes des oiseaux s'envolant dans les cieux, pour pouvoir permettre à une aurore boréale d'un bleu intense, mystérieux, puissant de ressortir du cul de la garde. Alors que la lame s'ouvre en deux, laissant entrevoir une incroyable lumière entre des deux parties...

— Je vois ! Tu comptes faire ton coup spécial ! ... J'ai hâte de le voir ! Vas-y ! continue-t-elle de parler en affichant fièrement une expression d'hérétique.

— Tandis que notre ancien champion d'arène, notre Septium, notre Ynferrial, notre Chuchoteur, notre messager de bonnes et mauvaises nouvelles, dans un élan sérénité ferme doucement, paisiblement les yeux, en prenant une grande inspiration de cet air meurtri, pesant, pour qu'en expirant, il fasse ressortir, surgir, un air glacial, faisant croire à de la fumée. Il rouvre violemment ses yeux emplis d'énergie, de magie en tendant brusquement, rapidement son bras porteur vers son ennemi, en posant par la même occasion son autre main de son autre bras sur son épaule, pour soutenir la violence de son tir avenir. Et dans un hurlement venant de ses tripes, Meurs ! Il lâche immédiatement, quasiment l'instant d'après, un immense laser immense, d'une lumière insoutenable, s'agglutinant alors sur sa cible ayant simplement mis sa lame devant elle comme protection.

— Une fois le tir terminé, ce tir ayant fait abaisser l'arme, le bras épuisé, à bout de force de notre jeune Septium d'un air exténué, la princesse, et lui-même, entendent avec désespérance un cri de la Dixième disant, j'avoue que c'était pas mal !

— À ce moment, à cet instant précis, Eilif, notre chuchoteur, s'écroule pratiquement, titube pendant un bref temps, en affichant des yeux emplis de doute, de crainte face à sa situation qu'il regarde avec attention vers son adversaire, qu'il ne voit toujours pas à cause de la chaleur distordant toutes visions. Se faisant accompagné de la roche magmatique tombant du plafond ayant fondu en partie tout comme le sol. Ce n'est qu'après un moment d'attente, qu'ils commencent à voir une silhouette en face d'eux, obligeant même notre Ynferrial de dire désespérément, en marmonnant, ce n'est pas possible... elle n'a même pas reculé...

— Plus aucun des figurants de cette scène ne bouge alors, ils restent immobiles, jusqu'à ce que la roche refroidisse assez pour qu'elle se durcisse, et que Heila recommence à parler dans un ton enjoué, C'est assez incroyable pour ta jeunesse ! ... de pouvoir faire ceci. Je suis fier de toi ! ... Et honnêtement, je ne comprends pas pourquoi tu risques ta vie pour elle ! Elle t'a tellement PARASITE l'esprit, j'en croirais presque qu'elle a fait comme moi auparavant ! Tu as tellement de talent ! ... Alors que de plus, tu ne connais pratiquement rien d'elle ! Je pourrais même dire que tu me connais encore plus ! Je pourrais même dire, que tu connais mieux, certains de mes apôtres ! Comme ceux que tu as tués, en croyant que c'était simplement des bandits ! ... Veux-tu que je te dise qui elle est ? demande-t-elle en continuant à arborer un sourire aux lèvres, mais cette fois-ci, accompagnés de ses yeux malicieux.

— Comment... ? (Pourquoi parle-t-elle de bandit ? De quels bandits parle-t-elle ? Qu'est-ce que Alice me cache ? Comment... me parasiter ? Ne...) rétorque désespérément notre Ynferrial.

— C'est...

— Alice, dans ces retranchements, trouve encore du courage en sortant de sa cachette, afin de foncer vers le Septium en courant, tout en hurlant, pour couper la parole de la Dixième, Ne l'écoute pas ! (S'il découvre qui je suis, tout sera fini ! Je dois agir !)

— ("Princesse, c'était sans doute des pillards... C'est vraiment des bandits ?" Non. "Est-ce que tu penses qu'un Ynferrial peut posséder un autre Ynferrial, en mettant une certaine quantité de sang dans son corps ?") NON, si on peut réellement parasiter un autre... (Cela ne peut être possible... "... que tu as tué, en croyant que c'était simplement des bandits !" Non, quand je suis arrivé, avant même que j'arrive dans la cité... NON !) À ces pensées virevoltantes, Eilif comprend, comprend absolument tout, et se met alors à crier désespérément, envers sa coéquipière, en commençant tant bien que mal à reculer, s'éloigner de la princesse, en détournant son regard désemparé vers elle, Ne t'approche plus ! RESTE où tu es ! ... Tandis que la Dixième fait un simple mouvement de sa main...

— (C'est dommage, elle était trop proche ! Quelle tristesse ! ... Une par une, tombe l'essence de la vie de cette personne... tombe tout espoir nouveau... tombent les souvenirs douloureux, drôles, joyeux, hypocrites, bêtes, sans-intérêts. Mon cher Onzième... Oh... Je te comprends, je comprends ta réaction, j'y suis passé à un moment... La peur te paralyse jusqu'aux os, t'empêchant de réagir.) (Ricanements de Heila) ... (Doucement, la vie quitte cette pauvre chose... commençant à peine à réaliser le désastre de son action ! Cette essence... ce liquide de vie se transforme, se métamorphose, malgré leurs envies, en marre à leurs pieds... Le pauvre Septium, les yeux larmoyants, et de l'autre une jeune femme, essayant de tenir tant bien que mal debout, affichant un visage surpris, subjugué, fatigué, en s'agrippant sur sa lame... Sa lame... cette fois-ci, non pas bleue, mais rouge... rouge sang.) Tu te demandes sûrement quand je t'ai parasité ?

— Il n'ose plus me répondre par peur, par crainte... Eilif ! ... Eilif ! Je n'arrive plus à tenir debout ! ... Qu'est-ce qu'il se passe... Je ne comprends pas, dit-elle ceci d'une voix enrouée, en agonisant, en montrant, arborant un visage en désarroi, cherchant désespérément une réponse, voulant ne plus souffrir.

— ... Pardon... pardon, pardon... Je m'abaisse tout de suite ! rétorque-t-il avec la meilleure expression au monde... L'impuissance. Celle qui le pousse vers sa faiblesse, une faiblesse écrasante, le forçant à regarder avec dégoût ce qu'il a accompli. Un accomplissement fort en amertume, dû à sa couleur rouge, rouge sombre, ne s'arrêtant pas de couler des lèvres, de sa lame, de l'abdomen...

— Le Onzième désespéré dans son regard, comme dans ses mouvements, montre parfaitement son désarroi... Son erreur stupide... mettant désespérément un de ses bras en dessous du corps afin d'espérer de soutenir du mieux qu'il peut sa bien-aimée. Tandis que ses larmes… tombent une par une sur le visage de celui d'Alice, essayant durement de rester éveillé, et de dire doucement, Eilif…

— Ne parle pas ! Tout va s'arranger ! Tout, tout va rentrer dans l'ordre ! Mais ne parle pas ! Ça ne va qu'empirer la situation !

— … Eilif ! J'aimerais te dire… que je veux aussi être une déviante…

— Une déviante… (Comme dans ma lettre…)

— Une déviante à tes côtés pour changer ce monde… ce monde perfide… Je veux l'éclater avec toi ! Le modifier jusqu'au plus profond de son être ! L'atomiser ! JE veux être l'héroïne qui SAUVERA le monde… avec toi ! À tes côtés… mais malheureusement… (Gémissements de douleur de la princesse) … Par manque souffle, celle-ci s'arrête dans son élan de fin… Elle prend un regard attristé, pour déjà tout annoncer. Elle lève fébrilement le bras le plus proche de son bien-aimé, pour pouvoir lui caresser tendrement le poil au niveau de sa joue afin de se préparer au pire. Alors que celui-ci ne bouge plus, essaie avec désespoir de réussir à garder sa princesse dans ses bras, glissant de plus en plus à cause de son sang… Je ne pourrais pas… Je ne pourrais voir ce monde… qu'on a tellement voulu ! … MAIS je suis certaine que tu réussiras ! Tu réussiras ! … parce que…

— NON ! Non… Tu VERRAS ce monde ! Tu le verras avec moi ! … Alice ? … Alice ? Eh ! … N'abandonne pas ! RESTE avec moi !

— … J'ai une confiance absolue en toi… Et… Et… je t'aime. Quelle révélation ! Est-ce la vérité ? Est-ce un autre de ces mensonges ? Est-ce juste pour le manipuler à continuer le combat ? Est-ce juste pour se retirer un poids avant de mourir ? …

— C'est quand même dommage… J'en suis sûr que vous auriez été un couple parfait tous les deux… Mais bon, tu l'as tué… Oui, toi… La personne qu'elle aimait (Et c'est ainsi que la dirigeante de cette seigneurie pousse son dernier souffle, laissant par la même occasion tomber son bras, mais aussi son âme dans les milandres du sommeil éternel…).

— (… Comment… non… non, cela ne peut être possible "Tu te lèves, on dirait un enfant de cinq ans tout au plus, qui est en train de faire un de ses caprices !"… Pourquoi "Oui ! C'est moi qui ai fait le magnifique dessert qui est devant tes yeux !"… Je ne comprends pas… "je t'aime." Je n'ai rien fait pour… mériter cela ! … RIEN ! Rien… Je voulais juste être enfin tranquille… Et au lieu de ceci, on m'offre la mort de celle que j'aime, juste en face de moi ! Dans mes bras ! Cette SALOPE ! … JE vais la tuer ! L'anéantir ! La rendre poussière !)… SALOPE !

— À ma grande joie du moment ! Je te fais une fleur et je vais te raconter l'instant où tu as été parasité ! C'est lorsque tu as tué ses soi-disant bandits ! Quand tu étais en train d'arriver à la cité ! … J'avais ordonné à ses hors-la-loi de t'attaquer… après j'imagine que tu les as tués sans prêter attention, et récupérer leurs essences, n'est-ce pas ? annonce-t-elle, en arborant encore et toujours un énorme sourire empli de joie en ouvrant grand ses bras, pour montrer son extase.

Alors que Eilif baisse tristement sa tête vers le sol, en commençant à pleurer toutes les larmes qu'il peut silencieusement, en se demandant en marmonnant :

— Pourquoi n'ai-je pas remarqué cela ?

Juste après ces mots, il retire lentement de force le sang corrompu, en le laissant sortir d'un trou qu'il a fait à son épaule, afin qu'il puisse rejoindre sa maîtresse légitime.

— Celle-ci continue donc dans ce long moment de silence à parler avec fierté, alors que le Septium ne fait qu'écouter ses dires, Mais ne t'en veux pas ! Tu es jeune ! Tu peux encore faire des erreurs ! De plus, c'est qu'en faisant des erreurs ou des fautes si tu préfères, qu'on avance mieux !

— (La ferme…)

— Après, je peux te comprendre ! Ce moment doit être dur ! J'en ai vécu, de ces fichus moments… quand j'y pense. Bref ! Tu trouveras d'autres personnes qui te décevront par la suite !

—La ferme... réplique Strentfort à voix basse, en levant fébrilement son bras gauche pour pouvoir fermer délicatement les paupières de celle qu'il aime.

—Pardon, je n'ai pas entendu ! rétorque-t-elle effrontément, en se penchant vers son adversaire, pour qu'elle mette ses deux mains au niveau de ses oreilles, et de faire semblant de mieux écouter.

—LA FERME ! ... Je m'en fiche de ce que tu dis ! Tout ce qui compte, ICI et MAINTENANT, c'est que tu meurs ! Sale traînée ! SALOPE ! annonce-t-il ceci, avec une telle rage, et ardeur qu'il trouve le courage de regarder à nouveau son adversaire, mais cette fois-ci, avec des yeux rouges de colère, en prenant la fusée de son espada, se retirant doucement du corps empalé d'Alice faisant un bruit fort et long.

—Ho... Le Onzième à l'air en colère ! ... Ho que j'ai peur... rétorque-t-elle ironiquement au début, afin qu'elle puisse prendre un air sérieux.

—Jamais, tu t'en sortiras en vie d'ICI ! Jamais ! PERSONNE ne s'en sortira ! Tout le monde mourra ! Sous mon espadon ! rétorque-t-il étrangement ceci en arborant un sourire anormalement joyeux, et des yeux malicieux. Alors qu'une lourde aura se met autour de lui, distordant la vision de ceux qui le regardent. Au même moment, il commence peu à peu à reprendre sa forme bestiale, sa forme de minotaure.

—En marmonnant, la Dixième dit alors, en enlevant son sourire niais, Il a perdu le contrôle... Je te croyais plus résistant que ça... Tu me déçois.

—Je vais tous vous tuer, jusqu'au dernier ! ... (Ricanements hérétiques de Eilif) ...

—Alors, viens si c'est vrai ! répond-elle froidement en se mettant en position de combat.

—Très bien, j'arrive ma belle ! réplique malicieusement l'Ynferrial s'élançant immédiatement sur Heila, avec une attaque frontale et brouillonne de son espada vers le dessus, laissant bien assez le temps à celle-ci d'esquiver, puis de donner un puissant coup de pied au niveau de la tête de notre Septium qui à ce coup, s'envole dans les airs, pour qu'ensuite s'écraser contre un pilier, fragilisant donc la structure de la tour du palais.

Cependant, cela ne s'arrête toujours pas pour lui, parce qu'à peine au moment où il reprend connaissance, il remarque rapidement une énorme masse noire accrochée à sa joue et reliée à autre chose, qu'il n'arrive pas à distinguer, à cause de la fumée.

Juste après, celui-ci se fait attirer par le filament noir, l'entraînant à s'écraser tout le corps contre tous les piliers en faisant plusieurs tours, encore et encore, ne s'arrêtant pas, cassant quelques cottes, tordant son bras porteur de l'arme. Finalement, la Dixième décide de le relâcher, en le ramenant vers elle, pour qu'elle puisse lui donner un dernier coup à l'estomac, le faisant voler à nouveau à la base d'un pilier détruit. Alors qu'au même moment, dû au fait que la structure a été fragilisée, des morceaux de roche du plafond tombent violemment sur le sol.

C'est alors qu'à ce dernier coup, le corps de notre Septium cède et reprend sa forme initiale, pour que Heila puisse à nouveau parler, d'un ton dédaigneux : « Tu me déçois vraiment. Extrêmement... Perdre la raison comme ceci... Je ne comptais pas te tuer, mais t'avoir vu dans cet état m'a fait changer d'avis !

Son interlocuteur, se souciant à peine de ce qu'elle dit, essaie tant bien que mal de monter le menton pour pouvoir regarder la Dixième et dire d'une voix attristée, en commençant à pleurer de ses yeux encore perdus et pleins d'espoir :

— Pourquoi... ? Pourquoi a-t-elle mérité cela ? ... Elle n'a absolument rien fait...

— ... Elle m'a demandé de te transmettre ceci, si elle venait à mourir... Alors, je vais au moins honorer cette promesse, avant que tu meures... Elle m'a demandé de te dire que tu dois te fier à Eker, je ne sais pas pourquoi, mais qu'une fois que tu auras prononcé le mot Alpha...

— ... Le mot Alpha... réplique notre Ynferrial à bout de force, ne pouvant même plus bouger, sans se faire craqueler tout le corps.

414

— Bon... Je ne vais pas m'attarder ici, cette tour va bientôt tomber... je vais rejoindre mes fidèles aux égouts... Alors, je te dis adieu, ici même... dit froidement la Dixième.

— ... Je jure de te tuer... de te faire souffrir, comme j'ai souffert ! annonce Strentfort, en essayant désespérément à nouveau de se remettre debout.

— Si tu le dis... » rétorque la Dixième d'une voix fatiguée, pour lever son katana, et empaler au niveau du cœur de son adversaire, crachant du sang, faisant une grimace, une fois cela fait.

Heila fait encore un rapide dernier coup d'œil à son confrère, pour qu'elle puisse disparaître, en fuyant le domaine instable. Alors que Eilif essaie encore et toujours de se mettre correctement assis, mais glisse dans sa propre marre de sang.

Finalement, celui-ci décide d'abandonner ceci, pour pouvoir se concentrer à sa guérison grâce à son pouvoir. Tandis qu'au même moment la partie supérieure de la tour, commence à pencher vers les habitations de la ville, que notre Ynferrial remarque, en regardant brièvement le plafond s'effondrant autour de lui. Le poussant à tourner son regard vers celle qu'il aime d'un air fatigué...

... Si je ne fais rien... la tour va tuer une grande partie des habitants étant proche du château... mais si je bloque la tour, pour pouvoir sauver toutes ses familles, je ne pourrais jamais... jamais avoir le temps ni l'énergie de me soigner... Donc cela veut dire que je me suiciderais pour les autres... pour les sauver... Je me demande ce qu'Alice me dirait de faire... En vrai, je n'ai même pas besoin d'elle pour savoir... Elle n'hésiterait jamais à dire que je dois les sauver...

À ces pensées, à sa contemplation de la situation, il ricane, il rit aux éclats, sourit dans son coin en prenant cette décision, la décision allant sauver la population environnante. Pour cela, il met difficilement ses dernières forces à s'asseoir correctement, et une fois fait, il arbore à nouveau un grand sourire en levant lentement ses yeux vers le ciel, puis une dernière fois vers la princesse, alors que la tour peu à peu tombe, forçant notre Septium, ancien champion d'arène, chuchoteur, Ynferrial, ayant le surnom de Malin, de monstre, haït par toute la population, d'ouvrir brusquement le maximum de plaies dans son corps pour pouvoir faire appel à tout son pouvoir.

Et en poussant un dernier cri de douleur, de souffrance, de tristesse, de regrets, de remords, en levant à nouveau les yeux au ciel, arborant non pas cette fois-ci le plafond de la pièce, mais une nuit étoilée. Il active son pouvoir, montrant alors à nouveau ses yeux bleus, brillants de mille feux, accompagnés de coulis de sang sortant de ceux-là, et de sa bouche. Entraînant, peu de temps après, une marée de masse noire sortant de tout son corps, se mettant à une rapidité déconcertante en dessous de la tour tombante pour qu'il puisse l'instant d'après se durcir et se transformer, se métamorphoser en de centaines de piliers se reposant sur une partie de la ruelle, maintenant coupée par le pouvoir, et sur une partie des toits des immeubles, en prenant une couleur bleu sombre, pratiquement opaque, éteinte, sans vie, bloquant l'immense tour en ruine.

Alors que sur la terrasse, se trouve plus qu'une zone en ruine, recouverte de morceaux de roche, éclairée par la lune, montrant la princesse se faisant écraser la moitié de son corps par une plaque de pierre. Tandis que plus sur le côté, une créature, une pauvre créature ayant un regard vide, fatiguée, épuisée pousse son dernier souffle.

Vengeance

1

L'aube d'une nouvelle journée, se lève tranquillement, réveillant famille, animaux, plantes de leurs profonds sommeils, tandis que sur une route de terre se trouve, un homme, pour être plus précis un messager, et son cheval exténué, par une longue nuit mouvementée à galoper sur les chemins, sentiers, et routes, pour finalement s'arrêter brusquement à un campement rempli de garde et de personnes de haute fonction.

Ensuite, après avoir regardé un bref instant à ses alentours, il décide de descendre de sa monture, afin de partir énergiquement vers une tente, laissant son cheval seul en plein milieu du camp, où se trouve toute l'animosité.

Une fois arrivé devant celle-ci, le messager s'empresse d'entrer à l'intérieur, sans même prêter attention aux gardes se trouvant devant, et ne voulant pas le laisser passer. Quand il rejoint tant bien que mal le seigneur, et son garde personnel Eker Rell, il hurle, en compagnie des soldats venant l'arrêter : « Le palais a été attaqué par la Dixième !

Le roi prit alors un visage horrifié, et s'enfonce dans son siège, tandis que son garde rétorque avec inquiétude :

— Lâchez-le ! Comment ça ? Répétez !

— Le château est attaqué par la Dixième et ses fidèles !

— Depuis quand ? réplique rapidement Eker, ayant un visage empli de colère.

— Hier soir ! ... Et j'ai croisé Eilif Strentfort, en chemin, qui est immédiatement partie au palais, sans même prêter attention à mes avertissements, disant que c'était trop dangereux.

— Et qu'en est-il de la princesse ?

— Eilif Strentfort est justement partie là-bas, afin de retrouver la princesse encore présente au palais ! annonce le messager à bout de souffle.

— C'est alors que la garde Rell se tourne vers le seigneur regardant dans le vide, comme absorbé par ses pensées. Pour qu'après un instant de silence, le garde claque ses mains sur la table en bois, en criant, Il faut retourner au palais ! Il faut aller aider notre chuchoteur et votre fille !

— Le roi ne réagit que quelques moments après, pour répondre d'une voix timide, Oui... oui ! Nous devons aller aider ma fille et le chuchoteur !

— Oui ! Je vais immédiatement prévenir tout le campement qu'on le lève pour retourner au palais ! rétorque rapidement et avec hâte, le garde royal Rell.

— Tandis que le seigneur regarde vers le messager pour lui dire, Vous avez fait un excellent travail... Vous serez grandement récompensé !

— Je vous remercie... répond l'homme épuisé, en s'inclinant humblement devant son supérieur, afin de lui montrer sa gratitude.

— Vous pouvez disposer ! » ordonne le roi à son sujet, pour qu'il puisse à nouveau retourner dans ses multitudes de pensées.

Ce n'est qu'un instant passé. Que toute la garnison en plus des nobles et ambassadeurs, sont fin prêts à partir vers la cité hégémonique, avec la ferme attention de reprendre ce qu'ils ont perdu, même si beaucoup doutent dans leurs réussites.

Après une journée longue et intense de marche, la garnison avec tous les nobles, les hommes épuisés, et le roi arrive lors d'une nouvelle aube s'abattant sur la ville, tandis que de la fumée sort encore du palais, bien abîmé par l'attaque.

Une fois étant entrés dans l'immense cité, ceux-là remarquent rapidement qu'absolument toute la population les regarde méchamment, ou bien avec des regards furtifs et jugeurs, de leurs venues assez troublantes et douteuses.

Alors qu'au même moment une escouade va à leurs rencontres pour pouvoir les mener, et leur parler à ceux-là : « Donc la situation ? demande rapidement Eker, d'un air stressé.

— Elle est loin d'être folle... répond tristement l'un des gardes.

— Pourquoi la tour est-elle dans cet état ?

— ... C'est l'endroit où le chuchoteur a affronté la Dixième en combat singulier...

— ... Où est-il en ce moment ? demande le garde Rell avec peur.

— À la terrasse de la tour en question...

— J'imagine qu'il est en train d'analyser les lieux... ?

— Non.

— Que fait-il ?

— Il se repose...

— C'est alors que le chef de la garde royale s'arrête brusquement, en regardant devant lui, avec un regarde désespérer, pour poser cette question apportant une grande hésitation, Est... ce qu'il est mort... ?

— ... Oui... d'une lame dans le cœur... On n'a pas osé le bouger, afin que vous puissiez le voir... Comme toute la zone de combat.

— Est-ce que la princesse... ?

— Elle est aussi... décédée... aussi d'une lame dans la poitrine. »
À ces mots, Eker Rell, ne bouge plus, ne pense plus, il regarde que le palais, ce palais empli de drame, de mort, de tristesse. Il se met à courir, d'un pas désespéré, un pas empli d'espérance, de déni, essayant tant bien que mal à s'accrocher à ces nouvelles, pour pouvoir se séparer de la garnison, de sa garnison, de sa réalité, pour fuir, se créer une bulle, sa bulle, lui permettant de réfléchir, de se souvenir de chaque souvenir. Ayant une respiration forte, discordante, et incontrôlée, simplement afin de se rapprocher de sa vérité.

Il ne s'arrête pas, il continue désespérément, s'accrochant à une réalité fictive, afin qu'une fois essoufflé, au moment, à ce moment précis où il arrive à l'entrée découpée en morceau, et étalée par terre, sur ce sol meurtri par la mort de ses compagnons, montrant leurs traces de sang. Pourquoi est-elle en morceaux ? Pourquoi notre Ynferrial a posé ceci, se demande vainement l'homme perdu, perdu dans ses pensées, dans ses mouvements, dans ses émotions. Tandis qu'il remarque enfin les centaines de piliers, droits, où complètement de travers, d'un bleu sombre, et opaque, soutenant la tour, démontrant parfaitement la situation, emplie d'obscurité, et de confusion dans le cœur de Eker. Alors qu'une dizaine d'artisans réfléchissent à la question de la tour se trouvant au sommet de ses étranges piliers, de ce mur.

Finalement, cet homme, ce guerrier reprend lentement, très lentement sa course effrénée vers la terrasse, sa terrasse, la terrasse de ses questions et de ses vérités, en ne se souciant d'aucun appel de ses camarades, aucune demande. Aucune personne ne peut l'arrêter, même les masses de cadavre, de mort, se trouvant tout autour de lui, recouvert par plusieurs draps, cachant la situation déplorable où ils se trouvent, même si les masses de mouches, ou insectes s'approchent, dévorant les restes des camarades du garde Rell ne prêtant même pas attention à eux. Afin qu'il puisse enfin réaliser, arriver au lieu, à ce lieu où se trouvent toutes ses craintes, pour qu'il ne puisse finalement même pas regarder. Pourquoi ? Pourquoi ne regarde-t-il pas la réalité ? Cela est peut-être causé, par sa peur incontrôlable, ne pouvant pas s'empêcher de penser aux pires scénarios, ou encore de son épuisement, ou de son essoufflement. Prenant le reste, l'unique reste de son énergie, il lève timidement, avec hésitation son regard désespéré, son regard oppressé par la vérité, son regard perdu, ému, afin de voir, de constater avec une attention perdue par tout ce qu'il peut observer, et déduire.

Annoncé par son subordonné, celui-ci découvre à nouveau cette version, cette réalité dure, mais tout aussi réelle, et ne pouvant être dérobée, en voyant immédiatement notre Septium assis, ayant le haut de corps penché en avant, regardant le sol, l'abandon à sa mort, reposant au pied, à la base d'un pilier en miettes, déchiqueté.

Emmenant timidement, cet homme anéanti à aller le voir, voir son compagnon à son chevet, son pauvre chevet, afin qu'il puisse une fois arriver, s'écrouler violemment, tendrement, sur son ami, le faisant pleurer, pleurer comme jamais, et le faisant se poser des questions, comme pourquoi ? Pourquoi maintenant ? Tandis que l'ampleur des dégâts sera toujours là, devant lui, quoi qu'il arrive.

Les yeux vides, dilatés, ayant perdu toute flamme ardente, tout espoir, vide de vie, une coquille vide, ne montrant rien d'autre, et seulement cela, la mort de Strentfort, le pus jaune, vert, orangé, découlant de ses pauvres yeux, de ses coulures de sang, de son sang autour de ceux-ci, se durcissant sur ses poils sales, gras, tombant, à cause de la poussière, de tout le sang étant sur lui, ébouriffés de par le vent fort, s'abattant sur lui, la tristesse, pure et dure, de sa fin.

Tandis que son énorme bouche à peine ouverte, montrant dents, et langue, aucune émotion particulière apparente sur son visage, à part celle du regret, le regret de n'avoir pas pu protéger correctement celle qu'il aimait, celle qui est morte de par sa main, celle lui annonçant son amour envers lui. Se trouvant dans un état déplorable, avec quelques découlés de sang coagulé, d'innombrables petites blessures pratiquement cicatrisées, recousues par son pouvoir éteint, endormi à jamais autour de sa pauvre bouche défigurée, de la bouche ayant annoncé la mort prochaine de cette femme, de la Dixième.

Son corps décharné, broyé par les montagnes, la multitude de ses blessures se trouvant sur celui-ci, à son cœur mort, arrêté, montrant un trou béant, noir, obscur en son sein, étrangement cicatriser à certains endroits, avec son bras gauche, son pauvre bras, démontrant seulement des habits, ses vêtements déchiquetés par les chocs passés, et irrévocables, par son os, ressortissant, cassé, brisé au niveau de son articulation tordue.

L'immense marre de sang, n'arrangeant pas la situation, étant autour de notre Septium, en dessous des pieds de Eker, des bottes ensanglantées par l'essence d'Eilif, vide de vie, vide d'émotions, et de tout espoir face à son futur proche, mais tout aussi lointain, tandis que Eker ricane de joie ? Ou plutôt d'ironie, arborant un petit de sourire, un sourire narquois, pour parler, faire un discours, une révélation avec un ton dramatique, regardant avec tristesse son coéquipier, à son pauvre compagnon, son maigre compagnon inerte : « ... Je n'aurais jamais cru que tu pouvais mourir... Honnêtement ! ... Avec toi, j'étais sûr qu'un renouveau moins sanglant pouvait arriver... avec la princesse... » Il baisse son regard, le regard de l'abandon à la croyance, à l'espoir, pour adopter un regard vide, noir, obscur. Il tourne ses yeux peinés, ses yeux fatigués vers ce centre, empli de gravas, empli de violence, où il arrive à nouveau à être éberlué, à être déçu, triste, en colère, en voyant très clairement Alice écrasée par une plaque de pierre, immense, lourde et ensanglantée.

Ce qui l'entraîne immédiatement à courir vers elle, d'une manière désespérée, et ridiculisant, afin de pouvoir la regarder de bien plus près, même s'il sait déjà qu'il l'entend, et que quoi qu'il arrive, il sera déçu, déchiré.

Une fois arrivé, le garde royal retient son souffle d'effroi face à ce qu'il voit, alors que ses larmes commencent à couler à flots, pour que finalement, celui-ci s'écroule d'un coup sec, comme bouleversé par ce qu'il regarde.

Voir le visage paisible d'Alice, avec ses yeux fermés, pour ensuite pouvoir regarder vers sa poitrine, où un trou béant et empli de traces de sang coagulé se trouve. Tandis que pour ses jambes, celles-ci ne sont même plus visibles à cause de la roche, les ayant broyées, et envoyer tout le sang en dessous de ceux-là, un peu partout, autour de la victime, même sur le visage.

2

« Pardon, mais qui êtes-vous ?

— Une simple vieille femme…

— Vous savez que ce n'est pas une ruelle à fréquenter pour votre âge… Il pourrait y avoir des agresseurs, venant vous prendre…

— Ho… Ne vous inquiétez point pour ma santé…

— … Je suis désolé, mais vous devriez partir, avant que mon rendez-vous arrive…

— Pourquoi vous inquiétez-vous ainsi ?

— … Parce que la personne qui doit arriver est quelqu'un d'important, qui pourrait vous faire du mal.

— Ho… Je vois. Qu'est-ce que vous êtes intentionné envers la pauvre personne que je suis ! Comment vous appelez-vous ?

— Noé… Et vous ?

— Ho… mon nom n'est point important, Noé… de quoi devez-vous discuter avec cette fameuse personne ?

— J'en suis désolé, mais je ne peux rien vous dire à ce sujet…

— Mais voyons… Vous pouvez tout me dire… Je suis une tombe muette quand il le faut !

— … Je ne peux vraiment pas…

— Ho… mais nous devons nous faire confiance en ces temps troublés… avec la Dixième et son attaque.

— Oui, nous devons faire très attention de nos jours, quand on y pense.

— Ho… non, non, je n'ai pas dit de ne pas lui faire confiance, j'ai justement envie de la rencontrer, où juste de la voir.

— Pourquoi cela ?

— Parce que je l'admire pardi ! On aurait eu besoin d'une femme comme elle, il y a déjà bien longtemps…

— Vous l'admirez… C'est incroyable ! Je l'admire tout autant !

— Oui ! … Elle est forte dans tous les domaines ! Et a une très grande beauté !

— Je le pense tout aussi ! … J'aimerais… J'aimerais vous proposer de m'accompagner, pour que je puisse vous montrer quelque chose… Je ne peux rien vous dire d'autre… Seriez-vous capable de me faire confiance ? … Bien sûr, on ira là-bas, qu'une fois mon rendez-vous terminé !

— Ho… pour ma part, je suis vieille, avec peu de temps devant moi… Alors, si vous voulez me tuer, cela ne changera pas grand-chose à mon sort funeste, et immédiat.

— Fantastique ! … Bien sûr, sauf pour la partie où vous allez bientôt mourir…

— N'ayez crainte, j'avais compris…

— Très bien ! … Cachez-vous ici, le temps que mon rendez-vous se fasse !

— D'accord… »

3

« Donc ? demande le roi à bout de force, sur son siège, avec un regard noir droit devant lui.

— Ils sont bien morts… rétorque Eker avec tristesse, juste à côté du seigneur, dans une pièce vide et dans l'obscurité.

— Je vois… Est-ce que vous savez où est la Dixième en ce moment ?

— Non, nous ne savons pas…

— Alors, il y a toujours un risque qu'elle soit là, et qu'elle revienne pour finir son travail…

— Pour ma part, je pense qu'il faut prendre ce risque, en restant proche de la population, afin qu'elle ne se sente pas abandonnée…

— … Il n'y a vraiment que ceci, qui me pousse à rester dans ce palais ensanglanté…

— Je pense aussi que vous devriez faire un discours à votre populace… afin de calmer leur haine naissante, à cause de l'attaque…

— Oui, je vais sans doute le faire, afin que je puisse rasseoir au moins mon autorité.

— Bien… Nous ne devrions pas rester ici trop longtemps, ceci pourrait paraître louche de nous voir que tous les deux…

— Oui, je vais m'en aller immédiatement…

— D'accord… N'oubliez pas ce qu'on a dit de faire… » Afin qu'à ces mots, le seigneur se lève doucement en reculant la chaise, raclant le carrelage, pour qu'ensuite il parte en silence, en laissant le garde royal Rell, regardant vers le sol, avec des yeux emplis de froideur, et de colère.

Ce n'est qu'après une heure plus tard, qu'on retrouve Eker Rell visible de tous, pour pouvoir aller voir les artisans en pleine réflexion sur la question de l'immense mur d'un bleu sombre et opaque. Une fois arrivé, le garde royal parle, d'un ton froid aux travailleurs en face de l'énorme chose noire et imposante : « Alors, comment se présente l'évolution de l'analyse structurelle... pour trouver une solution ?

— C'est alors qu'un prend les devants en coupant les autres dans leurs élans, en montrant énergiquement du doigt le mur, C'est impossible ! ... Ce truc est indestructible !

— Il n'y a aucune chance de l'enlever ?

— À sa demande, se met donc un brouhaha, entre tous les artisans se concertant juste devant le garde bouche bée de voir cette dispute, jusqu'à ce qu'une personne lui claque sa main sur son épaule, afin de lui murmurer à l'oreille, Pour ma part, je pense que c'est possible...

— Ce qui entraîne immédiatement le garde royal à hurler, afin que ce bruit de fond disparaisse, et pour qu'il puisse répondre, Et comment comptez-vous faire ?

— ... Eh bien, il n'y a aucun de ces fameux artisans qui vous ont parlé de la magie, comme outil de destruction, alors que celle-ci marche comparée aux outils en métal !

Un tailleur rétorque alors ;

— Oui, mais pour enlever qu'un tout petit morceau de ce mur, nous sommes obligés de concentrer notre magie à l'extrême, afin qu'elle soit assez efficace, pour à peine l'entamer et lui retirer ce minuscule morceau...

— ... C'est vrai... mais j'ai une solution à vous proposer, afin d'avoir assez d'efficacité pour lui enlever de grosses parties, et vite en finir.

— Laquelle ? demande froidement Eker en continuant de le regarder.

— Nous pourrions fabriquer un catalyseur ? ... Cela existe déjà, même si ça prend une place monstrueuse, et qu'il faudra se serrer.

— ... Êtes-vous fou ? Nous avons besoin de précision, pour que ce mur ne fasse aucun autre dégât ! ... Nous n'avons pas besoin de puissance ! réplique rapidement un autre artisan.

— Oui, mais grâce à un système de direction, et de combinaison, permettant de diriger le laser, nous pourrions le mettre facilement à...

C'est alors que le garde l'interrompt brusquement, afin de lui demander

— Est-ce que c'est réalisable ?

Ce qui choque son interlocuteur répondant juste un instant après :

— Oui... Oui ! C'est totalement possible !

— Alors, je vous mets en charge de cette affaire... annonce Rell avec un ton détaché, pour qu'ensuite il parte rapidement de cette place.

Entraînant rapidement un cri de joie derrière lui et qu'il entende :

— Vous ne serez pas déçu ! Je vous le promets ! »

4

Tandis qu'au même moment, se trouve le jeune Noé, avec la vieille femme ayant une longue cape noire avec une capuche, cachant une grande partie de son visage, marchant côte à côte, tout en discutant, alors qu'il commence à arriver à une entrée d'égouts à l'extrémité de la ville : « Êtes-vous sûre de vouloir m'accompagner dans les égouts ? ... Pas mal de personnes auraient trouvé ceci assez bizarre...

— Ho... Arrêtez de vous inquiéter pour moi... Je n'ai même plus de famille, et plus longtemps à vivre, alors j'aimerais quand même un peu d'excitation avant de passer de l'autre côté.

— Vous n'avez pas de famille ?

— ... Disons, seulement qu'ils ont pris leurs envols...

— Je vois... Vous devez vous sentir seule ?

— Non... non, j'ai déjà eu une vie bien remplie...

— Sinon, quand j'y pense, je n'ai jamais vu votre visage, à cause de votre capuche... Puis-je le voir ? demande-t-il cela, quand ils arrivent à l'entrée des égouts.

La femme s'arrête donc pour pouvoir monter ses bras fébriles, jusqu'à sa capuche, et de la relever afin de montrer un visage extrêmement émacié par le temps, mais arborant quand même un énorme sourire, pouvant réchauffer tous les cœurs le voyant, pour que finalement celle-ci la rebaisse, puis répond :

— Êtes-vous satisfait ?

— Oui ! ... Honnêtement, qui pourrait faire du mal à une vieille dame comme vous ! ... J'avais peur pour rien auparavant...

— Je ne sais pas comment le prendre...

— Positivement ! Je ne voulais pas vous insulter !

— ... Sinon, je me demande depuis un moment, pourquoi vous avez une sorte de tenue d'un moine afin de pouvoir aller au lieu que vous voulez me montrer...

428

— Hmm, j'en suis désolé, mais je ne peux toujours pas vous répondre… mais une fois arrivé, je pourrais tous vous dire !

— Cela ne gênera pas que je n'aie pas cette tenue ?

— Non, pas du tout ! Votre tenue ressemble étrangement à la nôtre !

— À la vôtre ?

— … J'arrête d'en dire plus ! Vous verrez le moment venu !

— D'accord ! … Je vous fais confiance.

— … Par contre, au cas où, j'aimerais quand même vous bander les yeux, parce que même si vous semblez gentille, vous n'avez toujours pas eu ma confiance.

— Pourquoi me bander les yeux ?

— Pour que vous ne voyiez pas le chemin qu'on prend… parce que le lieu est assez important, et il pourrait y avoir des problèmes…

— … D'accord, j'accepte…

— Une fois que le vieux tissu est mis au niveau du regard de cette vieille dame, Noé demande avec joie, et excitation, Donc… Peut-on y aller ?

— Oui… » annonce-t-elle avec méfiance, et sérieux, tandis qu'il commence à entrer dans ce couloir d'égout sombre, humide, et puant.

Au moment, il n'y a plus de lumière, l'homme se met donc à lever sa main libre, pour pouvoir lancer un sort, pouvant créer une petite flamme, éclairant à peine l'horizon de ce tunnel, afin qu'ils puissent se retrouver dans ce dédale.

Afin qu'au même instant, le jeune homme lance à nouveau la conversation, pour essayer de rassurer la vieille dame : « Est-ce que vous allez bien ?

— Oui, oui, ne vous inquiétez pas pour moi, j'ai encore de l'énergie à revendre.

— Je vous promets que cela vaut largement la peine de venir dans un tel lieu.

— Comme je l'ai dit auparavant, je vous fais confiance…

— Très bien ! Normalement, nous sommes bientôt arrivés… êtes-vous impatiente ?

— Bien sûr que oui !

— Vous n'avez toujours pas peur que ce soit un piège ?

— Pourquoi voudriez-vous me piéger ? Pratiquement personne ne me connaît.

— Je ne sais pas… Je vous trouve juste particulièrement intrépide, et courageuse.

— Je vous remercie…

— Bon… dès que vous entendrez des voix, arrêtez-vous de parler… Attendez que je vous donne l'autorisation de prononcer des mots.

— Pourquoi cela ?

— Pour qu'ils ne puissent pas se douter que vous n'êtes pas l'une des nôtres.

— Très bien… » C'est alors qu'après seulement une dizaine de minutes, ceux-là arrivent à une énorme porte en métal, et érodée par le temps, et l'humidité de ce lieu, afin que le jeune homme décide de frapper dix fois sur le portail, pour que celle-ci s'ouvre, en faisant un bruit assourdissant.

Peu de temps après cela, la vieille femme entend un autre homme : « C'est qui ?

— Le vagabond meurtri…

— Très bien, vous pouvez rentrer.

— Je vous remercie ! » C'est donc à ces mots que la femme sent à nouveau un mouvement de marche de la part de son coéquipier, entraînant ensuite, en lui tenant la main.

Ce n'est qu'un laps de temps après, que l'homme s'arrête, afin de se retourner vers la dame, pour commencer à lui retirer le bandeau, permettant rapidement à la femme de distinguer de la lumière, anormalement forte, alors qu'ils sont dans les égouts. Pour que par la suite, elle remarque qu'il y a tout aussi beaucoup moins d'humidité environnante.

Afin que, pour finir, celui-ci mette une de ses mains sur le regard de la vieille femme, pour lui demander avec un ton enjoué : « Vous êtes prête à vous émerveiller ?

— Oui, je suis fin prête !

— D'accord ! C'est alors qu'il enlève sa main, et laisse doucement ouvrir les vieux yeux de son accompagnatrice, sous le choc, en voyant l'énorme intensité de monde, se trouvant précisément dans ce lieu, ayant tous la même tenue que Noé, en train de discuter, de se taquiner, de se poursuivre en riant, dans cet immense couloir. Ayant un escalier en son milieu, et en son bout, une sorte de balcon, montrant un lieu illuminé, empêchant la vieille dame de correctement voir ce qu'il y a.

— Ce qui entraîne immédiatement celle-ci à parler, avec des yeux stupéfaits de voir un tel lieu ici, où sommes-nous exactement ?

— Nous sommes à la base temporaire des fiers fidèles de la grande Dixième, et où se trouve actuellement la Dixième !

— Vraiment ? (Parfait)

— Oui, c'est vraiment vrai ! Ici, nous sommes actuellement dans les étages des dortoirs où se trouve la majorité des moines, et là-bas au balcon, nous pourrons voir le hall en cercle, faisant plusieurs étages de haut, et où se trouvent les entraînements !

— Incroyable ! Pouvons-nous aller au balcon ?

— Oui, bien sûr !

— C'est à ces paroles échangées, qui commencent à nouveau à marcher, sur le sol en métal, avec des trous parfaitement ronds, permettant de voir les personnes en dessous d'eux, tandis qu'il arrive à la fameuse destination. Afin qu'elle puisse en un bref instant s'émerveiller pour de bon, en constatant l'incroyable foule se trouvant ici, faisant une multitude d'activités diverses, accompagnées des énormes cascades d'eaux d'égout se déversant aux extrémités des murs, créant un tout uniforme, ce qui pousse la femme à dire, C'est fabuleux... Incroyable.

— Je le sais... C'est magnifique.

— C'était déjà comme cela auparavant ?

— Oui ! C'est la Dixième qui nous a montré cet endroit... et nous étions aussi émerveillés que vous en ce moment même.

— C'est depuis que la ville a été construite ?

— J'imagine... Comment pourrait-on l'expliquer ? L'architecture est bien trop complexe.

— Vous imaginez ? ... La Dixième ne vous a rien dit à propos de tout ceci ?

— Non, absolument rien... Après, on n'a pas besoin de le savoir, tant que nous sommes à l'abri.

— Et vous comptez bientôt partir ?

— Non, normalement on reste encore pendant deux semaines.

— Comment cela se fait-il ? Qu'allez-vous faire durant ce temps ?

— On va attendre le retour de la Dixième...

— Pouvez-vous expliquer ?

— Elle va partir aujourd'hui, afin de pouvoir résoudre une lourde affaire, qui va minimum prendre deux semaines...

— Et après cela, elle reviendra, pour venir vous chercher ?

— Oui, c'est exact ! ... »

5

Une semaine se passe donc, après tout cela, après la mort de Eilif, d'Alice, de la destruction d'une garde partie de la tour, de la réparation des dégâts subis sur les infrastructures des bâtiments atteints, et de la mise en place du catalyseur qui doit détruire avec précision certaines parties du mur.

Tandis qu'à ce même moment, une estrade est en train de se mettre en place sur la grande place du marché, afin d'accueillir le seigneur, allant faire un discours, accompagné de son garde royal personnel, qui n'est autre que Eker Rell.

Nous nous retrouvons donc, avec les deux plus hauts personnages de la région, dans une salle sombre, obscure, avec le seigneur assis, et à nouveau Eker à son côté, debout, et regardant dans le vide, comme son interlocuteur, commençant la discussion pesante : « Nous avançons bien…

— J'ai remarqué, rétorque froidement le garde royal.

— J'ai aussi eu le temps de préparer mon discours…

— Parfait.

— Et la préparation de l'enterrement d'Alice est pratiquement finie.

— Et pour Eilif ?

— Comment ça ?

— Vous n'avez pas cité le cas de Strentfort…

— Nous allons bientôt le jeter dans les égouts.

— … Pouvez-vous répéter ? demande froidement le garde, détournant son regard vers le seigneur, afin de le regarder avec colère.

— Nous comptons le jeter…

— Pourquoi ? réplique-t-il rapidement, tout en haussant la voix.

— … Parce que c'est un Septium… Il ne peut pas être enterré comme pour nous…

— Pourtant, c'est bel et bien un être vivant, n'est-ce pas ? Qui était aussi notre Chuchoteur, un membre important de la cour.

— Mais, il n'est même pas croyant ! répond le roi avec inquiétude, tout en se mettant à regarder Eker, avec des yeux perdus.

— Et alors ? … Il mérite largement à avoir une sépulture digne de ce nom.

— Mais…

— Non ! Il n'y a rien à dire de plus, alors vous allez le préparer rapidement, afin de ne pas reculer la date des enterrements.

— Très bien…

— Notre réunion est terminée… et après le discours, j'irai vérifier plusieurs fois, si le corps de Eilif avance correctement.

— D'accord » A sa réponse, le garde royal part d'un pas pressé, afin de pouvoir disparaître à nouveau pendant un moment.

Tandis qu'au même instant, le seigneur se met en place sur l'estrade, afin de pouvoir bientôt commencer son discours, alors qu'une immense foule de personnes se mettent devant la scène, avec Rell qui rejoint promptement celle-ci, juste avant que le roi se lance.

Après ce laps de temps d'attente, le seigneur s'avance d'un pas, pour hausser la voix d'un air autoritaire : « Je vous remercie d'être venue m'écouter ! Même si je vous ai déçu en vous abandonnant durant un moment ! Et c'est justement pour cela que je viens vous parler, ici et maintenant, afin de répondre à vos craintes ! Alors, dans un tout premier temps, j'aimerais m'excuser… m'excuser pour tout cela ! Pour vous avoir laissé pratiquement sans défense, de n'avoir pas été là… de vous avoir abandonné ! Afin de me faire pardonner, j'essaie tant bien que mal de réparer les dégâts structuraux, de libérer la voix bloquée par ce mur… et en ce moment, nous réfléchissons à un dédommagement financier pour vous, pour que vous puissiez nous pardonner… parce que nous ne pouvons pas gagner avec un état sectionné d'avis et de parties sociaux ! Nous ne pourrons pas gagner contre les ennemis ! Nous ne pourrons pas gagner, ni même nous défendre contre la Dixième, si elle compte revenir ! Alors, je vous le demande humblement… Ayez confiance en nous ! … Au moins cette fois ! … Et je vous le promets ! … Nous réussirons à repousser la Dixième, et la faire partir ! … Je vous remercie encore de m'avoir écouté ! »

Après cela, le seigneur, avec un regard supérieur, se recule élégamment, et lentement d'un pas, afin qu'il puisse commencer à partir doucement de la scène improvisée, pour partir, rejoindre son palais, tandis que le garde Rell le suit avec froideur.

Une fois les deux individus entrés dans la calèche, le chef de la garde royale commence une nouvelle discussion avec son interlocuteur : « J'aimerais aller rendre visite au corps de Strentfort, avant qu'il se fasse enterrer demain, alors j'aimerais savoir où il se trouve en ce moment…

— Il est à la morgue du palais, à son sous-sol, où ils ont normalement dû lancer le processus d'embaumement, réplique le seigneur mal à l'aise.

— Très bien… En tout cas, je vous félicite, vous étiez correct lors de votre discours.

— Je vous remercie humblement…

— Maintenant, il reste plus qu'à mettre la main sur le repaire de la Dixième, et de savoir s'ils vont partir, ou rester… Et bien sûr, nous devons réussir à détruire ce mur, une fois qu'on aura enlevé tous les restes de la tour en son sommet.

— Les deux points que vous avez cités avancent justement très bien ! … Vous n'avez aucune crainte à vous faire sur ceux-là.

— Bien », rétorque froidement Eker regardant dans le vide.

6

Tandis que la vieille femme et Noé partent brusquement de la foule, s'étant présentés au discours de leur roi, afin de pouvoir savoir ce qu'il compte faire, sauf que cela ne convient pas à la dame se mettant à réfléchir, et parler à haute voix : « Cela m'avance bien... Il n'aurait pas pu être un peu plus précis ?

— Mais, voyons calmer vous...

— Comment le pourrais-je ? hausse-t-elle la voix, tout en faisant des signes de bras dans tous les sens, et en continuant à marmonner dans son coin.

— Après, c'est compréhensible qu'il ne dise pas les détails, parce qu'il y avait un risque que des apôtres de la Dixième...

— ... Ah oui... J'avais oublié ce détail... répond-elle, tout en regardant en l'air, avec un air perdu dans ses pensées.

— Et en plus, il y en avait vraiment...

— Qui ?

— Bah nous... Pour ta part, tu n'es toujours pas une camarade, vu que tu ne peux toujours pas faire l'ascension, vu que notre maîtresse est partie.

— Oui... C'est vrai...

— Vous avez l'air perdu en ce moment, alors que quand on s'est rencontré, vous étiez très réfléchie...

— C'est normal, son corps est en train de mourir...

— "Son corps" ?

— Euh... Non ! Je voulais dire que mon corps n'est plus tout jeune, et que je commence à avoir des lacunes, rétorque avec une petite gêne la vieille femme.

— ... Est-ce que vous voulez retourner dans le repaire souterrain, afin que vous puissiez vous reposer ?

— ... Malheureusement, je ne peux pas... Je dois accomplir certaines choses, afin que je puisse vous accompagner à nouveau dans ce merveilleux souterrain.

— Qu'allez-vous faire ?

— J'en suis navrée, mais cela est très personnel... Je ne peux vous le dire.

— Très bien... Ne vous inquiétez, je peux vous comprendre.

— Je vous remercie grandement !

— Alors, on se sépare ici ?

— Oui, il vaudrait mieux que ce soit maintenant.

— Où est-ce que nous nous retrouvons, afin que je puisse vous emmener voir la Dixième ?

— Je dirais après demain, à la grande place du marché.

— D'accord, alors passez une excellente journée, et faites attention à vous !

— Cela se tient aussi pour vous... » annonce la vieille dame, disparaissant peu à peu du champ de vision du jeune homme, en se joignant à la foule.

7

L'astre lumineux se couche alors dans les limbes de l'horizon, tandis que le monde s'endort peu à peu, montrant de moins en moins son côté éblouissant, avec les discussions, les rires, les échanges, les promenades entre familles, mais de plus en plus son côté sombre, obscur, où il y a le meurtre, qui peut être abominablement horrible, ou doux, la douleur des personnes ne pouvant plus dormir, à cause de leurs vies, de leurs choix, de leurs échecs trop cuisants, la tromperie, ou la trahison, ou encore cela peut tout aussi être la réalité du monde, ou non ?

Alors qu'au même instant, nous retrouvons une âme perdue dans son passé, entrain de marcher lentement sur du carrelage blanc, avec une lumière, plusieurs faibles lumières vertes, éclairant à peine le chemin de ce long couloir, ce très long couloir menant à son objectif, son but, sa destination voulue à une porte, une vieille porte en bois sombre, en ébène, remplie d'échardes.

Levant son bras, faisant racler les parties de son armure blanche, il laisse sa main en lévitation, sa main tremblotante, hésitante à avancer, vers sa dure réalité, sa véritable réalité, il regarde la clenche avec dégoût, avec regret, se demandant s'il peut abandonner, tout abandonner, mais en se rappelant de ses bons et mauvais moments avec ses compagnons, lui permettant d'avoir le courage d'empoigner cette clenche rouillée afin d'entrer dans son objectif.

Il ne regarde que le sol, il n'ose pas, il a peur, peur de quoi ? De sa dure réalité, de la tristesse, sa tristesse, sa honte, la honte de ne pas avoir été au moment critique, à l'instant le plus important, pouvant tout changer, absolument tout, mais il n'y était pas, il était loin, très loin, parce qu'il suivait un autre chemin, une autre destination, qui n'est pas la sienne, mais celle d'un autre, d'une autre.

438

Il ose finalement, il ose lever son pauvre regard, empli de honte, de haine, de colère, de calme, tandis que cette femme, cette femme ayant une blouse, découpe avec concentration, ne remarquant même pas le garde, essaie désespérément de disséquer ce corps ne se laissant pas faire, meurtri par le temps, ses combats, ses aventures bonnes ou mauvaises. Eker se met derrière elle, regarde ce qu'elle fait et analyse, ne dit rien, jusqu'à ce qu'elle le remarque avec surprise et gêne, pour demander timidement de par sa voix et ses mouvements ce que fait cet homme perdu, mélancolique, ici et maintenant : « Que faites-vous ici ? Je ne m'attendais pas à avoir de la visite...

— Ne vous inquiétez pas pour moi, continuez votre travail, je vais immédiatement partir...

— Pourquoi êtes-vous venu ?

— Je voulais juste revoir mon compagnon... une dernière fois, avant l'enterrement.

— Si vous voulez, je peux vous laisser un instant...

— Ne vous embêtez pas pour moi, je vais de toute façon partir.

— Cela m'arrangerait que vous le fassiez, en fait...

— Comment ça ?

— En fait, je n'arrive pas à l'ouvrir, afin de lui enlever les organes... Donc, si vous lui parlez, cela me donnera le temps de trouver un objet capable de défaire son armure.

— Ne vous forcez pas... Vous n'avez pas besoin de lui retirer tout ceci...

— Mais cela va favoriser sa décomposition...

— ... Peut-être pas, on ne peut pas le savoir... C'est un Ynferrial, et on n'en a jamais vu un mort, aussi proche de nous.

— D'accord... Je vais au moins vous laisser seul avec lui... annonce cette petite femme aux cheveux et yeux bruns, ainsi qu'une peau blanche, d'un blanc pâle, partant paisiblement vers la sortie.

— Tandis que l'homme perdu remarque en retard, surpris, il se rattrape de sa méprise, ne vous gênez pas pour moi ! Pour qu'en même temps son interlocutrice lui ferme la porte, en l'éclatant sur son bord. Les yeux de l'homme se mettent alors à regarder ce corps, ce corps nu de tout vêtement, de toute saleté, de toute vie, attendant patiemment son moment, le moment où il va être sous les feux de projecteurs, sous les yeux de tous, afin qu'il se fasse peu à peu oublier avec le temps. Alors que nous retrouvons un homme, plus tout jeune, ouvrant, fermant, laissant ouverte sa bouche, essayant tant bien que mal de sortir une voyelle, une consonne, pour son ancien coéquipier, cette fois mort, seul dans son coin, sans aide. Ses yeux se plissent de colère, de haine, de regrets, se demandant encore pourquoi il n'a pas pu être là, tandis qu'au même instant, il pose fébrilement ses mains, ses mains recouvertes par ses gants, et tremblotantes, tremblotantes de froid, face à cette faucheuse, de tristesse face à la mort de Strentfort. Pour que finalement, dans un élan de courage, il se lance, Je suis désolé... Je ne sais pas quoi dire de plus. Je suis désolé de t'avoir laissé affronter ce monstre seul. Peut-être qu'à nous deux... peut être qu'on aurait pu la vaincre... mais j'étais plutôt à côté de ses sales bottes, des bottes de cet imposteur ! Tu aurais au moins dû connaître la vérité ! Tu ne méritais pas cela... Tout ce que tu voulais... c'était la paix entre nos deux races... et pourtant on t'a enlevé à la vie, sauvagement, violemment, sans aucune pitié ! ... Je voulais au moins te dire désolé... Alors ici et maintenant, je vais te laisser mon cher chuchoteur, mon cher... ami. »

Empli de gêne et de tristesse, ayant des yeux larmoyants, il s'en va promptement, sans même donner un dernier coup de regard à Eilif, sans même dire un au revoir à la jeune femme partie chercher un outil assez dur, pour au moins fermer cette plaie béante, remplie de noirceur.

8

L'eau ruisselante, l'eau s'éclatant sur les tuiles, sur les brins d'herbe, sur le mortier, sur le cénotaphe, sur les porteurs, l'eau troublée par le séisme des pas, c'est la pluie, c'est l'enterrement des deux principales victimes de l'attaque, le jeune Strentfort, et la princesse Alice.

Les porteurs exténués, par la boue, la pluie tombante, et de l'ambiance pesante, marchent lentement, yeux baissés, de politesse, de gêne, de tristesse, leurs bottes rentrant dans le sol, dans la terre, cette terre humidifiée par cette pluie inarrêtable.

Cette nuée de parapluies s'amoncelant et faisant front face à cette eau emplie de force, les gouttes descendant doucement de ceux-là, tombant dans leurs coins, tandis que d'autres, restent, restent accrochés désespérément à cette sorte de sol, comme ces personnes essayant tant bien que mal de rester debout, arborer une certaine confiance, et pensant à une suite, en espérant que cette femme, la Dixième n'intervienne plus dans leurs quotidiens.

Ce garde, le garde royal Eker, restant immobile, regardant vers les trous allant bientôt accueillir ses morts, pensif, son regard n'exprime aucune émotion, il regarde juste vers le vide, ce vide béant et qui va être rempli par cette terre, emplie de vers, d'insectes. Alors que cet homme à côté de lui, reste à l'éveil, reste sur ses gardes, montrant même des signes de fatigue, c'est le roi, se faisant protéger, comme le garde Rell, par la pluie portée par son humble serviteur.

Cette femme, cette femme à bout de force, crachant sangs, germes de sa petite bouche, ayant perdu pratiquement toutes ses dents, ses restes de dents jaunâtres, cette vieille femme maigre se fermant sur elle-même, sur sa faible vie, sur sa douleur immense, ne pouvant tenir que grâce à sa détermination, essaie avec une grande difficulté, sa grande difficulté, de tenir, de garder la vie, sa vie fébrile, sa vie oscillante, sous deux voies.

Les catafalques sont posés, sur cette rambarde dorée, portant les lourds présents pour cette terre humide, le prêtre lance la cérémonie, il reste froid, ne quittant pas un instant les yeux sur sa bible, avec ses yeux bleus, cachés par les barres de ses lunettes, ses lunettes se faisant frapper de plein fouet par cette pluie battante, restant sur ses verres, puis tombent.

Celui-ci reste quoi qu'il arrive calme, sans aperçu de son caractère, et de ses impressions, cet homme d'une soixantaine d'années, ayant des rides sur tout son visage angulaire, émacié, avec peu de cheveux sur le sommet de son crâne, les côtés de son crâne.

Cela se finit, les cercueils commencent leurs ascensions vers ces trous énormes, sans fin, non rassurants. Ceux-là ne sont plus visibles, personne ne peut les voir, personne ne peut se rapprocher, personne ne peut les rattraper, les sauver, de leurs destins similaires, étant de rejoindre les abysses de la terre.

Ils partent, ne reviennent pas, comme tous ces gens, toutes ses personnes partantes de ce lieu, abandonnant inconsciemment les deux êtres, les mettant dans leurs passés, dans leurs souvenirs, pour qu'il puisse vivre leurs vies le jour, le jour.

Eker est seul, le monde part, l'abandonnant peu à peu aussi, un être perdu, troublé par la perte de ses deux camarades. Il reste immobile, n'osant plus regarder vers les tombes de ses amis, regardant l'herbe, la boue, les traces de pas.

Personne ne reste, Rell se retrouve seul, définitivement seul, il se rapproche de la tombe d'Alice, s'assoit s'agenouille proche de son lieu de repos éternel, et regarde d'un air pensif, attristé vers les écritures sur sa stèle. Tandis que la vieille femme se rapproche, doucement, avançant prudemment, se tenant la poitrine, se serrant la main tremblotante, tanguant le haut de son corps, traînant les pieds, avance avec difficulté vers la stèle de Strentfort, juste à quelques mètres du garde royal.

Elle s'arrête brusquement, froidement ? Ou peut-être promptement, regardant, essayant de regarder vers les écritures, sous sa capuche, son capuchon noir, mouillé par cette pluie, empêchant toute personne de voir son visage, le visage d'une femme fatiguée, à bout de force, elle respire fort.

L'homme la remarque, il la regarde attentivement, avec intéressement, se demandant ce qu'elle fait ici, seul, avec lui. Il hausse sa voix timidement : « Que faites-vous là ?

— Je vais terminer ce que j'ai commencé… annonce-t-elle essoufflée, continuant à regarder vers sa tombe, la tombe d'Eilif.

— Est-ce que vous allez bien ?

— Cela ne pourrait pas aller mieux…

— Pourquoi restez-vous ici ?

— … C'est vrai que tu ne peux pas me reconnaître.

— Je devrais vous reconnaître ?

— Tu devrais facilement comprendre, si je te dis que je ne suis pas mort.

— … Ne me dis pas que c'est toi Strentfort… ?

— … (Toussotements de la vieille dame) … En chair et en os…

— Comment ça ? Son corps est sous terre !

— Avant de mourir… J'ai essayé pour la première fois de copier mon esprit… mon cerveau, sauf que je ne connaissais pas qu'elle partit du cerveau, je devais recopier, alors, je l'ai fait en entier, ce qui fait un mal de chien, ensuite j'ai pris possession de ce corps, afin de récupérer de la magie, en tout cas assez pour, redonner vie à ma véritable enveloppe.

— Comment pourrais-je te croire ?

— … Le massacre de ton village.

— … C'est bel et bien toi…

— Oui, et je viens maintenant récupérer mon apparence.

— Pourquoi maintenant ?

— Son enveloppe me rejette de plus en plus, je ne pourrais plus me retenir plus longtemps…

— J'ai une question…

— Dépêche-toi alors.

— J'espère que tu n'as pas pris possession d'une personne vivante, en la lobotomisant.

Elle ne dit rien, elle reste silencieuse, jusqu'au moment, où elle pousse un cri de souffrance, de douleur, la faisant s'agenouiller brusquement, s'enfonçant dans la boue, elle dit difficilement, le sang ruisselant au niveau de sa bouche :

— Ne dis à personne que je suis vivante... Et creuse la terre au-dessus de mon corps, parce que je n'arriverai pas à sortir.

— Attends ! » hurle l'homme éberlué, regardant, rampant à quatre pattes, tendant son bras vers son coéquipier, se faisant instantanément écarteler, exploser, faisant gicler du sang, sur le sol, la tombe, les tombes, laissant seulement, une immense masse noire, discordante, non humaine, ne ressemblant à rien, biscornue, angulaire, trouée, déplacer violemment le socle, de la tombe, de sa tombe, la tombe de son corps mort, pour rentrer, entrer dans la terre fraîchement mise.

Il ne bouge plus, tendant le bras, il regarde droit devant lui, là où se trouvent les morceaux, les morceaux de chairs déchiquetées, broyées sous la violence de l'explosion, les morceaux d'yeux, d'organes éparpillés un peu partout. Il reprend ses esprits, ne réfléchit pas, oubliant l'atroce vu devant lui, il accoure chercher une pelle, permettant de déterrer son ami, son camarade.

Il revient essoufflé, une respiration forte, incontrôlée les cheveux mouillés, trempés, faisant tomber goutte par goutte, l'eau débordante des bords, les yeux déterminés à profaner cette tombe, à faire sortir le contenu se trouvant à l'intérieur.

Il plante la pelle, il retire, il plante, il retire, encore et encore, espérant de plus en plus revoir son compagnon à nouveau. La pluie ne s'arrête pas, le faire devient dur, tout devient lourd, même respirer pour cet homme à bout de force, n'abandonnant pas à creuser la terre boueuse.

Un choc se produit entre la pelle et quelque chose sous terre, il s'arrête, pose son outil, se penche, se met à écouter, s'il y a bruit se faisant entendre, il n'entend rien, il crie désespérément : « T'es là ? »

Aucune réponse, il se remet à nouveau à retirer cette terre, jusqu'à pouvoir ouvrir le cénotaphe, l'ouvre, et regarde le corps meurtri de son coéquipier ne bougeant pas.

Il reste immobile, attendant une réaction face à la mort. C'est alors que le corps réagit en ouvrant brusquement ses yeux, ses yeux vides, mes vivants, regardant droit devant, vers le ciel, ce ciel nuageux, faisant tomber l'eau s'éclatant sur son corps, son corps aussi immobile.

L'homme stupéfait ne dit rien, n'ose plus bouger, ne pense plus, reste juste figer, tandis que le mort en face de lui, tourne son regard froid vers lui, ne disant rien, il l'observe avec calme, et énigmatiquement, ne faisant rien d'autre.

Rien ne se passe entre eux, seulement Eilif, en tout cas la chose qui le possède, continue à le regarder, à bouger ses doigts tordus, liés entre eux, craquelant, grinçant, se remettant à l'endroit, se séparant peu à peu, avec les poignées se lançant aussi dans ce processus déroutant. Les bras se rajoutent peu de temps après, s'agrippant aux bordures de son cercueil, craquant, se soignant, refermant un tant soit peu, les plaies, avec ses filaments, les filaments noirs nouant son corps.

Il se lève difficilement, machinalement, en tremblotant, en craquelant, en grinçant, ne lâchant pas du regard le spectateur de cette scène, s'avançant vers lui, commençant à bouger durement ses lèvres, il met sa tête à côté d'une oreille de son interlocuteur, tout en posant sa main froide, rapprochant son corps froid, ramenant une ambiance glaciale, tout autre que d'habitude, il murmure d'une voix roque, et tout aussi fébrile : « Je te remercie de m'avoir déterré, mon cher camarade...

L'homme surpris se débloque à ces mots et rétorque désespérément :

— C'est bien toi ? ... C'est bien toi, Eilif ?

— Oui, c'est bel et bien moi.

— Tu es vivant ?

— Toujours pas... Il faut d'abord que je me guérisse, avant de pouvoir relancer mon corps... mais, je dois t'avertir, je ne suis pas sûr que je pourrais me rappeler tout ce que j'ai fait durant cette semaine.

— Comment ça ?

— Eilif, ou plutôt moi-même, mais la version originale, a juste fait une copie de son cerveau, donc moi, alors que celui-ci est bien mort.

— Alors, il y a des chances que vos mémoires ne se fusionnent pas… et que tu laisses partir tes souvenirs, tandis que l'original va juste se réveiller, de la nuit de sa mort.

— C'est exact, alors j'aimerais que tu me ramènes à un lieu qui me permettra d'écrire ce que j'ai à lui dire, si on ne venait à ne pas se rejoindre.

— Pourquoi ne pas me le dire ?

— C'est privé, et trop dangereux… Si tu le souhaites, je te dirai ce qu'il faut, afin que tu puisses comprendre, mais avant toute chose, tu dois vite me ramener quelque part, parce que je ne tiendrai pas longtemps, à cause des soins que je suis en train de prodiguer.

— Je t'emmène immédiatement, ne t'inquiète pas ! »

9

L'hélianthe face à son destin, tombe dans les ténèbres, sous les paysages au loin, afin qu'il puisse à nouveau renaître, et être un être meilleur, ou bien pire, et cela encore et encore, se répétant à jamais, tel est son pauvre sort, pour cet astre illuminant encore les environs de la ville, tombant dans cette nuit obscure, s'annonçant haute et pleine.

Sur cette terrasse morcelée, en ruine, éparpillée en plein de morceaux de roche, avec ces deux créatures, l'une humaine, assise, restant immobile en regardant son interlocuteur Septium, tenant dans ses mains des feuilles et regardant vers l'horizon, vers le soleil couchant, caché par quelques minces nuages.

Le mort se met à parler d'une voix calme, sereine, pesante : « Je te remercie de m'avoir en plus conduite jusqu'ici…

— Ne t'inquiète pas, cela ne m'a posé aucun souci.

— Le regard froid dirigé vers l'horizon, les paupières se plissent tristement, cela me fait extrêmement plaisir, parce que je pourrai au moins voir une dernière fois ce paysage… si je venais à disparaître à jamais.

— N'aie pas peur, je suis sûr que tu vas rester et fusionner avec l'original.

— Et pourtant, je ne sais pas pourquoi, mais j'ai peur… je suis terrorisé, annonce le Septium, montrant, levant sa main libre en l'air, démontrant que celle-ci tremble, tremble de peur.

— Je suis désolé, mais je ne peux rien faire pour te consoler…

— … Ne plus sentir le vent caresser mes poils, entendre les personnes parler, l'eau ruisselante après une pluie comme celle-ci… ne plus sentir la nourriture entrer dans ma bouche… je n'ai pas envie… je n'ai pas envie d'abandonner tout cela.

— Mais tu ne peux rien faire d'autre ?

— Oui, j'arrive bientôt à expiration, et je suis bien trop loin de tout être possible à posséder.

— Il y a bel et bien moi, n'est-ce pas ?

— … (Faibles ricanements du mort) … je ne pourrai jamais te faire subir cela, n'est pas peur.

— On n'est jamais trop sûr…

— Je le sais… mais bref, avant que je parte peut-être à jamais, je vais m'assurer à tenir ma promesse envers toi, en te disant ce qu'il faut savoir.

— Je t'écoute.

— Si l'original n'arrive pas à récupérer mes souvenirs, il faut que tu saches qu'il va être en état de choc, parce que juste avant de mourir, j'avais subi une douleur atroce, quand j'ai manipulé autant de matière, alors s'il venait à crier, ou se tordre de douleur, ceci est normal. Ensuite, quand il aura repris correctement ses esprits, il y aura une grande rage qui va s'emparer de lui. Alors, force-le à lire mes feuilles, cela le calmera.

— Mais, tout cela s'inclut dans la possibilité que vos mémoires ne fusionnent pas.

— Oui, c'est exact…

— … N'aie pas peur, je ferai tout ce que tu as demandé à la lettre.

— Sinon, il y a encore une chose que je suis curieux de savoir, avant que je parte.

— Dis, je te répondrai du mieux que je peux.

— Qui êtes-vous ?

— Comment ? Je crains de ne pas comprendre.

— La Dixième, lors de notre combat, m'a révélé des propos assez flous, insinuant que vous me cachiez vos véritables identités.

— … Je ne sais pas quoi répondre…

— Et si je te dis Alpha ?

— Pardon ? Comment connais-tu ce mot ?

— C'est Alice, qui me l'a donné, afin que je te le dise, et que tu m'aides… donc j'espère qu'il pourra m'aider à mieux comprendre la situation.

— Je t'écoute que veux-tu savoir exactement ?

— Jusqu'à où puis-je aller avec ce mot ?

— Tu peux me demander tout ce que tu veux, sauf que tu ne peux le faire que trois fois.

— Comment cela se fait-il ?

— Par le passé, des personnes… ont réussi à me faire signer un pacte magique, m'obligeant à respecter ceci.

— Je vois… Il devait y avoir des raisons… Ne t'inquiète pas, je ne vais pas te demander de raconter toute votre histoire… j'imagine que vous deviez aussi avoir vos raisons.

— Je te remercie de ne pas me demander cela…

— Mais j'aimerais savoir qui vous êtes…

— Le véritable seigneur… est Alice, et quant à moi, je suis, ou plutôt j'étais son garde du corps… quant au soi-disant seigneur, ce n'est qu'un simple fermier qu'on a pris.

— … J'aimerais que tu ne dises rien à l'original, si je ne venais pas à fusionner avec lui.

— Pourquoi ?

— Parce qu'il ne doit pas se dévier.

— Se dévier de quoi ?

— De ma vengeance, sa vengeance…

— Que comptes-tu faire exactement ?

— Annihiler. (Telle est ma toute première promesse…)

— Je crains de ne pas comprendre… Et pourquoi m'as-tu demandé de te montrer la carte ?

— L'espoir se changera en désolation, tel est le châtiment que j'ai décidé.

— De qui parles-tu ? À la base, je pensais que tu visais la Dixième dans tes propos… mais j'ai plutôt l'impression…

— Sinon, je me souviens de ta question, pour la vieille dame que j'ai possédée… tu m'avais demandé, si je l'avais possédée vivante ou morte.

— … Oui, c'est exact…

— Quelle réponse préférerais-tu ? Morte ou vivante ?

— Bien sûr, qu'elle soit morte...

— Sais-tu comment fonctionne la magie ? Quel est son carburant ?

— Je sais comment elle fonctionne... mais pas quelle est son essence...

— Le sang

— Le sang ?

— C'est le sang qui produit la magie, et c'est pour cela que les Ynferrials sont aussi imposants face à vous, parce que plus qu'ils amassent et plus ils sont inarrêtables.

— Où veux-tu en venir ?

— J'avais besoin d'essence capable de fournir de la magie en quantité, afin de me donner l'énergie nécessaire pour soigner mon corps.

— Qu'est-ce que tu veux dire par là ?

— L'Ynferrial tourne son regard, son regard vide de vie, calme, insondable vers son interlocuteur pensif, le regardant aussi avec intéressement, il se met à parler, calmement, effrontément, avec un petit sourire fatigué, n'as-tu toujours pas compris, mon cher ?

— Ne me dis pas... » se lance l'homme stupéfait, ayant l'étincelle de la découverte, de la colère, du doute, mais se fait stopper, arrêter promptement par ce Septium criant le martyre, se courbant d'un coup, se tordant de douleur, continuant à hurler, à afficher un regard extrême, empli de haine, de colère, de tristesse, de douleur, broyant par la même occasion les feuilles se tenant dans ses mains, ses énormes mains.

Il se lève, recule, marche en reculant, tangue, se tordant le haut de son corps sur lui-même, mains sur ses yeux, les jambes tenant à peine, tremblotante, il hurle de douleur, il ne s'arrête pas, il tombe, s'enroule sur lui-même, sanglote, tremble, respire fort. Eker se lève, va vers son compagnon, en accourant, en allant tant bien que mal le calmer en criant : « Eilif ! Reprends-toi ! ... Tout ce que tu peux ressentir est déjà fini depuis longtemps !

— Cette SALOPE ! ... (Hurlements d'Eilif) ...

— Cela fait déjà une semaine que cet événement est déjà passé !

— La ferme, la ferme, la ferme...

— Ne te souviens-tu pas de cette semaine ? Rappelle-toi, bon sang !

— … Je… je… » La nuit, une heure, une longue heure se passe, aucune évolution, Eilif est juste immobile, silencieux, titubant, ouvrant grand ses yeux, regardant droit devant lui, commençant à réaliser ce qu'il se passe, tandis que Rell à l'écart, attend assis, ne bougeant pas non plus, attendant une réaction plutôt normale venant de son compagnon.

Strentfort se met à sortir quelques mots, murmurant, ne parlant pas fort, réalisant : « Je… vivant… Je suis vivant.

L'homme à ses côtés remarque, perçoit, comprend ce qu'il dit, il rétorque, en se baissant, se mettant à l'endroit où regarde son coéquipier :

— Oui ! Tu es bel et bien vivant !

— Il le regarde, tourne brusquement son regard vers le visage humanoïde, répond, Eker… ?

— Oui… C'est moi, putain !

— Comment se fait-il que tu sois ici ?

— Je suis revenu ! … Cela fait déjà une semaine !

— Une semaine…

— Tu ne te souviens de rien ?

— … Je me souviens avoir fait une copie de mon cerveau, puis de mourir…

— C'est ça ! … Ta copie vient de te réanimer !

— Comment…

— Est-ce que tu te souviens de ce qu'elle a fait ?

— Non…

— … Vraiment rien ?

— Non…

— Ne t'inquiète pas… Ce n'est pas grave ! Dans ta main droite, tu tiens des feuilles froissées, qui contiennent tout ce que tu as fait ! Ta copie a mis sur papier ce qu'elle a fait !

— Ah bon… ?

— Oui, vérifie par toi-même en regardant ta main droite !

Eilif lève sa main, sa main tremblotante, incontrôlable, se faisant regarder par les yeux de ce Septium prostré, déduisant encore ce qu'il lui arrive, il rétorque :

— C'est exact...

— Est-ce que tu as encore la force de lire ?

— Je ne sais pas...

— Comment ça ?

— Je suis encore perdu dans mes pensées...

— Ne t'inquiète pas, prends tout ton temps !

— D'accord... »

10

Le garde royal dort, cet homme ne bouge plus, reste couché sur ce sol froid, sur le sol en pierre, reflétant la faible lumière de l'astre d'argent, permettant la lecture de ses feuilles, se faisant tenir par les immenses pattes, immenses mains de notre Ynferrial, lisant attentivement, ne se concentrant à rien d'autre, découvrant les secrets et découvertes de son clone.

Il est assis, change juste l'ordre de ses feuilles froissées, il arbore un sourire, un sourire empli de joie, empli de malice, empli de jouissance, ses yeux, emplis d'ardeurs, d'une flamme ardente. Il finit de lire, il regarde vers son compagnon, il tourne son regard vers l'horizon, regardant la ville.

Il se lève, se met debout, droit devant le paysage, il se rapproche du bord, ferme les yeux, prend une grande inspiration, regard vers le ciel, se retourne brusquement, abandonne sa lame Espoir, en tombant progressivement dans le vide, en arborant un énorme sourire.

Il se rattrape, regarde à ses environs, se tourne vers son mur, son pouvoir, cette masse noire, restant figé depuis presque une semaine, il marche lentement, assurément, avec panache, dans son monde. Il se rapproche de cette chose, de cette masse.

Arrive à côté de celle-ci, il s'arrête, ne bouge plus, la regarde, cherchant une chose en elle, il tend sa main, la pose sur le mur, rien ne se passe. Pendant un instant, il reste immobile, puis donne avec détermination, assurance, un petit coup de paume, rapide, pratiquement instantané, et le monstre se réveil de son sommeil, en s'illuminant de milliers de vaisseaux, de liens d'un bleu intense, vif, éclairant tous les environs par sa lumière bleue.

Sa paume restante collée, scellée avec cette chose, se met doucement, rapidement à l'absorber, se réduisant, laissant peu à peu les restes de cette tour en ruine, plus que décombres, mise en morceau, descendre calmement, sans un bruit et sans dégât superflu.

Il les pose doucement, sans un bruit, ne réveillant personne, seules les personnes apeurées, impressionnées, ont pu constater cet exploit, cette action surhumaine, regardant que notre Ynferrial, fier, droit de fierté, arborant un sourire vaniteux, un regard impérieux.

Marche, il marche, il se tourne et fait marche arrière, marchant calmement, assurément, il marche avec ses pieds nus, ses énormes pieds nus sur ces pierres noircies, verdâtres, émaciées, ressortissantes, rentrant dans le sol humidifié par la pluie récente et battante.

Il regarde, regarde vers toutes les choses qui l'entourent, il savoure sa vie, il regarde avec hantise et joie les bâtiments, les vieux bâtiments, tenant encore, tenant grâce à ses poutres, ses poutres en bois noircis, ses murs de pierre recouverts par ce mortier, ce mortier jaunâtre, brouillon, éclairé par les lumières, ses lumières faites par les lampadaires, ses lampadaires d'un brun foncé, se trouvant, se positionnant partout, sans ordre précis.

Il se fait regarder, se fait insulter, se fait juger, se fait critiquer, par son apparence, par ses rumeurs, par sa posture provocante, par toutes ces personnes de tous âges, enfant avec ses parents, ses frères, ses sœurs, mais aussi de vieilles personnes, d'adultes seuls.

Pourtant rien ne le gêne, absolument rien, il continue son chemin, sa voie toute tracée, il regarde vers l'avant, ne détourne pas son regard, continue jusqu'à son objectif, l'objectif de sa rage, de sa haine, de sa colère, de sa vengeance, et cependant il affiche maintenant un regard certes froid, mais aussi empli d'une certaine tristesse.

Il se demande, se rappelle tant de choses, de son commencement, de ses rencontres, de ses joies, de ses peines, de ses crises, de sa fin, de sa mort, de sa douleur, de sa tristesse, de sa haine incontrôlable, sans limites, de ses découvertes, de ses combats.

Il se demande qu'a-t-il réellement accompli, qu'a-t-il fait pour accomplir son rêve, son objectif, il se rappelle d'avoir manipulé sa mère, laissé tuer son compagnon, d'avoir tué tant de Septiums, enlevé tellement de vie de ses propres mains.

Tout ceci, pour finalement cela, pour rien, pour aucun résultat, pour aucune satisfaction, tout s'est sacrifice en vain, à cause de cette personne, de cette femme, de la Dixième, ayant détruit absolument tout son plan, le plan qui aurait pu tout changer, toute sa vie.

Sa haine incontrôlable, sans fond, sa colère ne pouvant se satisfaire, voulant simplement se venger, se venger de ce qu'elle a fait, venger son espoir, son objectif, son rêve qui ont été détruits sauvagement, brutalement par celle-ci.

Un enfant maigre, un simple enfant, mal habillé, cheveux brun foncé, bouclés, mi-longs, yeux brun clair, énorme, fatigué, lèvres asséchées, étant assis grossièrement, s'étalant contre un mur, un mur sombre, étant dans l'ombre, n'étant pas éclairé. L'enfant l'appelle fébrilement, désespérément : « Monsieur... Monsieur ! Eilif s'arrête, s'arrête brusquement, froidement, continue à regarder en avant, ayant un regard froid, restant immobile, attendant patiemment une autre réponse, attendant de savoir, de savoir si c'est bien lui qui est visé. L'enfant recommence, Le grand monsieur... monsieur !

— Éric détourne rapidement, énergiquement sa tête, son coup se tordant vers cet enfant seul, abandonné, ayant un regard surpris, rétorquant interrogativement, montrant sa tête avec sa main, son index, Moi ?

— Oui...

— Il tourne toute sa masse, tout son corps, reste sur place, continue à regarder avec curiosité son jeune interlocuteur humain. Il répond, que veux-tu ?

— Vous n'auriez pas un peu de nourriture... ?

— De la nourriture ? ... ne veux-tu pas d'argent ?

— Non...

— Pourquoi ?

— Parce que j'ai faim, et non pas me satisfaire moralement...

— ... (Légers ricanements du Septium) ... Intéressant. Il s'avance, il marche tranquillement, calmement, assurément, il s'appuie contre le mur avec son bras, se baisse, se penche, regarde attentivement l'enfant avec ses yeux, les yeux immensément ouverts, bleus, bleu cristal, brillants, se démarquant du noir. Il parle à nouveau, dramatiquement, malicieusement, j'ai une question pour toi.

— Laquelle ?

— Souhaiterais-tu ne plus souffrir ? … Vivre une vie passionnante ?

— Oui…

— Me suivrais-tu, si je te disais que je pouvais réaliser tout ceci ?

— Vous le pouvez réellement ?

— Exact.

— … J'accepte, annonce l'enfant, levant faiblement son menton en l'air, essayant de regarder difficilement son interlocuteur, son soi-disant sauveur.

— Cela ne te gêne pas que je te porte, afin de t'emmener à l'endroit que je souhaite te montrer ?

— Non… »

À ces mots espérant, désespérés, croyant à un nouvel avenir, tandis que Strentfort le regarde tendrement, tristement, le prend dans ses bras, ses bras immenses, le prenant comme un nourrisson, un nouveau-né, il part, part dans cette ruelle, ruelle sombre, étroite.

L'enfant sort, sort seul, tout seul, le Septium n'est plus là, a disparu, où est-il ? L'enfant, ayant ses cheveux frisés, bouclés, mi-longs, ses yeux bleus, bleu clair, étant sous de bons habits, partant calmement, assurément, énergiquement de la sortie de la ruelle, continuant sa route, arborant un énorme sourire, des yeux narquois.

11

Une goutte, une simple goutte tombe, une autre gouttelette d'eau tombe, encore une autre, une autre, puis une autre, tombant, tombant rapidement, s'éclatant, entrant en choc avec le sol, ce sol humidifié, mouillé, par cette eau, venant de cette ancienne pluie battante, se déversant, déversant dans les chemins, les tuyaux de canalisation, ayant des fuites, laissant s'échapper de cette précieuse eau sur le sol crasseux de l'immense dédale dégoût.

Il marche sur une flaque, une flaque d'eau croupie, la faisant se disperser, s'écarter, s'élargissant à cause de l'onde de choc brutal faite par le biais de sa marche énergique, avec assurance, rapide dans ce noir absolu, ne gênant même pas notre Ynferrial, notre enfant.

Il arrive devant un portail, un énorme, immense portail en métal, ce métal rouillé par l'humidité ambiante, lourde. Il s'arrête, regarde froidement devant lui, ne bouge pas, lève un bras, ferme son poing, et donne dix coups à celle-ci, résonnant à ceux-là.

Celle-ci s'ouvre, s'ouvre lentement, brouillement, grinçant de toute sa structure, faisant trembler le monde environnant, laissant aussi entrer paisiblement, calmement une lumière, une lumière intense, forte, illuminant une partie des chemins, et cet enfant, n'affichant aucune émotion, restant figé, debout, droit, regardant le moine prostré de voir un être aussi fragile ici, à cette heure.

L'homme arborant la quarantaine, chauve, ayant les yeux verts, s'accroupit, puis regarde, regarde avec compassion le jeune garçon, comme pris d'une âme protectrice, il demande d'un ton chaleureux, tendre : « Que fais-tu ici tout seul ? ... Tu t'es perdu ?

D'un coup rapide, vif, intuitif, arborant immédiatement une expression faciale gênée, il rétorque en hurlant, criant timidement :

— Je viens ici afin de rejoindre le groupe de la Dixième !

— ... (Ricanements de l'homme)... Il pose sa main sur la tête de l'enfant, sourire aux lèvres, demandant, comment cela se fait ?

— Plus rien ne me retient ici ! Pitié ! Acceptez-moi !

— Es-tu sûr de toi ? Sais-tu ce qu'il en court de le faire... de rejoindre notre groupe ?

— Oui ! Je le sais très bien !

— Alors tu es déterminé ?

— Oui !

— Très bien ! Peux-tu me suivre ? Je vais te conduire à un évaluateur, qui va juger si tu es apte à nous rejoindre !

— D'accord ! réplique l'enfant restant immobile, ne suivant pas l'homme, cet homme entrain de partir vers ce lieu.

— Il le remarque, se retourne, regarde vers cet enfant, demande en riant, mais que fais-tu ? Tu peux me suivre !

— Oui ! » répond l'enfant surpris, reprenant ses esprits, étant gêné, accourant jusqu'aux pieds de cet homme souriant.

Et découvre, subjugué, émerveillé, de voir, de constater qu'un lieu, ce lieu existe, immense et majestueux, et ayant un centre d'activité aussi énorme, imposant, ayant des personnes de tous âges se réunissant en ce même endroit.

La porte se referme, se ferme violemment, toute seule, laissant plus aucune issue, aucune échappatoire, aucun espoir de fuite, pour quiconque, tandis que cette enfant, cet Ynferrial reste collé à l'adulte, comme effrayé, perdu, ne sachant plus regarder, cherchant du réconfort, auprès de cet homme, marchant calmement, assurément, fendant tranquillement la foule, empêchant de les laisser passer.

Ils s'arrêtent, ils s'arrêtent devant une porte, une porte parmi tant d'autres, au niveau du même étage, le plus haut. Il toque, frappe plusieurs fois à cette porte, attendant patiemment une réponse, attendant que quelqu'un ouvre, et c'est ce qu'il se passe.

Une femme, cette femme arrivant vers la quarantaine, yeux brun foncé, cheveux courts bruns, arborant un énorme sourire, un sourire radieux, montrant sa joie du moment, afin qu'elle demande, qu'elle hausse la voix, qu'elle pose la question à l'adulte : « Que veux-tu, Albert ?

— Je te ramène une recrue potentielle !

— Où est-elle ?

— L'homme regarde, détourne son regard, tourne son corps, cherche l'enfant, le trouve, en remarquant que celui-ci se cache, il se cache derrière lui, tenant fermement, timidement sa toge, sa robe de moine, faisant son timide face à la femme souriante. Il dit, il répond, il demande, voyons, arrête de te cacher ! ... (Ricanements d'Albert) ... Elle ne va rien te faire ! L'enfant se montre, s'avance, se cache avec ses bras et mains, l'adulte continue, c'est celui-ci !

— Mais... C'est un enfant...

— Bah, on a déjà accepté des enfants de son âge ! ... Je ne comprends pas pourquoi tu es si surprise !

— ... Oui, c'est vrai... Après, pourquoi vient-il aussi tardivement ? Il aurait pu venir à tous les moments de la journée, et pourtant il a choisi cette heure.

— On verra cela, plus tard ! Laisse-nous entrer, afin que tu puisses lui faire passer le test, s'il est apte, ou non ! Après on lui posera des questions !

— C'est exact... J'avais complètement oublié ! ... Elle ouvre la porte, cette porte métallique, grinçante, et tend le bras, son bras vers l'intérieur sombre, obscur, ayant juste deux ou trois bougies. Elle continue à dire, allez-y, entrez !

— Je te remercie, tu es divine de nous laisser entrer à une telle heure ! » rétorque l'homme, mettant sa main sur l'épaule de l'enfant, cet enfant d'une étrange timidité, le forçant, l'aidant à entrer dans la pièce, ce lieu sombre.

Petite superficie, deux, trois bougies, un bureau, un énorme bureau au milieu de la pièce, un lit, ce lit en paille, et un petit drap en tissu, se coulant pratiquement au bureau, avec une chaise en bois derrière, deux chaises en métal devant.

Les deux invités, l'enfant se cachant, et l'adulte, attendant, regardant la femme fermer la porte, cette porte se fermant à clé, ne laissant plus d'autres issues possibles pour la fuite, l'espérance, tandis que celle-ci annonce, révèle, dit avec gentillesse : « Vous pouvez vous asseoir ! Ne soyez pas timide !

— Je t'en remercie encore ! réplique Albert affichant un sourire radieux, un sourire de joie envers cette femme, aidant l'enfant, montrant le chemin à l'enfant jusqu'à sa chaise, il demande, peux-tu t'asseoir ici, mon petit ?

— Il répond presque en marmonnant, baissant les yeux au sol, jouant avec ses mains, s'asseyant, Oui, je le peux…

— Bien ! se haussant la voix, se mettant derrière son bureau, se mettant assis, se mettant à regarder ses deux interlocuteurs, se mettant à reparler calmement, sereinement, tournant son regard apaisé, vers l'enfant, ce jeune enfant, donc ? Comment tu t'appelles ?

Un silence plat, l'enfant ne répond pas, fait son timide, alors que l'homme se met à parler, à sortir des mots :

— Allez, ne sois pas timide ! Comme ça, je pourrais aussi connaître ton prénom !

Timidement, il répond :

— Eilif…

La femme réplique rapidement, avec inquiétude, regardant un bref instant son coéquipier :

— Eilif ? Comme le Onzième ?

— Oui…

— Qui t'a donné ce prénom, ton papa ? Ta maman ? demande la femme, se penchant vers l'enfant, s'appuyant contre son bureau.

— Non… Théo…

— Qui est Théo ?

— … Mon papa adoptif.

— Où sont tes véritables parents ?

— … Mon papa est mort… Et ma maman est loin, très loin d'ici.

— Et où est ton papa adoptif ?

— … Il est mort.

— Quel âge as-tu ?

— … Bientôt vingt et un ans.

— Pardon ? rétorque la femme subjuguée, ne croyant pas un mot de ce qu'il dit, regarde son ami, l'homme qui regarde d'un air ahuri, quant à lui, l'enfant.

Il demande :

— Je pense que ta langue a fourché, Eilif… peux-tu répéter ?

— J'ai bel et bien pratiquement vingt et un ans ! annonce l'enfant, cet enfant qui hausse brusquement la voix contre toute attente, affichant un petit sourire.

— La femme et l'homme ne disent rien, ils restent figés, comprenant, montrant leurs peurs respectives, se demandant, s'ils vont mourir. La femme demande avec crainte, et doute dans ses yeux, et paroles, est-ce que vous êtes le Onzième ?

— Oui, répond l'enfant, Strentfort, l'Ynferrial, arborant un énorme sourire joyeux, innocent, laissant pencher sa tête vers le côté, la droite.

— … (Ricanements d'Albert) … Quelle bonne blague ! Tu nous as bien eus, peux-tu nous dire qui tu es réellement ? demande désespérément cet homme crispé, montrant un visage apeuré, non serein, au bord de la crise, affichant un sourire forcé.

— Il lève le bras, le dirige vers l'homme, montre sa paume, continue à regarder la femme avec le sourire, froidement, pour tirer une lance, un obus de masse noire, trouant, pulvérisant, traversant la tête d'Albert, lévitant dans les airs, se tenant grâce à la lance toujours présente, immobile. Alors qu'en même temps, il dit, demande, regarde la femme, peux-tu te taire ?

— Le sang coule, tombe, des morceaux de peau, et d'organes tombent, s'éclatant dans la mare de sang se formant, se répandant sur le sol, sur le corps de l'adulte inerte, pendouillant. La femme respire fort, à des hauts le cœur, elle maîtrise mal sa respiration, elle regarde son compagnon, elle fait un signe de négation avec sa tête, ne s'arrêtant pas de constater, elle pleure, laisse couler ses larmes, n'arrive plus à parler. Essaie de reculer, poussant sa chaise, se frottant, se grinçant au sol, elle essaie de réaliser, elle demande, d'une voix pratiquement éteinte, se mettant debout, se mettant au fond de la pièce, pourquoi êtes-vous venu ici ?

— Pour me nourrir, c'est évident, répond froidement, calmement, promptement l'Ynferrial laissant le sang couler sans le récupérer, laissant le corps léviter, sans enlever le pilier, la lance, cet obus noir.

— Vous nourrir… ? se demande cette dame, tremblotante, attendant son tour, continuant à regarder que son coéquipier.

— Nourrir mon pouvoir… le rendre plus consistant, si vous préférez, réplique cet enfant, faisant reculer sa chaise, la faisant tomber en arrière, se mettant debout, regardant la femme avec froideur, n'arborant plus aucun sourire, se mettant à se déformer.

— S'illuminant, se changeant de couleur, pour un simple vert, vert ardent, éclairant de plus en plus cette pièce sombre et obscure, au fur et à mesure que celui-ci, notre Ynferrial grandit, grossit, laissant des trous apparaître, faisant s'échapper des poils, des formes plus bestiales. Elle le regarde avec attention, avec peur, avec résolution, pour lui demander, alors vous allez tous nous tuer ? … Vous êtes même prêts à tuer des enfants ?

— Bien sûr… annonce, affiche un énorme sourire enjoué, malicieux avec ses crocs.

— Vous êtes un monstre !

— Je pense sincèrement que vous vous trompez de cible d'accusation… Vous devriez plutôt vous tourner vers votre Dixième, qui, grâce à son aide surprise, a peut-être condamné mon espèce… toute mon espèce, même les enfants… alors, je trouve que ce n'est qu'à charge de revanche.

— … La violence, n'entraîne que la violence ! vous devriez arrêter quand il est encore temps !

— Mais voyons, c'est justement cela que je cherche ! prend-il en voix malicieuse, pour continuer, je veux que de la violence naisse entre la Dixième et moi-même !

— Que mijotez-vous ?

— Ceci est pourtant évident ! Je vais vous montrer ! » rétorque Strentfort, ce Septium avec malice, affichant un regard enjoué, des yeux joyeux, et excités, en tendant son autre bras, son immense bras, pour lui montrer sa paume, et…

Il marche calmement, avance vers sa seconde victime, se baisse, fouille dans ses poches, trouvant rapidement, avec surprise les clés qu'il cherche. Il se relève, enjambe sa première victime se prélassant au sol, il continue à marcher vers la sortie, recherchant la bonne clé sur le trousseau, essayant toutes les clés dans la serrure.

Il trouve la clé, cette clé permettant d'ouvrir cette porte, s'ouvrant peu à peu, laissant entrer une raie de lumière, une lumière intense, faisant entrevoir ce visage, le visage d'un Septium sûr, résigné, prêt, froid, empli de colère, de joie, de haine, de jouissance.

Il ouvre la porte, cette fois-ci entièrement, le laissant passer, le laissant sortir de cette petite pièce meurtrie, ensanglantée, pour avancer, marcher, de quelques pas, se montrant à la lumière, au public, à ce public le remarquant, restant figé, se demandant ce qu'un Septium fait ici, montrant des visages surpris, apeurés, curieux. Tandis que notre Ynferrial tend son bras gauche, son énorme bras velu horizontalement, devant lui, devant un visage joyeux, son visage heureux, souriant. Il regarde son assemblée, ses spectateurs, son public, se met plus droit, se met correctement droit, et rentre son bras, en le gardant horizontal, le tordant jusqu'à son épaule droite, la touchant avec le bout de ses doigts, de ses griffes. Et avec un sourire d'hérétique, des yeux, un regard, son épaule droite ; fou, rempli de rage, de colère, il hurle avec énergie, vivacité : « Je me présente ! Je suis Eilif Éric Strentfort, en charge de Chuchoteur, ou plus communément appelé par vous tous ! … Le Onzième ! » à ces mots, à sa révélation, le public, ce public réalisant, essayant de s'enfuir, apeuré, perdu, Eilif continue, non pas en parole, mais en donnant, en bougeant rapidement, étrangement vite son bras horizontal, plié, vers la gauche, sa gauche, où il le temps, où il est parfaitement droit.

Une fissure apparaît au mur d'en face, plusieurs fissures, craquelant, apparaissant comme par magie, s'élargissant, faisant un bruit insupportable, alors que les portes, ses portes se trouvant de l'autre côté se fendent, toutes se fendent, une par une, au même niveau, à la même hauteur que son bras tendu, parfaitement droit, ne bougeant plus d'un pouce, d'un centimètre. Il sourit, ils se fendent, se séparent en deux, il montre son regard malicieux, ils tombent tous en deux morceaux au sol, sur ce sol métallique, troué.

Il sourit, il arbore un sourire radieux, observant, contemplant ce qu'il a fait, ce qu'il a produit, cette tuerie, ce génocide, ces corps, tous ses corps gisants, reposant au sol, se tordant, se mettant sur d'autres cadavres, laissant verser, couler tranquillement, calmement leurs essences, leurs sangs, tombant, se jetant dans ces trous.

Ses personnes, cette populace se trouvant, se situant à l'étage d'en dessous, regardant, dirigeant leurs regards vers l'étage du dessus, avec inquiétude, question, contemplation, tandis que cette personne, ses personnes étant en dessous des trous, recevant, sentant ses quelques gouttes de sang, d'essence tomber, toucher leurs visages terrifiés, comprenant, touchant à leurs tours ce qu'il se pose, s'éclate sur leurs joues, nez, fronts et lèvres.

Notre Septium, notre ancien champion d'arène, notre ancien chuchoteur, notre Ynferrial, pendant ce temps, ce précieux temps, cet infime temps, positionne sa main gauche, lévitant, immobile dans les airs, se tenant grâce à son immense bras tendu toujours de la même manière, de telle sorte qu'il puisse comme prendre, empoigner quelque chose, un objet. Dans un grand, un énorme élan, un élan interminable, il rapproche sa main, la main gauche jusqu'à sa poitrine, fermant, refermant ses doigts peu à peu, tandis qu'il se tord, se baisse, s'enroule le haut du corps sur lui-même, fermant ses yeux, rouvrant une porte, une porte lumineuse, éblouissante, d'un bleu écarlate, d'une telle force, qu'elle arrive même à être visible, bien visible aux extrémités de ses paupières, laissant apercevoir que deux lignes, d'un bleu incroyablement puissant, alors que chaque lumière, chaque lampe, chaque bougie, torche, s'éteignent une par une, ne laissant derrière elles, qu'un noir terrifiant, ou juste la lueur de ses yeux persistent, comme cette autre lumière, éblouissante, éclairant maintenant toute la pièce d'un bleu profond, d'un saphir intense de ses vaisseaux, de ses lignes se formant, se matérialisant dans le sang, montrant tous les morceaux de corps, de visages, des visages apeurés à l'étage d'en dessous, faisant s'écrouler ceux-là, d'une telle peur, et stupéfaction, à cause de ce sang, de cette essence changeant de couleur, sur leurs visages.

Une fois que tout ceci, que tout cela se termine, se finit, au moment, à l'instant où il arrête, où il stoppe tout mouvement, ayant fermé sa main, ayant resserré sa main en poing. Il rouvre, ouvre ses yeux calmement, tranquillement, doucement, lentement, sans aucun sourire, n'ayant juste que visage sérieux, dramatique, et d'un coup, un laps de temps après, la totalité de ce sang, de cette essence, se change, se métamorphose, se met à monter, à l'éviter, se séparant de tous ses visages apeurés, terrifiés, comme remontant dans le temps, se faufilant dans les trous, disparaissant.

Il ne cligne pas des yeux, il garde son regard dirigé vers sa main gauche, il baisse brusquement, brutalement ses paupières, ne laissant pratiquement aucune lumière, intensité lumineuse sortir de ceux-là, de son regard, tandis qu'en faisant, laissant ses yeux se fermer, se refermer, toute cette essence noire, obscure, s'abat, empale, passant par les trous, afin d'empaler toute la populace apeurée, immobile, hurlant de douleur, de terreur, se faisant aspirer, siphonner leurs sangs, devenant sombre, noir, gangrenant leurs corps, leurs visages pleurants, se déformants.

Ils grossissent, prennent du volume, encore et encore, pour que finalement, sous une trop grande, grosse pression interne, se laisser, se permettre de se faire exploser, s'écarteler en plusieurs morceaux, laissant des milliers de javelots, de lances, de piques, s'élancer, de voler dans tous les sens, atteignant les pauvres, et derniers survivants immobiles de terreur.

Eilif, l'Ynferrial se libère, se permet de se remettre correctement, droit, se mettant à marcher, à mettre un pas après l'autre, calmement, doucement, gracieusement, il avance, il esquive les cadavres, ses cadavres momifiés, meurtris, apeurés. Il regarde, voit attentivement, constate avec froideur, avec peine, avec dégoût, tous ces morts découpés en deux, avec certains fendus au milieu de leurs visages, de leurs cous, de leurs torses, tout cela déterminer par leurs tailles, et leurs positions lors du génocide. Tandis que quelques enfants, des enfants de petite taille sont accroupis, regardent, implorent ses camarades de parler, de leur faire un signe, ils pleurent, ils hurlent de désespoir, de tristesse. Le Septium, ce Septium de sa hauteur, regarde avec impériosité tous ceux-là, voit leur détresse du moment, de cet instant, ne fait rien, ne les tue pas, passe juste à côté, continue sa marche, laissant le désespoir, la haine, la rage, la colère, la tristesse, s'emparer peu à peu de ces êtres.

Il approche, se rapproche de son but, il avance, va peu à peu rejoindre l'escalier central, cet énorme et unique escalier, permettant de descendre facilement à l'étage inférieur, d'en dessous. Il descend, il se met à descendre gracieusement, impérialement, supérieurement, regardant, observant ce qu'il peut voir, constater, se transformant, changeant de forme, d'apparence, chaque marche le modifie, faisant pousser cornes, changeant ses pieds, par des sabots, le laissant grossir jusqu'à un certain stade. Une fois en bas, avec sa forme, la forme particulière ressemblant à un minotaure, faisant trembler chaque marche, le sol, les faisant vibrer. Il marche, il retire, enlève les piques, les javelots, autour de lui, les changeant de solidité, les matérialisant en liquide, en matière amorphe, le laissant léviter, rejoindre ses paumes, ses paumes se montrant, absorbant. Il met au milieu, en plein milieu de cet étage, reste immobile, tend ses deux bras, puis attire, siphonne tout ce sang, cette essence, prenant tout l'espace, cachant notre Ynferrial des lumières de ce lieu.

Disparaît, tout disparaît, ne reste plus rien, tout est absorbé par ce corps, le corps de notre Septium, d'un étrange calme, d'un étrange sérieux, n'affichant aucune émotion à part celle du drame, de la colère, d'un calme sans nom. Il marche, lentement, sans regarder, observer autour de lui, il regarde seulement vers l'escalier en face de lui, dont il rejoint en marchant, en avançant.

Il descend une marche, cette marche faisant retentir violemment, avec puissance, le choc entre son sabot et le métal, elle monte peu à peu, il descend une seconde marche tremblotante, chantant son arrivée, la faisant monter lentement, et obscurément, il descend une troisième, puis une quatrième, une cinquième, sixième, faisant se répandre, se monter cette matière, une matière obscure, noire sur tout son corps, ne laissant au bout d'un moment, aucune possibilité de voir son visage. Il

466

est noir, sombre, personne ne le reconnaît, personne ne fuit, ils observent, constatent ce qu'il se passe avec peur, et curiosité. Ses vêtements ressortent, se montrent, son visage s'aplanit, sa posture devient droite, parfaitement droite, ils voient son regard, ses yeux sortant de cette masse se condenser, formant peu à peu, une chose, une chose énorme, bien plus énorme que sa précédente forme, ressemblant de plus en plus à une créature humanoïde, souriante, gardant le même sourire bestial, les mêmes formes, bien plus grosses, ayant une peau d'un blanc sans nom, n'ayant plus de poil. Chaque marche, enfonce celle-ci, chaque marche fait craqueler le métal le supportant, cette chose énorme, imposante, souriante, pâle, sans poils, cornue, imparfaite, à cause de plusieurs trous, plaies, zones, laissant apercevoir sa matière noire, avec ses vaisseaux lumineux, d'un bleu intense, s'arrête brusquement à quelques pas d'arriver au même niveau que ses confrères, que son repas.

Il regarde, voit, observe avec un regard satisfait, heureux, vaniteux, orgueilleux, souriant, ouvrant ses bras à son assemblé, montrant ses mains sans poils, d'une peau pâle, ayant plus que ses griffes, il se met à parler, à hurler à son public : « Ho… je vous remercie ! Grâce à vous, à vous tous, je vais pouvoir accomplir l'achèvement de mon armure, ma merveilleuse armure, qui me permettra de vaincre votre chef ! Alors… Je vous remercie grandement, humblement, de me donner vos vies ! … Mes chers gibiers… »

12

Il fait noir, il n'y a aucune lumière, sauf ce bleu, ce bleu intense, éclairant faiblement autour de lui, illuminant les hommes, femmes et enfants dormant paisiblement, ne réveillant plus, laissant seul ses deux êtres vivants se regarder en face, l'un agonisant se faisant tenir, maintenir en l'air par le cou, son maigre cou, montrant un regard acharné, sans peur à son interlocuteur, l'observant avec curiosité, admiration, se demandant, comment ? l'homme pâle, et imparfait parle impérieusement, calmement : « Êtes-vous l'homme se nommant Noé ?

— La ferme ! sale MONSTRE ! réplique violemment, brusquement le jeune homme, montrant, arborant un visage hérétique, crachant des postillons à chaque parole prononcée.

— … Voyons… Il ne faut pas dire cela… Veuillez répondre à ma question.

— Et pourquoi le ferais-je ? Vous avez tué absolument tous mes confrères !

— Ses plaies, les trous sur son corps disparaissent peu à peu, se refermant à cause de liens se formant, fermant celles-ci. Il parle calmement… Parce que si vous le faites, je compte vous laisser en vie, à condition que vous me répondiez correctement.

— … Je m'appelle bel et bien Noé…

— Bien. Incroyable. Surprenant. Il avait encore assez d'énergie pour dévier mes sorts… Fantastique ! Il affiche un sourire excité, stupéfait, il continue, comment avez-vous fait ?

— Comment ai-je fait quoi ?

— Pour convaincre mon clone de vous épargner, de me demander de vous épargner dans la lettre qu'il m'a écrit !

— Mais de quoi parlez-vous ? Je n'ai jamais rencontré de clone !

— … C'est embêtant que vous me disiez cela… pourtant, il m'avait clairement parlé de vous… il vous a même sauvé la vie plusieurs fois durant mes attaques, en les déviants… il ne peut y avoir de faute… peut être, ai-je oublié de vous dire qu'il possédait une vieille femme ?

— Comment ça… il s'arrête de débattre, il se tient hargneusement, regardant avec peur, et curiosité, son interlocuteur.

— D'après votre réaction… j'imagine que je suis en bonne voie de la raison, n'est-ce pas ?

— … Ce n'est pas possible…

— Et pourtant… J'imagine que vous vous êtes rencontré, il y a un peu après une semaine, n'est-ce pas ?

— … Je ne peux y croire…

— Et pourtant, c'est ce qu'il s'est bien passé.

— Vous mentez ! … Elle était belle et bien réelle ! avec des sentiments, faisant des choix, rigolant !

— Vous a-t-elle au moins dit une seule fois son prénom ?

— Il reste muet, il regarde (Non…)

— J'imagine que d'après votre silence, cela est non. Alors, je réitère ma question, comment avez-vous fait pour convaincre mon clone de ne pas vous tuer vous ?

— Je ne sais pas…

— Vous ne savez pas ? Il retire son sourire.

— Peut-être… parce que j'étais moi-même. Je l'ai considéré comme une personne de ma famille.

— Parce que vous étiez vous-même ? Il lâche sa victime, laissant tomber l'homme à bout de force, se mettant à genoux, regardant avec surprise cette chose, l'observant de haut.

— Il demande, pourquoi m'avez-vous lâché ?

— Voulez-vous me rejoindre ? Il abaisse son bras.

— Comment ? Je ne comprends pas…

— J'aimerais que vous quittiez le côté de la Dixième pour moi.

— Vous osez me demander ceci, après avoir fait ce génocide ? rétorque cet homme affichant, arborant un visage à nouveau empli de dégoût, de colère.

— Votre réponse et la suite de la demande de mon clone me poussent à vous le demander.

— Je n'accepterai jamais votre offre !

— Êtes-vous sûr ?

— J'en suis certain ! Jamais, je ne rejoindrai votre côté !

— Vous m'en voyez navrée... Avez-vous une dernière parole ?

— ... Attendez, je pensais que si je vous répondais, vous alliez m'épargner...

— Je n'ai jamais dit une telle chose... J'ai dit que j'allais vous épargner uniquement si vous veniez à répondre correctement à mes questions. Et votre dernière me déplaît. »

Dans un grand élan de bras, il rabaisse son jugement...

13

Le grincement, le tremblement, le noir, l'obscurité, tout se lie à ce moment, à cet instant, où cette porte, ce portail s'ouvre, laissant sortir cet enfant, n'affichant aucune expression, restant froid, parfaitement droit, marchant rapidement, d'un pas rapide, sans aucun souci ou problème se créant à cause de la noirceur du lieu, empêchant quiconque de marcher sans tomber.

Ce calme, cette tranquillité, la luminosité, l'aube, ce début d'aube ramenant avec lui, cette douce chaleur, ce doux réconfort, il marche tranquillement, regarde vers celle-ci, son petit corps s'illumine peu à peu, commençant tout d'abord par ses pieds, les minuscules et innocents pieds marchant l'un après l'autre, soutenant ce petit être sans défense, puis ses jambes, son bassin, son torse et bras, pour finir avec son visage, ses yeux, sa bouche, ses cheveux.

Il sort, s'arrête et observe, avec fatigue, comme exténué par sa nuit, la longue nuit forte en émotion, et en drame, il regarde encore, il ne s'arrête pas, il contemple de là où il est, à la sortie des égouts, à la sortie de la ville, cet astre ardent, doré. Il tient une feuille dans sa main, la main droite tenant une feuille froissée, et jaunâtre.

Il avance, il marche, se réveille, continue sa route, en allant, en prenant la route à sa droite, cette route en terre sèche, menant, le dirigeant vers son prochain objectif, sa deuxième étape, vers l'endroit le menant vers une soi-disant victoire.

Il s'éloigne, ne regarde pas derrière lui, il avance, reste concentré sur son objectif, son but, il marche avec assurance, avec flegme, tandis qu'une caravelle, une charrette passe à côté de cet être imperturbable, et pourtant, celle-ci ralentit, s'arrête brusquement, laissant perplexe notre enfant, donnant un rapide regard, sur cet homme descendant, un homme arborant un énorme sourire, avec derrière des enfants et leurs

mères observantes. Il crée une conversation, d'une voix enjouée :
« Salut à toi ! Que fais-tu ici tout seul ?

— Bonjour. Il s'arrête, le regarde de travers.

— Ho là, quelle froideur ! Où sont tes parents ?

— Loin.

— Comment cela se fait-il ?

— Cela ne vous regarde pas.

— Pourquoi être si froid ?

— Pourquoi aborder un enfant seul sur un chemin désert, en arborant un sourire aussi louche ?

— … Bon, j'avoue que la situation n'est pas des plus idéales, afin que tu puisses me faire confiance.

— Que me voulez-vous ?

— Je m'inquiète juste pour toi…

— Parce que je n'ai pas d'adultes ?

— C'est exact ! Alors vu qu'il n'y a aucune personne majeure avec toi, je me sentirais rassuré que tu nous accompagnes jusqu'au moment, où on devra se séparer à cause de nos chemins divergents !

— Et comment est-ce que je pourrais vous faire confiance ?

— En désignant les personnes se trouvant dans la caravelle, il répond, penses-tu réellement que je te veuille du mal ? Ceux-là sont ma famille ! Ma femme, puis ma petite fille, et mon fils adoré !

— On ne sait jamais. Peut-être sont-ils vos complices pour m'arnaquer, ou bien me faire bien pire que ce que j'imagine.

— … Cela est vraiment de la mauvaise fois !

— Je ne sais pas.

— Allez ! Accepte ! Je te promets que nous avons largement assez de nourriture afin de t'accueillir pendant le moment, où tu resteras !

— Et quel avantage en tirerez-vous ?

— Mes enfants seront heureux de jouer avec un autre enfant !

— Ceci est bien maigre comparé à ce que vous me donnez.

— Je t'assure ! Que cela ne nous fait absolument rien !

— … (Soufflements d'exaspération d'Eilif) … Comme vous voulez.

— Parfait ! Je vais aller chercher ma famille, pour te la présenter !

— Cela n'est pas une obligation ! Avant même, l'instant d'après, l'homme, cet homme ignorant ce que vient de dire l'Ynferrial, part rapidement, prenant sa fille, son fils, sa femme, afin de revenir le sourire aux lèvres, arborant une certaine joie de vie.

— Voilà !

— Voilà... murmure-t-il avec désespérance.

— Voici ma famille !

— Voici votre famille...

— ... Alors, ma fille s'appelle Alexandra... Mon fils, Joshua, et ma merveilleuse femme s'appelle Margaret ! révèle l'homme affichant encore et toujours un immense sourire.

— Enchanté.

— Et toi, quel est ton prénom ?

— Mon prénom ?

— Oui, oui, c'est exact !

— J'en ai plusieurs...

— Celui qui t'est le plus cher !

— Jonathan. Et vous ?

— Mon nom est Jean !

— La jeune fille, cette jeune fille fonce à Eilif, lui arborant, affichant devant lui un regard heureux, un sourire heureux, un visage curieux, pour demander, quel âge as-tu ?

— Cela ne te regarde pas. Allons-nous partir immédiatement ?

— L'homme prend la parole, oui, nous allons partir tout de suite.

— Bien... » rétorque, murmure froidement l'enfant, se dirigeant, montant avec aisance dans la charrette, et se mettant assis, attendant le départ.

La femme regarde, détourne son regard subjugué vers son mari, le mari montrant un visage surpris et gêné, se dirigeant lui aussi vers la caravelle, se mettant à l'avant, prenant les selles des deux chevaux attachés fermement. Tandis que sa femme, et ses enfants, la femme et les enfants se mettent durant ce même temps derrière, tenant compagnie à notre Ynferrial, fermant déjà les yeux, afin de pouvoir sans doute dormir, se reposer de sa longue, et forte nuit blanche.

Le véhicule s'avance, roule, continue sa route, se dirigeant vers un lieu inconnu, passant par les grands chemins principalement, permettant à notre Septium, notre enfant de pouvoir contempler les paysages, les arbres, les feuilles, leurs écorces, les branches se tordant, se déformant par le vent, les faisant bouger à droite à gauche, en haut, en bas...

Je "NON ! Non... Tu VERRAS ce monde ! Tu le verras avec moi ! ... Alice ? ... Alice ? Eh ! ... N'abandonne pas ! RESTE avec moi !"... suis fatigué. À cause de tout ceci... "je t'aime", je n'ai plus que haine dans mon corps. Je hais tout le monde. Tout le monde me hait... pourquoi a-t-il décidé de me faire tout cela ? Pour un but précis ? Pour voir comment j'allais réagir ? C'est ridicule. Tout est ridicule. Je vais seulement nettoyer cette cité de tous ses péchés. Pour ma vengeance, et uniquement celle-ci.

Il regarde vers cette terre, la terre sèche, il regarde dans le vide, il regarde un endroit bien précis, observant l'herbe, les quelques fleurs sauvages se faisant tordre par ce vent, ce faible vent, ne prêtant pas attention à ce qu'il l'entoure, à cet homme l'appelant, encore et encore, se demandant ce qu'il fait, tandis qu'il sert, donne le dîner au reste de sa famille.

Ce feu ardent, flamboyant, le feu éclairant, illuminant ses alentours, éclairant justement les herbes qu'il regarde, éclairant les premiers arbres, les arbres les plus proches, éclairant une partie, la principale partie du campement, s'étant fixé, il y a quelques heures, à cause de la pénombre, cachant la forêt, ses risques, ses aléas.

Il continue de regarder, à ignorer son interlocuteur invasif, ne lâchant rien, commençant à le secouer, en le prenant, en posant sa main sur son épaule, et hurlant : « Ho ! Tu te réveilles !

— Éric surpris, sursaute, détourne son regard vers cet homme, l'homme énervé, demandant, qu'Éric qu'il y a ?

— Le dîner est prêt !

— Et ?

— Cela fait cinq minutes que je te demande de prendre ta part avant que ceci se refroidisse !

— J'en suis navré.

— Ne t'inquiète pas ! ... Allez, va ! Mange.

— Je vous remercie encore de m'avoir accepté, réplique notre Septium, prenant calmement, assurément son repas.

— Comme je te l'ai dit, cela ne nous fait rien !

— Si vous le dites.

— En fait, pourquoi es-tu aussi froid ? Il doit bien avoir une raison.

— Ceci ne vous regarde pas.

— Allez ! Tu peux bien nous le dire, vu qu'il y a peu de chances qu'on se recroise, un jour !

— Il s'arrête, il stoppe sa main tenant la cuillère contenant le ragoût, il ne la bouge plus, reste immobile, descend sa main, pose la cuillère dans le bol. Il demande dramatiquement, sans regarder ses interlocuteurs, observant juste son bol avec une extrême, une grande froideur, si... une personne X venait à vous forcer de tuer la personne que vous aimiez, et anéantie par le même temps, vos objectifs, et rêves, que lui feriez-vous, si vous aviez l'occasion de vous venger ?

— Ho là... Ce n'est pas une question simple à répondre.

— (Comme je l'avais prévu... Ce n'est qu'un ignare. Il semble heureux, juste parce que c'est un con, se suffisant de peu. C'était bête de lui poser la question.)

— ... Hmm, je dirais que je ne m'énerverais pas.

— Comment ? Cela est encore des belles paroles ne pouvant se tenir.

— Ha... pour ma part, je ne pourrais pas, mais j'en suis sûr que certaines personnes le pourraient !

— Et pourquoi feraient-ils ceci ?

— Tout simplement parce qu'ils ne pourront pas tous voir, s'ils sont énervés !

— Comment ?

— Ils ne verront que cette voie douloureuse, et ratée, sans se soucier des autres qui lui sont données, et qui lui permettront d'arriver au même but, certes, sans la personne qu'il aime… mais dans la vie, il y aura toujours de bons et mauvais moments… et on est là pour les combattre.

— Eilif surpris, subjugué, observe ici et maintenant l'homme qui lui parle avec curiosité. Il répond, d'un certain point de vue, vous avez peut-être raison.

— Bien sûr que j'ai raison !

— L'enfant arrête de le regarder, il baisse son regard vers son plat, son repas, prend bien sa cuillère, l'enfonce dans le ragoût et récupère un morceau, tout en annonçant, si vous le dites. » Ils mangent.

Toute la famille mange, Éric mange, plus personnes ne parlent, tout le monde se concentre à manger, personnes ne fait attention à ses alentours, ils regardent leurs plats, levant que de brefs instants leurs regards vers les autres.

Ils dorment, ne se réveillent plus, se laissant paisiblement livrer aux rêves, aux espérances, aux objectifs, à la vengeance. La lune, cet astre d'argent illuminant, éclairant faiblement les arbres, l'eau, l'herbe, la terre, la pierre, les animaux, cette famille dormante, ne se laissant plus entraîner par la réalité pure et dure, étant le châtiment de tous, de toutes les personnes.

Ce châtiment lourd, pesant, ne pouvant laisser aucune personne, même s'il y a des riches, même s'il y a des pauvres, toute personne, toute chose ne peut fuir le châtiment, le prix à payer, comme le cas de notre Ynferrial pensif, n'arrivant finalement pas à s'endormir, à laisser son esprit vagabonder dans les rêves, et se reposer…

Je suis perdu… Quand j'y repense. Il a raison. Je pourrais très bien modifier mes plans, afin de me permettre de faire un pas de plus vers la réussite… mais je n'arrive pas. Je n'arrive pas à oublier tout ce que j'ai vécu, tout ce que j'ai comme sentiment. J'ai tellement de haine, de colère, parce que je ne pourrais jamais revoir… Alice. Je suis fatigué, je veux juste terminer cela, finir ce que j'ai commencé. Je suis allé beaucoup trop loin, je ne peux plus faire marche arrière.

La nuit, ce moment sombre, obscur et long, se terminant, se laissant place à cet astre lumineux, empli de chaleur, de lumière, illuminant à nouveau et encore le monde, illuminant notre Ynferrial marchant seul, avançant seul, regardant droit devant lui, se trouvant seul, étant entouré par des personnes, se trouvant accompagné par le silence, lui permettant d'être lui-même.

Son regard froid, sa tenue, sa redingote noire, ses cheveux frisés, bouclés, ses yeux d'un bleu cristal, ses petits bras, ses petites jambes, ce petit corps, montrant son assurance, sa froideur, sa haine, sa colère, avançant, marchant vers son but, ne se souciant de rien d'autre que de lui-même.

Il se met à regarder, à observer, à contempler, à profiter de ses moments, réfléchissant, il regarde, se demandant tant de choses, se posant tant de questions, il cherche dans sa poche, et trouve à nouveau cette feuille, la feuille froissée.

Il la déplie, il la regarde, observe cette carte, la carte indiquant précisément à seul lieu en particulier, son but, il avance, il marche, il écrase la terre en dessous de ses chaussures, créant marque, et poussière. Il prend une grande inspiration en relevant, en lâchant ses yeux de cette carte.

La journée se passe, des feuilles tombent de leurs arbres, du vent pourfend les herbes gigotâtes, les fleurs se pliant, se fanant, ouvrant leurs bourgeons, les animaux mangeant viandes, ou verdures, se reposant, se déplaçant, Eilif arrivant lors de la soirée à une intersection, lui offrant deux voies, l'une vers une possibilité inconnue, paisible, et l'autre vers la douleur, le connu.

Une personne arrive, une vieille personne, un humain, un homme, arrivant du chemin devant avoir la désolation, il marche avec une canne, avance lentement, avec un dos bossu, plissant les yeux, regardant vers notre Ynferrial. Il s'arrête à quelques mètres de notre ancien chuchoteur, il observe, tandis que notre ancien champion d'arène montre un visage subjugué, ne pouvant montrer rien d'autre que de l'admiration, le poussant à demander : « Comment avez-vous fait ?

— Avec une petite voix grinçante, il répond, faire quoi ?

— Vous venez de l'endroit… du territoire des dragons… comment avez-vous fait pour survivre ? Vous êtes pourtant un homme, et les dragons sont bien connus pour vous détester.

— Qu'est-ce qu'il vous fait croire que je suis bel et bien un humain ? (Ah… S'il savait seulement qui je suis…)

— Votre odeur…

— … (Ricanements de vieillard) … Vous n'êtes pas comme les autres ! Vous devez être un Septium, n'est-ce pas ?

— Comment le savez-vous ?

— Voyons… J'ai vu tellement de choses… Tellement de réactions similaires, surtout chez les Septiums, disant exactement la même chose que vous quand je posais cette question.

— Vous en avez déjà croisé ?

— Bien sûr que oui ! Ils étaient tous autant intrépides, et têtes de mule.

— Pourquoi êtes-vous allé… dans le territoire draconique ?

— Je voulais réaliser mon rêve.

— Lequel ?

— D'enfin voir des dragons, des dragons de près, vu que je n'ai plus beaucoup de temps à vivre, à quoi bon avoir peur de mourir… Comme ça, je pourrais aussi me vanter devant mes amis Septiums que moi aussi j'étais intrépide, et sans peur…

— Et du coup ? Avez-vous accompli cela ?

— Oui, j'ai réussi… J'ai même pu en caresser un qui était venu me renifler.

— Comment avez-vous fait pour ne pas vous faire tuer ?

— Je ne sais pas… peut-être parce que je n'inspirais pas de menaces pour eux…

— Pourquoi... Même si cela était un rêve, et que vous vous en fichiez de mourir, pourquoi l'avez-vous fait ? Il doit avoir une raison particulière, une chose qui vous a donné le courage de le faire !

— ... Après la mort de ma femme, j'ai réfléchi, j'ai bien réfléchi, et même si j'avais vécu une belle vie avec elle, j'avais des regrets, tant de regrets que j'ai décidé de tous les effacer, d'accomplir tout ce que je voulais faire... Afin que je puisse m'éteindre tranquillement. Vous aussi, vous devez avoir cela... ceci se voit dans vos yeux, vous êtes sûr de vous et sans regret.

Il baisse le regard, notre Septium détourne le regard, il réplique :

— Malheureusement... j'en ai déjà tellement... j'en compte même plus. Je n'ai même plus de but précis, je suis qu'empli de haine de colère, de haine, et de tristesse.

— Ne vous inquiétez pas... J'en suis sûr que vous pouvez le faire... Si vous n'arrivez pas à trouver par où commencer, lancez-vous tout d'abord par réparer vos erreurs passées, à tourner la page, afin que par la suite, vous puissiez aller de l'avant en accomplissant votre but, ou celui de ceux que vous aimiez... Jusqu'à ce que vous arriviez finalement à trouver votre voie, votre unique voie qui vous correspond.

— ("JE veux être l'héroïne qui SAUVERA le monde... avec toi !"... Puis je réellement ? "la dernière fois qu'on s'est vus... il y a sept ans, où on avait tenté de changer, de tout changer à nos vies, avec cet attentat, afin de pouvoir essayer d'être les prochains héros sauvant nos espèces de l'esclavage... C'est quand même assez drôle, si on y repense... à nos rêves idylliques." Puis-je vraiment devenir le héros, en tout cas le soi-disant héros qu'ils voulaient ? Pour ma part... Je voulais juste être tranquille...) Il regarde à nouveau, il regarde avec émotion son interlocuteur, demandant avec désespérance, puis-je vraiment...

Le vieil homme le coupe, l'intercepte sec, pour lui dire, lui annoncer :

— Oui ! Tu le peux ! Tout comme moi ! Tout comme tous les autres qui sont dans le même état d'esprit que nous ! (Je pense qu'avec cela il ne s'écartera plus de la voie que je lui ai donnée...) J'imagine que tu sais déjà ce que tu dois faire, pour accomplir tout cela... ou du moins, le début ?

— Oui... Je le sais.

— Alors, je te donnerai un seul conseil venant d'un inconnu, tu ne devrais pas me parler. (Va, mon poussin...) » dit avec un étrange calme le vieillard marchant à nouveau, s'éloignant peu à peu de notre Ynferrial regardant, observant, contemplant d'un air ahuri.

Il reste, ne bougeant pas, attendant immobile que cet homme, l'homme intriguant parte jusqu'à ce qu'il disparaisse définitivement du champ de vision, du rayon d'action de visibilité de notre Septium, se réveillant, se surprenant, il reprend ses esprits, il remet sa réflexion en marche, se demandant qui était-ce ? D'où est-ce qu'il venait ? Comment s'appelait-il ?

14

Il titube, il se rappelle, résonne, réfléchi, il se décide alors de se mettre en marche, à se diriger vers son choix, son choix final, en mettant un pas après l'autre, afin de suivre son conseil, le soi-disant conseil suggérant de ne plus avoir de regret.

Il y a de moins en moins d'arbres, l'herbe se fait de plus en plus rare, la terre commence à devenir rocailleuse, au fur et à mesure que celui-ci avance d'un pas léger et assuré, ne ralentissant pas, gardant le même rythme, même s'il fonce vers une possible mort en affrontant, combattant, l'une des créatures les plus féroces du monde, de ce monde.

Il fend l'air, les airs, aisément celui-ci avance, vol, faisant virevolter ses ailes puissantes, et emplies d'écailles, ses écailles immenses et d'un bleu laqué, pouvant faire trembler les arbres en dessous de celui-ci, laissant leurs feuilles et petites branches tomber, touchant le sol, écrasant déjà ceux y étant. Avançant sans hésitation, celui-ci voit, observe, remarque sa nouvelle proie à découvert avec ses yeux, d'une telle immensité, et d'un vert éblouissant, avec son museau cillant l'air, se frottant à son visage, à ses longues cornes suivant la longévité de son front, avance rapidement, commence à piquer vers cette proie sans défense.

Un cri, un hurlement est poussé, et envoyé à sa proie, à Eilif se trouvant, se situant en plein milieu du chemin, de la voie de terre. Il regarde, observe avec froideur, avec réflexion, n'exprimant aucune émotion faciale, il s'arrête brutalement, promptement, il lève son bras droit vers le monstre, la gracieuse créature, attendant patiemment qu'elle arrive, continuant à la regarder, sans la lâcher du regard. Il recule une jambe, avance l'autre, mettant son bras, tendant celui-ci vers le côté, il se met en position de combat, il continue d'attendre, jusqu'à ce que dans un rapide instant, il ouvre un trou, une plaie au niveau de son poignet, laissant sortir, un bout, un minuscule morceau de matière noire.

Une fois le dragon à bonne portée, celui-ci, notre Ynferrial, utilise son bras, son pouvoir, en donnant, en bougeant son bras droit horizontalement vers la créature, tout en laissant s'échapper de la matière en quantité, créant pendant un moment la forme d'un ovale avec la lame d'essence noire qu'il a sortie brièvement, afin qu'une marque, une césure se fasse, se montrant diagonalement au niveau du cou du reptile se laissant tomber peu à peu, tandis que sa tête, la tête décapitée commence à se détacher, à prendre une autre trajectoire.

Un titan, un géant, un dragon, cette créature en train de tomber comme un missile en diagonale, juste au-dessus de notre Septium, de notre enfant se remettant droit, montrant son assurance. Tandis que le corps de son opposant touche la terre, sa tête est la première à se heurter au sol, broyant, faisant trembler, remuant celle-ci, tout en déracinant les arbres sur son chemin, sur sa voie d'atterrissage, d'où elle rebondit plusieurs fois, écrasant aussi les feuilles et herbes au sol. Envoyant par la même occasion, le sang, tout ce sang, cette essence bien plus épaisse, et opaque que celui des humains, partout autour d'elle.

Pour ensuite avoir le reste, tout le reste de son immense corps, de cet énorme amas, lourd et imposant, s'écrasant, ne touchant le sol qu'une seule et unique fois, sans rebondir, se roulant encore et encore, poussant la terre, tout le sol, et les arbres sur son passage, un passage dévastateur, ensanglanté par toute cette matière se retrouvant un peu partout.

Créant, poussant un énorme, une immensité de bruit, dépassant tous les volumes sonores qu'une personne peut entendre, faisant résonner sa mort, sa tombée dans toute la forêt, se réveillant sur le coup. Le silence vint, un silence lourd et pesant, où plus aucun bruit ne se fait entendre, à part celui de la marche, des pieds de Strentfort se posant au sol, avançant vers le lieu du crash.

Il tend, montre à nouveau son bras droit se dirigeant, montrant sa paume, sa main, se fermant peu à peu, se refermant difficilement, lentement, tandis qu'un bleu intense, ce bleu signifiant la prise de possession de notre Ynferrial sur cette essence s'illuminant, commençant à léviter à voler vers Eilif n'affichant aucune émotion, juste un regard vide, et froid.

Bizarrement, étrangement, celui-ci n'aspire pas, il n'absorbe aucune goutte de ce sang, de cette essence, il la met juste à côté, en lévitation, en forme sphérique, ayant une taille énorme, se rétrécissant au fur et mesure, se comprimant. Notre ancien chuchoteur se met à marcher, à détourner sa marche vers la route, le chemin, continuant à se diriger vers le cœur du nid draconique.

Il marche calmement, aucune émotion n'est perçue, il garde encore et toujours un visage fermé, comme pensif, dans son monde, alors qu'en face de lui, autour de lui, se trouve, se compte plusieurs autres dragons de toute couleur imaginable, tournant autour de notre ancien champion d'arènes, ne leur prêtant même pas attention.

Un dragon, un reptile s'éloigne, se dirigeant vers la destination d'Éric, faisant par la suite un demi-tour complet, se mettant dans l'axe de la route rocheuse, et aride. Pour qu'ensuite celui-ci se met à créer un feu, une chaleur interne, montrant une forte lumière, une lumière d'un rouge profond au niveau de son torse grossissant, tandis que sa gueule s'ouvre, elle est mise clos. Quand dans un rapide, un bref instant, notre Septium sort de la matière noire, se séparant de sa paume, se transformant en lance, en immense et imposante lance, qu'il ramasse, et se met en position de lancer, afin que le moment qui suit, celui-ci projette avec force et précision son projectile empalant le cracheur de feu au niveau de sa tête, le faisant tomber brutalement au sol.

Alors qu'entre temps, ce même temps, un autre se met à condenser sa poitrine, devenant écarlate, se met à ouvrir sa gueule, sortant peu de temps après, un brasier ardent, puissant, s'abattant sur notre Ynferrial. Ne faisant plus aucun mouvement, projette, met en place un mur, une barrière fine, et noire, déviant brusquement, instantanément ce feu brûlant, carbonisant tout ce qu'il y a autour de notre ancien chuchoteur se tournant vers son nouvel attaquant. Caché par la fumée produite, cela lui permet de tendre sa main salvatrice vers la lance de son ancienne victime, pour qu'elle puisse pratiquement l'instant suivant, revenir dans cette main, la main d'un enfant se mettant à sauter à une hauteur telle, à une fulgurante hauteur, sortant du gaz en tournoyant, attrapant son arme, puis la projetant sur son adversaire immobile dans les airs. Faisant tomber un autre, en lui perçant, arrachant la vie aussi rapidement qu'un battement de cœur, s'écrasant sur le sol, sur les arbres meurtris par le combat féroce se passant à côté d'eux.

Il en reste encore deux, les deux seuls s'attaquant à ce petit adversaire, semblant pourtant inoffensif à leurs yeux de méfiance, et malgré la situation ceux-là s'élancent désespérément dans un nouvel assaut. Notre Septium reste d'un calme sans nom, ne se laissant se distraire par rien d'autre qu'eux, pour ne prendre aucun risque, pour prévoir leur attaque simultanée des deux côtés, de son côté droit et gauche, ouvrant grand leurs gueules, espérant gagner au corps à corps.

Il touche le sol, pose correctement ses pieds sur cette terre sèche, carbonisée, ensanglantée, regarde, observe, et réfléchi à propos de ses assaillants, optant alors à sa meilleure solution, idée, en sautant soudainement en l'air au moment, à l'instant même où les deux dragons sont à quelques mètres de produire l'entrechoc, lui permettant d'esquiver, de laisser les deux opposants se blesser mutuellement.

Il retombe, tombe un peu plus loin, dos aux deux dragons reprenant lentement leurs esprits, il se retourne, les regarde attentivement, puis dans un dernier mouvement, celui-ci les décapite avec son pouvoir, sa matière noire dévastatrice, lui permettant après tout cela de récupérer, de prendre le contrôle de leurs essences, et la joindre calmement à la sphère n'ayant pas bougé durant tout le combat, restant immobile, grossissant.

Il s'arrête, ne continue plus sa route, son chemin, il observe, contemple ce qu'il a fait, en regardant premièrement ses deux dernières victimes, n'ayant pratiquement plus de dents à cause de l'entrechoc, étalant tous leurs corps sur la voie. Puis, deuxièmement, derrière lui, en se retournant lentement, timidement, calmement, pour voir, le dragon en plein milieu du sentier, ayant une tonne de terre dans sa gueule béante, tirant sa langue encore humidifiée, dans ses yeux dilatés, sur ses écailles, à cause de l'atterrissage violent, prompt.

Il lève son regard en l'air, des yeux pensifs, emplis de tristesse, de colère, de détermination. Il constate alors la journée tombante, laissant pratiquement place à une nuit, sa nuit, la nuit marquant la fin de sa chasse de dragon. Il baisse son regard, observe le sol, observe les alentours dévastés par la carbonisation, par la violence du combat fini.

Il se met à marcher, il se met à dévier de trajectoire, se dirigeant vers le reste de forêt, pour établir peu de temps après cela, son campement, n'aillant seulement un feu, un petit feu, où il y a quelques morceaux de viande accrochés à de petites branches, leur permettant de cuire. Tandis que notre Ynferrial regarde avec un regard vide ce feu ardent, attendant patiemment que son dîner soit prêt.

Il mange enfin son seul repas de la journée, pour qu'après ceci, celui-ci s'entoure d'une barrière noire, obscure, le laissant un moment plus tard, fermer les yeux et enfin se reposer, malgré sa journée ensanglantée, et en territoire hostile. Ainsi, notre ancien chuchoteur se permet de passer rapidement et calmement la nuit de l'astre argenté, pour rejoindre celui doré, et chaleureux.

Il se réveille, enlève immédiatement sa barrière et observe avec difficulté les alentours, pour que finalement celui-ci constate qu'il peut se détendre, ne repérant aucun ennemi en vue, ce qui lui permet de se remettre en marche, sans même manger.

Avançant avec flegme et assurance, celui-ci peut donc à nouveau constater le fruit de son ambition, de sa détermination à accomplir son plan à la lettre, mais ne prêtant pour autant aucune attention cette fois-ci à ce massacre, et ne regardant que vers sa destination finale.

Après une marche longue, paisible, et sans obstacle, notre Septium arrive au lieu tant attendu, étant une carrière de pierre, se trouvant sous une falaise de plusieurs centaines de mètres, où il peut facilement voir les sorties des tunnels éparpillées un peu partout dans la paroi. Avec ce dragon endormi, cet immense, imposant dragon enroulé sur lui-même, d'une couleur noire, tellement profonde et intense, d'une telle grandeur, une grandeur inimaginable, faisant au moins dix fois la taille de ceux que notre ancien champion d'arène a déjà rencontrés.

Son visage s'illumine, arbore un énorme sourire heureux et malicieux, envers celui-ci, en lui montrant sa joie de le rencontrer, en ouvrant peu à peu ses bras à lui, tout en commençant, se mettant à grossir, à nouveau redevenir vert. Laissant apparaître sa véritable apparence, enfin son autre forme, en montrant sa peau pâle, ses yeux d'un bleu ardent, ses cornes, ses sabots immenses et hauts, sa musculature bien plus imposante, et grosse que sa forme originale.

Il se met à rigoler, à rigoler aux éclats, affichant un visage enjoué, empli de malice, de joie, de colère, pour qu'il hurle, crie de tous ses poumons, son air, faisant retentir ses dires dans toute la vallée : « Enfin ! Je t'ai enfin trouvé ! ... Dragonne Matriarche ! L'une des trois dernières ! Faisant partie de la deuxième espèce la plus grande ! Ho ! ... Laisse-moi te cueillir ! Afin que je puisse créer mon œuvre finale ! Et finir d'achever mon plan ! »

À ces mots remplis de joie et de détermination, faisant vibrer le monde l'entourant, en réveillant de son sommeil profond son nouvel adversaire, se mettant assis, et montrant alors son immense taille, égalant les multiples centaines de mètres de hauteur de la falaise. Tout en surprenant les sept hommes à quelques dizaines de mètres, regardant notre Ynferrial avec fatigue, énervement, et surprise. Hurlant donc avec rage : « Pourquoi tu l'as réveillé ? » En remarquant, peu de temps après, l'apparence particulière de leur interlocuteur ne les observant qu'un bref instant.

Distrayant notre Septium, ceux-là permettent alors le temps suffisant à la matriarche de se préparer à cracher un torrent de feu, laissant seulement un moment à notre ancien chuchoteur, d'enfin utiliser tout le sang, l'essence récoltée, en le mettant comme barrière épaisse et dense devant lui et les sept autres personnes, les protégeant à l'instant où elle déchaîne sa colère, sa sentence, carbonisant absolument tout, tout ce qui entoure les individus de plusieurs centaines de mètres.

Eilif se retourne, constatant donc avec émerveillement, la force dévastatrice, et oppressante de son opposante directe, le faisant montrer des yeux emplis d'excitation, en se détournant de cette vue, et en regardant à nouveau celle-ci, en ouvrant, comme une sorte de portail, le laissant passer. Il crie à nouveau avec hérésie : « Incroyable ! ... Fascinant ! Tu dépasses toutes mes espérances ! Même les livres n'arrivaient pas à décrire correctement ta majestueuse entité ! ... Laisse-moi donc te remercier comme il se doit... »

À cet instant comme en empoignant une chose lourde, imposante, il resserre difficilement ses mains mi-closes, pour que par la suite, celui-ci bouge ses bras vers l'avant, en tremblotant, entraînant au même moment, les immenses quantités de sang draconique sur la dragonne matriarche, empalant celle-ci au niveau du cou, et la falaise, l'empêchant donc de tirer à nouveau, tout en la maintenant assise, d'agoniser la martyre.

Les sept spectateurs stupéfaits, ahuris, ne pouvant que se mettre à genoux, s'écrouler, ils regardent, contemplent leurs impuissances à cette situation et demandent désespérément : « Êtes-vous un demi-dieu ?

— Le Septium détourne son regard impérieux vers eux, se rapprochant, il demande d'un ton calme, étrangement calme, comparé à l'instant d'auparavant, Un demi-dieu ?

— Oui... Êtes-vous une divinité descendue des cieux pour nous débarrasser d'une des trois plus grandes calamités ?

— Non... En tout cas, je ne le pense pas.

— Qu'êtes-vous réellement ?

— Pour être franc... Je ne sais pas... Je n'arrive pas à m'attribuer une place définitive dans ce monde.

— Comment cela se fait ?

— De quoi ?

— Que vous ne savez pas... ce que vous êtes exactement ?

— Depuis le début, le commencement de ma vie jusqu'à aujourd'hui ("Le monstre, le monstre, le monstre !", "Le Malin ! Le Malin !", "Sale merde !", "Eilif", "Éric", "le déviant", "le sauveur"), j'ai eu tellement de nom, de surnom me caractérisant que j'en suis perdu… et pour être honnête, je n'y ai jamais réellement réfléchi.

— Pourtant, vous l'avez vaincu avec tant d'aisance… Il ne devrait pas avoir tant de divergence ! Vous êtes un dieu ! Un demi-dieu ! Un être mythique !

— … Elle est juste énorme, ce qui fait sa force et sa faiblesse, parce qu'on peut plus facilement la toucher, ou la viser.

— Pourquoi avez-vous fait cela ?

— Pour accomplir, ou plutôt finaliser mon plan.

— Comment cela se fait ? … Que vous connaissiez ce que vous voulez faire exactement, mais pas la personne que vous êtes…

— … Je ne sais pas… J'ai sans doute peur de connaître la personne que je suis devenue… Une chose difforme, déchiquetée, par son passé, par ce qu'elle a enduré par la faute des humains, de leurs calomnies, de leur hypocrisie… leurs injures. Ne regardant que mon histoire avec détachement, me critiquant, me jugeant sur mon apparence, mes actions, ne réfléchissant pas plus à toute la signification pouvant se trouver dans tout ceci.

— Qu'allez-vous faire de nous ? demande brusquement, brutalement, un autre affichant un visage empli de crainte.

— Je n'ai pas l'intention de vous tuer, alors vous pourrez contempler et raconter à tous ceux que vous allez rencontrer, ce que je vais faire ici et maintenant, avec celle-ci et absolument tous les dragons que j'ai tués, puis récoltés, annonce l'Ynferrial, ne montrant aucune émotion, parlant froidement, calmement à ses interlocuteurs, commençant à se diriger à nouveau vers sa proie mourante et hurlant des cris de tristesse, de détresse, des cris étouffés.

— Pourquoi tant de clémence ?

— Un vieillard m'a fait réfléchir davantage à votre statut… donnant plus de valeur à votre espèce. Alors, ne me le faites pas regretter… rétorque le Septium pensif, continuant à marcher vers son but final, ne retournant pas pour les voir.

L'un d'eux réplique rapidement avec joie et soulagement :

— On vous remercie de nous laisser en vie ! »

À mi-chemin de pouvoir se mettre en face de la matriarche, il s'illumine, ses veines grossissent, laissent entrevoir, parfaitement observer celles-ci s'éclairer, prendre une couleur bleue, d'un bleu vif et vivant, s'intensifiant, se retirant, bougeant dans tout le corps. Il fait un pas après l'autre, rajoutant des dizaines, vingtaines de vaisseaux s'illuminant, ressemblant pratiquement à la fin, à un spectre, un esprit, ouvrant grand ses bras à son adversaire agonisant, pleurant.

Il empoigne avec ses deux mains mi-closes, tremblotantes, son pouvoir, le pouvoir se trouvant dans tout le corps de la dragonne. Affichant un énorme sourire, il pousse un hurlement de douleur, faisant trembler ses bras essayant de bouger difficilement, arrachant un cri de souffrance, d'agonie de la matriarche, ne pouvant pratiquement plus faire de mouvement…

15

Une journée, puis une deuxième et une troisième passèrent. De longues journées se répétant encore et encore de la même façon, avec une nuit sombre et froide, puis un jour chaud et éclairé par cet astre doré disparaissant au fur et à mesure.

Une femme, la femme meurtrière, sûre d'elle-même, accompagnée par cet homme vêtu de noir, d'un noir laqué et profond, marchant tranquillement dans cette ville, l'immense ville de Tholdir, rentrant de leur voyage long et épuisant. Descendant aux égouts dans un calme olympique, l'homme, cet homme sûr de lui-même dans sa démarche, commence à parler : « Que va-t-on faire maintenant ?

— De quoi parles-tu ?

— D'après certaines personnes, ils auraient vu une silhouette de Septium dans la capitale. Si cela venait à être avéré, ceci pourrait être Strentfort. Surtout que la nuit où on annonce l'avoir vu, son mur a disparu.

— Et que veux-tu qu'on fasse ? Il ne me représente aucune menace… En plus de ce que je sache, il n'a rien fait de particulier… En tout cas de connu.

— Si je puis vous le dire, Dixième, c'est justement cela qui me fait peur… Il ne s'est pas fait remarquer. Pourquoi ne l'avoir pas fait ?

— Pourquoi pas ? … Tu es beaucoup trop sur les nerfs, ces temps-ci. Tu devrais faire une pause. Je compte souvent sur toi, en ne pensant pas que des fois, cela doit être dur.

— Je me fie à votre jugement, si vous pensez qu'il n'a rien fait », rétorque le chevalier noir, cet homme d'une voix indigné.

Ils sont devant le portail, cette fameuse porte étant le seul obstacle sur leurs routes, afin de pouvoir rejoindre, entrer dans le refuge, le tombeau. Le chevalier s'avance d'un pas, lève son bras droit, pour toquer, frapper la porte une dizaine de fois, mais ne recevant aucune réponse, aucun signe avant-coureur que les membres de leur groupe ouvrent, ils attendent, ne voient rien, il ne bouge pas, il se regarde sérieusement, avec inquiétude, ne comprenant pas la raison pour laquelle, ils ne font rien de l'autre côté.

Un instant se passe, un long et pesant moment se déroule alors entre les deux regards, poussant finalement le garde, le soldat à commencer une nouvelle conversation : « Comment cela se fait-il ?

— Je ne sais pas.

— Que comptez-vous faire ?

— ... Il doit y avoir quelque chose... Une chose qui les empêche de répondre, d'ouvrir...

— À quoi pensez-vous ?

— Peut être un accident au niveau de porte, les empêchant d'ouvrir.

— C'est possible, ou cela peut être totalement autre chose...

— C'est vrai... Après, il n'y a qu'un seul moyen de le savoir, c'est d'ouvrir.

— Allez-vous forcer l'entrée ?

— J'en suis bien obligée... » réplique-t-elle dans un ton froid et déterminé.

Elle pose, repose sa main, la mettant contre la paroi, cette paroi métallique et rouillée, afin qu'en laissant, permettant une partie de son pouvoir d'aller aux extrémités, aux gonds sur la porte, elle broie, déchiquette ceux-là, les laissant tomber, s'éclater aux sols, créant un bruit assourdissant. Tandis qu'elle descend calmement, avec assurance et aisance l'énorme portail vers l'intérieur, remarquant, se signalant rapidement qu'il n'y a déjà pas de gardes au niveau de la porte.

Ils voient, observent donc aisément qu'il y a le seul et unique problème de la luminosité, ne laissant rien entrevoir d'avance à cause de cette obscurité pesante, ne permettant pas de comprendre la situation d'avantage, poussant alors les deux aventuriers à entrer. Marchant sur le métal bombé par les corps, laissant s'enfoncer leurs pieds au moment où ils les posent.

Remarquant rapidement ceci, la Dixième regarde, regarde avec intensité, et curiosité le sol, le métal étrange, alors que son coéquipier s'arrête, essayant de mieux voir, tout en demandant : « Que se passe-t-il ici ? Pourquoi n'y a-t-il pas de lumière ?

— C'est une bonne question…

— À quoi pensez-vous en regardant le sol ?

— J'ai un mauvais pressentiment…

— Comment ?

— … Le sol s'enfonce quand on marche dessus… Je trouve cela étrange, n'as-tu pas remarqué ?

— Quand vous le dites… C'est vrai que mes pieds s'enfoncent beaucoup.

— J'ai vraiment peur… surtout si c'est ceci…

— Qu'est-ce que vous marmonnez, si je puis me permettre ?

— … Peux-tu… matérialiser une flamme ?

— Bien sûr », répond le chevalier, levant lentement sa main jusqu'à niveau de son bassin.

Et dans un coup sec, rapide, quasi instantané, il crée, fabrique un brasier lévitant entre ses doigts, ne touchant aucune partie de son corps à proprement parler, afin de pouvoir éclairer une partie, une grande partie de l'étage où ils se trouvent. Montrant la désolation se former, se faire au visage de la Dixième, laissant entre voir sa tristesse, sa désespérance, sa surprise dans ses yeux émoustillés, de voir, d'observer ce massacre, le massacre de ses précieux fidèles.

Le soldat regarde tout autour de lui, avec énergie, comme perdu, ne sachant plus où diriger son regard, tandis que sa maîtresse, avance, marche de quelques pauvres pas vers l'avant, ne disant rien, constatant seulement, la triste réalité qui se produit devant eux. Voyant seulement le résultat, des corps recouvrant absolument tout le sol, ne laissant aucun trou, laissant uniquement voir leurs cadavres meurtris pourrissant, sec, vide de vie, vide d'espoir, empli de terreur.

Un enfant, un maigre et meurtri enfant, étant recouvert de sang, de sang sur ses mains, poignets, un peu sur le torse, et énormément au niveau de sa bouche, marchant d'un air las, un air épuisé, fatigué, n'en pouvant plus. Avançant sur les cadavres, il trébuche, laissant bouche bée, sans voix les deux individus, n'osant même plus bouger.

Permettant seulement au garde de prononcer ces paroles emplies de désespoir, de dégoût :

— Est-ce l'apocalypse ?

— Ignorant celui-ci, la Dixième se dirige immédiatement vers l'enfant, accourant à lui, allant tellement vite, qu'on en croirait même qu'elle s'est téléportée, pour pouvoir tenir dans ses bras, le fébrile garçon, ayant la flamme de l'espoir éteinte dans ses yeux. Demandant alors rapidement, avec un esprit embrouillé, perdu, Comment vas-tu ? Pourquoi es-tu recouvert de tellement de sang ? Que s'est-il passé ? Pourquoi n'es-tu pas sorti d'ici ?

— ... Je suis désolé... pour absolument tout, rétorque-t-il fébrilement, regardant son interlocutrice avec regret, et épuisement.

— Comment ça ? Pourquoi t'excuses-tu ?

— Je n'ai rien pu faire contre l'attaque... Je n'ai rien pu faire pour ouvrir la porte, celle-ci était beaucoup trop lourde pour nous...

— Vous êtes plusieurs ? Depuis combien de temps êtes-vous ici ?

— On était plusieurs, il y a une semaine...

— "Était." Peux-tu expliquer ? ... Ne dis pas que vous vous êtes...

— Si... On s'est entre-dévorés, et j'en suis le dernier survivant...

— Mais, pourquoi avoir fait cela ?

— Nous pouvions certes manger les morts, mais comment aurions-nous pu nous hydrater ? ... Avec l'eau des égouts ? ... Nous avions essayé, en tout cas deux d'entre nous, et ils en sont morts en deux jours...

— Vous avez bu... du sang ?

— Oui... répond l'enfant, le maigre enfant, se faisant regarder au niveau de ses dents, de toutes ses dents recouvertes d'une couleur rouge sombre.

— ... Cela serait plutôt à moi de m'excuser...

— Mais non voyons... Vous êtes notre déesse, on ne peut vous en vouloir.

— Sauf que ceci ne justifie point tout ! hausse-t-elle la voix, en baissant faiblement son regard empli de colère, de rage, de dégoût. Pour reprendre calmement, bouillonnant de l'intérieur, Qui vous a fait subir cela ? Est-ce le Onzième ?

— Oui...

— ... J'en suis désolée...

— Ne vous inquiétez point... Vous devez être positive ! Il y a au moins une personne que vous avez sauvée ! Moi...

— Elle sourit, rétorque en prenant un ton réconfortant, Oui, tu as tout à fait raison.

— Je suis fatigué... J'ai envie de dormir.

— ... C'est normal. Elle grimace, n'ose pratiquement ne plus regarder l'enfant, se forçant à le voir s'éteindre dans ses bras, attendant patiemment que la mort l'emporte. Puis une fois le travail fait, elle répète, en le serrant fortement contre elle, c'est normal.

Son bras droit se rapproche, regarde avec tristesse, demandant fébrilement, avec haine, détermination :

— Que comptez-vous faire pour les venger ?

— Elle lâche l'enfant, commence à se lever, annonçant en même temps, avec dégoût et colère, venant presque à hurler, c'est pourtant évident ! Une fois debout, complètement droite, regardant, observant le plafond avec froideur, haine, détermination, puis en criant, tout en se déchaînant en laissant s'échapper une grande partie de son pouvoir, elle dit, nous allons exterminer cette ville pourrit jusqu'à l'os, et nous... allons retrouver ce bâtard d'Eilif !

En s'inclinant, son chevalier réplique avec satisfaction et joie :

— Je vous suivrais jusqu'au bout, ma reine, quel que soit votre choix.

Au moment même, où la matière noire de celle-ci s'incruste dans les corps de ses fidèles, se remettant en un seul morceau grâce à un exosquelette, les faisant peu à peu faire des mouvements.

— Elle répond alors, avec détermination, devant tous ces fidèles debout, attendant ses ordres, j'en suis ravie ! ... Que vous puissiez tous participer à ma punition vengeresse ! Nous allons ici et maintenant ! Nettoyer cette ville en votre mémoire !

— Se mettant en marche, sortant par la porte, pour pouvoir envahir la cité, le garde fait une remarque, une certitude d'après lui, Il ne s'échappera pas... Il mourra ici et maintenant.

— Tu as raison... J'ai bien l'intention de lui ôter la vie, aussi violemment que lui à mes apôtres... Il ne s'en sortira pas... que le massacre commence.

16

Ce liquide, ces masses de chair et d'os tombant, cette essence de la vie, donnant l'esprit, la conscience, l'espoir, les émotions, se laissant s'échapper, s'ôter de leurs corps meurtris, remplis de terreur, de peur, de désespoir, de tristesse, pleurant leurs morts, les morts de tous se faisant transpercer, déchiquetés par les remords. Ces remords, ces regrets, bougeant dans leurs sommeils, un sommeil éternel, et froid, tuant, ôtant la vie de ceux encore vivants.

Cette femme calme, emplie de haine, de colère, restant immobile, ne parlant pas, se trouvant à ce lieu, l'ancien lieu, étant l'ancien tombeau du Dixième. Il y a un vent fort, un souffle surpuissant, caressant les acteurs de cette scène, se regardant droit dans les yeux. D'un côté, celle-ci, son chevalier noir, portant fermement son sabre, et de l'autre côté, un homme apeuré, tombé au sol, regardant avec inquiétude, accompagné d'un autre homme, restant calme, restant sur ses gardes, laissant sa main sur la fusée de son épée.

Eker Rell, observe, regarde avec attention ses deux interlocuteurs, se permettant de commencer la conversation, le chevalier se permet de lancer la discussion : « Où est-ce qu'il est ?

— … De qui parlez-vous ? répond froidement, calmement le garde royal, ne les lâchant pas du regard, restant attentif.

— Vous le savez très bien ! rétorque avec hargne le garde teinté totalement de noir.

— Non ! … Nous ne le savons pas !

— Où est le Onzième ?

— Il est mort.

— Arrêtez de jouer votre rôle d'ignorant.

— Le roi, le soi-disant seigneur, regarde en levant ses yeux, tournant ses yeux vers Rell, demandant fébrilement, avec timidité, désespérance. Attendez, de quoi parlent-ils… ?

— Tu n'as pas besoin d'être au courant, annonce froidement avec calme Eker, ne lui adressant qu'un rapide coup d'œil.

— La Dixième hurle, criant vers le roi, d'une voix stoïque, si vous nous dites absolument tout ! ... Nous vous laisserons en vie !

— À ces paroles pleines de bonté, le seigneur se lance, se jette, tenant fébrilement la taille de son coéquipier, en hurlant, en bafouant, en montrant un visage désemparé, désespéré, Pitié ! Dites ! Je ne veux pas mourir ici et maintenant ! ... Pit...

Avant même qu'il ne termine d'énoncer ses lamentations, ses demandes, le garde, le soi-disant chef de la garde royale, attrape, agrippe les cheveux de celui-ci, les tirant, et le jetant violemment plus loin, tout en révélant :

— Dégage de là ! Sale merde ! ... Je n'ai point besoin de toi ! Laissant par la même occasion, se faire décoiffer, faisant tomber quelques mèches de cheveux sur le visage.

— Tandis que pendant ce temps-là, ce temps d'une extrême pression entre les acteurs principaux, un autre se rapproche à une rapidité folle, volant, pourfendant les cieux. Avec une seule, unique personne, restant assis, demandant calmement, d'un ton dramatique... Cela sera bientôt à nous... de rentrer dans ce jeu hypocrite, Orion... Tout en posant sa main, son immense main sur la tête de celui-ci, il demande en murmurant délicatement, Ho... mon beau, pousse ton hurlement, un tel hurlement qu'il pourrait retentir dans toute la région. »

Il ouvre la bouche, ou plutôt la gueule, montrant alors tout d'abord, ses énormes dents, ses milliers, ses centaines de dents, d'un noir laqué, profond, et obscur. En contraste parfait avec sa peau d'une blancheur rivalisant avec celle de notre Septium, de notre Ynferrial, ayant les yeux d'un bleu aussi fort, sa rétine aiguisée, fine, regardant droit devant, avançant, volant, avec son immense corps, son énorme masse, presque aussi imposante que celle de la dragonne matriarche. Fendant les airs, et même les nuages d'un gris sombre, recouvrant tout le ciel, avec sa crête dorsale, ressortant de son dos, comme des piques, d'un noir laqué, comme tout l'intérieur de sa bouche, de ses deux énormes cornes ressemblant à ceux des boucs.

Alors qu'à plusieurs kilomètres de là, les quatre individus continuent avec rage leur discussion, avec la Dixième demandant avec acharnement : « Nous savons pertinemment qu'il est encore en vie, nous en avons la certitude. Où est-il en ce moment ?

— Le garde se décide donc de se lancer, avec dégoût, et énervement... Pour être franc, je ne sais point où il est... Il a même laissé son espada ici.

— Cela est vrai... Avant de pouvoir terminer, finir sa phrase, ceux-là entendent un cri, un hurlement strident, puissant, sauvage au loin, les arrêtant net, stoppant le temps, les forçant à se mettre à regarder, sauf la Dixième attendant la réponse de son acolyte.

— Celui qui répond l'instant d'après avec inquiétude, continuant à observer la chose parfaitement visible, du lieu où ils sont, je n'arrive pas à y croire...

— Qu'est-ce qu'il y a ? demande froidement Heila, tournant juste un petit peu ses yeux vers la position, le lieu où se trouve son compagnon éberlué.

— En bégayant, en réfléchissant, le garde noir répond lentement, comme perdu dans ses pensées, un... dragon patriarcal, ou matriarcal... arrive droit sur nous.

— Comment cela est-ce possible ? Ce n'est pas leur période migratoire, révèle la Dixième se tournant vers le centre de l'attention, regardant cette fois-ci avec attention.

— Tandis que son coéquipier dit, j'ai l'impression que sa peau est blanche... Cela ne peut pas être Albion, le dragon patriarche des neiges... il ne sort jamais de ces territoires enneigés.

— Même... Albion à pratiquement cinq siècles... Il est maintenant bien trop vieux pour voler... En tout cas, dans une aussi grande distance, réplique sa maîtresse stupéfaite de voir cet événement se produire.

— Que fait-on ? demande dans un ton sérieux le chevalier noir.

— ... Il ne faut pas traîner ici. Prenons juste le garde royal, afin qu'il puisse nous dire où est le Onzième, ensuite nous irons pourchasser ce fumier.

Ils se retournent, regardant dans leurs alentours, remarquant rapidement que Eker Rell est parti, n'est plus au même endroit qu'eux, forçant la Dixième à ordonner à son sujet :

— Retrouve-le ! Nous n'avons plus le temps, à cause de notre invité surprise !

— Alors que pendant ce même moment, ce moment précis, et unique, la créature blanche comme neige se met sur ses sabots sur la tête du dragon, du mystérieux dragon, immense, et imposant. Ainsi, il commence lentement à marcher en avant, tout en demandant, dans trois secondes... Je sauterai, à cet instant là... Je te demanderai de t'occuper d'un chevalier portant une armure entièrement noire, et de protéger le château, jusqu'à ce que je t'appelle... un, est-ce bien compris ? (Grognements d'Orion) Deux, bien. Sa marche s'intensifie, augmente, il en court pratiquement, jusqu'à ce qu'il dise, trois.

— Au même moment, le chevalier en question répond alors à la Dixième, Très... Se faisant rapidement couper, par l'imposante impulsion, choc, se créant au loin, et se faisant suivre, par un bruit assourdissant, comme un projectile, un petit projectile fendant d'une telle rapidité l'air.

— Et avant même que ceux-là puissent se retourner, en déduire de ce qu'il arrive, ils entendent le bruit fracassant de l'atterrissage de l'objet, l'être vivant, serrant son poing avec une telle force, tout en continuant de glisser, de faire une traînée sur la pierre, dû au fait de son rude et violent atterrissage. Pour qu'en un seul et unique coup, il fasse voler la Dixième mettant rapidement son bras, afin de se protéger, pour l'envoyer en dehors de la cité, au-delà des bois, arrivant, se crachant aux falaises à quelques centaines de mètres. Tandis que notre Septium, notre Ynferrial, notre Onzième s'arrête pratiquement au bord de la terrasse, lui permettant de détourner son regard un instant, vers le chevalier éberlué, restant immobile, afin de laisser s'évaporer la poussière se trouvant autour de lui, et lui annoncer avec un énorme, magnifique sourire, tu devrais plutôt regarder derrière toi.

— À ces mots, son interlocuteur reprend ses esprits, ses réflexions, le poussant à hurler, alors que notre ancien champion d'arène s'élance, ignore celui-ci, en commençant à faire un nouveau saut, le faisant rejoindre sa maîtresse, je te retrouve enfin sale… ! Attends ! Après avoir avancé de quelques pas vers l'individu étant parti, il s'arrête fébrilement, doucement, tout en tendant son bras, ne lui laissant plus le temps d'esquiver. Esquiver les crocs, la gueule béante de celui-ci, de l'énorme dragon, se déchaînant sur lui, détruisant par la même occasion, la totalité du sol, afin qu'il puisse l'instant d'après monter vers les cieux, en avalant sa prise, et disparaître dans les nuages.

— Alors qu'au même instant, à l'instant même qu'il avale sa proie, Eilif, le Onzième retombe au sol, faisant un arrêt de plusieurs sauts, afin d'amortir son choc, et d'arriver à peu près à l'endroit, le lieu où est atterrit la Dixième titubante, reprenant ses esprits étrangement vite. Se faisant vite repérer par le bruit assourdissant de son atterrissage, et de la fumée s'étant formé autour de notre Ynferrial, Heila demande d'un ton enjoué, Quelle joie de te revoir, mon cher Onzième ! Pourquoi décider de t'offrir à moi aussi facilement ? N'est-ce pas du suicide ?

— Ho… Non. Ce n'est point du suicide… C'est la fin, annonce celui-ci d'une voix extraordinairement stoïque, et grave.

— La fin ? Pour toi, je l'espère ? Ne crois quand même pas gagner contre moi !

— La fumée commence peu à peu à disparaître, laissant la possibilité à Heila d'admirer la nouvelle forme de notre Septium, rétorquant, détrompe-toi. Cela est bel et bien la fin pour toi, parce que malheureusement, j'ai encore des rêves, mes rêves, et objectifs à accomplir avant de quitter ce monde.

— La Dixième ne dit plus rien, ne répond pas, observe, contemple la forme, l'apparence de son opposant, demandant alors peu de temps après, est-ce le sang de mes apôtres que tu as sur toi ?

— C'est exact ! annonce son interlocuteur affichant sa joie avec son énorme sourire bestial, alors que la fumée laisse échapper la moitié de son corps, le haut de son corps, se montrant en plein jour.

— … Tu es un monstre… Non ! Tu es le malin lui-même ! hurle avec haine, colère Heila, ne pouvant plus contrôler celle-ci.

— Voyons… rétorque malicieusement Eilif, arborant encore et toujours son sourire niais. Pour continuer, cela était légitime ! Tu as peut-être bel et bien condamné mon espèce ! … sans oublier que tu m'as forcé à tuer Alice.

— Même toi ! tu annonces que ton espèce est sauvable ! … Tandis que maintenant… Toi ! Tu as enlevé tout espoir aux enfants, aux vieilles personnes, aux adultes, aussi froidement, que cruellement… Pour en plus continuer d'affirmer que tu aimes cette harpie ! Cette femme qui t'a menti de A à Z ! Tu ne connais même pas son véritable nom !

— Oui… Je le sais. Je ne connais rien d'elle, je ne connais rien de ce qu'elle a fait, rien de ce qu'elle a enduré, et même, si je ne la connaissais pas, ceci ne m'empêchait de l'aimer ! … Et maintenant… je ne saurais rien, absolument rien d'elle.

— … Comme je peux le voir… je ne pourrais pas te résonner avant de te tuer.

— Le temps n'est plus aux paroles vaines.

— Tu as raison sur ce point.

— Alors, commençons…

— … Avant cela… J'aurais une dernière question.

— Je t'en prie… Je les prendrai comme tes dernières paroles.

— Est-ce que tu as pris du plaisir à tout mettre en place ? À tuer toute la population se trouvant dans la ville. En assassinant dans la pire des façons qu'il soit tous mes fidèles.

— Non… Je n'en ai pris aucun plaisir, sauf en ce moment précis, quand je me dis que je pourrais te tuer, me venger de ce que tu m'as fait endurer.

— Je pourrais dire la même chose… Mais penses-tu réellement gagner contre moi ?

— Oui… Sincèrement, je le pense… parce qu'en cet instant même, tu es au plus bas de ta forme… Tu n'as plus ton sabre, vu que mon dragon la dévorer, et broyer. Tu n'as qu'à peine la moitié de ta matière noire se trouvant sur toi, donc moins de protection… et tu ne pourras jamais le récupérer en entièreté vue à la distance qu'on est. Puis, comparé à toi, j'ai mon nouveau sabre… celui qui te pourfendra.

— Tout d'abord, je tiens à dire que je suis admirative… parce que de nos jours, absolument aucun Ynferrial n'a réussi à créer une créature aussi complexe et énorme… même Lucifer ne l'a pas pu, en tout cas toujours pas. Ensuite, j'aimerais quand même bien admirer ta nouvelle arme, que je n'arrive pas à voir.

— Pourtant, elle ne peut être ignorée, personne ne pourrait la manquer… après, je l'avoue, il y a du mal à faire le lien… Alors, je vais t'aider. Il prend une grande, et longue inspiration, détourne son regard vers la cité, lève son bras gauche vers le ciel, laissant sa main ouverte, afin de pouvoir hurler avec détermination, Orion, viens à moi !

— Ne me dis pas… » demande avec désespérance, stupéfaction, en ne lâchant pas du regard son interlocuteur montrant dans son visage un être empli d'une grande fierté.

C'est alors, à ces mots, les deux individus entendent, se faisant assourdir d'un rugissement surpuissant, venant d'au-delà des nuages orageux, pour qu'après cela, peu de temps après, la tête, l'immense et imposante tête de la marionnette draconique sortir de ce dense gaz opaque, se dirigeant sans hésitation vers les deux opposants. Reculant de quelques pas, la Dixième montre une certaine peur, tandis qu'avec son adversaire, celui-ci ne bouge pas, reste immobile, confiant, ne montrant aucune crainte dans son regard. Ce n'est qu'un moment passé, avec une descente aussi rapide, que Heila constate, observe aisément au même instant, que le nez, la gueule, les cornes, et tout son corps commence peu à peu à se réduire, à se compresser, à s'étirer, comme se faisant attirer par l'appelle de son maître.

Arrivé à son paroxysme, se rapprochant grandement d'une taille décente pour le début d'une espada, toute la matière pourtant prenant une énorme place, se transforme en fusée allant à la main de celui-ci.

Illuminant toute la zone rocheuse par l'intense lumière bleue, se formant par les éclairs, les foudres de la même couleur s'abattant, sortant des parties du corps compressé au maximum du dragon ne ressemblant à ce moment précis à plus rien.

Les filaments bleus, d'un bleu étincelant se tissent, se nient, se tassent, formant peu à peu l'arme tant voulue, créant par la même occasion un vent, pratiquement un ouragan autour de cet événement d'une ampleur incroyable, faisant virevolter les cheveux de la Dixième, rentrant ses pieds dans le sol, afin de ne plus bouger, de ne plus glisser.

Forçant, laissant sans faire exprès Heila sortir ses mots emplis de surprise, d'émerveillement : « C'est impossible... Même le meilleur architecte ne pourrait pas l'avoir fait en un jour... Il a dû prendre plusieurs jours, plusieurs semaines même. »

Jusqu'à ce que la métamorphose se termine, s'achève, avec les derniers, tous derniers filaments formant l'arme, l'immense espadon n'ayant pas de pointe, étant plat, parfaitement plat, mais tout aussi tranchant et fin que le reste de la lame droite, longue, ressemblant à du cristal, vivante de par les nuances de bleu, plus ou moins intense, bougeant dans tout son sein. Ayant en son milieu, une large, épaisse, imposante gouttière d'un noir obscur, opaque, granuleux, rejoignant, faisant le lien, allant dans le sens de la chape, de la garde brouillonne, agressive de par son apparence, vers la fusée. Ce poignet tenu par cet être empli de colère, de haine, de dégoût, de tristesse, de fatigue, d'espérance, de joie, regardant à nouveau avec détermination sa victime, sa prochaine cible, ne faisant toujours aucun mouvement.

Il baisse son bras, son immense bras abaissant par la même occasion son énorme espada touchant pratiquement le sol, tandis que la Dixième, la femme visée par la vengeance de notre Ynferrial demande avec curiosité : « Combien de temps cela t'a pris... afin de créer cette chose ?

— Ho... Mon clone y avait travaillé pendant toute une semaine, pour ensuite me permettre de finaliser tous les détails dans ma tête, et sur le lieu de sa fabrication qui m'a pris trois jours entiers à construire.

— Comment cela se fait-il que tu ne sois pas l'air affaibli après ceci ?

— Parce que ce n'est pas moi qui l'ai fait se changer.

— Qui donc alors ?

— Lui.

— Lui ?

— Oui… Tu as tout à fait compris, il a utilisé son propre mana.

— Comment cela peut être possible ?

— En gros… Une fois qu'il n'a plus d'énergie, il se met tout simplement en veille en se retransformant en sabre, afin que je puisse lentement le recharger.

— C'est impossible.

— L'impossible est toujours possible… Ce n'est que les esprits qui nous donnent des limites.

— … Comment a-t-il fait pour se métamorphoser par lui-même ?

— … Je lui ai donné une conscience.

— Comment as-tu fait ?

— J'ai rencontré un enfant… Un enfant à deux doigts de mourir de faim, alors j'ai décidé de lui proposer une meilleure vie, une vie qui lui permettra de vivre toutes les aventures qu'il rêvait… Même si je lui ai effacé sa mémoire, afin qu'il puisse être plus docile… et maintenant grâce à ceci, mon dragon nommé Orion, pourra grandir, voir le monde, juger ce monde impur.

— … Je n'ai plus les mots… mais qu'es-tu devenu Eilif… Tu es le Malin lui-même… ôter la vie d'un enfant, affamer des enfants en les enfermant… Tu es monstrueux. Sais-tu au moins pour qu'elle cause, tu te bats ? Pour Alice ? Tu ne connais RIEN d'elle ! réplique-t-elle d'un ton désespéré, effondré, regardant avec pitié, et dégoût son interlocuteur.

— LA FERME ! Je ne veux rien entendre de ta bouche meurtrière ! … Bref… peux-tu arrêter de m'injurier ? Cela me fait saigner les oreilles. Je n'ai que réalisé le rêve de cet enfant, certes à ma manière, mais je l'ai fait. Quant aux autres, j'imagine qu'ils n'ont pas pu sortir… J'en suis désolé, je te le jure, je n'avais jamais eu l'intention de les affamer.

— … Sauf que maintenant tes excuses ne pourront jamais les ramener, rétorque avec tristesse, hargne, haine, serrant fortement ses poings se mettant à saigner.

— J'en suis conscient… mais d'en les deux cas, où ils étaient restés en vie ou non, je ne t'aurais jamais laissé partir.

— Cela est pareil de mon côté.

— Quand j'y repense… J'ai l'impression que toute mon histoire fait le parallèle avec les mythes de l'époque primordiale, où toutes les personnes viennent à mourir quoi qu'il se passe.

— C'est normal… C'est notre malédiction, notre pouvoir maudit qui fait mourir tous les gens que nous aimons, tu devrais déjà t'y habituer, si tu venais à gagner contre moi.

— Je te remercie de ce conseil… J'essaierai d'appliquer ceci, afin que je puisse rester concentré pour atteindre mes buts et rêves, sans me détourner.

— Maintenant, les choses sont dites…

— Oui, tu as raison, c'est l'heure.

— Alors, commençons-nous ?

— Oui, je suis fin prêt.

— Très bien, mettons… » annonce-t-elle ceci avec fatigue, sagesse, fermant ses yeux, se mettant en position, mais en ayant même pas le temps de rouvrir ses yeux et de terminer ce qu'elle dit que celle-ci se fait arracher, découper un bras par l'espadon lancer, volant, atterrissant sur le sol derrière elle.

Elle recule, saute en arrière, vers son côté gauche, fuyant, affichant un regard de douleur, de souffrance, tenant la plaie de son épaule droite. Eilif tend son bras porteur vers le lieu d'arrivée de son espada, l'appelant rapidement après, pour qu'elle puisse retourner à la main de son possesseur, détournant son regard en direction de son adversaire.

Celle-ci étant étrangement proche, à distance de bras, afin que l'instant d'après, elle serre son poing, un poing surpuissant qui une fois donné, fait décoller notre Ynferrial, se faisant projeter de plusieurs mètres, mais ne se laissant pas tomber. Il riposte alors en sautant, se ruant sur son opposant ne pouvant réagir davantage qu'esquiver de justesse le coup salvateur de sa mort par l'espadon.

L'esquive faite, la Dixième se met à sauter en l'air, arrivant au même niveau que la tête de notre Septium souriant, pour que dans un autre coup aussi violent que l'autre, avec sa jambe. Elle donne, assène une frappe de son tibia à la joue, à la mâchoire de notre ancien champion d'arène, reculant de quelques pas, perdant un instant son équilibre. Ne bougeant plus, restant à la même position, notre ancien chuchoteur attend, tandis que son adversaire prend l'assurance en allant à nouveau à l'attaque, permettant à notre être empli de haine d'attraper à celle-ci une jambe. Il adhère donc un câble de matière noire, puis la jette, la projette à plusieurs dizaines de mètres, où elle s'éclate, rebondit quelques fois sur le sol se désagrégeant sous le choc.

Pour que finalement celle-ci s'écrase contre un énorme rocher se fendant pratiquement sous le choc, sonnant par la même occasion l'esprit de Heila, alors que notre jeune Septium affiche un énorme sourire niais, malicieux, en tenant fermement dans son autre main, l'autre bout de matière noire. Puis, dans un grand, et voluptueux mouvement de ce bras, il tire violemment son opposant encore perdu dans ses pensées, pour la faire tourner, encore et encore, toujours plus vite, tout en faisant exprès de l'éclater plusieurs fois encore sur cette terre rocheuse.

Un moment se passe comme cela, jusqu'à ce que décide, notre Ynferrial à arrêter ceci, en ordonnant, dirigeant son bras de manière à ce qu'il puisse la lancer en l'air sans la lâcher, pour pouvoir poser son épée, son sabre, et prendre la corde à deux mains. Ainsi il peut dans un énorme élan, et un regard déterminé, descendre ceux-là, entraînant donc le projectile au bout à se fracasser au sol, avec une telle ampleur de choc qu'elle fait vrombir, fend, fissure celui-ci en plusieurs morceaux.

Elle ne bouge pas, elle ne bouge plus, reste immobile en plein milieu du trou qu'elle a formé, laissant se reposer son corps fracturé, broyé par les chocs perpétuels, ayant rendu tous ses membres inaptes à faire un mouvement, lui permettant de s'en sortir. Il avance, marche pas par pas, lentement, calmement, il se rapproche, se rapproche de son but, de son objectif, n'hésitant pas une seule seconde à regarder, contempler cet amas de chair difforme, ayant des habits mis en miettes, déchiquetés, avec ce regard, un regard conscient, ne lâchant pas celui de notre Septium.

Lui aussi, observe, regarde les yeux de son adversaire emplis de haine, de hargne, ayant encore assez d'énergie pour le fixer avec détermination, tout en avançant, levant son bras, son arme salvatrice au-dessus du cou de son opposant, pour s'arrêter, se stopper d'un coup. Il se met à parler, à prononcer des paroles dans un ton solennel : « Sache le... Moi, vivant. Personne ne profanera ton corps pour l'étudier, ou quoi que ce soit d'autre. Tu as été une adversaire digne... Tu peux être fier de toi. Honnêtement, et je le pense sincèrement... dans une autre vie, nous aurions sans doute pu devenir ami... Malheureusement, dans un monde aussi perverti, nous ne pouvions pas rester comme nous étions auparavant... gentils, attentionnés, joyeux, sans problème. Alors... j'espère que dans une autre vie, on pourra se rencontrer à nouveau et mieux se connaître. Un moment de silence né donc, pour qu'avec ses dernières paroles, il abaisse sa lame, Vive le Dixième, à mort la Onzième.

— Boom, murmure-t-elle avant de fermer ses yeux et verser ses larmes.

— (Boum ?) »

Avant même qu'il puisse réagir, une fois qu'il a tranché la tête de l'ancienne Dixième, celle-ci grossit pratiquement immédiatement, pour ensuite exploser, laissant tout son corps se désagréger, et sortir toute l'essence, son essence, envoyant un torrent de matière noire sur notre Ynferrial se faisant projeter hors de la falaise, pour tomber violemment contre le sol, l'assommant.

17

Dans la forêt noire, dans ce labyrinthe de végétation recouverte par l'obscur, la mort, les restes du pouvoir déchu de l'ancienne Dixième, laissant tomber, couler des goûtes, des torrents d'essence, des feuilles de l'arbre, jusqu'au sol visqueux par les mares de sang noir. En plein milieu de tout ceci, notre Septium se reposant, ne faisant plus aucun mouvement, recouvert lui aussi par cette matière, pour que d'un coup, dans un sursaut, dans une grande inspiration, il se réveille en affichant un regard ahuri, perdu dans ses pensées.

Il hurle, râle avec hargne et surprise : « Cette salope ! Comment cela se fait-il ? Heureusement que j'avais une couche de protection supplémentaire, sinon elle aurait quand même réussi à m'entraîner dans sa mort ! Je ne pensais réellement pas qu'elle pouvait avoir encore autant d'énergie ! … Bref… le principal est que je puisse encore vivre… Maintenant… je vais pouvoir enfin tourner la page », finit-il ses mots paisiblement, avec calme.

Il retourne à sa forme originelle, laissant disparaître ses cornes, ses sabots, sa peau blanche, son immense masse, pour retrouver, récupérer son ancien corps, se mettant par la suite accroupi, regardant au sol, faisant attention à chaque détail de ce liquide, pour ensuite observer, tourner le regard, son regard vers la forêt, ses arbres, la verdure.

Il se lève, se met debout avec énergie, rapidité, se met en marche tranquillement, se met en direction vers la capitale en ruine, ensanglanté par l'attaque de son ancienne opposante, tout en récupérant son espada en route, pour la mettre lentement dans son tout nouveau fourreau créé à l'instant même, afin de l'accueillir, et le garder.

Il arrive, se rapproche de la ville de Tholdir, étant autrefois la capitale la plus puissante, et importante, ne se retrouve maintenant qu'avec des maisons en ruine, des maisons meurtries par les atrocités qui se sont passées entre temps. Notre Septium avance, continue fermement, avec flegme à marcher jusqu'au palais où se trouve la dernière qu'il doit accomplir avant de partir.

Ses yeux déterminés, regardant droit devant lui, ne détournant pas un seul moment celui-ci, pour constater ce qu'il a fait, rester niais face à tout ceci, malgré les odeurs nettes et précises se faufilant dans ses naseaux, caressant ses poils gras, frisés par l'essence se trouvant sur lui, sur tous ses vêtements humidifiés par cela et les mares de sang sur lesquelles il marche.

Arrivé, il reste devant l'immense porte principale du palais explosée, mise en mille morceaux éparpillés un peu partout. Il ne dit rien, il contemple, observe les dégâts, puis continue calmement, posément, en évitant de mettre un de ses pieds sur une partie de la porte, espérant dans son regard qu'il n'y ait pas trop de dommage, espérant retrouver en vie son compagnon Eker.

Passant tranquillement, en esquivant les cadavres à côté de l'énorme portail entr'ouvert menant au grand hall, il entend, constate un hurlement, des hurlements, des personnes discutant énergiquement, avec stress, attirant donc l'attention de notre ancien chuchoteur, se dirigeant maintenant vers la source des bruits et de l'action.

Il ouvre timidement la porte, une des deux portes, entrant par la suite, déduisant rapidement que c'est son coéquipier giflant sur ce moment son interlocuteur le soi-disant roi, tombant, trébuchant au sol, tandis que Rell continue de parler, et qu'au même instant, notre Septium se cache malicieusement derrière un pilier, contemplant la scène de ses yeux : « Remets-toi à ton rang ! Ne te crois pas tout permis !

— … Mais nous ne pouvons rester ! Cet endroit est bien trop dangereux !

— Tu as juré… nous avons juré de rester ici, même si nous devions tous mourir pour sauver cette patrie qui est la nôtre ! Alors, tu vas te tenir calme !

— Je suis désolé, je ne pourrais jamais tenir cette parole !

— Il sort son épée, son épée d'une dorée toujours aussi éclatante, la mettant au cou du seigneur affichant un regard apeuré, pour que finalement il dise, Alors, tu mourras de ma main !

— Pitié ! … Comprenez-moi ! Je ne veux simplement pas mourir !

— Je n'aurais pas de pitié pour les traîtres !

— Mais notre véritable seigneur est introuvable, tout comme notre chuchoteur !

— On réglera ces problèmes un par un !

— Quant au dragon ?

— Si le dragon nous visait réellement, il serait resté ! Pourtant comme vous pouvez le voir, il est juste passé par là !

— C'est vrai… rétorque le soi-disant roi baissant faiblement son regard vers le bas, afin de faire remarquer son indignation.

— Notre Ynferrial se met donc droit à ces mots, et se lance à avançant droit devant lui, en regardant avec joie et malice ses deux connaissances, faisant réagir le garde immédiatement, hurlant, demandant :

— Est-ce bien toi ? Eilif… ?

— Oui, c'est bel et bien moi.

— As-tu écouté notre conversation ? demande fébrilement le garde royal, avec hésitation.

— Oui, je l'ai écoutée.

— … Ne t'imagine rien…

— Je n'imagine rien, ne t'inquiète pas, mon cher seigneur Rell.

— … Je ne suis pas le roi…

— Ah, je ne sais pas et je ne veux pas le savoir, parce que les fiches que m'a préparées mon clone m'en ont déjà assez dit.

— Qu'a-t-il dit exactement ?

— Va savoir… un peu de tout.

— Que comptes-tu faire ?

— Je vais partir… C'est pour cela que je suis revenu vous faire mes adieux.

— Comment ? Pourquoi veux-tu partir ?

— Je veux tourner la page… tracer ma route… réaliser mes rêves et objectifs.

— Je ne comprends pas… Tu pourrais très bien le faire ici même !

— J'en suis désolé… mais cet endroit est bien trop perverti pour que je puisse y rester.

— … Et que fais-tu de la Dixième ? Vas-tu nous laisser seuls face à elle ?

— Je l'ai tué… quant au dragon que vous avez vu, n'ayez point peur, c'était le mien.

— Le dragon était le tien… ?

— Oui… j'avoue que cela est difficile à comprendre, et je n'ai plus envie d'expliquer, mais de partir… Ne me menaces-tu pas à mort pour que je puisse rester ?

— … Ai-je une chance de gagner ?

— Non.

— Alors jamais, je ne te menacerai de quoi que ce soit.

— En tout cas, rassurez-vous… Il n'y aura plus de problème lié à la Dixième. Vous pouvez maintenant vivre vos vies tranquillement.

— Je t'en remercie… mais rien ne nous garantit qu'il n'y aura pas d'autres problèmes.

— Les erreurs ne sont jamais irréversibles, à part la mort, elles sont génératrices de progrès… Il ne faut pas avoir peur de ceci, mais plutôt l'accueillir et trouver des moyens de ne plus en faire. Vous ferez sans doute des erreurs lourdes ou bien légères, mais il faut qu'à ces moments-là, vous vous disiez quel est le moyen qui permettra d'avancer… Je pense fortement que c'est la bonne voie à suivre.

— J'essaierai de suivre ce conseil…

— Je vous dis donc… Adieu… » annonce notre ancien chuchoteur, ignorant leurs réponses, tournant la page de son passé, s'ouvrant alors à son futur incertain.

18

Sur ce chemin terreux, sans pierre, entouré par les arbres, la verdure éclairée faiblement, timidement par le soleil, cet astre doré, orangé se couchant à nouveau, laissant peu à peu la place à la nuit, laissant peu à peu notre Septium qui est entrain de marcher, remuant la poussière en dessous de ses pieds nus. Il avance avec assurance, plissant, crispant un peu ses yeux fatigués, émerveillés, observateurs, regardant vers l'astre, réfléchissant…

Le monde… Ce monde qui est le mien, et pour toujours le mien, m'a tellement fait souffrir, apporte tellement de souffrance… Et pourtant, je n'arrive pas à le détester, à le haïr, parce que je ne peux le blâmer… Ce n'est pas lui, le problème, loin de là. Ce sont les personnes y vivant, ce sont elles qui ne peuvent rendre nos existences plus paisibles par leurs hypocrisies… leurs jugements, leurs calomnies, leurs injures. De par les différences qu'ils remarquent entre eux et d'autres. Ils ne peuvent s'empêcher de faire du mal… de les rabaisser… mais sommes-nous pas tous pareils ? N'avons-nous pas tous, des émotions, une réflexion ? Nous sommes tous uniques, personne n'est parfait… Tout le monde à ses chances dans ce monde cruel, si on se donne les moyens d'y arriver, parce que ce sont nos choix qui nous définissent, qui disent qui nous sommes aux gens… J'ai fait des choix, peut-être pas les bons, peut-être que si… mais j'ai fait ce qui me semblait juste, de par ce que j'ai vu, vécu… enduré. Tout comme, toutes les personnes que je connais, M. Baltius, Théo, Reimone, Bisseau, Florian, Alice, Eker, la Dixième… tous ont choisi leurs voies, leurs choix, de par leurs histoires… Qui sommes-nous pour nous juger ? Pour injurier toutes ces personnes sachant pertinemment ce qu'elles ont décidé. Nous devenons même pires en faisant cela… Ceci nous consume de l'intérieur, en gaspillant notre temps à agir, à changer les choses, pour absolument ne rien faire, à part râler et pleurer. Pour ma part, je vais maintenant me battre, m'acharner, tomber, me relever, courir, jusqu'à atteindre mes rêves, mes objectifs, afin de pouvoir être fier de ce que je deviens, de ce que je vais devenir à la fin, parce que mon aventure est loin d'être terminée.

Imprimé en Allemagne
Achevé d'imprimer en novembre 2022
Dépôt légal : novembre 2022

Pour

Le Lys Bleu Éditions
40, rue du Louvre
75001 Paris